WOUNDS OF ARMENIA
LAMENTATION OF A PATRIOT
A HISTORICAL NOVEL

KHACHATUR ABOVIAN

ՎԵՐՔ ՀԱՅԱՍՏԱՆԻ
ՈՂԲ ՀԱՅՐԵՆԱՍԻՐԻ
ՊԱՏՄԱԿԱՆ ՎԵՊ

ԽԱՉԱՏՈՒՐ ԱԲՈՎՅԱՆ

Wounds of Armenia: Lamentation of a Patriot

Contact:
IndoEuropeanPublishing@gmail.com

ISNB: 978-1-60444-764-4

ՎԵՐՔ ՀԱՅԱՍՏԱՆԻ: ՈՂԲ ՀԱՅՐԵՆԱՍԻՐԻ

© Հնդեվրոպական Հրատարակչություն, 2014

Հրատարակված է Ամերիկայի Միացյալ Նահանգներում:

Կապ՝
IndoEuropeanPublishing@gmail.com

ISNB: 978-1-60444-764-4

ՀԱՌԱՋԱԲԱՆ

Կրեսոս թագավորն Լիդացվոց, երբ Կյուրոս բոլոր աշխարքի տիրեց ու նրա երկիրն էլ առավ, կռվումը ղոնշուն, սիրելի, բարեկամ, զորապետ՝ նրան թողեց, ու էն անգին մարգարտ»ի ու ջավահրե ամարաթներում մեծացած Կրեսոսը, որ իրանից բախտավոր աշխարքի երեսին էլ մարդ չէ՛ր համարում, ընկած մեկ պարսիկ զորականի առաջ, շունչը բերնին հասած՝ փախչում էր, որ իր գլուխն էլա պրծացնի, պարսիկը ետնիցը հասավ: Սուրը գլխին պսպղաց, աչքերը սևացավ, դեռ գլուխը չտված՝ հենց իմացավ, թե մահն, էն ա, հոգին առավ: Հենց ուզում էր, որ ի՛ր թուրը իր սիրտը կոխի, որ թշնամին իրան չսպանի, զորականը որ թուրը չի՛ բարձրացրեց, թագավորի միամոր որդին, որ հոր մահը չտեսավ առաջին, քան տարվա փակ լեզուն իսկույն կապը կտրեց, բաց էլավ, ու քան տարվա լուռ սիրտը իր առաջին ձենը տվեց.

— Անօրե՛ն, էդ ու՞մ ես սպանում, քաշի՛ր թուրդ ետ, չե՛ս տես-նում, որ առաջիդ Կրեսոս ա, աշխարքի տե՞րն ա:

Զորականի ձեռները թուլացան. թագավորն իր գլուխն ազատեց, քան տարեկան լալ (մունջ) որդին իր հորը պրծացը-րեց:

Էսքան տարի ողորմելի թագավորազն իր կյանքն անց էր կացրել, ո՛չ ծնողաց էնքան սերը, էնքան գութն ու փափագը, որ նրա ձենը մի լսեն, մի սիրտըները հովանա, ոչ էն փառքն ու մեծությունը, ո՛չ էն պատիվն ու իշխանությունը, ո՛չ էն զանձն ու հարստությունը, ո՛չ աշխարքիս սերն ու վայելչությունը, ո՛չ էնքան սիրելյաց ու բարեկամաց սերն ու քաղցր զրիցը, ո՛չ ամպի ձենը, ո՛չ գետի ու թռչնոց էն անուշ եղանակը էնքան վախտ նրա սրտին է՛ն ներգործությունը չէին տվել, որ մեկ ծպտա էլա, ու իր հոր, իր ազիզ հոր մահը որ առաջին տեսավ, սիրտն էլ իր խուփը ետ քցեց, պապանձած լեզուն էլ իր կապը կտրեց, փակ բերանը իր կսկիծը հայտնեց, կարոտ, վերջին թելն ընկած հերը իր որդու ձենը լսեց, որ լողի սիրտն էսօր էլ ա կրակ ընկնում, երբ մտածում ա, թե որդիական սէրն էր, որ բնության գրած զնջիլը էսպես ջարդեց ու փշրեց:

Ո՛չ քսան, երեսուն տարուց ավելի ա, իմ ազիզ հե՛ր, իմ սիրելի ա՛զգ, որ սիրտս կրակ ա ընկել, էրվում, փոթոթվում ա. գիշեր-ցերեկ լացն ու սուգ իմ աչքիցս, ա՛խն ու ո՛խը իմ բերնիցս չի՛ պակսում, ա՛յ իմ արյունակից բարեկամք, որ մեկ միտքս ու մուրազս ձեզ պատմեի ու հետո հողը մտնեի: Ամեն օր գերեզմանս առաջիս տեսնում էի, ամեն սհաթ մահվան հրեղեն սարը գլխիս պտտում էր, ամեն րոպեի ձեր սիրտն ու դարդը հոգիս էրում, մաշում էր. լսում էի ձեր քաղցր ձենը, տեսնում էի ձեր սիրուն երեսը, իմանում էի ձեր ազնիվ միտքն ու կամքը, վայելում էի ձեր ազիզ սերն ու բարեկամությունը, մտածում էի ձեր կորցրած փառքն ու մեծությունը, մեր առաջին, է՛ն հիանալի թագավորաց, իշխանաց գործքն ու կյանքը, մեր Հայրենյաց, մեր սուրբ աշխարքի առաջվան սքանչելիքն ու հրաշքը, մեր ընտիր ազգի աննման բնությունը ու արած քաջությունները: Մասիս առաջիս էր կանգնած միշտ, որ մատով ցույց էր տալիս, թե ի՞նչ աշխարքի ծնունդ եմ ես. Դրախտը մտքումս էր կենդանի, որ ինձ, երազում թե լուրջ, միշտ մեր երկրի անունն ու պատվականությունը իմ առաջս էր բերում. Հայկ, Վարդան, Տրդատ, Լուսավորիչ՝ քնած տեղս էլ ինձ ասում էին, որ ես իրա՛նց որդին եմ. Եվրոպա թե Ասիա՝ ինձ անդադար ձեն էին տալիս, թե Հայկա զավակն եմ ես, Նոյան՝ թոռը, Էջմիածնա՝ որդին, դրախտի՝ բնակիչը. դաշտում թե ժամում, չոլում թե տան՝ էն քարերն էլ ուզում էին, որ սիրտս պոկեն, հանեն, ուրտեղ որ իմ ազգի ոտը կոխել ա ու էսօր էլ կոխում ա. շատ անգամ, մեկ հայ տեսնելիս, ուզում էի էլած շունչս էլ հանեմ, նրան տամ, — բայց, ա՜խ, լեզուս փա՛կ էր, աչքս՝ բա՛ց, բերանս բռնա՛ծ, սիրտս՝ խո՛ր, ձեռս՝ պակա՛ս, լեզուս՝ կա՛րճ. զանձ չունեի, որ գործով ցույց տայի ուզածս, անունս մեծ չէր, որ ասածս տեղ հասնի, մեր գրքերն էլ՝ գրաբառ, մեր նոր լեզուն էլ՝ անպատիվ, որ սրտիս հասրաթը խոսքով հայտնեի, հրամայել չէ՛ի կարող, խնդրեի, աղաչեի էլ լեզուս մարդ չէ՛ր իմանալ, չունքի ես էլ էի ուզում, որ ինձ վրա չծիծաղին, չասեն՝ կոպիտ ա, հիմար ա, որ քերականություն, ճարտասանություն, տրամաբանություն չգիտի, ես էլ էի ազում, որ ասեն. «Օ՜հ, էնպես խորը, խրթին շարադրել գիտի, որ սատանեն էլ միջիցը մեկ բառ չի՛ կարող իմանալ, հասկանալ» Ես էլ էի ուզում, որ իմ գլուխս ցույց տամ, որ ինձ վրա զարմանան ու ինձ գովեն, թե հայերեն շատ խոր տեղակ եմ: Ով մեկ լեզու գիտի, ես մեկ քանիսը գիտեմ, ի՞նչ գիրք ասես, որ չեմ սկսել թարգմանիլ ու կիսատ թողալ, ոտանավոր, շարադրություն հո՛, էնքան եմ գրաբառ գլխիցս դուս տվել, որ մեկ մեծ գիրք էլ է՛ն կդառնա:

Էս միջոցումը Աստված ինձ մեկ քանի երեխեք էլ հասցրեց, որ պետք է կարդացնեի: Սիրտս ուզում էր պատռի, որ էս երեխեքանց ձեռքն էլ ինչ հայի գիրք տալիս էի, չէին հասկանում: Ռուսի, նեմեցի, ֆրանցուզի, լեզվումը ինչ բան որ կարդում էին, նրանց անմեղ հոգուն էլ էին էնպես բաները դիր գալիս: Ուզում էի, շատ անգամ, մազերս պոկեմ, որ էս օտար լեզուքը ավելի էին սիրում, քանց մերը: Բայց պատճառը շատ բնական էր. էն լեզվըներումը նրանք կարդում էին երևելի մարդկանց գործքերը, նրանց արածներն ու ասածները, նրանք կարդում էին է՛ն բաները, որ մարդի սիրտ կարող է գրավել, չունքի սրտի բաներ էին, ո՞վ չի՛ սիրիլ: Ո՞վ չի՛ ուզիլ լսիլ, թե սերը, բարեկամությունը, հայրենասիրությունը, ծնողը, զավակը, մահը, կռիվը ի՞նչ զատ են, բայց մեր լեզվումը թե էսպես բաներ ըլին, թո՛ղ աչքս հանեն: Էլ ընչո՞վ երեխին քո լեզուն սիրիլ տաս, զեղըցու վրա ջավահիր ծախիր, հա՛, շատ լավ բան ա, ամա որ կարողություն չունի, մեկ կտոր ճաթի հետ էլ չի՛ փոխիլ քո տված անգին քարը: Է՛ս հո էս. Եվրոպիումն էլ որ չէի կարդում բազի, գրքերում, թե հայ ազգը պետք է որ սիրտ չի՛

ունեցած ըլի, որ էնքան բաները գլխովն անց են կացել, մեկ մարդ էլա չի՛ դուս էկել, որ մեկ սրտի բան գրի, ինչ կա՝ եկեղեցու, վրա ա, աստծու ու սրբերի, բայց հեթանոս Հոմերի, Հորացի, Վիրգիլի, Սոֆոկլեսի գրքերը էրեխեքն էլ գլխատակներին ունեին, չունքի բոլոր աշխարհի բաներ են: Թե ասեի՝ բոլոր եվրոպացիք են անխելք անհավատ, որ աստծու բանը թողած էսպես ծռտի-մռտի բաների հետ էին ընկել, հիմարություն կըլեր: Թե չէ, մեր Նարեկը թողած՝ ախր ինչպե՛ս էին նրանք էն գրքերին հավանում, լավ գիտում էի, որ մեր ազգը էնպես չէ՛ր, ինչպես նրանք ասում էին, ամա ի՞նչ անես. անաղուն շաղացի քարն էլ չի՛ պտիտ գալիս, ո՞ւմ ասես:

Միտք էի անում, որ թե կտրիճ մարդ ասես, մեր միջումը հազարավորն են էլել ու էսօր էլ կան. Թե խելոք խոսք ասես, մեր պառավներն էլ հազարը գիտեն: Թե աղ ու հաց ասես, սեր, բարեկամություն, քաջություն, երևելի անձինք ասես, մեր գեղըցոնց սիրտն էլ ա լիքը էսպես մտքերով: Առակ, մասալա, սուր-սուր խոսքեր որ ուզենաս, հո էն հետին ռամիկ մարդը մեկի տեղակ հազարը կասի: Ախր ի՞նչ պետք էր արած, որ մեր սիրտն էլ ուրիշ ազգեր իմանային. մեզ էլ գովեին, մեր լեզուն էլ սիրեին, մնացել էի տարակուսած: Լավ գիտեի, որ թե օսմանցվի, թե ղզլբաշի երկրումը ինչքան էնպես երևելի, խելոք, հունարով մարդ են էլել, ինչքան խանի, շահի, սուլթանի դռներին սիրեկան աշըղ, լավ խաղ ասող, ոտանավոր շինող մարդ են էլել, շատը հայ ա էլել: Մենակ Քեշիշ օղլին, Քյոռ օղլին բավական են, որ ասածս սուտ չի՛ դուս գա: Թո՛ղ էսօր էլ մեկ մարդ Գրիգոր Թաբխանովի հետ խոսա, նրա ասած խոսքերն, նրա էն ճարտար լեզուն, նրա էն հիանալի բոյն ու պատկերը, նրա հենց մեկ հունարը տեսնի, որ հարիր տեսակ զանազան մարդի ու ազգի լեզուն, շարժմունքը, նստիլ վեր կենալը էնպես ցույց կտա, որ քոռանամ, թե Եվրոպիո էն ընտիր թեատրներումն էլ տեսած ըլիմ, ու վարժատան երես հո իր օրումը, կարելի ա, էն ժամանակն ըլի տեսած, որ այբբենը մեր միջումը զաբով էին բռնում, գյուլլով վեր քցում, էն ժամանակը կիմանա, թե հայոց միջումը ի՛նչ հունար կա:

Էսպես բաները մտածելով՝ օրս ու ումբրս մաշվել էր: Շատ անգամ ուզում էի իմ գլուխս մահու տամ: Չէի իմանում, թե սրա չարեն ի՞նչ կըլի: Թո՛ղ լողը չհավատա, ամա էս ցավն էնպես էր սիրտս առել, որ շատ անգամ գժվածի պես ընկնում էի սար ու ձոր, ման գալիս, մտածում, էլ ետ սիրտս լիքը տուն գալիս: Հենց է՛ս էր պատճառը, որ մեկ օր էլ, ամառվան զաստուրի ժամանակին, աշակերտներս որ առավոտը թողի, ճաշիցը ետ ընկա էլի սարեսար: Ճարս կտրվեց, զնացի նեմեցի Կոլոնիեն, մեկ նեմեց բարեկամի մոտ. նրանք էլ ինձ վրա ցավելով՝ իրեք օր չթողին զամ քաղաքը: Բայց քաղաքումն իմ սիրելի աշակերտները ու ծանոթ-բարեկամք իմ սուզս վաղուց էին արել: Հենց իմացել էին, թե Քուռն եմ ընկել, չունքի ամեն առավոտ, րիզուն զնում էի, լողանում: էլի իմ, ի՛մ ազիզ, ի՛մ սիրելի աշակերտներն էին ընկել ետնիցս, որ բալքի մեկ բան էլա իմանան: Մեկ առավոտ փանջարումը նստած՝ էլի մտքիս հետ էի ընկել, որ նրանք առաջովս անց կացան: Օր չտեսա նրանց, հոգիս տեղըհան էլավ: Իմ ու նրանց էն օրվան իրար տեսնիլը ո՞վ կարա պատմիլ. ով սիրտ ունի, ինքը կիմանա: Բալքի թե զերեզմանումը էս ձեր սերը մտքիցս զնա, ա՛յ իմ սիրելի՛, իմ ազի՛զ բարեկամք, թե չէ, որքան էս կապուտ երկինքը գլխիս ա, շունչս բերանումս, ձե՛զ, ձե՛զ սուրբ պետք է համարեմ ինձ համար, ձեր արնի՛ն մեռնիմ: Բայց ա՛խ, ե՞րբ ա երկինքը մեկ կերպի մնացել, որ մարդի սիրտը մնա: Հենց մի փոքր մտքիս արևը երևաց թե չէ, էլի սև-սև ամպերը գլխնե՛րը բարձրացրին, էլի կայծակ ու որոտումն սրտումս մեյդան բաց արին: Ջուրն ընկնիլ էլ չէի կարող, չունքի աստուծո ահը մտքումս, անմեղ քոռփիս ձենը անկայումս էր, սերն ու ծնողական զութը՝ ջիգյարումս. ես դինջանայի, էթըմին ո՞վ պահեր: Բանը հենց էս էր, որ ասում էի մտքումս, թե նստիմ, ինչքան խելքս կբերի, մեր ազգին զովեմ, մեր երևելի մարդկանց արած քաջությունները պատմեմ, էլի մտածում էի, թե ու՞մ համար զրեմ, որ ազգը լեզուս չի հասկանալ: Թեկուզ ռսերեն, նեմեցերեն յա ֆրանցուզերեն զրած, թեկուզ զրաբար, տասը՝ կըլի որ հասկանային, բայց Հարիր հազարի համար՝ թեկուզ իմ զրածը, թեկուզ մեկ քամու ջաղաց: Ախր որ ազգը էն լեզվովը չի՛ խոսում, էն լեզուն չի՛ հասկանում, սաքի հենց բերնիցդ էլ օսկի վեր ածի՛ր, ու՞մ պետք է ասես: Ամեն մարդ իր սրտի խարջ բան կուզի: Քո ղաբլու փլավն ինձ ի՞նչ օգուտ, որ ես չե՛մ սիրում:

Ում հետ էլ որ խոսում էի, էն էին թանխա տալիս, թե մեր ազգը ուսումնասեր չի՛, կարդալը նրա համար գին չունի, բայց ես տեսնում էի, որ մեր կարդալ չսիրող ազգը Ռոպենսոնի պատմությունը, պղնձե քաղաքի հիմար գիրքը ձեռնեձեռ էր ման ածում: Էս էլ լավ գիտեի, որ ինչ երևելի ազգեր կան, բոլորն էլ երկու լեզու ունին՝ հին ու նոր: Ախր թե լուսավորյալ լեզուն լավ ա, ու քարերն էլ պետք է տրաքին ու հասկանան, էլ տոնլուղ, նշան, պատիվ ու՞ր են տալիս դիլբանդին: Էն լեզվագետ իմաստունը թո՛ղ գնա, կանգնի, գոռա, ջանը դուս գա, լողը թո՛ղ ինքը հասկանա, լուսավորյալ գլուխն ափսոս չի՞, որ ցավ:

Միտք էի անում, որ գիժն էլ էս չի՛ անիլ: Էլի էսպես, մտքիս հետ ընկած՝ շատ անգամ որ դոնաղ էի գնում յա քաղաքովն անց կենում, ուշ ու միտքս հավաքում էի, թե տեսնիմ՝ խալխը խոսալիս, քեֆ անելիս ի՞նչ բանից ա ավելի հազ անում: Շատ անգամ տեսնում էի, որ մեյդանում, փողոցում մեկ քոռ աշըղի է՛նպես են հայիլ-մայիլ մնացել ու կանգնել, անկաջ դնում, փող բաշխում նրան, որ բերնըների ջուրը գնում էր: Մեջլիս ու հարսանիք հո, առանց սազանդարի ե՞րբ հացը կուլ կերթար: Ասածները թուրքերեն էր, շատը մեկ բառ էլա չէ՛ր հասկանում, ամա լողի, տեսնողի հոգին գնում էր դրախտը, ետ գալիս: Միտք արի, միտք արի, մեկ օր էլ ասեցի ինձ ու ինձ. արի՛, քո քերականություն, ճարտասանություն, տրամաբանություն ծալի՛ր, դրաղ դի՛ր ու մեկ աշըղ էլ դու դա՛ռ, ինչ կըլի, կըլի, խանչալիդ քարը հո վեր չի՞ ընկնիլ, զառ վարաղդ հո չի՞ գնալ: Մեկ օր էլ դու վեր կընկնիս, կմեռնիս, մեկ ողորմի ասող էլ չե՛ս ունենալ: Մեկ բարիկենդանի, աշակերտներս որ բաց թողի, սկսեցի, ինչ որ երեխայությունիցս լսած կամ տեսած բան գիտեի, տակ ու գլուխ արի վերջը իմ Ջիվան Աղասին միտս ընկավ, նրա հետ հարիր քաջ հայի տղերք էլ իրանց գլուխը բարձրացրին, ու ամենն էլ ուզում էին, որ իրանց ոտը գնամ: Մյուսները մեծ-մեծ մարդիկ էին, շատն էլ դեռ հլա սաղ-սալամաթ, փառք աստուծո,

Աղասին՝ աղքատ ու մեռած, նրա սո՛ւրբ գերեզմանին դուրբան: Ասեցի՝ կեղծավորություն չանեմ, նրան ընտրեցի: Միրտս էկել էր, բերնիս հասել: Տեսնում էի, որ էլ հայի գիրք ձեռն առնող, էլ հայի լեզուն խոսող քիչ ա գտնվում: Մեկ ազգի պահողն էլ լեզուն ա ու հավատը, թե սրանց էլ կորցնենք վա՛յն էկել ա մեր օրին: Հայոց լեզուն առաջիս փախչում էր Կրեսոսի նման. Երեսուն տարվա փակ բերանս Աղասին բաց արեց: Մեկ երես բան դեռ չէի գրել, որ իմ մանկական սիրելի բարեկամ ազնիվ հայազգի պարոն դոքտոր Աղաֆոն Սմբատյանը ներս մտավ: Ուզում էի թուղթս ծածկեմ, էլ չկարացի: Ինձ համար Աստված էր նրան էն սհաթին ղրկել, նրա ջանին մեռնիմ: Զոռ արեց, որ կարդամ. Բարեկամիցը ի՞նչ պետք է թաքցրած: Միրտս դողում էր կարդալիս, մտքումս ասում էի, թե հենց հմիկ, որդե որ ա, գլուխը կպտտի, ունքերը կկիտի մյուսների նման ու իմ ախմախության վրա մտքումն էլա հո կծիծաղի, որ երեսիս չասի: Բայց փիսը ես էի, որ նրա ազնվական հոգին դեռ լավ չէի ճանաչել: Վերջացնելիս, որ հենց էն ա, թուրն էկել էր, ոսկորին դեմ առել, որ չասեց՝ «Թե էդպես կշարունակեք, շատ հիանալի բան կդառնա», — ուզում էի վրա թռչիմ, բերանը, է՛ն քաղցր բերանը համբուրեմ:

Նրա սուրբ բարեկամությանն եմ պարտական, որ մունջ լեզուս բաց արեց: Նա գնաց թե չէ, կրակը ջանս առավ: Սհաթի տասն էր առավոտի: Էլ հաց, կերակուր միտքս չէկան: Ճանճը առաջովս անց կենալիս ուզում էի սպանեմ, էնպես էի վառվել: Հայաստան հրեշտակի պես առաջիս կանգնել, ինձ թև էր տալիս: Ծնող, տուն, երեխայություն, ասած, լսած բաներ՝ էնպես էին կենդանացել, որ էլ աշխարքը միտքս չէ՛ր գալիս: Ինչ խուլ, կորած, մոլորած մտքեր ունեի, բոլոր բացվել, ետ էին եկել: Նոր էի իմանում, որ գրաբառ ու ուրիշ լեզվներ մինչև էն սհաթը միտքս փակել, բխովել էին: Ինչ որ ասում էի կամ գրում մինչև էն հաղաղը, գողացած կամ հնարած բաներ էին, էնդուր համար հենց մեկ երես բան գրում էի թե չէ, յա քունս էր տանում, յա ձեռս բեզարում: Գիշերվան մինչև սհաթի հինգը ո՛չ հացի մտիկ արի, ո՛չ չայի, չիբուխն էր իմ կերակուրը, գրիչը՝ իմ հացը: Տանցոնց խնդրելուն, նեղանալուն, խռովելուն էլ չէ՛ի մտիկ անում: Երեսուն թաբաղեն, էն ա. լցվելով էր, որ բնությունը իր պարտքը պահանջեց, աչքերս գնաց: Սաղ գիշերը ինձ էնպես էր երևում, թե նստած գրում եմ. երանի՜ կըլեր ինձ, թե էն մտքերը ցերեկն էին միտս ընկել:

Սիրելի կարդացող, չնեղանաս, որ բանն էսքան երկարացրի: Էնդուր համար եմ էստոնք հիշում, որ իմանաս, թե ազգի սերը ի՜նչ լազաթ ունի, ի՞նչ զորություն: Էն առավոտը իմ դուշմանի տանը ո՜չ ետ գա, ինչ որ ես տեսա: Աչքս բաց եմ անում՝ իմ խեղճ, դարիբ գերմանացի կողակցի ձենն ա ընկնում անկաջս: Տեսնիմ, իմ միայնակ որդին դոշին առած՝ էն արտասունքն ա վեր ածում, որ քարեր կմղկտան, Ծառա ու դարավաշ էլ մեկ պուճախում են փետացել, կանգնել ինձ ցավելով մտիկ անում: Ու՞մ սիրտը էս սհաթին չէ՛ր ճաքիր: Գժվածի պես վեր թռա, երեխիս եմ նայում. Փառք աստուծո, սաղ ա. կողակցիս եմ աղաչում, սիրտը չի՛ կարում ետ բերիլ: Ի՞նչ էր պատահել, չէի իմանում: ԱնԱստված , ինձ սպանեցիր հո, էս ի՞նչ բան բերիր գլխիս,— վերջապես լսեցի: Ծառեքն էլ մեկ կողմից են ինձ ղնամիշ անում, վերջապես իմանամ, որ սաղ գիշերը անդադար դելն եմ տվել, գոռացել, ա՛խ քաշել, խոսացել, ու ինչ որ հարցրել են տանըցիք, միշտ էլ գերմաներեն ո՛չ, հայերեն պատասխան տվել ու հազար տեսակ վայրիվերո բան ասել, էլ ետ իմ կռիվն սկսել: Մինչև սհաթի ինը, էս հալումն ընկած՝ ես իմ քեֆն եմ արել, նրանք՝ իրանց սուգն, ու ինձանից ձեռք վերցրել: Էն առավոտը, սաղ շաբաթ ու ամիս, էսօր էլ մուրազս հենց էն ա էլել, որ գնամ, ընկնիմ մեկ իշխանի ոտք, ասեմ, ինձ մեկ կտոր հաց տա, ու ես՝ գիշեր-ցերեկ ընկնիմ գեղեգեղ ու մեր ազգի արած բաները հավաքեմ, գրեմ:

Թո՛ղ ինձ այսուհետև տգետ կանչեն. լեզուս բաց ա էլել, ի՛մ ընտիր, ազիզ, ի՛մ սրտի սիրեկան ազգ: Թո՛ղ տրամաբանություն գիտեցողը իրան համքյարի համար գրի, ես՝ քո կորած, շվարած որդին, քեզ համար:

Ո՛վ թուր, ունի, առաջ ի՛մ գլխիս խփի, ի՛մ սիրտս խրի, ապա թե ո՛չ՝ քանի բերնումս լեզու կա, փորումս՝ սիրտ, ես լեղապատառ ձեն կտամ. — էդ ո՞ւմ վրա եք թուր հանել, հայոց մեծ ազգին չե՞ք ճանաչում: Թաք ըլի դու՛, դու՛, իմ պատվական ազգ, քո որդու արածը, քո որդու խակ լեզուն սիրես, ընդունիս, ինչպես հերը իր մանուկի կմկմալը, որ աշխարքի հետ չի՛ փոխիլ: Երբ որ կմեծանամ, խրթին լեզվով էլ կխոսանք, Աղասին քո փոքր որդին ա, սրանից դիա մեծ, դիա անվանիքը շատ ունիս. ինձ մի սիրտ տո՛ւր, արնիդ մատաղ գնամ, տե՛ս, թե ի՞նչ ձևով եմ գնում, նրանց բերում, առաջիդ կանգնացնում, որ դու էլ զարմանաս, թե էնպես որդիք ունեցողը աշխարքումն էլ ի՞նչ դարդ կանի: Ե՛րեսս ոտիդ տակը: Տու՛ր էդ սուրբ ձեռդ էլ մի համբուրեմ, որ ինձ ներես, ու գնանք մեր սիրուն Աղասու մոտ:

ԳԼՈՒԽ ԱՌԱՋԻՆ

Բարիկենդան էր։ Ձինն էկել, դիզվել, սար ու ձոր բռնել էր։ Պարզըկա գիշերը է՛նպես էր գետինը սառցրել, որ ամեն մեկ ոտը կոխելիս հազար տեղից տրաքտրաքում, ճռճռում, ճքճքում էր ու մարդի ջանը սրսռացնում, ձեն տալիս։ Ամեն մեկ ծառի ճղքներից, ամեն մեկ տան բաշից հազար տեսակ սառցի լուլա, հազար տեսակ ձնի քուլա կախ էր էլել ու բիզ-բիզ իրար վրա սառել։ Հենց գիտես՝ սար ու ձոր կամ նո՛ր էր ծաղկել, կամ նո՛ր ծերացել, մահվան դուռն ընկել շունչն էր մնացել, որ տա ու աշխարքիս բարով մնա ասի։ Ղուշ, զազան, անասուն, սողուն՝ որը փետացել, էստեղ-էնտեղ վեր էր ընկել, որն էլ վաղուց, ամսով առաջ բունը մտել, ձենը կտրել, պաշարը վայելում, զարնան գալուն սպասում։ Գետերի, առվըների երեսները սառիցը մեկ գազ էկել, հաստացել, իրար վրա դիզվել, էնպես էր ջրի, աղբրի բերնին հուպ տվել, որ մոտըներին կանգնողը միմիայն նրանց խուլ ձենն էր լսում, որ սառցի տակին տխուր, տրտում քչքչում էր ու էլ ետ էստեղ-էնտեղ կամաց-կամաց ձենը կտրում, պապանձվում, սառչում։

Արեգակը էս առավոտ որ գլուխը քնի տեղիցը ու աղոթարանիցը չի՛ բարձրացրեց ու աչքը աշխարքի վրա քցեց, շողքը սարերի գագաթին, դաշտերի գլխին է՛նպես էր պեծին տալիս, պսպղում, փայլում ու սառցի, ձնի հետ խաղում, ծիծաղում, կանաչ ու կարմրին տալիս, որ հենց իմանաս, թե ալմազ, զմռուխ, յախուխ ու հազար տեսակ-տեսակ անգին քարեր ըլեին դաշտերի, սարերի գլխին, երեսին, դոշին փռած։

Սարերի սառը բուքը, ձորերի դառնաշունչ քամին է՛նպես էր մեյդան բաց արել, գոռում, փչում, հոսան անում, ձնի թեփը իրար գլխով տալիս, որ ճամփորդի քիթ ու պռունկը կպցնում, ճաքացնում, երեսը պատռում, գլխին, երեսին հազար անգամ խփում, աչք ու բերան լցնում, շատին կամ ձորերն էր քցում, խեղդում, կամ ձնումը թաղում, շունչը կտրում, կամ ոտ ու գլուխ փետացրած՝ ճամփից խռկում, սար ու չոլ քցում, խեղդում կամ քարեքար տալիս: Էսպես մեկ խիստ ձմեռվան օրի լիսն ու մութը որ բաժանվեցավ, ու աղոթարանը բաց էլավ, քանաքոցիք քնից վեր կացան, տան երդիկները բաց արին, երեսները լվացին, մեկ-երկու խաչ հանեցին, բարի լիս ասացին իրար, երեխեքը ծածկեցին, ու ամեն մարդ սկսեց գնալ իր բանը: Մեծ մարդիկը միրքըները սանդրելով, պառավ կնանիքը չարսավը կռնատակների տակին՝ կամաց-կամաց տանիցը դուս էլան ու տերողորմյա քաշելով, Հայր մեր ասելով, հրաժարիմքը կամ հավատով խոստովանիմը քթըների տակին փնթփնթացնելով, իրար ողջույն տալով, շատը իր տակը քցելու շորը կամ մորթին ձեռին բռնած, քիթ-քթի տված՝ գնացին ժամ, դուռը պաչեցին, էն վախտին վրա հասան, որ տերտերը դեռ չէ՛ր էկել, ժամկոչին ասեցին, որ զանգակը քաշի, ու իրանք մեկ-քանի ծունր դնելուցը հետո՝ մարդիկը սեղանի առաջին կամ տների տակին, կնանիքը ետի դասումը իրանց համար իրար մոտ շորը փռեցին, չոքեցին, գլուխ-գլխի դրին ու սկսեցին զրից անիլ, իրանց գեղի ու տների բանը պատմիլ իրար հալ հարցնիլ, մինչև տերտերն էկավ, ճրագները, կանթեղները վառեցին, որտեղ ձեթ չկար, մղդսին ածեց, տերտերի փիլոնը քցեց, ու ընչանք մյուս ընկերն ու տիրացուքը կգային, նա էլ մեկ-քանի ծունր դրեց, չոքեց, սաղմոս ասաց, աղոթք արեց, էկողներին լավ վարաղուրդ արեց, որի քեֆը հարցրեց, որի հետ էլ էնքան զրից արեց կամ աչքերը ճմռեց, մինչև խալխը մի քիչ շատացավ, ընկերն էկավ, հրաժարիմքն ասեցին գդակը գլխներին, երեսները դեպի Արևմուտը դարձրին, ու հետո էլ ետ շուռ էկան, հավատամքն ու մեղեն սկսեցին, զանգակն մեկ անգամ էլ քաշեցին, որտեղ զանգակ չկար, ժամհարը գնաց, կտրների, աղբըների վրա ձեն տվեց, ու ժամն սկսեց կանգնիլ: Տերտեր, տիրացու ժամն էին ասում, ժողովուրդը ծունր դնում, խաչ հանում կամ չոքում, նստում, ու աշխատասեր, ժիր մղդսին յա ճրագի ծերը կտրում, յա կանթեղներին լիս տալիս, յա թե չէ՝ միրուքը քորելով, կոնդալ գլուխը տրորելով, արշտոտալով դուրս ու տուն էր անում, բուրվառ շինում, կամ էրեխեքանց գլխին խփում, որ հանդարտ կենան, ղալմաղալ չանեն, դես ու դեն չվազին: Բազի անգամ էլ բոնոթու դուլթին ջիբիցը կամ ծոցիցը հանում, թափ տալիս, ինքը քաշում, փռշտում, երեսին խաչ հանում յա սատանին անիծում ու քեղխուդեքանցը թավազա անում, պատիվ տալիս ու էլ ետ ծանր-ծանր գալիս, իր տեղը կանգնում կամ տերտերի հրամանը կատարում:

Ջահել, տան տղերքն էլ ամառվան պես խոտ հնձելու, կալ կալսելու, բաղ փորելու, էտելու, թաղելու, դարման կրելու դարդ չունենալով՝ ճմլկոտալով, աչքները ճմռեցին ու քնահարամ մտան գոմը, որ տավարին, ձիանոնցը խոտ տան, տակըները սրբեն, ջուրը տանին, ձիանը թիմարեն ու հետը խաղ ասելով էլ ետ կապեն ու գնան տուն: Հարզնոր հարսերը՝ աղարույր գյուղաբաթնի օշմաղը մինչև քթըների կեսը խոր քցած, քող ու լաչակի ծերը աչքերի տակը խոր քաշած, որ էլ երեսները չէր երևում, մեկ դարայի կամ ղադաք մինթանա հաքըներին, մովի կամ կտավի շապկով զարդարած, մեկ մեծ գոտկով մեջքները չորս տակ, հինգ տակ կապած՝ ղշի պես կուփ-կուփ վեր թռան, երեսներին մի քիչ ջուր քսեցին, փեշով սրբեցին, ու որն սկսեց տունըն ավելել, որը դուռը սրբիլ՛ որն էլ չախմախին տվեց, կրակ արեց, որ թունդիրը վառի ու տան թալարեքը տեսնի, պղնձները վրեն դնի ու կերակուրները էփի, հազիր անի: Տան ջահել աղջկերքն էլ գլխըները սանդրեցին, մազըները հուսած, քամակներին քցած, կարմրազգաթ պոպոզ մորթե գդակները գլխըներին, անկաջները կապեցին, դաստամալն ուսըներին քցեցին, կուժը վրեն դրին, բերանը կալան ու գնացին, որ տան համար ջուր բերեն, ու երկար ժամանակ ջրի վրա իրար հետ զրից տալուցը նաըլ՝ էլ ետ իրար հետ խոսալով, ծիծաղելով մեկն իրանց տունը գնաց, մյուսն՝ իրանց:

Արեգակի շողքն ընկավ տուն. բոըյազը մեկ կողմից էր շվացնում, բզզում, հոսանը մյուս կողմից ֆստացնում, փստացնում, վզվզում, ձինը փանջարեքովը ու երդկովը ներս ածում, աչք ու անկաջ լցնում, ու էրեխեքն էլ քնաթաթախ վեր կացած, թունդրի չորս կողմովը բոլորված, շարված, ու դեռ անլվա՝ ոտըները քարին, գետնին էին ծեծում, մորըները խփում, որ հաց առնին, ուտեն: Աթարի սև, թանձր ծուխը դուռն ու երդիկը կալել, տունը մխի ծով էր շինել, էնպես որ մարդի աչքը առաջը չէ՛ր կարում ջոկի: էրեխեքանց սուգ ու շիվանը գլուխ էր տանում, քյալլա ծակում: Որն օրորոցումն էր լալիս, որը դեռ յորղանի տակին, աչք ու բերան ծխով լիքը՝ գոռում, հարայ տալիս, որն էլ տված հացովը հերիք չէր, էլի ժնգժնգում, ուզում էր, որ էլի տան, որ ձենը կտրի: Խեղճ տանտիկինը հո, չէ՛ր իմանում, թե ձեռը ո՛րի բերնին դնի, ո՛րի աչքը կշտացնի, ու իր բերանն ու աչքը հո, բաց ու խուփ անելով մեռել էր, հենց բոնի՛ր: է՛նքան ծուխ էր կուլ տվել, բոնոթի քաշել փռշտացել, հազացել, որ սիրտն էկել էր, բողազին դեմ առել: է՛նքան աչքերը տրորել էր ու աղի արտասունք թափել, որ աչքի լիսը թռել էր՝ է՛նքան կուզեկուզ, հավկրի պես ման էր էկել պուճախե-պուճախ ընկել, որ էլ մեջքը չէ՛ր կարում քաշիլ: Թունդիրն էլ քանի կենում էր, թեժանում էր: Պղնձները ղլթղլթալով եփ էին գալիս, ինքն էլ թունդրի չորս կողմը դուքարա ավել քսեց, սրբեց, կերակրների համը տեսավ, աղ քցեց ու մտիկ էր անում, որ ժամավորը տուն գա:

Աստուծո ողորմությունը հասավ. ծուխը ետ քաշվեցավ. քամին ետ առավ, ջրի գնացողները էկան, տղերքն էլ հավաքվեցան. արեգակը մեկ ջիդաբոյ էկավ, բարձրացավ, բայց դեռ Ողորմի աստծու ձեն չլսած, ժամավորները չէկած՝ ո՞վ էր կարող, որ բերանը նշխարք դնի: Առվոտա սհաթի ութը դեռ չէ՛ր ըլիլ, էս որ ասում եմ:

— է՛հ, ժամ չի՛ դառավ մեր գլխին, մեկ իշի հարսանիք դառավ, տո, — սկսեց տանուտեր Օհանեսի մեծ տղա Աղասին բերանը բաց անիլ ու ինքն իրան թոնթորալ, բարկանալ, որ իր բոզ ձին թամքել, հազիր էր արել, որ էսօր դուս գնա, ջիրիդ խաղա ու ուզում էր, մոնց որ ըլի, մեկ փոքր նիար անի, ձիու քամակն ընկնի ու գնա, իր թայդաշ (տոլ) տղերքանց հետ իր քեֆն արամիշ անի: — Տո՛, ձեր տունը չքանդվի, ախր ի՞նչ խաբար ա էսքան պոչը ձգել, երկարացնել: Մեկ-էրկու ծունր դի՛ր, երեսիդ մեկ-քանի խաչ հանի՛ր, պրծանք, գնաց. ժամի դուռը պաչ արա՛, էլ ետ արի՛, քո բանդ տե՛ս: Ի՞նչ ա, էսպես օրն էլ ժամի տուտը բռնիլ, ե՛րկար մտիկ անիլ, որ հա կա՛ց ու բերանդ բաց ու խուփ արա՛, թե Օրհնյալ եղերուքն ասեն, որ բերանդ հացի համ տեսնի: Խաչը գիտենա, էս հալևորներն ու պառավները քանի մեծանում են, խելքըներն էլ հետըները կորցնում: Կուզես բարկացի՛ր,կուզես սառը ջուր խմի՛ր, որ մեռնիս էլ, էնքան պետք է մտիկ անես, որ ժամավորները զան, Ողորմի Աստված ասեն, որ բալքի թե աչքդ մի բան տեսնի: Մարդի աչքը ջուր ա կտրում, լերդը չորանում: Էսօր էլ հո մատաղ չե՞ն մորթել ու ժամի դռանը բաժանում, որ հա թե մտիկ էլ անես, էլի աչքդ մի բան տեսնի, բերանդ մսի համ, քիթդ մսի հոտ առնի: Տերտերների գլուխն էլ հո էսօր լավ տաքացած՝ ի՞նչ են մտիկ անում, թե գելը ոչխարը տարավ: Էլ տուտը չե՛ն կտրում, լավ-օսալ մի քիչ ոտը բարձրացնում, որ աղունը շուտով վեր գա, ամեն մարդ իր տուն գնա: Էչ չե՛ն միտք անում, թե էսօր ի՞նչ օր ա: Էս կարգ դնողին ի՞նչ ասեմ. նրա հորն ողորմի, ինքը հացի տեղ խոտ կըլի կերած, բա՛ս... Փորս վեց-վեց անում, ղլվլոց ա ընկել, էլի հա կա՛ց ու գլխիդ վայ տո՛ւր, թե ժամը պետք է արձակվի, որ արքայություն ըլի:

— Տո՛, խա՛նի խարաբ, ի՞նչ էլավ քեզ. մի քիչ որ համբերես, լեզուդ քեզ անես, լավ չի՞լ. Ի՞նչ ես առավոտ-առավոտ էլ բերնիդ կապը կտրել, հո կրակ չի՞ ընկել փորդ ու քեզ էրում, խորովում, — ասեց մերը բարկանալով, — հո աշխարքը տարան ո՛չ, դու մնացիր: Մենք ջա՞ն չունինք, մեզ Աստված չի՞ ստեղծել, հողի՞ցը դուս էկանք: Պա՛-պա՛, պա՛ — պա՛... էս ժանակիս տղերքը հենց սալթ գժվել, կապովի են դառել: Ո՛չ մեծի պատիվն են ճանաչում, ո՛չ հավատի գինը, ո՛չ ժամի, աղոթքի զորությունը, էս ա, որ Աստված մեր գլխին բարկացել, ամեն կողմից մեզանից զուլումը պակաս չի ըլում, է՛: Ամենն էլ իրանց ձին են քշում: էրեկվան երեխեն էլ դեռ ոտը չի՛ էլած՝ ոտն ա բարձրացնում, հո Աստված չի՛ վերցնիլ: Վեր կացար տեղիցդ, տո՛, մեկ հլա աստծուն փառք տո՛ւր, երեսիդ խաչ հանի՛ր, հոգիդ միտքդ բե՛ր ու ետո ուզածդ արա՛, է՛. հո ճաքեցիր ո՛չ: Տա՛, տա՛, տա՛... Աստված ազատի էս ժամանակվա երեխեքանց ձեռիցը. որ թողաս, աշխարք կքանդեն: Լավ ա, որ Աստված էսպես անօրեն բանին համբերում ա, ես ըլիմ, չե՛մ համբերիլ:

Աղասին հնազանդ որդի էր: Ղորդ ա, մորը ո՛չինչ չասեց, լռվեց, բայց ասածը մեկ անկաջովը մտավ, մյուսովը դուրս էլավ: Ոտի տակին կրակ էր վառվում-սիրտն ուզում էր բերնովը դուս գա: Գեղումը մեծացած ռամիկ տղա հազարից մեկ անգամ ժամի երես չէ՛ր տեսել, մեղի ձեն չէր լսել, կողքերն ու գլուխը չոլում, սարում հաստացրել: Մեկ զատկին, մեկ էլ ջրօրհներքին, սատանի աչքը քոռ, ղորդ ա, զանգակի ու պատարագի ձեն իմանում էր, բայց վա՛յ էն իմանալուն, ո՛չ սրտին էր քյար անում, ո՛չ ջանին: Նրա համար ժամն ու գիլի հարսանիքը մեկ էր. Ո՛չ բառն էր իմանում, ո՛չ զորությունը. ծունր դնելիս կամ չոքելիս էլ մեջքն ու ոտներն էին ցավում, ծալապատիկ նստում էր, բեզարում էր, ոտի վրա կանգնում էր, չէ՛ր կարում համբերի: Շատ անգամ ճարը կտրում էր, դուս էր գալիս ժամի հայաթը, մեկ գերեզմանաքարի վրա նստում, մեկ կուշտ քնում, էլ ետ ներս մտնում: Շատ անգամ էն վախտին էր ժամ գնում, որ ամեն բանը կերել պրծել, օրհնյալ եղերուքն էին ասում: Ո՛չինչ. Մեկ-երկու խաչ էր հանում երեսին, ժամի դուռը պաչում, ետ դառնում:

Սաքի մենք է՞նպես չենք անում, կոպիտ գեղըցու վրա ի՞նչ ենք զարմանում կամ ծիծաղում: Գրի սևն ու սպիտակը հո, էսպես տեղը, ուերտերներն էլ բռանց էին ջոկում. ավետարան կարդալիս հազար անգամ յա չեշմակը (գյոզլուկը) դզում, յա տիրացվի, մղդսու վրա բարկանում, յա գրակալը դոշըներին քաշում, յա գլուխ, երես գրքի միջումը կորցնում, մեկ պստիկ մոմ էլ ձեռներն առնում, յա մոնթի գլխին խփում, որ մոմը դուզ բռնի: Շատ անգամ էլ, որդիանց որդի, մեկ փիս, անմարս, դժար, ատամ, գլուխ կոտրող բառ էլ որ չէր ռաստ գալիս, հենց գիտես, թե սատանի թամքը կորավ, շատ կռանալուցը, մոմը մոտ բռնելուցը յա գիրքն էր էրվում, յա նրա միրուքը: Ամա էսպես բառեր վարավուրդ էին արել, մոտանալիս կամ գլխովն էին պտտում, կամ մեկ գիրն ասում, մյուսը կուլ տալիս. յա թե չէ՛ սխ կարդալու տեղ՝ սոխ կամ սխտոր ասում, դս ասելու տեղ դսրախ, ու ժամ օրհնողն էլ յա չոռ էր ասում, յա չէ՛ լսում: Մեկ գիր պակաս ժամանակին հո, Աստված հեռու տանի. ժամ ու ժողովուրդ, տերտեր, տիրացու իրար գլխով էին դիպչում. ամեն բերնից էնպես մեկ խոսք էր դուս գալիս, որ զուռնի փոխանակ դափ էին ածում, մմի տեղ ցխավելը յա քշոցը կարդացողի ձեռը տալիս, տպողին օրհնում, կազմողին գովում ու գեջդանգեջ, պրծնելիս, աստծուն էնքան իրանց հոգու համար շնորհակալություն չանում, որքան գրքից, ավետարանից ազատվելու խաթեր: Թե մեկ վարդապետ էլ պատահում էր էսպես վախտը, Աստված հեռու տանի, էշը մնում էր ցխումը խրված, կարդացողի ոտն ու ձեռը դող էր ընկնում, լեզուն կապվում:

Չէ՛ զարմանալու, ի՞նչ անեն խեղճերը, գեղերումը վարժատուն չունին, քաղաքներումը՝ օրինավոր վարժապետ, ու շատի փորում, հինգ օր ման գաս, մեկ այբի կտոր չե՛ս գտնիր է՛ն էլ շատ ա, որ իրանց ջուրը ջրամանիցը հանում են, իրանց բանը յոլա տանում, ժամի կարգը կատարում: Ամենս էլ լավ գիտենք, թե ո՞ւմ մեղքն ա, ամա հիմիկ խոսալու վախտը չի, հետո կասեմ, ի՞նչ ասեմ, իմացողն իմացավ ու անկաջի տակն էլ բալքի թե քորեց, բայց անկաջի տակը քորելով փոր չի՛ կշտանալ, լավ է մեկ օր առաջ իր բանը կարգին բռնիլ ու չասիլ՝ էգուց, էգուց: էգուց էլ էս օրվանից ա, ընչանք էգուց-էլօր կքցենք մեր բանը, գելը սուրուն կտանի. ով անկաջ ունի, լսի, թե չէ ոտը քարին կառնի: Մեր Աղասին, բացի սրանից, դորդ ա, տարին իրեք-չորս անգամ սրբություն էլ էր առնում, խոստովանվում, պաս ու ծում պահում, զատկի մատաղին ընկեր ըլում. խունկ ու մոմ վառում, իր մեղքը բոլոր տերտերի վիզը կապում, ինքը բերանը սրբում, ձեռները լվանում, դրաղ կանգնում, բայց էս պարտքիցը պրծածին պես, քրդի ասածին պես՝ «էլմը զեն կիկոն» էր, «էլմը զեն կիկոն»: էլ էն ջուրը, էլ էն ջաղացը, ո՛չ դուղն էր բան մտնում, ո՛չ բերանը լազաթ առնում: Շատ անգամ ժամի ճամփեն էլ էր մաքիցը քցում, խունկն ու մոմն էլ: էս մեկ աղաթ էր. աչքը բաց էր արել, էնպես էր տեսել, թե հինգ նավակատյացը միս չպետք էր կերած, ժամ գնացած, ծում պահած, սրբություն առած, պատարագ արած, հոգո հաց տված, գերեզմաններն օրհնած, ուրիշներն անում էին, ինքն էլ էնպես էր անում, աղքատաց կերակրում, շատ անգամ քահանա, խալխ կանչում ու իրանց ննջեցելոց հոգիքը հիշում: Բոլոր, բոլոր հիանալի սովորություններ էին, աննման օրենք, սուրբ Աստված ապաշտություն և մարդասիրություն: Աստված տա, ամեն ազգ էս բարեգործությունները ունենան, որ մեր ընտիր հայերն ունին, ամա Աղասու ջիգրը հենց էնդուր վրա էր շատ անգամ գալիս, որ ինչ անում էին, խելքումը չէին նստացնում, թե բանի զորությունն ի՞նչ ա: Հանդն էր դուս գալիս՝ իր մասիլն ու պտուղը, դաշտերի ծառն ու ծաղիկը, երկնքի պայծառ արեգակի, լուսնի, աստղերի լիսը տեսնելիս նրա հոգին վերանում էր, խելքը թռչում, շատ անգամ աչքերը ծով դառած՝ տեղն ու տեղը մնում կանգնած, հենց իմանում էր, թե իրան դրախտը տարան: Ձեռները քցում, գլուխը բաց անում, երեսը մեկ երկինքը, մեկ երկրի վրա քցում, հոգոց հանում ու ցանկանում էր, որ ձեն տա:

— Ա՜խ, ո՞վ ես դու, ո՞վ, յարաղանիդ ղուրբան, Աստված , որ էսքան բարիքը ստեղծել ես մեզ համար: Ա՜խ, ընչի՞ չե՜ս քո սուրբ երեսը մեկ օր մեզ ցույց տալիս, որ ոտներդ ընկնինք, մեր սիրտը, մեր հոգին քեզ մատաղ տանք: Թե ասեմ՝ երկիրն ա մենակ գեղեցիկ, հազար ծաղկներով, բուսով զարդարած, բաս երկինքը ո՞ւր թողամ, որ ցերեկը ինձ լիս ա տալիս, հանդիս պտուղը հասցնում, գիշերը մութն իմ աչքիցս հեռացնում ու էնպես, չադրի պես գլխիս վրա կանգնած՝ անձրև, արև տալիս, որ ես ապրեմ՝, որդիքս պահպանեմ, աշխարքի պետքը զամ, որ մեռնելիս էլ զան հողիս վրա, ինձ մեկ դարտակ ողորմի ասեն: Ա՜խ, երկնային թագավոր Աստված , քանի աչքս բաց եմ անում, էս քո արարածը տեսնում, սիրտս կրակ է դառնում, աչքս ծով, բերանս լռվում, մնում եմ տաքացած, ջեռուցած, բայց ա՜խ, ո՜չ էս կրակն ա ինձ էրում, ո՜չ էս ջուրն ինձ խեղդում: Աչքս մոլորված՝ էս թփից էն թուփ, էս սարից էն սարն ա ընկնում, ծառի տակին ասես, սարի գլխին ասես՝ մտիկ անելով աչքս շաղվում, ջուր ա կտրում: Հենց գիտես՝ մեկ ձեն, մեկ թև, մեկ աներևույթ հոգի, տերևները խշշալիս, դուշը թռչելիս, աղբյուրը քչքչալիս, բյուլբյուլը երգելիս, հովը փչելիս, շաղը երեսիս թափելիս, ամպը գոռալիս, անձրևը գալիս ինձ ձեն ըլի տալիս, ինձ ձեռով ըլի անում, ինձ վրա խնդում, թե վայելի՛ր էստոնք, հողածին մարդ, բարի կա՛ց, բարություն արա՛, Արարչիդ մեծությունը ու խնամքը ճանաչի՛ր, ծառի պես պտուղ տո՛ւր, ծաղկի պես՝ հոտ, սարի պես՝ աղբյուր, դաշտի պես՝ մասիլ, երկրի պես՝ հաց, երկնքի պես լիս. վայելի՛ր աստուծո բարու-թյունը, ուրըշին էլ փայ տո՛ւր. աղքատ տեսնելիս՝ կերցրո՛ւ, կշտացրո՛ւ, դուշը վրովդ անց կենալիս կանչի՛ր, կուտ տո՛ւր, դու առատ ձեռք ունեցիր, որ առատ առնիս ու բախտավոր ըլիս: Ա՛խ, բոլոր կանեմ, կյանքս ուզեն, չե՛մ խնայիլ, բայց ի՞նչ կըլի, որ, տեր իմ և Աստված ջան, էս հոգին մեկ օր էլա մի ինձ երևի, որ էսպես կարոտ չմնամ, չէրվիմ, չմաշվիմ նրա աննման սիրովը: Երազումն էլա որ մեկ նրա պատկերը տեսնեի, սրտումս դարդ չէր մնալ, էնքան չէի հասրաթ ըլիլ ու տանջվիլ: Թե դու ես նրան ուղարկում, ո՛վ տեր իմ և արարիչ, ինչի՞ չես հրամայում, որ մեկ օր, մեկ օր, ա՛խ, մեկ րոպե էլա, մեկ աչքս բաց ու խուփ անելիս էլա, նա մի աչքովս ընկնի, նրան տեսնիմ, սիրտս հովանա ու էլի նրա ասածն անեմ, բերնիս թիքեն հանեմ, ուրըշին ուտացնեմ, հաքիս շորը հանեմ, ուրըշի լաշը ծածկեմ, որ հորնըմորս սիրտն էլ ուրախանա, ասեն, թե «Աստված իրանց բարի զավակ ա պարգևել, որ իրանց խրատը գետինը չի՛ քցում, իրանց բարի ճամփին ա հետևում, իրանց ասածն անում»:

Հանդը դուս գալիս՝ մեր բիրտ Աղասին էսպես էր մտածում, ու սիրտն էրվում, ժամիցը գալիս՝ փառք էր տալիս աստուծո, որ շուտ արձակվեցավ, ինքը տուն էկավ, որ մի քիչ դինջանա ու գնա հանդը, որ էլի սիրտը բացվի, էլի էն հիանալի ձենը լսի ու իր բանն անի: Շատ անգամ բարկացած՝ գալիս էր, տան պուճախումը կամ քուրսու տակին ոտները փռում, տրտնջում, թոնթորում, գանգատ անում, որ ժամումը, խոստովանվելիս, էնպես բաներից էին խաբար առել, նրա սիրտը վիրավորել, որ նրա մտքովը ամեննին երազումն էլ չէին անց կացել:

— Ա՛խպեր, արածիս հլա մեկ ճար արա՛, հետո ուրիշ բաներից հարցըրու, է՛, — ասում էր շատ անգամ նեղանալով:

— Հենց քանի ասում ես, էլի երկու սհաթ չոքացնում, գլուխդ տանում են, թե՝ ասա՛, ասա՛: Ախր որ չեմ արել, ի՞նչ ասեմ, ի՞նչ: Էնպես բան արա՛, որ սիրտս մի քիչ հովանա յա տաքանա, շատ խոսալուց ի՞նչ կշահվիս: Ասենք, թե խաթր եմ անում, լիս չե՛մ ընկնում, հենց պետք է ամեն բան բերանդ գալիս խոսի՞ս: Սիրտս սրտռում ա էդ հարցրած բաներիցդ, քար ըլի, էդ խոսքերը չի՛ տանիլ: Ախր ի՞նչպես են աստուծո սուրբ տաճարումը էնպես բաներից խաբար առնում, որ չոլումը չի՛ պետք է խոսացած, բայքի թե քամին իմանա, տանի, ուրըշի անկաջ քցի. տանը չի՛ պետք է ասած, որ չըլիմ չիմանամ, պատերը զարզանդին: Ես իմ կարճ խելքովս էնպես եմ իմանում, որ մարդ խոստովանվելիս ինքը պետք է իր մեղքի վատությունը, իր արած չարությունը միտք անի, փոշմանի, զղջա, աստծուն խնդրի, որ իրան թողություն տա, որ էլ չանի, կարողություն տա, որ իր ճամփիցը չհեռանա, բարի ըլի, թե չէ՝ զոռ անելով, մարդի վրա բեռը դնելով, անկաջը էսպես. բաներով լցնելով, սրտիցը ո՛չինչ խաբար չառնելով ի՞նչ կընկնի մարդի ձեռքը. ոչինչ: Հինգ օր էլ գլուխդ քարեքար տուր, տարով ծում պահի, որ սիրտդ թամուզ չի՛, ի՞նչ օգուտ: Թե ինձ վատություն ես արել, պետք է սրտով իմանաս, ինքդ փոշմանես, թե չէ ուրըշի ասելով դու հո քո ուզածը ու քո խորհուրդը չե՛ս թողալ: Տերտերի առաջին չոքելիս, մեղա տալիս էնպես պետք է վեր կենաս, որ խղճմտանքդ դինջ ըլի, նրա ասածը գլխումդ մտնի, թե չէ՝ սիրտդ լիքը գնացիր, լիքը վեր կացար, ի՞նչ օգուտ: Խաթաբալա ա, է՛լի, մեկ որ յախեդ ձեռ ա ընկնում, էլ չեն ուզում, թե պոկեն: Հաղորդության օրը որ գալիս ա. Աստված գիտենա, ջանս դող ա ընկնում: Ինչ աման-չաման կա, լվանում եմ, դուդս մզում, քամում, բեհինս քանդում, որ տեսնիմ, թե ի՞նչ եմ արել, որ ես ինքս ասեմ ու հարցնիլ չտամ: Տուն չե՛մ կտրել, մարդ չե՛մ սպանել, ուրըշի հացը ձեռիցը չե՛մ խլել, աստծուն իրան այան ա, գողություն, չարություն, անառակություն մտքովս էլ չի՛ անց կենում, էնքան արևի, անձրևի տակին չոքըչոք եմ անում: Առավոտը գնում եմ հանդը, րիգունը գալիս, մեկ մարդի ծուռը աչքով չեմ մտիկ տալիս, էլ մեղքս ո՞րն ա, որ հենց գլխըներս տանում են, թե՝ հա, ասա, հա՛, ասա՛: Ես լավ գիտեմ՝ մեղքի պարկն ո՞վ ա, իրանցից պետք է հեսաբ պահանջել, մեզ վրա են բեռը բարձում, մեզ մեղավոր շինում: Ղորդ են ասել թե շատ կարդացողի ծուծը բարակ կըլի, գլխումը խելքը չի՛ ըլիլ կամ թե չէ. Կթուրքանա: Աշխարքս կարդացողիցն ա շինվել, կարդացողիցն էլ պիտի քանդվի: Իմ դուշմանս նրանց ձեռը չընկնի, սաղ-սաղ կուտեն մարդի: Ինչ ասես՝ նրանցից դուս ա գալիս: Ավետարանը իրանք են կարդում, ժամ ու պատարագ իրանք անում, մեզ ասում, թե մեր ասածն արեք, մեր գործքին մեք նայիլ: Ախր ի՞նչպես չնայեմ, հո քոռ չեմ, փառք աստծու: Ինչ ճամփով որ դու գնում ես, ես էլ էն ճամփովը պետք է հետդ գամ. Տո՛, դու դուզ գնա՛, որ ես էլ դուզ գնամ, է՛. Զոռի բան չի՛ հո: Տո՛, դու խեցգետնի պես ծուռն ես եռում, ինձանից պահանջում ես, թե ծուռը մի գնար: Առաջ դու արա՛, հետո ինձ խրատ տո՛ւր, է՛:

Ես էլ գիտեմ, որ Աստված փիս բանը չի սիրիլ. ես որ հող տեղովս ատում եմ, նա ի՞նչպես կընդունի: Թե բան ունիս, է՛ն ասա, էղով քարվան չի՛ կտրվիլ: Նստում են երկա՛ր, զունձալամա խոսում, հազար բանի անուն տալիս, հազար հրաշք պատմում, մեջը փուչ, օխտը հատիկ, ո՛չ աղ կա, ո՛չ համեմ: Քրիստոս գիտենա, իմ ծառիցը ու դաշտիցը շատ բան եմ սովրում, քանց սրանցից: Տո՛, փող էլ ուզես՝ կտամ, չունենամ, գլուխս կծախեմ, քեզ կպահեմ, թաք ըլի էնպես բան ասես, որ խելքումս մտնի, իմ հավարին հասնիս, էն ժամանակը հոգիս ուզես, քեզ թասիր չե՛մ անիլ, չե՛մ: Ամենը հո ամենը, իլահիմ մեր Տէր Մարկոսը. որ առավոտից մինչ րիգուն՝ փիլոնն ուսին քցած, փոխանը վեր քաշելով, հողաթափը ծրփծրփացնելով կամ քոշերը քստքստացնելով, քուցին-քուցին անելով, մեկ դագանակ ձեռին, լոնդի տերողորմեն շխշխկացնելով, քուչեքը չափելով, մեկ մեռել կամ կնունք, շիլափլավ կամ մատաղ պատահելիս մեկ էլ էն ես տեսնում, որ հազալով, փռշտալով, ոտին-գլխին անելով, դռները ջարդելով, կոտրատելով, ափալ-թափալ ներս ընկավ, հոգեառ հրեշտակի պես էկավ, թունդրի դրաղը կտրեց, իրան-իրան նստեց, արաղ, մազա ուզեց, ու հենց իմանաս, թե մեռելի կես հոգին ինքն ա ուզում հանի: Դեռ պատանը չկարած, չլվացրած, շուտով թաղումելեքն ու կողոպուտն ա ուզում, Աստված հո չի՛ վերցնի: Տո՛, մեկ արի՛, ձեռս բռնի՛ր, հոր պես ինձ սիրտ դիր, ինձ անուշ լեզվով մխիթարի՛, ետո հոգիս էլ հանի, է՛.թե որ չտամ, պատժի զամ: Մեկ հացկերույթ ըլելիս՝ սափրի գլխին ինքն ա նստում, հինգ մարդի դդար հաց ուտում, տկի հոտն առնելիս՝ փորը ղլվլոց ընկնում: Տո՛, քո տունը չքանդվի, քո տունը, հո սոված չմեռա՞ր, ա՛յ խանի խարաբ, ի՞նչ էլավ քեզ. մարդի փորը հո դժոխք չի՞, որ իրան ուտի: Սար ու ձոր՝ տերտերի փորը. ի՞նչ դորդ են ասել, է՛: Բերնին դուրբան, ով էս խոսքն ասել ա: Ավետարանի կողքումը պետք է գրած, որ սրանք կարդան ու իմանան: Քիչ ա մնացել, որ մեզ սաղ-սաղ ուտեն: Երեխեքներս չոբան դառած ման են գալիս, նրանց դարդը չեն քաշում, որ մեկ այբբեն էլա, մեկ ճզի-բզի սովորցնեն, հենց իրանց ֆիքրն են քաշում: էդպես հո չի՞ ըլիլ: Ղորդ ա, կարդալ-մարթալ չե՛մ գիտում. էշ կերել եմ, էշ մեծացել: Ես ի՞նչ գիտեմ՝ տերտերն ի՞նչ ա, ժամն՝ ինչ: Էդպես բաները էս հաստ գլխումը, հազար տարի էլ ասեմ, մեռնիմ, կտրիմ, ոտներս քարեքար տամ, տուն չի՛ գնալ, տո՛ւն: Պարտականը նա ըլի, որ ինձ կարդալ չի սովորցրել, ամա բանը մենակ կարդալումը չի՛: Ինչ կուզե ասեն, ես իմ կոպիտ գլխովը էնպես եմ կարծում, նախ տեղը՝ դատած մալը ուտիլը ու դարտակ քնիլը հարամ ա: Մարդ պետք է ինքն էլ աշխատի, որ կերածը հալալ ըլի:

Էս լաղն էնպես կիմանա, թե մեր Աղասին մեկ սարսաղ, անհոգի, անԱստված , իր հավատն ուրացած մարդ պետք է ըլեր, որ մեր ողորմելի կարդացողներին էսպես քարկոծում, պախարակում էր ու էլ միտք չէ՛ր անում, թե նրա՛նք են Քրիստոսի կենարար մարմինն ու արինը ճաշակում, ծառա եմ նրանց սուրբ զորությանը: Նրա՛նք են մեր հոգու տերը, մեր մեղքը սրբող-մաքրողը: Նրա՛նց է տված երկնքի ու երկրի իշխանությունը, որ արքայության դուռը մեզ համար բանան կամ փակեն: Նրանք որ չըլին, մեր հոգին դժոխքումը հուրն-հավիտենական խրի պուախումը հա՛ կտանջվեր, հա՛ կտանջվեր ու սատանեքանց փայ կըլեր: Մազե կարմնջովը՝ անց կենալիս՝ տեղը թե նրանք մեր ձեռը չի բռնեն, անդունդը կթափվինք, ու ամեն մեկ մեր թիքեն հազար սատանի ճանկը կընկներ: Ինչ ուզում ես՝ խոսի՛ր, արա՛, ձեռդ ո՞վ ա բռնում, ամեն մարդ իր գլխի տերն ա, ամա էսպես բանի վրա խոսողի ատամները պետք է ջարդած, որ խելքը գլուխը գա.

Ի՞նչ անես, էշ գեղըցի ըլելով՝ գլուխը հաստ, ծուծը բարակ, անտաշ, կոպիտ, ո՛չ վարպետ էր տեսել, ո՛չ վարժատուն, ձիու տակը սրբելուցը, մաճը բռնելուցը, հանդը վարելուցը ու կատեպանությունից ավելի ո՛չին չ բան չէ՛ր գիտում: Ախր մեկ մարդ որ անլվա հաց ուտի, ամըներով չոլումն ու գոմումն իր օրն անց կացնի, նրանից էլ ի՞նչ հարցնես, ի՞նչ բեդամաղ ըլիս. նրա ասածը ո՞վ չվանի կդնի: Թեկուզ գեղըցին, թեկուզ յաբանի հայվանը, մի հեսաբ ա: Մեկ մարդ որ խաչ հանելիս չիմանա, թե ձեռը առաջ դո՞շին պետք է դրած, թե՞ ճակատին, ա՞ջու կողմը, թե՞ ձախու, սաղ տարին հինգ անգամ ժամի երես տեսնի, էլ ո՞վ նրա դնչին մտիկ կտա: Կըլի որ նրա բոլոր ան բավականության պատճառը բարիկենդանն էր ու ժամի երկարիլը: Բալքի միտք էր անում, թե իր թայդաշ տղերքը էն սհաթին ձի ու ասպաբ հազրած՝ դուս ըլին էկած, ու ինքը ետ մնա: Բալքի թե հենց է՛ստուր համար էր նա էնքան դատ-բեդատ անում, տրտնջում, բերանը ավերում, հոգին ապականում. թե չէ նրա ձենը մինչև է՛ն օրը իր հերնըմերն էլ չէին լսել: Էս պատճառով կարելի ա նրա գիժ խոսքերը մոռանալ, նրան ներել ու էսպես ափեղցփեղ, հայվարա խոսողի բերանը ցխել որ իր չափը ճանաչի:

Ուրեմն՝ լսողը թո՛ղ չքարկանա ու իսկույն ձեռք բարձրացնի, որ Աղա՛սու բերնին խփի: Էսպես չար լեզու ուրիշ մարդիկ էլ ունին, բայց Աղասու բարի խասիաթը, բարի սիրտն ու հոգին քիչը կունենան: Էս հասակը հասել էր, քսան տարին անց կացել, նա դեռ հորնըմոր առաջին էնպես էր, ինչպես մեկ անմեղ գառը: Մեկ օր նրանց խոսքիցը չէ՛ր դուս էկել. մեկ օր նրա բերնիցը մեկ թթո, խոսք չէ՛ր լսված. աչքը նրանց աչքին առնելիս՝ նա նրանց միտքը իսկույն իմանում ու գլուխը մահու էր տալիս, որ նրանց կամքը կատարի: Գեղըցիքը բոլոր նրա արևովն էին խնդում, նրա գլխովն օրթում ուտում: Ամենի աչքը նրա վրա է, նրան էր գովում, նրան էր օրհնում: Մեկին մեկ փորձանք դիպչելիս կամ մեկ դարդ ունենալիս նա իր գլուխը ետ էր դնում, նրա մուրազին հասնում: Բերնի թիքեն հանում էր, ուրըշին ուտացնում: Էնքան իր ապրանքին, իր հանդին ու մալին չէ՛ր մուղայիթ, որքան իր հարևանների: Տանուտերի տղեն էր, աղքատի ու նաչարի ընկեր: Որբ էր նրա դուռը գալիս՝ սափրեն էր բաց անում կամ քիսեն. ում գութան չուներ, իրանցը բան տալիս, ում եզն ու հոտաղ չուներ, իրանցն ուղարկում. ում փող չուներ, որ մշակ բռնի, իզին էտի, փորի յա թաղի կամ թաղը ետ տա, ինքն էր առաջ ընկնում, գեղի տղերքը հավաքում ու գնում նրա բանն՝ առանց կանչելու, առանց խնդրելու անում, ու իզու տերը մեջը մանելիս՝ աչքը մնում սառած, նրան ումբր ու արև խնդրում, չունքի թե մեկ տարի վազն անթաղ մնա մեր աշխարքումն, իսպառ կչորանա: — Շատ հերնըմեր երանի էին տալիս նրա հորն ու մորը, որ էնպես բարի զավակ ունեին: Ինչ տեղ մեկ մեջլիս կամ մեկ սուփրա էր բաց ըլում, նա էր նրանց գլուխը, ուրախությունը ու քեֆ շհանց տվողը: Նրա սուրահի բոյը, նրա թուխ-թուխ աչքերը, նրա ղալամով քաշած ունքերը, նրա աննման, գեղեցիկ պատկերը, նրա անուշ լեզուն, քաղցր ձենը. նրա լեն թիկունքը, բարձր ճակատը ու ոսկեթել ճալվերը մարդի խելք էին տանում. տեսնողը մաթ էր մնամ, չէ՛ր կշտանում: Սազը ձեռն առածին պես՝ քարին, փետին շունչ, հոգի, լեզու էր տալիս: Ղորդ ա, արևն երեսն էրել գույնը փախցրել էր, ամա ծիծաղելիս որ աչք ու ունքը չէ՛ր բաց անում, հենց իմանաս վարդ է բաց ըլում, երեսիցը լիս վեր թափում: Նրա թվանքի գյուլլեն դարտակ չէ՛ր անց կենալ: Սիրտն էնքան բարի էր, որ նախ տեղը դուշ էլ չէ՛ր սպանիլ. մռջիմը չէ՛ր կոխիլ, ամա հարամի թշնամու ձեռին տապակվելով գիշեր-ցերեկ, որ թե էնպես էր պատահում, որ թուրքերն էկել էին, բաղը լցվել, կամ իրան սպանիլ, կամ իր հարևանին, էն ժամանակը երկնքումն ըլեր, վեր կգար, գեղի էն կողմիցը ձեն տային, իսկույն ական թոթափել հազիր էր, ու թե բառով բանը չէ՛ր վերջանում, էն ժամանակը նա իրան թրի, թվանքի ու կռան հունարը էնպես էր ցույց տալիս, որ թշնամին մնում էր կատու դառած կամ նրա ձեռին, հնձանի տաքարին ղուրբան ըլում, որ թաղում, ծածկում էին, չունքի հազար անգամ էին փորձել, վարավուրդ արել, թե մինչև տաճկին չծեծես, քեզ բարեկամ չի՛ դառնալ:

Էնքան ղվաթով էր, որ ձեռը մեկ տղամարդի գոտիկը որ չէ՛ր քցում, հավի ճուտի պես բարձրացնում, գլխի ծերն էր հանում, պտիտ տալիս, էլ ետ վեր բերում: Ձին նի ըլելիս որ ձեռը չէր բարձրացնում, ասլան ձին կզանում էր ու մեջքը դեմ անում: Հինգ մարդ վրա թափեին, բռանց ձեռը կոլորեին: Գոմշի կամ եզան բողազը մեկ թուր խփելով է՛նպես դուս կտրում, որ թրի ծերը գետինն էր խրվում: Շատ անգամ քսան հարամի հենց թրի ոռքով էր հետ ածում: Թուրքերը նրա անունը լսելիս լեղապատառ էին ըլում: Շատ անգամ, կռիվ քցած վախտը, հենց նրա ձենն իմանում էին թե չէ, ճանճի պես ցրվում, դես ու դեն էին կորչում, գյում ըլում: Ավելի անունը Ասլան բալասիի էին դրել: Ձեռներն էլ կապած որ հարամու, թուլու մեջ բաց թողեիր, կարող էր, որ իր գլուխը պրծացներ:

Բայց է՛սքան զարմանալի հատկությունները ունենալով՝ էլի երեխի հետ երեխա էր, մեծի հետ՝ մեծ: Խանի, շահի առաջի էնպես էր կանգնում, ջուղաբ տալիս, որ, հենց իմանաս, թագավորի որդի ըլի: Ծիծաղն ու խնդությունը նրա երեսիցը պակաս չէ՛ր հարկից, է՛նքան պարզ էր նրա սիրտը, է՛նքան հանգիստ՝ նրա խղճմտանքը, է՛նքան արդար՝ նրա հոգին: Նրա ամեն մեկ խոսքը անգին ջավահիր էր:

Շատ մոր աչք մնացել էր կարոտ, որ նրան իր փեսա շինի, նրա գլխովը պտիտ գա: Ջահել աղջկերքը, նրա ձենը կամ անունը լսելիս, ուզում էին, որ հոգիները տան: Շատ անգամ, ջրի ճամփին կամ տան կտրներին կանգնած տեղը, որ Աղասուն անց կենալիս չէին տեսնում, էնպես էին կարծում, թե հրեշտակ է անց կենում, մնում էին քար դառած, մայիլ էլած: Նրա ձենը լսելիս, նրա բոյը տեսնելիս, սիրտըները կրակ էի ընկնում, խելքները գնում. ուզում էին իրանց հոգին հանեն, նրան տան: Զանգյուլում ասելիս կամ ֆալ քցելիս կամ թիզ բաց անելիս ամենն էլ իրանց մտքումը նրան էին դնում, երազում նրան տեսնում, վեր կենում նրա սիրուն ա՜խ, ո՜խ քաշում: Նրա ձեռի խնձորը կամ վարդը որ մեկի ձեռն էր ընկնում, որ փտում էլ էր կամ չորանում, էլի նա ծոցիցը չէ՛ր հեռացնում, քնելիս՝ բարձին դնում, զարթնելիս՝ դոշին, երեսին կամ քթին: Մեկ տեղ դոնաղ ըլելիս, հազար տեղից պատի արանքից, դռի շեմից, տան պուճախից, հենց նրան էին մտիկ տալիս, ու շատը ուզում էր, թե հենց էն սհաթը յա Աղասու ձեռը նրա ձեռին դիպչի կամ շունչը՝ շնչին, յա թուրը սիրտը մտնի, որ շուտով նրա արնին մատաղ ըլի, որ Աղասին նրան թաղի, Աղասու սիրտը նրա համար մրմնջա, Աղասու աչքը նրա վրա լա, բայց ա՜խ, Աղասին վաղուց էր իր մուրազին հասել ու նրանց մուրազը փորըներումը թողել: Սաղ գեղը է՛նքան էր նրա սիրովը վառվել, որ մինչն նրա վրա խաղ էլ էին հանել՝ իրանք ասում, էրեխեքանցը սովորցնում:

Աղասի ջա՛ն, գլխիդ ղուրբան,
Դու ես մեր թազն ու պարծանքը.
Աշխարքս որ բոլոր ման գան,
Ո՞վ կլի հատդ, դու մեր կյանքը:
Գլխովդ միշտ պտիտ կըզանք,
Ա՛ռ մեր հոգին, դու մեր հրեշտակ.
Թե թաղես էլ մեզ, ձեն կտա՞նք,
Էլ քեզ կօրհնենք, քեզ ղուրբան գնանք:
Երկնքին դու լիս ես տալիս,
Ծաղկերին՝ հոտ, համ ու հոգի.
Դաշտ, սար ու ձոր քեզ տեսնելիս՝
Գլուխ վեր բերում քո առաջի:

Բյուլբյուլն մեռած՝ սազիդ ձենին,
Վարդն թոռոմած՝ սերդ հիշելիս,
Ա՛խ են քաշում, տալիս գլխին,
Վա՜յ են ասում՝ դու մտիկ չտալիս:
Քանի սաղ ենք, քեզ ըլինք ղուրբան,

Քո շվաքիդ տակին մնանք.
Ա՜խ, թե մեռնինք, մեր գերեզման
Էլ գաս, կոխես, որ դինջանանք:
Թագավորներ հասրաթդ քաշեն,
Որ ունենան քեզ պես որդի.
Քո անունը երբ լսում են,
Թոզ են դառնում քո թշնամիք:
Արեգակն իր լիսն երեսիդ,
Ամպերն իրանց թևերը փռած՝
Քեզ են նայում, որ արևիդ
Ղուրբան ըլինք, մնում կանգնած:
Տանիցը որ դուս ես գալիս՝
Ամենիս աչքն վրեդ մայիլ.
Քաղցր լեզուդ մենք լսելիս՝
Ոտիդ տակին ուզում մեռնիլ:
Ղալամով աչքերդ ա քաշած,
Սուրահի բոյդ մեկ չինարի.
Աշխարքի աչքն քո վրեն մեռած,
Աղասի ջա՛ն, մեզ մոտ արի:

Բայց ինչ կուզե որ աներ, Աղասին իրանց տանն էնպես էր, ինչպես մեկ հարսը: Ղորդ ա, մի քիչ ոտին-գլխին արեց, ամա էն էլ բարիկենդանի հունարն էր: Շիրախանի բալանիքն ասես թե մառանի, մոր ջիբումն էր: Սա էլ հո էնպես կապ էր ընկել, պպին կանգնել, թե ընչանք ժամը դուս չի գա, նրան, որ մեռնի էլ, մեկ կաթը ջուր չի տալ: Աղասու նշանածն էլ լավ ոտին-գլխին էր անում, ամա ի՞նչ աներ ջրատարը, ձեռիցը մեկ բան չէ՛ր գալիս: ԱնԱստված կեսուրը ո՛չ մեկի դնչին էլ չէ՛ր նայում, չէ՛ր մռում: Ամեն բանը իր ձեռովն էր հազիր արել՝ արաղ, գինի, հավ, ձու, ոչխարի միս, բայց, ժամը չարձակված, վա՛յ նրան, որ էստոնց կշտովն անց կենար կամ մատը դներ վրեն:

Էս միջոցումը գոմի սաքուն էլ սկսեցին թամուզ սարքել, խալիչա փռել, բուխարին վառել, դուրսն ու տունն ավելել, չունքի որ գեղի քեդխուդեքը էսօր էստեղ էին կանչած, ու էսպես կարգով՝ օրը մեկ քեդխուդի տան, ինչպես որ միշտ սովորություն ա, իրանց բարիկենդանը պետք է անցկացնեին: Աղասու մարդը վաղուց կտրիցը նայում էր, որ տեսնի, թե ե՞րբ ժամը դուս կգա: Հենց կնանոնց սպիտակ չարսավը տեսավ թե չէ, նոքարը ափալ-թափալ տուն ընկավ ու նրան աչքալիս տվեց: էլի մերը իր ձին քշեց, իր սասածն արեց ու Աղասուն չթողաց, որ տեղից էնքան ժաժ գա, մինչև Սառախաթուն տատը տուն չէկավ, Սաղմոսն ու չարսավը չծալեց ու ամենին հավասա-րական Ողորմի Աստված չասեց, նշխարք չբաժանեց:

— Աստված ձեր գլխին խոռվ չկենա, էսօր դուք հո հոգիս հանեցիք, իմը ինձ հասցրիք, — ասեց Աղասին քթի տակին, մեկ կտոր նշխարք բերանը քցեց ու ընչանք ղոնաղները տուն կգային, փասա-փուսեն հավաքեց, դուս թռավ, ծլկեցավ:

Անիրավ ձին էլ, հենց իմանաս, իրան փառք էր համարում, որ էնպես նստող ուներ վրեն: Ոտն օրզանգվին առավ թե չէ, մեջքը կռացրեց ո սկսեց գլուխը խաղացնիլ, ոտները գետնին խփիլ, նալներին կրակ տալ, խրխնջալ, փռնչալ ու թև առնիլ, ոտները գետնիցը կտրիր: Աղասու ընկերքն էլ մեկ տեղ թոփ էին էլել, ամեն բանը հազիր արել, իրանց մեծին սպասում ու դեռ չէին համարձակում, որ իրանց քեֆն սկսեն, չունքի պատվելի քեղխուդեքը եկեղեցուց դուս էկած՝ գեղամիջումը կանգնել, զրից էին անում, իրանց հոգսը հոգում:

— Մեկ կորչում էլ չե՞ն էս անատամ հալևորները, էս ծերերը, որ մենք դինջանանք, մեր քեֆին նայինք, — ասաց մեկը՝ ատամները կրճտացնելով, բարկանալով: — Իրանք ջանից ընկել են, իրանց ջահելությունը մոռացել, ու չե՞ն էլ ու-զում, որ մենք էլա մեր օ՛րը քաշենք:

Բայց տանուտեր Օհանեսը էփված, փորձված մարդ ըլելով, միրուք ու մազեր հազար բանում սպիտակացրած, հազար չաթուչվան կտրած՝ ծանր, ուռած կանգնել, զզրին թամբահ էր անում, որ թուրք պատահելիս տանի, մեկ տեղ ղոնաղ տա, էն շանը լավ մտիկ անի, որ մարդի չկծի, ու տերտերն էլ մեջընները քցած քիչ-քիչ երիշ արին, տուն գնացին:

Հենց նրանք հեռացան, մեր ղոչաղ տղերքանց աստղը դուս էկավ:

— Քեղխուդեքը գալիս են, տո՛, տե՛ղ արեք, դրա՛ղ կացեք, ճա՛մփա բաց արեք, — ձեն տվեց զզիր Կոտանը՝ մեկ աչքը քոռ, դունչը ծուռը, էնպես որ միրքի կես փայլը մնացել էր երեսի վրա ցից էլած, խճճված, կես փայն էլ բողազին, չանին կպել, չորացել, էնքան խոսացել էր ու հարայ տվել:

Թազավորն էլ էնպես ուռած-ուռած իր քոշք ա սարեն (պալատը) չէ՛ր մտնիլ ինչպես մեր գեղի իշխանքը՝ իրանց տաք զոմը, թեև շատի հաքին էնքան շոր չկար, էրկու մանեթի գին ունենա: Որը մեկ տասը տարվան կտրատված, քրքրված հին յափունջում կոլոլված, որը մեկ հազար տեղ կարկատած, մաշված քրղի աբա էնպես էր ուսերին քաշել, օր, ղորդ ա, բերանն ու միրուքը ծածկած ուներ, բայց գոտկի տակիցը դենը, գլուխդ ապրի՛, պատռտված քոբաչի չուխի ծլանկները (կտորները) հազար տեղից էնպես էին ճոլոլակ էլած ու քամու ձեռին եսիր մնացել, որ փչելիս՝ ուզում էր, թե իրանց էլ հետը տանի: Գլխըներին հո, էնպես գիտես, թե ամեն մեկը մեկ սաղ ոչխար ըլեր դրած: էն որ մի քիչ չաղ էր ու եղալի (հարուստ), ոտն ու գլուխը էլի մի քիչ քոք էր ու, աստծու տվածիցը, շորի հոտ էր գալիս վըըներիցը: Սրանց ամեն բանն էլ կարգին էր. լաբչինը՝ թազա, մուզ մավի ղաղաք փոխանի դրաղները՝ աստարուր, մավի քոբաչի շալ չուխա կամ եզդու ղաղաք կապա, սիպտակ կտավե կամ շալի գոտիկ. շապկըների յախեն՝ որինը մով, որինը քաթան, արխալըղները, ղորդ ա, կարկատած էր, ամա շատ որ ըլեր, մեկ տասը-քսան տեղ, ավելի չէ՛, էն էլ ռանգռանգ կտորներով՝ որը կարմիր, որը դեղին, որը զոլ-զոլ, էնպես որ շատի արխալուղը հեռըվանց, հենց իմանաս, չալ դաջարի ըլեր կամ չալ կատվի պոչ: Ամենիցը գլուխը նրանց բորանի քուրքն էր. երեսը՝ կարմիր ներկած, ինչպես մեկ թուրքի հինա դրած ղաբա միրուք, երեսք չուներ, ջանումն էլ բաց տեղ չէ՛ր մնում, բոլոր ծածկում էր: Փեշերը ու նեղ թևերը իշի նոխտի պես ուսըներիցը կախ ընկած՝ գետինն էին հասնում ու դիպած տեղը թամուզ ավելում, հայլի շինում, ամեն մեկ քուրք մեկ թզաչափ մազ ուներ, բայց ա՜խ, շատ արևի ու անձրևի ձեռիցը է՛ն հալն էր ընկել, ներկն ու երեսի ջուրը գնացել, որ, հենց գիտես քոսոտ ձիու սաղրի ըլեր: Շատի վրա տասը տարվան թոզ ու կեղտ կար: Շատի ուսերն ու քամակը էնպես էր ծակվել, բուրդն ու մազը դուս թափել, որ տեսնողը հենց կիմանար, թե զարունքվան բրդըհան էլած ուղտի կաշի ըլեր: Բազընի փափախի մորթին էլ հո՛, էնպես էր չալ ընկել, ու ծերիցը բուրդը դուրս թափել, որ մեկ բարակ քամի կամ հով փչելիս էլ՝ ամեն մեկ մազը թև էր առնում ու գլխներին պար գալիս: Բայց էլի էնպես մարդի քեֆը գալիս էր տեսնելով, թե ի՛նչպես տանուտերն ու քեղխուդեքանց շատը գդակները կոտրել, աջու, ականջի վրա թեքել, իրանց հինգ ոչխարանի քուրքը քեֆով մեկ էս ուսին էին քաշում, մեկ էն, ու բազի անգամ գլխըները էլ հետը տրմբացնում էին, որ գդակները գիժություն չանեն, իրանց չափը ճանաչեն ու դուզ կանգնին: Բազի անգամ էլ իրար բոնոթի թավազա անելով կամ մեկը ձեռը մյուսի գոտիկը կամ ճտքովը քցած՝ իրանց էրեխությունը միտքըներն էին բերել ու շախա անում, իրար բոթբոթում, շվացնում, զոթկացնում, փոթկացնում, ճոթկացնում, մոթկացնում ու բազի վախտ էլ հրհոում, քրքոում, բրբոում, դրդոում. շատը հո, ծիծաղու, մեջքի իլիկը կոտրըվել էր, էնպես որ ժամիցը ընչանք տուն կգային, հենց բոնի՛ր, տարի քաշեց, էնքան էին էստեղ-էնտեղ կանգնել ու զրից արել:

Ղորդ ա, ասացի, որ շատի հաքին տրեխ էր, գյուլբա էլ չուներ, որ ոտը ծածկեր, շատի չուխի վրա հարիր կարկատան կար, շատի ձեռների, երեսի, միրքի վրա տասը տարվան աղբ, կեղտ, թոզ ու մազ կար, շատը բերնումը երկու հատիկ ատամ էլա չուներ. էնքան ծերացել էր, ամա լ՞ւնչ կանես, որ տունն ու շիրախանեն հազար բարությունով լիքը՝ տրաքում էին, ու աստուծո հոգի կար միջըներում, մեկ օձի ձուն էր պակաս նրանց տանիցը: Գինին կարասներով շարած, ամբարը հացով լիքը, կթի կովն ու գոմեշները՝ փորթ ու ձագը տակըներին, գոմումը կապած, քյահլան ձին՝ թավլումը, գութանը՝ դռանը լծած, մառանը՝ եմիշով, կախանով, տանձ ու խնձորով խլթխլթում, և մտնողին հոտը տեղն ու տեղը բռնում, շշմացնում էր: Նորահարսն ու փեսեն կամ մեկ ազիզ դոնաղ որ գլուխը բարձին չէ՛ր դնում էս անմահական բարության մեջը, էնպես իմանում էր, թե դրախտումն ա աչքը խփում կամ բաց անում: Որը երկու, որը իրեք բաղ ուներ, նոքար, հոտաղ՝ դռանը հազիր, ու տան ներսն ու պուճախը դրմբում էր: Կարասներով կողակ, կճճներով պանիր ու ղավուրմա, աքաշներով զոխ, բոխ, ողորմակոթ, բղդներով եղ ու կարագ, մոթալներով պանիր, — ծո՛վ, ի՞նչ տուն: Տասը դոնաղ որ էն սհաթը նրա դռանը վեր գային, սաղ ամիս ուտեին, խմեին, կոտրեին, ջարդեին, փչացնեին, նրա տան խերն ու բարաքյաթը հա՛ կար, հա՛ կար, ու յաբանի յադն էլ նրանց դռնովը անց կենար, իրանք թնիցը կքաշեին, տուն կկանչեին, որ նրանց սուփրի համն առնի ու էնպես ճամփա ընկնի: Շատ անգամ եկեղեցումը որ մեկ դարիբ օքմին կտեսնեին, Սուրբ սուրբն ասածին պես շատը կերթար, եկեղեցու դուռը կկալներ, որ աֆթա ինքը նրան իր տունը տանի, ու շատ անգամ, երբ ուզողը շատ կըլեր, խոսքըմին կանեին, որ մեկ-երկու շաբաթ նրան իրանց միջումը պահեն, նրան քեֆ շհանց տան, ա բոլորն ի միասին, մեկ սրա տանը, մեկ օր՝ նրա, ուրախություն անեն, դարըբի սիրտն առնեն: Շատը սուրուով ոչխար էլ էին պահում: Էնպես մարդ կար, որ տարենը երկու հարիր, իրեք հարիր լիտր տանձ, խնձոր, ծիրան ծախում էր ու մեկ էնքան էլ աղքատի ու ճամփորդի ուտացնում յա գեղապետի իմար պահում, որ սարի աղքատ խալխը՝ թուրք, հայ, չունքի բաղ չունին, մեկ հիվանդ պատահելիս՝ զան, տանին, ու իրանց թամարզու նաչարի աչքը դռանը չմնա, չունքի մեր աշխարքումը ինչ հիվանդ էլ որ ըլի, նրա առաջին ու վերջին դեղը պտուղն ա: Պտուղ որ չըլի, ո՛չինչ բան նրան չի՛ փրկիլ, ու լեզուն բերնումը կչորանա, յա հասրաթ կմեռնի: Ամեն մարդ իր բաժակի գինին ալհաղա ուներ պահած, որ համ իր եկեղեցուն էր տալիս, համ էլ գեղըցոնցը բաժանում, ուրտեղ բաղ չկար, որ նրա ննջեցելոց հոգին հիշեն: Ամեն նավակատյաց ոչխար ասես, կով ասես՝ մորթում, մատաղ անում, ժամ, պատարագ անիլ տալիս, ժամոց բաժանում ու տանով-տեղով զնում, իրանց սիրելյաց գերեզմանները օրհնիլ էին տալիս ու աղքատներին կշտացնում: Մեկ փարի բան բազարիցը տուն չէ՛ր գալ, բացի իրանց հաքնելու շորիցը. էն էլ՝ կտավ, շապկացու, չուխացու, շատը հարսներն ու աղջկերքն էին նրանց համար մանում, գործում, կարում: Նրանց կնանոնցը որ մտիկ տայիր, խելքդ կերթար. խասի ու դումաշի միջում կորած էին. բերնըներիցը կտրում էին, օղլուշաղի ոտն ու գլուխը թամուզ պահում. տղամարդը շատ օրը հանդումն ա ըլում, ի՞նչ հաջաթ. կինարմատը միշտ պետք է աբուռով հաքնի, աբուռով մաշի: Մեկը-մեկի ջգրու, շատ անգամ, իրանց օղլուշաղին էնպես էին ծաղկում, զարդարում, ինչպես զարնան վարդը: Սաղրի մաշիկ, կարմիր ծուղեք, դասաք, դրաղները զյուլաբաթնով արած փոխան, ալ դարայի մինթանա (քաթիբա), զառ լաչակ, ղալամքար աբխալուղ, սամուր քուրք, արծաթե կոճակներ ու բիլազիգ, քարզահարուր օշմաղ, ճլպինդ, տոտեր, շապկի յախա, ոսկե քամար, յախութ մատանիք, քահրըբար յա մարջան ճտի շարք՝ շատի միջումը ոսկիք, մանեթ, աբասի ծակած, անցկացրած, դոշի քորոց,ականջի օղ՝ Ո՛րը ոսկի, ո՛րը մարգարիտ. մինթանի դրաղները՝ շատինը մարգարտաշար: Շատի մազերումը ու գլխին հինգ թումանի զարդ ու զարդարանք կար: Շատի ճակատին շարքով յալդուզ ոսկի շարած: Ամեն մեկի կնիկն ու աղջիկը, հենց իմանաս, խանզադա ու բեկզադա ըլեր: Շատը չորս-»հինգ հարսն ուներ տանը, որ մեկ տեղը ցավելիս՝ ուզում էին գլխովը պտիտ գան ու ոտները ջուր անեն, խմեն: Գլուխն ու քամակը դեմ անելիս՝ հարսներն ու աղջկերքը իրար հետ բաս էին մտնում, որ իրանք քորեն կամ քուլթուլթեն: Տրխները կամ լաքչըները հանելիս՝ ձեռն էր, որ բան էր ընկնում. Որը ոտն էր ճմռում, որը ջուրն էր տաքացնում, որը բերում, որ ոտն ու գլուխը լվանա, որը թևերը վեր քաշած ձեռին ջուր էր ածում, որը մահրամեն տալիս, որը թևն էր քաշում, որը շորերը դասում. որը տեղը քցում, բնացնում: Քնած վախտին էլ ե՞րբ կարելի մեկ ճանճ, որ նրա մոտովն անց կենա կամ երեսին նստի, էնքան աչքաբաց էին հարսն ու աղջկերքը: Մեկ ղոնաղ պատահածին պես էս պատիվը ղոնաղինն էր, ե՞րբ կարեին նրանք բաց աչքով նրա երեսին մտիկ տալ: Մեկ բան ուզելիս ոտի տեղ գլխի վրա էին զնում, որ նրա ասածն անեն ու ձեռըները դոշըներին դրած՝ աչքը կթած ունեին, որ տեսնեն, թե իրանց տերը կամ ղոնաղը ի՞նչ կիրամայի, որ կատարեն: Կեսուրը կամ կեսարը մեկ աչքը քցելիս՝ ուզում էին, որ տեղնուտեղը հալչին, էնքան հնազանդ էին:

— Բա՛խտ, բախտ էս ա. փողի բարաքյաթին էլ նալլաթ, նրա կտրողին էլ, — շատ անգամ ասում էին գեղցիք ու գլխըները ժաժ տալիս,— ուտիլ չի՛ կարելի, հաքնիլ չի՛ կարելի: էսօր ջեբդ լցնես, էգուց պետք է մատդ լպստես: Ո՛չ գիշերը քունդ ա տանում, ո՛չ ցերեկը՝ դարարդ: Փորացավ ընկածի պես՝ մարդ չի իմանում, թե թիքեն ո՞ր կողմովն ա կուլ գնում: Փողը որ կա, ժանգ ա, ձեռի կեղտ, էսօր կա, էգուց աստուծով մխիթարիս: Մեռնիս՝ պետք է շներոց-գիլերոց ըլի: Թեկուզ փողի համն առած, թեկուզ իր միսը կերած, հեսաբը մեկ ա: Սարդարն էլ ա մեր դուռը գալիս, փողատերն էլ: Տաշտումը հաց ունենամ, կարասումը գինի, ջվալումն ալիր, հերն անիծած, որ չիփ-չփլախ էլ ըլիմ, դարդ անեմ: Օջախս լիքը ըլի, տանս՝ բարաքյաթ, որդիքս սաղ-սալամաթ, թո՛ղ օրը հազար մարդ մտնի, հազար մարդ դուս գա, ի՞նչ եմ հոգում, հացն աստծունն ա, ես էլ հետը. ո՞վ հասնի, թո՛ղ ուտի: Տերին փառք, տեղը հլա շատ կա. տղերքըս սաղ ըլին, ջանս ապրի: Աստված իր ստեղծած բանդի ոզղը ի՞նչպես կկտրի: Գդակս ծուռը կդնեմ, քեֆս արամիշ կանեմ, ո՛վ թամբալ ա, թո՛ղ նա դարդ անի:

Չէ՛, չէ՛, փողի սիքեն ճանաչողը ո՛չ հոգի ունի, ո՛չ հավատ: Փող՝ հող, մին ա: Զարզար Պ. որ շատ փող ունի, հենց էն ա, ինձանից մեկ թիզ բարձրացել ու լավ ա ապրո՞մ: Նրա քոռ աչքը գիտենա: Շատ ֆիքր անելուցը երեսի կաշին գնացել, չոփ ա դառել, քամակն էկել, փորին դեմ առել, ատամները ցից-ցից մնացել, աչքերը կուլ գնացել. մեկ որ փչես, հազար տեղ գունդ ու կծիկ կըլի. մեկ որ քթին հուպ տաս, հոգին էն սհաթը կտա: Տարենը որ հազար շուն, գել, թուրք, հայ, աղքատ, դարիբ, ղուրբաթ հացս չուտեն, տանս չքնեն, գինիս չխմեն, իմ աչքը հեչ քո՞ւն կգա: Գյոռս էլ որ քանդեն, ձեն չե՛մ տալ: Իգուս մասըլի տուտը Թեհրան, Ստամբոլ ա հասել: Ում հաղդն ա, որ մեկին չէ՛ ասի: Ինչ ուտում են, չեն ուտում, էնպես ասած ունիմ, որ հաքգա, խուրջին էլ լցնեն, որ տանեն իրանց տունը: Իր տնկած ծառի տակին քնիլը, իր բհամ բերած պտուղն ուտիլը աշխարք արժի: Նոր չե՛մ հաքնիլ, հին կհաքնեմ, ձեռս ո՞վ ա բռնում, ո՞վ ա գլխիս ծեծում, թե զառ ու ղումաշ հաքիր: Ե՞ս չեմ իմ գլխիս տերը: Քաղաքը որ մտնում են, հենց իմանաս, թե աշխարք սով ա ընկել. էլ ո՛չ խեր կա, ո՛չ բարաքյաթ: Հացն ու ջուրն էլ որ փողով ըլին ծախում ու առնում, էլ ու՞մ դուռը գնաս, ու՞մ ձեռղ դեմ անես: Բազի վախտ էլ տեսել եմ, որ դուքաններումը կիտուկ-կիտուկ մանեթները, ոսկին ածած, ամեն մեկ փող համարելիս, էնպես զիտես, թե փողատիրոնց հոգին հետն ա դուս գալիս, էնպես են սրթսրթում իրանց խազինի վրա: Հենց իմանաս, թե առաջներիցը թև կառնի, կթռչի: Մեկ ձեռղ դեմ արա՛, շան որդի ըլիմ, ոչ մեկ բուռ հողի արժանանամ, թե սուտ ըլիմ ասում, Աստված, երկինք, գետինք, ծով, ցամաք՝ մեկ ծեղ էլ չեն տալ, որ աչքդ կոխես: Թո՛ւ, մարդ իրան հոգին պետք է ծախի, որ փողի թամահ անի: Հազար տարի էլ որ քո ազիզ սիրելու դռանն էլ շլինքդ ծռես, կանգնիս, սովլու մեռնիս, հազար տարի անոթի փորով զկռտաս, մեկն էլա քեզ տուն չի՛ կանչիլ, մեկ սառը ջուր խմացնիլ.

Էն մարդն էլ, որ քո տանը կերել, խմել, ամսով, տարով քո աղ ու հացի վրա ա էլել, աչքը աչքիդ առնելիս, հենց զիտես, թե զյուլլով խփեցին: Ետևն ա քեզ դեմ անում ու աչքը քամակը քցում: Տո՛, փողդ էլ ջհանդամը գնա, դու էլ, տո՛, դու՛ ռումսաղ. ասենք թե աչքդ ա քոռացել, ինձ չեմ ուզում, որ ճանաչես կամ սուփրիդ ղրաղը նշանց տաս, տո՛, գլխիդ քար ընկնի, ինչ կերել ես՝ քթովդ դուս գա, խնդրել եմ Աստված անից՝ զահրըմար ըլի, էն դինումը առաջդ գա, աչքերդ բռնի, տո՛, մեկ բարով, աստուծո բարին է՞լ ա գլխիցդ դիաթ էլել, որ դունչդ ցցում ես ու ետ փախչում: Մնկ բարի լիս, բարի օր էլա տո՛ւր, է՛, հո բերնիցդ քրեհ չե՞ն ուզում, ինչ ես քաշացնլ, էդ էլ հո փողով չի՛, ա՛յ փողակեր՝ հողակեր: Ասենք, թե չուխես մահուդ չի՛, հին, մաշված, բրդից ա, քոնը՝ նոր, կանաչ մահուդ, ձեռիցդ հո չե՞մ խլում: Քեզ պես հազար մահդամարդ իմ էս աղքատ չուխիս դուրբան ըլի, որ առանց դռնադի հաց չի ուտում: Թե մեկ օր էլ ճանկս կընկնիսի՛ս, ես զիտեմ, թե ձիուդ գլուխը դվորը շուռ կտամ, հլա սաբր արա, հալբաթ էլի քամին կպտտի, քեզ մեր դեհը կքցի. էն ժամանակը աչքդ բարին տեսնի: Ճոթ առնելիս հո՛, շատն ուզում ա, մեկ-երկու շահի փող ենք դատել էն էլ նա խլի, է՛յ զիտի ժամանակ, հա՛, ո՞վ էր տեսել կամ լսել ավալի ափթա էսպես բաներ, զառն ու զելն ի միասին արածում էին, hըմիկ կովը վեր են քաշում, որ տեսնեն, թե տակին երաք ֆորթ կա՞, թե չէ: Սատկած ձիու նալնի են ման զալիս, էլ ո՞ւմ ասես դարդդ: Հերը որդին չի՛ ճանաչում, որդին՝ հորը, ախպերն՝ ախպորը, լավ ա, որ քարը քարի վրա կանգնած մնում ա: Մարդ ինքը պետք է լավություն անի, որ Աստված էլ նրա բանն, հաջողի: էլի Աստված օրհնի՛ մեր հողը, մեր ջուրը, էլի թե հոգի կա, հավատ, մեզանում ա: Ուտե՛նք, խմե՛նք, քեֆ անե՛նք, իրար թասիբ քաշե՛նք, իրար արևով խնդա՛նք, մեկ օր կմեռնենք, որ ողորմի չտան, զյոռբեզյոռ հո չե՞ն անիլ: Մարդ ինչ անի, է՛ն իր առաջը կզա: Լավություն կանես՝ լավություն կտեսնես, վատություն կանես՝ վատություն: Հարիր տարի կըլի, որ լուսահոգի Ապովը մեռել ա,. էլի Նրա ողորմին հա՛ կա, հա՛ կա: Թուրք ու հայ նրա գերեզմանովն են օրթում ուտում: Ճամփի վրի մենծ իգու անունը Հնդաստան ա հասել. էն ջաղդահ բաղը իր ձեռովը տնկեց, որ անց կենողը զնա, նրա բարությունը վայելի: Չորս կատեպան ամեն առավոտ, ինչ պտուղ ծառիցը վեր էր ընկնում, հավաքում, քթոցներով տանում էին, ճամփին դնում ու անց կենողի ջեբն ու խուրջինը լցնում: Էն մեշա իգուցը մեկ պտուղ, մեկ թաս զինի իրանց տանը չէին բանացնիլ, ջոկ կպահեին ու աղքատ զեղըցոնցը կբաժանեին: Ի՞նչ պետք է տանինք էս փուչ աշխարքիցը. դարտակ էկել ենք, դարտակ կերթանք: Սաքի որ շատ էլ մալ, դովլաթ ունեցա, աշխարքի տեր էլ դառա, հո էլի պտի հողը մտնիմ: Իմն ա մի բուռը հողը, մեկ զազ կտավը: Լավ ըլիմ՝ լավ կասեն, վատ ըլիմ՝ վատ: — Տերտե՛ր ջան, քո ոտի հողն եմ, դրու՞ստ եմ ասում, թե ծուռը: Գրի սևն ու սպիտակը չե՛մ զիտում, . ամա ես իմ կարճ խելքովը էսպես եմ աշխարքի բանը քննում: Ով չի՛ ուզում, իր քեֆն ա, ամեն մարդ իր գլխի տերն ա: Քեֆ սանն, քյանդ քյոխվանն (Քեֆը քոնը, զեղը տանուտերինը): Թուրքն անիծած ա, խոսքն՝ օրհնած: — Ի՞նչ կասես, տա՛նուտեր, թե սուտ եմ ասում, բերնիս խփի՛ր, անկաշս քաշի՛, դու զիտես, որ քո չոռը ինձ համար ջան ա , քո մեկ մազը արարած աշխարքի հետ չեմ փոխիլ: Թե ճշմարիտը չե՛մ ասում, ասա՛. «Գլուխդ քարին ես տալիս»: Ես էլ ձենս կկտրեմ: Ղորդ ա, վարպետի ու վարդապետի մոտ չեմ մեծացել, ամա իմ ողորմածիկ, լուսահոգի հերը տասը վարդապետի խելք ուներ գլխին: Ինչ որ խոսում էր, հենց իմանաս, թե ավետարանի կողքին գրած ըլի: Սաղ Աստված աշունչը փորումն ուներ: Մեկ խոսք խոսալիս՝ հազար վկայություն էր բերում: Ժամագիրքը, Շարականը, Սաղմոսն ու Այսմավուրքը հո՛, ջրի պես գիտեր: Հարիր փիլիսոփա, վարդապետ, տերտեր հավաքվեր, բերանները կցխեր, ճամփու կղներ: Աշխարքի էն դինիցն էր խաբար տալիս: Մեկ ժողովքարար մեր գեղը գալիս պետք է տափ կենար, որ նրա ձեռը չընկնի, թե չէ՛, Աստված ազատի, հոգին կհաներ, միսը բերանը կտար, շատ անգամ չէ՛ր իմանալ, թե էկած ճամփեն ո՛րն ա: էս հմիկ որ լավ-օսալ գլխիցս դուս եմ տալիս, նրա հունարն ա, թե չէ՛ ես ո՞վ եմ, որ ինչ գիտենամ: Բանը է՛ն չի, որ մարդ, ծեզը տալիս, զնա ժամը, մեկ-երկու ծունդր դնի, դուս գա, մի քիչ գրին մտիկ անի, արշտոտա, քունը տանի, կակող բարձի վրա, դույթուքի յորղան-դոշակում երկար ձգվի, ուտի, խմի, քեֆ անի, փորն ու գլուխը հաստացնի ու գա, մեր ջանին ընկնի, թե ինչ որ դատել եք, էն էլ մեզ տվեք, որ տանինք, լավ ուտենք, լավ հագնինք, լավ մաշենք, ձեզ համար աղոթք անենք: Ախպե՛ր, բաբա՛, ջա՛նմ, գյո՛զմ. աղոթք ունիս, քեզ համար պահի՛, քեզ համար արա՛, ի՛նչ ես տվել, որ մեզանից չե՛ս կարում ետ առնիլ: Ընկի որ չըլի, կասեմ. «Աստված , քեզ համար մեկ պասորդ կանեմ»: Աստված բերնին չի նայում, սրտին ա մտիկ տալիս: Մեկ հաս ու չհաս պատահելիս հո՛, ուզում են, թե մեր տունը քանդեն: Տո՛, թե սուտը կարճ ա, չի՛ հասնիլ փո՞ղն ա երկարացնում: Բերաններս խփել ենք, ինչ որ ասում են, անկաջ ենք անում: Ասենք՝ մենք չենք խոսում, բաս Աստված վերնիցը չի՞ նայում: էս ի՞նչ բան ա, թե փլավը ես ուտեմ, քո գլխին դմփեմ, մածունը ես լպստեմ, քեզ գող կատու կանչեմ: Ասենք, թե կարգավոր են, խաթրներիցը անց չենք կենում, չենք ուզում, որ անեծքի պատճառ դառնանք, չունքի սնազլխի անեծքը քարին որ դիպչի, քարը կպատռի. իրանք էլ մի քիչ պետք է իրանց չափը ճանաչեն: Սևանու ճգնավորներն են լավ կարգավոր, ի՞նչ խոսք ունիմ, բաժակի, մսի համ չեն տեսնում, հաքածները բուրդ ա ու շալ, չոր գետնի վրա են քնում, երեսներիցը լիս ա վեր թափում. տաս՝ էլի կորհնեն, չտաս՝ էլի կորհնեն: Մոտը մտած ժամանակը աստուծո բան են խոսում՛ կնկա երես տեսնելիս հո՛, երկու վերստ ճամփա հեռու են փախչում: Չէ թե կնկանից, զինուց, փողից, ձիուց, էլ ի՛նչ գիտեմ, ինչ բանից խաբար տալիս: Քյահլան ձիու վրա իրանք են նստում, խաս ու ղումաշ իրանց հաքին ա, ղաբլու փլավ ու հազար տեսակ անուշ կերակրներ, խմիչք իրանք գործածում, բանրդ կուշտն ընկած վախտը ուզում են, թե գլուխդ վեր բերեն. Էս ո՛չ Քրիստոս ա արել, ո՛չ Մահմեդ:

Տո՛, հենց փող պետք է տամ, որ հոգիս դրախտը գնա՞: Տո՛, որ գործքըս լավ չըլի, ես անօրեն ըլիմ, Աստված նրանց խոսքովը, իմ ոգուս պետք է թողություն տա՞: Տո, Աստված փողն ի՞նչ ա անում, նրա յարաղանին դուրբան: Փողն աղքատին պետք է տված: Դեն քցես՝ լավ ա, քանց էն մարդին տաս, որ քեզ մեկ շնորհակալություն էլա չասի: Հազար օր նրանց տանդ պահի՛, պատիվ տո՛ւր, մեկ որ ոտդ մոտըներն ա ընկնում, մեկ սառը ջրի էլ լայաղ չե՛ն տեսնում, էս հո Աստված չի՛ վերցնի: Մեզանից առնում են, իրանց բարեկամներին ու ազգական-ներին շենացնում, ետո մեզ վրա էլ մեծ-մեծ խոսում: Ասենք, թե ամեն բանի վրա լիս չե՛նք ընկնում, մեր աբուռը պահում ենք, որդի, երեխա իշի պես մենծանում են, նրանց հոգսը չե՛ն քաշում, վարժատուն չե՛ն բաց անում, չե՛ն կարդացնում, հենց ուզում են, թե մեր դատածը խլեն: Մի գնա մեչիդը, ամեն մի մոլլա, էն անհավատ տեղըներովը, քառսուն-հիսուն մեծ, պստիկ գլխին հավաքել, առավոտից մինչև մութը ուսումն ա տալիս, իր մասամբի բանը սովորցնում. մերոնք հենց իրանց քեֆն են արամիշ անում: Ո՞րի արածըն աստծուն դիր կգա, ձեզ եմ հարցնում: Ասում էլ ես, աղաչանք անում, անկաջըվեր են անում, մեր որդիքն էլ մեզ նման էշ ուտում, էշ մենծանում. Չենք գիտում, թե մենք սովորցնենք, գիտացողն էլ անկաջը կալել ա, ո՞ւմ ասես:

Թե սուտ եմ ասում, ա՛յ շամրիաթ, մատըներդ կոխեցե՛ք, աչքս հանեցե՛ք, թե չէ՝ ախր մեր ազգը որ խեղճ ա մնացել, թրի, կրակի եսիր, բոլորի պատճառն էս ա, որ մեզ մեկ ասող չի՛

ըլում, թե մենք ո՞վ ենք, մեր հավատն ի՞նչ ա, ընչի՞ համար ենք էկել աշխարհ. քոռ գալիս ենք, քոռ գնում: Հա՛, լավ, հավն էլ ա օրը հարիր անգամ, ջուր խմելիս կամ կուտ ուտելիս, գլուխը ցածացնում, բարձրացնում, էտով ի՞նչ կդառնա: Ո՞վ չի՛ գիտի, թե երկնքումն Աստված կա, մեզ համար՝ դատաստան: Ամա պետք է իմանանք էլ, թե երկրումը ի՞նչ պետք է անենք, որ էս դատաստանի տակը չընկնինք, է: Ախպե՛ր էսպես չի՞, դուք ասեցե՛ք. ես մեղա, գլուխս քարը: Տո՛, ետին թուրքն էլ ախր Ղուռանի շատ փայը անգիր գիտի, ես մեկ Հայր մեր չեմ գիտում, ախր ի՞նչ իմանամ, թե հոգիս ո՞ւր կերթա, մարմինս՝ ո՞ւր, ախր իմ խեղճ երեխեքն ինձանից ինչ պետք է սովորին: Շատ բան ասիլ չի՛ ըլում: Չի՛ ըլիլ, որ մարդ իր մատը իր աչքը կոխի, իր ձեռով իր գլխին յա երեսին թակի. ամա ի՞նչ անեմ, սիրտս պատռում ա, որ մեր ողորմելությունը միտքս եմ բերում: Թո՛ղ ինձ կարդացնեն, որդուս ուսումն տան, մեզ ճամփա շհանց տան, ճամփից, հավատից չհանեն, սատանի փայ ըլիմ, մեկ բուռը հողի, մեկ գազ կտավի, ժամ, պատարագի հասրաթ, թե աչքս ուզեն, չհանեմ, իրանց տամ. որդիս ուզեն, չմորթեմ, մատաղ անեմ:

— Ի՞նչ ասեցիր, հերիք ա, խնամի Հարություն, — ասեց տանուտերը,— ո՞ւմ ասես, ո՞ւմ. հազար շուն, հազար գել կա, որ ո՛չ գիր գիտեն, ո՛չ գրի զորություն, մեր աստղը մեկ անգամ թեքվել ա. էսպես էկել ենք, էսպես կէրթանք, ամեն մեկ խոսքդ մեկ ջավահիր աժի, ամա ո՞ւմ ասես: Գիլի գլխին ավետարան կարդացին, ասեց՝ շուտ արեք, սուրուն գնաց: Բիլանա բիր, բիլմիանա բին. թուրքն ա ասել (իմացողին մեկ, չիմացողին հազար), ո՞ւմ գլուխը ծեծենք. ո՞վ կուզի, որ իր աչքը քոռ ըլի, ամա որ սատծդ տեղ չի՛ հասնում, ի՞նչ ես գլուխդ ցավացնում, բերանդ ափսո՛ս չի՞. քարին որ, հլա Աստված սիրես, տասը տարի քարոզ էլ ասես, քյա՞ր կանի: Աստված մեր հորնըմոր հոգին լուսավորի՛, որ եկեղեցու դուռն ու ճամփեն էլա սովորցրել են, թե չէ հենց յաբանի հայվանի պես պտի մենծանայինք: էդպես բանի վրա տարով էլ որ խոսաս, տուտը չի՛ հատնիլ. գնա՛նք տուն, ու ինչ որ Աստված տվել ա, վայելենք, մեր հորնըմոր ողորմաթասը խմենք, հալբաթ

Աստված մեկ օր իր ողորմո»թյան դուռը բաց կանի, էսպես հո չի՞ մնալ: Գնա՛նք, գնա՛նք, թե չէ շուտով մենձ պասը կգա. էն վախտը վա՜յ քո օրին՝ հա՛, կա՛ց ու թթու կե՛ր, գազար կրծի՛ր ու բերնիդ ու փորիդ հուպ տո՛ւր: Բարիկենդան ա, մեր քեֆն անենք հլա. ինչ աստծու կամքն ա, է՛ն ըլի: Փողատերն էլ իր համար կենա, վարդապետն էլ. լավության չեն անում, իրանք գիտեն, նրանց մեղքը հո մեզանից չե՞ն հարցնիլ, մեզանից չե՞ն ուզիլ. ո՞վ ա գիտում, թե էգուց գլխըներիս ի՞նչ կգա. մարդի միս են ուտում, արինը խմում, ո՞վ ճար ունի, իր գլխին ա անում, մերն էլ՝ Աստված , էսպես չե՛նք մնալ, փիս բանը, փիս ճամփեն էսօր ա, էգուց լիս կընկնի, ու էն ժամանակը շատ մեր լաց կըլի: Ճամփեն որ ուղիղ ըլի, ինչքան երկար էլ ըլի, գնա՛, դուզ ճամփից մի՛ դուս գալ. թե չէ, որ սարերով, չոլերով ընկար, բանդ բոշ ա, գլխիդ փորձանք շատ կգա: Ցոլդան չխանն գյոզի չխար (ճամփից դուս Էկողի աչքը դուս կգա): Գնա՛նք, գնա՛նք տուն, տեսնենք, մեր խանումը ի՞նչ ա հազիր արել, խեղճը սաղ գիշերը աչքը չի՛ կպցրել ու հենց չարխի պես գլխի վրա պտիտ էկել, դես ու դեն ընկել:

— Աղբաթը խեր ըլի մեր տանդրոնջ, թե նա չէ՛ր էլել էս մարդը մեր գլուխը հենց սալթ կտաներ,— էն կալմիցը մեկը բեղերն ոլորելով, քիթը վեր քաշելով, իշտահով կում անելով, հազալով, գլուխը տմբացնելով ձեն տվեց: — Հինգ սհաթ ա, ժամը դուս ա էկել. ագռավներն էլ, որդիանց որ էլավ, հիմիկ մեկ կտոր միս յա աղբ, յա ուրիշ զատ քթած, կերած կըլին. փորըներս ղվվլում ա, անկաջներս դժժում, ցուրտր մեկ դիհիցը զափըներս տանում, սովը մեկ դիհից զոռ անում, սա հենց իր խոսքի տուտը բռնել ա ու ոտը վեր կալած ջաղացի պես դանը վրա ածել, գլխիցը դուս տալիս: Քիչ էր մնացել, որ ասեի՝ քարվանը գնաց, պոչդ կարճացրու, դնգի ոտը ցածրացրո՛ւ, բերնիդ կապը կապի՛ր, լեզուդ քնացրո՛ւ. ու քամի ունիս, տա՛ր, ձեր տանը փչի՛ր. Էս քամին մեզ հերիք ա, որ ոտնուձեռ սառցնում, փետացնում ա: Կրակ, պատուհաս ա, էլի. Զրից ունիս, տա՛ր, ձեր քուրսու տակին արա՛, որ լսողի քունը տանի. Ի՞նչ ես չարչու մասալէքդ բացարել, գլխըներս տանում: Մենք էլ լավ գիտենք, թե կորած էշը ո՞ր գոմումն ա կապած, ամա ի՞նչ անես, որ մոտանողի շլինքը կոտրում են, իշի ոտն ու գլուխը խուզում. որ տերը տեսնելիս զոռում էլ ա, ասում են, թե քոնը չի՛, ո՞ւմ գլուխը կտրես: Վաղի մասալեն չըլի, թե՝ Ուղտին հարցրին. ընչի՞ ա շլինքդ ծուռը, — ասեց, ի՞նչ տեղս ա դուզ, որ շլինքս ծուռը չըլի: Մեր բանն էս ա դառել, ասելով ո՞ւմ կապի կբերես. առաջ լուծն ու կամըդ պատրաստի՛ր, կալդ շինի՛ր, դեզդ դիզի՛ր, ետո գիժ մզու անկաջիցը բռնի՛ր, է՛. հո հազար անգամ տեսել ես, որ կամն առնում ա, չոլերն ընկնում, էլ ի՞նչ ես նիախ տեղը բերանդ ցավացնում, մեզ էլ հացից քցում: Ցանք անողը առաջ պետք է գետինը վարի, փափկացնի, ետո սերմն ածի, թե չէ էլածն էլ դուրդ ու դուշ կուտի, կմնաս գլուխդ քորելով, մատդ լպստելով: Մեղրաճանճին մուխ տո՛ւր, որ փախչի, թե չէ երեսդ ես դեմ անում, հալբաթ որ կկծի, յարալու կանի: Ամեն մարդ հենց իր ձին ա քշում, էլ առաջը մտիկ չի՛ անում, թե ո՞վ ա կանգնած: Ճրագը իրան տակին ա լիս տալիս. աշխարքը՝ դմակ, մարդը՝ դանակ, ո՞վ ա հարցնում: Բարդին կռացնես, քեզ վրա կընկնի, գլուխդ կջարդի: Ուրազն իր դեհին ա տաշում, ծառն իր տակին շվաք անում: Ջուրն իր ձկանը պահում, հավն իր ճուտին մուղայիթ կենում. սաքի որ ամպի պես էլ գոռաս, լսող ո՞վ ա: Դեղ ունիս, քո գլխին արա՛. եղ ունիս, ձեր բղդումը պահի՛ր: Ինչ կուզես՝ արա՛ յա ասա՛, ջուրն իր ճամփեն կքթնի: Հենց դու կմնաս միջումը փսամարդի: Դրուստը խոսողի փափախը ծակ կըլի, չե՞ս լսել: Ով ասես՝ գլխին կխփի ու բուրդը քամուն կտա: Ի՞նչ բանդ ա, փորդ հո բերնիցդ բարձր չի՛: Շունչդ փորիցդ ա դուս գալիս, պահի՛ր, տազ արա՛. քեզ ո՞վ ա ասում, թե արի, մեր կալը չափի՛ր, որ չանաղդ քեզ ու քեզ դեմ ես անում: Թե մեկ բան էլ գիտես, ձեր տան պատերին էլ մավա մի՛ գնալ, հողին էլ մի ասիլ. ձեն կտան, դու կմնաս միջումը մեղավոր: Ախր ի՞նչ անես, ույ լսող չկա. հո չե՞ս կարող քեզ սպանիլ: Հոտաղ կերել եմ, հոտաղ մենծացել, պարտական մնա, որ ինձ մեկ լավ ճամփա ցույց չի՛ տվեց, ո՞ւմ գլուխը կտրես յա՛ աչքը հանես: Ղիամաթումը սառչում ենք, սա հենց ի՛ր զուռնեն ա փչում. տո՛, զուռնեն է՛ն տեղ փչիր, որ պար էկող էլ ըլի, է՛, աղբաթի խեր. թե չէ՛, էս չոլումը որ փչում ես, քեզ ո՞վ շաբաշ կտա, ո՞վ բարաքյալլա կասի:

Տանուտե՛ր, տունդ շնորհավոր: Խնամի Հարությո՛ւն, ասածս սարին, քարին դիպչի, քամին տանի. համեցե՛ք, խռովել ես, սառը ջուր խմի՛ր, սիրտդ հովանա, համեցե՛ք, քո գլուխը որ կա, սար ա. անձրև, ձին, կարկուտ, կայծակ թո՛ղ դիպչի էլ, գա էլ, ի՞նչ վեճդ ա: Մենք էլ լավ գիտենք, որ. դրուստն ես ասում, ամա ի՞նչ անես, որ գեղըցու խոսքը չվանի չե՛ն դնում, քաղաքացին էլ տեղը տաքացրել, տազ արել, իր չայը խմում, ո՞ւմ դարդն ա, թե քարը քարի վրա չի՛ կանգնիլ.ամեն մարդ իր գդակն ա դզում, իր գլուխը քորում. բերանդ բաց անելիս՝ հող են ածում, աչքդ բաց անելիս՝ թոզ. շունը տերը չի՛ ճանաչում, ո՞ւմ ասես, ո՞ւմ: Կուտ ունիս, քո հավի առաջն ածի՛ր. դան ունիս, քո ջաղացը տա՛ր: Դու էլ, թե ձեռիցդ գալիս ա, դանակդ սրի՛ր, մեկ կողմիցը վրա թռի՛ր, աշխարքս թալան-թալան ա, նամարդը իշի փալան ա: Հա կա՛ց ու քեֆ արա: Բարիկենդան օրեր ա, խելքըներս կորել ա, ետո ես կգամ, առաջ դու գնա:

Անջախ մի անջախ իրար բոթբոթելով, համեցեք անելով. կռնից, թևից քաշելով տուն ընկան:

Օրհնյալ է Աստված ,
Փառք հավիտյանս ՝չամիչ.
Սրտըներն ընկավ տեղը,
Մատըներն ընկավ եղը.
Աքլորին բարձեցին գեղը
Ու կուզըկուզ անելով՝
Մտան տաք տեղը:
Նամարդ ըլի, ով չասի՝
Աստված վերջը խեր անի:

Արի՛, հիմիկ գոմի դռանը կանգնի՛նք ու մեր քեղխուդեքանց քեֆին թամաշ անե՛նք: Բայց ի՞նչ անես, որ չե՛ն թողում. Հազար յադ ու այլազգի էլ որ ըլիս, սրանց սովորությունն էնպես ա, որ առանց քեզ թիքա չեն բերանները դնիլ. չգնաս՝ կխռովին, ու ամեն մարդ իր տունը կերթա. Գնա՛նք, ի՞նչ կա որ, հո մեզ չե՞ն ուտիլ: Տարով մեջըներումը մնաս, քեզ տնետուն ման կածեն, քեֆ շիանց կտան: Բարիկենդան օրը հո, որ քարվան մտնի գեղը, ճամփից ետ կդարձնեն. քեզ էլ կպահեն, նոքարներիդ էլ, ձիանոնցդ էլ, իրանք քո հոգսը կհոգան, քեզ քնից, տեղից չեն ժաժ տալ, էնքան ղոնաղասեր են:

Հա՛յ դե, ջու՛ր տու՛, քշի՛,
Ձիդ ներս քաշի՛:
Մտնինք գոմը,
Տեսնինք համը,
Ուտենք փլավը,
Մարսենք չլավը.
Ամա աղլուխդ դի՛ր քթիդ,
Որ հոտը չդիպչի սրտիդ:

Լսեցի՞ր, նստեցի՞ր, չէ՞. Կանգնի՛ր, իմացի՛ր, բանը բանի նման չի՛. ա՛ռ քեզ տրաքոց, Շփոթ ա խաշիլ ա, որ հմիկ իրար կխառնվի, Թե ճար ունիս, փեշդ ձեռիդ պահի՛ր, գդակդ գլխիդ, թե չէ՛, գլխաբաց որ դուս գաս, խարփուխ կընկնիս, թե ասածս չանես, պարտական ըլիս: Գոմի սարան էնպես էր տաքացել, ինչպես համամ, Աթարի կրակի մարմանդ գոլը մեկ կողմից, եղի, կովի, ձիու հոտը՝ մյուսիցը, մարդի Քյալլա էին ծակում: Փորները՝ սոված, գլխները՝ դարտակ, ձեռք ու ոտք մրսած, գոմի ծանրացած բուղն ու կրակի սև ծուխն էլ որքըթըներին չդիպավ, մաղձ ու աղիք իրար գլխով տվեց: Որը բերնին էր հուպ տալիս, որը աչքին, որը փորին, որը քթին, որն էլ թաքուն էր քաշում, որ բալքի թե էն զահրմար հոտը մի քիչ կտրվի: Որը փռշտում էր, որը հազում, որն էլ էնպես էր զկռտում, որ սիրտ ու թոք հետը դուս էին գալիս: Ամեն մեկ քիթ նաղրախանա էր դառել, ամեն մեկ բողազ զոռնտոռտ, ամեն մեկ փոր՝ դավ ու դարյա, հազալիս երես ու միրուք էր, որ ներկվում էր: Փռշտալս, հենց գիտես, անձրև էր գալիս, քթի ցելթուկը ինչ տեղ ասես հասնում էր. երես, բերան, աչք, ունք էլ չէր ասում, թե Աստված ա ստեղծել: Շատը աղլուխ չունենալով՝ կամ փեշով էր սրբում քիթը, կամ ձեռը պատին քսում, կամ թե չէ քիթն է՛նպես էր սաստիկ վեր քաշում, որ մեկ բուռը ծուխ ասես, բուղ ասես, գոմի հոտ ա՛ս, թոզ ասես՝ քոզաքալա բարձրանում, բեին էին համբարձվում: Էս միջոցումը խեղճ տանդրոջ կնիկն էլ փեշերը վեր քաշելով, քիթը սրբելով գլուխը քարը չի տվեց, ուզեցավ, որ ներս մտնի ու ղոնաղներին բարի լիս ասի ու գալըները շնորհավորի՛ հազի, փոշտոցի ձենը լսելով քաղաքավարություն բանացրեց, գոմի դուռը բաց արեց, որ մի քիչ հոտն ա ծուխը դուս գնա: Բայց երանի, թե ձեռը կոտրըվել էր, չէ՛ր բաց արել: Հենց դռան ճռոցն իմացան թե չէ, աշխարքն իրար գլխով դիպավ, ու որն անգդակ, որն քուրքը քաշ տալով, աչք ու քիթ բռնած էնպես քոռըքոռ հենց ուզեցան, որ դուս թողին, երեսները մի քիչ հովին տան, էլ չկարողացան առաջներին մտիկ անիլ, չունքի տունը ծուխը խավարացրել էր, բուղը ամպի պես կալել. իրար գլխով ընկան, հենց իմացան, թե քամին դուռը բաց արեց, ու մեր խեղճ տանդրոջ կնկա չանը իրան հասցրին, ոտի տակ տվին: Հարայ բոցը որ իմացան, ետ դարձան, աչքդ բարին տեսնի, չէին իմանում՝ ծիծաղա՞ն, թե սուգ անեն, յա վրա հասնին, քոմակ անեն, չունքի տանդրոջ խաթունը էնպես էր ծանրագոգոթ խրվել գոմի կպրե կաբասումը, որ էլ ո՛չ քիթ, ո՛չ երես, ո՛չ լաչակ, ո՛չ մինթանա (դերիա), դարտակ տեղ չէր մնացել, բոլոր ռուսվա էր էլել վարդահոտումը: Էս դուլմա-դալամը ողորմելին հենց իմացավ, թե ձեռները թամուզ են, հենց մատները բերանը տարավ, որ օշմաղը մի քիչ բաց անի ու շունչը քաշի, քո դուշմանի գլուխը չի՛ գա, ինչ նրա գլուխն էկավ. Մեկ դուրում տաք-տաք, կովի էր թե գոմշի, չգիտեմ, մազա էլ էս վախտը բերանն ընկավ ու սրբություն, խաչ, ավետարան աչքիցն ընկավ: Էլ թուք ասես, վատ խոսք ասես՝ նա էր, որ կվաթաթախ բերնով տալիս էր ու ասում, ծանրագլուխ տանուտերը ընչանք հիմիկ էնպես էր իմանում, թե ֆորթերն են կապըները կտրել, իրար գլխով ընկել, ու տանտիկինն ուզում էր, որ տուն անի. աչքը ցցեց դռան մեջը թե չէ, տունը գլխին փուլ էկավ: Մերու արջի պես բղղալով, ճղղալով, էստուր-էնդուր գլխին բամբաչելով որ վրա չի՛ հասավ, որ իր խաթունին էս դժոխքիցն ազատի, սատանի աչքը քոռանա, քուրքն ընկավ ոտի տակը, գլխի վրա որ մաղալաղ չտվեց՝ շրը՛փ, չը՛խպ, ինչ նա տեսավ, քո դուշմանի գլխին չգա. երեսի վրա էնպես խրվեց էս կվի մեղրի կճուճումը, որ աչք, ունք, բերան, քիթ, միրուք էնպես ներկվեցին, որ հազար ուստա քիաքսող էլ որ էլել էր, էնպես աղաթին, լազաթին՝ հինա չէ՛ր կարող իր օրումը քսիլ:

Դարդիմանդ տանտիկինը մարգի խայտառակությունը տեսավ թե չէ, իր ցավը մոռացավ ու տեղիցը ժաժ էկավ, որ իր հալևորին մի քիչ քոմակ անի. հալևորն էլ հենց է՛ն էր ուզում, որ գլուխը էս անոշ բարձիցը բարձրացնի ու իր խաթունի՛ն էս ռուսվայությունիցը ազատի, ձեռըները իրար չի հասան, քամակ-քամակի դիպավ, ա՛ռ քեզ տրաքոց, էլետ դուբարա իրանց վարդահոտի մեջը էնպես խրվեցան, որ երկու լուծ գոմեշը անջախ կարող էր նրանց էստեղանց հանի:

— Տո՛, ջրատա՛ր, տո՛, գլուխդ հողեմ, ախր ի՞նչ բանըդ էր կտրվել, որ դու էլ էկար, էստեղ ընկար: Ես քիչ ռուսվա էլա, դու էլ ուզեցար, որ հետս ընկեր դառնա՞ս: Էս հո խուրմա չէ՛ր, որ մենակ ուտեի, քեզ չտայի, ի՞նչ էր սիրտդ պատռում: Կրեմ էդ գլուխդ, որ դու ես: էդ հունարիդ տերն ես, որ մեկ էշ բզիլ չե՛ս իմանում: Ժամն էլ գլխիդ խռով կենա՛, պատարագն էլ, հացն էլ, սուփրեն էլ, բարիկենդանն էլ, պասն էլ: Մենք մեր բարիկենդանն արինք, հըմիկ որ ջհանդամը գնում են, թո՛ղ գնան դրանք: Սրանց ոտը պետք է կոտրվեր, որ մեր շեմը չէին կոխեր էս ի՞նչ բան էր, որ մեր գլուխն էկավ. գեղի, աշխարքի միջում խայտառակ էլանք: Մերը մեզ հասավ: Թե մենք, թե մեր զգիր Կոտանը: Ով ասես, մեզ վրա պտի բերանը բաց անի:

— Տո՛, քավթառ իմանըզ, իմ ցավս հերիք չի՛, դու էլ մեկ կողմիցն ես միսս ծամում: Ի՞նչ ես բերնիդ կապը կտրել ու լեզուդ քեզ չես անում: Ձենդ կտրի՛, թե չէ էնպե՛ս քացի կտամ, որ ատամներդ փորդ կթափի: Սաղ օրը աթար ես թխում, էսօր էլ համն ա՛ռ, էլ ի՞նչ ես գլուխս տանում: Որ չէիր գոթրմացել, թեզ վեր էիր կացել, հո հիմիկ էրկուսս էլ պրծած կըլեինք: Կնիկարմատն ու ձուն մեկ օրինակի են, հենց ձեռն ես տալիս թե չէ, էն սհաթը փխլվում են: Շատ կնկա թամահ անողին ի՞նչ ասեմ, հազար խոսք ա բերանս գալիս, ետ գնում: Տե՛ր Աստված , քեզ մեղա. խաթա՛-բալա ա, էլի: Կրակն ընկանք, տո՛: Փասա-փուսեդ քաշի՛ր, վե՛ր կաց, կորի՛ր, էլ երեսս չի՛ գաս: Էս խոսքումը ղոնաղներն, էն ա, էնքան ծիծաղել էին, որ սիրտըներն էկել, բողազներին դեմ էր ընկել, ու շատի ոտները դաբաղի աղ դրած կաշի էր դառել: Ախր ո՞վ տեսնի էսպես լազաթի թամաշա ու աչքը կալնի ու չծիծաղի: Լավ իրանք էլ չէին ուզում, ամա, նալլաթ չար սատանին, բանն էնպես էր վրա էկել: Ինչնիցե, փոր ու բերան բռնած՝ էլ ետ մոտ էկան, որ իրանց տանդրոջ հավարին հասնին: Սա էլ քթի տակին փնթփնթալով, ոտ ու ձեռ հինաթաթախ՝ վեր կացավ ու դեպի իրան տեղը երըմիշ էլավ: էսքան թամաշեն ու նաղլը անց էր կացել դեռ զգիր Կոտանը ո՛չինչ բանից խաբարություն չուներ: էս հարայ-հրոցը որ ընկավ՝ «Հա՛յ, ջուր բերե՛ք, հա՛յ, քոմ ակ արե՛ք, տանուտերն ու տանտիկինը խեղդվեցին»,-հենց իմացավ թե չէ, էնպես կարծեց, թե մուխն ա նրանց զոռ արել, վրա վազեց դոչաղ-դոչաղ, բրդի կծկի պես, մեկ կճուճ խստեց կժի տեղ ու խալխին՝ «Հա՛յ, ձեր հերը, հա՛յ ձեր մերը» ասելով, միսն ատամի տակին, ափալ-թափալ ներս պրծավ ու հենց էն սիաթին վրա հասավ, որ տանուտերը երես-մերես սրբել, միրուքը լվացել, ուզում էր, որ բերանն էլ թամուզացնի, չունքի ատամների տակին էլ մեկ քանի անոշ թիքա մնացել էին: Շատ փայը հո՛, բարկացած ժամանակը կուլ էր գնացել, էստուր համար էր բողազը ճոթռում, հազում, ջուր կում անում, ամա ձեռը ո՛չինչ չէր ընկնում, հազալ-մազալու վախտը անց էր կացել: Սոված փոր, ծեր մարդ, դարտակ գլուխ ու էնպես խնկահոտ, մեղրահամ, ի՞նչ լազաթ կտա, իմացողը թո՛ղ իմանա: էլ ի՞նչ ասեմ: էստուր համար էր մեր պարոն տանուտերը կատաղած արջի պես փորը բռնել պտիտ գալիս:

— Վա՛յ, իմ աչքս դուս գա, տա՛նուտեր ջան, վա՛յ, ես դժոխքի փայ ըլիմ, վա՛յ, վա՛յ, վա՛յ, էդ ի՞նչ ա քո հալը, գլխիդ մեռնիմ, մկամ քո Կոտանը մեռել, կորել ա, որ դու էդ օրն ես ընկել, — ասեց խեղճ զգիրն ու աչքը կեռացրած, մեկ դիհի վրա թեքված՝ վրա թռավ, որ նրա գլուխը լա, նրա ցավին մեկ դարման անի:

Հենց քիչ էր մնացել, որ տանուտերը սիլեն ետ քաշի ու նրա մեկ քոռ աչքն էլ դզի, ատամները փորնածի, որ իր տերն էնպես թողել, իր քեֆի ետնիցն էր ընկել, դովթալաբ զգիրը էլ սիլամիլին մտիկ չտվեց, դաստ արեց, որ իր ծուռը դզի, աղի խաթրն առնի, ու էրկու ձեռով որ կճուճը շուռ չտվեց տանդրոջ գլխին, Աստված ազատի, ինչ նրան հանդիպեց: Մեկ եքա կճուճ, հինգ տարվա թթու, թանձր, պճպճուն բազկաթանը էնպես նրան ողողեց, որ ջրհեղեղի օրն էլ էնպես անկոծում, էնպես զուլում չէ՛ր էլած, չէ՛ր տեսնված յա լսված: Տանուտերը հո տանուտերը, քոռ զզրի սիրտը ջուր կապվեցավ: Բազկաթանի հոտը էնպես քյալլին դիպավ, որ տասը գազ ծուլ էլավ ու գող շան պես վրվրթալով, սրսրթալով, հեթեթալով ետ թռավ զոմի պուճախն ու մնաց քար կտրած, սառած: Մեկ մկան բունը որ հազար թումանի տվել էին, կառներ, մեջը կմտներ, որ իր սև օրը լա ու տանդրոջ ձեռիցը պրծնի: Քու դուշմանի գլուխը չի գա, ինչ նրա հալն էր. Տանդրոջը հո, Աստված ո՛չ շհանց տա, ընչանք թաքրար ջուր կբերեին, իրանն իրան հասավ: Միրուք, բերան, քամակ, ծոց, քուրք-մուրք՝ հոտած բազկաթանի մեջը չխչխպում, ծլծլում էին: Ձեր, լաբչին՝ բոլոր լցվել էին, տուտը պճեղն էր հասել: Քամակը քոր էր ընկել, աչքերը մրմնջում էին, թե ուզում էլ էր, որ ժաժ գա չէ, փոխանն էնպես էր լցվել բազկաթանով, որ փաչեքը իրար դիպչելիս դափի, զուռնի ձեն էին հանում, չփչփում:

Էս շան հալին էլի զոռում, զռում, հարայ էր տալիս, ձեռները դես ու դեն քցում, որ զզրին ճանկի ու սպանի: Քոռ հավի պես մնացել էր պատի տակին կանգնած, ամա էլի հենց է՛ն էր ձեն տալիս.

— Թողե՛ք, թողե՛ք, դրա քոռ աչքն անիծած, թողե՛ք, դրան սպանեմ, շնսատակ անեմ, դա՞ էր մնացել, որ իմ գլխիս օյին գա՞: Դրան է՛ն օրը քցեմ, որ մեծ թիքեն անկաջը մնա:

Ընչանք ջուր կբերեին, ամենին իրանցը իրանց էր հասել, շատը նվաղել, քամակի վրա վեր էր ընկել: Էլ ի՞նչ կանեին իրար երեսի ալիր փչիլ յա մածուն քսիլ, որ շատ անգամ, ուրախ վախտներն, անում էին: Էս բավական ալիր էլ էր, մածուն էլ: Էս դալմաղալումը տանդրոջ կնիկը ճրրալով, թոնթորալով դուս էր գնացել, որ իր գլուխը լա, իր մեղքիցը ազատվի: Խալխը տանդրոջ բնությունը լավ գիտելով, որ բարկացած ժամանակին իրեշտակ էլ ձեռն ընկներ, չէ՛ր խնայիլ, ո՞ւր մնաց զգիր Կոտանը, տերտերին աչքով արին, որ նա, քանի աչքը բաց չի՛ արել, մուննաթ անի, որ բալքի խղճին մեկ ճար ըլի, ու էլ ետ զգրին բերեն, տանդրոջ ձեռը պաչիլ տան: Հենց իմանում էին, թե կարգավորի պատիվն էլա կպաիի:

— Բարիկենդան օրեր ա, խնամի Օհանես, խելքներս կորել ա, տնա՛շեն,— բերանը բաց արեց ծանրագոգոթ մեր փառավոր տերտերը, որ իր կարգի պատիվը ճանաչելով՝ ուզում էր, որ բալքի հաշտություն քցի միջները ու երկուսին էլ բարըշացնի: — Աշխարք ա, է՛դպես կըլի. հո աղջիկ չե՛ս որ խասդ ու վարաղդ գնա. հո շուշա չես, որ կոտրվեիր, խանի՛ խարաբ. Մոմ չե՛ս, որ հալչիս. Մի քիչ սիրտդ լե՛ն պահի, ի՞նչ էլավ քեզ: Քրիստոս իր սուրբ ավետարանի միջումը գրում ա, ամենիդ մուրազն էլ տա, թե՝ երանի՛ խաղաղարարաց, կամ թե՝ թշնամուդ գլխին կրակ կածես, թե որ նրան սի՛... որ՛... դո՛... րե՛ս... Վա՛յ քո հերն էլ անիծած, քո մեռոն քաղիինն էլ, քո օխտը, պորտին նալլաթ, քեզ բարի օր աստղին, բարի լիս տվողի շլինքը հախ միսն տերը կոտրի:

Էս ի՞նչ ա իմ հալը, — տերտերը բուխարուց ձեն տվեց՝ գլուխը քորելով, միրուքը թափ տալով:

— Էս ի՞նչ անիծած մարդի ռաստ էկանք էսօր, տո՛, հենց ամեն բանն էլ թարս ա գալիս: Հարամ ըլի է՛ն հացն էլ, է՛ն ջուրն էլ խաթա-բալի մեջ ընկանք, է՛լի: էս ի՞նչ կրակ ա, որ մեզ էրում ա:

Իրավ որ ողորմելի կարգավորը կրակի մեջ էր ընկել: Չունքի ինչ սհաթի որ նա մոտացավ, որ տանդրոջ սիրտն առնի, էլ չէ՛ր մտածում, թե նրա արինն ու հերսը աչք ու միտք կալել, քոռացրել էին: ԱնԱստված տանուտերը էնպես մեկ սաստիկ դութմա (մուշտի) տվեց էս քո խեղճ տերտերի դոշին, որ փիլոնը մի տեղ ընկավ, գդակը՝ մի, ու ինքն էլ չոքըչոք անելով՝ գլուխն էնպես բուխարու աթարի կրակի մեջն ընկավ, որ երես - մերես բոլոր խանձվեցավ: Խեղճի բերանը մրով, մոխրով լցվել էր, միրքի կեսը հո, կես տարի անջախ դուս կգար, էնպես էր քոքիցը խանձվել պլոկվել: էստեղանց էր է՛ն քաղցր օրհնությունը տալիս, որ մեկ դութմի էլա ինքը չի՛ դիմացավ ու ուզում էր, որ մեր խեղճ թանակոլոլ, մեղրաթաթախ, վարդահոտ տանուտերին ճամփու բերի:

— Ժամումը գլխըներս տանում են, հերիք չի՛, գոմումն էլ են ուզում իշխանություն բանացնեն, ախր ի՞նչպես մարդ համբերի, — վրա բերեց տանուտերը: — Ձեր օրհնողին ի՞նչ ասեմ, նալլաթ չար սատանին, բերանս ի՞նչ ա գալիս-եա զնում:

էլի երկար էսպես քթի տակին մոթմոթում էր տանուտերը, որ զզրին վախցրին, պահեցին: Աստված բարի ճամփա տա, որ էնպես ղալաթ բան մյուս անգամ չբռնի՛, և մեր գրի սև ու սպիտակը ճանաչողներին էլ խելք, իմաստություն տա, որ էսպես տեղը իրանց պատիվը չկորցնեն:

Տանուտերը զեզջանզեջ աչքը բաց արեց, դուռն ու պուճախն ընկավ, որ իր սիրտը մի քիչ հովացնի, բայց զզիրը թռել էր: Քեղխուդեքը մեկ կողմից, կնիկը մյուս կողմիցը թափ էլան, տանդրոջ սիրտն առան, տերտերին էլ բարշացրին, տանդրոջն էլ, զզիրն էլ էկավ, չոքըչոք ոտներն ընկավ, մեղա ասեց, ձեռը պաչեց, մեկ թաս արաղ էլ կոնծեց. ծուխն էլ քիչ-քիչ պակսեց, բուղն էլ, ամեն բան սկսեց իր կարգն ընկնիլ: Տերտերը «Պահպանիչն» ասեց, քեղխուդի մեկը՝ «Եվ ևս խաղաղությունը», տանտիկինը «Ամեն» ձեն տվեց, տանուտերը՝ «Մեղա Աստուծո», «Հայր սուրբ, զքեզ ունիմ միջնորդը» ու վերջապես արաղ-մազեն էլ որ տուն չբերին, ամենի սիրտն էլ տեղն ընկավ: Ինչ անց էր կացել, քամուն տվին, խունկ ծխեցին, երդիկ ու դուռը բաց արին, հոտը-մոտը քաշվեցավ, կատարները տաքացավ, ու մեր պարոն քեղխուդեքը հացի նստեցին, սուփրեն քաշեցին, մեկ գլխին տերտերը բազմեց, մյուս գլխին՝ տանուտերը, մեկելներն էլ պատի տակին էնպես սրով բազմեցին ու ոտըները ծալեցին, որ սուփրի մեջը էկող-գնացողի, անց ու, դարձ անողի համար բաց էր մնացել:

Նոքարը որ արաղը չածեց, ավալի սֆթա տերտերին դեմ

արեց, սա էլ խաչակնքեց, օրհնեց, տվողին խմացրեց, որ մեր զգիրն էր, ու ետո ինքն առավ թասը ձեռը ու օրհնության տուտը սկսեց:

— Աստված աշխարքիս խաղաղություն, թագավորաց հաշտություն, քրիստոնեից ազատություն տա՛: Ընչանք մեռնինք ո՛չ, որ մեկ օր էլ էսպես՝ էլով, գյունով, ռուսի ձեռի տակին նստինք, քեֆ անենք:

— Ամե՛ն, ամե՛ն,— ձեն տվին ամենն էլ:

— Տունդ շե՛ն կենա, տունդ, տա՛նուտեր, որդիքդ ապրի՛ն: Աստված օջախդ հաստատ պահի՛, նամարդի մուհդաջ չանի՛, մեր գլխի թագն ես, մեր աչքի ծաղիկը, Հայր Աբրահամի օրհնությունը քեզ վրա, Սիմեոն ծերունի պես քո ըմբրի խերը տեսնիս: Քեզ ծուռը մտիկ անողի աչքը քոռանա, ո՛ւմ սրտումը մեկ խեթ կա, Աստված բարին կատարի՛: Ինչ էլավ՝ Աստված վերջը բարի անի՛, քաշած զահմաթդ ապաշխարանք համարի՛. էսօր՝ քեզ, էգուց՝ մեզ. մենք էլ քո ջրերն ընկանք: Ով խռով ա, սառը ջուր խմի՛: Իմ գլխիս ջաղաց էլ աղան, թաք ըլի տեղս տաք ըլի, ձեռիս՝ թաս, սիրտս՝ ուրախ: Տո՛, քեֆ արե՛ք, տո՛, դուշմանի աչքը հանեցե՛ք: Շնորհավոր բարիկենդան. Աստված զատկին էլ մեզ արժանի անի. քանի կարանք, մեր օրը վայելենք. էգուց ո՛չ էլօր մեծ պասը ոտները երդկիցը ճոլոլակ կանի, հա կա՛ց ու բազկաթթու կե՛ր: Հավասարական սաղ ըլի՛ք, ուրա՛խ,— Տեր Աստված , քեզ փառք. մեր երեսը քո ոտիդ տակը: Քո ստեղծվածն ենք, մեզ չի՛ կորցնես: Տե՛ր Աստված , դու մեր Ռուս թագավորի սիրտը ռահմ քցես, որ գա, մեզ ազատի. ընչանք մահ մի՛ տար մեզ, մինչև նրանց երեսը տեսնինք: Կենդանություն, — ասեց ու արաղի թասը շպռտեց:

— Կենդանի մնաս, սա՛ղ ըլիս. Կարգիդ՝ հաստատ, տե՛րտեր ջան. Անո՛շ, խմածդ անո՛շ, հենց իմացանք՝ մե՛ր սրտովը գնաց,— ձեն տվին ամենն էլ, ու մեկը մեկ թիքա պանիր, մյուսը մեկ թիքա խորոված յա խաշլամա, լոշում փաթաթած, թավազա արին: Տերտերն էլ առաջ ձեռը տվողի բթի վրա դրեց, թիքեն առավ, բերնին, ճակատին դրեց, «Հա՛յ, ձեռդ ապրի, հա՛յ զորանաս» ասելով, ձգվելով, օրհնելով, գովելով՝ թիքեն ծամեց, կուլ տվեց ու ինքը մյուսների օրհնանքին անկաջ դրեց, անո՛շ ասեց:

Էսպես՝ արաղի թասն սկսեց պտիտ գալ, ձեռնեձեռ ընկնիլ ու ամեն մեկի ձեռին մեկ սհաթ տանջվիլ, չխմողին տանջիլ, չունքի ամենն էլ մեկ եքա պարկ օրհնություն բերնըներումը հազիր ունին, ու ում լեզվումը, մի քիչ հունար կա, սուփրի ու զինու կամ արաղի թասի վրա ա փորձում: Բայց ամենի խոսքի տուտն է՛ս էր.

— Օրհնյա՛ ի տեր, Աստված կարգիդ հաստատ պահի՛: Քո աղոթքը մեր գլխիցն անպակա՛ս ըլի: Տա՛նուտեր, սաղ ըլիս. տանուտեր, քո շվաքը մեզ վրա դայիմ-դաղըմի ըլի: Մի՛րզամ, Աստված որդիքդ պահի՛: Ավետի՛ք, քո որդու կարմիրը կապե՛նք: Խնա՛մի, աչքի լիս ես, Աստված քեզ մեկ դոչ որդի տա՛: Հավասարական սաղ ըլի՛ք, ուրա՛խ: Տե՛ր Աստված , վերջըներս բարի անես: Կենդանություն:

Էսպես՝ ամեն մեկ խմող ամենին ջոկ-ջոկ մեկ բան պտի ասեր ու էն էլ ամեն թասի վրա: Թեկուզ քսա՛ն թաս էլ մեկ մարդ խմի, քսա՛ն մարդ էլ նստած, ամեն թաս խմելուն ամենին էլ հատուկ-հատուկ մեկ բան որ չասի, թասը կուլ չի գնալ, բկումը կմնա: Շատն էլ թասը մեկ սհաթ քիմի ձեռին բռնում ա, որ վրեն մի տաղ յա մի խաղ ասեն ու իրան անունի շարականը վրա բերեն: Հայտնի բան ա, որ տերտերից յա տիրացվից զյուման շարական սաող՝ գեղ տեղն ո՞վ կա: Ամա սրանք էլ խեղճ շարականի բուրդը շատ անգամ էնպես են զզում, որ Աստված հեռու տանի: Լոռը մինչև Երուսաղեմ մին կփախչի: Բայց ի՞նչ կանես, բախտըներիցը հազար շուն կա, հազար գել, որ ո՛չ գիր գիտեն, ո՛չ գրի զորություն: Լավն էլ էս ա, շատ գլուխ չի՛ ցավիլ:

Մեր երկրումը առաջ ձեռըները լվանում, սրբում (էն էլ նստած տեղն ա նոքարը՝ փեշկիրն ուսին, ավթաֆա լագանը ձեռին, ամեն մեկի առաջին կռանում յա չոքում, ձեռին ջուր ածում), ետո են սուփրեն քաշում, աղամանը, պանրամանը, ձկնամանը մեջտեղը շարում, ապա հացը քաշում, ամենի առաջին կիտում, բազի վախտ կանաչի էլ ա ըլում: Գդալ, չանգալ-դանակի ոտը դեռ մեր աշխարքը չի մտել: Մատներն էլած տեղը ի՞նչ հարկավոր ա չանգալ-դանակ: Կերակրներն էլ մեկ սինով (պղթնոս) ներս են բերում, ու մեկ նոքար փեշն ու թևերը վեր քաշած, ուսին քցած, կուզըկուզ անելով՝ երկուսի առաջին մեկ աման ա դնում: Հացից ետը էլի ջրով որ ձեռք ու բերան չողողեն, չլվանան, կերածը հարամ կըլի: Գդակ վերցնիլ սեղանի վրա յա գլուխ տալ ադաթ չի՛: Երկրի ծեսն էսպես ա, Եվրոպա չի, որ կովը վեր քաշեն, տեսնեն՝ տակին հորթ կա, թե՛ չէ:

Հենց մի քիչ աղի կողակ ու պանիր որ անոշ չարին, զելը կատաղեցավ:

— Տո՛, լերդս կպավ, է՛, բերանս հո ցամաքեցավ. էդ զահրըմարը մի ածա՛, որ տեսնինք՝ ի՞նչ համ ունի, է՛, ա՛յ տնաշեն: Կողակի թիքեն հրես բկիս դեմ ա ընկել, ի՞նչ էլավ ձեզ, մեզ հո սպանելու չե՞ք բերել էստեղ,— ձեն տվին էս տեղանց, էն տեղանց քեղխուդեքը, որ գինին շուտով ածեն:

Լսողը չիմանա, թե հայաստանցիք ուրիշ ազգերի նման, հենց էն ա, գինի տեսնելիս, ուզում են հոգիքը տան կամ, ինչպես բազի Կավկասյան սարը դեռ չտեսած մարդ, գինու ռումբին որ տեսնում են, երեսներին խաչ են հանում կամ շիրախանումը քնում, կամ թուր ու սերթուկ գրավ դնում, կամ թե չէ՝ ցխում, վեր ընկնում, երազ տեսնում, դելը տալիս: Աստված մի՛ արասցե, էս պակասությունը չունին, նրանք էս շնորհիքիցն ու մարիֆաթիցն վաղուց են ձեռք լվացել, որովհետև աշխարի չեն տեսել, ու էշ կերել, էշ մենծացել, ո՛չ բարոյակա-նության ձեն լսել, ո՛չ կրոնագիտության, որ գինու գինը լավ իմանան ու երկու թաս խմելիս ոտ ու գլուխ կորցնեն ու սիրահարված՝ երկինքը համբառնան: Չէ՛, չէ՛, նրանք շատ բռի են ու էլած-չէլածը չեն տալիս խմիչքի, ամա տեղն ընկած վախտը, զինու տիրոջ ջանին մուննաթ, էնքան են խմում, որ երեսները վարդ ա դառնում, գլխները՝ նաղրախանա, լեզվները՝ բլբլի, սիրտըները՝ ասլանի և ո՜չ խոզի, չունքի մեկ հայ չես տեսնիլ քո օրումը հարբած, ցխումը թավալ տալիս, թեկուզ հինգ թունգի էլ խմի: Մա՜շալա, տղեն սրան կասեմ, ա՜յ թե մարդ ա, ուրիշն էլ էս բանը կանի:

Հաց քցող տղեն էրկու ստաքանանոց տոլուն էլի տերտերին դեմ արեց. նա էլ օրհնությունը տվեց ու ճամփու քցեց: Ետո մեկելներին տվեց. էսպես՝ բոլոր հացի ժամանակը մեկն էլա ինքը չէ՛ր ածում իր զինին. էս նոքարի ու դոլուղ անողի գործն ա. որ քսան մարդ էլ որ ըլին, հենց մեկ թասից պտի խմեն, էնպես որ, ընչանք թասը պտիտ կգա ու վերջին մարդին կհասնի, սրա բողազն ա ցամաքում, վերի նստողի՝ թուքը: Կենաց-մենաց խմիլն Երևանումն էնքան ադաթ չի, ամա մարդ իր լեզվի հունարը ձեռաց պետք է չթողա, ամեն թասի, վրա մեկ խոսք ասի. ինչ կըլի՝ ըլի, հաջաթ չի. բեինդ տաքացած ժամանակը ինչ կուզես, ասա՛, վատ խոսք էլ որ ասես, լավի տեղ անց կկենա: Սովորական կերակրներն էլ մեր երկրի սրանք են՝ բոզբաշ կամ քուֆթա, կամ խաշ, տոլմա, խորոված կամ խաշած ձուկը, զառան մսով փլավ, խաշած հավ ու ոչխարի խորոված, որ հենց էնտեղ նեթ բուխարումը խորովում ու շատ անգամ շամփրով, տաք-տաք իրար թավազա անում. Բազի անգամ էլ տոլուչին պետք է բերանը բաց անի, որ մեկ թիքա խորոված իրանց ձեռովը բերանը դնեն կամ մեկ թաս զինի կոնծիլ տան:

Էսպես՝ մեկ քանի տոլու մարքազարդեցին թե չէ, քեֆները չաղացավ, դամաղները տաքացավ, շունը տերը կորցրեց: Կրչնոց Վիրապն էլ հո՛ էնտեղ էր, էլ ի՞նչն էր պակաս, սազը կողքին հազիր ուներ. Անկաջ պտեր, որ նրա ձենին հայիլ-մայիլ մնար: Հենց ջուրն իր ճամփեն քթավ թե չէ, սա էլ իր սազը քոքեց, ճնգճնգացրեց. Հա՛ կաց ու քեֆ արա՛: Պատերը դրմբում էին, գետինը զրնգզրնգում, օճորքը տեղըհան ըլում, նրա ձենը մարդի քյալլին ցցվում: Էնպես զոռբա ձեն ուներ Վիրապը, որ հինգ սհաթվա ճամփից լսվում էր.

— Փի՛ր օլսան, փի՛ր, ջանմ սան, ջանմ. ի՞նչ կըլեր, որ քո մերն քեզ նման մեկ հինգն էլ էր բերել, որ աշխարքի միջումը մի հատ չըլեիր: Ասա՛, բերանիդ դուրբան, ասա՛, բերանդ ապրի, ըմբրով կշտանաս, — հազար տեղից ձեն էին տալիս մեր պարոն քեղխուդեքը՝ գլխըները տրմբացնելով, անոշ-անոշ զկռտալով:

Շատի բերնի ջուրը հետը գնում էր: Շատ անգամ, քեֆը քոք ժամանակին, տերտերն էլ ի՛ր ձենի հունարն էր ուզում նշանց տա, ու կամ Վիրապի հետ էր բաս մտնում, գոռում, կամ թե չէ «Երնեցավ խնկաբերիցն» ասում, խալխի թասըները վեր դնիլ տալիս, կամ ձեռըներին բանդ անում. ամա էնպես մեկ մխոտ, ճոթռած, ճղլանի, քացախած ձենով, որ մարդի գլուխը տեղիցը պոկ էր գալիս: Քեղխուդեքը հո, մաջալ չէին տալիս. Ինչ բերանները գալիս էր, հենց է՛ն էին քյոնդալանա ասում, զռում, էնպես, որ խեղճ սազանդարի ասածը բերնումը հարամ էր ըլում:

Ամենը հո ամենը, իլլահիմ մեր մեղրաբերան տանուտերը, անատամ ռեխը որ բաց չէ՛ր անում, պատերը դողում էին, կատվըները մլավում, հավերը բակումը իրանց տիրոջ ձենը լսելով՝ շարքով կանգնում, կռկռում յա կչկչում: Ֆորթ, եզը, ձի, տավար ուզում էին, որ ուրախությունիցը կապըները կտրեն: Էշը զռում էր, գոմեշը տըլնգում, Էծը մկկում, կովը բառանչում, ֆորթը բղավում, որը ֆշտացնում, որը փստացնում, որը վզզացնում, որը բզզացնում: Մյուս բաները չեմ ասում, ամոթ ա: Գարի, դարման կերած՝ տավար, հայտնի բան ա, որ ինչ ասես, նրանցից դուս կգար: Խուլասա, ի՞նչ գլուխ ցավացնեմ. Էսպես նաղրախանի ու մուզիկի ձեն շահի դռանն էլ, չէր լսված: Բայց գինու տակոին դալար մնա: Էս թոփ ու թոփխանեն, էս զարբազանը մեկին էլա քյար չէ՛ր անում: Շատի, հենց բռնես, քեֆը գալիս էր: Բայց ամեն սհաթ հո մեկ չի՛ ըլիլ, ու ում ուժն ասես՝ տերտերին յա գլլին ա հաղթում: Սրանց մեկը էս ալեկոծության ժամանակին հենց շարքյասեն առավ, օրհնեց, պրծավ ու պռնկին դրեց, որ մաքրազարդի թե չէ, էշն էն կողմիցը էնպես մեկ թունդ տրաքացրեց, որ էլած-չէլած խելքը գլխիցը թռավ, շշկլեց, գինու կեսը կատիկը թռավ, կեսը միրքին թափեցավ, ու հենց ուզում էր, որ թասն էլա չի՛ կոտրի, ու բեղաֆիլ ձախու ձեռը որ չի՛ վրա բերեց, սատանի աչքը քոռանա, էնպես սաստիկ խփեց տանդրոջ գլխին, որ փափախը կրակի վրա ծունդր դրեց, խորովածի շամփուրը վեր քցեց, հատիկ ատամների մեկն էլ բերնիցը վազեց, փորը գնաց, որ գլուխը պրծացնի: Թե ուրիշ վախտ էր էլել, ես գիտեմ, թե տանուտերը ինչպես նրա միրքի մազերը մին-մին կպոկեր, բերանը կըտեր, ամա էս սհաթին, որ քար էլ աղային գլխին, ձեն չէ՛ր տալ:

— Լավ հարաքյաթ ես անում, հա՛: Է՛հ, ի՞նչ անենք. բարիկենդան օրեր ա, խելքըներս կորել ա, դու սաղ ըլիս: Ա՛յ տղա, ածա՛, լցրո՛ւ: Վիրա՛պ ջան, մեկ լավ զլի՛. խմե՛նք, քե՛ֆ անենք, ո՞վ ա խաբար, թե էգուց գլխըներիս ի՞նչ ա գալացուկ: Գյոռն չաթլասն, տերտե՛ր ջան, գյոռն. էդ չալ միրուքդ ուտեմ, որ մի սիրտս կշտանա. կե՛ր, խմի՛ր, քե՛ֆ արա,— ասում էր ու տերտերի ուսերին լավ բաքաթ վեր հատում. սա էլ պարտքի տակին չէ՛ր մնում ու մեկի տեղակ հինգն էլա ետ տալիս:

Էսպես՝ դինջ, տանստանու, ինչպես հեր ու որդի, քեֆ էին անում մեր պարոն քեղխուդեքը, հանաք անում, իրար սիրտ շահում ու հազար բաքաթ նաղլ, մասալա, առակ, շախա ասում, անում, լողի սիրտը բանում, իրանց օրը անց կացնում: Վաղուց էին կշտացել, էլ հո հաց չէին ուտում, մազա էին անում, գինի խմում. բազինն էլ վեր էր կենում, պար գալիս: Տերտերը մեկ թաս գինի մեկին դեմ անելիս հո, հազար տեղ գլխի վրա կունդկի էր տալիս, որ նրա սուրբ ձեռիցը բաժակն առնի, ձեռը պաչի: Էսպես՝ վախտին էին մտիկ տալիս, որ դուս գան, գնան, ջահել տղերքանց ջիրիդին թամաշա անեն:

Արեգակն էկել, երկնքի մեջտեղը բռնել էր. օրվան փուշը մի քիչ կոտրըվել, տաքացել էր: Սար ու ձոր արծաթի պես փլփլում, պլպլում էին: Էս հաղաղին ով որ Քանաքեռ մտներ, հենց կիմանար, թե երկնքիցը մեկ ավետյաց ձեն ա էկել, աշխարքս արքայություն ա դառել, մարդի աչքն էլ ցավ, կսկիծ չի պետք է տեսնի, և Քանաքռու խարաբեքն էլ էին թև առել, ծափ տալիս, թե էլ էնպես չեն մնալ, թե իրանց մեջն էլ շունչ կմըտնի շեն կընկնի, էնքան տղամարդ, ջահել տղերք, էրեխեք էին տներիցը դուս էկել, քուչեքումն ու կտրներին քեֆ անում: Օտար մարդը հենց կիմանար, թե էս գեղըցիք աշխարքի տերն են. ո՛չ դարդ ունեն, ո՛չ դասավաթ. Ամեն մեկը հազար թումանի տեր են: Ռիաթ խալխը՝ որը ձեռնաբռնուկ էին արել, պար գալիս, որը բոլորեշուրջ նստել, քեֆ էին անում, որը խաղ էր ասում, որը դամ քաշում: Էստեղ զուռնեն էր փչում, Էնտեղ ճժալախտի էին խաղում, մյուս տեղը փահլևաններն էին կոխ պրծնում, յա դարաչիքը ֆալ բաց անում: Մանր տղերքն էլ յա ձնաթոփի էին խաղում, յա աչքակապուկ, յա սալղաթի պես կռվում: Դաբխփի (դհոլ), զուռնի ձենն ու հարայ հրոցը աշխարք էին վեր կալել:

Աղասին էլ քեֆն արել, պրծել, իր դաստեն ետևին քցած՝ էկավ մեկ տասը ձիավորով, գեղի միջովն անց կացավ, որ գնա, կալերի դզումը, ջաղացների մոտին իր հունարը նշանց տա, ջիրիդ խաղա, չունքի գեղամիջին էնպես դուզ տեղ չկա: Հենց իմանաս՝ մեկ թագավորի որդի ա գալիս: Յարաղ-ասպաբը կապած, թվանքն ուսին, թուրը կողքիցը կախ, ջուխտ փշտովն ու դամեն գոտկումը, կանաչ մով շալվարը, զառ կապեն հաքին, գյուլբանգի աղլուխը ճտին. նուղայի թուխ գդակը գլխին կոտրել, աջու անկաջի վրա էր քցել. ոսկեթել թուխ-թուխ մազերը ձախու կողմիցը քամու հետ խաղում՝ յա ազնիվ երեսին էր դիպչում, յա բկի տակովն ընկնում: Բեղերն ապրշումի պես ոլորել, էնպես էր թշի վրովը դուս տարել, որ ամեն մեկի մեկ ծերը անկաջներին էին դիպչում: Մտիկ անողի խելքը գնում էր: Գեղըցիք հենց նրան տեսան թե չէ, ծափ տվին, պար էկան, ձեն-ձենի տվին ու սկսեցին նրա խաղն ասիլ, նրա գովքն ածիլ:

— Աղասի՛ ջան, գլխիդ ղուրբան, էս թասը խմե՛նք քո արևսաղաղին, արևիդ մեռնիմ. մեր գլխիցը ո՛չ պակսիս, գնա՛, մենք էլ էս ա, կգանք, — ամեն կողմից ձեն տվին ու Աղասու թասը խմեցին:

Ազնիվ երիտասարդն էլ, ով որ իրան էսպես պատիվ էր

տալիս, գդակով էր անում, քաղցր երեսով գլուխ տալիս ու անց կենում:

Հեռըվանց երևում է, թե ի՞նչ դիամաթ էր անում իգիթը: Ձիու անկաջը մտած՝ էնպե՛ս էր քաշում, կրակին տալիս, որ, հենց իմանաս, թևավոր դուշ ըլի: Շատ անգամ ջրիդը հեռու տեղից շպրտում, ձին չափ էր քցում, ու գետնիցը ծուլ ըլելիս՝ ձիու վրիցը բռնում էր, էլ ետ քցում: Շատ անգամ հենց էնպես դուզ շպրտում էր ու կրակի պես ետնիցը հասնում, կալնում, էլ ետ ծուլ անում: Գետնին վեր ընկած տեղիցն էլ էնպես էր թամքի միջիցը կռանում, բարձրացնում, որ ջիրիդն առաջին դողում էր: Ընկերտանց վրա էլ որ վախտ-վախտ ջիրիդ չէ՛ր քցում, է՛նպես էր նշանում, որ գդակների ծերին էր դիպչում կամ գդակը հետը տանում, որ իմանան, թե նա նրանց դիմիշ չի՛ անում: Շատ անգամ թամքի միջին ջուխտ ոտի վրա կանգնում, էնպես էր ձին չափ քցում: Աչք պետք է ըլեր, որ նրա ռաշդությունը, տղամարդությունը, հունարը տեսներ ու զարմանար:

— Ջանմ սան, ջանմ, Աղա՛սի. մերդ մեկ հատ ա քեզանից բերել, հազար տարի անց կենա, քեզ նման մեկն էլա չի՛ բիամ տալ,— ասում էին թամաշավորքն ու խնդում, ուրախանում, ծափ տալիս: Հանկարծ էս քեֆի միջումը, հենց բռնես, մեկ ամպ տրաքեց, երկիրը շարժեց, յա թոփի, թոփխանի ձեն էկավ, յա երկինքը փուլ էկավ:

— Տարա՛ն... տարա՛ն... Աստված ասե՛րք, մոտ էկե՛ք... քոմակ արե՛ք, գլուխս լացե՛ք: Տուն կոխեցի՛ն, օջախս, քանդեցի՛ն... աչքիս լիսը հանում ե՛ն, սիրտս դուս են ճոթռում, տո՛, մեկ հասե՛ք, ի՞նչ կըլի: Ա՛ստված, երկի՛նք, ծո՛վ, ցամա՛ք... էս ի՞նչ կրակ ա, էս ի՞նչ զուլում ա... Վա՛յ, օրս ու ումբրս խավարի, էս ի՞նչ եմ տեսնում: Ձեր թուրը կոտրվի, ձեր էկած ճամփեն փուշ ու տատասկ դառնա... Վա՛յ իմ ըմբրիս, արնիս... ո՞ր ջուրն ընկնիմ, ո՞ր ջհանդամը գնամ... Գետինն էլա չի՛ պատռվում, որ ինձ մեջը տանի, աչքս հանի. էլ ի՞նչ աչքով իմ սև օրս լաց ըլիմ... էրեխիս տարա՛ն... քոմակ արե՛ք... Աստվա՛ծ, յարաղանդ քոռանա, էս ի՞նչ կրակ ա, որ մեր գլխին ես ածում, մեզ էրում, փոթոթում: Ա՛ռ, ա՛ռ քո տված հոգին, էլ չի՛ հարկավոր. հոգի, չե՛ս տվել, կրակ ես տվել, որ էրվի, ինքը չիմանա, մեր ջանը փոթոթի... Ամա՜ն... հարա՜յ... դա՛տ... մադա՛թ... Ե՛րկինք, մեկ փուլ արի՛, ինձ տակովդ արա՛, ի՞նչ կըլի... Ձեր փափախը ձեռ գլխին խռով կենա, ի՞նչ տղամարդիկ եք, տո՛, մեկ ձեռն էլա հասցըրե՛ք, է՛, ի՞նչ եք քարացել, փետացել: Թագուհի ջան, գլխիդ մատաղ զնամ... Թա՛գուհի... Անումիդ մեռնիմ... երեսս ոտիդ տակը. Թ՛ագուհի ջան... էդ չախմուր աչքերիդ ղուրբան ըլիմ, ազիզ ջան: Աչքիս լսի պես մեծացրի, որ է՞դ տեղն ընկնիս... Թո՛ղ ինձ սպանեն... էդ թուրը թո՛ղ իմ սիրտս խրեն… թո՛ղ քո ոտիդ տակին հոգիս տամ... թո՛ղ ես հողը մտնիմ... էն վախտին ուր տանում են քեզ, թո՛ղ տանին: Թո՛ղ քո նեղ օրը չտեսնիմ, ո՞ր դժոխքն ուզում ա, թո՛ղ ինձ ներս տանի...

Էս կսկծալի ձենի հետ լավ պարզ լսվում էր, որ մեկ տղամարդ թուրքերեն ասում, հարբա էր գալիս, որ ձենը կտրի:

— Ձենդ կտրի՛, ղանջղ, ղարաչի... Հենց էս սհաթին փորդ վեր կածեմ. ջինգյանությունն ի՞նչ պետք ա. սարդարի հրամանն ա, պետք է ձեր աղջիկը քաշենք, տանինք. ի՞նչ խոսք ունիք, ի՞նչ կարողություն, սարդարի հրամանին սարը չի՛ դիմանալ, դուք ի՞նչ կարաք անիլ:

Խալխի գլխին ջուր մաղվեցավ: Ամենն էլ իմացան, թե ի՞նչ խաբար ա: Սարդարի ֆառաշներն (ծառայք) էկել էին, որ աղջիկ քաշեն, ո՞վ հադդ ուներ, որ ծպտա: Բարիկենդանը սուգ դառավ: Երեխեքը լալով, դողալով տուն փախան. կնանիքը դռները կողպեցին ու շիրախանի կարասների տակը մտան, կամ վերնատներումը տափ կացան, կամ դարմանի ու խոտի խրձերի մեջը մտան: Գեղը, հենց բռնես, բիրադի քանդվեցավ: Տղամարդկերանց, որը որ վախլուկ էր, գլուխն առավ, կորավ. որը որ մի քիչ պինդ սիրտ ուներ, զարզանդելով, դողդողալով մոտ էկավ, չէ՛ թե օգնություն անի, չէ՛, այլ թե տեսնի, ի՞նչպես մարդիկ են էկողները, ի՞նչպես են տանում խեղճ ջրատար աղջկանը: Ռանգ-մռանգները թռած, սփրթնած՝ էկան մեռելի պես ու տան բաշին շարվեցան: Շատի լեզուն բերնումը շաղվել, փետացել էր: Շատի լերդն ու թոքը ջուր էր կտրըվել: Շատի պռոշները ահու ճաքել՝ արինը շռռալով գնում էր: Լավ ուզում էին, որ քոմակ անեն, լավ ուզում էին իրանց էլած-չէլածը տան, որ խեղճերին ազատեն, բայց ո՞ւմ ձեռիցը մեկ բան կգար: Սարդարն էր հրամայել, ո՞վ էր կարող, որ ձեռք վրա բերի: Թե մեկ ծպտոն էլ հանել էին, էն սհաթը տուն, տեղ կրակ կտային ու իրանց էլ թոփի բերնին կդնեին, կքցեին: Աստված ո՛չ շհանց տա: Անօրենի ձեռը դուշմանս չի՛ ընկնի: Մարդ ո՞ր հողը տա գլխին. ինչ ուզում են, է՛ն են անում: Դատաստան չկա՛, իրավունք չկա՛, ու հայ ազգն էլ էնքան էսպես ցավեր տեսել էր, մեկ օր խոսքըմին չէ՛ր ըլում, որ իր գլուխն ազատի: Աղջիկն ասես՝ քաշում էին, տղեն ասես՝ տանում, շատ անգամ թուրքացնում, հավատից հանում, շատ անգամ էլ գլուխը կտրում, էրում, նահատակում: Ո՛չ տունն էր իրանը, ո՛չ մալը, ո՛չ ապրանքը, ո՛չ ջանը, ո՛չ օղլուշաղը: Զարմանալուն էս ա, որ էսպես կրակի, զուլումի մեջը էլի նրանց աչքը ուրախություն, նրանց երեսը ծիծաղ էր գալիս: էսպես, ինչպես ասեցի, հարիր մարդից ավելի վրա էին թափել, ձեռըները ծոցըներումը դրել ու պատի ծերիցը մտիկ էին տալիս: Սուգ ու շիվանն աշխարքն առել էր: Ֆառաշները կատաղել, փրփրում էին. շատ անգամ թվանքները դեմ էին անում, որ խալխին խփեն, վեր քցեն, որ բալքի ռադ ըլին, կորչին. բայց էլի հուշտ էլած ոչխարի պես ետ էին դառնում, էլ ետ՝ ետ փախչում, էլ ետ՝ ետ գալիս, մտիկ տալիս:

Ի՛նչ խեղճ, ողորմելի մերն էր անում, Աստված հեռու տանի, քար չէ՛ր մնացել, որ գլխին չի խփի. հող չէ՛ր մնացել, որ վրեն չածի: Զագը կորած հավի պես մեկ դես էր վազում, մեկ՝ դեն, մեկ գլխին տալիս, մեկ՝ ոտին: Է՛նքան էր ծնկներին, գլխին խփել հարայ տվել, լաց էլել մազերը պոճոկել, երեսը չանգռել, կտրատել, որ էլ ո՛չ աչքումը լիս կար, ոչ ջանումը՝ թաղաթ, ո՛չ բերնումը՝ լեզու: էնպես, հենց ձենը փորն ընկած, շունչը կտրված՝ ոտին-գլխին էր անում, ինքն իրան ջարդում, գլուխը քարեքար տալիս, յա սուրութմիշ ըլելով, գետինը լիզելով՝ ֆառաշների ոտներն ընկնում յա ձեռըները բռնում, որ թուրը խլի, իր սիրտը խրի, յա թե չէ, սրանք էլ որ դոշին չէին խփում յա քացով տալիս, դեն քցում, ընկնում էր ջուխտ ձեռով աղջկա վրա յա ճտովը ու էլ, թեկուզ քացով էին խփում գլխին, թեկուզ դմբզով (մուշտով), թեկուզ դամշով յա թվանքի դուռթմով, էլ պոկ չէր գալիս, էլ չէ՛ր իմանում: Ուզում էր, որ փորը ճղի ու իր հոգու սիրելին էլ ետ ներս տանի:

— Թա՛գուհի ջան, էս ի՞նչ ա, քո հարսանիքի պա՞րն եմ գալիս. փեսեն ո՞ւր ա, տերտերն ընչի՞ համար չի՛ գալիս: Հինեն ի՞նչ տեղ ա, բերեք որ աղջկանս ձեռները կարմրացնեմ: Դափ ու զուռնեն ընչի՞ չեն ածում: Ա՜յ, դոնաղներ, ի՞նչ եք էդպես պարապ, կտրի ծերին կանգնած մնացել ձեռըներդ ծոցըներդ դրել... Ինձ չե՞ք սիրում... Պար էկե՛ք, է՛... հարսանքավորն էդպես բաշիբոշ կկանգնի ու թամաշա կանի՞... Խարջն իմն ա, հո ձեր քիսիցը չի գնում. կերե՛ք, քեֆ արե՛ք, իմ որդուս արևն օրհնեցե՛ք: Մեկ աղջիկ ունիմ, որ աշխիս լսի հետ չե՛մ փոխիլ, նրա խաթրն էլա չունիք, որ մեկ ուրախություն անեք, սիրտս հովանա: Հա՞... քնա՞ծ եմ, թե՞ զարթուն, թե գլուխս վրես չի՛... Բաժինքը հազիր ա... Չէ՛, չէ՛... փեսեն հո Թիֆլիզ գնաց, էսպես թեզ չէ՛ր կարալ ետ դառնալ... Սրանք ո՞ւր են էկել... Թուրքը հո հայի հացը չի՛ ուտիլ... Հա՛, հա՛, հմիկ իմացա. մեր ճանանչներն են, էկել են, որ երեխիս հարսանքի ուրախությունը տեսնին... Լաց մի ըլիլ, երեսիդ մեռնիմ... Թագուհի ջան, ջանս ու հոգիս քեզ մատաղ, քանի որ գլխիդ սաղ եմ, ո՞վ հաղդ ունի, որ քո մեկ մազին դիպչի... Մազերդ ոսկեթել, թա՛գուհի ջան. ունքերդ վարալլով քաշած, ո՛րդի ջան. օրորոցիդ մատաղ զնամ, Թագուհի ջան... Վարդի պես բաց էլած, մանիշակի պես փընջված, իմ ա՛րև, իմ կյա՛նք, իմ թա՛գ ու պարծանք որդի ջան... Աչքերդ բա՛ց արա, աչքերիդ դուրբան ըլիմ. բերանդ բա՛ց արա, էդ աննման, վարդահոտ բերնիդ մեռնիմ... Քո խեղճ, պառավ մորն է՛դպես ես սիրում... է՛դպես ես իմ սիրտը շահում... Թե ամաչում ես, ասեմ, որ էս կանգնողները հեռանան: Ա՜յ մարդիկ, հեռացե՛ք, կորե՛ք, իմ աղջկա աչքին մե՛ք երևալ: Բան ու գործ չունի՞ք, գնացե՛ք ձեր տունը. Ի՞նչ եք էստեղ կիտվել: Ի՞նչ անամոթ մարդիկ եք, տո՛, ձեզ չե՞մ ասում, քոռացե՞լ եք... Արի՛, գնա՛նք բաղը, թա՛գուհի ջան, անումիդ մեռնիմ. ծառերը ծաղկել են, քո ծաղիկ երեսին ղուրբա՛ն: Դաշտերը կանաչել են, քո կանաչ արնին մատաղ գնամ: Ուր ենք մնացել էստեղ, գնա՛նք, տեսնի՛նք, ուրախանա՛նք...

Ո՞ր մեկն ասեմ, ո՞ր մեկը թողամ. մարդի սիրտ կրակ ա ընկնում, երբ որ խեղճ մոր արածն ու ասածը միտքն ա բերում: Ո՛վ որդի ա մեծացրել, նա լավ կիմանա մոր սիրտը, տկար լեզուն ի՞նչ կարա սրտի ամեն մեկ կսկիծը, ամեն մեկ յարեն բառով ետ պատմիլ: Ողորմելի մերը էսպես խելքը կորցրել, չէր իմանում, թե ի՞նչ էր ասում, ի՞նչ էր անում: Թուրքերն էլ, որ տասը հատ էին թվով, է՛ն անօրեն տեղըներովն էլ, ղորդ ա, բարկանում, հարբա էին գալիս, ամա մոր էսպես մորմոքվիլը տեսնելով՝ սիրտըները մի քիչ գութ ընկավ: Իրանք էլ էին գիտում, որ մոր համար հեշտ չի որդի մեծացնիլ, ետո էսպես բիրաղի կորցնիլ: Հավն իր ձագը կորցնելիս՝ կյանքը հետը տալիս ա, ուր մնա բանական մարդը. իրանք էլ մնացել էին մոլորված, ամա Սարդարի հրամանն էր, չանեին, չտանեին, իրանց գլուխը կթռչեր յա աչքը դուս կգար: Ճարըները կտրվեց, խոսքըմին արին, որ մորն էլ աղջկա հետ տանին բերդը, Սարդարի դուռը, իրանց պարտքի տակիցը դուս գան, ետո ինչ կուզենան, անեն: Նոքարներին հրամայեցին, որ ձիանները թամքեն, յարաղ-ասպաբ քցեցին, թուրըները կապեցին ու կամաց-կամաց մոտ էկան, որ մորն էլ, աղջկանն էլ վերցնեն, տանին:

Թագուհի՛ն, Թագուհի՛ն, աշխարքի աչք Թագուհի՛ն, երկնքի սակին, գետնի երեսին անթառամ ծաղիկ Թագուհի՛ն, դրախտ, մանիշակ, անգին, անհատ, աննման Թագուհի՛ն, ի՞նչ լեզու պետք է ըլի, որ նրա գովասանությունը պատմի, ի՞նչ աչք, որ նրա տեսքն ու կերպարանքը մեկ բանի նմանացնի: Շարմաղ, լուսաթաթախ երեսը, որ արեգակի պես լիս էր տալիս ու վարդի պես փայլում, դառել էր սպիտակ քաթան, սառել, սփրթնել: Էն երկնանման աչքերը, որ տեսնողի հոգին վառում, կրակում էին, ընկել էին խոր, փակվել, կուլ գնացել: Թագուհի՛ն, ջիվան Թագուհի՛ն, մորը մեկ Թագուհի՛ն, որ հրեշտակի նման ում որ մեկ մտիկ էր տալիս, հոգին անմահական խնդությունով լցվում էր, սառել, փետացել, անշունչ, անլեզու մնացել էր գետնի վրա ընկած, երեսը երկինքը քցած. հենց գիտես, թե էլ էս աշխարքումը չի՛, հրեշտակաց մեջն ա համբարձել դրախտումն ըլի իր անմեղությունը վայելում: Նրա թուխ-թուխ ունքերը, նրա չալ-չալ աչքերը, նրա նռնահատ թշերը, նրա բարակ-բարակ, ղալամ քաշած պռոշները, նրա լուսեղեն ճակատը, նրա մարմար, նուրբ քիթը, նրա բլբուլի լեզուն, նրա ոսկեցնցուղ բուկը՝ բոլոր-բոլոր սառել, քարացել, պապանձվել էր: Հենց հարամ ձեռը նրան առավ թե չէ, մեկ ա՛խն էր՝ նրա հոգին: Քաշեց, թուլացավ, իրանից գնաց, ու մինչև դռան շեմը կբերեին, հավի պես մեկ էլ թրպրտաց, ու ձենը փորն ընկավ: Շլինքը ծռվել, թուլացել, գլուխը շեմի էս կողմն էր մնացել կախ էլած, մարմինը՝ է՛ն կողմն ընկած: Ոսկեթել մազերի կեսը մնացել էր բարձր, որ նրա անմեղ երեսն ու դոշը ծածկի, կեսը էնպես խճճված՝ գետնի վրա փռվել, քաշ էր ընկել: Նազուկ ձեռների մեկը սրտի վրա էր թուլացած ընկած, մյուսը՝ հողի վրա, չորացած տարածված: Դամարը ցամաքել, շունչը կտրվել, հոգին երկինքն էր վերացել:

Բաս ի՞նչ կըլեր, որ էսպես չէ՛ր էլել: Մինչև էն հաղաղը նրա անկաջը մեկ թթու խոսք չէ՛ր լսել. նրա աչքը մեկ դառը օր չէ՛ր տեսել, նրա երեսը մեկ կոշտ զրից չէ՛ր էկել: Վարդի պես ծաղկել, մանիշակի պես մեծացել էր: Դեռ ոտը քարի չէ՛ր դիպել, դեռ մատը մեկ փուշ չէ՛ր մտել: Տասնըհինգ տարին անց էր կացել, դեռ նրա անմեղ հոգին աշխարքիցս մեկ բան չէ՛ր խաբար: Նրա ընկեր աղջըկերքը դռներին, կտրներին էին ման գալիս, օր անցկացնում, նա ծունկը մոր ծնկանը կպցրած՝ յա կար էր անում, յա քարգահ, յա իրանց տանն ու դռանն էր մտիկ տալիս, յա իրանց մալին, ապրանքին աչք ածում: Ղուշը գլխի վրովը թռչելիս՝ կարմրտակած, շունչը կտրած, լեղապատառ տուն էր ընկնում, որ իր շվաքն էլա մեկ օքմին չտեսնի: Մոր մեկ մատը փուշ ըլելիս յա մեկ տեղը ցավելիս՝ ուզում էր հոգին հանի, իրան տա. էլ քար, էլ խոտ չէր մնում, որ նա վրեն չի՛ չոքի ու աստծու ողորմությունը խնդրի: Աղքատ տեսնելիս՝ բերնի թիքեն հանում, իրան էր տալիս, որ նրան օրհնի, նրանց արևշատություն խնդրի: Բաղն էլ է՛ն ժամանակն էր գնում, որ լիսն ու մութը դեռ չէ՛ր բաժանված ըլում: Բաղիցն էլ է՛ն վախտն էր տուն գալիս, որ մութը գետինն առած, ոտը քաշված, խաղաղված էր ըլում: Ով ուզենար նրան տեսնի, յա ծառի, յա պատի տակի պետք էր տափ կենար, որ նրա սուրբ երեսը տեսներ, նրա աչքի լսովը հայիլ-մայիլ մնար: Ծաղկըներն էլ, հենց իմանաս, նրա ոտի ձենն առնելիս՝ ուրախանում, ցնծում, բացվում, փչչում էին: Ղշերն էլ նրա երեսը տեսնելիս, հենց բռնիր, նո՛ր հոգի էին առնում, գլխըները թևըների տակիցը բարձրացնում, ճխում, ճչում, ծլվըլում, թևերին խփում, ծափ տալիս: Ձեռը զառան գլուխը քսելիս յա շփելիս, հենց գիտես, թե է՛ս անմեղ հայվանն էլ էր իմանում, որ հրեշտակի ձեռք ա իրան դիպչում և ո՛չ մարդի: Մի քիչ մոտիցը պակսելիս՝ ձենը աշխարք էր վերցնում, մարդի սիրտ էրում, է՛նպես էր բղղում, քար ու քոլ ընկնում: Շատ անգամ նրա փափուկ ծնկան վրա էր քնում, նրա անուշահոտ, ազիզ ձեռիցն էր խոտ ուտում:

Չայիր-չիմանի, մանիշակի վրա, վարդի, թթենու տակին յա քչքչան առվի մոտ որ բազի վախտ քնած չէր ըլում, հենց իմանաս, երկնքիցը լիս ա վեր էկել, ափնիքը հայլի դառել: Էնպես քնած վախտին էր ըլում, որ մերը ուսուլով մոտանում էր՝ յա երեսն էրեսին դնում, յա գլուխը իր գոգը դնում, յա վրեն շոր քցում ու խաչակնքում, որ քունն առնի, դինջանա, յա թե չէ, որ վախտը գալիս էր, երեսին հով էր տալիս, նանիկ էր ասում, որ վեր կենա, իրիկնահովը, արեգակի մեր մտնիլը տեսնի, ու միասին պտուղ, ծաղիկ հավաքեն, գնան տուն: Շատ անգամ վարդի փունջը մեկ ձեռին, մանիշակինը՝ մեկել, աչքը որ չէ՛ր բաց անում, հենց գիտես, սար, ձոր, ծառ, թուփ, խոտ, ծաղիկ նրան էին մաթ մնացել, նրա շունչն ըլեին ուզում, որ քաշեն, ծծեն, զորանան, դալարին:

Հովը մազերի վրա սլլալիս, երեսին դիպչելիս էլ չէ՛ր ուզում, որ առաջ խաղա յա ետ գնա, հենց նրա գլխո՛վն էր պտտում, հենց նրա մազերի՛ խաղում: Վարդի վրա երեսը կռացնելիս, ուզում էր, որ բարձրանա, նրա շունչը քաշի, նրա պատկերի գույնը գողանա, որ դիա ավելի գեղեցիկ, դիա անուշահոտ երևի: Բլբուլը նրա հոտն առնելիս իր վարդը մոռանում, նրան էր գովում, նրա վրեն էր իր սերը թափում, նրա հասրաթովն էրվում, խորովվում: Շատ անգամ, ինքը ձեն հանելիս, յա ինքն իրան խաղ ասելիս, հենց իմանում էր, թե հրեշտակներն են իր հետ խոսում, իրան ձեն տալիս յա ձենը քաշում: Առավոտյան ցողը, իրիկվան վերջի լիսը՝ մեկը նրան տեսնելիս ցնծալով վեր էր գալիս, որ նրա սուրբ երեսին նստի, մեկը ցավելով երեսն իրան էր քաշում, աչքը խփում, որ նա շուտով քուն մտնի, գիշերն անց կենա, որ առավոտն էլի գա, նրա տեսության արժանանա, նրա լուսովը հոգի առնի ու զվարճանա: Քունը նրա աչքերին է՛նպես էր մոտանում, ինչպես մեկ սրբի՝ երկնային հրեշտակը: Թներն երեսին փռում, անմահական երազով նրան գրկում, գզվում, արթնացնում, էլ ետ իր գիրկը դնում:

Ա՜խ, ո՞ր մեկն ասեմ. նրա ամեն մեկ շարժմունքը, ամեն մեկ խոսքը, ամեն մեկ մտիկ տալը, ամեն մեկ աչքի ու պռոշի ժաժ գալը հրաշք էր: Էն լուսակոլոլ աչքերը, էն խնկան ծաղիկ շրթունքը որ չէ՛ր բաց անում, մարդ ուզում էր ո՛չ ուտի, ո՛չ խմի, հենց նրան մտիկ տա, նրա սուրահի բոյին թամաշ անի, նրա ոտի տակին հոգին տա, նրա ձեռիցն իր մահն առնի՛: Է՛ս երկնային հրեշտակը, է՛ս անմեղ գառն էր էս հաղաղին է՛ն գազանների ձեռին. ի՞նչ քարացած, ապառաժ սիրտ պետք է ըլի, որ նրան տեսնելիս կամ նրա պատմությունը լսելիս գլխին կրակ չի՛ վառվի: Ո՞ր մեր էս հաղաղին թուրը չէ՛ր առնիլ ու իր ջիգյարը ցցիլ: Ո՞ր հարևան կամ անցվորական նրա էն լուսեղեն երեսին նայելիս՝ աչքին չէ՛ր հուպ տալ, որ լացը գա, ու սիրտը հովանա: Ամա մեր գեղական խեղճ խալխը էնքան էսպես բաներ տեսել ու լսել էին, որ արտասունքներն էլ էր ցամաքել, աչքների լիսն էլ էր հատել:

Հենց էն ա, ֆառաշները տեսնելով, որ մեր ու աղջիկ դարդի ձեռիցը նղղեցան ու էլ ձեն, շունչ չէին տալիս, լավ համարեցին, որ էսպես թուլացած՝ վերցնեն, երկուսին էլ տանին, որ էլ շատ ինջըմիշ չըլին, չչարչարվին: Երկուսը ձիու վրա նստել, էն ա, տեղ էին բաց անում, որ մեկը մորը խտտի, մյուսը աղջկանը առաջն առնի ու, էն ա, խաթրջամ էլած՝ միտք էին անում, թե իրանց բանը լավ գլուխ բերին, մեկ թուր պսպղաց․ ․ ֆառաշների մեկի գլուխը գետնի վրա ընկավ ու սկսեց ղլվլացնիլ, բլբլացնիլ ու պար գալ: Դեռ սա ձենը չէ՛ր կտրել, որ մյուս ընկերինն էլ սրա հացը կերավ, սրա մոտ գնաց:

— Աղասի՛ ջան, մեր տունը քանդեցիր: Աղասի՛, ձեռդ քեզ քաշի՛, քո խեղճ, հալևոր հորը խնայի՛. որդով, տանով տեղով եւիր կէերթանք, մի՛ անիր, մի՛ բլիր, ջա՛նմ, գյո՛զմ. քո ջիվան ջանիդ էլա ղադր արա՛, տո՛, բեմուրվաթ: Աստված , էս ի՞նչ զուլում էր, որ մեր գլխին էկավ: Ո՛վ զինավոր սուրբ Գեորգ, ո՛վ սուրբ Կարապետ, դուք մեզ քոմակ արեք: Տղերք, կորե՛ք, կորե՛ք, որ ձեր իզն ու թոզը ըստեղ չէրևա: Տո՛, մեկդ ու մեկդ հասե՛ք տանդրոջ մոտ, անկաջաբռնուկ տվե՛ք, ա՛յ նրա տունը չքանդվի, ինչ քանդվեց. զինին գլխին զահրըմար ըլի. աշխարքս արինը բռնել, ծով ա դառել, մեր ախմախ քեդխուդեքը նստել, քեֆ են անում, ա՛յ թե մարդ են, հա՛: Տո՛, քեֆն էլ գլխըներին խռով կենա, խաչն ու ավետարանն էլ: Տնաքանդնե՛ր, տո՛, մի աշխարքի դարդիցն էլ խաբար առե՛ք, է՛. ախր ի՞նչ եք տան չորս պատը ու զինու գավն ու թասը բռնել, լակում, տրաքում: Տո՛, Վա՛թո, հասի՛, հասի՛, վազի՛, թև ա՛ռ, թռի՛. մարաքեն քանի կենում ա, չաղանում ա. հենց էս սհաթը կգան, մեզ կտանին, բերդը կածեն: Աղասի՛ , Աղասի՛, քառանաս ո՛չ, Աղասի՛. փախի՛ր, փախի՛ր, էդ շներիցը գլուխդ ա՛ռ, կորի՛ր էդ ի՞նչ արիր, տնով քանդված, մեր դուռը շարեցիր, մեր տան հիմքը տակըվեր արիր, տո՛, բե՛մուրվաթ:

Բայց թոփ էլ տրաքեր, նաղրախանա էլ ածեին, Աղասին չէ՛ր իմանալ. ղորդ որ քառացել էր. էլ ո՛չ անկաջն Լր իրանը, ո՛չ ջանը, ո՛չ աչքը, բայց խելքն ու ձեռը լավ իմանում էին, թե ի՞նչ բանի վրա են: Արինը աչքերը կոխած՝ ռաշիդ երիտասարդը հենց էսպես բանի էր ման գալիս, որ իր ձեռի ղվաթը, իր թրի հունարը շհանց տա: Ախր էլ ո՞ր օրվան համար են թուր կապում: Ջիրիդատեղիցը վարավուրդ էր արել, որ աշխարքն իրարոցով դիպավ ու ձենը կտրեց:

— Տղե՛րք, էստում մեկ բան կա, գնա՛նք, մեր բարիկեն-դանը հարամ էլավ, — ասեց ու թռավ:

Հենց տեսան նրան գալիս, բնությունը իմանալով՝ հարիր տեղից ձեն տվին, ձեռով, գդակով արին, որ հեռանա, բայց շունչը բերնին դեմ էր առել, էնպես ձին չափ էր քցել. էլ մաջալ չէ՛ր անում, որ տեսնի՝ թվանքը լիքն ա երա՞բ, թե դարտակ: Առյուծի պես ներս ընկավ հսկա երիտասարդը. Ճամփին անկաջովն էր ընկել, թե ի՞նչ խաբար ա: Երկուսի գլուխը սրբելեն ետև, մյուսներն ուզեցան, որ թուր հանեն, բայց քաջն Աղասի որ բերանը բաց չի՛ արեց: Դժո՛խքի որդիք, ձեզ ո՞վ ա ղրկել էստեղ, ո՞ւմ վրա եք էդպես կատաղել: Ասենք, թե հայը ձեն չի՛ հանում, պետք է նրան սաղ-սաղ ուտե՞ք: Աչքներիդ լիսը կթռցնեմ էս սիաթը, կորե՛ք, թե չէ ամեն մեկդ Ճուտի պես առաջիս կթպրտա: Քանի էս կուռը վրես ա, դուք էստեղանց թել չե՛ք կարող դուս տանիլ:

Որ չասեց ու մեկի էլ ուսը վեր բերեց, մյուսի աղիքը վեր ածեց, էն վեցը տեսան, որ Ճար չկա, ձիանը նի էլան ու ընչանք բերդը մեկ գնացին: — Արի՛, երեսիդ մեռնիմ, Թա՛գուհի ջան, աչքդ բա՛ց արա, աչքերիդ ղուրբան. Աղասին մեռած, ոսկորները փտած, հող դառած պետք է ըլեին, որ քո սիրուն մազին մեկն էլա մատով տար: Վա՜յ իմ աչքին, իմ արևին, ինչպես փետացել, սառել ա: Թա՛գուհի ջան, քո ջանին ղուրբան, ա՛ռ, հոգիս ա՛ռ, թո՛ղ ես մեռնիմ, դու կենդանացի՛ր և քո խեղՃ մոր սիրտը մի՛ դուս կտրիր, մի՛ դուս Ճոթռիր, երեսս ոտիդ տակը, — ասում էր քնքուշ, երիտասարդը, լալիս, գլխին տալիս: Արտասունքը աչքերիցը քուլա-քուլա էր վեր թափում:

Գնացին ջուր բերելու: Նա ձեռները խաչել, ինքն էլ փետացել, մնացել էր կանգնած: Մոտանար, սիրտ չէ՛ր անում, խտտել, ձեռները Ճմռել, անկաջումը ձեն տալ, երեսին ձեռը խփել, բոլո՛ր, բոլոր չէ՛ր կարելի, չունքի Թագուհին դեռ կույս էր, ուրիշ մարդի աղջիկ: Մորն էր մտիկ անում, մերը ձեն չէ՛ր տալիս. դուրսն էր նայում, սատկած լաշերի դժոխային կերպարանքն էին աչքովն ընկնում: Էլ ինս, ջինս, իսան, ադամարդի չէր երևում, ամենն էլ փախել, սարերով-ձորերով էին ընկել, որ իրանց գլուխը պրծացնեն: Շների վնգվնգալն ու յա կոնձկոնձալը, աքլորի ու հավի կոկռալը, հենց իմանաս, թե նրան ասում ըլեին ցավելով.

— Ինչ արի՛ր, արի՛ր. գլուխդ ա՛ռ, կորի՛, գնա՛ Փամբակ, Թիֆլիզ, ռսի հողը: էս երկրումը քո արևը մեր մտավ, քո օրը խավարեցավ, քո ճրագը հանգավ: Թոփի բերանն ա՝ քո ջանը: Քանի ոտքը խաղաղ ա, քանի ջիլավդ ձեռիդ ա, քանի բերնումդ շունչ կա, ոտումդ՝ թաղաթ, փախի՛ր, գլխիդ ճարը տե՛ս: Մնաս էլ, ձեր տունը բոլոր սուրը կքաշեն, գնաս էլ՝ էն բաբաթ. քեզ էլա ճա՛ր արա: Քո հերը քեզանից ղայրու էլ զավակ չունի. նրա օջախի ծուխը մի՛ կտրիր, ձեռներդ արնոտ արիր. սարդարի փառաշներին ես սպանել, տո՛, ա՛նիրավ, մեկ միտք արա՛ է՛լ: Դրանց արինը քեզանից կուզեն. դրանց տերերը հիմիկ կատաղել, փրփրել իրանց միսն ուտում կըլին, ի՞նչ ես փետացել, կանգնել. էլ ո՞ր օրին ես մտիկ տալիս: Քյահլան ձին՝ տակիդ, չարազ-ասպաբը՝ վրեդ. մեկ կտոր հաց ո՞րտեղ ըլի, որ չճարես:

Հենց իմանաս՝ դժոխքն առաջին բաց էր էլել: Հազար գլխանի դիվան ատամներ ղրճտացնում, զարհուրելի ձնով խնդում, ծիծաղում, ժընգժընգացնում, չանգերը սրում, հազրում, բոցն ու կրակը չաղ ըլեին անում, որ նրան էրեն, խորովեն, կտրատեն, թիքա-թիքա անեն, իրանց փայ շինեն: Հազար կպրե կարաս, հազար օձ, կարիճ՝ բերանները բաց, նրան ըլեին սպասում, որ քրքրեն, կուլ տան, մարսեն: Դեռ աչքը էս սարսափելի քնիցը չբաց արած՝ էնպես էր երևում նրան, թե սարդարի չալլաթները (դահիճ) կոները ւլեր քաշած, արինն աչքները կոխած, թրերը սրած՝ գալիս էին, որ իրան տանին: Թոփչին թոփն էր սրբում, հազրում. Գյուլլաչին գյուլլեն ջոկում, մոտ բերում: Հեր, մեր, ազգական, էրլու, անցվորական՝ հեռու տեղից գոռում, հարայ ըլեին տալիս, գլխըներին, ծնկներին խփում, ծեծվում, ջարդվում, իրան անունը տալիս ու սուգ ըլեին անում:

— Ա՛ղասի ջան, մեկ թուր էլ ի՛նձ խփի, ի՛նձ... Վա՛յ իմ օրիս, արևիս, վա՛յ... Տունս բրիշակ էլավ... Բալա ջա՛ն... հոգի ջա՛ն... իմ երկի՛նք, իմ գետի՛նք… իմ հրեշտա՛կ... վա՛յ... ամա՛ն… աչքս դուս էկա՛վ... պտուղս խավարեցա՛վ... Թո՛ղ քո ձեռն ինձ սպանի... որդի ջա՛ն... թո՛ղ քո ոտիդ տակին հոգիս տամ... ախպեր ջա՛ն... թո՛ղ քո՛ ձեռիցը մահս առնիմ... ջա՛նըմ ջան... Միպտակ մազս քեզ փիանդազ, Ա՛ղասի ջան. քանի աչքումս լիս կա, քանի բերնումս՝ շունչ, ոտդ բերնիս դի՛ր, թուրդ սիրտս խրի՛ր. տո՛ւր ինձ մահ, տո՛ւր, թո՛ղ գնա մ, կորչի՛մ, հետո ինչ կուզես, է՛ն արա, աչքիս լիսը հանի՛ր... ի՛մ երկնքի բարեբար որդի, ի՛մ սար... ի՛մ Աստված …

Է՛սպես էր մեկ ծեր մարդ ընկել Աղասու ոտքը, գլուխը գետնին ծեծում, մազերը ճպռում ու վախտ-վախտ Աղասու ոտներովը փաթաթվում: Մի՛րելի կարդացողք, էլ ի՞նչ ասիլ հարկավոր ա: Դուք էլ իմանում եք, որ էս խեղճ, տարաբախտ հալնորը Աղասու ողորմելի հերն էր: Հենց խաբար տանողը որ լեղապատառ, լեզուն կպած տուն չընկավ ու գլուխը ծեծելով ձեն չի՛ տվեց՝:

— Տո , ձեր տունը չքանդվի, գեղը կոխեցին, տարան. Աթոյենց աղջիկը քաշեցին. Աղասին՝ արնի միջումը ծլծլում, ֆառաշները կրակ են քցել խալխն էրում:

Ինչպես որ մեկ ամպի տրաքոց կամ սաստիկ թոփի ձեն մեկ ձորի խփում, քարափները դղրդում, թնդում, մարդի անկաջները խլանում, մի քիչ ժամանակ շշմում ա, ու գլուխդ սկսում ա դժժալ, պտիտ գալ, աչքերդ սևանում, մութ ու խավար քեզ կոխում, խելքդ թռչում, մնում ես քարի պես կանգնած, ոտքդ ու ձեռքդ թուլանում, ջանդ սրսռում, լեզուդ կպչում ա, էլ չէ՛ս իմանում, թե ո՞ւր ես՝ երկրո՞ւմը, թե դժոխքումը, է՛ս հանգին Աղասու հոր ոսկերքը սարսափեցան, է՛ս հանգին ուշ ու միտքը թռավ, մնաց սառած, փետացած ու աչքերը չռած՝ քցեց է՛ս կողմն, է՛ն կողմը: Ծերությունը ջանն առած՝ մի ոտը հողի երեսին, մյուսը՝ գերեզմանումը, աշխարքի վրա է՛ն մեկ պտուղն ուներ, է՛ն մեկ զավակը: Նրան մտիկ տալիս հենց իմանում էր, թե աշխարքի թագավորն էլ ա ինքը, շահն էլ: Նրան ջիրիդ խաղալիս տեսնելիս՝ հենց իմանում էր, թե ոտը գետնից կտրվել ա, թև առել, թռչում. ծերությունն էլ էր մոռանում, մահն էլ, դժոխքն էլ արքայությունն էլ: Է՛նպես էր կարծում, թե նո՛ր ա ծնվել, ու ուրախությունիցը ճխում, ճչում, ոտին-գլխին էր անում ու, ինչպես ութ տարեկան երեխա, խնդում, ծիծաղում: Նրա անունը որ տալիս էին, լերդի ծերը խաղում էր, սիրտն ուզում էր պատռի: Ամեն մեկ նրա աչքերին պաչ անելիս, ամեն մեկ նրան խտիտն առնելիս՝ հենց գիտում էր, լիս ա վեր գալիս գլխին, պատերը վարդ են դառել, դաշտ ու սար՝ ծաղիկ: Նրա ճակատին մտիկ տալիս, նրա բոյն ու սուրաթը աչքովն ընկնելիս՝ նրա համար նոր արեգակ էր բացվում, ուզում էր սիրտը ճղի ու նրան մեջը դնի:

Էս հասակը հասել էր նա, նրան մեկ չոռ չէ՛ր ասել, չէ՛ր էլ ասել, թե աչքիդ վերևն ունք կա, յա ծուխը դեպի քեզ: Ջանն էլ որ ուզեր, չէ՛ր խնայիլ նրան. հոգին էլ որ հաներ, ձեն չէ՛ր տալ նրան, գլուխը պտի ծախեր ու նրա մուրազը կատարեր: Խանի, բեկի մոտ գնալիս՝ նա իր որդուն էնպես էր զարդարած դուս բերում, որ ամենի աչքը մնում էր վրեն սառած: Սարդարն էլ էր տեսել նրա տղի կտրիճությունը, նրա քաջությունն ու ձեռի հունարը: Շատ անգամ, ազիզ օր ըլելիս, ինչքան ջիրիդ խաղացողներ կային, պատածակն էր կոխում, հետ ածում: Փահլևաններըը հո, նրա անունը լսելիս, զրզնդում, դող էին ընկնում: Նա մեյդան դուս գալիս՝ աշխարքի բերանը բաց էր անում: Մեկն էլա սիրտ չէ՛ր անում, որ նրան մոտենա: Բերդումը շատ անգամ, հանաքըլվեր, ոչխարի տեղ եզ, ուղտ էին բերում, որ բալքի կարենան նրան մեկ օր ամաչացնիլ, շատ անգամ թուրը փոխում էին, որ բալքի չի՛ կտրի, ու մնա ամոթով, բայց քաջ երիտասարդը մեկ խփելով եզան կամ ուղտի գլուխը է՛ս կողմն էր թռչում, լաշն՝ է՛ն:

— Հայի՛ֆ, հայի՛ֆ, որ հայ ես,— ասում էր սարդարը շատ անգամ, գլուխը պտտելով,— թե որ թուրք էիր էլել, խանություն պետք էր քեզ տված:

Կովի միջումը, էն գյուլլի ու կրակի թեժ ժամանակին, նետի պես արձակվում, ընկնում էր դոնշունի զյուռ տեղը, ալանի պես որին էս կողմը, որին էն կողմը քցում, ջախըբուրդ, թիքա-թիքա անում ու օսմանցվի մազերիցը բռնած, քաշ-քաշ անելով՝ հետը սուրութմիշ բերում, սարդարի առաջին կանգնացնում:

— Ալա՛ն Բալասի (արյունծի ճուտ),— սարդարը ձեն էր տալիս ու ճակատին պաչ անում,— ի՞նչ կըլեր, որ քեզանից մեկ տասն էլ ունենայի. քո մոր մեջքը կոտրվի, ընչի՞ չէր քեզանից մեկ չորսն էլ բերում. աֆա՛րիմ, բա՛րաքյալլա, էրեսդ պարզ կենա՛, քեզանից շա՛տ ունենամ:

Ֆորս գնալիս՝ առաջ նրա գյուլլեն պետք է վեր քցեր: Խաներ, բեկեր մնացել էին նրա սուրաթի, նրա լեն թիկունքի վրա զարմացած, հիացած: Շատ անգամ, հանաքըվեր, խոսք էին քցում, թե որ թուրքանա, բեկություն, խանություն կտան նրան: Մուլք էին խոստանում, ռըհաթ, մալ, դովլաթ, աղջիկ էին ասում՝ կտանք. Բայց նա է՛ն կաթը չէ՛ր կերել, որ իր սուրբ հավատն ուրանա, փուչ աշխարքիս մալին, դովլաթին թամահ անի:

— Իմ ցամաք հացը լավ աշեմ ինձ համար, քանց ձեր դաբըլու փլավը: Իմ տերտերի մեկ մուռտառ մազը հազար ձեր մոլլի ու ախունդի հետ չեմ փոխիլ: Գութան վարեմ իմ հավատովը, ցանք անեմ, բահի տամ լա՛վ ա, քանց խան, բեկ դառնամ, աշխարքի տեր ըլիմ ու իմ օրենքն ուրանամ: Թուրը սարդարին էր բաշխել, թվանքը՝ Ջավաթ խանը, ձին՝ Նաղի խանը: Նոր էլ Հայոց սարվազի նայիբությունը նրան էին տվել: Ա՛խ, ո՞րն ասեմ. մեկ Աղասի էր, մեկ քյուլ Երևան. Ո՛վ ասես նրա անունովն էր օրթում ուտում, ո՛վ ասես՝ նրա արևովն էր խնդում, նրա գլխովն էր ուզում պտիտ գա:

— Էս ո՞ւր եմ... քնա՞ծ եմ, զարթո՞ւն եմ, երազո՞ւմ եմ. Օ՛հ, օ՛հ, օ՛հ... արյան ծովն է՞ս ա, որ ասում են,— սկսեց ողորմելի ծերունին էսպես իրան-իրան խոսալ, երբ առաջի տաքությունն անց կացավ, ու թըմբրություն էկավ վրեն: — Դժոխքի տարտարոսն է՞ս ա, որ պատմում են... Խաչի պուճախին է՞ն ա... Վա՛յ ինձ, վա՛յ ինձ… վա՛յ ինձ... Միսս սրսռում ա... աչքս խավարում ա... չանգալ ա, որ հազրում են... մանգաղ ա, որ սրում... շիշ ա, որ կայծակին ա տալիս... Ա՛ստված, քո փառքդ շա՛տ էլ ընչի՞ մեզ ստեղծեցիր... որ էս կրակի մեջը պետք է էրեիր... Երանի՛ նրան, որ մոր փորիցը դուս չի՛ էկել... էս ի՞նչ եմ տեսնում, արա՛րիչ Աստված … Հրե՛ն, խորովում են... իրե՛ն, միսը կտրատում են... Ամա՛ն... ամա՛ն... ամա՛ն... Գլուխ առե՛ք, կորե՛ք... Շատ զինի խմողի փորն են ճղում… փիս խոսողի, բամբասողի, խաբարբզանի... տուն քանդողի լեզուն են բողազիցը դուս ճոթռում, էրում, տապակում... Շատ փող սիրողի ջանին մանեթներ ա, որ կրակիցը հանում են, կպցնում... Կաշառք ուտողի միսը քալփաթնով պոկում են, բերանն են տալիս... Վատ ճամփի ման էկողի, գողի, բոզի գլխըներին հալած արճիճ են ածում... տաքացրած շամփրներ սրտները կոխում ու էրում, փոթոթում... Մեկ տեղ վնգվնգում են, մեկ տեղ թնգթնգում... Մեկ տեղ վլվլում են, մեկ տեղ թլթլում... Մեկի էրեսիցը քրտնքի տեղ կայծակ ա վեր թափում... մեկի բերնիցը կրակ, բոց ա դուս գալիս, իրան էրում…Կայծակը մեկ կողմիցն ա խփում, ամպը մյուս տեղից գոռում... երկինք, աստղեր, արեգակ, լուսին՝ կորել, խավարել են… Էնպես պատկերներ են առաջս գալիս, որ մեկի լեզուն կրակած թուր ա, մյուսի ձեռը՝ օձ. մեկի աչքիցը կրակ ա թափում, մեկի քթիցըն ծուխ վեր ըլում... Ա՛ստված, էս ո՞ւր տարան ինձ... էս ով բերեց ինձ էստեղ... Աշխարքի վերջը հո չի՞ հասել... էրեկ չէ՞ր, որ էլով, գյունով նստած՝ քեֆ էինք անում... Քոմակ արե՛ք, օգտեցե՛ք, աստծու խաթեր, ի սե՛րը Քրիստոսի. հրես գալիս են, որ ինձ էլ տանին... Աղա՛սի ջան, ո՞ւր ես, էդ ղոչաղ ձեռդ մի հասցրո՛ւ, է՛, անումի՛դ մեռնիմ... էլ քո հորը ո՞ր օրը պետք է քոմակ անես...

Որդու անունը անկաջն ընկավ թե չէ, հենց բռնես՝ կայծակը խփեց. ջանը մեկ թափ տվեց, սասանմիշ էլավ, աչքը բաց արեց, տեսավ, որ բոլորը մտաց ցնորք էր. ո՛չ դժոխք կար, ո՛չ կրակ. էլի էն սուփրեն էր էլի էն հացը, բայց ղոնաղների շատը հեռացել, տերտերը ավետարանը նրա գլխին էր դրել, աչքը երկինքը քցել, սաղմոս էր ասում, աղոթք էր անում, վրեն Խաչ հանում ու մարմանդ արտասունքը սրբում, հեկեկում:

— Տե՛րտեր ջա՛ն, դո՞ւ ես. ձեռդ մի տո՛ւր, համբուրեմ, աջի՛դ մատաղ գնամ: Ուխա՛յ... Միրտս հովացավ, ջանս տեղն ընկավ, հլա մեկ քանի տարի էլ ումուդ ունիմ, որ քո աղոթքովն ապրիմ: Էս ի՞նչ էր, տո՛... ուզում էին ինձ սաղ-սաղ դժոխքը տանին... Դեռ Աղասուս էրեսը չպաչած, դեռ կնկանս ու հարսիս օրհնություն չտված ո՞ւր կէրթամ... Տղերքն ո՞ւր են, Վիրապն ո՞ւր ա, խի՛ստ եք ձենըներդ կտրել հա՛յ յա՛սսարներ. էլի ֆռսանդ են ճարել, ինձ քնած թողել իրանք դուս գնացել որ յալլի տան (պար գան): Տեսնո՞ւմ ես, էն հարամզադեքն ի՞նչ են բերում իմ գլո՞ւխը: Ասենք՝ ծերացել եմ, ոտներս չի՛ պար գան, հո մեկ թևերս էլա կբարձրացնե՞մ, ծա՞փ կտամ, հետըները քե՞ֆ կանեմ: Ծերության երեսին նալլաթ. ո՛վ ասես՝ ծերի դնչին էլ չի՛ մտիկ տալիս: Գինի ածա՛, խմե՛նք, տերտեր ջա՛ն: Դժոխքն էլ քանդվի, աշխարքն էլ, մենք, քանի աչքըներումս լիս կա, քեֆ անենք:

Ծեր մարդը, դորդ ա, ցավի է՛նքան չի՛ դիմանալ, չունքի կենդանական զորությունը հատած է, էլ է՛ն արինը, էլ է՛ն սիրտը չունի, ամա ցավն էլ շուտով կմոռանա, չունքի ջիգյարն էնքան տաք չի՛, միտքն էն կարողությունը չո՛ւնի, որ բանը երկար պահի: Առաջի բոցն որ անց կացավ, թմբրությունիցը զգաստացավ, էլ մտքումը բան չէ՛ր մնացել: Հենց իմանում էր, թե գինու զորությունն ա նրան հաղթել, թուլացրել, կրակի տաքությունը գլխին դիպել քնացրել: Աչքը որ բաց չարեց, էն սարսափելի երազն էլ, որ տեսել էր, հենց իմանում էր ողորմելին, թե նո՛ր ա էկել աշխարք, նո՛ր ա ծնել ուզում էր, որ ինչ ունի-չունի տա՛, թաք ըլի մեկ քանի տարի էլ ումբր ունենա, աշխարքի սերը վայելի:

Էնպես, ինչպես որ մեկ մարդ մեկ սարսափելի երազ տեսնի՝ իրան սպանում ըլին, թշնամիք ըլին չորս կողմը փակած, որ գլուխը կտրեն, ի՞նչ սրտով տեղիցը վե՛ր կթռչի ու էրեսին խաչ կհանի, որ էլի իրանց տանն ա, իր յորղան-դոշակի միջին պառկած, է՛ս հանգին էր հենց նրա հալը: Ուզում էր, որ դուս թռչի, պատեր, դռներ լիզի, հարս, էրեխա, դոստ, դուշման դոշին քաշի, համբուրի, սիրի, հոգին նրանց տա, որ քանի ես աշխարքումն են, իրար հետ լավ ապրին, իրար սիրեն, աշխարքի բարին վայելեն, որ էլ էն աշխարքումը մուրազները պակաս չմնա, էլ աչքները էս կողմը չունենան: Բաղ, հանդ, սար, ձոր, տուն, ապրանք, մալ, դովլաթ, ծառ, ծաղիկ՝ որ միտքն էր ընկնում, որ տեսնում էր, թե էլի իր ձեռին են, էլի բաց աչքով նրանց մտիկ էր տալիս, էլի նրանց հոտն ու համն էր առնում, ուզում էր որ քարերն էլ լիզի սրտի սիրուն, հողն էլ: Ուզում էր բոլորի առաջին չոքի, ծունդր դնի, մատաղ անի: Իր օրումը էն սրտով ժամ չէ՛ր մտած, իր օրումը էնպես ջերմեռանդ աղոթք չէ՛ր արած, էրեսին էնպես հավատով խաչ չէ՛ր հանած, տերտերի ձեռն էնպես տաք-տաք չէ՛ր համբուրած, երկնքին, գետնին, աշխարքին էնպես քաղցր աչքով չէ՛ր մտիկ տված, էնպես հոգին չէ՛ր փառավ»որված, ինչպես էս սհաթին: Հենց գիտում էր, թե աշխարքս դրախտ ա, մարդիկը հրեշտակ են, էլ մեկ վատ միտք, մեկ փիս խորհուրդ նրա սրտումը չէին մնացել: էլ ո՞վ կտար նրա մտքումը բարկություն, չարություն, նախանձ, ատելություն, չկամություն, բախլություն. բոլորը, բոլորը ջնջվել, փչացել էին: Հիմիկ էր իմանում, թե ժամ գնալն ի՞նչ ա, աղոթքն՝ ընչի՞ համար, պատարագի զորությանն՝ ի՞նչ:

Արա՛րիչ իմ, մարդ որ մտածի, թե քանի՞ օր, քանի՞ տարի կյանք ունինք, թե Աստված մեզ ստեղծել ա, որ օր քաշենք, իր բարությունը վայելենք, թե մեր աչքն ա՝ մեկ բուռը հողը, մեր տեղն ա՝ երկու գազ կամ ոտնափոխ գերեզմանը, թե մեր առաջին էլ կա էն օրը, որ է՛ս հիանալի երկնքի պայծառ դեմը, է՛ս սիրուն երկրի ծաղկազարդ սարերն ու ձորերը մեր աչքիցը պետք է փակվին, խոր, սառը, մութը գետնի տակին մարներս՝ որդունք, ոսկորներս փոշի պետք է դառնան, ու ո՞վ ա խաբար, թե ո՞ր աթրաֆի տակն, ո՞ր երկրի պուճախն ընկնի, էլի ասում եմ, ու աչքերիցս արտասունքը թափում ա, ջանս փշաքաղ բլում: Որ մտածենք, թե է՛ս անկաջը, որ չար բանի էնպես քաղցր դեմ ենք անում, մեկ օր պետք է խլանա, է՛ս աչքը, որ չի՛ ուզում, թե ուրշի աչքումն էլ փորր լիս տեսնի, մեկ պետք է քոռանա, կիրանա, փչվի, է՛ս լեզուն, որ օձի պես օրը հազարին կծում ու յաղու ա տալիս, մեկ օր պետք է պապանձվի, չորանա, քրքրվի ու օրթունքի կերակուր դառնա, բա՛ս էլ չարություն մեր մտքովն ա՞նց կկենա: Բաս չե՞նք ուզենալ, որ ամենին պաշտենք, պատվենք, սրբի տեղ գլխներովը պտիտ գանք:

Աչքըներս սովորել ա, սիրտըներս սառել, մտքըներս քարացել: Ժամ որ զնում ենք, հենց իմանում ենք, թե, էն ա, ամեն բանից պրծանք, պարտքըներս տվինք, որ մեկ քանի խաչ հանեցինք էրեսներիս, մեկ քանի ծունդր դրինք, պատարագի էրես տեսանք, պասըներս բաց արինք, սրբություն առանք: Ինչ ասում են, մեզ համար մեռած ա, մեզ չի՛ ազդում, չունքի մեր սրտի բառը չի՛, մեր լեզվի խոսքը: Ուրըշներն ասում են, մենք էլ անկաջներս կախ արած, աչքըներս ցցած լսենք-չլսենք, տեսնինք-չտեսնինք, ե՞րբ ա մեր սիրտը մեկ օր վառվում, որ իմանանք, թե էս ի՞նչ հրաշք ա՞, որ Աստված ամենաբարին մեզ համար ստեղծել ա, մենք ի՞նչ ենք, որ մեր սաած գոհությունը, փառաբանությունը, ծունրը, երկրպագությունը աստծու սուրբ առաջին ի՞նչ ըլի: Պետք է մտածենք՝ ո՞վ ա աղքատ, որ նրան օգնենք. ո՞վ ա հիվանդ, որ նրան մխիթարենք. Ո՞ւմ են զրկում, գնանք, նրան թափենք: Ո՞ւմ սիրտը նեղացրինք, գնանք, էլ ետ հաշտվինք: Թե սիրտըներս մաղձով, թունով, հազար մեկ դառնությունով լիքը մտնում ենք, լիքը դուս գալիս. էլ ի՞նչ օգուտ մեզ: Հենց պետք է մե՞ռնինք, որ սիրտըներս թամուզանա՞, հենց պետք է դժոխքի էրեսը տե՞սնինք, որ աշխարքիս համն իմանա՞նք, հենց պետք է հո՞ղը մտնինք, որ ձեռն ածենք, թե երա՛ք, մեկ իսան կքթնվի՞, որ էրեսը տեսնինք, լեզվըներս նրանց լեզվին առնի, ականջներս նրանց ձենն իմանա՞:

Ա՜խ, մտածի՛ր, թե որ հնար ըլեր՝ մեռած վախտդ գերեզմանիդ տակիցը դուս գայիր, էլի է՛ն խելքը, է՛ն զորությունն ունենայիր, որ հիմիկ ունիս, չէի՞ր ուզիլ էն մարդի ոտը համբուրիլ, որ գերեզմանիդ մոտովն անց կացավ: Չէ՞իր ուզիլ էն մարդին խտտես, արտասըքով էրեսը լվանաս, էրեսն էրեսիդ կպցնես, բերանը՝ բերնին, փարվիս, էլ դոշիցը պոկ չի՛ գաս, որ քեզ մեկ «Աստված հոգին լուսավորի՛» ասեց կամ գերեզմանիդ վրեն մոմ վառեց: Չէ՞իր ուզիլ, որ է՛ն հողն էլ ջուր անես, խմես, որ քո սիրուն աչքերդ ծածկել էր, քո ազնիվ պատկերը փչացրել, քո անույշ լեզուն, քո քաղցր շունչը բռնել, պապանձացրել, է՛ն քարն էլ պաշտես, որ քեզ դայիմ բռնած ուներ: Բաս հըմիկ ի՞նչ ա էլել, որ խելքդ՝ վրեդ, սիրտդ փորումդ, միտքդ՝ գլխիդ. էդպես բաներ չե՞ս մտածում: Ա՛խ, սիրելի, երանի թե էս սհաթին իմ սրտումը ըլեիր ու իմանայիր, թե ի՞նչ ծով ա պտիտ գալիս սրտիս միջումը: Ձեր էրեսներիցը մեկ օր պետք է զրկվիմ, ձեր քաղցր լեզուն ու ձենը մեկ օր պետք է չլսեմ, ձեր ազնիվ երեսը մեկ օր պետք է չտեսնիմ, հոգվույս սի՛րելիք, բա՛րեկամք, սի՛րեկանք, դո՛ստ, ը՛նկերք, իմ բոլոր պատկերակից մարդիկ: Դուք ինձ գերեզմանը կդնեք, դուք իմ հոգուս ողորմի կտաք, դուք իմ էրեսիս հող կքցեք, կըլի, թե բազըմի սիրտը մրմնջա, կըլի, թե բազիմն էլ մեկ կաթ արտասունքի ինձ արժանի համարի. բայց, ա՛խ, լեզուս պապանձվում ա, որ միտք եմ անում, ձեռներս թուլանում... Ա՛խ, մեկ դարտակ շնորհակալություն էլա իմ բերնիցը չե՛ք կարող լսիլ: էլ ի՞նչ եմ անում դժոխքը: Քանց էս էլ մեծ դժոխք ո՞րը կըլի, որ ձեզանից հեռանամ, ձեր խոսքը չիմանամ, ձեր էրեսը չտեսնիմ:

Էս տեսակ մտածմունք էին մեր խեղճ հալևորի ուշ ու միտքը բռնել, զրավել: Ուզում էր տերտերի փեշերն էլ համբուրի, էրեսին էր քսում, աչքերին էր քսում, նրա ձեռը իր ծոցն էր տանում յա բերնին էր դնում ու հոտ քաշում: Նաչար քահանեն մնացել էր մաթալ. թե աչքին էր հուպ տալիս, բերնիցն ու քթիցն էր ծուխ դուս գալիս, թե ձեռը բերնին էր դնում, աչքերն էին իրանց աղի ծովը բաց թողում: Ասեր, ինչ անց էր կացե՛լ... վախում էր, թե ողորմելի ծերը զնա, էլ ետ չի՛ գա. թե չէ՛ր ասում, ի՞նչպես կմնար բանը թաքուն, աշխարքը դմբդմբում էր: Բալքի թե որդին մեռներ, ու հոր աչքը մնար կարոտ, որ մեկ էրեսն էլա տեսնի: Ի՞նչ աներ, աչքը մնացել էր դռանը. ինքը դիմիշ չէ՛ր անում, որ ջրատար հալևորի էլած հոգին իր ձեռին դուս գա. սիրտը քրքրվում էր, աղքըները կտրատվում էին, մնացել էր էրկու սրի արանքում. դվորը շարժում էր, իրան էր կտրում:

— Օհանե՛ս ջան, ո՛րդի, վե՛ր կաց, մի քիչ զնանք դուս,

մա՛ն զանք, էրեսներիս հով դիպչի, ինչ ենք տան պուճախը բռնել նստել: Օրը տաքացել ա, հավեն կոտրել. գնա՛նք, աստծու էրեսն էլ մի տեսնինք, — գեջղանգեջ բերանը բաց արեց էրվելով Աստված ահոզի քահանեն ու տանուտերի գլխին, միրքին պաչ անելով՝ ուզում էր մեկ միանով վեր կացնի, որ բալքի թե դուս գնալիս՝ ձենն անկաջն ընկնի, չիմանա, թե ի՞նչ խաբար ա, ուրըշների հետ խառնվի, գնա, իրան աչքովը տեսնի, չունքի որ անկաջի լսածն ուրիշ ա, աչքի տեսածն ուրիշ, ու քանի ցավը հեռու ա, ավելի ա քյար անում, բայց երբ առաջներիս ա, մնում ենք թմբրած, մինչև յարեն իրան-իրան սկսում ա կամաց-կամաց սզլթալ, մրմնջալ ու ետո սաղանալ:

— Էս մեկ թասն էլ խմե՛նք, տերտեր ջա՛ն, ետո ո՞ւր տանում ես, տա՛ր ինձ. այսուհետև քո եսիրն եմ, քո շունն եմ. որ գլուխս կոխես էլ, ձեն չե՛մ տալ: Ախր Աղասուն էլ էսօր, սաղ օրը չե՛մ տեսել, առավոտը տանիցը դուս ա, գնացել, չի՛ էկել. բաս նրա ջիրիդ խաղալը չի՞ պետք է տեսնիմ, բաս նրա աչքերին չի՞ պիտի պաչ անեմ: Առանց նրան կես սհաթ չե՛մ կարալ ապրիլ: Գնա՛նք, ա՛չքիս վրա, կենդանություն, Աստված կարգիդ հաստատ պահի:

Հենց ասեց՝ «Աղա՛սի ջան, գյո՛զ բալասի (աչքի որդի), էս խմում եմ քո արևսաղաղին, արևի՛ մեռնիմ... », հենց բռնես մեկ թոփի գյուլլա տրաքեց, դուռն ու փանջարեն ջախըբուրդ արեց, դուզ ճակատի մեջտեղին դիպավ, դուղն ու բեհնր տաղըթմիշ արավ, է՛նպես քամակի վրա գետնին դիպավ մաշված, չորացած հալևորը ու մնաց մորթած ոչխարի պես սուսը-սասը կտրած, ընկած հենց է՛ն սհաթին, որ վեր էր կացել, գդակն ուզում էր գլխին դնի, փետը ձեռն առնի, որ դուս գնա:

— Աղասին ո՞ւր ա... Աղա՛ ջան...— Աղասուն տարա՛ն... գլխի՛ս տեր...տռներս քանդեցի՛ն... Աղա՛ ջան... օջա՛խդ խավարացրի՛ն... իմ սա՛ր ջան... դո՛ւռդ փակեցին, ի՛մ գլուխ... Աղա՛... դա... դա... սի.. Աղա՛սի, Աղա՛սի, Աղա՛սի, Աղա՛սի... հրես էկա՛ն, հրես տանո ւմ են... ձեռները կապեցին... ոտները բխով դրին... վա՛յ... վա՛յ... վա՛յ... աչքս փորեցին... ո՞ւմ էի մեկ չոռ ասել, որ առաջս էկավ... Գնացե՛ք, հասե՛ք, էն սուրահի բոյին մտիկ արե՛ք... Տեսե՛ք, ի՞նչպես ա ջիրիդ խաղում... Գալիս եմ, գալիս, Աղա՛սի ջան... սաբր արա՛, որ մեկ չարսավս քցեմ, գլուխս կապեմ... Տո՛, տնաքանդի աղջիկ... մեկ ձեռներդ էլա բարձրացրու՛... ի՞նչ ես փետացել, էդտեղ կաղնել... Հա՛յ... վա՛յ... վա՛յ... ամա՛ն, էրվեցի՛, խորովեցի՛... Չորանա՛ք դուք, ա՛յ ձեռներ... Խավարի՛ք դուք, ա՛յ այքեր... Հարսի ջան, խաղա՛, է՛: Տո՛, մեկ կռներդ բարձրացրո՛ւ, է՛հ. Վարդի՛թեր ջան, ի՛մ մանիշակ, ի՛մ սմբուլ, ի՛մ ալվան լալա՛զար, ի՛մ խնկան ծաղիկ... աչքերի՛դ մեռնիմ... էրեսի՛դ մատաղ գնամ... ի՞նչ ես ձեռներդ խաչել... ի՞նչ ես քեզ ջարդում... սպանում... Զանգուն մոտիկ ա, մի քիչ կա՛ց, Աղասուն ճամփու դնե՛նք... Դեռ նրա հոգին երկինքը չի՛ հասած... մենք նրանից առաջ կէրթանք էնտեղ: Դարդ մի՛ անիլ... Անկաջ արա՛, մի Աղասու խաղն ասեմ...

Աղասի՛ ջա՛ն, գըլ...խի՛դ... դու՛ր...բա՛ն...
Դու... ես... մեր... թա՛գն... ու... պարծա՛նքը...
Թա՛գն է՛լ գնա՛ց... պարծա՛նքն է՛լ...
Թո՛ւրն է՛լ գնա՛ց... թվա՛նքն է՛լ...
Տո՛ւնս է՛լ քանդվե՛ց... պուճա՛խս է՛լ...
Ա՛չքս է՛լ փորվե՛ց... ումբրը՛ս է՛լ:

Աղասի՛ ջան, Աղասի՛... Տո , ջրատա՛ր... քանի՞ քնիս, լա՛վ ա, լա՛վ...Գնա՛... որդուդ տարա՛ն... գնա՛, ջուրն ընկի... մենք էլ էս ա, գալիս ենք:

Էս սհաթին էր, որ ողորմելի հերը տասն անգամ գնաց լ՛ն դինեն, էլի ետ էկավ... Քանի որ գլուխը վեր էր քաշում, հենց իմանաս, էլի թաքրար խփում, նրան անդունդն էին տանում... Ջահել, քսան տարեկան հարսը մեկ կողմն էր գլուխը ծեծում, ջարդում, մազերը քրքրում, իր խեղճ պառավ կնիկը՝ մյուս: Էլ հաքըներին շոր չէ՛ր մնացել, էլ էրեսներին սաղ չկար, բոլոր ճղել, քրքրել էին. Արինը լաչակ, օշմաղ, ճակատ, դոշ շիլի պես ներկել էր: Ինչ պստի հարսն էր անում, Աստված ո՛չ շհանց տա: Բարձր ձենով լար՝ ամոթ էր... Էս պատճառով սիրտը դիա ավելի էր էրվում, խորովվում... ուզում էր դոշը պոկի, գնա, բաշնըվեր ընկնի... Առաջին խաբարն որ իմացել էին, նրանք էլ հենց, խելքը թռցրածի պես, հացատանը, որը մեկ պուճախում էր անշունչ մնացել, որը մյուսումն: Նրանց տեսած էրազներն էլ պակաս սարսափելի չէին... Մորը՝ ջիրիդ խաղալիս էնպես էր էրևում, թե Աղասու ձին բուղուրմիշ էլավ, վեր ընկավ. հենց էն ա, վրա վազեց, որ որդուն խտտի, վեր թռավ: Հարսի աչքին երևում էր, թէ հարսանիք էր, հարամիք վրա տվին, Աղասին մեկ բոզ ձիու վրա նըստած՝ նրանց առաջ արեց, թրով ծեծելով՝ թոզ ու դումանումը կորավ: Իր թայդաշ հարսներն ուզում էին, որ իրան բռնեն, փեշը թափ տվեց, ուզում էր, որ նրա ետնիցը կորչի, երեսի վրա վեր ընկավ. աչքը բաց արեց, տեսավ, որ տունը գլխին պտտում ա: Անց կացած բաները որ միտքը չէկավ, էնպես մեկ ծվաց, ծղրտաց, որ ձենը երկինքը հասավ, պատերը զրգնդա՛ցին: Էս ձենի վրա կեսուրն էլ, հենց բռնիր, հինգ գազ ծուլ էլավ, հենց բռնես, մեկ թուր ջիգյարը խրեցին. հարայ տալով, մազերը պոկելով հարսնի կռնիցը բռնեց, դուս թռավ ու իր կիսամեռ մարդի առաջին թավալ թավալ էր տալիս, գետինը պոկում, գլխին հող ածում ու նոր մորթած հավի պես, որ դեռ քանի արինը տաք ա, ոտն ու էրեսը քարերին էր ծեծում, ինչպես որ տեսանք: Ա՜խ, ես չէ՜մ ուզում բանը երկարացնեմ, թե չէ նրանց արածն ու ասածն լողի սիրտը կէրեն, կփոթթեն:

Էս ձենի վրա էր, ինչպես ասեցի, որ մեր անբախտ ծերունին բիրաղի վե՛ր թռավ, էլ ո՛չ գդակ, էլ ո՛չ քուրք հարցրեց, տանիցը բղղալով, գլուխը ծեծելով, միրուքը պոկելով դուս ընկավ ու հոգլին բերնին հասած՝ գլորվելով, տրորվելով իր որդու ոտի տակին գետնին դիպավ ու թրպըրտում էր: Ընչանք էն տեղ հասնիլը հարյուր տեղ վեր էր ընկել, հարյուր տեղ ոտն ու ճակատը քարին էր առել, գլխումն ու ջանումն էլ սաղ տեղ չէ՛ր մնացել, հազար քարի էր դիպել ու յարալու-փարալու էլել, ձնի նման սպիտակ միրուքը արնի մեջը սառել, չանին էր կպել, ու հմիկ էլ որդու ոտները լիզում էր, որ մեկ թուր էլ իրան խփի, որ շուտով էս դառն աշխարքիցս պրծնի:

Վա՜յ է՛ն ազգին, որ աշխարքումս անտեր ա,
Վա՜յ է՛ն երկրին, որ թշնամու գերի ա,

Վա՛յ է՛ն խալխին, որ ինքն իր կյանքն, աշխարքը
Չի՛ պահպանիլ ու հարամու ձեռ կտա:
Ո՛վ որ սարեր կէրթա իրան ֆորսն անի,
Ո՛վ որ կուզի տեղը նստած մուլք դատի,
Անտեր ազգին նրա գյուլլեն կդիպչի,
Անտեր գլուխն նրա քիսեն կլցնի:
Հավատ, օրենք, տուն, ընտանիք, սրբություն
Հողի, քարի հետ կքսվին, կփչանան,
Թե մեկ ազգ իր ջիլավն, յախեն թշնամուն
Իրան-իրան կտա, կմնա անվարան:
Կատաղած ծովն ի՞նչ կիարցնի լաց, շիվան,
Նրա ֆրթնեն (ալիքը) ո՛չ սիրտ ունի, ո՛չ հոգի
Թե ճար ունիս, մի՛ տար նավիդ գլուխն իրան,
Աչքդ թեքեցիր՝ ծովի տակին կբացվի:
Դառած արջը՝ փնչացնելով դուս պրծավ,
Սարեր, ձորեր սասանում են ձենիցը.
Անմե՛ղ զառը, ո՞ւր ես կանգնել դու անցավ,
Քեզ կքրքրի՛, փախի՛ր նրա ձեռիցը:
Դաշտ ու գետին դմբդմբում են, դղրդում,
Ամպի գոռոցն աշխարքն իրար գլխով տալիս.
Ա՛նցվորական, ի՞նչ ես ճամփիդ մղկտում,
Գնա՛ էլա մեկ քարի տակ, որ պրծնիս:
Ա՛խ, արեգա՛կ, բարի՛ հրեշտակ, մե՛ր մտի,
Ի՞նչ ես կանգնել, սիրուն աչքերդ բաց արել.
Հայի համար որ դուս էլ չգաս դու իսկի.
Դարդ չի՛ անիլ: Վաղուց է նրա աստղը թեքվել:
Թախտ, ապարանք, զենք, զարդարանք փչացան,
Թագավորներ, իշխանք, քաղաքք հողը մտան,
Էլ ո՞վ նրանց էթիմներին խեղճ կգա.
Մեկ թշնամու սրտումն մըզամ Աստված կա՞:
Բա՛զի վախտ, որ մարդ մեկ քանդված տեղի
Վրա կանգնում ա ու ինքն իր մտքի
Հետ ա ընկնում ա անց կացած բաները
Ֆիքր անում, տխրում, աչքերը,
Էնպես գիտես, թե է՛ն անբան քարերն
Մեզ ասում ըլին, որ մենք մեր օրերն

Լանք ու զգաստանանք, չունքի էս աշխարի
Չի՛ մնալ մեզ համար ղադմի մուղարար:
Հենց իմանաս, թե լեզու են առել
Պատերն, ուզում են մեզ լալով ասել.
«Ա՜յ աղամորդի, տե՛ս, քո վերջն է՛ս ա.
Էստե՛ղ էլ կային նորահարս, փեսա,
Էստե՛ղ էլ կային ծնող, երեխա,
Հարուստ, մեծատուն, իշխան համեշա:
Բայց ո՞ւր են նրանք՝ հողի հավասար.
Բայղուշն ա նստում նրանց գլխին անճար»:
Բայց ա՛խ, թե մեկ տեղ արին ա թափել,
Աշխարի կործանվել, ազգեր փչացել,
Գազան բուն դրել, ավազակ բնակել,
Մարդի լերդն ու թոքն կրակ է ընկնում,
Միսը սրսռում, աչքը սևանում:
Էս ցավն ա հայի սրտում բիամ գալիս,
Երևանու բերդն, Զանգին տեսնելիս:

ԳԼՈՒԽ ԵՐԿՐՈՐԴ

Լե՛ռ քարափի վրա ցից գլուխը բարձրացընում, թամաշա ա անում հանդարտ, հազար գլխանի դևի պես, Երևանու հազար տարեկան քավթառ, պառաված, չորս կողմը խանդակով կապած, բրջերով դայիմացրած, սուր-սուր ատամները գլխին շարած, հինգ գազաչափ հաստ պարսպով երկու տակ բռնած, մեկ ոտը Կոնդումը, մեկ ոտը Դամուրբուլաղի գլխին դրած, մեկ բերանը հյուսիս, մեկը հարավ բաց արած, չորացած գլուխը երկինքը ցցած, լեն փեշերը երկրումը փռած, անամոթ երեսը կոկած, սվաղած, հազար բնով, հազար փանջարա աչքերը դես ու դեն չռած, ջուխտ չանգերով Զանգվի քարոտ, զարհուրելի, սևադեմ ձորը խոտած, դոշին կպցրած՝ անմազ, անլեզու, մարդակեր բերդը ու դեղնած երեսը հեռու տեղից ծածկում, ագահ աչքերը գետնին քցում, ու միամիտ տեսնողին դիա շուտով խաբի, դիա հեշտ իր ծոցը քաշի ու բիրադի, անձեն, անսաս կուլ տա, իչացնի:

Պարսիկ նրան շինեց՝ խորամանկ, խաբեբա, թե օսմանցի նրա հիմքը գրեց՝ կատաղի, անհաշտ, ո՛չ գիր կա, ո՛չ թարեղ: Նրա պատմությունը խավարի միջումն ա, մարդ ուղիղ չի՛ գիտի, չի՛ լսել. բայց հազարավոր ժամանակավ՝ անահ, անվախ, պինդ երեսը լիրբ գազանի պես դեմ տված, որքան թոփի, թոփխանի գյուլլեք էլ նրա կոշտ քամակին, նրա կակող դոշին, նրա բաց գլխին դիպան, ո՛չինչ չի՛ ազդեց, քյար չարեց: Կորցրած թևերն էլ ետ սաղացրած, ջարդած ոսկորներն էլ ետ պնդացրած՝ գլուխը վեր քաշեց, էլ ետ շունչ առավ, վեր կացավ, կանգնեց, ուսերը դզեց, ոլորեց, սարքեց ու էլ ետ հարբա գալով, հաթաթա տալով, իր գլուխը քորողի, իր շվաքի հետ խաղացողի թողության, փոքրոգության, անզորության ու հիմար հանդգնության վրա ծաղր անելով, ծիծաղելով, ծափ տալով պպին կանգնեց, մատը ցցեց էս հողաշեն, այլ ո՛չ քարաշեն բերդը ու խենեշ դիմոք, իր կոտրած ոտները Զանգվի բերանը խցկելով՝ մնաց տեղը նստած, Զանգվի, որ գիշեր — ցերեկ անքուն, անդադար, գժված, կատաղած՝ նրա բաց դոշին, նրա անիրավ սրտին իր պլոկած ջրի անբերան թրովը, քարի ուրագովը վեր հատում, զարկում ա, բայց տեսնելով, թե չի՛ կարում, ջիգր հանիլ, վրեժն առնիլ նրան քանդիլ, գոռալով, գանգատելով, կական բառնալով, քիչ-քիչ ձենը փորը քցում ու մունջ-մունջ երեսը կալնում, Զանգիբասարի ծոցն ա մտնում ու հույսը կտրած, սիրտը կոտրած՝ տխուր դես ու դեն ցրվում, ցնորվում ու հազար բարի, հազար պտուղ ու արդյունք տալով, բաշխելով ճամփեն մոլորում, կորչում ու չի՛ կարում իր սիրուն քվորն էլա՝ Արազին, մեկ խաբար տանի, չունքի Երևանու թամարզու, կարոտ բնակիչքը նրա ճամփեն բռնում, նրան սիրով խտտում, իրանց մեջը, իրանց հանդն են տանում, որ նրա սուրբ, կաթնահամ ջրովը իրանց էրված սիրտը հովացնեն, իրանց դառը քրտինքը նրանով լվանան ու նրա տված պտղովը իրանց գլուխը պահեն:

Երևանու բերդն, Հայաստանու հողն, որ հազար տարուց հետ սկսած՝ դառել էր գողի ու ավազակի բնակարան... է՛ն հողը, է՛ն հիանալի աշխարհը, ուրտեղ որ դրախտն էր եդեմական, ուր որ Աստված , բոլոր աշխարհը ջրհեղեղովը երբ որ կործանեց, հայոց սուրբ Մասսա սարը միայն արժան տեսավ, որ Նոյան տապանը նստի, ու Հայոց երկրիցը էլ ետ մարդիկ բազմանան ու ուրիշ երկրներ էլ շինություն թցեն: Է՛ն սուրբ հողը, ուր որ անպայտելին Հայկ՝ անԱստված Բելա չար մտքին չհավանելով, իր ընտանիքը, իր քաջ, պատվական զորքը հավաքեց, Էկավ ու Հայաստանի զարմանալի սարերի, սիրուն դաշտերի տեսույն մայիլ մնացած, Զանգվի դրախտանման ձորը, Զանգվի փրփրադեզ, անահ ջուրը, Երասխի մարմանդ ծոցը, Մասսա ու Ալագյազի երկնանման գլուխը. Սնանա ծաղկափթիթ ձորերն ու սարերը տեսնելով՝ իր մզրախը ցցեց ու իր սուրբ անունովը Հայաստան կանչեց ու Բելա անհոգի մարմինը իր նետ ու աղեղին մատաղ արեց: Է՛ն սուրբ տեղը, ուր որ Շամիրամ՝ աշխարհի տիրելով, ո՛չինչ տեղ էն պատկերը չճարեց, որը որ իր սիրտն ուզում էր, ու մեր հրեշտականման Արայի սիրուն երեսին կարոտ՝ զորք ժողովեց, էկավ, որ թե նրա սուրբ սիրտը լալով, սիրով չգրավի, զոռով նրան գերի անի, որ բալքի նրա սուրբ շունչը իր երեսին դիպչի, ու մեռած ժամանակն էլ նրա մարմինը առաջին դրած՝ գիշեր-ցերեկ սուգ էր անում, որ կամ նա կենդանանա, կամ ինքը նրա ոտի տակին հոգին տա: Է՛ն աշխարհը, ուր որ Զարմայր՝ Աքիլեսի հետ Հեկտորի դեհն ուղեցավ պահի, Պարույր՝ Արբակի հետ Սարդանաբաղին էրեց, Տիգրան՝ կյուրոսի հետ Աժդահակա հոգին առավ, Վահե Դարեհ Կոդոմանի հետ Ալեքսանդրի ճամփեն ուզեցավ բռնի, Վաղարշակ Պարթևն՝ իր եղբայր Արշակա ոտը իր երկրիցը կտրեց ու Հայաստանին կարգ տվեց, նախարարներ հաստատեց, Տիգրան՝ արքա արքայից, Ասորոց աշխարհին իր ձեռի տակը բերեց ու կարթագինացոց հսկային Աննիբալ զորապետին, իր մոտ հրավիրեց: «Է՛ն աշխարհ», ուր որ քաջահաղթն Տրդատ՝ Հռովմ իր քաջությունովը ու իմաստությունովը զարմացնելեն հետո, էկավ, իր հայրենական հողին տիրեց ու ալանաց, պարսից շունչն ու ոտը կտրեց. ուր որ որդին աստուծո երևեցավ ու սուրբ Լուսավորչու՝ Իջման տեղի կերպը լուսով չափ տվեց: Է՛ն տեղը, որ Վարդան Մամիկոնյան, Վահան՝ ընտիր եղբայր նորա, անօրինակ քաջությամբ, որ աշխարհ դեռ չի տեսել, իրանց օրենքն ու սուրբ եկեղեցու պատիվը արընով գնեցին: Է՛ն տեղը, որ Հռամշապուհ բոլոր աշխարհի լուսավորությունն ու իմաստությունը իր կողմը քաշեց, իր աշխարհը բերեց: Է՛ն ընտիր աշխարհը, ուր Ռուբինյանք, Բագրատունյանք՝ իրանց՝ հազար թշնամու ձեռի անտեր մնացած Հայրենիքը (վաթանը) էլ ետ գերեզմանից հանեցին, էլ ետ նո՛ր հոգի տվին: Է՛ն օրհնյալ հողը, ուր ասորիք, պարսիկք, հոնք, ալանացիք, մակեդոնացիք, հոռվմայեցիք, արաբք, օսմանցիք ջրհեղեղի պես վրա էկան, հարյուրավոր ազգ ու աշխարհ ոտնակոխ արին, ջնջեցին, սրբեցին, թրի, կրակի մատաղ արին, ուրտեղ որ սար չի՛ մնացել, որ արին չտեսնի, քար չի՛ մնացել, որ մարդ տակով չանի, ու հարիր մեր հարևան ազգեր էնպես են հողի հետ հավասարվել, կորել, որ էսօր ո՛չ նրանց շունչը կա, ո՛չ անունը, բայց սուրբ Հայոց ազգը, անհաղթելի Հայկա որդիքը իրանց կյանքը, թագավորությունը, մեծությունը, փառքը, իշխանությունը, զորքը կորցնելեն ետև որ տեսան, թե է՛ս աշխարհակործան ջրհեղեղին, է՛ս գազան ազգերին, որ մեկը մյուսի ոտիցը ճոլոլակ՝ ուր որ կամենում էին գնալ, Եվրոպա թե Ասիա, Հայոց հողովը պետք է անց էին կացել, չե՛ն կարող դիմանալ, աչքները երկինքը քցեցին, գլխները գոգները դրին ու հազար թրի տակից, հազար կրակի միջից սիրտ-սրտի տված, հոգի-հոգու կպցրած, մինչև էսօր էլ իրա՛նց գլուխը, իրա՛նց սուրբ հավատը, իրա՛նց սուրբ օրենքը է՛ն վեհանձնությունովը պահպանեցին, որի օրինակը աշխարքում ո՛չ էլել ա, ո՛չ կըլի, է՛ն աշխարհը, է՛ն անօրինակ ազգն էր էս վերջին ժամանակը, շունչը բերանը հասած՝ աչքը երկինքը կթել, որ ռուսաց հզոր արծիվը գա ու իրանց հողն ու զավակը իր թևի տակովն անի։ Քսան տարու միջում լուսավորյալ, քրիստոնյա, խաչապաշտ եվրոպացոց ոտը ողորմելի Ամերիկա էնպես քանդեց, ջնջեց, հողի հետ հավասարեց, որ հինգ-վեց միլիոն ազգերիցը էսօր հազար հոգի էլ չեն մնացել, էն էլ սար ու ձոր ընկած՝ վայրենի գազանների պես են իրանց սև օրը լալիս ու կոտորվում, բաս ի՞նչ աներ հայոց խեղճ ազգը, որ Նոյան զեսը, վեց հազար տարի, ո՛չ թե քրիստոնեի կամ լուսավորյալ ազգի, այլ հեթանոսի, կռապաշտի, մահմեդականի, անօրենի ձեռին էր աչքը բաց անում, նրանց հետ քյալլա տալիս ու շատին, շատ անգամ, իր ոտի տակը քցում, բայց կարո՞ղ է վարդը ծովի միջում զորանալ, մանիշակը՝ կրակի առաջին դիմանալ. Կարո՞ղ է կարող ցորենի հասկը է՛ն կայծակին ու կարկտին համբերիլ, որ մեր ազգը իր թշնամուն համբերել էր յա դիմացել։

Հայոց ազգ, Հայո՛ց ազգ, ձեր ջանին մեռնիմ, Հայո՛ց ազգ, քո հողին մատաղ, Հայո՛ց աշխարհ. Էն ո՞ր կաթը դուք ծծեցիք, է՛ն ո՞ր մեջքը ձեզ բերեց, է՛ն ո՞ր ձեռը ձեզ գրկեց, է՛ն ո՛ր բերանը ձեզ օրհնեց, որ դուք է՛ս հոգին ունենաք, է՛ս սիրտը ձեր միջումն ըլի, է՛ս հրաշքը դուք աշխարքին ցույց տաք։ Է՛ն ի՞նչ աչք պետք է ըլի, որ քոռանա, ձեզ չտեսնի, ձեր ղադրը չիմանա. է՛ն ի՞նչ բերան պետք է ըլի, որ կապվի, ձեր փառքը չգովի, ձեր անունը չպաշտի. է՛ն ի՞նչ քարացած սիրտ պետք է ըլի, որ ձեզ չսիրի, ձեզ իր հոգին մատաղ չտա: Օրհնեցե՛ք ոսի ոտը, ջան-ջանի տվե՛ք, իրար սիրեցե՛ք, դուք է՛ն աշխարքի ծնունդն եք, է՛ն ազգի զավակը, որ աշխարհ ամենայն զարմացրել են ու կզարմացնեն: Դո՛ւք, դո՛ւք իրար պահեցե՛ք, ինչպես ձեր նախնիքը, դո՛ւք իրար թասիբ քաշեցե՛ք, ձեր նախնիքը միտք բերե՛ք, ձեր հողն ու ազգը պաշտեցե՛ք, ես էտ եմ դառնում էլի իմ պատմությունն անեմ, բայց աչքս ճամփի ա, անկաջս՝ ձենի, ձեր ջանին ղուրբան, չթողա՛ք, որ էս մուրազը հետս գերեզմանս տանիմ, ու հողումն մարմինս քրքրվի, երկնքումը հոգիս տանջվի, երբ իմանամ, թե ձեր սերը պակսել ա, ձեր բարեկամությունը ցամաքել:

Գնա՛նք Երևանու բերդը, օրը մթնում ա, խավարը բռնում, աչքերս սևանում, սիրտս տրորվում, ու ինչ տեղ որ ծնել եմ, է՛ն հողն էլ ա աչքիս փուշ դառել, սրտիս՝ դանակ: Ղուշն իր բունը սիրում ա, ես իմ հողը ատում. փնովում, չունքի լսած ու տեսած բաներս կրակ են դառել, սիրտս էրում, փոթոթում, չունքի Երևանա բերդի հողի ու ջրի շատ փայը, հե՛նց բռնիր, հայի արընով ա շաղախած, ի՞նչպես անեմ, ո՞ր ջուրն ընկնիմ, որ սիրտս հովանա, յա մեռնիմ, պրծնիմ, ու էս դարդերը ինձ սաղ-սաղ չուտեն, չպանեն:

Երևանու բե՛րդն, Երևանու բե՛րդն, ուր որ, քանի Հայոց թագավորությունը իր աշխարքիցը ձեռք վերցրեց, ու քրիստոնեությունը դառավ Հայոց ազգի հույսն ու ապավենը, ու երկնից արքայությունը, ու պարսիկ, օսմանցիք հռովմայեցոց գլուխը Եվրոպա ուտելով, հունաց ազգը էնտեղ տանջելով, ասորոց, բաբիլոնացոցը՝ Ասիա վերջացնելով, թուրըները սրած, կատաղած ասլան-դափլանի պես, մեկն էս դիից, մյուսն՝ էն, մեր ազգի արնին էին ծարավել, որ իրանց անկուշտ փարին մատաղ անեն, ու մեկը ծամում էր, մյուսին տալիս, մյուսը արինը խմում, մեկի չանգը քցում, — մնացել էր հարիր հիսուն տարուց հառաջ օսմանցոց ձեռին, որ Նադր շահը դուս էկավ ու

Հնդստան, Արաբստան ոտի տակը տալուցետև երեսը ետ դարձրեց Երևանու վրա: Սար ու ձոր նրան զլուխ էին վեր բերում, մեկ բուռը հողը ու լենաշալվար օսմանցին ո՞վ էր, որ առաջին դիմանա: Հենց Մուրադ թափի գլխին, Քանաքռուց մի քիչ բարձր, նրա չադրի ծերն էրևաց, դաջար Հասան Ալի խանը օսմանցվին ընչանք Ղարս մին քշեց, ու կտրիճ զորապետը էնքան թուրն ածել, օսմանցվի գլուխ էր թռցրել յա ուս վեր բերել, որ ձեռը փետացել էր, թուրը գուլացել, ու ինչ ժամանակ ետ դառավ ու Նադր շահի չադրի առաջին որ մզրախը չշպրտեց, մզրախը դողալով գետնումը ցցվեց, բայց քաջի արած տղամարդկությունը շահի աչքումը տնկվեց, ու պատվի, փառքի փոխանակ՝ ողորմելի խանի աչքերը իսկույն հանել տվեց, որ արեգակի առաջին լուսինը չերևի, ու իրան անունը չկտրվի: Էս կույր ողորմելին էր, որ օսմանցվից հետո Երևանու խանությունը ստացավ, ու էլի պարսից անիծած ոտը մեր աշխարհը մտավ: Սրանից հետո իր ախպեր Հուսեին Ալի խանն սկսեց նստիլ, որ է՛նքան աջիզ, խեղճ էր, մինչև վրաց Հերակլ թագավորն էկավ վրեն, ջարդեց ու 3000 թուման էլ հարկ դրեց ուսին: Սրա որդի Մահմադ խանն էլ որ նստեց, Աղա Մահմադ խանն, որ ավելի անունն Ախտա շահ էին կանչում, դուս էկավ, Նադրի պես սար ու ձոր ջարդելով՝ ինքը դեպի Ղարաբաղ ու Թիֆլիզ երըմիշ էլավ, իր ախպեր Ալի Ղուլի խանին Երևանու վրա ղրկեց: Բայց մինչև Թիֆլիզու գերին Երևան չհասավ, ՄաՀմադ խանը երկրի խալխը գլխին, բերդումը թոփ արած՝ իր ջիլավը թշնամու ձեռը չի տվեց, որ Երևանու բերդի չորս կողմը կտրել, նստել էր, բայց կռիվ չէ՛ր տալիս, չունքի խանն ասում էր.

— Երբ Թիֆլիզ կառնիք, ես ձերն եմ ու ձերը:

Թիֆլիզ առան, էրեցին, եարի տուտը Երևան հասավ թե չէ, խանի մեջքը կոտրվեցավ: Ալի Ղուլի խանը մտավ բերդը, Մահմադ խանին դոնաղ արեց ու, հացի վրա հենց, ոտն ու ձեռը կապիլ տվեց ու Պարսկաստան ուղարկեց:

Պատմում են, թե բոլոր խաների միջին սրանից լավը չէ՛ր նստել: Մեկ քանի օր որ անց ա կենում, մեկ գիշեր հանկարծ մելիք Աբրահամին կանչիլ ա տալիս: Ողորմելու արինը ջուր ա դառնում, բայց հենց կուշտն ա գալիս, սրան բարկացած հարցնում ա, թե ինքը լսել ա, որ հայերը առանց զանգակի ժամ չեն գնալ, ի՞նչպես ա, որ զանգակի ձեն չի լսում: Մելիքը որ դողալով չի՛ ասում, թե նրա ահու չե՛ն տալիս, իսկույն բարկանում, հրամայում ա, որ գնա, հայերին ասի, թե նա էկել ա, որ խալխին պահի, նրանց տիրություն անի, նրանց ցավին հասնի ու ո՛չ նրանց նեղացնի: Ու էս արժանահիշատակ խանն ա, որ խալխի խարջը, կոռը բաշխում, շատ ումուդ, շաֆաղաթ ա տալիս, բայց թուրը երկար չի՛ կտրում: Ախպորը որ Ղարաբաղումը Սաղըղ խանը չի՛ սպանում, Երևանու հայ, թուրք բերդը բռնում, սրան զոռով դուրս են անում, որ ղաջարի անունը իրանց վրա չըլի, էնպես որ ողորմելին հազար մուննաթով ու աղաչանքով, բռանց ա գլուխը պրծացնում ու էլ ետ իր երկիրը քաշվում: Փոքր վախտ սրանից հետո Մակվա խանն ա գալիս, Երևան նստում, չունքի որ Մահմադ խանի ազգականն ա ըլում: Ֆաթ Ալի շահը որ նստում ա, ՄաՀմադ Խանը շահի մորը մեջ ա քցում, մինչև 10 000 թուման Երևանու փող ռուշվաթ (կաշառ) խոստանում ու էլ ետ գալիս, իր տեղը բռնում:

Էս միջումն ա ըլում, որ Նախչվանու քոռ Քյալբալի խանը Ղարսա վրա կռիվ ա դուս գնում, փաշին ջարդում, երկիրը ոտնատակ տալիս, ու ռուսն էլ նոր Փամբակ առած էնտեղ մեկ մայոր ա ըլում, ավելի անունը Ղարա (սև): Խանը ետ դառնալիս ուզում ա, որ Փամբակ էլ մեկ ատամին խփի, ու որ լսում չի՛ թե Ղարա մայորը մեկ քանի հարիր մարդից ավելի ո՛չինչ չունի, հրամայում ա, որ գնան, նրան սաղ-սաղ բռնեն: Բայց ռսի սալդաթի ու թոփի հունարը դեռ չեն տեսած ըլում ողորմելիքը: Իրեք-չորս անգամ էնքան դոնշունը վրա է տալիս, բայց տեսնելով, թե ռուսը պատի պես կանգնած՝ գյուղից էլ չի երես ետ դարձնում, փոխանը կատու ընկած ձիու գլուխը շուռ ա տալիս ու իր հողը գալիս:

Էլի էս միջոցումն ա ըլում, որ անիրավ Մահմադ խանը շահի հետ խոսքը մին ա անում ու քաջահաղթ Ցիցիանովին խաբնով իր մոտ ա կանչում, որ բերդը ռսին տա: 3000 մարդով որ նա Երևան չի՛ մտնում ու տեսնում, իր խորամանկ պարսիկը կամեցել ա նրան ականաթի մեջ քցի, մտնում ա թուշ Երևանու մեչիդը, ու իրեք ամիս էս քաջ հսկայն, առանց հացի, առանց օգնության, էն շոգ ժամանակին, որ մարդի գլխին կրակ ա վեր թափում, էն թանկությունն ա ըլում, որ աղի լիտրը մեկ մանեթով ճարվելիս չի՛ ըլում, ու շահն էլ անթիվ, անհամար զորքով գալիս, սար ու ձոր բռնում ա, ու ռսի դռնշունի շատն էլ որը սովն ա սպանում, որը շոգը, ու հայերն են ըլում հաց տվողը, ռսի քոմակը, մանավանդ կենդանի նահատակ Հովհաննես եպիսկոպոսը, որ Էջմիածնա ամբարները դարտակում ա, որ բալքի թե էնպես բան ըլի, որ ռուսն Երևան մնա, բայց աստուծո հրամանը չի՛ ըլում, Ցիցիանովը էնքան գազանի ոխից իր մեկ բուռը դռնշունը ու հայերին հավաքում, էն վախտն ա քաղաքը մտնում, որ սաղ Վրաստանը, Կավկազը դռնմիշ էլած՝ մեկ-մեկու ուտելիս են ըլում: Մինչև Ղազախ ղզլբաշի դռնշունը նրա աղաքն ու քամակը բռնած՝ կռվելով գալիս են, բայց էլի գլխըները քորելով ետ են դառնում, ու Ցիցիանովի ոտն ու երկրի խաղաղությունը մեկ ա ըլում, էնքան անունն ա ունեցել էս քաջ հսկայն: Հալվաբարու հայերը որ կան, էն ժամանակն են իրանց երկիրը թողում, քոչում ու որը մելիք Աբրահամի, որը Հովհաննես ուզբաշու ձեռի տակին՝ գալիս, քաղաքը մտնում: Ռուսը որ ետ ա դառնում, Մահմադ խանին բռնում, Պարսկաստան են տանում, ու նրա տեղը Թավաքյալ խանն ա գալիս, նստում, որ Գուդովիչի հետ կռիվ ա տալիս: Սրան էլ փոխում են, Հուսեին խան սարդարը ու իր ախպեր Հասան խանն են Երևան ղրկում, որ մեկ քանի տարվան միջումը Ղարս, Բայազիդ, Արզրում ոտի տակ տվին ու օսմանցվին կատու էին շինել: Կարելի ա, թե Երևան էնպես բարի, ազնիվ, խալխի ցավին հասնող, աշխարհաշեն մարդ չէ՛ր տեսել, ինչպես որ սարդարն էր. բայց ինչքան նա բարեսիրտ էր, էնքան չար, գազան, դժնխք էր նրա ախպերը, որ ոտը փոխելիս՝ սար ու ձոր դողում էին: Նրա համար հո՛ մարդի, հո՛ սոխի գլուխը, բոլորը մեկ էր:

էս էր, որ Աստված գլխին բարկացավ, էլածն էլ ձեռիցը

խլեց ու խեղճ հայերի էրված, խորովված սիրտը անջախ մի անջախ հովացրեց, ու էսօր խաչն ա նրանց պահում, ու ո՛չ Ալու փանջեն նրանց սասանացնում:

Օրհնվի՛ էն սհաթը, որ ռսի օրհնած ոտը Հայոց լիս աշխարհը մտավ ու ղզլբաշի անիծած, չար շունչը մեր երկրիցը հալածեց: Քանի որ մեր բերնումը շունչ կա, պետք է գիշեր-ցերեկ մեր քաշած օրերը մտքըներս բերենք ու ռսի երեսը տեսնելիս՝ երեսներիս խաչ հանենք, աստծուն փառք տանք, որ մեր աղոթքը լսեց, մեզ ռուս թագավորի հզոր, Աստված սհաստատ ձեռի տակը բերեց: Բայց թե մինչև էս բախտին հասնիլը ի՞նչ օր ենք քաշել, ի՞նչ զյուլլեք ա դիպել մեր խեղճ ազգի գլխին, ի՞նչ թրեր ա նրանց լերդն ու թոքը կերել, էրել, նրանց արինը վեր ածել քանի՛, քանի՛ անգամ են քոչել տնըհան, տեղըհան էլել, քանի՛, քանի՛ իշխանք՝ որը կրակով, որը փետի տակին, իրանց հոգին տվել, ով ուզում ա իմանալ, հետո գա, գնա՛նք էլ ետ Երևան: Թո՛ղ լսողը չի՛ իմանա, թե ես Երևանու ծնունդ ըլելով՝ նրա հողի ու ջրի սերն ա էնքան սիրտս քաշում, տանում. չէ՛, գիտե Աստված : Երեխա եմ էլել, որ էնտեղանց դուս եմ էկել, ամա էսօր էլ, որ մտածում եմ, թե Զանգվի կարմնջի վրովը յա բազարի մեյդանովն անց կենալիս ինչպես էր իմ լուսահոգի հերը ինձ ոտով-ձեռով անում, չունքի լեզվով խոսալն էլ Ղազաբի էր բերում, որ թեզ անց կենանք, մեզ թուրք չտեսնի, որ մտածում եմ, թե քանի՛, քանի՛ անգամ, հենց մեր այգումը, յա մենք ենք ղզլբաշ յարալու արել, յա նրանք մեզ, ջանս վրես սրսռում ա, միսս վեր թափում: Դեռ ռսին չտեսած՝ մեկ էլ մտնինք Նրևան, չունքի մեր հայրենիքն ա, մեր նախնիքն են էնտեղ կացել, տիրել, մեռել, թաղվել, էն ժամանակը կիմանանք ռսի ղադրը ու մեր բախտավորության գինը, ով ուզում ա՝ գա:

Երևանու բե՛րդն, Երևանու բե՛րդն, ա՜խ, որ առավոտը բացվելիս նրա էն լաչար գլուխը մարդի աչքով չէ՛ր ընկնում, հենց իմանաս, թե դժոխքն ա իր բերանը բաց անում, ատամները դրճտացնում ու իր ապականյալ, թունավոր, դառը շունչը չորս կողմը փրփրալով փչում, ցրվում, փոնչացնում, որ կարենա իր հոտած աղքների կերած, լափած արդար ջանը մարսի, էլի չանգերը ղուբարա քցի, էլի հազար անմեղ, արդար հոգի անծամ կուլ տա, իր անկուշտ փորին մատաղ անի: Արեգակը մտնելիս հո, հենց իմանաս, թե Սադայելի որդիքն ու զավակները, նրա զորքն ու զորապետներն ըլին իրանց դիվական խաղը խաղում, իրանց դժոխային քեֆն անում, ու բրջերի գլխին մեկ կտրած գլուխ էստեղ էին ոտի տակ տալիս, մեկ անգլուխ լաշ էնտեղ էին կտոր-կտոր անում, վրեն թքում, ծափ տալիս, ծիծաղում, հրհռում, քրքռում ու թրով, մզրախով յա փետով մեկ մեռած մարմին էս կողմն, էն կողմն գլորում, քացի տալիս ու ներքն քցում: Ճաշվա ժամանակին, հենց իմանաս, մեկ կրակի սար ըլեր էնտեղ կանգնած՝ փոր, ծոց տաք քուքուրթով, բոցով լիքը, ծխում, բորբոքում էր, որ բիրդանբիր ճռնչա, բացվի, տրաքի ու ինչ կա, չի՛ կա, տակովն անի, լափի: Ամեն մեկ բուրջը, ամեն մեկ բաղանը ոսկորով, շամդաքով յա անմեղ դութսաղներով լիքը, քած խոզի պես, հենց իմանաս, ծանրացել, փորըներն էլ չէին կարում քաշել, էնպես ուռել էին, որ բիրադի ճաքին, պատռին, կտոր-կտոր ըլին:

Մեչղների ոսկեվարաղ գլխըներին արեգակի շողքը դիպչելիս, պլպըլալիս, հենց իմանաս, էն իրանց միջի անսիրտ նամազ անողների անխղճմտանք հոգու շնչովը փքված՝ ուզում ըլեին աստծուն փառաբանություն, աղոթք անելու տեղը, որ երկրին խաղաղություն, դինջություն տա, սողոմական կրակն ըլեին ուզում երկնքիցը վեր ածիլ տան, որ սար, ձոր էրեն, խորովեն, տակով անեն: Հայի թշնամի մոլլեն, որ գիշեր-ցերեկ ուզում էր, որ յա քրիստոնեության անունը վերանա, յա Հայ ազգի, մինարեն որ չէ՛ր նի ըլում, որ ազան տա, ու իրան հավատացյալ ժողովուրդքը գան, իրանց իմամներին, իրանց Ալուն, Մուրթուզալուն աղոթք անեն, որ էն դինումը դժողքի փայ չըլին, ձեռն անկաջին որ չէ՛ր դնում ու ծվում, հենց իմանաս, հայի համար սաղայեթյան փողն ըլի փչում, որ իրանց գլուխը լան, չունքի շատ անգամ էր պատահում, որ մեկ խեղճ, անճար գեղըցի հայ, որ բազարն էր գալիս էս հաղաղին, որ իր առըտուրն անի, մեկ քանի շահի ձեռք քցի, որ տանի, իր քյուլֆաթներին պահի, է՛ն տեղն էին քցում, է՛նքան էին ոտին, գլխին վեր հատում, որ հացն էլ էր մոռանում, էկած ճամփեն էլ, իր օղլուշաղն էլ չունքի բեղաֆիլ մեկ թուրքի շորի դիպած, մուռտառած էր ըլում:

Աշխարքի գլխին, հենց գիտես, կրակ պետք էր վեր գար, է՛նպես էր ամեն մարդ սասանահարվում, սարսափում, որ իր գլուխը պահի, բալի տակ չընկնի: Ի՞նչ ասեմ, ի՞նչ պատմեմ. կըլի, որ ի՛սկ սաղայեկյան փողն ու դատաստանի օրը էնքան սարսափելի չըլին, չունքի աստուծո ողորմության հույսը էլի կա, ինչքան էս օրերը, որ րիգունը գալիս՝ մարդ չէ՛ր իմանում թե երաբ առավոտը կիասնի՞, լիսը բացվելիս՝ ումուդ չո՛ւներ, թե սաղ-սալամաթ, մթանն աչքը խփի՞, էնպես ահում, դողում էին երկրի խալխը:

Երևանու բե՛րդը, Երևանու բե՛րդը, ա՛խ, աչքս դուս գա, քանի՛, քանի՛ ողորմելի հայի միս ա կերել, քանի՛, քանի՛ անմեղ հոգի՝ տարիքներով չարչարվելուց, տանջվելուց, կենդանի նահատակ ըլելուց, կրակի, բոցի, երկաթե շամփրի, թոխմախի, կրակած քարփշի տանելուց, համբերելուց ետը կամ թոփի գյուլլի հետ ա թռել, հազար կտոր էլել, կամ տարաղաջի (կախաղանի) վրա ա գոռալով, երկինք, երկիր աղաչելով, իր միսն իր ատամներովը կրծելով, աչքերը դուս տրաքելով, ղովում, ղարղաշ, իրավորի, ազգականի, իր որդոց, զավակաց ձենը լսելով, տրորվելով, փոթոթվելով՝ հոգին ավանդել, երկինքը գնացել, որ պրծնի էս դառն աշխարքի՛ցը, էն կատաղի գազանների ձեռիցը: Քանի՛, քանի՛ ջահել երիտասարդ՝ մեկ սաղ օջախի մեն մենակ որդի, մեկ աղքատ, չքավոր տան սին, մխիթարություն, մեկ տասը գլուխ բյուլֆաթի տեր ու ապավեն, իր ծաղկած, դալար հասակին, իր ըմբրի ու արևի նոր բաց էլած ժամանակին կամ սաղ-սաղ քերթվել ա, կամ իր պատվական գլուխը գառան պես թրին դեմ արել, որ երկնքումը իր ջահելության մուրազն առնի, վայելի, չունքի երկիրը նրա անարատ արնին էր ծարավ, որ շուտով խմի ու բալքի կշտանա:

Սի՛րելի կարդացող, իմ ա՛չքի լույս հայ, էս քո հավատակիցքն ու հայրենակիցքն են, որ ես ասում եմ ու էրվում, քեզ հետ մեկ ավազանից ծնվել, քեզ հետ մեկ մեռոնով օծվել, մեկ խաչով կնքվել, երա՛բ, որ լսում ես, սիրտդ ի՞նչ ա ասում, ջիգյարդ՝ ի՞նչ: Գիտեմ, որ ասում կըլիս մտքումըդ՝ էսպես օրը գնա, ո՛չ ետ գա, քո թշնամին էս կրակի մեջը չընկնի: Գիտեմ, որ սիրտդ էրվում, խորովվում կըլի, ու ուզում ես, որ էս անիրավ ազգի երեսին էլ մտիկ չանես, նրան տեսնելիս՝ գլուխդ առնիս, կորչիս, բայց հավատացի՛ր ինձ, մեղավորը նրանք չեն, մենք ենք: Մենք որ իրար թասիբ քաշենք, իրար քոմակ անենք, իրար պայծառացնենք, շենացնենք, ծովն էլ տեղիցը վեր կենա, մեզ տակով չի՛ կարալ անել, ինչ թե օսմանցին յա պարսիկը: Մեզ ամենաբարի արարիչը է՛ն հոգին, է՛ն խելքը, է՛ն շնորհքը չի՛ տվել, որ նամարդի մուհտաճ մնանք: Աստված հիմիկ մեզ լիս ա բաց արել, ռուսաց թրին սարերը չե՛ն դիմանալ, որ ջանք անենք, մեկզմեկու սիրենք, մեր լեզուն, մեր եկեղեցին էնպես դայիմ բռնենք, ինչպես մեր երջանիկ նախնիքը, հավատացի՛ր ինձ, Աստված էլ կսիրի մեզ, մարդ էլ:

Լավ չի՛ սկսած բանը թողալ ու էսպես քարոզ ասիլ, ես էլ գիտեմ, ամա սիրտս չի՛ դիմանում, ի՞նչ անեմ: Էլի մեր գեղըցոնց ասածն ա միտքս գալիս: Խալխի մեղքը չի՛, որ ճամփից դուս են էկել, իրար մոռացել, մեզ նման կարդացողի ոտները պետք է ծառիցը կապած, ամսով սոված պահած: Ախր թե շատ առնողիցը շատ կպահանջեն, բաս դատաստանի օրը ի՞նչ ջուղաբ կտան ինձ նման գրի սևն ու սպիտակն իմացողները, որ էլ ուրիշ բան չենք ֆիքր անում, հենց ուզում ենք՝ լավ ուտենք, լավ խմենք, քյահլան ձիու վրա նստինք, չալ-չալ մանեթները ջեբըներումս չխկչխկացնելով, ձեռըներիս դողդողալով, խաղացնելով ման գանք, քեֆ ու մարաքյա անենք: Շինած արաղ կոնծիլը, Կախեթու գինին անոշ-անոշ խմիլը, կառեթով, դրոշկով փառավոր, ուռած-ուռած ման գալը, զառ, դումաշ հաքնիլ-մաշիլը, նոքար-բեքարի՝ ձեռին ջուր ածիլը, երեսի հով տալը, տաք յորղանի տակին, փափուկ դոշակի միջում շնթռիլն ու թավալ տալը, ոտ ու գլոխ զարդարիլը մեզ թե դժոխքը չտանին, դրախտը ըսկի չե՛ն տանիլ, հարկիզ: Էդ երեխեքն էլ գիտեն, կասես ինձ, բայց ի՞նչ անես, բանը գիտենալը չի՛ բանն անիլն ա: Ես ինձ վրա եմ ասում, թո՛ղ ուրըշի սիրտը չնեղանա:

Ընչանք փողը չեմ առնում, ո՛չ գիրք եմ տալիս, ո՛չ աշակերտ կարդացնում: Լազգին ու թուրքի մոլլեքը էնպես չեն անում, անփող են իրանց ազգի երեխեքը կարդացնում, էլի Աստված նրանց ոզղը հասցնում ա: Հենց մե՞զ պտի սոված սպանի: Ամեն մեչըդի հայաթում, զեղ տեղարենքն էլ, մեկ մեծ վարժատուն կա, ուրտեղ երկու-երեք լեզու են սովրում, մեր եկեղեցըքանց հայաթներումը լազլազն էլ բուն չի՛ դնիլ, բաս ի՞նչ կըլի, որ ազգի սիրտն էլ քիչ-քիչ չի՛ հովանալ:

Ով թուր չի՛ առել ձեռքը, թրի ղադրն ի՞նչ կիմանա, ով թվանք չի՛ քցել իր օրումը, ֆորս ի՞նչպես կարա անիլ: Քրդին հազար տարի ասա՛, թե հնդուհավի միսը, ղաբլու փլավը հիանալի կերակուր ա, տո՛, որ նա իր օրումը նրանց համը չի՛ առել, իր սոխն ու մածունը, թանն ու ճաթը կթողա, քո ասածի՞ն անկաջ կանի, խելքդ ի՞նչ ա կտրում: Ասենք՝ ես չասեմ, սաքի դու չե՛ս զիտել, որ երեխի ընչանք ատամները դուս չի՛ զան կոշտ բան չի՛ պետք է տվա՞ծ: Դու ուզում ես անհիմքը տուն շինիլ, կրակ չի՛ վառած՝ հաց թխիլ. մմի ծերը թողել ես, մատդ ես կրակին դեմ անում. առանց պատրուզի ուզում ես ճրագուն ինքն իրան քեզ լիս տա՞: Կացինը, դնում ես ծառի քոքին, դու քնում յա ձեռներդ խաչում, դրաղին կանգնում ծառն ինքն իրան քեզ ցախ կդառնա՞, խելքդ ո՞ւր ա: Խմորն առանց թխտըմորի չի՛ զալ, չի՛, նիախ տեղը ոտներդ զետնին մի՛ ծեծիր: Անքանացնիլ թուրը կժանգոտի. նամ տեղի ցորենը կբորբոսի: Անվարիլ հողը թե ցանեցիր, դուրդ ու դուշ կուտի սերմդ: Առաջ մեկ վարի՛ր, հիմքը քցի՛ր, մեկ ազգի աչքը բաց արա՛, դուզ ճամփեն որն ա, էն ճամփովը տա՛ր, սար ու ձոր մի՛ քցիլ, դու նրան քո սերը ցույց տո՛ւր, տեսնիմ, թե նա քեզ չի՞ սիրիլ: Ուրըշները մեզ բամբասում են, հերիք չի՛, մենք էլ ենք մեր ոտիցը մեզ ու մեզ ճոլոլակ ըլում, էստով հո բան չի՞ դառնալ: Հայոց ազգի ջանին դուրբան, մեկ նրա երեխին ուսումն տո՛ւր, նրա էն լուսաթաթախ հոգին կրթի՛ր, կրթիլ եմ ասում, թուղթ խաղալ, ֆրանցուզերեն խոսիլ, անզիր բերան անիլ, գլխիցը դուս տալ չեմ ասում, ու շարական, փոխ յա շիլափլավ ուտիլ սովորցնիլ, որ մեզ էս տեղն ա քցել, տեսնիմ, թե ջան կտա՞ քեզ, թե չէ՛:

Մինչև գարունքը չգա, ծառը չի՛ ծաղկիլ, առանց ամառի պտուղ չի՛ հասնիլ, դու ուզում ես, որ ձմեռվան էն սաստիկ ցուրտ, սառած ժամանակին վարդի հոտ առնիս քո բաղումը, հասած պտուղ քաղես քո բաղչումը, էդ էլա՞ծ բան ա կամ կըլի ըսկի՞: Պինդ ոսկորն էլ, որ շատ ծալած մնում ա, թմբրում ա, ճում ա ընկնում, երկու օր որ թեք ես ընկնում, քամակդ ցավում ա, ոտներդ ման գալիս բեզարում. Տո՛, ախր հազար տարի ա էս բեռը մեզ վրա, էս բխովը մեր ոտումն ա էլել, ախր որ ասում ես՝ վազի՛ր, բաս ի՞նչ կանեմ, որ գլխիս վրա վեր չեմ ընկնիլ: Շաքթով սոված մարդին մի՞ս կուտացնեն, ցուրտը տարած տեղը կրակի՞ն դեմ կանեն: Անձողի հոտը դիպած գլուխը ձնո՞ւմը կդնեն, թե՞ կրակումը: Խեղճ ազգի հոգին մինչև էսօր քաղել են, հազար տարվա յարա ունի սրտումը, որ դեռ չի՛ սաղացել: էնքան դառն արտասունք ա կուլ տվել, որ ո՛չ աչքումը լիս կա, ո՛չ բերնումը համ, ո՛չ սրտումը եղ. դու հենց ուզում ես որ էստոնք մեկ սհաթումն անց կենա, ի՞նչպես կըլի: Տո՛, որ մեկ գերեզմանատան համար, մեկ դարտակ ողորմի տալու խաթեր քո ազգի պատվական իշխանքը՝ պարոն Զավրովն, Խերեդինովը, Դավիթ Թամամշովը, Մովսես Տեր-Գրիգորովը, հազար մանեթներով կխարջեն, իրանք իրանց՝ տեղ կբաշխեն, ժամ կշինեն, խալխը ինքն իրան կերթա, իրան հացովը մշակություն կանի անփող, բաս խելքդ ի՞նչ տեղ ա, էսպես ընտիր իշխանքը, էսպես բարեսիրտ ազգը վարժատուն շինելուց, մեկզմեկու օգնելուց կփախչի՞ն, որ մեկ համն առնին: Ջուրը դարիդուս չի՛ գնալ, սիրելի՛, չի՛: Ճամփեն գտի՛ր, առուն սրբի՛ր, քար ու քոլ դեն ածա՛, տեսնիմ, թե ջուրն ինքն իրան կգա՞, թե չէ՛: Բանը երկարացավ, լողը չի՛ նեղանա, էլի գնա՛նք մեր դժոխքը:

Հե՛րիք ա, հերիք, ասող կըլի ինձ, ձե՛ռք վերցրու էդ դժոխքիցը, ի՞նչ էլավ քեզ: Ա՛խ, ինչպես ձեռք վերցնեմ, բաս ո՞ւր թողանք մեր ազգի էն սիրուն-սիրուն, լուսաշաղախ աղջըկերքը, բաս մեկ ողորմի էլա չի՛ պետք է ասե՞նք, որ երեսների վրա, քարի, ավազի, փշի, տատասկի վրով՝ մազըներիցը բռնած, քարքաշան անելով, գլխըներին խփելով, մեջքըներին դամշելով, շատ անգամ փորըների վրա պար գալով, քացի տալով, թրևելով, թուր քաշելով, տրորելով, թվանքի ոռքով, լաբչրնի նալչով տալով յա կխչորելով, ձեռները կապած, ոտները բխոված՝ շատ անգամ հարիր վերստ տեղից, հերնըմերն ետևներիցը ընկած, քիր, ախպեր՝ բոբիկ ոտով յա գլխաբաց, քեռի, փեսա, ազգական՝ դոշըները ծեծելով, մազըները պոկելով, հող ու քար գլխըներին տալով, ինչպես մեկ սուրու զառն ու մերը կորցրած ոչխար, տանում էին, բերդնածում, որ իրանց արդար իմամներին փայ շինեն, հարսնացնեն, թուրքացնեն: Շատը հենց տանն էր հոգին տալիս, շատը ճամփին, հորն ու մոր աչքի առաջին, էն կյանքը գնում, ուր ցավ, ուր վիշտ էլ չկա: Շատի սիրտն էլ որ մի քիչ պինդ էր ըլում, ընչանք ա, բերդն էր հասնում, հաջի, մոլլա, քյալբալայի, սուխտա, խան, բեկ, ախունդ, սեիդ վրա էին թափում, որ յա խաբնով հավատից հանեն, յա պատժով, բայց տեսնելով, որ նրանք ո՛չ փառքից են խաբվում, ո՛չ պատժից վախում, ո՛չ խանզադության թամահ անում, ո՛չ մահից ահ քաշում ու ուզում էին՝ Քրիստոսի հարսնանալ, կույս գնալ աշխարքիցս, որ հրեշտակաց դասը դասակվին, իրանց սուրբ հավատը չէին ուրանում, պատիժ, պատուհաս, սուր, հուր, բոց, կրակ, սով, մահ, մեկն էլա աչքները չէին բերում, որի ոսկեթել գլուխն էին հորնըմորը տալիս, որի լուսաթաթախ լաշը, որի ձեռն ու ոտը: Աղջիկ, ու էսքան սի՞րտ... քար ըլեր՝ կպատռեր: Աստված նրանց հոգին լուսավորի:

Էս սիրտը, է՛ս հավատը, է՛ս հոգին, է՛ս սերն ուներ Հայ ազգը, որ թշնամու, զազանի ձեռի, երկիր, աշխարհ, ազատություն, թագավորություն, իշխանություն, մեծություն, բոլոր, բոլոր կորցրեց, իր հավատին մատաղ տվեց, աղքատություն, նոքարություն, գերություն, դարիբություն, տանջանք, չարչարանք, սով, մահ հանձն առավ, որ իր սուրբ եկեղեցին, իր լիս լուսավորչադավան օրենքը ամուր, հաստատ ու անխախտ պահի: Է՛ս ա հսկայություն, սրտապնդություն, մեծահոգություն, քաջություն, կամաց հաստատություն, հոգու կարողություն ու զորություն, որ աշխարքիս վրա, ջրհեղեղիցը դեսը, մեկ ազգ էլա մինչև էսօր չի՛ կարաց ու չի՛ էլ կարող ցույց տալ: Սար ըլեր՝ փուլ կգար, երկաթ ըլեր՝ կհալչեր, կմաշվեր, ծով ըլեր՝ կպակսեր, կցամաքեր, բայց Աստված ասեր Հայ ազգը մինչև էսօր գերօրինակ հսկայությամբ տարավ բոլոր ու իր անունը պահեց: Թողա՞նք էն խեղճ, քոթրոմած, աչքից, ձեռից, ոտից ընկած, էն սիրուն տղամարդ երիտասարդ հայերը, որ էսօր էլ Երևանումը, որը ջուխտ, աչքով քոռացավ՝ ա՛խ, ո՛խ քաշելով մաշված ա իր հարսի, օղլուշաղի երեսին մտիկ տալիս, որը ո՛չ գդալով ա հաց կարում ուտիլ, ո՛չ ձեռով, ուրիշը պետք է, երեխի պես, թիքեն բերանը դնի, չունքի ո՛չ պռոշներ ունի, ձեռներն էլ ուսաբերնիցն են կտրել, — որը քոթրոմացել, անդամալույծ ա դառել, սելով են ման ածում, որը քիթ չունի, որը լեզու, սրտըներն ուզում ա տրաքի, որ ուրիշը խոսում, խնդում ա, երեխեքը լալիս յա ծիծաղում են, բալքի թե մեկ ազար, մեկ մուրազ ունի սրտումը, լալի (մունջ) պես, մանուկ օրորոցկանի պես ոտին-գլխին պետք է անի, որ միտքը հասկանան, բայց ինքն ուրիշին ո՛չ մեկ չոռ ա կարում ասիլ, ո՛չ մեկ ջան: Քանդվի՛ էսպես տերությունը, հաստատ մնա Ռսի թագավորությունը, որ մեր ազգն ու աշխարքը գերությունից ազատեց, իր բարեգութ ձեռի տակը բերեց ու հոր պես մեզ խնամում, պահպանում ա: Էն ի՞նչ լեզու, էն ի՞նչ աչք պետք է ըլի, որ ամեն մեկ երկինքը տեսնելիս փառք չտա աստծո, երեսը գետինը չքսի ու մեր ամենողորմած կայսերը կյանք, առողջություն, զորություն, նրա արքայազն որդոցը ու զավակցը՝ կենդանություն, բարեբախտություն, ու հզոր տերությանը՝ հաստատություն, պայծառություն, մշտական տևողություն չխնդրի, չաղաչի: Էսքան բաները լսեցիր, սի՛րելի կարդացող, բաս ի՞նչպես չի սիրտդ վառվիլ, որ դու է՛ն ազգի որդին ես, որ էսքան տանջանք քեզ համար քաշեց, ինքը նահատակվեց, քո կաթդ ու արինդ ուրիշ ազգի հետ չխառնեց: Էնպես կարծում ես քի՞չ բան ա, հազար տարով էս օրը քաշիլ, էլի ազգ պահիլ, որդի մեծացնիլ, անուն, լեզու, հավատ ունենա՞լ: Ա՛խ, էս միտքը անողը էլ ի՞նչ սիրտ պետք է ունենա, որ իր լեզուն, իր ազգը չսիրի: Ասենք՝ բլբուլի լեզուն քաղցր ա, վերու հավին (խոխոբին), սիրամարգին Աստված գեղեցիկ գույն, սիրուն թևեր ու բմբուլ ա տվել: Ասենք՝ վարդը շատ գովելի ա, բաս ընչի՞ չի մանիշակը իր ռանգը, իր հոտը նրան տալիս: Մի՞թե վարդին տեսնողը մանիշակին չի՛ սիրիլ: Սարի անհոտ ծաղիկն էլ իրան տեղը, իրան փառքը վարդի հետ չի՛ փոխիլ: Մի՞թե բլբուլի լողը կանարեյկին էլ չի՛ պետք է պահի: Ամեն բան իր գինն ունի, շաքարեղենը քաղցր ա, ամա հացի տեղը ե՞րբ կբռնի: Շամպանսկի գինին անոշ ամա ի՞նչ անես, որ մեր երկրումը չի՛ դուս գալիս, մեզ թանկ է նստում: Ասենք՝ ջավահիրը, ալմազը շատ ջուհար ունի, շատ մեծ գին, ի՞նչ անես, որ նրանով տուն շինիլ չի՛ կարելի, ամեն մարդի ձեռք չի՛ ընկնում: Ասենք՝ հարևանդ հարուստ ա, օրը տասը տեսակ կերակուր ա ուտում, ձեռդ որ չի՛ հասնի, պետք է որ քո հացն է՞լ դեն քցես:

Ա՛խ, լեզուն, լեզուն, լեզուն որ չըլի, մարդ ընչի՞ նման կըլի: Մեկ ազգի պահողը, իրար հետ միացնողը լեզուն ա ու հավատը: Լեզուդ փոխի՛ր, հավատդ ուրացի՛ր, էլ ընչո՞վ կարես ասիլ, թե ո՞ր ազգիցն ես: Ինչ քաղցր, պատվական կերակուր էլ տաս երեխին, էլի իր մոր կաթը նրա համար շաքարից էլ ա անոշ, մեղրից էլ: Մեր կաթն էլ որ ծախենք, առնող չի՛ ըլիլ: Մեր աչքը որ հանենք, ուրշին տանք, ուրիշը կարելի՞ ա դնել տեղը: Մեր օրորոցի վրա մեր լեզվով մեզ նանիկ ասեցին, է՛ն էլ ա մեր միտքը չի՛ պետք է ընկնի՞: Ասենք՝ նոր ապրանք շատ ես առել, հինը պետք է դե՞նածած: Էն վայրենի ազգերն էլ իրանց սոր լեզուն աշխարքի հետ չե՛ն փոխիլ: Հո լսել ես շատ անգամ մուզիկի ձեն, ասա՛, քո սազն ու բայաթի՞ն ա քեզ դիր գալիս, թե՞ էն: Էնպես մարդ կա՝ տասը-տասնըհինգ լեզու գիտի, ամա նա իր լեզուն միշտ ամենիցը լավ աշի, իր ազգի հետ խոսալիս ամոթ ա համարում կամ ուրիշ լեզվով իր միտքն ասի, կամ ուրիշ բառ հետը խառնի: Խառնի՛ր քո սիրեկան խաշի հետ ձուկը, շաքար, կանֆետ (շաքարլեմեն), չամիչ, չիր, խիզիլալա, տե՛ս, ի՞նչ համ կունենա: Ախր որ ասեմ ես՝ փրոքուլիվաթսա արի, սքուչնա եմ, օփիժաթսա էլա, փրոշենի տվի, սանյաթիե շատ ունիմ, զլուխս քրուժիթսա էլավ, փեզչեսթնի մարդ ա, բազփոյնիք ա, յափերնիք օքմին ես, զնանք քուփաթսա ըլինք, սոփրանիեմեն եմ գալիս, փրոիզրաթսա արին, ճամփին ֆսեթքի ութոփնո ա, շատ խլափոթ սլուչիթսա չի՛ ըլում և այլն: Ա՛չքիս լիս, մի մտածի՛ր, թե լսողն ի՞նչ կասի: Իսկ գիտուն, լուսավորյալ մարդը նա է, որ ամեն լեզու, քանի կարա, խստակ խոսա: Դու քո լեզուն որ խստակ խոսաս, ի՞նչ վնաս ունի, հենց գիտում ես խելքդ ձեռիցդ կառնե՞ն, թե՞ սովորած իմաստությունդ ջուրը կթափի, կամ թե չէ, տերության սիրտն ես ուզում շահի՞լ: Բարեխնամ տերությունը ե՞րբ կուզի, որ մարդ իրան լեզուն կտրի, իր ազգիցը հեռանա: Բաս էլ ո՞ւր են էսքան վարձատուն շինում, վարժապետ պահում, աստիճան, պատիվ տալիս: Ֆրանցուզ, նեմեց, ինգլիզ որ քո լեզուն սիրում, գովում են, քանի՞ պատիկ դու էլ պետք է սիրես ու գովես: Քեզանից չեմ նեղանում, ա՛չքի լույս, մեր բախտիցը ժամանակն էնպես ծռվել էր մինչև հիմա, որ մարդ իր գլուխը չէ՛ր կարում պահիլ, ո՞ւր մնա՝ լեզվի դարդը քաշիլ: Էս ա պատճառը, որ մեր նոր լեզվի կեսը թուրքի ու պարսից բառ ա: Բայց սրա դեղն էլ հեշտ ա, քիչ-քիչ կարելի ա խստակել, երբ որ ազգը ուսումն առնի ու իր լեզվի բառերը քիչ-քիչ հասկանա: Էս էլ հերիք ա, որ թուրքի լեզուն, որ իրանք թուրքերը չեն գրում, միմիայն խոսում են, ու մեզանից որքան բոլի են ու կոպիտ, բայց էլի էնքան ա, նրանց լեզվի համն ընկել մեր ազգի բերանը, որ խաղ, հեքաթ, առակ թուրքերեն են ասում, իրանց լեզուն թողում, պատճա՞ռ. չունքի սովորություն ա ընկել: Ազգին անհավատ են կանչում, լեզուն սիրում, զարմանալու չէ՞: Ախր ո՞վ ա լսել, թե ծծմոր կաթը մոր կաթիցը լավ ըլի: Էսքան խառը լեզվի հետ դու էլ որ քո իրոքուլիվաթսան, մրոքուլիվաթսան ես խառնում, ախր դրանից ի՞նչ համ դուս կգա: Էլ ավետարան, գիրք, ժամասացություն ի՞նչ կհասկանաս:

Ձե՛զ եմ ասում, ձե՛զ, հայոց նորահաս երիտասարդք, ձեր անումին մեռնի՛մ, ձեր արևին դուրբա՛ն. տասը լեզու սովորեցե՛ք, ձեր լեզուն, ձեր հավատը դայիմ բռնեցե՛ք: Մեկ դարտակ լեզուն ի՞նչ ա, որ մարդ չկարենա սովորիլ: Բաս չե՞ք ուզիլ, որ դուք էլ գրքեր գրեք, ազգի միջումն անուն թողաք, ձեր գրքերն էլ օտար ազգեր թարգմանեն, ձեր անունը հավիտյանս հավիտենից մնա անմահ: Ի՛նչ կուզե ֆրանցուզերեն, նեմեցերեն գիտենանք, մենք չենք կարող էնպես բան գրիլ որ նրանց միջումն անուն ունենա, չունքի նրանց միտքն, նրանց սիրտն ուրիշ ա, մերն՝ ուրիշ, մեկ էլ որ նրանց միջումն էնքան գրող կան, որ ո՛չ թիվ կա, ո՛չ հեսաբ: Ռուսաց լեզուն մեր տերությանն ա, պետք է ամենից առավել համարինք, հետո մեր լեզուն ձեռք բերենք: Բաս ձեր սիրտը չի՞ ուզիլ, որ դուք էլ ոտանավոր գրեք, ձեր միտքը, ձեր խորհուրդը հայտնեք, որ այլազգք իմանան, թե մեր միջումն էլ ա էլել երևելի գրող, ու մեր լեզուն դիա ավելի սիրե՞ն: Աստված կյանք տա էն ծնողացը, որի որդիքն ինձ մոտ են: Նրանց առաջին խնդիրն միշտ էն ա էլել, որ նրանց որդիքը հայերեն լավ գիտենան: Գերեզմանն էլ որ մտնիմ, նրանց էս սուրբ խոսքը մտքիցս չի՛ գնալ:

Ընչանք Երևան գնալը մեկ քանի ամիս ժամանակ ունեի, էնդուր համար էսպես ճամփես ծռեցի: Ձմեռն անց ա կացել, ամառն էկել, վա՛յ նրան, որ էս շոգին գնա էնտեղ: Ես պետք է գնամ, ո՞վ կուզի՝ հետս գա:

Ճաշվա շոգն անց էր կացել: Սար ու ձոր գլխըներն էլ ետ բարձրացնում էին, որ փոքր շունչ առնին: Արեգակը Մասսա քամակիցը հանդարտ աչքը բաց էր արել, մունջ-մունջ Երևանու բերդին մտիկ էր տալիս ու էն ա, ուզում էր, որ կամաց-կամաց մեր մտնի: Թանձր խավարը, սև դումանը էկել, բոլոր դաշտերի, ձորերի երեսը բռնել, օդը ծանրացրել, կալել էր: Ղուշը տեղիցը չէր ուզում ժաժ գա, հավը բնիցը գլուխը հանի: Ամեն տեղից ոտքը խաղաղվել, ամեն տեղից ձենըձոր լռվել, պապանձվել, փասափուսեն քաշվել էր: Ջուր ջրողը առվի վրա էր թեք ընկել՝ քնած մնացել, վար ու ցանք անողը՝ հանդումը, բաղմանչին իր ծառի տակին, շվաքումը քուն մտել, դինջացել: Մարդ, ինս, ջինս՝ գեղերումը էլ չէին երևում: Բազի կոնդի (բլուր) ծերից, բազի սարի դոշից, բազի ճամփում, չոլում մեկ սև մազի չափ դարալթու սևին էր տալիս, ձիու քամակիցը դես ու դեն թեքվում, երեսի՛ քամակի վրա շուռ գալիս, էլ ետ գլուխը ղզում, օրզանգուն ու ղանթարղեն ժաժ տալիս, ձիուն քացի տալիս յա ղամշով խփում, որ ոտները մի քիչ եզին փոխի, թեզ տեղ հասնի: Բազին էլ ձեռն անկաջի քոքին դրած՝ տխուր, բարակ ձենով մեկ բայաթի էր քոքել, քթի տակին, ձիու ջիլավը գլխին քցած՝ ինքն իրան բզզում, զնում էր, որ տուն հասնի ու իր բեզարած, ջարդված ջանը կամ մեկ շվաքի տակի դինջացնի, յա իր տան դուռը, իր օղլուշաղի երեսը, քանի որ դեռ մութը վրա չէ՛ր հասել, տեսնի, ու սիրտը բաց ըլի: Հոտաղներն (մեխրե) էլ իրանց գութանի տավարը բաց էին թողել, լուծը ետ արել ու մեկ քոլգի տակի գութանը մեկ կողմը, եզըները՝ մյուս, ջրերի դրաղին վեր էին թափել, քաղցր քուն մտել: Նախիրը մեկ դզում, ոչխարի սուրուն՝ մյուս, շվաք տեղը նստել, չաննեն չանի էին քսում, փընչացնում, արոճ անում: Չոբանն էլ գլուխը մեկ քարի վրա դրած նղղել, աչքը կպցրել էր, որ շոգը քաշվածին պես վեր կենա, սուրուն իրիկնահովին մեկ լավ խոտավետ տեղ տանի, արածացնի: Օյաղ շների մեկը է՛ս ցցի վրա, մեկը մյո՛ւս թափի ծերին, յա չոբանի ոտի տակին, գլուխը դրել, նոթերը կիտել, մարաղ էր մտել, որ թե գող, գել կամ գազան սիրտ անի, մոտենա, բիրդանբիր վրա թռչի, թիքա-թիքա անի, իր տիրոնջ ոչխարները պահի: Մեկ կանաչ խոտ, մեկ դալար թուփ կամ մեկ ծաղիկ մեկ տեղ էլա չէր երևում, որ մարդ հոտն առնի կամ երեսին մտիկ տա, սիրտը բացվի ու ճամփի երկարությունը մոռանա, կամ շոգի ձեռիցն էրված, խորոված ջանին հովություն տա, էնպես էր սար ու ձոր, դաշտ ու հանդ չորացել, խանձվել, պապանձվել: Միմիայն խոտերի չոփերն ու քոլերի սուր-սուր ծերերն էին էստեղ-էնտեղ ցից-ցից գլուխ բարձրացրել, տխուր, տրտում մոլորված, պաշարված կանգնել, մնացել: Սև-սև ջանդաքակեր ագռավները յա վախլուկ տուլաշներն էին հենց մենակ մնացել, որ էստեղ-էնտեղ, մեկ քարափի ծերի յա մեկ բրջի գլխի, յա թե չէ, մեկ ճամփի միջում, իրար գլխի հավաքվել էին, նստել կամ պտիտ էին գալիս, իրար կտցահարում, իրար թևերից քաշում, որ մեկի, գտած որսը ձեռիցը խլեն, փայ անեն, իրանց ձագերին էլ տան կամ հետըները տանին: Օձ, կարիճ, խլեզ, բզեզ ու ինչ կերպ ջանավար ասես՝ մորէխ մժեղ, մեյդան էին բաց արել: Որը մեկ քոլի տակիցը, որը մեկ քարափի բաշիցը, որը խոտերի միջին, կամաց-կամաց ժաժ գալով, պոչ ու գլուխը իրանց քաշելով կամ ծլունգ ըլելով, էլ ետ տազ անելով կամ գետնի ապառաժի վրա սողալով, փշտացնելով, շվացնելով, փշշացնելով, ծվալով ծղրտալով՝ ոտն էին էլել, ուզում էին իրանց արևի ձենն ածեն: Որն էլ իր բնի առաջին արևկող անելով՝ գլխըները հանել, մունջ-մունջ անկաջ էին դրել սուր-սուր աչքըները ցցել, պելացել, շլացել՝ էս կողմն, էն կողմն մտիկ էին տալիս, որ ոտքը խաղաղվելիս դուս գան, մի քիչ շունչ քաշեն իրանց քեֆն անեն, իրանց ոգը ճանկեն, էլ ետ իրանց բունը մտնին, էլ ետ գնան, քնին, դինջանան:

Բազի պատածակի արանքից կամ քարի ծերից էլ մեկ նաչար բայղուշ (բու)՝ գլուխը խոր վեր թողած, քիթ ու պռունկ կիտած, ծանրացած, գետնին նայում էր, իր սև օրը լաց ըլում: Հավի թշնամի ուրուրն էլ (ձերեն) թևերը փռած, չանգերը սրելով, բաց ու խուփ անելով, կտուցը սրբելով կամ դոշը քուջուջելով, երկնքի տակին գլուխը դոշի տակին քաշ քցած՝ սուր աչքերը էս դեհն, էն դեհն էր քցում, պտտում, հազրվում, որ բիրդանբիր,ական թռթափել վեր վազի, մեկ լղպոր ճտի գլխի, — որ իր մոր թևերի տակին կամ մոր գլուխը քորելով, թևը քաշելով, ծվծվալով, կտկտալով կամ կտուց-կտցի տալով, մոր կրխալուն, ծվալուն անկաջ դնելով սուս-փուս նստում էին իրար հետ կամ քուջուջ էին անում, — կամ մեկ խեղճ, անճար լորի քամակի խփի ու ճվճվացնելով, ծղրտացնելով՝ վեր քաշի, քրքրի, թեքռի ու իր ազահ փորին մատաղ անի: Ահա՛ գեղեցիկ, անզույգ օրինակ անսիրտ, բարբարոս Պարսից՝ ժանդ բռնակալաց, մաշողաց ազգի, երկրի Հայկա զավակաց:

Էսպես մեռել, լռվել էր բնությունը, ու մեկ շփլթու էլա մեկ տեղից չէր լսվում: Միմիայն հեռու տեղից մեկ բարակ քամի բազի-բազի վախտ փչում, ծառերի տերևները սլլացնում, ժաժ էր քցում ու զոլ-զոլ՝ մարդի երեսին, բերնին ձեռը նազուկ քսում, շուտով անց էր կենում ու փշերի, խոտերի, քարափների, ձորերի մեջը մտնում: Ինչպես ծխի մեջը խրված՝ հեռու տեղից դաշտի գեղերը, հանդերը, փոսերը մթնած, լռված, ինչպես սև ամպի կտորներ կամ էրված, խանձված տեղեր, էս տեղից, էն տեղից, սևին էին տալիս ու խառնիխուռն երևում: Արազը, ինչպես մեկ նետ օձ կամ էրծաթի գոտի, արևմտյան կողմիցը, ձորերի միջիցը իր սուր, լուսափայլ ճակատն ու գլուխը բաց էր արել ու մրմունջ, հանդարտ, լուռ գալիս, Մասսա փեշին մի քիչ թռով խփում էր, շփում ու էլի ծուռն աչքով նայելով, նրան հաթաթա տալով, ձենըձոր անելով, գլուխը պտտելով՝ գնում. Զանգվին ու Գառնու գետն իր ծոցն առնում ու խաղալով, խայտալով, վռվռալով հեռանում քվերտանց հետ ու պռունկ-պռնկի, դոշ-դոշի, քամակ-քամակի տված, իրար գլխի, երեսի ձեռըները քսելով, փաղաքշելով, հանաք անելով, աչքները խփում, նղղում ու Շարուրի դուզ ծոցումը ծեծված, ջարդված՝ քուն մտնում: Էս տխուր մեյդանի չորեքշուրջը, աչքդ որ բաց չես անում, մեկ էլ էն ես տեսնում, որ բազի վախտ երկինքն ամպակալած՝ ուզում ա, որ սար ու ձոր ոտնատակ տա, Ալագյազա, Մասսա ու մյուս սարերի գլխին բամբաչի, պոկի, նրանց գետնի, խցկի, որ համարձակում են իրանց գագաթը էնպես բարձր վեր քաշել, որ բոլոր ամպերը վերնը ոտի բռնելու տեղ չունենալով՝ իրանց երկինք մորիցը խռոված, վեր են գալիս ու նրանց գլխին քուլա-քուլա դիզվում ու էնպես իրար վրա նստում, որ շատը տեղ չունենալով՝ մյուսներին քոիչ ա տալիս, բոթբոթում, դուս ա քցում ու նրանց տեղը բռնում: Էս հաղաղին էր, որ մեկ սև ղարալթու բարակ օձի պես կամաց-կամաց գլուխը դուս քաշելով, դզվելով, աջ ու ձախ ծանր — «ծանր» մտիկ տալով, մեկ բարձր մինարեթի ծերի պտիտ տալով, քնահարամ մարդի պես ձեռը ուսուլով բարձրացրեց, անկաջին դրեց, գլուխը քամակի վրա թեքեց ու ճլերք ընկած հիվանդի պես սկսեց ձենը ծոր քցել և, ինչպես մեկ խոր ձորից, կանչել. Ալլա՜հու՜-ալաքբա՜-րո՜ւ... (բարձրեկյոյն աստուծոյ):

Էս ձենը դուս էկավ թե չէ, հենց իմանաս, մեկ ամպ տրաքեց, ու ձենի տուտը հազար կտոր ըլելով, գետինը ժաժ տալով, սար ու ձոր իրարոցով քցելով՝ քարափների, էրերի արանքներովն անց կացավ ու քիչ-քիչ ձգվելով՝ բարակացավ, խզվեցավ, կտրվեցավ: Ինչպես մեկ բունը քանդված մեղրաճանճի թաբուն, էնպես դուս թափեցան ուղղափառ մահմեդականքը. Որն իր դուքանիցը, որը բաղիցը, ձորիցը, որը քնաթաթախ, որը սովու աչքը կույ գնացած, ձենը փորն ընկած, ռանգը ափրթնած, ունքկյս, նոթեր կիտած, գլուխը կախ քցած, որը մեկ ավթաֆա ձեռին, փեշերը վեր քաշած, գոտիկը խրած, խորասանու սև մորթի երկար գդակը ունքերին քաշած, միջի վրա կոտրած, թուխ ճալվերը (քոչորը) երկու տակ՝ անկաջների էս կողմն, էն կողմն ոլորած, քցած, գլուխը պլոկած, կլեկած, վեր արած, վիզն ու բուկը կեղտով, քրտնքով սևացած, կոշտացած, տարթի պես բասմա ընկած, երկար, բարակ միրուքը հինա դրած, սևացրած, կոկած, մեկ սև կամ մուգ կանաչ լեն բորանի ֆարաջա՝ անյախա, անկոճակ, ուսերին քցած, փեշերը դայիմ բռնած, երկուտակ կապի, չիթ արխալուղի բաղանները (չաքերը) բդիցը մինչև ոտը ճղած, անթիվ դուգմեքով (կոճակ) թև, դոշ իրար հետ սխ, պինդ կոճակած, կպցրած, շապկի բահաձև, սիպտակ յախեն, ինչպես մեկ դաշղա եզան ճակատի խալ, թամուզ դուս թողած, բկին կպցրած, որը թիրմա շալի կամ սիպտակ կտավի մեկ բեռը գոտիկ, ինչպես մեկ մարգի (կվալի) թումբ կամ մեկ բոչքի կապ մեջքովն ոլորած, պիրկ կապած, մեկ ոսկորագլուխ, ծուռը խանչալ կամ մեկ հաստ, սրած կոլոլ թուղթ թեք մեջը խրած, կապած, մեկ ջվալի դդար, բերանը բաց արած, դրաղները սիպտակ դերձանով մանր-մանր կտրած, լեն, կարմիր դաաաբ կամ մուգ մավի սաղա փոխանն ու շորերի փեշերը զաբերին (լուլա) տալով, քարերին խփելով, հող ու թոզ սրբելով, քամու առաջին, ոտների արանքին դես ու դեն ծալվելով, բացվելով, ֆոֆռալով, ոտները կապ քցելով, գորտի բերանի նման սաղրի քոշերը՝ ծերը նեղ, բերանը լեն, ճոթռած, կրունկը սուր, բարձր, երկաթով նալչած, ոտի տակին քտրքտացնելով, ծլփծլփացնելով, չալ, ճիտը կարճ, բրդի հաստ գյուլբեքանց հետ, սև, բաց-բաց զաբերի հետ հանաք անելով, խաղալով, կրնկին ծեծելով, թոզ, ավազ գետնիցը հավաքելով, անոշ-անոշ կուլ տալով, դուս ածելով, էլի հատիկ-հատիկ բերանը քցելով, չարազ անելով, ոտների տակը ծակելով, բզելով: Որը մեկ փալան սիպտակ կտավե չալմա (գլխի փաթաթան) գլխին փաթաթած, որը մեկ շիլա թասակ անկաջները պրծացրած, որը մեկ ոչխարի քոսոտ փոստ կատարին կպցրած, որը մեկ գելի քուրք ուսերին քցած, որը մեկ իծի յափնջի՝ կտրատված, քրքրված, բուրդ ու մազը գըզգըզած, դուս դառած, ճոլոլակ կախ էլած, հազար տեղից ճղված, ճոթռած, հազար թելով, դազլով շուլալած, կարկատած, տոպրակի պես ծակած, շլնքովը քցած, չաթվի կտորով բողազի տակին պինդ դայիմացրած, չարմխած, գոմշի կամ եզան տրխըները հաքին, զանգալները կամ մաշված պաճուճները վրեն, երեսին ու միրքին հազար տարվա կեղտ, աղբ տարթ դառած, նստած՝ թարաքյամա, յա դարփափախ, մեկ չաթու ճտին, մեկ մոթալ փափախ գլխին, տոպրակն էլ հո յափունջին էր,— դուս թափել, գնում են:

Մե՛ր տղա, չծիծաղաս, լավ չեն ասիլ, ամոթ ա. կարելի ա մեկ քացախած ճամփորդի քեֆին դիպչի, տրտինգ անի, փալանը շուռ տա, հետո տուրուղմբոց քո գլխին գա: Տե՛ս, ես իմ պարտքիցը դուս էկա, կուզես ծիծաղի, կուզես պա՛ր արի, չունքի հանաք-մասխարություն չի՛ էնքան հրաշք տեսնիլ, աչք ու բերան բռնիլ, ո՛չինչ չասիլ կամ սուս ու փուս կշտովն անց կենալ: Հմիկ դու գիտես: էսպես, ինչպես տեսանք, մեր ուղղափառ, Աստված ապաշտ, նամազասեր, այլ ո՛չ քրիստոնասեր մոլլեքը, ախունդները, հաջի, թաջիր, արախչու, ղզլբաշ թարաքյամա, ղարափափախ, մսկլու, չոբան, քուրդ, պարսիկ, բեկ, խան սարից ձորից, տանից, հանդից, գեղերից, յայլաղից, բազարից, առից, տրից, ինչ ունին-չունին, վեր ածած՝ զութանը հանդումը, ոչխարը սարումը, տավարը նախրումը, ջուր, վար, ցանք տեղնուտեղը երեսի վրա թողած, ինչպես մեկ թունդ կռվի ժամանակի, իրար գլխով դիպչելով՝ Երևան էին թափում: Մեկը ուղտի վրա նստած՝ տմբտմբալով, մեկը իշի քամակին բազմած՝ չո՛շ, չո՛շ ասելով, մեկը յաբվի վրա ուռած՝ դա՛հ, դա՛հ անելով, մեկը գոմշի մեջքին՝ հա՛ տպռո՛ւ կանչելով, մեկը եզան պոչի տակին՝ հո՛, հո՛ ձեն տալով, մեկը ղաթրի ուսին՝ բզելով, ը՛մ, ե՛րի գոռալով, մեկը արաբում, մեկը քեջավում՝ հազար տեսակ ձենով իր ուլախին քշելով. որը քյահլան ձիու վրա նստած, յարաղ-ասպաբը կապած, զարդարված, թվանքն ուսին դրած՝ ծվծվացնելով, օրզանգուն զնգզնգացնելով, որը ոչխարի, իծի սուրուն առաջին, որը մեկ զառն ուսին քցած, որը մեկ գիլի պարկ վզաքոքին կապած յա թվանքը միջովն անցկացրած, որը մեկ արջի մորթի շուռ տված, հաքած, մե՛ր տղա, տե՛ս ու քե՛ֆ արա, էս թամաշեն թանկ աժի, որը գոմշի կաշի, որն իծի մորթի, որը մեկ շան թուլա եղնին քցած, ոլլը մեկ առըխ թազի ձիու կողքին կապած, որը մեկ գոմփոռ շուն սելի ականը թոկած՝ էնքան վազել, հեթեթացել էին էս խեղճ գազանքը, որ լեզվըները մեկ գազ կախ էր ընկել, աչքըները դուս պրծել: Որի արաբումն խնցի, օրորոց, աման-չաման, ամա բոլորը դարտակ. որն իր լակոտը քամակին ղազլով կամ փալասով կապած, չունքի շատի հաքին էնքան շոր չի կա, որ երկու աբասով առնես, էն էլ կեղտով, ծխով սևացած, մուր դառած։ Որի սելումն կամ ծոցումն մեկ կտոր, հազար տարվան, ժանգոտած, բորբոսնած, քարացած ճաթ (այսինքն՝ կորեկի հաց), որը քթոցով յա քաղալագով՝ հավ, ճիվ, ձազ, թուխսը, ձագեր, ճուտեր, չալ-չալ վառկընեը մեջն արած։

Հիմիկ ով մարդ ա, չծիծաղի, բարաքյալլա կասեմ, չունքի էս լավ, հնազանդ անասունքն ու թռչունքը իրանց տիրոջ տվածը կամելով էլ ետ տալ, հեսաբը դրստիլ՝ զոգ ասես թե ջեբ, խուրջին, սուփրա, աման, մարթաբա, միրուք, երես էլ չէին խնայում, չունքի տերերի շատը շոգի ձեռիցը անոշ-անոշ քնած ա սելումը ու երազ ա տեսնում։

էսպես՝ մեկի ձեռին դամշի, մյուսի՝ դազանակ. մեկի ուսին մանգաղ կամ երկար ձողի՝ չադրի համար, մեկի գդակի արանքումն դազիլ ու մախաթ կամ թալման կարած, սուրբ մոլլի բաշխած. որը մեկ ֆորթի թոկ, որը մեկ շան բիիր, որը մեկ ձիու նոխտա, որը ձիու կամ իշի փալանը, քամակին դրած, շատ տեղ խեղճ հայերի կալն ու դեզը տաղըթմիշ անելով, կամ ձին խլելով, կամ բաղը քանդելով, խոռը վեր ածելով, բաշը ցրվելով, տնքալով, ճրրալով, նռչելով, բուղուրմիշ ըլելով, բայաթի ասելով, խաղ կանչելով, քյալլեի զլելով, մինչև զազանների քեֆն էլ բաց էլավ. որը վնգվնգում էր, որը տրլնգում, որը բղդում, որը խրխնջում, անջախ մի անջախ մեկ ջրի դրաղ հասան, հենց էշը զռաց, շունը մռռաց, փառք հավիտյանս ամեն, մոլլա Մաարաղնի առակը տեղն էկավ, մեր ուխտավորքն էլ վեր էկան, որ ոտ ու ձեռք լվանան, հետո մտնին Երևան, չունքի էսօր նրանց Միառղամն էր։

— Ալլա՛-հո՛ւ, բս՛-մլլա՛հ... ըլ ռա՛հ-մա՛ն... ըլ ռա՛-հի՛մ... չախսե՛-վախսե՛ ... Հասա՛ն, Հո՛ւ... սեյն, աղա՛մ... վա՛... Յա՛ Ալի՛... չախսե՛-վախսե՛ ...

— Հերի՛ք ա, հերի՛ք, նամազ հո չի՛ պիտի անենք, — ինձ ասող կըլի։ Ո՞վ ա ասում, թե նամազ անենք, միտքս էն էր, որ ցույց տամ, թե մեր դրացի պարսիկքը ինչպես են սկսում իրանց աղոթքը:

Հմիկ գնանք Երևան, որ Միառղամը տեսնինք, ի՞նչ կասես. էս ձենը — ձորը Էնտեղանց ա գալիս, էս սաս ու մարաքեն Էնտեղ ա. ամա ծածուկ պետք է մտնինք, չունքի ինչ ունինք չունինք կառնին, մեզ էլ եզրդի կշինեն, որ իմամներին սպանեցին, Էստուր համար էսօր որտեղ որ մեկ հայ ձեռք են քցում, ոտն ու ձեռը կապում են, լավ շորեր հաքցնում, ձի, յարաղ, ասպաբ տալիս, ընչանք որ սուգ ու շիվանն անց կենա, Հասան — Հուսեյնի կարգը կատարեն, կտակը կարդան, հետո վա՛յ քո օրին, արևին, շորերդ հանում են ու ոտիդ-գլխիդ տալով դուս խոկում, հետ ածում: Ո՞վ կարա խոսալ, տերությունն իրանցն ա:

— Սվանղուլի խանը, յա Ջաֆար խանը, իմ փիրս ա, իմ տերս, իմ աղեն, — մեկ երևանցի հայ ասում ա քեզ, — գնանք նրանց տունը ու Էնտեղանց գնանք, թամաշ անենք:

Ի՞նչ անես, մարդի փիրն Աստված ա, ու իր տղամարդությունը, ամա սրանք փետի տակին են մեծացել, Էնպես որ չասեն, բանը բան չի՛ դառնալ: Էս անգամ էլ մեր երևանցու խոսքին անկաջ անենք ու գնանք, որ Էս հանդեսը տեսնինք, թե չէ ժամանակն անց կկենա: Աչքդ սառչի ո՛չ. Սրտիդ ու բերնիդ հույս տո՛ւր, որ չծիծաղիս, թե չէ գլուխդ կկտրեն, աչիքդ վեր կածեն: Քուչեք, փողոց, մեյդան, բազար, հայաթ, կտուր՝ մարդի ձեռիցը ղլվլում են: Էս ո՛չինչ. կարելի ա քեֆ են անում. դու ո՛չ մեռնիս.— սև ըլի Էնպես քեֆը, իրանց սպանում են. մեկը դոշին ա խփում, մեկը գլխին վեր հատում, մինը բողազը դուս ճոթռում, մյուսը միրուքն ու մազերը պոճոկում, սուգ անում, ոտ ու գլուխ քարերին ծեծում, վա՛յ, հարա՛յ, տալիս, գոռում, բղավում, է՛ս պատին, է՛ն պատին քոռի պես գլուխը խփում: Ախր ընչի՞ ընչի. էս ի՞նչ խաբար ա, դատաստանի օրը հո չի՛ հասել, ո՞վ ա սրանց տունը քանդել: Հլա համբերի՛ր մի քիչ, քո ցավը տանիմ, տռհաչություն ի՞նչ հարկավոր ա, լոբի հո չե՞ս կերել. մի քիչ ձենդ փորդ արա՛, հետո կիմանաս: Գնա՛նք մեչիղը, մեր երևանցին մեզ ձեռաց չի՛ թողալ, մի՛ վախենար:

Վա՛յ քո տղիս — տղա, էս ի՞նչ բան ա. տո՛, մի մտիկ արա՛, տո՛, է՛յ, քե՞զ չեմ ասում, շլնքիցդ հո ջաղացքար չի՛ կապած: էս մարդը գժվե՞լ ա, է՛ս ինչ մարաքյա ա: Կա՛ց, կա՛ց, մի մտիկ անենք, հետո քանի զորությունն իմանանք, մեզ ով ա հետ ածում, կրակ չի՛ վառվել հո ոտըներիս տակին, մի քիչ համբերենք:

Մեկ հաստափոր թուրք մեկ ղաբա միրուք, վրեն իծի քուրք, բալքի արջի ա, հլա քննելու վախտը չի՛, երեսը եղ քած, մատները հինա դրած, կեղտոտ շորերով, վզին հո, Աստված ո՛չ շիանց տա, տարով ջրի երեսը չի՛ տեսել, — մեկ եքա ձողի ջուխտ ձեռով ղայիմ բռնած, կոթը դոշին կպցրած, գլխին Ալու փանչեն (ձեռը) ցցած, լալով, սզալով, իրան կտրատելով, պատմություն, նաղլ անելով, մեկ սուրու խալխ հետը, ի միասին գլխըներին թակելով, նամազ անելով, չախսե՛-վախսե՛ ձեն տալով, թոզ, թոփրաղ կուլ տալով, շորըները վեր քաշած՝ կտմըներն առել, ղռերն են ընկել ու ուզում են մինչև Մեքքա մեկ գնան: Բանն էս ա, որ մեր բարեպաշտ ուխտավորը է՛նպես ա կրակվել, էշխ ընկել ու յա ոտը քարին դեմ անում, յա գլուխը ետ քաշում, յա դոշը դեմ տալիս, քամակի վրա ծռվում, ձգվում, ոլորվում ու դեմն էլ վազում ու Ալու զորությունն ու հրաշքը գովում, որ տեսնողը հենց կիմանա, թե թոկ են դրել վիզն ու քաշում: Բայց ո՞վ չի գիտի, որ անիրավ չար սատանեն հենց բարեպաշտ ուխտավորների ճամփին ա թլլզ ու դուման անում, աչքները հող ածում:

— Չրխ՛կ, թրխ՛կ...

Մեր տղա, հեռու կանգնի՛ր, մեր ուխտավորը մուրազին հասավ, սատանեն քոռանա, աչքդ հո ձենով չի՛ ընկել ա՛յ տնաշեն: Տո՛, մի մտիկ արա՛, տե՛ս, ի՛նչպես ա նա պատի տակին արինը սրբում, գլուխը կապում, է՛: Ախր պատի հետ հանաք անի՝ ո՞վ ա լսել: Դու էլ գլուխդ խփիր պատին, թե կարաս, տեսնիմ, արին դուս կգա՞, թե՞ մեկ անկաջ էլ կավելանա:

Տո՛, էս փոսիցն ո՞վ ա ձեն տալիս, բղղում, հարա՛յ, մաղա՛թ անում, որ խալխը դեն կենան, ետ քաշվին: Տուն քանդվե՞ց, էս ի՞նչ խաբար ա: Տուն քանդվե՞ց... Տո՛, բաս տունը, որ լեզու չունի, էրդիկ է՞լ չունի, որ քոռըքոռ գնացողի հախիցը գա: Տան դարդը թողանք, քանդվեց, է՛լ կշինեն. բանն էս ա, որ մեկ ուխտավոր էլ մեկ հորից ա իր սև օրը լաց ըլում: Անջախ մի անջախ խալխը ետ քաշվեցին. հավատը սուրբ ա, աղոթքը՝ զորավոր, ո՛վ չհավատա, նա մնա պարտավոր, էլի մեր աղոթքի պարկը տեղիցը վեր կացավ թե չէ, ոտն ու գլուխը դզում, սրբում ա ու տնքալով, հազալով, ճրրալով, մրրալով, անկաջները թափեթափ տալով, ուսերը քաշելով՝ չուլ ու փալասը հավաքում, քափ ու քրտինք՝ երեսը, փրփուրը բերանը կոխած, աբեն մեկ կողմը, չալմեն մյուսը ցխակոլոլ ընկած, տլոտ քոշերը չխպչխպացնելով, ծլփծլփացնելով, ծլունգ ըլելով՝ իր կոտրած ձողին էլ ետ պաչում, սրբում ու էն հալին էլ ետ ճամփա ընկնում:

Քո տունը չքանդվի, էս ի՞նչ անսիրտ մարդիկ են, տո՛. գլուխ առնի՛նք, կորչի՛նք: Տո՛, մեկ ֆորթ որ ցխումը խրվում ա, պոչիցն էլա բռնում, քաշում են, որ հանեն, մեր համշարիքը բոլորեշուրջ կանգնել, փառք են տալիս աստուծո, որ իրանց կարդացողը էս փառքին հասավ, էս դինումը պատժվեց, որ էն դինումը պսակվի: Խաչը տերը զորավոր կանի, բան չի՛ կա. մոտանաս ո՛չ, թե չէ մեծ թիքեդ անկաջդ կմնա: Իր հավատին պինդ մարդը գլխին քար էլ աղա, հենց կիմանա, թե դափ ու զուռնա ես ածում: Քո քիսիցն ի՞նչ ա գնում, որ գլուխ են ջարդում, դու քո գլխի դարդը քաշի՛ր. Վա՛յ նրան, որ գլուխը հաստ ա, ծուծը՝ բարակ:

Տո՛, ճանճերն էլ են էսօր գժվել, կատաղել, էսպես հրա՞շք կըլի: Շները հո, էլ ճամփա չեն տալիս, ընչի՞. — ո՛սկոր կա, ոսկո՛ր, խա՛նի խարաբ: Ճզվզոցն ընկել ա դուքան, բազար: Խորովածի, խաշլամի, փլավի, սանգակի (հաց) հոտը աշխարհ ա բռնել: Հլա մեկ մտիկ արա՛, քո Աստված ը կսիրես, էս սիպտակամիրուք ծերերն էլ չեն ամաչում, որ իրանց տունը թողել են ու էս մեյդանումը որը սանգակն ա մեկ կտոր խորոված միջին դուրում արել, մշրում, որը շերեփով ա փորի կամքը կատարում, որն էլ մեկ թիքա ջիլ միս, կիսաեփ, էնպես ատամի տակն ա քցել, ծամում, ծամլամորում, եղը շորերին քսում, դմակը՝ միրքին. փորը նեքսնիցն ա ձեն տալիս, ղլվլացնում, բողազը մեկ կողմիցն ա իր զլուխը լալիս, բաց ու խուփ ըլում, աչքերումը հո, էլ լիս չի՛ մնաց, ամա նա հենց զոռ ա անում ու թիքեն դարիվեր բոթում: Աստված բարի ճանապարհ տա՛ թե կերթա նեքսև. ես գիտեմ, թե ո՛ր էշը նախրումը կզռա: Տո՛, զռաց էլ, պրծավ էլ: Միառլամ-բայրամը կերան, զնա՛նք, էս թամաշեն ուրիշ օր էլ կտեսնինք: Չիուղ դամշի՛ր, ղո՛ջա բաբա, ալլա՛հ սախլասն: Տո՛, նա իր փորի դարդն ա քաշում, քո ի՞նչ բանդ ա, զնա՛նք, նա քո դնչիդ չի՛ մոռալ, զնա՛նք:

Մեչդի մեջը մտնիլ կարելի չի՛, մարդի միս են ուտում, պետք է մոտիկ տների կամ մոլլեքանց օթախների կտրներիցը, խալխի հետ խառնվիլ ու հեռըվանց թամաշ անել: Լավ սիրտ պետք է, որ դիմանա, լավ աչք, որ տեսնի ու լաց չըլի: Մեչդի աղոթարանի առաջին մեծ բազմություն կա թոփ էլած. թե՛ նրանք, թե՛ մյուսները էնպես են լալիս ու դոշըներին վեր հատում, որ հենց իմանաս, թե Հուսեյնի նահատակության օրը է՛ս ա, որ էս ա: Ախունդը մեկ բարձր աթոռի վրա բազմել, մոլլեքը իր չորս կողմը բռնած՝ է՛նպես ա Ալու, Մահմադի ու Ալու որդի Հասան-Հուսեյնի պատմությունն անում, լալիս, իրան կտրատում, որ քարերն էլ ձեն են տալիս, մղկտում: Նրա առաջին մեկ քանի ջահել աղջըկերք՝ մազըները ցրված, խճճած, կեսն երեսներին, կեսը դոշըներին քցած, մեկ դրաղում կուչ են էկել ու իրանց մոր հետ սուգ են անում: Մեկ քանի ջահել տղա էլ աղիողորմ ձենով իրանց խեղճ հոր մահվան սուգն են ետ ասում: Մեկ քանի ձիավոր էլ՝ թուրըները հանած, պլոկած, ձի չափ քցում, նրանց վրա վազում, որ նրանց սպանեն: Սրանք էլ եզըդեքանց օրինակն են, որ վրա պրծած զալիս են, որ իրանց խալիֆի հրամանը կատարեն: Չիու վրա նստած՝ դես ու դեն են վազում ու կամենում են որպես թե Հուսեյնի ընտանիքը կամ սուրը քաշեն, կամ եսիր անեն: Բոլորն էլ խոսում են, բոլորն էլ է՛նպես կենդանի իրանց խաղը խաղում, որ տեսնողը հենց կիմանա, թե հենց է՛ս օր ա Հուսեյնը մեռել: Օրինակի խաթեր, մեկ քանի խոսք էստեղ գրենք, որ կարդացողն իմանա, թե ի՞նչպես են մեր համշարիքն իրանց սուգն ասում:

ՄՇԱՌԼԱՄԻ ՍՈՒԳԸ

Առաջին բոթաբեր

Աչքըս խավարի, լեզուս կարկամի,
Ոտներս կոտրվեր, ա՜խ, ջանըս դուս գար,
Որ սկի նաչարս ձեզ մոտ չգայի
Ու ձեզ չտայի էս դառը խաբար:
Էլ ի՞նչ եք մնացել էստեղ լուռ նստած,
Ձեր արևն հանգավ, ձեր աստղը թռավ.
Ճար ունիք՝ տեսե՛ք, ի՞նչ եք շվարած,
Թև առե՛ք, թռե՛ք, թշնամին հասավ:
Էզիդ խալիֆեն Դամասկոսի մեջ
Չի՛ ուզում գլուխ տա մեր սուրբ իմամին.
Զորքն էկավ անթիվ, չորս կողմներս բռնեց,
Կրակ է, տալիս մեզ չար հարամին:
Մեր քաջ արաբի ազգի էս յաղին
Շլինքը ծռեց, հրես մոտացավ.
Մեր զորքի տուտը Հալեբ հասցրին,
Իմամ Հուսեինն դրդու չանգն ընկավ:
երկրորդ գուժկան
Հարա՛յ, մադա՛թ, վա՛յ թուր խփի սրտիս.
Ամա՛ն, Ֆաթմա ջան, քո գլխիդ դուրբան.
Հասան, Հուսեյն վա՛յ, վա՛յ իմ արևիս,
Հասան, Հուսեյն վա՛յ... վա՛յ... վա՛յ, վա՛յ, ա՜խ, ջան:
Աչքըս դուս գա, վա՛յ... խանում ջան, վա՛յ...
Երեսիդ մեռնիմ, օ՜խ... ըմբրիդ դուրբան, ա՜խ...
Երկի՛նք, քանդվիք, վա՛յ... մեր գլուխը տարան, վա՛յ...
Գլխիդ ճարը տե՛ս, ա՜խ... իմամին տարա՛ն,
Աստված ջան...

Վա՜յ, ես քոռանամ, վա՜յ... վա՜յ, ջանս դուս գա, վա՜յ...
Վա՜յ, օրս խավարի, վա՜յ... վա՜յ, գետին,
Պատռվի՜ր, վա՜յ...
Վա՜յ... ամա՜ն... մադա՜թ... հարա՜յ... ջան, դուրբան...
Մերն ու դստերքը
Մերը
Ա՜խ, ի՞նչ եք ասում, էդ ի՞նչ եք պատմում,
Կրակ եք բերել, որ օջախս էրեք.
Լովի էդ լեզուն, չորանա բերնումն.
Տունըս քանդեցին, ջիվա՜ն երեխեք:
Հող ըլի գլխիս, ըմբրիս, արնիս.
Վա՜յ, իմ անցկացրած, իմ սև օրերիս.
Վա՜յ, ես ի՞նչ կանեմ, ո՞ր ջուրն ես ընկնիմ,
Ո՞ւմ դռանը մնամ, ո՞ւմ ձեռին նայիմ.
Ցարաղանդ խռով, իմ բա՜խտ անիրավ.
Ոտս ընչի՜ չկոտրվեց, էս ի՞նչ եմ լսում.
Ա՜խ, իմ ծուխս հատավ, օրս խավարեցավ,
Ինձ ո՞վ անիծեց էս դառն աշխարքումն:
Քո սուրբ իմամի նամազիդ դուրբան, վա՜յ...
Քո Ալու փանջի գլխին ես մատաղ, ամա՜ն...
Արդար պատկերիդ, ա՜խ, ես մեռնիմ, ջան...
Ջանս քեզ դուրբան, աղա ջան...
Երեսս ոտիդ տակ փիանդազ, մադա՜թ...
Եթմներիդ գլխովն պտիտ կտամ, աղա՜ ջան...
Հասան, Հուսեյն՝ իմ սա՜ր, իմ գլուխ, ա՜խ...
Սրանց ի՞նչ ջուղաբ տամ, ջա՜նմ ջան, վա՜յ...
Ախր էս ի՞նչ բերիր էսօր մեր գլխին, ա՜զիզ ջա՜ն...
Կրակ ածեցիր մեր սրտին, ջանին, թա՜ղան ջան...
Ի՞նչ կըլեր, մեկ ձենդ էլա լսեի, ա՜խ...
Ի՞նչ կըլեր, մեկ երեսս երեսիդ դնեի, ա՜յ իմ օրս խավարի:
Ի՞նչ կըլեր, հոգիս ոտիդ տակին՝
Քո հոտն առնեի, շունչս փչեի:
Ա՜յ իմ երկնքի հրեշտակ, իմամի որդի,
Երկրի թագավոր, աստուծո՜ սիրելի.
Մեկ թնդ երկնքումն, մեկ թնդ գետնում,
Սարերն էին թրիդ առաջին դողում:

Արարած աշխարհ ոտի տակ տվիր,
Բյուր ջամհաթ, օլքյա ձեռիդ տակը բերիր.
Ոտդ փոխելիս՝ դող էին ընկնում
Սարերն ու իրանց գլուխն քեզ ծածացնում:
Ծով, գետ ու ցամաք երբ քո ձենն առան,
Իրանց ոտովն, ա՜խ, քո դուռը էկան:
Աչքդ քցելիս՝ ամպերն էն սհաթին
Թև էին առնում, գոռում, սասանում.
Ոտդ թափ տալիս՝ գետինն իր տակին
Լերդը պատռում էր, սասանած մնում:
Արեգակն իրա գլուխը քեզ տվեց,
Լուսինն իր մազերն ոտիդ տակն փռեց,
Երկինքն քեզ համար ծոցը բաց արեց,
Ամպերով տարավ ու մեզ որբ թողեց:
Էլ ո՞վ աշխարհիս տերություն կանի,
Էլ ո՞ւմ շվաքի տակին կհովանան:
Քյուլ աշխարհ, ջամհաթ քեզ կկարոտի,
Քո ձեռն էր պահում, էդ ձեռիդ ղուրբան:
Քյար ու Մեքեն մեր գլխները ծեծում,
Ծով, ցամաք, աշխարհ քո սուգն են անում,
Հող տալիս գլխին, հիմիկ էրվում են,
Անունդ հիշելիս՝ մաշվում, տոչորվում:
Քո եթմների պետք է ձեռը բռնած՝
Գլուխս առնիմ, կորչիմ, ես խեղդվիմ.
Անտեր մնացինք՝ սրտըներս մեռած,
Էս դառն աշխարքումն էլ ի՞նչ օր կտեսնիմ:
Իմ տե՛ր, թագավոր, լուսին, արեգակ,
Իմ գլխի դու թագ, իմ հոգվույս ճրագ.
Ամենն փչացան, բայղուշս մնացի,
Որ իր սև օրը, ա՜խ, միշտ լաց ըլի:
Թե թուր կոխեմ սիրտս, սրանց ո՞վ պահի.
Թե լերդս ճղթեմ, սրանք ի՞նչ անեն.
Ո՞վ սոնց կաթ կտա, ո՞վ կմեծացնի,
Թե ծծերս էլ կտրեմ, սրանք ո՞ւր կորչին:

Աչքս լալուցը քոռացավ, մաշվեց,

Շատ սզալուցը ջիգյարս խորովվեց.
Ա՜խ, ի՞նչ կըլեր, որ մեկ երեսդ տեսնեի,
Հետո հազար թուր սիրտըս խրեի:
Ընկե՛ք իմ գլխիս, սարեր ու ձորեր,
Ինձ տակով արե՛ք, կերե՛ք, մաշեցե՛ք.
Թո՛ղ ես մեռնեի, չմնայի անտեր:
Ջա՛ն, դո՛ւ սարի, ջա՛ն, դժոխք, ինձ կերե՛ք;
Անհեր իմ եթիմ դստե՛րք, խղճալի,
Ձեզ ո՞վ էլ դոշին, գոգումն կդնի,
Ա՜խ, ո՞վ էլ սիրով, ձեր խաթրն առնելով.
Ձեր դարդը կքաշի՝ դուրբան ասելով:
Ո՞ւր ա էն աչքը, որ ձեզ տեսնում էր,
Խնդում, զմայլում, ձեզանով փարվում.
Ո՞ւր, ա՜խ, էն ձեռքը, որ ձեզ զգվում էր,
Համբուրում, սիրում, ձեզ մխիթարում:
Ձեր ծովն հավիտյան ցամաքեցավ, վա՜յ...
Շինքը ծուռը, ձեզ դարդավարամ
Թողեց ու գնաց, ձեռք վեր առավ, վա՜յ...
Ո՞ւր ա ձեր հերը, ո՞ւր էլ նրան ման գամ:
Սիրտս յարալու, կրակ է ընկել,
Ո՞ւր ա ձեր տերը, քա՛ղցր բալեք ջան.
Թախտը փուլ էկավ, ո՞ւր կտեսնիք էլ,
Որ քաղցր լեզվով ձեզ մեկ բարով տան:
Հուսեյն աղամ ջա՛ն, ջանս քեզ դուրբան.
Մեր տունը քանդեցիր, մեր սիրտն էրեցիր.
Ո՞վ մեզ ճար կանի, գլխովդ տամ ման,
Ո՞ւմ դուռը գնանք, մեզ էլ տանեի՜յ...
Աղջկերք (դստերք)
Աթա՛մ, անա՛մ, վա՜յ... բաբա՛մ, ջա՛նմ, վա՜յ...
Հերներս ո՞ւր ա, վա՜յ... նա ե՞րբ կգա, վա՜յ...
Ո՞ւր է գնացել, վա՜յ... էլ ետ չի՛ գալ, վա՜յ...
Աթա՛մ, ջա՛նմ, վա՜յ... նանա՛մ, գյո՛զմ, վա՜յ...
Ա՜խ, լաց մի՛ ըլիլ, վա՜յ... Աչքիդ մեռնիմ, վա՜յ...
Մեզ տա՛ր, ջուրն ածի՛ր, մեզ եսիր տո՛ւր, վա՜յ...
Րիզունը կգա, օրը կբացվի,
Մեր դուռն բաց անող, ա՜խ, էլ ո՞վ կըլի,

Մեզ բարով տվող, ա՜խ, էլ ո՞վ կըլի:
Բաբա՛ ջան, վա՜յ... աղա՛ ջան, վա՜յ, վա՜յ...
Անա՛ ջան, վա՜յ... գյո՛զմ, ջա՛նմ վա՜յ...
Մեր աղեն, խալիֆեն էլ չի՜ գա՜լ...
Մեզ բարով, ա՜խ, սիրով էլ չի՜ տա՜լ...
Մեզանից խռովել ա, ձեռք վերցրե՜լ...
Մեր երեսն, մեր տունը չի՜ տեսնիլ...
Ախր ո՞ւր գնաց նա, մեկ բան էլ չասեց...
Ախր ի՞նչ արինք, որ մեզ դեն քցեց:
Մեր աչքը հանեիր, ախր ի՞նչ կըլեր,
Մեզ սաղ մորթեիր, քեզ ո՞վ բան կասեր.
Ղրղի ու ազռավ թո՛ղ մեր միսն ուտեր.
Մեզ սուր քաշեին, մեզ կրակ քցեին:
Ախր ի՞նչ կըլեր, դու էն չար մարդին
Մեզ տայիր, որ, ա՜խ, տարավ մեր աղին.
Բաս նա էլ չի՞ գալ, մեզ աչքից քցի՞լ,
Բաս նա մեր դարդը իմանալ չուզի՞լ,
Բաս որ լաց ըլինք, սիրտը չի՞ ցավիլ,
Մեռած վեր ընկնինք, չի՞ գալ, մեզ օգնիլ,
Մեզ եսիր տանին, չի՞ պրծացնիլ:
Որդիքը, աղջկերքը ի միասին
Ախր ի՞նչ արինք նրան, որ էսպես խռովեց,
Ընչո՞վ կոտրեցինք սիրտն, որ մեզ թողեց.
Էլի որ վազինք, ետնիցը հասնինք,
Ոտի տակն ընկնինք, սուրութմիշ ըլինք,
Փեշը համբուրենք, ոտները լիզենք,
Ծնկներն խտտենք, լանք ու վեր ընկնինք,
Ասենք՝ կմեռնինք, թե տուն չգաս, մեր շլինքն
Կտրի՛, դուս ճոթռի՛, էլ տուն մի՛ դրկի,
Էստեղ սպանի՛, մեր հոգին հանի ,
Քեզ մատաղ կըլինք, ոտիդ հող կդառնանք,
Մեզ մի՛ կորցնի, գլխովդ ման տանք:
Բաս նրա սիրտը, ա՜խ, գութ չի՞ ընկնիլ.
Բաս մեր սուգն ու լացն նրան քյա՞ր չանիլ:
Կասենք՝ հետդ տա՛ր, ուր որ գնում ես.
Մերներս մեռավ, բաս դու ցավում չե՞ս.

Բաս ետ չի՞ դառնալ, սիրտը չի՞ ցավիլ,
Բաս մեզ չի՞ խտտիլ, հողից վեր քաշի՞լ,
Երեսներս սրբի՞լ, աչքներս պաչի՞լ,
Գոզին նստացնի՞լ, դոշին կպցնի՞»լ,
Ղանդ ու շաքար տալ, գուրգուրի՞լ, ասի՞լ.
«Գլխովդ ման տամ, երեսիդ մեռնիմ,
Էլ մի՛ լաց ըլիլ, քո չարը տանիմ.
Աղեն նոքարդ ա, քեզ ղուրբան ըլիմ,
Սիրտը քեզ կուտա, անումիդ ղուրբան.
Դուք որ լաց եք ըլում, ձեզ մատա՛ղ գնամ,
Աչքս փուշ ա ցցվում, ձեր փուշն աչքս ըլի»:
Բաս մեզ աղեն էլ չի՞ գալ... վա՛յ...
Բաս մեզ բարով էլ չի՞ տալ... վա՛յ...
Բաս ձեն տալիս՝ ջա՞ն չասիլ... վա՛յ...
Մեռնում ըլինք, լաց չի՞ ըլիլ... վա՛յ...
Սոված ըլինք, դա՞րդ չանիլ... վա՛յ...
Անումը տանք, տուն չի՞ գալ... վա՛յ...
Հետը վազինք, ետ չի՞ գալ... ա՛խ...
Բաս մեր աղեն ո՞վ կըլի... ա՛խ...
Բաս մեր տունը ո՞վ կպահի... ա՛խ...
Ո՞վ մեր դարդին դարման կըլի... ա՛խ...
Մեր հավարին ո՞վ կհասնի... ա՛խ...
Մեզ որ տանին, ո՞վ կփրկի... վա՛յ...
Չէ՛, մեր աղեն բարի ա,
Դուս ա գնացել, տուն կգա...
Նրա ջիգյարն ազիզ ա,
Նրա սիրտը մեզ վրա ա:
՛Նա մեզ աչքից ավելի
Ուզում, սիրում, պաշտում ա.
Նա մեզ անտեր չի՛ թողա,
Մի՛ դարդ անիր, ջան ա՛նա.
Քո ցավը տանինք, ա՛խ, ա՛նա,
Մեզ մի՛ սպանիր, մատաղ գնամ.
Մեզ տա՛ր, թաղի՛ր, քեզ ղուրբան,
Ա՛խ, անա ջան, շա՛նմ ջան:
Մենք ո՞ւր կորչինք, ա՛զիզ ջան,

Ո՞ւմ ասենք՝ լաց մի՛ ըլի.
Քեզ դուրբան, հողդ ըլինք,
Երեսիդ մենք մեռնինք:
Ձենդ թո՛ղ չլսենք,
Լացդ չտեսնինք,
Քեզ տխուր չիմանանք,
Քեզ դարդոտ չգտնինք:
Ջուրն ածի՛ր, մեզ խեղդի՛ր.
Սուրը քաշի՛ր, մեզ սպանի՛ր.
Առաջ մեզ քո ձեռովն
Հողը դի՛ր, դու պրծի՛ր,
Հետո դու մեր կշտին,
Մեզ վրա լաց ըլի՛ր:
Անա՛ ջան, վա՜յ... հրես էկան, վա՜յ...
Մեզ կտանին, կսպանե՛ն... վա՜յ...

— Տարե՛ք, տարե՛ք, անա՛ ջան, բաբա՛ ջան, բա՛ջմ ջան, դովրո՛ւմ ջան... ալլա՜հ, ալլա՜հ... վա՜յ... ա՜խ... վա՜խ... մեռա՜... հասի՛ր, հասի՛ր... հարա՜յ... դա՜տ... բեդա՜տ... վա՜յ... վա՜յ... հը՜-հա՜, հը՜-հա՜. Հը՜-հը՜, հը՜-հը՜, հո՜... հը՜... հո՜ւ...

— Սասն քյա՛ս, վե՛ր ջանն, իմա՛մ ուշաղի, սանն նա՞ հադդն վար քի դիա ուզըն բիզդան դոնդարիսան, աղլիրսան, բաղրիրսան. Դո՛ւրն, դո՛ւրն, գեդա՜խ (Ձենդ կտրի՛ր, ջանդ տո՛ւր, իմա՛մի որդի, քո ի՞նչ հադդն ա, որ էլի երեսդ մեզանից քաշում ես, լալիս ես, ձեն տալիս):

Հենց էն ա, սուզը պրծնելով էր, որ բեղաֆիլ թամաշաչոց աչքը մեկ կողմով ընկավ, ու ամենն էլ սկսեցին փսփսալ, իրար երեսի մտիկ անիլ: Ուչթափալարի (երեք սարի) գլխին հանկարծ մեկ քանի ղարալթու երևացին, որ ո՛չ արախչվի (պարսիկ) նման էին, ո՛չ հասարակ ճամփորդի: Հենց իմանայիր, թե նրանք զու են բռնել, որ գան Երևան, չափմիշ անեն, տանին: Ձին քշելիս՝ սուր գդակների ծերերը բռանց էին երևում: էնպես գիտես, թե ամեն մեկի գլխից մեկ մեծ մահրամա կապած, ծերը մախսուս բաց թողած ըլի, որ քամու հետ խաղա, ու ամեն մեկը մեկ աժդիի նման էին աչքի առաջը գալիս, էնպես էր քամին նրանց ծոցը մտել, շորերը ետ տարել, ու չափ քցելիս՝ ձիու վրիցը դես ու դեն տանում, ֆռռացնում: էն էլ էր լավ պարզ երևում, որ էս էկողները ո՛չ թվանք ունեին, ո՛չ թուր, ո՛չ ջիրիդ: Հենց ձիանը բաց էին թողել ու իրար ետևից դարիվեր, դարիդուս իրանց քեֆին քշում: Տեսնողը մնում էր սառած, թե ի՞նչպես են նրանք սիրտ անում, էն սուր սարերի ծերիցը դարիվեր էնպես չափ քցում, որ մարդ ոտով էլ չի՛ կարող վազիլ, էնպես դիք ա էն սարերը: Փոքր ժամանակից հետո բոլորն էլ գյում էլան ու ընկան Դալմեքանց ձորերի, բաղերի մեջը: Ամենն էլ ուզում էին իմանալ, թե էս զարմանալի ճամփորդները ո՞վ պետք է ըլեին: Կարծեմ, որ մինչև չասեմ, դու էլ չե՛ս իմանալ: Մեր երկրացոնց աչքը էնպես սուր ա, որ շատ հեռու տեղից դարալթուն իր շարժմունքիցն են ճանաչում, բայց էս միջոցին, հենց բռնի՛ր, բոլորի աչքերն էլ կապվել էին: Ո՞վ ա գիտում, բալքի թե շատ էին լաց էլել:

Կես սհաթ չքաշեց, Գյոռխանեքանց կողմիցը վեղարների սուր-սուր ծերերը ափաշկարա ցույց տվին, որ էն Ուչթափալարի դոշաղ ձի խաղացողները մեր սուրբ Աթոռից էկող եպիսկոպոս-վարդապետներն էին, որ էսպես հանդիսավոր օրերը միշտ պետք է գային, լավ-լավ փեշքաշներ բերեին, որ Երևանի սարդարի, խաների խաթրը առնեն, տոնըները շնորհավորեն ու իրանց ծառայությունը ցույց տան, որ նրանց աչքը մեր ազգի ու մեր աշխարքի վրա քաղցր ըլի: Իրանք էլ դորդ ա, խալաթ էին ստանում, էնպես ետ գնում, ամա մեկին տասը քթըներիցը, ջանըներիցը հանում էին, հետո, ու շատ անգամ շաբթով, էրկու-իրեք հարիր մարդով գնում էջմիածին, նստում, քեֆ անում, վարդապետներին մզում, քամում, էնպես դուս գալիս: Ցավն էս ա, որ սարդարը կամ Հասան խանը գալիս՝ բոլոր միաբանքը պետք է խաչով, խաչվառով, զանգակ տալով, շարական ասելով առաջ գնային ու նրանց տուն տանեին:

Քյահլան ձիանոնց վրա նստած մեր փառահեղ հոգևորականքը՝ փոքրավոր, տիրացու, թվանքչի ետևներին քցած, մեկի ձեռին զավազանը բարձր բռնած, մյուսները՝ որը առաջ էր վազում, որ ճամփա բաց անի, տեղ պատրաստի, որը աչքը իր մեծավորի աչքին քցած՝ մտիկ էր անում, որ նա աչքը թերթելիս իսկույն հրամանը կատարի: Կոնդի, Շհարի տերտերներն էլ, որ տիրացըվերով, խաչով, խաչվառով դուս էին էկել ու սաղ օրը բերդի մոտին չորացել, սպասում էին, որ նրանց առոք-փառոք տուն բերեն, էնքան ահ ու դող էին քաշել անց կենող անհավատների ձեռիցը, որ թուքըները բերնըներումը սառել էր: Ամեն անց կենող մեկ բան էր ասում. որը մատներն էր իրար վրա խաչաձև դնում, ափեղցփեղ գլխիցը դուս տալիս, բերանը հոտացնում, որը շարականի հանգով բան էր ասում, մոռում, տերտերների վրա ծիծաղում, որը դունչը ծռում, ձեն տալիս.

— Քեշիշ, բէլա ի՞շ (տերտերն ու էսպես գո՞րծ):

Բազի թաջիր ու ախունդ էլ անց կենալիս հո, աստվա՛ծ ազատի, աչքերը առաջը քցած, նոթերը կիտած՝ էնպես մեկ խորթ ձևով տակնըհանց նրանց վրա քիթ ու պռունկը հավաքում, խոժոռած, քափը բերանը կոխած՝ մտիկ էր տալիս, որ թե ձեռին ճար ըլեր, կուզեր, որ հենց է՛ն րոպեին նրանց արինը ծծի, սաղ-սաղ ուտի: էս էր, որ հենց էսօր էլ Երևանումը, շատ եկեղեցու սրբերի՝ որի աչքերն ա հանած, որի բերանն ա քերած, որի կես երեսը պոկած, շատ եկեղեցու գլուխը քանդած, դռներն ու սեղանը խարաբա, շատի միջում ոչխարի տարթը մեկ գազ բարձրացել, բեմ ու դուռը ծածկել ա, ամեն ծունր դնողի յա մեջը մտնողի հոգին էրվում, խորովվում ա, որ միտք ա անում, թե որ անշունչ պատկերների, քարերի գլխին է՛ս օյինն են բերել տե՛ս թե կենդանի քրիստոնեից հալը ի՞նչ կըլեր: Անտեր երկրի, անօգնական ազգի կամ անճար մարդի ցավն ո՞վ կքաշի, թե ինքը չքաշի:

Եպիսկոպոսին տեսան թե չէ, խեղճ տերտերները դողդողալով՝ ամենը մեկ պուճախից դուս եկան, շուրջառները քցեցին, տիրացուքը շապիկը հագան, խաչվառները բարձրացրին, գդակները վերցրին, խոր-խոր գլուխ տվին, եպիսկոպոսն էլ մեկ ծանր-ծանր խաչակնքեց ու հետո, առոք-փառոք, շարական ասելով, երեսները դեպի Անապատը շուռ տվին, ուրտեղ որ Երևանու առաջնորդը նստում ա: Հայոց միջումը, ինչպես որ հայտնի ա, ամեն տեղ էս սովորությունը կա, որ նվիրակին յա եպիսկոպոսին էսպես պատվով ներս տանին: Շատ անգամ խալխն էլ ա առաջները դուս գալիս, փեշերը, աջը համբուրում, օրհնություն առնում ու էսպես ճամփից էկած, բեզարած, էկողին մեկ քանի վախտ էլ քաղաքիցը դուս կանգնացնում, որ, ինչ ա, իր մուրազն առնի, բայց, փառք աստուծո, որ էսպես անկարգ սովորությունները հիմիկ քիչ-քիչ վերանում են, ու էլ էկողին չեն ինջմիշ անում:

Մեր եպիսկոպոսունքն էլ խոր հոգոց քաշելով՝ մեկ աչքները քցեցին մեչըդի կողմն ա անսաս գնացին Անապատը, ուր քեղխուդեքը, իշխանք էկան, հավաքվեցան, ձեռները համբուրեցին՝ գդակները վեր կալած, օթախը ներս գնացին. մեկ քանի աղքատ-ուղքուտ էլ տերտերների ու թվանքչոց հետ մնացին դռանը, ու փիլոնները կռնատակներին զրից էին անում, իրանց աղի հրամանին սպասում: Եպիսկոպոսունքը հենց ներս մտան, չաքմեքները հանեցին, շորները փոխեցին, վեղարների ծերը ետ քաշեցին, խալըչի վրա նստեցին, բարձին թինկը տվին, իշխանաց որը երևելիքն էին, էս կողմն, էն կողմը պատի տակին չոքեցին, վարդապետ, տիրացու, փոքրավոր՝ աչքները իրանց աղի աչքին քցած, ձեռները դոշներին, առաջին կանգնած՝ իշխանների համար յա արաղ էին բերում, յա մազա թավազա անում: Ամենի աչքն էլ էկողների բերնի վրա էր, նրանք եռալիս իրանք էլ բարձր ու ցածր էին անում, նրանք երեսները շրջելիս՝ իրանք էլ հետըները շրջում, մեկ բառով՝ էնքան էր իշխանաց պատիվ տալը ու եպիսկոպոսաց ահարկությունը, որ հենց կիմանայիր, թե նրանց հոգին սրանց ձեռին ա:

— Հլա գալուստդ շնհավոր, հա՛յր սուրբ, մեր գլխին, մեր երեսին. Աստված ձեզ մեր գլխիցը չի՛ պակասցնի: Մեր աչքը հենց միշտ ձեր ճամփին ա. Աստված մեր սուրբ Աթոռը դադմի հաստատ ու պայծառ պահի, — սկսեց իշխանների մեկը գլուխ տալով ու տեղը դրստելով՝ բերանը բաց անիլ: — Ծառա եմ աչիդ, ի՞նչպես ա մեր հոգևոր տիրոնց քեֆը, ջանը սա՞ղ ա, դամաղը չա՞ղ ա, լավ դոի ա, թե ոտից-ձեռից ընկել ա: Աստված նրան իր թախտին հաստատ պահի, նրա սուրբ աղոթքը մեր գլխիցը անպակաս ըլի՛. քանի որ նրա շունչը կա, Աստված մեր ոզըը միշտ կհասցնի: Մեկ Աթոռ ունինք, մեկ Հոգևոր տեր, էլ հո ուրիշ բան էս աշխարքումը չունի՞նք: Գիշեր-ցերեկ մեր խնդիրքն է՛ն ա, որ Աստված մեր Աթոռը շեն ու պայծառ պահի, մեր հոգևոր տիրոնց կյանքը երկար անի: Ինչ ունինք՝ ձերն ա. մեր որդիքն էլ, տեղն ընկած տեղը, ձեր ողորմին կծախենք, թա՛ք ըլի՝ ձեր աչքը մեզ վրա քաղցր ըլի:

Օրհնյալ լինիք, Աստված ձեր հավատն օրհնի, Աստված Հայոց ազգը միշտ շեն ու պայծառ պահի, — պատասխանեց եպիսկոպոսը, — դուք որ կաք, Լուսավորիչ պապի զառներն եք, հալբաթ որ ձեր եղը պետք է ուտենք, ձեր կաթը՝ կթենք, ձեր բուրդը՝ խուզենք, շոր կարենք, թե չէ հո՝ մերն ա, էն սև քարը, ո՛չ թուր ունինք, որ չափմիշ անենք, ո՛չ իշխանություն, որ զոռով խլենք: Ինչ որ կտաք, մենք էլ պետք է աչքըներս խփենք, ձեռըներս դեմ անենք, էն առնինք, ձեզ օրհնող ըլինք, ընդով յոլա գնանք: Վաճառականություն ասես թե ռաչպարություն, ջուլհակություն թե բաղմանչություն, դուք էլ գիտեք, որ մեր ձեռիցը չի՛ գալ: Սնազլխի փիրն իրան խռով ըլի, ընչի՞ ա պետքը էս աշխարքումս, օղլուշաղի երես չի՛ տեսնում, մարդամեջ չի՛ դուս գալիս, ի՞նչ ա մեր կյանքը, մենք հո մարդի կարգում չենք: Դուք մե՞զ կտաք՝ Աստված էլ ձեզ կտա, մենք էլ մեր մեղավոր բերնովը Աստված կաղաղակենք գիշեր-ցերեկ, որ դուք միշտ բախտավոր ըլիք, ձեր մինը հազար ըլի, ու որդով, զավակով ծաղկիք, ծլիք, զորանաք:

— Հա՛յր սուրբ, գլխիդ դուրբան, քո ոտի հողն եմ, լավ ես հրամանք անում, ամա ի՞նչ անես, որ ընչանք բանը բանին ա հասնում, դանակն ոսկորին դեմ ա ըլում, էլ հանիլ չի՛ կարելի, — էն դիհիցը քյոնդալանա մեկը ձեն տվեց ու փափախը դզեց: — Մենք էլ լավ գիտենք, որ խաչն էլ ա մերը, ավետարանն էլ, մենք էլ գիտենք, որ տասներկու խաչապաշտի, եթմիշիքի միլլեթի գլուխն հայն ա, հայի ժամի արարողությունն ու շարականը, հայի մեռոնն ու Հավատամքը մեկ ազգ էլա չունի, ամա էս անօրենքները մեզ հավատից էլ են քցել, հալից էլ. մալ են տեսնում մեզանում, խլում են. աղջիկ են զտնում, քաշում են. մեզ կրակն են դրել, սաղ-սաղ էրում են, փոթոթում. թե մեկ խոսք էլ ասում ես հո, վա՛յ քո օրին, արևին, գլխիդ էնքան բոնցքում են (մուշտում), որ աչքդ բուռդ ա ընկնում: Տունդ էլ որ քանդեն, ձեն չպետք է տաս: Ախր որ մեր միսն էսպես զազանի պես ուտում են, սրա չարեն ի՞նչ կըլի: Տեղից վեր կենողը ոտը մեզ վրա ա բարձրացնում: Չի՞լում, որ մեկ օր գնանք, ջուրը թափինք, պրծնինք: Ախր էս հո օր չի՛, որ մենք քաշում ենք: Մնացել ենք եթմի պես շլինքներս ծռած. սրա վերջն ախր ի՞նչ պետք է ըլի, զիր չե՞ք բաց արել, ի՞նչ ա ասում. էս աշխարքս քանի՞ տարի էլ պտի մնա, վախտը հասել չի՞, որ մեկ Գաբրիելյան փողը փչեր, աշխարքս հայլու պես դզվեր, էնպես, որ մեկ պստիկ ասեղ էլ մեկ օրվան ճամփից երևեր, աճուճ-պաճուճը, Եղիա մարգարեն գային, մարդիկ մեկ թզի չափ դառնային, մեր սուրբ էջմիածինը ու Երուսաղեմը մնային, մեր ազգը զորանար, էս անհավատ անօրենքները մի կորչեին, ջնջվեին, ու մենք սկսեինք երկնքի ու երկրի փառքը վայելի, ինչպես որ հրեշտակը երազումը մեր սուրբ Լուսավորչին պատմել ա: Մենք էլ ասողից ենք լսել, հո մեր գլխի՞ցը չենք ասում: Ախր աթաղան, բաբաղան էսպես ենք իմացել, թե Աստված պետականը որ մեր սուրբ Լուսավորչուն էնքան չարչարեց, տասնըչորս տանջանք տալ տվեց, տասնըչորս տարի Խոր Վիրապումը, ծառա եմ նրա սուրբ զորությունին (ասեց ու երեսին խաչ հանեց), պահեց, մե՛ր խաթեր էնպես արավ, որ մեր ազգն էլ տանջվի, չարչարվի, էլ էս աշխարքին թամահ չանի, որ աստուծո մոտ պարզերես զտնվի ու երկնային թագավորությունը վայելի: Ա՛խ, ի՞նչ կըլեր, որ էս օրը մի շուտով գար, մեր աչքն էլ մի լիս տեսներ, երկրի թագավորությունը մեր ընչի՞ն ա պետքը. երկնքումը պտի մեր աստղը քանի, որ ամեն ազգ էլ տեսնին ու մեզ էրնակ տան: Մեր գլխին՝ թագ, իրանցը բաց տեսնին ու ամաչին, փոշմանին, որ երկրիս մեծությանը էնքան եսիր էին էլել: Տերտերն «էրն» էլ են զիր բաց անում, ղորդ ա, ամա շատը իրանցից են ասում, նրանց ասածը ո՞վ մեկ չվանի կղնի. սուրբ Աթոռն էնտեղ էլած տեղը մենք նրա՞նց մուննաթը պտի ընկնինք: Մեկ ջուղաբ տո՛ւր, է՛, ա՛ջիդ դուրբան գնամ, ձեր ոտը շատ գիտի, քանց մեր գլուխը: Մենք որ կանք՝ սարի հայվանի պես առավոտները վեր ենք կենում, էրեսներս լվանում, խաչ հանում, մեկ քանի խոսք էլ գլխըներիցս դուս տալիս ու գնում մեր բանը: Գիրն էլ ա ձեր ձեռին, գրի բալանիքն էլ: Ձեր մեկ մազը աշխարքի բարեբար բան գիտի: Ասում են, թե ընչանք աշխարքս չվերջանա, մեր ազգին ո՛չ թագավորություն կըլի, ո՛չ թախտ, հենց էսպես պտի չարչարվինք՝ մենք դատենք, ուրիշներն ուտեն: Ղորդն ու սուտն Աստված գիտի, պարտական մնա ասողն էլ, գրողն էլ: Ասում ա՝ մեկ գիժ մեկ կարաս կոտրեց, հարիր խելոք վրա թափեցին, չկարացին սաղացնիլ: Բանն ընկել ա բերնեբերան, ասածդ հո չե՛ս կարալ ետ ուտիլ: Մեր պապերիցը մեր անկաջն ա ընկել, մեզանից մեր որդիքը կիմանան: Վա՛յ հախին, վա՛յ նահախին: Լավ արիններս էլ եռ ա գալիս, լավ սիրտ էլ ունինք, տղամարդություն էլ, որ մեր դուշմանի հախիցը վեր գանք: Մեկ հայ, տեղն ընկած վախտը, լավ տասը թուրքի էլ տակն ա դնում ու միսըները բերանները տալիս: Ղորդ ա, նրանք պաս չեն պահում, միշտ եղ ու կարագ ուտում, ու մենք շատ վախտ, շաբթով, ամսով, հենց ցամաք հացով ու խոտով, բանջարով ենք յոլա գնում, ամա, դուրբան ըլիմ մեր սուրբ մեռոնի ու Լուսավորչի լիս հավատին, նրանց զորությունը շա՛տ, շա՛տ ա: Փի՛ր ըլին մեր սրբերն ու մեր ամենափրկիչ սուրբ Գեղարդը. մեկ բան ըլելիս յա դոնշուն դուս գնալիս՝ մեր մի հայը մեկ դագանակով էլ շատ անգամ տասը թուրքի գլուխը կջարդի, մեկ մատով որ խփի, տեղնուտեղը բանիոգի կըլին, հայի փիրն ու սոյը ա՛ստված օրհնի: Ամա ի՞նչ անենք, մեզ հրաման չկա թուր բանացնել: Քրիստոս ինքը Պետրոսի ձեռիցը թուրն առավ, որ հայ քրիստոնեն էլ թուր չի՛ վերցնի: Քրիստոնէի թուրը աղոթքն ա, ժամը, պատարագը, պասը, ծոմը, ողորմություն տալը: Ասիլը հեշտ ա, անիլը՝ դժար: Թող ժամ, պատարագն էլ ըլին, ո՞վ ասում՝ չըլի «ն» լեզուն քըքրվի ասողի, ամա թրի ու թվանքի փիրն օրհնած ա, թեկուզ բողազս էլ դուս կտրեն, ես դրուստն եմ ասում: Թուր որ չունիս՝ գլուխդ կտրում են, օղլուշաղդ քաշում, կերածդ հարամ անում, դատածդ խլում, քեզ էլ եսիր անում, աշխարքն էսպես ա, ի՞նչ կարաս անիլ: Տու՛ր էն աչը, որ բռնի էն խաչը: Աղոթքն իր տեղը, թուրն՝ իրը: Աստված ղշին, հայվանին էլ յա՛ չանգ ա տվել, յա՛ պոզ, յա՛ ատամ, որ չանգռի, հարու տա, կծի, իր գլուխը պահի: Ես մեղա աստծու: Միրտս էրվում ա, էնդուր համար եմ ասում, թե չէ՝ ինձ նման շատերն էկել, ա՛խ, վա՛խ քաշել, իրանց սև օրը լաց էլել ու էլ ետ ա՛խ, վա՛խ քաշելով՝ հողը մտել, ես էլ նրանց մեկը. թե մենակ իմ դարդն ըլիմ քաշում, թո՛ղ աչքս հանեն: Թողություն արա՛, ծառա եմ սուրբ աջիդ, գիտում եմ, որ դուք էլ կցավիք, էնդուր համար եմ ասում, թե չէ՝ մեկ պուճախ էլ ե՛ս կճարեմ, որ միջումը ձգվիմ. մեկ բուռը հող էլ հալբաթ կըլի, որ մեկ օր, աչքս խփելիս, երեսիս քցեն:

— Լա՛վ ես հրամայում, լա՛վ, ա՛ղա Պետրոս, — պատասխանեց սրբազանը, — ամա ի՞նչ անես, որ մենք Քրիստոսի ծառեն ենք և ո՛չ աշխարքի: Երկնքի որդին ենք և ո՛չ երկրի: Քրիստոս Տերն մեր, սի՛րելիք (երեսներին խաչակնքեցին), երկնի և երկրի արարիչը, եթե կամենար, որ իր սուրբ տնօրենությունը հեշտությամբ անց կենար, ու ինքը չչարչարվեր, չխաչվեր, էլ չէ՛ր գալ էս փուչ աշխարքը ու մարմին առնիլ որ մեզ ազատի: Մեկ որ հրամայել էր, ամեն բանը թամամ կըլեր: Ամա չէ՛, Ադամա մեղքը մնացել էր մեր վրա. մինչև էն մեղքը չջնջվեր, դժոխքը չքանդվեր, մեզ ազատություն չէ՛ր ըլիլ: Մենք սուրբ ավետարանի աշակերտն ենք, սուրբ ավազանի՝ որդիքը. էդպես մտքերը չար սատան են ա ձեր սիրտն ածում, որ գիշեր-ցերեկ մեր շվաքի ետևիցը ման ա գալիս: Ինքն՝ Տերն մեր, էկավ մեր մեջը, խոնարհեցավ, մեր մարմինն ու արինը առավ, մեր խաթեր խաչվեցավ, մեռավ, թաղվեցավ, որ մեզ, մեզ օրինակ ըլի, թե ով կամենում ա երկնային փառացը, Քրիստոսի սուրբ արքայությանը արժանանա, ընչանք չխաչվի, չչարչարվի, չտանջվի, իր գլուխը մահու չտա, աստուծո սուրբ տեսուն չի՛ կարող արժանանալ:

Ավետարանն ինքն ա ասում, «Որ ո՛չ առնու զխաչ և ո՛չ եկեսցէ, զկնի, որ ո՛չ թողցէ զհայր, զմայր, զկին, զորդիս և ո՛չ եկեսցէ զկնի իմ, նա չէ՛ ինձ արժանի եւ թէ՝ յարիցեն ազգ յազգի վերայ և թագավորութին ի թագավորութեան վերայ, նեղեսցեն, տանջեցեն, հալածեցեն զձեզ վասն իմ, այլ դուք ուրախ լերո՛ւք, զի վարձք ձեր բազում են յերկինս, և մազ մի ի գլխոյ ձերմէ ո՛չ կորիցէ առանց հօր իմոյ՝ որ յերկինս է: Այսպես հալածեցին զմարգարէս՝ որք առաջ քան զձեզ էին» և այլն: Տեսե՛ք, սի՛րելիք, էս էլ ավետարանի խոսքը. ինչ գրվածն ա, պտի կատարենք: Առաքյալք, մարգարեք, մարտիրոսք էսպես արին, իրանց արինը թափեցին, ինչպես ամեն օր լսում, կարդում ենք, որ այժմ աստուծո աջակողմյան դասումը նստած՝ իրանց վարձքն ստացել, փառավորվել, երկնային ուրախությունը վայելում են, մենք մեկ սհաթի հետ հավիտենական կյանքը պտի փոխե՞նք: էդ ո՞ր զիժը կանի: «Փառք աշխարհիս, իբրև զծաղիկ խոտոյ, այսօր է և ի վաղիւն ցամաքի»: Մեզ պես մեղավոր, անարժան մարդիկը պետք է աստծուն ընդիմանա՞նք: էդպես սարսափելի, չար միտքը ձեր սրտըներովն էլ չի՛ պտի անց կենա, ո՞ւր մնա՝ բերան բերեք յա լեզվով էլ ասեք: Ինչ աստուծո կամքն ա, էն պտի ըլի: Պողոս Առաքյալը չի՞ ասում, թե «Հնազանդ լերուք թագավորաց, զի՛ յ Աստուծոյ են կարգեալ»: Պրծա՛նք, գնա՛ց: Ով այլ տեսակ կմտածի, անհավատ ա ու դժոխքի բաժին, մեր պարտականությունն ա, որ ասենք, ձերը՝ որ լսեք: Չե՛ք լսիլ, պարտականը դուք մնաք:

Բաս թե իմանաք՝ մե՛ր գլուխն ի՞նչ են բերում էս հավատի թշնամիքը, էն ժամանակը դուք ձերր կմոռանաք: Ամեն մեկ բեկ, մեկ խան սուրբ Աթոռը գալիս՝ մեզ կրակն ա դնում, էրում, շամփրի պես պտտում: Ո՛չ հաց ու ջուրն ա նրանց փորը կշտացնում, ո՛չ պատիվն ու փեշքաշները նրանց աչքը բռնում: Շաբթով նստում են մեզ վրա. ինչ որ ուզում են, տալիս ենք, էլի ռազի չե՛ն ըլում: Սարդարն ու Հասան խանը գալիս հո, երկինքը մեր գլխին փուլ ա գալիս, աշխարքն աշխարքով դիպչում. էլ շունը տերը չի՛ ճանաչում, էնքան զել են մեր գլխին թափ ըլում: Քչիցը — քչիցը, ամեն մեկ գալիս, չորս-հինգ հարիր մարդ ետևիցն ընկած՝ տուն են թափում, ո՞ւմ առաջը բռնես: Խան, բեկ, ծառա, մեհտար, աշչի, ղուշչի, ղայլանչի, երկու էնքան էլ ձի, ջորի, ուղտ, բարգ, բարխանա հետըները քցած՝ գալիս են, մտնում վանքը. դե արի՛, նրանց կառավարի՛: Ինչ օր որ նրանց ոտքը մեզ մոտ պետք է մտնի, հացըներս էլ ա հարամ ըլում, ժամըներս էլ: Սաղ օրը յա ժամի ծերին, յա ճամփի մեջտեղը, շոգում, անձրևում, թոզում պտի կանգնինք, մտիկ տանք, որ նրանք գան: Իրեք — չորս եպիսկոպոս պտին առաջը գնալ: Բոլոր միաբանությունը դուս ա գալիս, մեկ վերստաչափ. տեղ էլ գլխաբաց, խաչով, խաչվառով, շուրջառով, բուրվառով, խնկով, մմով առաջ գնում ու շարական ասելով, վազելով, ձիանոնց առաջին քափ ու քրտինքները կոխած՝ նրանց ներս բերում: Շատ անգամ, վանքի դուռը մտնելիս, պետք է զառ ճոթից, դումաշից, Խասից փիանդազ քցած, որ էս անօրենների ոտը խերով ըլի, մեկ վնաս մեզ չիասնի, թե չէ ամենիս էլ կկոտորեն: Փիանդազը ֆառաշների փայն ա, դե արի՛, նրանց սիրտը շահի՛: էսպես՝ գալիս են, վանքը լցվում: Վեհարան, խցեր, Ղազարապատ՝ էլ տեղ չի՛ մնում, որ միջումը կուչ գանք: Հլա սարդարի, խաների սիրտը փեշքաշներով, փողով ենք առնում, ու կաթողիկոս, եպիսկոպոս գիշեր-ցերեկ գլխըներովը պտիտ գալիս: Ամա ինչ որ մեր խեղճ միաբանի ու նոքարների գլխին ա գալիս, քո դուշմանդ չտեսնի: Փետի, թրի առաջ արած, սաղ օրը ուշունց տալով, ծեծելով՝ հազար մեկ բան են ուզում: Ցա ձիանոնց տեղն ու խոռակը լավ չի՛, յա իրանց սրտի ուզածը բանի պետքը չի՛: Մեր ձիանքն էլ են դուս անում, տավարն էլ: Խոզերին հո, վա՛յ նրանց օրին, որտեղ որ տեսնում են, թրատում, միջիցը կես են անում, ախր խոզի թշնամի են, բաս ի՞նչ կըլի: Մեր թխած հացը, էփած կերակուրը, մորթած միսը, ձեռը տված զատը հարամ ա ու հարամ: Իրանք են ամբարը մտնում, մառանը ընկնում, դռները կոտրատում, ու ինչ սիրտըներըն ուզում ա, շատ փայը շաղ տալով, ոտի տակ քցելով, կոտրելով, ջարդելով, փչացնելով՝ իրանց ձեռովը դուս բերում, ուզածները շինում, էլի մեր յախիցը կպչում:

Էսպես՝ մոյդա ասես, ղարաչի, քյամանչի, սազանդար, սաղ գիշերը որը պար ա գալիս, որը ֆալ բաց անում, որը բերնին զոռ տալիս, որը գլխին, որ էս անիրավի սիրտը շահի: Գինի խմիլն էլ հո, նո՛ր են սովորել, էլ ի՞նչն ա պակաս: Աստված ո՛չ շիանց տա, մենք էլ ձեռըներս դոշըներիս սաղ գիշերը նրանց առաջին յա պետք է չոքինք, յա կանգնինք, որ քեֆըները թամամ ըլի: Շատ անգամ վարդապետ էլ ա թրատվում, յարալու ըլում: էսպես՝ ընչանք մենք նրանց մեր հասարիցը դուս ենք տանում, մերը մեզ ա հասնում:

Ախր մեզ որ է՛ս են անում, ձեզ ի՞նչ կանեն: Պտի համբերենք, համբերությունը կյանք ա: Կարելի ա, որ մեկ օր աստուծո ողորմության դուռը բացվի, յա էն ա, բոլորս էլ կկոտորվինք, կփչանանք ու աստուծո սուրբ տեսությանը կարժանանանք, կամ թե չէ՝ մեկ ճար կըլի մեզ: Քրիստոնեն սրով չի՛ պետք է իր բանը յոլա տանի, նրա թուրը իր համբերությունն ու հավատն ա: էսպես արեց մեր էն էշ գեղըցի, հիմար Աղասին էլ, որ մեկ աղջկա խաթեր սուր քաշեց, ու խեղճ քանաքռցիք էնքան ջաղըմա տվին, ու նրա հալևոր հերը ու գեղի քեդխուդեքը էս ա, հինգ տարի ա, բանտումը քոթկումը չորանում, մաշվում են, ու Աստված գիտի, թե վերջըները, ի՞նչ կըլի: Ո՛չ մելիք Սիակի, ո՛չ կաթողիկոսի մունաթը մեկ օգնություն չարին: Ինքն էլ գժի պես ընկել ա սարեսար, չափմիշ անում, ճամփա կըտրում ու իր թշվառ օրը էսպես անց կացնում: Ո՞վ ա գիտում, թե ո՞ր քարի վրա գլուխը վեր կդնի ու ի՞նչ տեղ շներոց-գիլերոց կըլի: Լավն է՞ն չի, որ մարդ գլուխն իրան քաշի ու տաղ անի: Չէ՛, չէ՛ սի՛րելիք. քանի կարանք, մեր գլուխը պահե՛նք. «հա՛» կասեն, «հա՛» ասենք, «չէ՛» կասեն, «չէ՛» ասենք, կասեն՝ նստի՛ր, նստի՛նք, վե՛ր կաց՝ վե՛ր կենանք, մինչև, տեսնի՛նք, թե բանն ի՞նչ տեղ կհասնի: Ասում են, թե ռուսներն էկել, Ապարան են հասել, ո՞վ ա խաբար. բալքի նրանցից մեկ ումուդ ըլի, աստուծո բանն անքննելի ա: Աստված նրանց թուրը կտրուկ անի. թե մեկ նրանց ոտը մեր հողը կմտնի, էն ժամանակը թո՛ղ մեզ էլ տանին, մատաղ անեն: Շտապիլ հարկավոր չի՛: Ցիցիանովն ու Գդովիչը Երևան չառան, բալքի թե Աստված չէ՛ր կամեցել, որ մեզ էլի փորձի: Շասը տարել ենք, քչին էլ համբերևնք, տեսնի՛նք. վերջըներս ի՞նչ կըլի: Ամա էլի եմ ասում՝ քրիստոնեն թրի կոթն էլ ձեռ չի՛ պետք առնի, կարճ, որ քար էլ աղան գլխին: Իրիկնաժամի զանգակը տվին, զնա՛նք ժամ, աղոթք անե՛նք, հլա շատ կխոսանք: Ա՛յ տղա, վեղարս տո՛ւր, մաշիկս դի՛ր, ժամիցը ետը գիշերն՝ երկար, մենք՝ պարապ, էնքան խոսանք, որ քուններդ տանի:

Աստված բարի ճամփա տա՛, հա՛յր սուրբ, էդ բերանդ լիս դառնա. է՛դպես պետք է քարոզել խալխին: Աշխարքումը կենալը ի՞նչ լազաթ ունի, անապա՛տը պետք է գնացած, անապա՛տը, որ Աստված երկնքիցն ուրախանա, երկիրս քիչ-քիչ քանդվի, սատանեն ճաքի, տրաքի, հրեշտակները մեզ շուտով տանին, մեր փառքին հասցնեն: Ազգն ի՞նչ ա, աշխարքն՝ ի՞նչ: Բոլոր սուտ բան ա: Ամեն մարդ իր հոգու ճամփեն պտի գտնի: Քանի կարաս՝ օր առաջ թաղարեքդ տե՛ս, որետ չընկնիս:

Տիրացուն իսկույն վեղարը տվեց, ֆարաջեն հաքցրեց, վարդապետը մաշիկը դրստեց, առաջը դրեց, իշխանքը գլխները տմբացնելով, քուրք ու աբա ուսըներին քաշելով, գդակները դզելով ետ կանգնեցին, ու սրբազանը դուս էկավ: Նրանք էլ ետնիցը մեկ-մեկ ճամփա ընկան, քոշըները հաքան, որ դռանը թողել էին. մեկ սարկավագ փիլոնը վերցրեց, մեկ վարդապետ գավազանը, ու դռանը ձեռը տվեց, տերտերները հո, փիլոնները ուսըներին, դռանը էնքան կանգնել, վրվրթացել դողացել էին, որ դատաստանի օրն էլ էն մահվան քրտինքը չեն տեսնիլ: Եպիսկոպոսը դուս էկավ թե չէ, երկու կարգ դառան, փիլոնները քցեցին ու եպիսկոպոսին հանդիսով, տիրացու, սարկավագ, վարդապետ, իշխան, թվանքչի քամակիցն ընկած՝ տարան ժամը: Ներս մտնելիս՝ տիրացուն հողաթափը առաջը դրեց, սարկավագը փիլոնը քցեց, մեկ տերտեր էլ մեկ խալիչա ծալած, ձեռին բռնած՝ հենց եպիսկոպոսը ժամը մտավ, սեղանի առաջը հասավ, մեկ քանի խաչ հանեց երեսին, մեկ խոր գլուխ տվեց, խալիչեն բաց արեց, ետ կանգնեցավ. եպիսկոպոսը մեկ քանի խոսք իր մտքումն ասեց, սուրբ սեղանին գլուխ, երկրպագություն տվեց ու փառահեղ կերպով գնաց, ձախու դասումը, իր աթոռումը բազմեց, ժամն օրհնեց, Հայր մերն ասեց, ժամը կանգնեց:

Ժամը դեռ կես չէ՛ր էլել՝ հարայ-հրոցն աշխարքս բռնեց. սար ու ձոր իրարոցով ընկան: Թուրք, սարվազ, արախչու եկեղեցին լցվեցին. ժամ ասողների ձենը փորըներումը մնաց: Էլ մեծի, պստկի չի՛ մտիկ արին, ով ոտումը հարաքաթ ուներ ու ջանումը՝ դվաթ, դուս թռավ, գլուխն առավ, կորավ, ով՝ չէ, տեղնուտեղը մնաց քարացած, սառած: Գլուխ ասես, որ պատռվում էր, ատամ ասես, որ ջարդվում էր: Անիրավ արախլուն ո՛չ ժամի էր խնայում, ո՛չ մարդի. թվանքի ոռթով ամեն մեկին մեկ պատի կպցրին, վրա թռան, եկեղեցու ինչ զարդ, զինզինաթ, խաչ, ավետարան կար, դես ու դեն դաղթմիշ արին, շուրջառ, բուրվառ, ինչ տեղ մեկ էրծաթի նշան էր երևում, բոլոր քանդում, ջախըբուրդ էին անում, վերցնում, ոտի տակ տալիս: Մեկ քանիսն էլ եկեղեցու դուռն ու շեմը բռնեցին, որ դուս գնացողին ձեռք քցեն, թալանեն: Էսպես՝ ում վրա մեկ նոր շոր էլ որ տեսան, հանեցին, զավթեցին: Ինչ կնանոնց հալն էր, Աստված ո՛չ շիանց տա. երեսի ոսկի ասես, ձեռի մատանիք, դոշի շարք ու քորոց, զառ մինթանա (լեհին), դիբա արխալուղ, սամուր քուրք, ինչ կար չկար. բռնցքելով, ոտի տակ տալով էին հաքըներիցը հանում: Ծերունի եպիսկոպոսը մեջ ընկավ, որ մեկ քոմակ անի, բռնեցին, կոները կապեցին. Տերտեր «ներ»ն էկան, ամեն մեկին մեկ պատի զարկեցին, ու ով կար չկար, ոչխարի պես թրի առաջն արած դուս քշեցին, հետ ածեցին:

Լացի, սգի ձենը երկինքն էր հասել, բայց էս անողորմ ազգի համար, հենց իմանաս, քյամանչի, սազի ձեն ըլեր: Եկեղեցուցը դուս էկան թե չէ՛, աչքդ ո՛չ տեսնի էն օրը: Միառլամի ձենն էլ էր կտրվել, Հասան-Հուսեյնինն էլ. սար ու ձոր ոտն էր առել, փախչում էր, աչք առել, լալիս էր: Զորագեղի ու Կոնդի քուչեքումը որ ասեղ քցեիր, գետինը չէ՛ր հասնիլ. էնքան արախլու, ղարափափախ, քուրդ, սարվազ էին լցվել, որ գետինը սնացել էր: Բերդի չորս կողմն է՛լ տեղ չկար, դուքան էր, որ թարաշ էին տալիս. տուն էր, որ թալանում, կրակ տալիս ու տանտիրոնջը չիփչիփլախ, իր ողորմելի օղլուշաղի ձեռը բռնած, դառ ու դարտակ դուս խռկում, թրի, թվանքի առաջն անում: Ով շուտով մեկ բան տեսել, թաղել էր, յա հացի, ալրի ջվալում մեկ բան թաքցրել, էն մնաց իրան: Քուչեքանց միջին երեխեքանց, հարսների ու աղջկերանց ձենը քարերը մղկտացնում էր, լացացնում: Շատը ձիու ոտի տակին էր հոգին տալիս, շատը աhիցն ու դողիցն էր լեղապատառ ըլում. շատին երեսի վրա էին քաշ տալիս, որին մազերիցն էին ձիու ետևիցը սարաթմիշ անում, քարեքար տալիս: էն օրը գնա, ո՛չ ետ գա, ինչ Երևանի հալն էր:

Շատ հեր, շատ տղամարդ կամ հանդումն էր, կամ բաղումը, կամ ուրիշ տեղ գնացել ու չիմացել, թե ի՞նչ կրակ ա գալու իր տան ու աշխարքի վրա: Նորագեղի դուզն ու կարմնջի ճամփեն, Կուզեռան դոշը ձիավորներով խլխլում էր: Մեկի տեղակ հազարն էին դուս թափել, որ գնան, խեղճ գեղցոնց էլ էս դառն ավետիքը տան: Ղուշը գլխըներովն անց կենալիս՝ վեր էին քցում, թեքռում, պլոկում, մարդ չէ՛ր կարում տեղիցը եռա: էսպես՝ որը ունևոր էր ու ջահել, շոր ու փալաս, բարզ ու բարխանա շալակները տվին, տարան, բերդն ածեցին, որը հալևոր էր ու աղքատ, օրվան հացի կարոտ՝ ծեծելով, ջարդելով տանից դուս արին, որ հենց էն սհաթին տունը, տեղը թողան, երըմիշ ըլին, որ գնան, գնան մյուս գեղցոնց հետ խառնվին, որ քոչեն, չունքի ղալաբանդըղ էր, ռուսը գալիս էր: Երանի՛ նրան, որ մեկ սել ձի, կով, եզը կամ մեկ էշ էլա ուներ: էնքան կարացին, որ մեկ քանի կարպետ, խալիչա, յորղան, դոշակ, աման, մի քիչ ալիր յա չալթուկ հետըները վերցրին, որ անձրևի ու արևի տակին, սովի ձեռիցը չմեռնին: Բայց քաղաքումը շատը ո՛չ զրաստ ուներ, ո՛չ մարդ, սել հո, սկի լսված չի՛: Անիրավ թշնամին էնքան ժամանակ էլա չէ՛ր տալիս, որ էստոնք էլա վերցնեն: Ինչ ուտելիք կար՝ ձուկն ասես, եղ, պանիր, հաց, գինի, տան բոլոր տարվան թաղարեքը, կամ ջարդում էին, դեն ածում, կամ էրում, ջուրը քցում, տները կրակ տալիս, փետումիս անում, որ շուտով ճամփա ընկնին, քոչին: Եկեղեցքանց, տների, ջաղացների դռները մնացին կրնկների վրա բաց կանգնած: Տանող-տանո՛ղի էր, քաշող-քաշողի, շունը տեր չէ՛ր ճանաչում, հերը որդուն ուրացել էր: էս սարսափելի ձևովն ընկան գեջղանգեջ ճամփա. օձերը ծնեցին, քարերը պատռվեցին, քոչը երմիշ էլավ:

Շատ ողորմելի, երկու հոգիս մեր կինարմատ՝ շունչը բերնին դեմ առած, մեկ քոփա ծծին ուներ բռնած, մեկը՝ քամակին կապած, որի էլ ձեռիցը բռնած՝ հազար տեղ չոքում, հոգին ուզում էր տա ու իր սև սհաթիցը պրծնի: Չէ՛ր զիտում՝

ի՞ր գլուխը լաց ըլի, թե ողորմելի երեխեքանց ձեն կտրի, որ սոված, ծարավ, շոգի ձեռիցը թուլացած, ոտները յարալու-փարալու, չունքի շատը բոբիկ էր գնում, իրանց մոր ծնկներովն էին փաթաթվում, ճտովն ընկնում, որ իրանց կտոր հաց յա մեկ պուտ ջուր հասցնի: Շատ հեր՝ երեխեն ուսին յա շալակին, խալիչա, խուրջին քամակին, դեմը գնում, դեմը լալիս, հենց որ ուզում էր մի քիչ նստի, շունչ քաշի, թրի ողքն յա թվանքի լուլեն էին աչքը բուռը քցում, որ տեղիցը վեր կենա, վազի, որ ետ չմնա: Որի հերն էր մերձիմահ՝ տանը մնացել ընկած, որի հարսը կամ կնիկը, կամ պառկած ծննդկանը, կամ ծծկեր երեխեն՝ օրորոցումը: Տեսնողի սիրտը կրակ էր ընկնում, բայց անողորմ ղզլբաշի թուրն ու արինաթաթախ ձեռը ո՛չ հեր էր հարցնում, ո՛չ հիվանդ, ո՛չ ծեր, ո՛չ տղա, ո՛չ մեր, ո՛չ աղջիկ: Որին քարով էին սպանում, որին թրով, որի ոտիցը քաշում, ջուրը քցում, որին բանհոգի անում, որ մնացողները ձեռք վերցնեն, գնան: Անբան, հայվան շները շատ էին ցավում, կսկծում էս դառն, սոսկալի տեսարանի վրա, քանց բանական մարդիկը: Ա՜խ, ո՞վ կարա է՛ն ողբը, է՛ն կսկիծը, է՛ն սուգն ու արտասունքը պատմիլ ինչ որ էս ողորմելի խալխը վեր էին ածում ու քաշում: Մարդի սիրտ պատռվում ա, բայց երկինք-գետինք մեկ փուլ էլ չէին գալիս, որ նրանց տակով անեն, մեկ չէին էլա ճաքում, սիրտըները բաց անում, որ նրանց կուլ տան, պրծացնեն:

Ինչ որ գեղցոնց հալն էր, Աստված հեռու տանի: Շատի տավարը հանդումը մնաց, մալը՝ չոլումը, ոչխարը՝ սարումը: Ում ձեռը հասավ, էնքան արեց, արաբեն լծեց, երեխեքը մեջն ածեց, մեկ քանի փալաս-փուլուս էլ վրեն քցեց ու լալով, աղի արտասունքով ճամփա ընկավ: Տուն, տեղ, բաղ, մասիլ՝ մնացին աստուծո ապով: Որդին հորն ուրացել էր, բայց էլի էս օրհնած գեղըցիքն էին, որ ճամփի կիսին բազի քաղաքացու երեխա, բարգ, օղլուշաղ իրանց սելումն էին դնում, կամ նրանց հիվանդներին տիրություն անում, չունքի լավ-օսալ, էլի գրաստ, ուտելիք, տավար սրանք ունեին, նրանց ո՞վ կտար, ու ինչքան ձեռըներիցը գալիս էր, քոմակ էին անում նրանց:

Շատ ողորմելի հերնըմեր, հենց ճամփին, մեկ սովամահ,

ծծկեր երեխա՝ էրկու-իրեք օր ձեռըներին պահում, ուզում էին, որ մեկ էնպես տե՛ղ հողի տակովն անեն, որ բալքի թե զազան չդիպչի, ու իրանք՝ էլի ետ գան, իրանց ջրատար մեռելի ոսկորները հանեն ու տանին իրանց հետ, ժամով, պատարագով թաղեն: Բայց որ ճարըները կտրվում էր գլխըներին կրակ էին վառում, էրեխեն կամ ջուրն էին քցում, կամ մեկ քարի տակ դնում, իրանք էլ վրեն էրվում, խորովվում ու մյուս օրը լալով, կիսամահ ճամփա ընկնում: Շատ հղի մեր հենց ճանապարհին կամ մեռած էր ծնում իր ինն ամիս դառը ցավով արգանդումը պահած, հասցրած մանուկը, կամ թե չէ, սաղ էլ որ ըլում էր, մերը բարուրում, ուզում էր, որ կամ ինքն էլ հետը մեռնի, կամ մանուկը չթողա, տանի, բայց ա՛խ, անԱստված ղզլբաշի թրի բերանը կամ երկսին էլ ի միասին էր, կտրատում, կամ բարուրը մոր ձեռիցն առնում կամ՝ սպանում, կամ ջուրը քցում, կամ քարին տալիս, փչացնում:

Շատ հալևոր կամ ոտից-ձեռից ընկած պառավ, որ էլ չէին կարում ոտը ոտի առաջ դնեն ու կիսաշունչ մեկ քարի տակի նստում էին, որ բալքի թե զազանք գան, նրանց կտրատեն, ուտեն, որ գլխըները բաց չէին անում, լալիս, մղկտում ու իրանց որդոցը օրհնում, բարի ճամփա, բարով մնա ասում ու ձեռաց զնում, յա արախլվի ոտներն ընկնում, աղաչում, պաղատում, որ իրանց էնտեղ թողա, հենց խոսքը բերնըներումն էին թրախորով ըլում՝ ո՛չ որդու ձեն լսում, ո՛չ թոռի երես տեսնում ու թամարզու աչքը խփում: Շատ որդի՝ իր հալևոր հորնըմոր, շատ փեսա՝ իր նշանածի կամ նորահարսի, շատ ախպեր իր քվոր, աներ-զոքանչի հալը տեսնելով, որ էլ ջան չունին, որ տեղըներիցը շարժին, իրանք էլ կիսաջան՝ էլած դվաթներն էլ որ ատամների տակը չէին առնում ու իրանց անզին բեռը շալակում, որ յա իրանք էլ մեռնին, յա նրանց չթողան, մեկ էլ էն էին տեսնում, որ քամակները թեթևացավ, ու իրանց քաղցր, ազիզ բեռան արինը շլընքներով շոռալով ծոր ընկավ, գետինը ժաժ էկավ, իրանց գլխըները աչք ու լիս, ուշ ու միտք կորցրեց, դժժաց: Շատի բախտն էնքան բանում էր, որ թուրը իրան էլ էր զոռը ցույց տալիս, իր սիրելու հետ տանում, պրծացնում: Բայց ա՛խ, իրանք, դորդ ա, պրծնում էին, բաս իրանց քոռփա մանուկների, էրեխեքանց ցավն ու հոգսը ո՞վ պետք էր քաշեր, ո՞վ նրանց մեկ պուտ ջուր, մեկ կտոր հաց տար, սովից, մահից ազատեր: Վա՜յ նրանց օրին, յա անիրավ արախլուն էր նրանց զավթում, յա սովը իր ճանկը քցում:

Բոբիկ ոտները քարերն էին ճղում, բաց գլխըները՝ արեգակը էրում, փոթոթում: Շատ մոր երեխեն գրկիցը խլում էին ու կտոր-կտոր անում, որ երգին գնա: Ո՞վ. երկինքը՝ աչքը բաց, հանդարտ մտիկ էր տալիս, երկիրը՝ բերանը փակ, անկաջ էր դնում. ում տալիս էին էնպես անմեղ քոռփին, դեն էր քցում, մեկ բուռը հողի էլա արժան չէ՛ր տեսնում: Վա՜յ նրան, որ կամ սելի ակն էր կոտրվում յա ձին սովի ձեռիցը բեզարում, կամ գրաստը ծարավի, շոգի ձեռիցը թուլանում, վեր ընկնում. կամ տիրոնջն էլ անասունի հետ էին սպանում, կամ սել, մանր երեխեք միջումը վեր ընկած յա քնած թողում ու տիրոնջը թրածեծ անելով առաջ քշում, հետ ածում. Շատը, զորդ ա, վազում, գնում էր, չունքի ջանն ազիզ ա, բայց շատը գլուխը դնում սելի վրա, աղաչանք էր անում, որ կտրեն, մեռնի, պրծնի ու իր ողորմելի զավակները չոլումը չթողա:

Ա՜խ, ո՞ր մեկն ասեմ, սիրտս արին ա դառնում, ձեռներս դող ընկնում, աչքերս սևանում: Երանի՜ նրան, որ էսպես բան ո՛չ տեսել, լսել ա, ո՛չ էլ կտեսնի, կլսի, բայց մեր ողորմելի ազգը հազար անգամ ա տեսել, լսել, քաշել: Քար չկա մեր երկրումը, քոլ չկա, որ Հայի արնով ներկած չըլի: Դո՛ւ էլ սրանց հետ գնացիր, սի՛րելի եղբայր իմ Մոսի, իմ զառնուկ ախպեր: Ա՜խ, հենց մանուկ երեսիդ էի կարոտ, էն էլ չտեսա: Մորս ծոցին, իրեք տարեկան, սովը քեզ տարավ, էդ լիս երեսիդ դուրբան: Գերեզմանդ ի՞նչ տեղ ա, չգիտեմ, բայց երկնքումն էլա երաբ մի ցեղ կտեսնի՞մ, մի ճտովդ կընկնի՞մ, ա՛յ քո անմեղ ջանին մեռնիմ:

Ա՜խ, սի՛րելի հայ, էս բաները լսելիս, ինչ ունիս-չունիս տո՛ւր, որ քո ազգը քիչ-քիչ մեկ լավ օր քաշի: Սրանք են, որ դռնեդուռ ման են գալիս, ողորմություն խնդրում, որ գնան, իրանց գերիքն ազատեն, որ էս դառն ժամանակին Բայազիդ կամ Ղարս ծախել են, որ մյուսներին պահեն: Որդուդ նայի՛ր, աստծուն փառք տո՛ւր, որ քո առաջին խնդալով, խայտալով խաղում են: Ա՛խ, քո դուռն էկողի ցավն իմացի՛ր, մի՛ երեսդ դարձնի՛ր: Սրանք տանից, տեղից ընկած, որդուց, օղլուշաղից զրկված, սոված, ծարավ՝ քե՛զ են ապավինել: Մի՛ ասիր, թե թամբալ են, բանից փախչում են, սրանց ամեն մեկի սրտումը հազար թուր կա ցցված:

Սրանց ուտելիքն էր խոտը, ծառերի կճեպը, թուփը ու իրանց սատկած տավարի ջամդաքը, չունքի մորթիլ չէ՛ր կարելի էսպես ժամանակին: Մեկ արտ ռաստ գալիս կամ մեկ խարաբա գեղ տեսնելիս՝ հենց իմանում էին, թե դրախտն են զնում, չունքի լավօսալ, էլի մեկ բուռը ցորեն յա մեկ պտղունց զարի ճարում էին ու հենց էնպես բովում, աղանձում, հատիկ անում, աղը հո դիաթ էր: Էսպես էին քշչում մեր խեղճ, ողորմելի խալխը. չունքի ղզլբաշն իմացել էր, կամ ինքն էր ուզում ռսի հետ կռիվ բաց անի, ուզում էր, որ թե երկիրն առնեն, խալխն էլա չի՛ կորցնի, որ տանին Թեհրան, իրանց ծառա շինեն՝ յա թուրքացնեն, յա հողի հետ հավասար անեն:

Ա՛խ, հոգիս դուս ա գալիս, ընչի՞ հին դարդերս էլի նորոզեցի, ընչի՞ էս բանին ձեռք տվի:

Էսպես տասը-տասնըհինգ օր քաշեց, որ Երևանու էլլիզը կեսվեկես էլած, ծեծված, ջարդված, կոտորված՝ որը քրդի, որը ղարափափախի ձեռը եսիր գնացած՝ կեսը Ղարսա հողը մտավ, կեսն էլ Մասսա սարի էն կողմն անցկացավ, Բայազիդ գնաց, բայց ո՞ւմ մոտ, ո՞ւմ տունը, Աստված ո՛չ գիտե: Էջմիածնա միաբանքն էլ ցրվեցան: Առաջին եպիսկոպոսքը՝ Եփրեմ, Բարսեղ, Հովհաննես՝ այժմյան կաթողիկոսը ու այլք, վանքի զարդն առան, էկան բերդը: Հինգ-վեց օր էլ է՛ս քաշեց, ընչանք թուրքի միասիլը նրանց կցրվեր: Գրքատուն, ամբար՝ որը դարտակեցին, որը փակեցին: Էրկու «հարյուր» ջանիցը հինգն էլա չմնացին, որ սուրբ տաճարին ու աթոռին պահպանու - թյուն անեն, էն էլ ծերացած, ոտից-ձեռից ընկած հաբեղա, վարդապետ էին, որ լավ համարեցին իրանց չոր գլուխը է՛նտեղ վեր դնեն, ուրտեղ որ էնքան տարի ծառայություն էին արել, քանց աշխարքե աշխարք ընկնին կամ ճամփին մեռնին:

Բազի խեղճ մարդ էլ է՛սքան հեռու տեղիցն ու է՛նքան վտանգավոր ճամփերով՝ գլուխը փեշն էր դնում, օղլուշաղն ուրշի յա աստծուն պահ տալիս, ետ դառնում, գալիս, որ համ իր բաղերին ու հանդին, համ իր հարևանների մլքին օռոն անի, ջրի, պահի, որ չի՛ չորանան: Էս խեղճերն էլ ցերեկը փշերի տակին, քոլերի միջումն յա քարափներումն էին տափ կացած, ու գիշերը՝ մութը գետինն առնելիս, ոտ ու շփլթու կտրվելիս, մահվան դողով ու քրտնքով դուս էին գալիս, իրանց բաղերը, հանդերը ջրում, իրանք էստեղ հալվում, մաշվում ա՛խ ու վա՛խ քաշելով, իրանց ողորմելի օղլուշաղն՝ էն դարիբ երկրներումը: Շատը հենց իմանալով, թե ոտը խաղաղվել ա, որ դուս չէին գալիս, իսկույն հարամին բկին չոքում, գլուխը կտրում, հոգին առնում էր: Գլուխը դառել էր մեկ սոխի գլուխ, ինչպես որ ասում են: Սար ու ձոր հարամով, գողով, ավազակով լցվել էին. դուշը երկնքիցը վեր էին բերում: Օդը ապականվել էր ջամդաքի հոտով, ու հարամի դշերը, որ աշխարքի տակիցն ասես, թռել, էստեղ էին հավաքվել, որ իրանց փորը կշտացնեն: Ջուր ասես՝ մարդ էր բերում, քամի ասես՝ մարդահոտ, քար չկար, որ արինաթաթախ չըլեր էլած: Երկինքը պելացել, մտիկ էր անում, որ տեսնի, թե ի՞նչքան չարություն մարդ կարա անիլ, որ էնըգյորա նրա պատիժը տա:

Էս ժամանակին էր, հունսի...ին 1825-ին, որ արինակեր Հասան խանը՝ սարդարի փոքր ախպերը, որ հազար անմեղ գլուխ կերել, հազար տուն քանդել, քաղաք, գեղ ավերել, Ղարս ու Բայազիդ հինգ-վեց անգամ ոտի տակ տվել, Արզրումա սարասկյարին խղճացրել՝ աշխարի ձեռին զվիրն էր բերել, ոտը բարձրացրեց, որ գնա, Պետերբուրգն էլ առնի, ավերի, Թիֆլիզու սիրուն օղլուշաղը իրան գազան զորացը մատաղ անի, հրամայեց Նաղի խանին, որ իր ղարափափախները ու մսկլուն վերցնի, գնա, Դազախու բերանը բռնի. Քրդերի գլխավոր Օքյուզ աղին էլ ղրկեց Ղարսա սնըռը, ու ինքը իր սարվազներովը, ղռնշունովը գնաց Ապարան, որ Փամբակու վրովը, ֆռանդ ճարածին պես, ռուսի սահմանը անց կենա: Բերդերը բոլոր դայիմացրին, Երևանումն ու Սարդարաբադումը, որքան հարկավոր էր, զորք ու ջաբախանա թողին ու մնացածը հետընները վերցրին:

Ո՛վ էս սհաթը Երևան էր մտել, հենց կիմանար, թե ջրհեղեղը նոր ա էկել աշխարհս քանդել: Ապարան դառել էր մարդի դասաբխանա: Օր չէ՛ր ըլում, որ սարից, չոլից մարդ չի՛ բռնեն ու Հասան խանի առաջը չբերեն: Ամեն գլուխ բերող նրա աջու ձեռն էր դառնում, փեշքաշի տուտը Ղարս էր հասել: Առանց մարդ սպանելու մեկ օր աչքը չէ՛ր կպցնում: Տեղիցը վեր կենալիս, նամազը պրծածին պես, առաջին գործն էն էր, որ ջրատար, մոլորած եըրների, որ էստեղ-էնտեղ ճանկում, բերում էին, կամ աչքները հանի, քիթ ու պռունկը կտրի, կամ ոտն ու ձեռները կտրիլ տա, կամ կտրատած ձեռները դաղած եղի պղնձի մեջը կոխիլ տա, որ արինը կտրվի, կամ նրանց սաղ-սաղ փառչալամիշ անի: Նաղի խանի ու Օքյուզի դոչաղ ծառեքը հրաշք էին գործում:

Բոլոր Ղազախ-Բոռչալու դոնմիշ էր էլել, շատ էսիր սրանք էին բռնում իրանց միջիցը ու ղզլբաշի ձեռը տալիս: Ճամփա ասես, վելադություն ասես՝ սրանք էին անում ու թշնամուն կամ իրանց մեջը բերում, կամ իրանք խեղճ հայերի տունն ու տեղը թալանում: Շատ անգամ էն մարդի, որի հետ որ աթաղան, բաբաղան, մուղարար, տարերով նստել, վեր էին կացել, հացը կերել, հարևանություն արել, գալիս էին ափաշկարա, օրը ճաշին տունը կտրում, ունեցած չունեցածը վերցնում ու հետն էլ ասում, որ՝

— Մենք տանինք լավ ա, քանց թշնամին, մենք ձեր դոստն ենք, մենք ուտենք ձեր մալը, թե չէ՛ թշնամին կգա, կտանի:

Է՛սքան բանն անց էր կացել, խորամանկ պարսիկքը իրանց բանը էնպես էին գողի պես սկսել, որ մեր կողմը ո՛չինչ խաբար չկար: էսպես անօրենություն շա՛տ էր պատահում:

Շատ տարի, Ղարսա կամ Բայազդու վրա, գնալիս, էս օրը հազիր էր: Ապարանը ամեն տարի էր դուս գալիս սարդարը իր դոնշունովը, իրեք ամիս մնում, Փամբակու մեծավորին փեշքաշ ուղարկում, իր մոտ հրավիրում ու հազար օրթումով հավատացնում, թե ռուսը քանց նրան էլ մեծ բարեկամ չունի: Էս էր պատճառը, որ Փամբկու իշխող մեծավոր իշխանն և զորապետն՝ Սավարզամիրզա, ո՛չինչ կասկած չէ՛ր տանում: Ղորդ ա, էստեղ-էնտեղ տավար, եսիր տանում էին, ամա էս բարի սովորությունը էսօր էլ ունին մեր պատվական դրացի Ղազախ-Բոռչալուն: էսօր էլ են մարդ սպանում, թալնում, կոտորում, նրանց բան ու գործն է՛ս ա միշտ: Էստուր համար զարմանք չի՛, որ ո՛չ ոք մեկ չար բան չէ՛ր մտածում, թե Երևանը քոչում էր. նրանք հավատացնում էին, թե սարդարը ուզում ա գնա Արզրումու վրա: Ղալաբանթլը հազար անգամ էր պատահել, էս նոր բան չէ՛ր, ու նրանց աղալարները էնպես էին Սավարզամիրզի սիրտը ձեռք քցել, որ ինչպես ուզում էին, էնպես էին շուռ տալիս: Բազի հայ էլ, որ Երևանիցը, իր բարեկամներիցը գիր էր ստանում ու գիտեր, թե բանի զորությունն ի՞նչ ա, ձեն հանելիս՝ Ղարաքիլիսումը վրեն ծիծաղում, ռխին խփում էին ու վախլուկ հայ կանչում: Աղալարները մեծավորի դուռն ու շեմը էնպես էին բռնել, որ մեկ հայի չէին էլ թողում, որ շունչն էլա հանի:

Էլի Փամբակու հայերը պարսից խորամանկությունը լավ իմանալով և իրանց քաշած դառն օրերը միտք բերելով՝ ամեն տեղ պատրաստություն էին տեսել: Համամլու, Պարնի գեղը, Գյումրի, որը բերդ ուներ, պատերը շինել, մեջն էին մտել. Խլղարաքիլիսեն բերդ ու էր չունենալով՝ սելեր ու գութան իրար վրա էր դրել, սանգար կապել. — ունեցած-չունեցած էնտեղ «էին» ղայիմացրել, գեղարենքն էլ իրանց մեջ առել, ինչ հին ժամանակից թուր, թվանք ունեին, հավաքել, տղամարդիկը գիշեր-ցերեկ ասպաբավորած՝ օղլուշաղը էնտեղ էին հավաքել, տավարը բերդի տակն արել, որովհետև նրանց մեծ հարստությունը տավարն ա, գիշեր-ցերեկ ղարավուլ էին քաշում, հանդն էլ բազմությունով էին գնում, ճամփեքը համարյա՛ թե փակվել էին. շատ գիշեր, շատ վախտ էլ

Քրիստոսի խոսքին չէ՛ին մտիկ անում, մեկ թուրք աչքը թեքելիս, գլուխը հետն էր թեքվում, չունքի յայլաղի ժամանակն էլ էր:

Թուրքերը լավ էին իմանում, թե էշը ո՞րտեղ ա կորել, ու ինչ տեղ ուզում էին, որ իրանց զազանությունը բանացնեն, իրանց արինը իրանց սիրտն էր թափում, չունքի, թե քիչ, թե շատ, էլի Փամբակու, Լոռվա, Ղարաբաղու, Մշու, Բայազդի հայերը սարում, չոլում մեծանալով, շատ տերտերի ու ժամի ձեն չլսելով՝ մինչև էսօր էլ իրանց սոպռության հետ էն քաջ տղամարդության հոգին էլ ունին, որը որ ունեցել են մեր անհաղթելի նախնիքը, ու տեղն ընկած վախտը է՛լ ավետարանի ու վարդապետի խոսք նրանց չէ՛ր վախացնում, թե որ արին վեր ածեն, դժոխքը կերթան, ու մատը բարձրացնողի սաղ ձեռն էին բերանը կոխում, հավ թռցնողի՝ գլուխը թռցնում: Էս էր պատճառը, որ թուրքերը էսօր էլ էս ձորերովը անց կենալիս՝ էնքան քարափի լեռ քարիցը չեն վախենում ու գետի կատաղությունիցը, որքան քարափների բերնիցը, որդիանց որ քաջ լոռցոնց թվանքի գյուլլեն, կամ մեկ լդրանի թուրը անցկենողի գլուխը սոխի պես էին թռցնում ու իրանց թշնամու մարմինը իրանց ձորերին մատաղ անում:

Մենակ դսեղեցի Մեհրաբյան-Թումանյան Հովակիմի անունը քարերը սասանացնում էին: Սարերի, ձորերի միջում մեծացած՝ զազանի ու հարամու արինը թափելով էր նրա ոսկորները հաստացել: Երկու տղամարդ նրա մեջքը չէին կարող խտտել. հինգ մարդ նրա մեկ ձեռը չէին կարող ոլորել. նրա գլուխը մեկ օր չէր ցավել: Կերածը մեղր ու կարագ էր, հացածը՝ շալ, կոխածը՝ ծաղիկ ու չիման, աղբրների վրա, մեշի միջումն էր նա օրորոցումը աչք բաց արել: Նրան ի՞նչ կդիմանար: Աժդահա՛, ու ո՛չ տղամարդ: Չորս գազ ու կես բոյն էր, գազ ու կես՝ թիկունքի լենությունը, դոշը՝ ապառաժի պես հաստ, ամեն մեկ ձեռը՝ մեկ սնի դդար, ամեն մեկ ոտքը՝ մեղ կաղնու ճուղքը, շլինքը՝ մեկ ծառի քոքի հաստությունով, երեսը մազն էկել, կոխել, երկու թիզ ճակատի տակին սև-սև ունքերն է՛նպես էին բռնել ու նրա արծվի աչքերն ու քիթը կոխել, ինչպես կարկտախառ ամպը՝ գիշերվան աստղերը: Քիթ ու պռունկն էնպես էին մազի միջումը կորել, ինչպես մեկ ապառաժ քար՝ ջանջալի թփի միջումն: Ութ ախպեր ուներ, մեկը քանց մեկը աժդահա, ամեն մեկը հինգ-վեց որդի ունեին, շատի չէ թե հարսանիքն էին մենակ նրանք տեսել, թոռներն էլ մեծացել առաջներին խաղում, սարն էին գնում: Վաթսուն ջանից ավելի հոգի՝ հարս, փեսա, թոռը, ծուռը, առավոտը նրանց տանիցը դուս էին գալիս, րիգունը մթանը՝ նրանց օճորքի տակին քնում, ու նրանց հարյուր տարեկան հեր Մեհրաբը դեռ երեկվան երեխի պես բեղերն օլորում, միրուքը սանդրում, փափախը կոտրում, նրանց հետ պար գալիս՝ պար գալի, խաղալիս՝ խաղում, սազ ածելիս՝ շատ անգամ ինքը սազը ձեռներիցը խլում, ածում, խաղ ասում, քսան տարեկանի պես ձիու վրա նստում, ասպաբը քցում, ու սարերում, ձորերում, չադրի տակին՝ պարզիկա գիշերը որդվոցը իրան արած քաջությունները, լոռըցոնց տղամարդությունը, հին-հին բաներից, լազգուց, թուրքից հազար բաներ պատմում ու նրանց էլ ասում, որ քնած վախտին էլ՝ թուրը ու թվանքը բարձի տակին, ոտը գերեզմանումը՝ թուրը յա կողքին քաշ, յա պատանի հետ պետք է հողը տարած, որ անբան քարն էլ իմանա, թե ո՞վ ա իրան տակին թաղած:

Էն Հովակիմը, որ մեկ օր լեղանալիս մեջիցը հանկարծ որ տասնըհինգ լազգի չե՛ն դուս գալիս, ինքն էլ կամաց-կամաց ջրիցն ա դուս գալիս որպես թե նրանց բանի տեղ չի՛ քցում, սկսում ա շորերը հաքնիլ: Լազգիքը սովորաբար մարդ չեն սպանիլ, սաղ-սաղ կբռնեն, որ տանին, ծախեն: Հենց որ մոտանում են, ձեն ա տալիս էս աժդհեն, որ կանգնին, ու ասում, որ տղամարդկությունն էն չի՛, որ տասնըհինգ մարդ մեկի վրա թափին, բռնեն. թե սիրտ ունին, իրանք մեկ կողմը կանգնին, ու ինքը մեն մենակ՝ մյուս, թե որ հաղթեն, թո՛ղ էն ժամանակը բռնեն, տանին: Լազգիքն էլ իրանը գլուխը էնքան ցած չհամարելով՝ համաձայնում են: Ասլան Հովակիմը թվանքը քցիլն ու առաջի մարդին սպանիլը մեկ ա անում: Էս ղզղուն վախտը էլ գյուլլի չի՛մտիկ անում, թուրը հանում ա, մեջըներն ընկնում. թշնամին երեսը ետ ա շուռ տալիս: Տասնըչորսին էստեղ-էնտեղ, որը թրով, որը փշտովով սպանում, աղցան ա անում: Վերջին տասնըհինգերորդն էլ որ էսրի պես չոքում, գլուխը դեմ չի անում քաշին, նա թևիցը բռնում, վեր ա կացնում ու ասում.

— Քեզ քո կյանքը կբաշխեմ, որ գնաս ձեր երկիրն ու ձեր քաջ ազգին պատմես, որ իմանան, թե մենակ իրանք չի թուր խփիլ գիտեն, թե Լոռու Դսեղ գեղումը էսպես, ինձ նման հազարավորները կան, որ թե ուզենան, ձեր երկիրը ոտի տակ կտան, կջնջեն: Ամա՛ հայ քրիստոնեին մեղք ա էսպես բանը, մեր օրենքը չի՛ հրամայում:

Է՛ս Հովակիմը, է՛ս Լոռու ձորերի Աստված ը, է՛ս սարերի արծիվը, է՛ս մեշեքանց ասլանը մենակ հերիք էր, որ մեկ քարի քամակից ձեն տալիս կամ մեկ չոլում ռաստ գալիս՝ հարյուր թուրքի լեղին ջուր կտրի, աչքերը սևանա: Էն սևացած, արնի, անձրևի տակի մուր դառած ունքերի տակիցը որ աչքը չէ՛ր ընկնում մարդի երեսի, էնպես էր իմանում, թե կայծակն ա խփում, ու սար ու ձոր սևանում էր գլխին, գետինը պտտում, ու ինքը քար դառած մնում առաջին կանգնած: Քանի՛, քանի՛ էսպես դոչաղ տղերք քամակին քցած, գիշեր-ցերեկ, էս ահագին հսկայն վիշապի պես պտտում ու Լոռվա ձորերումը ու սարերի գլխին դուշը երկնքիցը վեր էր բերում ու ձիավորի ոտի իզը բռնած՝ ձորեձոր ընկնում, ֆորսի քամակիցը հասնում ու տասը ձիավորով հարյուր ձիավորի մեջը ճղում, ջախջախում անում ու էլի, թուրքերի օբեքանց միջովն անց կենալիս, մեկն էլա չէ՛ր սիրտ անում, որ աչքն էլա խեթի: Ինչպես ինքն էր մեծացել, էնպես էլ իր բոլոր ընկերքը, ամեն մեկ տան հինգ-վեց տղամարդ կար, զարթնէ մեծն ու պստիկը, ու սարի չայիր-չիմանը, ծաղիկն, աղբյուրը, ձորի քարն ու էրն էին նրանց ջանը, նրանց հոգին, նրանց կյանքը:

Տաք յորղան-դոշակում, բուխարու առաջի, շկոլում կամ եկեղեցում չէին մեծացել, որ նրանց սիրտ կամ ահ ունենա, կամ թուլություն: Շատ անգամ, անձրև, կարկուտ գալիս էլ, նրանք չոլումը կամ սարումը, քնած տեղը գլուխ չէին բարձրացնում, որ քունը չփախչի: Նրանց բուխարին, նրանց փեչը իրանց տան մեջտեղն էր, ուրտեղ որ երկու-իրեք ահագին ծառ իրար վրա քցած՝ առավոտից մինչև մութը էրվում ա, ու իրանք էլ դռները բաց, շատ անգամ շապկանց, գլխաբաց, կրակի չորս կողմը կըտրում, խմորը գունդ են անում, միջումը թխում, միս են խորովում, հաց էն ուտում ու իրանց ձորերի պատմությունն անում, ու որդին հոր ճտովն, ախպերը քվորը խտտած՝ անմեղ գառի պես բոլորեշուրջը վեր թափում, քնում: Մեկ ղալմաղալ ընկնելիս՝ իրանց ապրանքը, օղլուշաղը տանում էին էնպես քարափների, էրերի մեջ պահում, որ դուշը սիրտ չէր անիլ մոտ գա: Հազար գազ բարձր, սուր քարափների դոշին, որ մարդ մտիկ անելիս աչքը սևանում էր, սրանք էնպես էին ման գալիս, էնպես էին էս քարափի ծերիցը օձի պես էն քարափի ծերին թռչում, որ հեռըվանց տեսնողն էլ մնում էր քար դառած, աչքերը կալնում էր ու դուզ գետնի վրա չէր կարում ահիցը կանգնիլ, նստում: Տավար, ոչխար, իլխի՝ մեշեքն էին քշում, ու իրանք, թվանքները ուսըներին, սար ու ձոր ոտի տակ տալիս:

Ա՜խ, ի՞նչ տեղ են կենում, որ էսպես չանեն, էս սիրտը չունենան: Վարժատան չէին՝ մեռած բառով, անհոգի շնչով, թույլ լեզվով լսել, թե Հայք էլ վաղ թագավորություն ունեին, որ կամ չհավատային, կամ քունները վարպետի անսիրտ պատմության վրա տաներ: Ամեն քար նրանց համար գիրք ա, ամեն ապառաժ՝ նրանց համար պատմություն, ամեն հին բերդ, քանդված մատուռ կամ եկեղեցի, որ սար ու ձոր լիքն են էստեղ, նրանց համար կենդանի վարժապետ: Ամեն գերեզման, ամեն արձան՝ նրանց համար կենդանի վկա ու պատմագիր: Լոռվա անառիկ բերդը, Սանահնա և Հախպատի վանքերի պատերը, տաճարները, սրահները՝ նրանց համար վարժատուն: Իրանք, դորդ ա, կարդալ չեն գիտի, ամա սրտներումը երկաթի պես ա գրված, թե էս է՛ն սուրբ հողերն են, է՛ն սուրբ դաշտերն են, ուր մեծն Շահն-շահ Աշոտ Բագրատունի, Սմբատ..., Զաքարե Սպասալար, Արղությանց-Երկայնաբազուկ նախնիք, Հովհան Օձնեցի իմաստասեր, Հովհան Երզնկացի՝ արծվի պես խոյանային, առյուծի պես մռնչային ու իրեղեն սերովբեի ու քերովբեի պես թուրը ձեռ առած՝ երկրումս Օմարի, հոնաց,

Չինգիզ խանի, Թամուրլանգի հոգին քաղեին, երկնքումը իրանց համար անմահության բրաբիոն, անթառամ պսակ պատրաստեին:

Նրանց ծնկները՝ սրանց գերեզմանի վրա չոքում, նրանց երեսը սրանց սուրբ հողին ա քսվում. նրանց ոտը սրանց երեսին ա կանգնում. Նրանց արտասունքը սրանց հողի հետ ա խառնվում: Նրանց սերմը՝ սրանց հողիցն դուս գալիս, իրանց պահում: Նրանց տան հիմքը՝ սրանց գերեզմանի վրա շինած: Նրանց մեռելը՝ սրանց միջումը պառկած:

Քնից են վեր կենում, սրանց գերեզմանը տեսնում,
Թե՛ քուն են մտնում, սրանց երազում տեսնում,
Թե՛ օրթում ուտում, նրանց անունը տալիս,
Թե՛ ճամփա զնում, նրանց աղոթքն հիշում,
Թե՛ կռիվ անում, նրանց հիշում, հաշտվում:
Ո՛վ սուրբ լերինք, ձորք, Հախպատ, Սանահին.
Ձեր սուրբ դաշտերումը, սարերի գլխին
Հազար արձաններ անմոռունչ կանգնին,
Կենդանի լեզվով՝ խեղճ անցավորին
Կանգնացնեն, ասեն, էլ լավին կրկին.
«Լա՛ց քո տարաբախտ արևդ ու օրերդ,
Լա՛ց քո խեղճ գլուխը, բա՛ց էդ ձեռներդ.
Տո՛ւր հոգիդ անտեր, ողորմելի հայ,
Էլ ո՞ւր ես զնում, գլխիդ չտալիս վա՛յ:
Կա՛ց, մեռի՛ր էստեղ, թո՛ղ քո ոսկերքն էլ
Էս սուրբ հողումը կարենաս թաղել,
Որ մարմինդ էլա էս աշխարքումը,
Քո թագավորաց հետ ու միջումը
Էստեղ դինջանա, չունքի քո աչքը
Կարոտ մնաց, տեսնի քո ազգի փառքը:
Նրանց սուրբ հողն էլա թո՛ղ երեսդ ծածկի
Նրանց կոխած թուփը քո գլխիդ ծաղկի»:
Թողե՛ք, սրբազան նախնիք մեր հզոր,
Ձեր սուրբ երեսին զոհ լինիմ մեկ օր.
Ա՛խ, շունչս քաշելիս կրակ է դուս գալիս,

Աչքս խփելիս, բերանս բանալիս
Ա՛խ ու ո՛խն ա լաց ամպի պես խառնվում,
Էրում, խորովում, օրս խավարացնում:
Ա՛խ, ի՞նչ օգուտ, որ սիրտս ա իմանում,
Աչքս չի՛ տեսնում, հոգիս մխիթարվում.
Ընչի՞ ձեր թևի տակին չծնեցի,
Ընչի՞ ձեր շունչը ես էլ չլսեցի,
Որ վեհ Շահն-շահն կամ Մեծն Սմբատ
Ինձ էլ ասեր, թե՝ «Որդի հարազատ,
Տե՛ս, է՛ս հողումը ես քեզ պահեցի,
Տե ս, է՛ս հողումը քեզ մեծացրի.
Շունչդ տո՛ւր, հոգի՛դ, բա՛յց քո հայրենիք
Մի՛ տար թշնամյաց, ու անաշխարհիկ
Ընկնիլ սարեսար, լինիլ չարաչար,
Ծառա օտարաց կամ գերի անճար»:
Փակի՛ր երեսդ, Աստված ասեր հա՛յ.
Վա՛յ մեր խեղճ օրին, մեր արևին վա՛յ.
Ամպել ա երկինքը, կայծակին տալիս,
Սար ու ձոր գոռում, հառաչում, լալիս:
Էլ ի՞նչ ես կանգել ձեռդ ծոցումդ,
Մնացել շվարած՝ շունչդ բերնումդ:
Փախի՛ր, ա՛խ, գլուխդ ա՛ռ, կորի՛, որ պրծնիս,
Էս հեղեղին դու ի՞նչպես դեմ կընկնիս.
Ա՛խ, ի՞նչպես էսօր դու գլուխ բարձրացրիր,
Բարի՛ արեգակ, երեսդ հանեցիր.
Ա՛խ, ի՞նչպես սիրուն աչքդ չխփեցիր,
Ու էդպես հանդարտ էկար, կանգնեցիր,
Որ վկա լինիս անիրավ գործքի,
Որ լիս տաս խավար, անողորմ սրտի
Ու խեղճ հայերի արինն ու ջանը,
էրված տան ծուխը, փակված բերանը,
Կտրատված լաշը, սուգ ու շիվանը
Լսես, տեսնիս, գնաս էլ ետ քո բանը:
Անողո՛րմ երկինք, ի՞նչպես դուք թողիք.
Ո՞ւր ձեր ամպը, կայծակն էսօր պահեցիք.
Չարի սուրը տեսած՝ դուք պապանձվեցիք,

Ու փուլ չի՛ էկպք, ձեր տակով չարիք:
Ապառա՛ժ գետին, անկո՛ւշտ հողի փոր,
Հենց անմե՞ղ արին կուզեիր էսօր.
Հենց անշո՛ւնչ մեռել ծոցդ կտանիս,
Ծնողաց սուգ, շիվան ո՛չինչ համարիս:
Աչքերդ կխփես, բերանդ կբանաս,
Թշվա՛ռ դու զազան, որ ո՛չ կշտանաս:
Ի՞նչ կըլեր էսօր մեկ գութ շարժեիր,
Անմեղի լացն, սուգն դու մեկ լսեիր,
Քո չար որդիքը հրով խրատեիր,
Բարի որդիքդ սիրով պահեիր,
Քեզ քանդողի դու տունը քանդեիր,
Քեզ շինողի դու տունը շինեիր,
Ու հազար անմեղ հոգի զառնի պես
Մրի չտայիր, խնամեիր մոր պես:
Ետ դա՛ռ, անցավոր, ա՜խ, ո՞ւր ես գնում,
Մի՞թե արյան ծովն առաջիդ չտեսնում.
Քո խեղճ ազգի ջանն առաջիդ ընկած,
Արինաշաղախ հողումը քցած՝
Մանուկն մոր սրտին, հարսը փեսային,
Որդին հոր դոշին, աղջիկն մոր ծծին,
Կաթը բերնումը, ձեռը նրա ծոցին,
Արյուն, արտասուք, մազ ու հող, երես՝
Իրար շաղախված, հնձած ծաղկի պես,
Քուչա, ճանապարհ բռնել են, փակել,
Քար ու դաշտ ու հող արնով լվացել,
Քեզ ձեն են տալիս, թե որ անց կենաս,
Խըղճմտանքիդ մտնես կամ դուս գաս,
Աչքդ մեկ գետնին քցի՛ր ու ասա՛,
Աղլուխն ա՛ռ ձեռդ, սրբի՛ր ու մեկ լա՛.
Չոքի՛ր էն հողի, է՛ն դաշտի վրա,
Նայի՛ր երկինքը ու լա՛ց, սուգ արա՛,
Հիշի՛ր նրանց հոգին, պահի՛ր քո մտքում.
Թե մեկ ազգ իրան, որ էս աշխարքում
Չի՛ պահի, թշնամուն ինքը գերի կըլի,
Աստված էլ նրան աչքից կըքցի:

— Տղե՛րք, օյաղ կացե՛ք, թվանքներդ հազրեցեք, երեխեք, օղլուշաղ բերե՛ք, մեր տունն ածեցե՛ք, — ասեց Խլղարաքիլիսի իշխան պարոն աղա Սարգիսը, — փառք աստուծո, տունս հացով լիքն ա, գոմեշներս՝ կթի. ինչ ունիմ ձերն ա. ձեր տավարն էլ, որքան կարեք, զեղին մոտացրե՛ք: Միրտըներդ պինդ պահեցե՛ք, քանի իմ ծուխս չի՛ կտրվել, ու շունչս բերնումս, ջանս ձեր ուղուրին դրած ա: Մենք քրդերի ու օսմանլվի հետ ենք քյալլա տվել, էս անսիրտ աջամն ի՞նչ ա, որ մեր առաջին դիմանա: Երկինքն էլ որ թռչին, տեղվետեղ կրակ դառնան, մեր մազին չե՛ն կարող դիպչիլ: Մեր ոսկորները Ղարսա սարերումն ա պնդացել, սրանք ո՞վ են, որ մեզ դեմ կենան: Թո՛ղ մեզ բարութ ու թվանք չտան, մեր տղամարդությունը մեզ համար բարութ էլ ա, պարիսպ էլ: Լավ նայեցե՛ք, որ սելերը դայիմ ըլին: Մեկ դաստեղ գնա զեղի էն կողմը, մեկ՝ էս կողմը. թե կարաք, մեծ ու պստիկ խառը կանգնեցե՛ք, որ թշնամին հենց իմանա, թե մենք շատվոր ենք, ու սիրտ չի՛ անի, մոտանա: Ես իմ դաստովը ճամփի առաջը կկտրեմ. առաջի դուս էկողի ճակատը էս գյուլլին դուրբան կանեմ, որ հրես քցում եմ:

Ղորդ ա, շատ օր մտիկ արինք, չէկան, ամա էս գիշեր ինձ սուրբ Սարգիսն երևաց, ծառա եմ նրա սուրբ զորությանին, ու ինձ ասեց, որ մեր գլխի թաղարեքը տեսնինք: Սուրբ Սարգսի անունը տվե՛ք, աղոթք արե՛ք, հրես աղոթարանը, որտեղ որ ա, կբացվի: Նրանք մեր ազգի արինը շատ են վեր ածել մեկ օր էլ մենք նրանց արինը վեր ածենք: Հայ չե՞նք, հայի արարչին մեռնիմ, նրա ամեն մեկը մեկ սարի բարեբար ա: Էլ վախս մե՛ք կորցնիլ. կապրինք, էլի մեր հողումը, մեր օղլուշաղի հետ կխնդանք, կմեռնինք, էլի մեր ննջեցելոց հողի վրա արին կթափենք: Վարդանա թոռները չե՞նք, Տրդատա արինը չի՞ մեր սրտումը, Տիգրանի շունչը չի՞ մեր բերնումը: Սար ըլեր՝ կհալչեր, էլի մենք՝ հայերս չե՞նք, որ ամեն տեղ անուն ունինք, մեր հավատը ամեն տեղ գոված ա. Մեռնի՛մ ձեր արնին, Էնպես մեկ քաջություն անենք էսօր, որ աշխարհի ամենայն իմանա: Դե՛, էլե՛ք, Սմբա՛տ, Աշո՛տ, Տի՛գրան, էլե՛ք, ձեր խոքուն (հոգուն) դուրբան, տեսնիմ, թե ի՞նչպես էսօր ձեր անունի լայաղ ձեր հունարը նշանց կտաք: էդպես անուն ունեցողը, սար ըլի առաջին, պտի վրովը թռչի. ծով ըլի, պտի ոտնակոխ տա, ո՞ւր մնա էս քյամալազ, թուլ աջամը, որ ո՛չ հոգի ունի, ո՛չ հավատ, ո՛չ օրենք: Մեկ մարդ որ մեռոն չունենա ճակատին, նրանում ի՞նչ զորություն կըլի: Մեր ձեռը որ թուլանա, աստուծո հրեշտակը, սուրբ Լուսավորչու բարեխոսությունը մեզ քոմակ կըլին, է՛նքան ա մեր հավատի զորությունը:

Տե՛րտեր ջան, վեր կա՛ց, ամենին էլ սրբություն տո՛ւր. դրա զորությունին ղուրբան. մեռնի՛նք, հոգու փրկություն ա, ապրի՛նք՝ մարմնի առողջություն: Խոստովանության վախտը չի՛. Աստված ինքը գիտի, որ մեր սիրտն արդար ա: Թե մեռնիմ, ինձ թաղեցե՛ք, իմ հոգուս հացը տվե՛ք ու էս ջիվան որդուս պահեցե՛ք: Հինգ որդի ունիմ, իրեք՝ ախպեր, վեց-օխտը՝ ախպոր զավակներ, հարսն ու թոռը, ամա իմ աչքի լիսը սա ա էլել: Ամենից ավելի սրան եմ ուզել, սիրել: Ա՛խ, թե գիտենաք՝ սա ի՞նչ ցեղից ա:

Վա՜յ, ի՞նչ ասեցի, դուք լավ գիտեք: Սա մեր քաջ նահատակի՝ Վարդան Մամիկոնյանի արնիցն ա: Երեխա էր, որ հերնըմերը մեռան, ես սրան վեր առա, ինձ որդի շինեցի, ու ինձ որդուց ավելի համ տվեց: Ջուրը որ քցեի, կընկներ. կրակը քցեի, երեսը ետ չէ՛ր դարձնիլ: Տեսնո՞ւմ եք է՛ս լեն ճակատը, է՛ս պարթև բոյը, է՛ս արծվի աչքերը, է՛ս գեղեցիկ պատկերը. լսե՞լ եք սրա անուշ լեզուն: Եկեղեցին մտնելիս, հենց իմանաս, հրեշտակ ա մտնում մեր մեջը, դուս գալիս, հենց բռնես՝ արեգակ ա ծագում: Ա՛խ, ամեն մեկ սրան մտիկ տալիս, ամեն մեկ սրա ձենը լսելիս՝ էնպես եմ իմացել, թե սուրբ Վարդանն ա առաջիս կանգնած: Տե՛րտեր ջան, սրան օրհնի՛ր, ձեռդ դի՛ր գլխին. Ո՞վ ա խաբար, աղոթարանը բացվում ա արնով լցված. սրտովս դառը մտքեր շատ ա անց կենում, ամա մեր հավատը զորավոր ա:

Վա՛րդիկ ջան, արնի՛դ մեռնիմ. քանի շունչս վրես ա, արի՛, մեկ քեզ համբուրեմ, արի՛, էդ սուրբ երեսիդ ղուրբան ըլիմ: Թե հողն էլ մտնիմ, էդ արդար ձեռովդ իմ աչքս խփի՛ր իմ հողը դու՛ քցիր, իմ մեծ որդին դո՛ւ ըլի՛ր, իմ տեղը դո՛ւ բռնիր, իմ տունը դո՛ւ հովվիր: Քանի ոտդ իմ շեմումն ըլի, իմ տունը կծաղկի, քարերն էլ ինձ պտուղ կտան: Արի՛, երեսիդ մեռնիմ, իմ երկրո՛րդ Վարդան, իմ ազի՛զ Վարդան. գերեզմանումն էլ որ ըլիմ, որ դու գաս, երեսս կոխես, հենց կիմանամ հրեշտակ ա թևերն վրես փռել: Արի՛, արի՛, երեսս ոտիդ տակը, բալքի թե է՛ս ձեռը, որ հիմիկ քեզ խտտում ա, է՛ս աչքը, որ սուրբ երեսդ տեսնում, է՛ս լեզուն, որ հետդ խոսում, էսօր բոլորն էլ լռվին, ու մարմինս քո առաջին անշունչ, անլեզու ընկած ըլի: Լաս՝ ես չլսեմ, սգաս՝ ես չտեսնիմ, չիմանամ: Վարդանի՛ Աստված , Վահանի՛ Աստված , ո՛վ սուրբ Լուսավորիչ. թե էս ծերացած գլուխը էլ ջեր օր չի՛ պտի տեսնի, թո՛ղ սրա ոտի տակին մեռնիմ: Թե էս հալևոր աչքը էլ արեգակի լիս չի՛ պտի տեսնի, ա՛խ, Աստված , քո հողն եմ ու մոխիրը, թո՛ղ սրա ձեռն իմ երեսիս մեկ բուռը հող քցի:

Վա՛րդան ջան, արևիդ մեռնիմ, մի՛ լար, քո արտասունքը սիրտս էրում, խորովում ա: Մի՛ լար, էդ քո հրեշտակի աչքերիդ դուրբան: Քո սուրբ պապի օրհնությունը մեզ վրա ա, սրբի՛ր աչքերդ: Մկամ քեզ որ օրհնեմ, ես պտի մեռնի՞մ. քեզ ո՞ր օրը չե՛մ օրհնել, ո՞ր օրը չե՛մ գովել ու երեսդ երեսիս, աչքերս երկինքը քցել, քեզ ումբր ու արև խնդրել: Արի՛, ո՛րդյակ իմ. արի՛, հոգի՛ իմ. իմ տան սին, իմ կենաց զավզան, իմ օրհնությունը հոր օրհնություն ա: Հոր ձենն Աստված թեզ կլսի: Արի՛, քեզ օրհնեմ. , վախտը հասել ա, գնա՛ մորդ մոտը, մյուս տղերքանցս սիրտն ա՛ռ, քեզ պահի՛ր: Աստված էս ձեռը, որ մինչև էսօր մեկի մազի չի դիպել, չի թուլացնիլ: Դուք ինձ համար աղոթք արե՛ք ձեր արդար բերնովը: Էս քաջ տղերքանց ջանն ըլի սաղ. արծիվը երկնքիցը վեր կբերենք:

Տե՛րտեր ջան, Պահպանիչդ ասա՛, ավետարանը կարդա՛, մեկ կարճ աղոթք անե՛նք, աստուծո էս սուրբ երկնքի տակին, բալքի թե դիա շուտով մեր ձենը առ Աստված հասնի: Երեխե՛ք, չոքեցե՛ք, ծունր դրե՛ք, ձեր՝ էս սհաթի ամեն մի շունչը Աբելյան պատարագի պես երկինքը կվերանա. հանեցե՛ք թրըներդ, թո՛ղ տեր հայրն օրհնի:

Տան կտրներին, հայաթի միջին,
Դաշտի երեսին, հողի բաց դոշին,
Երկնից առաջին, աստղերի տակին
Նրանք չոքեցին, նրանք կանգնեցին:
Երեխանց ձենը, տղայոց լացը,
Ծնողաց սուգը, նրանց մաղթանքը
Իրար հետ խառը երկինքն վերացան:
Հերը որդին օրհներ, մերը զավակն հանձներ:
Մութն ու խավարը քիչ-քիչ հեռանար,
Լիսն ու արևը ծանր մոտանար:
Երկիրը նրանց արտասունքը սրբեց,
Երկինքը նրանց աղոթքը լսեց.
Ուրախ երեսոք տեղից վեր կացան.
Տերտերի ձեռը, խաչն, ավետարան
Ճակատին դրին նրանք, համբուրեցին.
Ձեռ-ձեռի տված՝ իրար սիրտ դրին,
Աչքները սիրով երկինքը քցեցին.
Թե մահ էլ, թէ կյանք նրանց հանդիպին,
Իրար հետ ապրին, իրար հետ մեռնին,
Իրար հետ արին թափեն ու կռվին,
Իրար հետ թաղվին, իրար հետ պսակվին:
Ահ ու տխրություն էլ չէ՛ր երևում.
Երեսն արև՝ լիս դառած փայլում,
Արինն սրտիցը կրակի պես վառվում,
Հոգին մարմնիցը ձեն տալիս, ասում.
«Էլ մի՛ կորցնեք դուք ձեր ժամանակն,
Գրվեց երկնքումը ձեր սուրբ հիշատակն:
Սար ու ձոր հրեն ոտն են վերցրել,
Գալիս ձեզ վրա՝ ոտնատակ անել,
Բայց ձեր քաջությունն, երկնից զորությունն
Կարեն աշխարքումս թողալ ձեր անունն.
Թե սերն ու հավատն, հայրենյաց նախանձն
Որքան զորավոր են ու շնորհապանծ,
Որ մինն հազարին կարա խորտակիլ,
Երկուսը բյուրին՝ կոտրիլ, նվաճիլ»:
Ձեն տվին միմյանց, սիրտ տվին միմյանց,

Օրհնություն առան, գնացին ի բաց։
Բայց անմեղ Վարդանն մինչև էն վախտը,
Շլինքը ծուռը, աչքերը գետնին՝
Մեկ հորը նայելով, մեկ լացը սրբելով,
Մեկ ա՛խ քաշելով, մեկ սիրտը բռնելով,
Խալխին նայելով, սուգը կուլ տալով,
Երկնքին աղոթքը, երկրին արտասունքը
Տալով, հանելով՝ մեկ ձեռը թրին,
Մյուսը հոր ուսին, հոր ճտովն ընկած՝
Լար ու մղկտար՝ աչքերը լցրած։
«Անուշ իմ դու հա՛յր, անգին բարերա՛ր,
Իմ կենաց տվո՛ղ, իմ հոգուս դու ճա՛ր.
Մկամ տո՞ւնն կարա իմ ոտը փակել,
Մկամ չե՞մ կարա իմ աչքը կապել։
Մի՞թե էս արինն ինձ դո՞ւ չե՛ս տվել,
Մի՞թե էս ջանը ինձ դո՞ւ չե՛ս բաշխել.
Կարե՞ն դինջանալ, ինձ հանդարտ թողալ։
Բանտումն էլ ըլիմ՝ ոտս բխովումն,
Մահն իմ առաջիս, սուրն իմ դոշումս,
Էլ քեզ կուզեմ, որ ես իմ հոգիս տամ,
Քո՛ ոտիդ տակին մեռնիմ, հող դառնամ,
Որ ես քո կողքումն, ա՛խ, չըլիմ կանգնած,
Իմ կյանքը քեզ չտամ, հոգիս քեզ առաջ,
Հետո քո ոտը երեսս կոխի,
Հետո բերանդ իմ հոգիս օրհնի։
Ա՛խ, հա՛յր իմ, հա՛յր իմ. քո ըմբրիդ մեռնիմ,
Առանց քեզ մեկ օր թո՛ղ ես լիս չտեսնիմ.
Մեռնիմ՝ ինձ թաղի՛ր. ապրիմ՝ ինձ պահի՛ր,
Ինձ տա՛ր քո հետը, ինձ մի՛ սպանիր։
Տե՛ս, էս սուրը, որ ձեռիս բռնած եմ,
Առանց թշնամու իմ սիրտս կխրեմ.
Մինչև քո աչքի, քո տան առաջին
Հարիր թշնամի քեզ մատաղ չըլին.
Մինչև էս ձեռը քեզ գյուլլա քցողին՝
Հավի պես չմորթի քո ոտիդ տակին.
Մինչև էս թուրը հարիր թրավորի

Շլինքն առաջին կամ ձիու փորի
Տակին չջարդի, էլ ո՞ւր ես ծնա.
Իմ կերած հացը քթովս չի՞ դուս գա:
Չէ՛, հա՛յր իմ, հա՛յր իմ, քեզ մատա՛ղ ըլիմ,
Ինձ էլ տա՛ր հետդ, որ ես էլ կռվիմ:
Աշխարք իմանա, թե քաջ Վարդանի
Ցեղն ու բոլոր ազգն՝ անմահ, անվանի,
Հայրենյաց սիրուն, հավատի խաթեր
Պատրաստ են զոհ տալ իրանց կյանքն, օրեր»:

— Սելավն վրա պրծավ, գլուխդ պահի՛ր, Վա՛րդ ջան. տուտը բաց էլավ, մնաս բարով, դո՛ւրքան:

«Ինձ ո՛չ սելավի, ո՛չ թրի, թվանքի,
Ո՛չ ամպի կայծակ, ո՛չ փրթնա ծովի
Չե՛ն կարող հաղթել, քեզանից խլել:
Տե՛ս, աֆթա էկողն ի՛մ փորս պտի ըլիլ.
Թե սելի տակիցն չե՛ս ուզում՝ կռվիմ,
Դուս կգամ դաշտը, մենակ կկանգնիմ,
Կընկնիմ նրանց մեջը կեծակի նման,
Դաղըրմիշ կանեմ, ինձ կտամ դուրքան:
Յա՛ արազահաս զինավոր Սարգիս,
Քեզ եմ կանչել, դու ղվաթ տո՛ւր ձեռիս»,
Ասեց պատանին՝ Վարդիկն Հայկազուն,
Ոտը վեր քաշեց թվանքի ու իսկույն
Ական թրթափել՝ թշնամու գլուխն
Ձիու ճտովն ընկավ, լիսը բացվեցավ:
Կամեցավ երկինքն՝ ամպերն հավաքի,
Որ.էս դառն վիճակն բնավ չտեսնի,
Բայց արեգակի լիսն, քամու թևն
Առան, տարան նրանց սարերի ետևն,
Որ տեսնիին Հայոց քաջության հանդեսն,
Թշնամու հաղթվիլն ու նրանց սև երեսն:
Ինպես կատաղի գազան՝ Հասան խանն
Թափի տակիցը դուս պրծավ, հասավ.
Շորագյալի դոշն մթնեց, սևացավ.

Խլղարաքիլիսեն մխումը կորավ.
Հենց բռնես, երկինքն հանկարծ փուլ էկավ,
Ամպ ու կայծակով քանդեց սար ու ձոր.
Էսպես էր նրանց խեղճ հալը էսօր:
Տավարն մեկ կողմից քշեցին, տարան,
Գեղը մեկ կողմից կրակ տվին, առան:
Ինչպես մեկ կաթիլ գարնան անձրևի՝
Սաստիկ մրրկի, քամու ձեռ ընկնի,
Կամ մեկ անմեղ գառը հարիր գազանի
Ռաստ գա ու մնա կանգնած նրանց միջի,
Էնպես մնացին չորս կողմը պատած.
Վերևն՝ երկինքը, ներքևն՝ հողը սառած:
Բայց քաջ Հայկազունք սիրտ-սրտի տվին,
Վարդանն մեջ արած՝ իրար կանչեցին.
«Մեռնի՛նք թո՛ղ էսօր մենք էլ միասին,
Որ սուրբ Վարդանի հասնինք, ա՜խ, փառքին:
Ընկե՛րք, մի՛ վախիք, դուք դոչաղ կացե՛ք,
Քամակ-քամակի տվե՛ք, միացե՛ք,
Թո՛ղ մեկ հող, մեկ սուր փրթի, մեզ թաղի,
Մինչևետին մարդն, մեկն էլա չփախչի»:

Արեգակը կրակ դառած՝ Ալագյազի կողմիցը բարձրացավ. աչքերը սրել երկրի մեջն էր ուզում մտնի, քարերը ճոթոի, որ պարզ տեսնի մեր ազգի քաջահաղթությունն ու տղամարդությունը: Ամպերի գլխին բոց էր վերածում, որ չհամարձակին նրա երեսը կալնին ու իրանց տեղը տաք արած մնան: Սար ու ձոր սիրտ ու գլուխ բաց էին արել ու իրանց խոնարհությունը, իրանց ծառայությունը ցույց տալիս: Բայց խլղարաքիսեն է՛ն խավարն էր բռնել, է՛ն շամանդաղն էր պատել, որ աչքը իր առաջը բռանց էր տեսնում: Թվանքի ձենը, թշնամու գոռոցը, ձիանոց խրխինջը, տավարի բառանչը, գետնի թոզը ու դումանը Շորագյալու դաշտը բռնել, կապել էին: Քրիստոսի խաչի ու Ալու փանջի հոգին ո՛չինչ օր էնպես իրար չէին դիպել, ինչպես էս սհաթը:

Հարյուր անգամ պարսից սևագունդ զորքը զու արին,

երիշ քաշեցին, ամեն անգամ էլ հարյուրով կոտորվեցան, իրանք իրանց լաշերի վրովը, էլի ետ փախան, շունչ առան, էլ կրկին էկան, էլ կրկին մեկ բուռը խալխի թվանքի համն առան, էլի ամոթով ետ դարձան: Ո՛չ Նազի խանն էր կարում իր հունարը ցույց տալ, ո՛չ Օքյուզ աղեն, ո՛չ Սվանղուլի խանը: Ղազախ, քուրդ սարվազ՝ ինչ տղամարդություն ունեին, թափեցին, ո՛չ նիզամով կարացին, ո՛չ երշով մեկ քանի հողագործի տուն առնեն: Որտեղ մոտանում էին, տան դռներիցը, սելի արանքներիցը թվանքները էնպես էին ճռռում, որ շատ պարսիկ իր ընկերին էր ոտնատակ տալիս: Տա՛վար, ո՛չխար զնացին. արտերի կրակի բոցը և ծուխն երկինքն էր հասել:

Հասան խանը հուսակտուր սկսեց Սահակ աղին ղրկել, որ նրանց սիրով հորդորի, զան, նրան գլուխ վեր բերեն, ռսիցը դոնմիշ ըլին, իրան հնազանդին, նա նրանց մազին չէր դիպչիլ: Բայց Սահակ աղեն՝ էս երեվանցվոց փրկիչը, որ օրը հարիր մարդի գլուխ պրծացնում, գազանի ձեռիցը իր ազգին խլում, պահում էր, օրը հարիր աղքատ հայի դարդին հասնում ու թուրքիցն ազատում էր, ի՞նչ սրտով պետք էր նրանց խրատ տա, որ Աստված թողան, սատանին հնազանդին: Բայց հրամանը ծանր էր. չաներ, հազար հայի սարվազ ու ձիավոր, որ դոնշունումն էին, մեկ րոպեումը սուրը կքաշեին: Աղլուխը աչքին դրած՝ մոտացավ էս պաշտելի իշխանը: Նա չէր արտասվում, թե զան, հնազանդին, նա լաց էր ըլում, թե իրանց գլխի ճարը տեսնին ու գազանի ձեռը չընկնին: Հենց հայի դոնշունը մոտացավ, Սահակ աղեն՝ նրանց գլխին, հենց բերանը բաց արեց, որ խոսի, ո՛չ թե նրանց դարձնի, այլ խրատ տա ու մխիթարի, հարիր թվանքի բերանը ցցվեց.

— Գնա՛, աչամի հայ, էդ երեսիդ միռոնին ենք խաթր անում, թե չէ վաղուց ձեր արինը մեր հողը կներկեր, վաղուց ձեր հոգին մեզ դուրբան կըլեր: Լուսավորչուն զնացե՛ք, խունկ ու մոմ վառեցե՛ք, որ ձեզ սաղ-սաղ ետ ենք դարձնում: Մենք աչամի հացը չե՛նք կերել, աչամի ձեռի տակին չե՛նք մեծացել, որ նոքար դառնանք: Դուք մեր թրի հունարը լավ զիտեք, դուք դրաղ կացե՛ք, ձեր ի՞նչ գործն ա. թո՛ղ մեր թշնամին մեր առաջը գա, սիրտ ունի, մոտանա, սովրել ա գողի պես գեղեր քանդի, տավար հետ ածի. թե կտրիճ ա, թո՛ղ իր հունարը ցույց տա: Մենք հազար մարդ չենք ըլիլ, ձեր դոնշունը քսան հազարից էլ ավելի ա. քանի շունչ ունինք, մեր հողն ու օղլուշաղը ձեզ չե՛նք տալ, ե՛տ դառ:

Ինչպես մեկ կատաղած դափլան (վագր), էս բանը որ լսեց Հասան խանն, հրամայեց զորացը, որ թրի, թվանքի մտիկ չանեն, յա՛ էն օրը մեռնին, յա՛ իրանց ամոթը ծածկեն, յա՛ Խըլղարաքիլիսեն տակնուվեր անեն, յա՛ իրանք տակովն ըլին: Ինքը թուրը հանած՝ ուզում էր, որ նրանց առաջին զնա ու առաջին թուրը ինքը խփի, սելի սանգարը ինքը կոտրի ավալի եսրի գլուխն ինքը թոցնի, Օքյուզ աղեն մեկ կողմից, Նաղի խանը մյուսից՝ հազար մուննաթով նրան կակղացրին, որ իր անօրեն կենացը խնայի, իր գլխի պատիվը չի՛ կորցնի, ինքը չաղրումը նստի, սարիցը նայի, տեսնի, թե ի՞նչ հրաշք կգործեն նրա ծառեքը. երբ իրանք կմեռնին, էն ժամանակը թո՛ղ գա, որ նրանց արնի ջառմեն հանի: Խնդրները կատարվեցավ. երկաթի երեսը մի քիչ դինջացրեց, քոսա միրուքը սղալեց ու քավթառ քոսի աչքերը դես ու դեն քցելով, անատամ չանեքը իրար խփելով՝ նոթերը կիտեց, դայլանը քաշեց, որ քիթ ու պռունկը դեռ ծխով լիքը՝ իր դժոխքի բերանը բաց արեց, որ ինչ հայի ձիավոր ու սարվազ կան, առաջ քցեն, իրանք ետնիցը զնան, որ սրանք կոտորվին, նրանց բարութը հատնի, որն էլ իրանք ետնիցը սպանեն, թե իրան հավատալցին դիմիշ անի ու երըմիշ չըլի. կամ թե խըլղարաքիլիսեցիք իրանց դավանակիցը տեսնելով՝ թուլանան, թվանք չի քցեն, որ ետո իրանք հանկարծ վրա թափին, սելերը դաղըթմիշ անեն ու նրանց ապավինողներին կամ սրով ջարդեն, կամ սաղ՛սաղ կրակը դնեն, էրեն:

Հասան խանը մեկ քանի ձիավորով նի էլավ սարը, դուրբինը առավ ձեռքը, մեկ քարի վրա պըպզեց ու ձեռով արեց: Օքյուզ աղեն իր քրդերովը, Նաղի խանը իր ղազախներովը՝ աջ ու ձախ բռնած, Սվանղուլի խանը իր սարվազներովը, Ջաֆար խանը՝ սարդարի մեծացրած փեշդսմաթը (փոքրավորը), իր ղոնշունովը, հայերին, ինչպես մեկ սուրու ոչխար, մեջ արած՝ ծեծելով, ջարդելով սկսեցին առաջ խաղալ: Քաջածաղիկ պատանին Վարդան, որ հինգ սհաթումը քառասնից ավելի մարդ կամ սպանել էր, կամ յարալու արել, որ արծվի պես էս կտրից էն կտուրն էր ընկնում ու որին բարութ, որին սիրտ տալիս, մխիթարում, լեղապատառ վազեց, հոր անկաջը մտավ ու լացակրկնած, մազերը պոկելով հորը ցույց տվեց, ճտովն ընկավ, երեսը համբուրեց, ոտները պաչեց, որ չունքի մեկ օր պետք է մեռնեին, թո՛ղ էսօր մեռնեին, սել ու տուն կրակ տային, օղլուշաղներն էրեին ու իրանք ընկնեին թշնամու մեջը, որ որտեղ թուրը կոտրվեր, բարութը հատներ, իրանք էլ էնտեղ նահատակվեին, որ իրանց ազգի վրա ո՛չ թուր քաշեն, ո՛չ թվանք քցեն:

— Ամեն մարդ իր գլխի տերն ա, — գոռաց էս անսիրտ հալև»որը էնպես, որ աչքերիցը կրակ էր վեր թափում, — ընչի՞ են էքան խղճացել, որ իրանց թուրը իրանց սիրտն են կոխում: Մարդ որ իր տանը, իր աշխարքին մուղայիթ չի՛ կենա, իր հողի ղադրը չգիտենա, մեռնի մեկ օր առաջ լա՛վ ա, քանց սաղ մնա. հողն էլա հո կդինջանա՞: Նրանք էն վախտը կըլին մեր ազգը՝ հայ Քրիստոնյա, որ թե էս սհաթին դոնմիշ կըլին ու համ իրանց կազատեն, համ մեզ քոմակ կանեն: Գլխիցս ձեռք վերցրո՛ւ, դու դեռ ջահել ես. հալա մեծացի՛ր, ետո ինձ խրատ տո՛ւր: Աշխարքը դեռ փակ ա քո աչքին:

— Հա՛յր, հա յր, նրանք ի՞նչ մեղավոր են, գլխիդ մեռնիմ, էդ սիրտը մի՛ ունենար, մեր ազգին խեղճ արի. Թո՛ղ մենք մեռնինք, նրանք ապրին: Մեր օղլուշաղը մեր մոտին ա, նրանցի աչքը՝ ճամփի, մի՛ անիլ:

— Ձեռք վերցրո՛ւ, ասում եմ, հրես էկան: Տղե՛րք, էլ մե՛ք մտիկ անիլ:

— Աղա՛, ձեր ազգն ենք, աղա՛, քո արևի սաղաղին, ամեն մեկս տասը, քսան գլուխ քյուլֆաթ տանը վեր ածած՝ թողել, էկել ենք. թրով են բերել, մենք չէինք գալիս: Աղա՛, գլխիդ դուրբան, տեսնո՞ւմ ես, որ մեզ զոռով կրակն ենածում, յա՛ բաց արե՛ք ձեր սանգարը, որ մենք էլ ձեր մեջը գանք, ձեզ հետ թուր տանք, մեր օղլուշաղի տերն էլ Աստված , յա՛ թող հայի թրով մենք չմեռնինք: Մեզ մորթի՛ր, գլխիդ մեռնիմ, չէ՞, մենք էլ քո ազգն ենք, մեկ ավազանում ծնված, մեկ խաչի պաշտող: Մեզ ջուրն ածի՛ր, խեղդի՛ր, մեզ մի՛ սպանիր, մեր դառն օրը մեզ հերիք ա: Մեր փրկիչն էսօր դու դա՛ռ: Թուր էլ ունինք, թվանք էլ, ամա հազար թուր՝ մեր գլխին սրած, հազար գազան՝ չորս կողմներս բռնած: Ի՞նչ անենք, ո՞ր ջուրն ընկնինք:

Ամպերն սկսեցին սարերիցը գոռալով բարձրանալ, երկինքը երեսը ետ բարձացրեց. արեգակը աչքը խփեց: Արին էին ուզում հայոց հսկայքը պրծացնիլ, իրանց ազգի արինը պետք է թափեին, հազար մարդ էին ուզում պահպանիլ, հինգ հազար ջիվան տղերք սրախորով անիլ, տասը հազար մանր երեխա՝ մեծ, պստիկ, անհեր, անաախպեր թողալ: Մեկ գեղ էին ուզում շինիլ, մեկ սաղ աշխարհ քանդիլ: Իրանք բոլոր մեռնեին, ետի եկողները կասեին, թե թշնամին նրանց կոտորեց, բայց թե իրանք իրանց ազգի վրա սուր քաշեին, հազար բերան ազգեազգս պետք է նրանց անիծեր, թե հայը հայի տունը քանդեց, հայը հային կոտորեց: Տղամարդություն էին ջանք անում ճարեն, ամոթք, նախատինք պետք է նրանց հավիտյանս հավիտենից մնար: Շատ էլ ուզեց, որ աղա Սարգիսը աչքին, սրտին հուպ տա, բայց արինը ետ դառավ, արտասունքն էկավ, լցվեց, կրակը հանգավ, դող ու սրսուռ ընկավ ջանը: Առաջին էր նայում՝ իր ազգն էր լալիս, ետևն էր նայում՝ գեղը վա՜յ տալիս, երեխեն գոռում, օղլուշաղը մեռնում.

— Էկա՛ն, էկա՛ն, վա՜յ մեր օրին:

Բայց ո՛չ երեխեքանց սուգը, ո՛չ կնանոնց լացը, ո՛չ մահն ու կյանքը էլ նրանց աչքը չէկան: Երկնային հրեշտակն՝ անմահության պսակը ձեռին, էկավ, նրանց վրա կանգնեց, նրանց ձեն տվեց.

— Հազար ու բիլոն ձեր ազգիցը էս օրը քաշեցին, թե ազդ եք ուզում պահիլ, ահա՛, ձեր առաջին.մեռե՛ք նրանց ուղուրին, որ քանի աշխարհս կա, ձեր անունն հիշվի, թե դուք ձեր ազգի արինը լավ համարեցիք, քանց ձեր իսկ կյանքը, քանց ձեր որդիքը: Էլ ի՞նչ եք կանգնել, կրակ տվե ք, տուն, օղլուշաղ էրեցե՛ք ու վրա թափեցե՛ք:

— Կրակ տվե՛ք, տուն, օղլուշաղ էրեցե՛ք, վրա թափեցե՛ք. Տղե՛րք, երեխե՛ք, մնա՛ք բարով, ամպեր, թափեցե՛ք, երկինք, գոռացե՛ք. Հողե՛ր, դաշտե՛ր, ձորե՛ր, սարե՛ր՝ սուգ արե՛ք, վկա կացե՛ք: Ով անց կենա էստեղ, ասեցե՛ք, թե մենք մեր ազգի համար մեզ մատաղ արինք, մեզ զերի տվինք, սուրը քաշվեցինք: Սելավ ըլեր, մեզ տանիլ չէ՛ր. դժոխք ըլեր, մեզ մոտանալ կարող չէ՛ր. երկիրը բացվեր, մեզ կուլ տալ կարող չէ՛ր. սաղ Պարսկաստան պոկ գար, մեր մեկ մազը թեքիլ չէ՛ր. Հասան խան, քո ամեն մեկ թիքեդ հազար սատանի ձեռ ընկնի՛, քո ջիդեն սրտումդ ցցվի՛: Որդիք, բալա, օղուլ, չողուլ, ղովում, ղարդաշ՝ էլ սուգ մե՛ք անիլ: Մեր տները թո՛ղ մեզ գերեզման ըլին, մեր արինը՝ մեզ մեռլաջուր, մեր հողը՝ մեզ պատան, մեր ձենը՝ մեզ ժամ, պատարագ: Սուրբդ Վարդան քաջ նահատակ, դո՛ւ տուր մեզ պսակն:

Խոտի դեզերի կրակն ու բոցը,
Խեղճ օղլուշաղի հարայ հրոցը,
Դարմանի ծուխը, կալերի մուխը
Ամպի պես ելին, օրը խավարացրին:
Գեղի չորս կողմը առավ ալավը,
Տների մեջը ծով դարձավ լացը.
Էլ ո՛չ հեր կարաց որդուն համբուրի,
Էլ ո՛չ մեր կարաց տղին մեկ տեսնի:
Հարսի սրտումը իր սերը մեռավ,
Փեսի բերնումը լեզուն չորացավ.
Քիրն ուզեց ախպորն ջան էլա ասի,
Ախպերն՝ քվորը իր խտիտն առնի:
Մեր ու խեղճ հարսներ՝ իրանց երեխեքն,
Տղերք, ծերունիք իրանց սուրն ու զենքն

Դոշին կպցրին, երկինքն նայեցին,
Աչքները խփեցին ու ա՜խ քաշեցին:
Մեկը դուռը փակեց, որ կրակումն էրվի,
Մեկն աչքը խփեց, որ ցավ չտեսնի:
Տղերքը գեղիցը դուս թռան դաշտը.
Տանըցիք փախան, որ ընկնին կրակը,
Էլ լաց չէ՛ր գալիս նրանց կարոտ աչքը,
Նրանց բուրջ, բաղան մնաց երկինքը:
«Տունը քանդեցին տանըցոնց գլխին,
Սելը քանդեցին, վրա թափեցին»,
Ձայն տվեց Վարդանն՝ հզոր պատանին,
Աշոտն քաջասիրտ, Մուշեղ Արծրունին,
Մեկն Նաղի խանի, մեկն Օքյուզ աղի,
Մեկն Ջաֆար խանի քամակը բռնեցին.
Երկուսն հրեշտակի պես թռան, գնացին:
Բայց սուրն Վարդանի՝ Օքյուզ աժդհին,
Որ սաղ առյուծին թե խփեր գլխին,
Իսկույն կսատկեր, կճապաղեր գետնին,
Միջիցն երկու կես արեց էն սհաթին.
Կեսն ձիու էս կողմը քաշ էլավ,
Կեսն մյուս կողմին դիպավ ու կպավ:
Իսկույն սարիցը ամպը տրաքեց,
Երկինքը բաց էլավ, թե հողը պատռվեց՝
Ք՛սան ձիավորով հսկայն Աղասի
Ղարսի սարերիցն թռած, իր դշի
Ձիու ականչումն մտած՝ վեր էկավ
Քրդի շորերով, սարին վրա պրծավ:
Գազան Հասան խան նրանց քուրդ կարծելով՝
Հենց որ մոտացան, ընկավ քարերով:
Փեշղսմաթքյարի, խանի, բեկերի
Գլխրներն, ինչպես մեկ անջան ծտի,
Թռան առաջները, ձիանոց տակերը:
Զարամու գլխին ջուր, կրակ մաղվեց.
Ձին էլ տիրոջ վրա ոտը բարձրացրեց.
Գյումբրու դզիցը ռսի բալաբան,
Քաջ սալդաթների դաստեն, կապիտանն

Արծվի պես հասան, թշնամուն մեջ առան:
Թոփը մեկ կողմիցն, թուրը մյուսիցն,
Մինը առաջիցն, մինը ետևիցն
Հնձեցին թշվառ թշնամու զորքը,
Ջարդեցին, բերին էլ թոփի կողքը:
Արինը ծովի պես գնում էր, կանգնում,
Հայերն լաշերի վրով անց կենում.
Նոր հոգի առած՝ իրանց տունն ընկան,
Հեր ու մեր, որդի դոշ-դոշի կպան.
Հարսն ու փեսայի ջուր դառած աչ՛քը,
Երկինքն վերացած հոգին ու կյանքը
Էլ աշխարհ էկան, էլ իրար քթան,
Իրար գրկեցին, իրար մոռացան,
Իրար ձեռք տվին, բայց դեռ չիմացան՝
Երկնքո՞ւմն են, թե՞ աշխարքիս վրա,
Երազո՞ւմ, քնա՞ծ, թե՞ աչքները բաց:
Հազար անգամ էն սուրբ հողին, գետնին
Ընկան, համբուրեցին ու ծունր դրեցին,
Աղոթք, պաղատանք աստծուն մատուցին:
Սար ու ձոր նրանց վրա խնդային.
Դեզերի բոցը դառավ չրաղդան.
Որդի ու ծնող իրար ճտով ընկան.
Ինչ որ ունեին՝ առան ու էկան.
Որ թոփի տակին, սալդաթի մոտին
Հավաքվին, որ էլ վնաս չտեսնին,
Մինչև թշնամիքն գնան ու կորչին:
Բայց էս հաղաղին քաջն Աղասին՝
Հազար աչք ուզեց, որ տեսնի նրան,
Գյում էլավ իսպառ, կորավ նա անձայն:

Արեգակը դեռ երկնքի մեջտեղը չհասած ուզում էր, որ կրակ վեր ածի, սար ու ձոր խորովի: Հյուսիսային կողմիցը մեկ մթնած, սևակոլոլ ամպ, երկնքի երեսը ջարդելով, վազում էր, որ նրա առաջը բռնի: Ալագյազի քլխիցը մեկ դառնաշունչ բորյազ վեր կացավ ու քար ու հող իրար գլխի տալով՝ էկավ, Խլղարաքիլիսի վրա դահիձի պես բռնեց: Արինակեր Հասան խանը, որ էսօր ավելի իր ձիուն, քանց իր քաջության հունարովը գլուխը պրծացրեց, կատաղած գազանի պես հոգին բերանն առած որ ետ չի՛ մտիկ արեց, Աստված ո՛չ շիանց տա. զորքը ամեն մեկը սար ու ձոր ընկած, շատի ձիանն՝ որը լկամը կտրած, որի թամքը փորի տակին, որն էլ իր տերը էնքան էր գլխի վրա քաշ տվել, քարեքար տվել, որ գլուխ, երես ջարդվել, կոտրատվել, ոտներն էին օրգանզվումը մնացել ոլորված, կախ ընկած, կամ կես մարմինը ջախըբուրդ էլել, սիրտն ու թոքը արինքամ էլել, փորիցը դուս թափել, ու խրտնած ձին, քանի ոտներին էր դիպչում, է՛նքան խրխնջում, սար ու ձոր ընկնում:

Ղուլ ու նոքար Աղասու թրին էին դուրբան էլել, որ էս միջոցումը Ղարսա սարերի վրա մեկ քանի ղոչաղ քրդստանցի հայ ետևն էր քցել ու արծվի պես, որտեղ մեկ փորս ճանկում էր, ական թոթափել վրա էր հասնում, ցրվում, փարա-փարա անում: Հարիր տեղ նրան ղզլբաշի ղոնշունը՝ Մաստարա, Ղոշավանքի ղզերումն, ռաստ էին բերել, հինգ հարիր մարդով վրա տվել ու քառասունով, հիսունով ջարդվել, էլ ետ դառել: Սուղազյան մեկ օր Նաղի խանին՝ էս աhազին գազանին, որ հարյուր մարդգի չէ՛ր ասիլ, թե Աստված ա ստեղծել, է՛ն տեղը քցեց, որ իր մարդկերանցովը մեկ բարձր թափից վեր ընկավ ու ղզլբաշի հողը մտավ, որ պըրծավ, թե չէ՛ Աղասու ձեռին պետք է իր բոլոր սպանած անմեղ հայերի արնի ջառըմեն տար: Բայց Աղասու արածները թողանք ուրիշ ժամանակի ու գնանք մեր բանը:

Հասան խանը որ աչքը չի՛ բարձրացրեց ու Աղասուն՝ ձիու անկաջը մտած, ետնիցը քշելիս տեսավ, ոտն ու ձեռքը թուլացան. ուզում էր ձին բաց թողի ու քարափնվեր, Արփաչայի ձորն ընկնի, ուզում էր, որ ինքը իր թուրը իր սիրտը խրի, որ չասեն, թե Հասան խանին սպանեցին, քարին իր գլուխը մատաղ տա, քանց մեկ ռիաթ հայի, որ հազարներով հենց էն տեղարենքն էր սուրը քաշել, տանով, տեղով էրել, գերի արել. բայց էլի ռաշդի սիրտը ո՛չինչ տեղ էնքան դայիմ չի՛ ըլիլ, որքան ետին սհաթումը, կյանք ու մահ կռվելիս: Մեկ չարեք վերստաչափ տեղ էր մնացել, որ շունչը քամուն տա, հենց էն ա, թուր, ասպար ուզում էր, որ ետ անի, ձին բաց թողա, մեկ քարի տակ չոքի ու բալքի իր թշնամուն զյուլլով էլա վախացնի կամ սպանի, վախտն անց էր կացել: Հսկայն Աղասի թուրը սրտին դեմ արեց.

— Վե՛ր քցի թուր ու թվանք ձեռիցդ, որ էս սհաթիս փառչալամիշ կանեմ: Դու էստեղ չի՛ պետք է սատկիս, հայակեր շո՛ւն, իմ թուրն ափսո՛ս ա, որ քեզ պես թշվառ ճիճուն սպանի, չէ՛, ամոթ ա իմ տղամարդությանը, որ քեզ քարի տակի կամ չոլումն սատկացնեմ, որ ղշերը ջամդաքդ ուտեն, քարերն ու հողը քո մուռտառ արինդ ծծեն, ու լողը էնպես կարծի, թե կռվումը մեռար. է՛դ անիրավ լաշդ չի՛ գտնի, մեռած հողիդ վրա էլ չի՛ թքի, ու ամեն անց կենող մեկ քար չի՛ վրեդ քցի ու զյոռիդ ուշունց տա, թե քո անԱստված ոսկերքն են էնտեղ հող դառել: Հլա քանի Երևան չե՛ն առել, քեզ հետս շան պես քաշ կտամ, սարեսար կքցեմ: Ճանճը սպանիլ ի՞նչ տղամարդություն ա: Հլա շատ օր պետք է հայի հաց, խոզի միս ուտես, հայի մեծահոգությունը ու մարդասիրությունը տեսնիս, որ նեղ օրվան դաղրը իմանաս, իմանա՛ս, թե տնաքանդությունը, մարդասպանությունը ի՞նչ զատ ա, իմանա՛ս, թե Քրիստոսի օրենքն ո՞րքան սուրբ ա, ու կամ մեր խաչին դուլ դառնաս, մեր հավատը պաշտես, որ հոգուդ փրկություն ըլի, յա թե չէ, որ էդ արինաթաթախ ձեռներովդ, էդ սատանի փայ հոգվովդ ուզենաս ձեր ջհանդամը գնալ, քեզ էն հայերին տամ, որի որդիքը կոտորել, տները քանդել, աչքերը քոռացրել «ես», որ միսդ՝ դիմա-դիմա, արինդ շանը տան ու գլուխդ գեղեգեղ, աշխարքե-աշխարհ ման ածեն, առաջիդ մատաղ մորթեն աստծու համար, չունքի մատաղի ու մարդի արնի էդքան ծարավ էր քո հարամ սիրտը, որ բալքի թե իմ խեղճ ազգի սիրտը հովանա: Հազար-հազար գլուխ ես կըտրել, Ղարս ու Բայազիդ քանդել, ավերել, ափսոս չի՞ էդ դոչ գլուխդ քարի տակի մնա: Չէ՛, չէ՛, Հասան շուն, հայի սիրտը մեծ ա. քեզ վրա պետք է զյոռ շինած, քար կաղնացրած, անունդ ա պատմությունդ վրեն գրած, որ մեր որդիքն էլ քո տղամարդությունն իմանան ու ձեզ պես շան ձեռին գերի չընկնին, ձե՛զ գերի անեն, ձե՛զ կոտորեն, ձե՛ր հողին հանեն: Էս էն քարերն են, որ ոտնատակ էիր տալիս ու հազար գերի վրներովը տանում կամ սպանում, որ հիմի ոտդ բռնել են, քեզ ուզում են կուլ տան, քեզանից վրեժ պահանջեն. բայց ես չե՛մ տալ, ես քո արինը էդպես էժան չե՛մ ծախիլ, էդ թանկ ջանդ ի՞նչպես շուտով վարթարաֆ կանեմ. հլա ինձ շատ պետք է տեսնիս, որ արածներդ միտքդ բերես, դու ամաչես, որ հայի դուլ ես դառել. ես ուրախանամ, որ քեզ լավություն կարողացա անիլ ու մեկ քանի ժամանակ էլ կյանքդ երկարացրի: Երեսիդ խաչ հանի՛ր, երեսդ մեր աղոթարանը դարձրո՛ւ, դու մեր անտեր հայերին շատ ես քո քյաֆի կողմը դարձրել ու շլինքը կտրել. էսօր էլ դու մեր աղոթարանը ճանաչի՛ր. մերիցը արեգակն ա դուս գալիս, մեր դաշտերը ծաղկացնում, ձերիցը տաք քամի գալիս, հանդերը էրում, չորացնում: Չոքի՛ր, Հա՛սան խան. տերտեր չե՛մ, ամա գետը մոտիկ ա, ջուրը կքաշեմ, Հասան անունդ կդնենք Օհան: Մեր պասը դեռ չե՛ս պահել, չունքի միս ուտելու սովոր ես: Օ՜, մեր սրբությունը, որ էնքան ոտի տակ ես տվել, թե որ Աստված տա, համն առնիս, էն ժամանակը է՛դ սև երեսդ կսպիտակի, է՛դ գիլի աչքերդ գառնի կդառնա, է՛դ հոտած բերանդ կդառնա աստուծո տաճար: Մինչև մեր Քրիստոսին չպաշտես, մեր սրբերի առաջին հազար անգամ չչոքես, մեր մեռոնը երեսիդ չքսվի, մեր տերտերի ձեռը չպաչես, Աստված երկնքիցը ձեն տա, քեզ չէ՛ թե բաց թողամ, փառչա-փառչա կանեմ, էդ փիս հոգիդ սատանեքանցը կտամ: Շո՛ւտ, չոքի՛ր, չոքի՛ր, թե չէ, տեսնո՞ւմ ես թուրը, գլուխդ սոխի պես կթռցնե՛մ, չոքի՛ր...

Քար ըլեր՝ կպատռվեր էս խոսքերիցը, ի՞նչ թե Հասան խանը՝ աշխարքի տերը, երկրի քանդողը: Ամեն բանը տարավ համբերությամբ, ձեն չի՛ հանեց: Քուրդ ասեր, օսմանցի ասեր նրան էս խոսքերը, ե՞րբ էնքան կցավեր. հայից էսպես թուք և մուր ստանա, որ մինչև էն օրը խո՛տ, ա՛ղբ էր համարո՞ւմ: Հայը նրա հավատը ոտի տակ տա՞: Արինը կոխեց աչքերը, մեռած հոգին, հենց գիտես, նոր շունչ առավ. ատամները ղըրճըտացրեց, աչքերը կայծակին տալով տեղիցը վեր թռավ ու կատաղածի պես դամեն հանեց, վրա պրծավ.

— Հայի շուն, դո՞ւ մնացիր Հասան խանի վրա ոտք

բարձրացնես, դո՞ւ մնացիր ձեր հոտած հավատի լափն իմ գլխին ածես, զյոռդ պատըռվի, Հասան խան, հողը գլխիդ, էս ի՞նչ ես լսում: Գլխիդ փափախը քամին տանի, քոռանայիր, ո՛չ լսեիր, էս ի՞նչ իմացար: Հազար-հազար մարդի փոր վեր ածես, մեկ հայի կտորի առաջին էսպես կո՞ւչ գա՞ս. էլ ո՞ւր եմ ուզում աշխարհներ առնեմ, որ էս խոսքը պետք է լսեի: Ընչի՞ չի՛ պետք է ես հայ-օլանի քոքը կտրեի, որ ձեր անհավատ հոգին երկրի վրա էլ չըլեր,— ասաց ու կատաղությամբ ղամեն էնպես Աղասու վրա շպրտեց, որ թե ձին չէ՛ր խրտնել, ու Աղասին գլուխը կռացրել, ղամեն սրտի մեջտեղը պետք է ցցվեր:

Աղասին քարիցը կկարծեր, նրանից չէ՛ր կարծիլ էս բանը:

— Խա՛ն, կատաղած զիլի կերած մսի համը դեռ ատամների տակը կըլի, արինակե՛ր գազան. էդպես հո չե՞ն խփիլ կամ գողի պես վրա պրծնի՞լ: Ձեռս ափսո՛ս ա, որ քեզ դիպչի, գազանին գազանով պետք է պատժած: Խա՛ն, հլա ձիուս հունարը տե՛ս, հետո կիմանաս, թե ի՛նչ թուր ա վրեդ խաղում, — ասաց հսկայն ու ձիուն ղամշեց:

Կատաղած ձին՝ բերանը փրփուրը լիքը, առաջին ոտները որ չի՛ բարձրացրեց ու թռավ, Հասան խանի լեղին ջուր կտրեց, բայց բախտը բանեց. ձին որ թռավ, նա մնաց մեջտեղը անվնաս: Մինչև Աղասին ձիու ջիլավը կքաշեր ու ետ կդառնար, Հասան խանը հոգի առավ, փշտովը հանեց, ձիու ճակատը ետ դարձնիլը ու փշտովի տրաքիլը մեկ էլավ: Հայվանը փռնչաց, երկու քթիցը արինը պրծավ, առաջի ոտների վրա էնպես չոքեց ու գետնին դիպավ, որ Աղասու ոտի մատները օրզանգվին կպավ, աչքը կեծակին տվեց, սևացավ, արինը սրտումը թան դառավ: Մինչև Աղսին ոտը օրզանգվիցը կհաներ, մինչև ձեռը թրին կհասներ ու ձիու տակիցը կբարձրանար, ասլան Հասան խանը վրա հասավ, երկու լտրանոց թուրը շողաց. քար ու ձոր սկսեցին, էն ա, էլ իրանց գլուխը լալ ասլան Աղասին գլուխը որ սաստիկ թափ չի՛ տվեց, էլ ետ փոքր արինը տաքացավ, մեկ ոտը օրզանգվումը, ձախու ձեռը թրին դուրբան տալով, թշնամու դեմը բռնելով, աջու ձեռը որ Հասան խանի գլխովը չի՛ պտտեց, քաքուլի կամ միրքի մազի տեղ չանեն ընկավ ձեռքը, մատները բերնումը, բիթը բողազի տակին՝ չանին որ հուպ չտվեց, էն թաք-թաք հին ատամներն էլ, որ էստեղ-էնտեղ երևում էին, ճռռացին, իրար կպան ու փշուր-փշուր էլան. գլուխը հավի գլխի պես պտտելով՝ էնպես սաստիկ ոլորեց, որ բոլոր տամարները ճռճռացին, ու Երևանու աստուծո գլուխը Աղասու մեկ ոտի տակին մնաց, փորը՝ մյուս, ու էսպես կաղնած վրեն, ինչպես սուրբ Գևորգ իր վիշապի գլխին, սկսեց մեր հսկայն մուշամբեն հանիլ, որ միշտ հետը ման էր ածում, դեմն ատամով ու աջու ձեռով յարեն կապիլ, դեմը էլ հավատի քարոզը կարդալ.

— Հայի ձեռի դու չե՛ս արժան, ոտը համբուրի՛ր, հայակե՛ր գազան: Հայի արնի ծարավ էիր, դե՛, կշտացի՛ր, ա՛նհոգի, — ասաց ու մինչև կուռը կկապեր, արինն էնպես էր վեր ածում, որ խանի աչքին ու բերնին թափի: — Քեզ ասում եմ՝ մինչև հայ չի՛ դառնաս, մինչև երեսիդ խաչ չի հանես, չե՛ս պրծնիլ, չե՛ս, ի՞նչ ես մտածում, ես էսօր Լուսավորիչը պետք է դառնամ:

Բայց ա՛խ, երանի թե հավատը էսքան չըլեր մեր Աղասուն մոլորացրել, ու վիշապն ընկել էր ձեռքը, տար, վարթարաֆ աներ: Սատանեն իր պոչը մի բանում չխառնի, մինչև դու խաչը կհանես, նա իրան բանը կիոգա: Հենց յարեն կապեց, պրծավ մեր կտրիճը ու ձեռը շարժեց, որ արինը էլ ետ իր տեղը գնա, ու ուզում էր, որ թշնամու չար ձեռները կապի ու էնպես նրան հավատ բերի, աչքը որ բարձրացրեց, Աստված ո՛չ շհանց տա. իր ընկերտիքը, ամեն մեկը մեկ սարի ծերից թռած՝ էկան, վրա հասան:

— Ա՛ղասի ջան, գլխիդ ճարը տե՛ս, քեզ ման գալով հոգիքս թռավ, ախր ո՞ւր մնացիր. Հասան խանը նոր ղոնշուն ա հավաքել, գալիս ա: Խլղարաքիլիսեն էլ ետ կոխեցին. Բոռչալվի թուրքերը կապիտանին գլխից հանեցին, թե ղզլբաշը Գյումրու բերդը կառնի, թոփ ու թոփխանա հետներն առան, ետ դառան.

ջրատար, ողորմելի խալխը մնաց չոլումը, ոչխարի պես սառած, ոտը ո՛չ առաջ կարաց փոխել, ո՛չ ետը. որը ձի ուներ, էլ ո՛չ բարեկամի մտիկ արեց, ո՛չ ազգականի, վեր էլավ, փախավ Գյումրի. Մնացածները, Աստված ո՛չ շիանց տա, իրար ճտով ընկած՝ մնացին զառն ու ոչխարի պես բղդալով կանգնած: Ի՛նչ նրանց հալն ա, Աստված ո՛չ նշանց տա. սար ու ձոր սուգ են անում, լալիս:

Ձեր տունը չքանդվի, ի՞նչ եք ասում՝ Հասան խան: Տասը Հասան խան հո չկա՞ աշխարքումս. հրես, ոտիս տակին ընկած, հոգին տալիս ա. երազ ե՞ք պատմում, թե՞ զինովացել եք: Հասա՛ն խան, Հասան խան. Տո՛, հրես գլուխը ճտի պես ձեռումս, դուք ինձ պառավի հեքաթ ե՞ք ասում: Ամո՛թ ձեր փափախներին, տո՛, մեկ մտիկ արե՛ք, է՛ : Ո՞վ կհավատար ապա, թե էն ահագին ասլանը մեկ զառի ոտի տակի ըլի. որ աչքները չի առավ նրա զարհուրելի կերպարանքին, արինն աչքները կոխեց. բոլորն էլ թուր հանեցին, որ նրան թիքա-թիքա անեն. էլի մեր խաչապաշտ Հսկայն իր սազն ածեց.

— Ո՛վ իմ գլուխը կւսիրի, թուրը էլ «ետ» տեղը դնի. էդ ո՛չինչ տղամարդություն չի՛ չոլումը մեկ ուլ մորթել: Թողե՛ք, հալա սրան մեկ հավատ բերենք, ետո ի՞նչ ուզում ա ամեն մարդ, թո՛ղ էն անի:

— Տո՛, տո՛ւր, գլուխը ջնջի՛ր, դրա հոգին Աստված առնի, դրա ամեն մեկ շունչը յաղու ա. օձը քանի շուտ սպանես, էնքան քո խերդ ա: Դա էլ օ՞ր պտի տեսնի: Չէ՛, դրա օրը պտի խավարի, դրա գլխին քար ընկնի: Քարը քցի՛ր գլխին, դրա արինը մեր վզին: Տո՛, մեր ազգի տունը քանդողին էլ րոպե պետք է կյա՞նք տված, շունչը բերնումը թողա՞ծ. սպանի՛ր, ասում ենք, թե չէ քեզ էլ հետը կսպանե՛նք:

— Ինձ սպանեցե՛ք, սրան ձեռը մեք տալ: Թո՛ղ սրա մահը մեկ քանի մարդ էլա տեսնի, որ սրտները հովանա, է՛ :

Էս խոսք ու զրուցումն էին, որ բիրդանբիր ձիավորի

տուտը նրանց վրա բաց էլավ: Ընկերքը վրա թափեցին, որ անօրենի թոզը քամուն տան. անփորձ Աղասին, որ մինչև էն օրը նիախ տեղը մեկ արին չէ՛ր վեր ածել, նրանց դեն արեց, խանին քաշեց մեկ քարափի գլուխ, ինքը գլխին կանգնեց, խանի ձեռները կապած՝ ոչխարի պես առաջին վեր դրեց, ընկերներին հրամայեց, որ ձիանը ձորն անեն ու թվանքները հազրած՝ ձորի բերնումը կանգնին, ու իրեք գազաչափ խանիցը հեռու կանգնած, դոշը քարափին դեմ տված՝ էնքան մնաց, որ ձիավորների տուտը մեկ թվանքի մանզզիլ էկավ, մոտացավ:

— Գլխըներդ ոտիս տակին ա, ա՛յ թուրքեր, ձեր ճակատը՝ գյուլլիս առաջին, քան ինձ նման իգիթ (դոչաղ) տղերք՝ քամակիս. ամեն մեկս մինչև ձեզանից քանը չսպանենք, մինչև մեր բարութը չիատնի, կրակ դառնաք, մեզ չե՛ք կարալ մոտանալ: Հինգ սհաթ ա ձեր հոգին, ձեր գլուխը իմ ձեռիս ա էլել. էն Հասան խանը, որ սարեր էր դողացնում, ոտիս տակին ընկած, սրան նայեցե՛ք, ձեր սև օրը լաց էլե՛ք: Խա՛ն, հրամայի՛ր որ Խլղարաքիլիսեն ազատեն, կյանքդ էլ ազատ ա, թե չէ՛ հավի պես կմորթեմ. իմ ձեռի հունարը դու լավ փորձեցիր: Մարդ ղրկի՛ր, որ դոնշունդ ետ դառնա, թե չէ՛ քարափիցը վեր կքցեմ, հազար թիքա կըլիս: Ինչքան որ ըլի՝ մեկ հողում ենք մեծացել: Խա՛ն, կռիվ ունիս, դուշմանիդ հետ արա՛, խեղճ հայերը քեզ ի՞նչ են արել: Էն ժամանակը քեզ խան կասեմ, թե որ էս տղամարդությունն անես: Մեծություն ունիս, բանացրու՛:

Ջանն ազիզ ա. Հասան խանի նամազն էլ էս էր, որ մեկ պրծնի. հազար արախլու ու թուրք սպանեին նրանք, ի՞նչ հաջաթ: Իրան դարդը քաշելով՝ իսկույն հրաման տվեց, որ մեկ քանի ձիավոր հասնին, դոնշունը ետ քաշիլ տան, մինչև ինքն էլ գա: Բայց դեռ կիսաժամփի՝ Աղասու սիրտը զնաց. քաջ իսկայն չէ՛ր իմացել, թե միլամը յարի վրա կըլնեն: Կտրած տեղը մնացել էր բոշ. արինը թևերովը զնացել, ջանը բռնել էր. արեզակի շոգը մեկ կողմիցը, սովածությունը՝ մյուս, արինն էլ հո, հենց բռնի, ցամաքվել էր. էն հաղաղին, որ զորքը ետ դառան, ու նա էլ սկսեց կրկին Հասան խանին հավատ բերի, քիչ-քիչ աչքերը շաղվեցավ, գլուխը պտըտեց, ուզեց, որ մեկ գլուխը բարձրացնի, տեղիցը վեր կենա ու ընկերներին իր գլխի էկածը պատմի, թուլացավ, քամակի վրա վեր ընկավ, աչքերը խփեց, մեկ բարակ ախից ավելի էլ ոչինչ չկարաց ասիլ: Սար ու ձոր ձեն տվին: Աղասու անունը որ տվին, քարափները զարզանդեցին: Ողորմելի ընկերքը քար ու հող գլխըներին տալով որ վրա չի թափեցին ու հարայ տվին, ձենն ընկավ ձիավորների անկաջը: Լացի, սգի ձենը որ իմացան, հենց գիտես, արեգակը նոր ծագեց, ական թոթափել թև առած՝ ետ դառան. էլ ո՞ւմ գլխումն էր մնացել խելք: Թշնամին էն ա, մեկ թվանքի մանգգիլ մոտացել էր, հարիր տեղից թվանքները բաց էլավ: Աղասին աչքը բաց արեց կամաց, ա՛խ քաշեց ու ձեռով իշարաթ արեց, որ ձորը թափին: Ընկերքը իմացան նրա մտիքը, ուսըներին դրին իրանց թանկագին բեռը ու ձորը թափեցին:

Հենց ոտն ու ձեռ բաց էլած որ տեսավ իրան, արյունակեր Հասան խանը թուրը ավալ ինքը ձեռն առավ. մինչև դոնշունը ձորի բերանը կհասներ, Աղասու ընկերքը Անի քաղաքի բուրջը մտան ու էնտեղ, ուր հարյուրավոր եկեղեցի, հազարավոր տներ, քոշք ու սարեք դիմացի սարերին ամաչացնում, վախացնում էին, ուր, ըստ ասության ռամկին, այնքան էր հարստություն և ճոխություն, մինչ մեկ հովիվ տեսնելով մեկ զատկի, թե կնիկը եկեղեցումը տեղ չէ՛ր ճարել, էս պատճառով մեկ ահագին տաճար շինեց, ու մեկ անսիրտ վանքականի խաթեր Աստված հայոց վերջին կենաց ճրագը փչեց, թագավորաց թախտը կործանեց, իրանց սրո, հրո գերի արավ: Ա՛խ անմեղ սնապաշտություն, թագավորաց հաբեղայից մատաղ տվինք, որ էստեղ ընկա՛նք, է՛: Ու էն հիանալի ավերակքը, եկեղեցիքը թողեց մեզ սգո և լացի տեղեր: Էս բրջերի ծոցն էր, էն սրբոց աղոթքը ու մեր թագավորաց՝ Գագկի... երկնային հոգին, որ Աղասուն պահեցին:

Մինչև նրան հինգ ընկերքը խտտած՝ գետնի տակի ճամփովը գետի ղրաղը հանեցին, մինչև ընկերտանց հինգը թաքուն էս կողմից, հինգը՝ էն անց կացան, որ ձորից, սարից ձեն տան, հարայ-հրոց անեն, մյուս հինգը բրջի ծակերիցը քսան ավել մարդ սպանեցին: Նրանք լավ գիտեին, թե հենց էսօր էլ թուրք, քուրդ, հայ՝ ո՛չ ոք սիրտ չի անում Անու միջովն անց կենա, որովհետև կարծում են, թե մեջը քաջքերով լիքն ա, որովհետև Աստված մեկ անգամ անիծեց. էս իրանց պատճառ շինեցին. առաջուց էլ էնտեղ էին նրանք շատ քրդի ու թուրքի միսը խորովել ու ամեն ծակ ու խոռ էնպես իմացել, որ սատանեն նրանց չէ՛ր գտնիլ. մեկ կողմից ղզլբաշի սնապաշտությունը գիտելով՝ որ ձորից, բրջից, սարից թվանքները չճռռացին, հայերը չգոռացին, ձորերը, խուլ-խուլ էրերը, խոր-խոր եկեղեցիքը, մատուռները նրանց ձենը ետ չի՛ կրկնեցին, Հասան խանի շլինքը թեքվեց, էնպես կարծեց, թե հազար մեռել, հազար հրեշտակ, հազար սատանա ոտն են առել, գալիս են: էլ ձեն չկարաց հանիլ. խելագարի պես ձեռով արեց, ինքը թռավ, իրան դաստեն՝ քամակին: Երեք՛ չորս վերստ հեռացած որ մեկ քանիսը էլ ետ սիրտըները պնդացրին, որ մեկ տեսնին, թե ախր էս դիվանը ո՞րտեղանց դուս էկան, ո՞ւր մնացին, գա՞լիս են, թե չէ՛, մեկ չոբան, աստուծո ողորմությունիցը որ մինչև հիմա մեկ եկեղեցում դողալով ջանն իրան էր հասել, ոտը խաղաղված տեսնելով՝ իծանը, սեիզները դուս արեց, որ շուտով գնա, ձորը թափի ու թշնամու ձեռք չընկնի, սատանի պատկեր սեիզների գլուխը որ չտեսան պարսիկքը, որ իրանց սատանեքը միշտ իծին են նմանություն տալիս, հենց իմացան, թե Սաղայելի բոլոր զորքը աշխարհ են եկել, իրար գլխով ընկան, թոզն աչքըներն առավ. ամեն մեկ ձիու ոտը փոխելիս, հենց իմանում էին, որ հիմկ, որտի որ ա, գլխները կերթա. էսպես՝ որ աչքըները բաց չարին, Աստված ո՛չ մեր թշնամու առաջը բերի, իրանց դժոխքի սկսավ բաց ըլիլ, իրանց զորքն սկսավ Խլղարաքիլիսեն մտնիլ, որ երեք սհաթվան ճամփա ա էստեղանց. քյաբի առաջին էնպես հավատով չէին չոքիլ, որ էստեղ չոքեցին, նամազներն արին, ձեռըները լվացին, միրքըները սանդրեցին, չունքի ճաշը հասել էր. թրըները սրբեցին, Ալուն իրանց շնորհակալությունն արին, քյաբին՝ իրանց երկրպագությունը, ու թամուզ ձեռներով, մուռտառ սրտով վեր կացան, որ իրանց աստուծո տված մատաղը կտրեն, տոն կատարեն, որ ջաննաթի դուռը շուտով բաց ըլի նրանց առաջին:

Բոլոր տիեզերք, հորիզոնք երկնից, զազաթք լերանց, սահանք բարձանց սկսեցին տապալիլ. թխպազին, արջնաթույր, սնաթև ամպն, որ բարձրացել էր, հասավ արեգակի մոտ ու արյան ծովի պես առաջ փոքր ժամանակ կարմրատակեցավ, ապա կուտակվելով, ծալվելով՝ էնպես այլազունեցավ, սևացավ, մինչև հեռու տեղից տեսնողք էլ էն օրը էնպես էին կարծել, որ մեկ տեղ աշխարհ ա կործանվում, օրը դառավ գիշեր: Հավ, ճիվ, թռչուն, անասուն՝ վաղուց փախել, քարափների արանքը, մեշեքանց ծոցն, էրերի պուճախն էին մտել ու դողալով հեթեթում, հեթեթալով շունչ քաշում:

Խլղարաքիլիսո խոտերի, արտերի բոցը քամին քշելով՝ տարել էր, մեշեքն էր քցել, դուզ, չոլ, դո, քոլ, յավշան, թուփ, խուփ, ծղնոտ, տերև, ծառ, ինչպես ամառվան գիշերը կրակ տված չոլ, սարերը աստղեր էին շինել, ձորերը՝ երկինք, որ պարզիկա վախտը ամեն գիշեր մեր գլխին էրվում են: Կատաղի քամին բոցին առաջն արած որ չէր դամշում ու քացի տալիս, հենց իմանում էր մարդ, թե Շորագյալու դաշտը հրեղեն ծով ա դարձել, ու կրակի, բոցի ֆրթնեն (ալիքը) քուքուրթ, կայծակ ածում դաշտերի գլխին: Խուլ ձորերը, խոր էրերը բողազները ետ ճոթռած որ կուլ տված քամին էլ ետ չէին քշում, տալիս քարափների ճակատին, քարերը, ծառերը ուզում էին անկաջները կալնին, ոտ առնին, փախչին, ու նրանց զողի ու զրնգոցի ձենի մեկ տուտը երկինքն էր հասել, ամպերն իրարոցով տալիս, մյուսը գետնի գլուխը, մեջքը, ոսկորները ջարդելով՝ անդունդը խրվում ու հազար տեղ գոռալով, ջարդվելով զնում, կորչում, լռվում, պապանձվում: Կայծակի ամեն մեկ ճամբարակը, ճոպանը, ինչպես մեկ հրեղեն սուր, որ երկինքը չէ՛ր ճղում, ամպերյի մեջքը կոտրում ու Ալագյազի, Մասսա, Դվալու գլխին, թափին տալիս, ուզում էին, որ էս սիազին երկրի գլխները, իրանց աչք-ձորերը տակուվեր անեն, քոռացնեն, իրար սպանեն ու սաղ-սաղ անդունդը խրվին, բաթմիշ ըլին: Ամպերը օխտը գլխանի վիշապի նման, երկնքիցը ճոլոլակ էլած, որ բերանը չէին բաց անում, խփում, ուզում էին, որ սաղ երկինքը կում անեն, ծամեն, փշուր փշուր անեն ու էլ ետ հազար թիքա արած՝ ածեն անիրավ մարդի գլխին, որ ո՛չ երկնքիցն ա պատկառում, ո՛չ Աստված անից վախենում, ո՛չ ջուր իրան օրինակ առնում, ո՛չ հողից մեկ խրատ վերցնում, ո՛չ իր խեղճ հոգու ներքին ձենը լսում, որ գիշեր-ցերեկ լալով, արտասվելով, քնած թե արթուն, ձեն են տալիս, գոռում.

— Երկնքի արեգակի պես, երկրի հողի պես, դու, աստուծո պատկեր, բարի կա՛ց, բարություն արա՛, քեզ պահի՛ր, լավություն արա՛, աստծուն նմանի՛ր, ընկերդ պահպանի՛ր, աստուծո աշխարքը շինի՛ր, նրա ձեռագործը մի քանդի՛ր, որ դու էլ մնաս շեն, դու էլ չի՛ քանդվիս, հողին չի՛ հավասարվիս:

Երկինք, երկիր, սար, ձոր՝ անկաջ, աչք խփել, լալիս, սուգ էին անում, դոշներին ծեծում, գլխներին տալիս, երեսները պոկում, պոճոկում, ամպք ուզում էին Խլղարաքիլիսեն վերն քաշեն, անդունդք՝ իրանց ծոցը քաշեն, պահեն. քար ու հող իրար կտրատում, սպանում էին, բայց աստուծո պատկեր մարդը՝ աչքը բաց, անկաջը սրած, կռները վեր քաշած, կայծակի թուրը ի՛ր գլխին էր խփում, նա իր թուրը՝ ողորմելի խչղարաքիլիսցվոց գլխին: Ամպի կարկուտն ի՛ր դոշին էր վեր հատում, որ Աստված անից վախենա, նա իր թվանքի կարկուտը անճար հայերի էրեխեքանց, անմեղ մանկանց, նորահաս հարսների գլխին էր վեր ածում: Երկիրն իրա՛ն էր ուզում քարի, հողի տակով անի, նա մեր ազգի ողորմելի ջիվան որդիքն էր արյան ծովումը խեղդում, ջախջբուրդ անում: Սարերն ուզում էին պարսից գլխին թափին, խո՛ր տանին, նրանք մնւ անտեր խալխի տուն, տեղ կրակում, իրանց սրի բերնով դիմա-դիմա տալիս:

Ա՜խ, սիրտս կտրատվում ա. լեզուն ի՞նչ ա, որ բառով կարողանա էն սարսափելի տեսարանը պատմիլ, որ լսողը կամ կարդացողը իմանա, թե իր խեղճ ավազանի քիր ու ախպերը ի՛նչ հալումն էին էս սհաթին, ի՞նչ էին քաշում, ի՞նչ էին տեսնում, ո՞ւմ առաջին, ո՞ւմ ձեռին, ո՞ր աշխարքում, ո՞ր հողում: Ա՜խ, շլինքդ չկոտրի, Ա՛ղասի, ա՛խ, ո՞ւր էիր էս սհաթին: Թագավո՛րք Հայոց, որ Անու միջումը անուշ քնած, ձեր որդիքը հարամու ձեռին՝ դուք մեկ գլուխ չի՛ բարձրացրիք, որ նրանց հավարին հասնիք, է՛ն որդիքը, որ մեկ սիաթից առաջ աշխարք զարմացրին իրանց քաջությամբը, երկիրը սասանացրին իրանց տղամարդությամբը ու, ինչպես դուք, հսկայաբար պահպանեցին իրանց աշխարհը, ձեր հողը, ձեր հայրենիքը, ու դո՛ւք, անգութք, թողիք նրանց էսպես փորձանքի միջում, թշնամու թրի առաջին:

Բայց վա՜յ ինձ, ո՞ւր հասա, ո՞ւր տարավ ինձ իմ կսկիծը, իմ էրված սիրտը: Լեզուս չի՛, որ խոսում ա, հոգիս ա, որ զգում ա, ազգիս արինը առաջիս թափում, իմ հայրենիքն առաջիս քանդվում, իմ սիրելի ախպոր աղի արտասունքը ու դառը սուգը՝ սիրտս էրում, խորովում: Ի՞նչպես բերնիս հուպ տամ. արինս քթովս ա դուս գալիս, աչքս կայծակին տալիս, ջանս էլ տամ, էլի իմ թանկագին ազգի արինն ու ոսկերքը Շորագյալու հողումը չորացած կարելի ա, թե մեկ մարդի չէրներ, մեկ մարդ չիմանար, թե ես էլ էստեղ պետք է զոհ ըլեի, չիմանայի, չտեսնեի, չլայի ու աղի արտասունքով չխնդրեի, ով Խլղարաքիլիսու պատմությունը կարդա, ինչ Աստված ասեր հայ նրանց տարաբախտությունն իմանա, գլուխը պահի, նրանց հոգին հիշի, իր հոգին ու մարմինը էլ թշնամու ձեռք չտա՛, չտա՛. ջուրն ընկնի, կրակումն էրվի, բայց իր յախեն պարսից ձեռը չի՛ քցի, չի՛ քցի. գլուխը ծախի, իր ազգի դարդին հասնի, իրան զերի չա՛նի, չա՛նի: Ա՜խ, երաբ սասծս տե՞ղ կհասնի, թե՞ հետս զերեզմանը կերթա, ու հողումն էլ ոսկերքս կմաշի, կտանջի, դրախտն ինձ դժոխք կշինի, զերեզմանն՝ ինձ զեհյան (քուրա):

Էրեխե՛ք, ձեր ջանին մեռնիմ, ձե՛զ եմ ասում իմ դարդը, ձեզ համար եմ գրում, ձեր երեսին ղուրբան, հողումն էլ ըլիմ, էկե՛ք, ւլրես կանգնեցե՛ք, թե ազգասիրությունն ու հայրենասիրությունը ձեզ վնաս տա, անիծեցե՛ք ինձ, թե օգուտ՝ օրհնեցե՛ք ու լսեցե՛ք ձեր ընկերների լացն ու սուգը, նրանց հորնըմոր կսկիծն, ու ձեր հորնըմոր ծոցում դինջ հանգստանալիս՝ սասծներս մտքներդ բերե՛ք: Խլղարաքիլիսեցոց անմեղ երեխեքանց ձենը քանի անկաջներդ ընկնի, փառք տվե՛ք աստուծուն, որ էնպես երկնքի տակի ծնվեցի՛ք, որ ձեր աչքը էսպես բան չտեսավ, նրանց ծոցումը մեծացաք, նրանց կաթովն ապրեցիք ու նրանց արինը չխմեցիք, նրանց դոշի վրա քնեցիք ու չմորթվեցիք, նրանց կռան վրա խաղացիք ու ո՛չ նրանց մեռած, կտրատված, թիքա-թիքա արած, արինաթաթախ լաշի վրա ընկաք ու լալով, արտասունքով նրանց արինը չծծեցիք: Կենդանի մոր փորից դուս էկաք, նրանց սերը վայելեցիք ու ո՛չ թե նրանց ճղած , փորը դուք կենդանի մտաք, ու ձեր գլուխն էլ նրանց սրտումը արինաթաթախ ցցվեց: Բարձի վրեն, յորղան-դոշակի տակին նրանց խտտեցիք, խնդացիք ու ո՛չ հողի միջումը, քարերի վրա, նրանց արնումը թավալ տալով՝ ձեր արինն էլ հետը խառնեցիք:

Ա՛խ, մի՛ լաք, մի՛ նախատեք ինձ, որ ես ձեր առաջին դժոխք եմ բաց անում. իմ սիրտս էլ որ դժոխքումն էրվի, էնքան չե՛մ կսկծալ, չե՛մ մորմոքվիլ, չեմ տանջվիլ, ինչպես Խլղարաքիլիսու պատմությունը միտքս բերելիս: Չբարկանա՛ք ինձ վրա, չասե՛ք, թե երազ եմ պատմում. Հազարից մեկը չե՛մ ասում, որովհետև ձեռքս թուլանում ա, աչքս սևանում: Իմ լեզուս ի՞նչ ա, հարցրե՛ք էնտեղ ըլողներին, նրանք հազարա-պատիկ լավ կասեն, թե ի՛նչպես էին անողորմ պարսիկքը մոր փորը ճղում, երեխեն հանում, թիքա-թիքա անում, առաջ ոտները կտրում, հետո՝ ձեռները ապա մզրախի, թրի ծերը հանած նրա մղկտալուն, թպրտալուն երկար ժամանակ մտիկ տալիս, իրանց դժոխային քեֆն անում, ասում, լսում, խնդում, ծիծաղում ու հետո, ա՛խ, հետո, էնպես անմեղ քոռփին հորնըմորը տալիս, կամ նրանց գլուխն էլ սրանցի հետ մատաղ անում:

Թողե՛ք, թողե՛ք անց կենա՛նք, հերիք ա. բայց ի՞նչ անեմ, հենց գիտեմ՝ էսօր ա Սահակ աղեն առաջիս կանգնել, աղլուխը աչքին դրել, աղաչանք անում, որ Հասան խանի սիրտը ռահմ ընկնի, էսօր են հայ սարվազներին են երեխեքանցը տալիս, որ նրանք բռնեն, իրանք փառչալամիշ անեն, էսօր են տասը պարսիկք Վարդանի քիր ու ախպերը, հերնըմերը առաջիս սաղ-սաղ քերթում, կաշիները հանում, ոտ ու ձեռ քարով, թոխմախով ջարդում, քացով երեսներին տալիս, ու Վարդանը՝ էս հրաշագեղ պատանին, ձեռները կապած, էս երկնային իրեշտակը նրանց վրա կանգնած, ոտն ա կամենում շարժի, ճոպանը չի՛ թողում. ձեռն ա ուզում մեկ բանի հասցնի, չվանն ա դայիմ, թրի առաջն ա ուզում ընկնի, թուրքը չի՛ թողում, սիրտը պատռում ա, ձեն չի՛ կարում հանի, չունքի նրա հասակի ջահել տղա, աղջիկ հավաքել, ձեռ, ոտ, բերան կապել, տանում են, որ իրանց դնին մատաղ անեն: Ողորմելի պատանին ուզում ա, որ մեկ ետ էլ մտիկ տա, իր ծնողաց սուրբ արինը ու կտրատված լաշը մի տեսնի, փափազն առնի, մեկ կաթ արին էլա վրեն քսի, մեկ բուռը հող էլա ծոցը կամ ջեբը դնի, որ իիշատակ մնա, մեկ համբուրի էլա ու ետին բարովն ասի, մեկ չոքի էլա, նրանց օրհնությունն առնի, բայց ա՜խ, ա՜խ, հարիր սուր գլխին, պլոկած, աչքերը կապած՝ իր ընկերների հետ քշում են, անկաջները՝ փակ, որ նրանց ձենն էլա իմանան, բերանները՝ կապած, որ իրար հետ, խոսին. ձիու երըմիշ ըլելուցն են իմանում, որ շարժում են, բայց չգիտեն՝ ո՞ւր. Դժո՞խքը, թե դրախտը. — դժո՛խքը, սիրելի, դժո՛խքը. սրանց տանում են, որ թուրքացնեն, իրանց դնին մատաղ անեն:

Ետ դառնա՛նք, պրծա՛նք, հազար ծեր ու պառավ, հազար տղա ու աղջիկ, մանուկ, ծծկեր իրար վրա փրթած՝ վաղուց ձենըները կտրեցին, երկնային քունը մտան: Ժահահոտությունը քիչ-քիչ սկսում ա բարձրանալ, հարավի չոր քամին՝ փչում. ամպերն էլ ետ սարերի գլխըներին հավաքվեցան, նրանց աղաղակը Աստված չիմացավ: Արեգակը վազում ա արևմուտը հասնի, ղզլբաշը՝ Ապարան քաշվում. Խլղարաքիլիսեցոց հոգիքը՝ ո՞ւր.— դրախտը, արդարը դժոխքը է՞րբ կերթա: Խլղարաքիլիսեն էրվեց, ամպերը քաշվեցին, սարերը դինջացան, հարիր տասը — տասնըհինգ տարեկան տղա, աղջիկ Հասանի խանի օրդուն մտան: Ղոնշունը նաղրախանեն ածելով, պար գալով ետ ա դառել. դահիճքը իրանց թրերն են հազրում, մոլլեքը իրանց լեզվները սրում, որ Քրիստոսի որդիքը Ալուն մատաղ անեն: Վա՜յ, վա՜յ, Հայոց ազգ ջան, է՞ս օրին էիր դու արժան:

Իրիկունը որ գա, ա՜խ, գել, արջ, սարերի գազանները պտի գան, ձեր, կացած տեղը իրանց ուրախությունն անեն: էլ ո՞վ կլսի մոր ձեն, հոր աղոթք, երեխի խաղ ու ծիծաղ, ժամի ու զանգակի ձեն ձեր լաշերի վրեն: Գազաններին կմնա բոլոր մեյդանը, նրանք պետք է էս գիշեր մարաքյա անեն էստեղ: Գնա՛նք, գնա՛նք, միսս սրտում ա. Օ՜հ, ո՞վ սիրտ կանի մոտանա, բաս էրեխեքանց ճարն ի՞նչ կըլի. նրանք կերթան Հասան խանի օրդուն, լաց կըլին, ջան ասող չի ըլի. կէրվին, կմորմոքվին, մեկ ցավող չի՛ ըլիլ: Ամեն մեկը մեկ խանի կամ արախչիի ձեռի՝ հավի պես կծվա կամ լեղապատառ կըլի, կամ սուրը իր դոշը կխրի, իրան կսպանի, կամ տանջանքին չդիմանալով՝ կթուրքանա. ո՞վ, լողը ի նչպես չպտի սարսափիլ:

Տեսնի՛նք, ո՞ւր գնացին էս անմեղ զառները: Մեր բախտիցը, թե տարաբախտությունիցը, մութը գետինն առել ա, էլ մեզ մարդ չի՛ տեսնիլ, որ եսիր անի:

Մթնագիշերը քեզ մեկ դարալթու ա երևում, գլուխը ցից, պատերը քանդված, հազար կայծակի ու երկրաշարժության երեսը դեմ տված, դռներն ու փանջարեքը խարաբա, խորան ու սեղան ավերակ՝ կանգնել ա տխուր եկեղեցին Ապարանու: Ուր հազար գող ու ավազակ աղոթքի ու պատարագի տեղ անմեղ հայերի որդիքը ձեռըները կապած, բերան ու աչք խուփ, իրանց չար կատաղությանը պատարագ արին: Ուր հայոց թագավորքը, իշխանքը ու պայազատքը Ապարանի բյուրատեսակ ծաղկների հոտը, էն պատվական աղբրների համն առնելով՝ իրանց ամառվան օրերը հովացնում, իրանց հովացած, զովացած սիրտը Աստված ային սիրովը վառում, իրանց սուրբ սրտի աղոթքն ու մաղթանքը ծաղկների հոտի հետ խառը, թռչնոց ձենի հետ հավասար, մեկ բերնով՝ իրիկուն, առավոտ երկինքն էին ուղարկում: Ուր էս սհաթին էլ մեկ ահագին չորս ջաղացի ջուր մեկ քանդված բլրի տակից, ուրտեղ որ Վաղարշակա, Տիգրանա, Տրդատա ապարանքն էին, երկրի երեսը ճոթռելով, Ալագյազի սրտիցը, գետնի տակովը ճանապարհ բաց անելով՝ բերանը փրփրով լիքը, աչքերը խոժոռած, դուս ա պրծնում կատաղած, որ իրան պսակողների երեսը տեսնի, նրանց սիրտը հովացնի, քնելիս, զարթնելիս՝ երկնային ցողը նրանց երեսիցը գողանա, իր ցողը նրանց վրա թափի, բայց, ա՜խ, գլուխը քանդված տեսնելով, վրի շինած ապարանը՝ բրիշակ, եկեղեցին՝ ավերակ, չորս կողմը նրանց հիմքի, սեղանի քարերը արինաթաթախ, մամռապատ, փշրված ընկած, բերանը կրկին բաց ա անում, որ արտասունքը կուլ տա, էլ ետ իր փորը տանի, բլրի չորս կողմը պտտում, ոլորվում, խոտ ու ծաղիկ պոճոկում, սուս, մունջ՝ իր ձենը փորը քաշում, աչքը խփում. ջուրը հողի, քարերի տակին ցրվում, էլ ետ գետինը մտնում, ու կես փայը առու դառած՝ գնում Երևանու դաշտը, որ նրա էրված, խորովված սիրտը հովացնի էլա, Ապարանու սուզը, տարաբախտությունը էջմիածնին, Վաղարշապատին, Արմավրին, Երասխին, Մասսին պատմի ու նրա սև ջրի դառը արտասունքը իր հետ խառնի, որ Արարատի սրտիցն ու աչքիցն, ահագին գետի պես, լուռ, հանդարտ դուս ա գալիս, — Արարատյան դաշտի քանդված, ավերած երեսը տեսնում, վրըները սուգ անում ու քիթ ու պռունկ աղի արտասնքով լիքը, տխուր երեսը անհոգի դամշով ծածկած, քամու առաջին, թշնամու ձեռին ծալվելով, չոքելով, կանգնելով մյուս սարերի աչքի ջուրը, որ էստեղ էկել, ծովացել, կանգնել են, դամշի ու իլղունի միջումը կորել, վերցնի, գնա, Խոր Վիրապա, Արտաշատա դզովն անց կենա, ու տրտում Երասխի հետ Զանգին ու Գառնու գետն էլ մեջ անեն, որոց մինը Սևանա աչքիցն ա կաթում, մյուսը սուրբ Գեղարդա սրտիցը բղխում, երեսները կալնին ու սուգ անելով, գոռալով, Նոյան, Նախիջևանի, Մարանդի գերեզմանի, Նարեկա վանքի, Սյունյաց դաշտերի սրտները հովացնելով, աչքները սրբելով՝ գնան, Քուռն էլ մեջ անեն, իրանց արտասունքը նրանի հետ խառնեն ու տանին, Կասպից ծովի սիրտըն ածեն, նրա աղի ջրումը կորչին, պարսից նավերը ջախըրբուրդ անեն, ռուսաց նավերը իրանց քամակի վրա տանին ու բերեն, որ ճամփին չհուսահատվին, չբեզարին ու էն իրանց բարի ոտը մեր աշխարհիցը չկտրի, որ բալքի մեր հայրենիքը նրանց արծվի թևերի տակին զորանա, մեծանա, դարդերը մոռանա ու էլ ետ իր առաջին փառքին հասնի։ Է՜ս եկեղեցումը, է՜ս քարերի տակին ու աղբրի մոտին, քլըումը կուչ գա՛նք, որ մեզ չբռնեն։ Գիշերն էս ա, հասել ա, օրդուն՝ մեզանից մոտիկ, ու թուրք ազգը ցերեկն էլ էս կողմերովը չի՛ անց կենում, որովհետև Քրիստոսի թշնամի ա, ու անկաջ դնենք գիլանոնց ոռնալուն, պարսից գոռալուն, հայոց լալուն ու սգալուն ու էն անմեղ էրեխեքանց էրվելուն, ծեծվելուն, մղկտալուն, չունքի էստե՛ղ պետք է նրանց աչք ու բերան բաց անեն, որ նրանց զարշելի երեսը տեսնին, իրանց ծնողաց երեսը, իրանց քաղցր հոր տունը մոռանան ու նրանց արինաթաթախ չանգերումը՝ իրանք մրմնջան, նրանք փրփնջան. իրանք մղկտան, սրանք վխկտան. իրանք զլուխ ու երես ծեծեն, խորովվին, սրանք միրուք ու ճալվեր սղալեն ու փառավորվին. իրանք հերնըմեր, քիր ու ախպեր ձեն տալով՝ դոշըները ետ ճոթռեն, նվաղին, սրանք իրանց իմամ Հուսեյնի անունը հիշելով՝ յա ծոցըները ուզենան նրանց առնեն, յա դանակները, թրերը սրելով նրանց սրտըներին դեմ անեն, որ լռվին:

Ա՜խ, չէ՛, չէ՛. անկաջդ կա՛լ, սի՛րելի, մարդի միսը սրսռում ա, գլխին կրակ վառվում: Աստղերը դուս են էկել, պելացել, ցավակից լուսինը տխուր, դառնավարամ՝ հենց աչքը Ապարանի երեսին առավ թե չէ, էլ ետ չոքըչոք արևմուտն ա փախչում, որ անկաջները կալնի, էս ողբալի աղաղակը չլսի. երկիրն իր սև սգի շորը հաքավ, աչքերը խփեց, որ էս դառը տեսարանը չտեսնի, միմիայն անսիրտ, անգութ սարերը սիրտ ու բերան բաց արած՝ չար հրեշտակ քամու ձեռովը խաբար են իմանում, խաբար տալիս, ծիծաղելիս՝ ծիծաղում, հրհռալիս՝ հրհռում, հառաչելիս հառաչում, գոռալիս՝ գոռում, լալիս՝ լաց ըլում, ու մեկ ռոպեում հազար տեսակ ձեն իրար հետ խառնում, ու մեկն էլա իրանք չիմանում:

— Նա՛նի ջան... ջա՛նի ջան.. ա՛խպեր ջան... ա ստված ջան... բա՛բա ջան, հո՛գի ջան... վա՛յ, վա՛յ... վա՛յ մեր սև օրին, արևին, վա՛յ մեր ջրատար գլխին: Ա՜խ, ի՞նչ կըլեր՝ ձեր ձեռովը մեզ ջուրն աժե՛իք, ի՞նչ կըլեր՝ մնզ չէ՛իք ծնել, ընչի՞ չի՛ մեզ էլ ձեր սրտի վրա մատաղ արին, ընչի՞ չի՛ մեզ էլ դիմա-դիմա տվին. էս ո՞ւր են հասցրել մեզ, էս ո՞ւր բերել, գետինը չի՛ պատռվում, մեզ ներս տանում. երկնքի աչքը քոռացել, մեզ չի՛ տեսնում: Ա՜խ, ո՞ւմ ծոցից զրկվեցինք, ո՞ւմ ձեռն ընկանք: Ա՜խ, տեր Աստված , ընչի՞ մեզ էսպես պատժեցիր. քեզ ի՞նչ էինք արել, որ մեր աչքը էսպես հանեցիր. ո՞ւմ մեկ վնաս տվինք, որ մեր գլխին քար քցեցիր: Մեր հորնըմորը, մեր քիր ու ախպերը մատաղ արիր, ախր մեզ էլ նրանց հետ տանեիր, ի՞նչ կըլեր:

Մութն էկել ա, գետինն առել, նա՛նի ջան, սար ու ձոր խավարել, փակվել, մենք մերը կորցրած հավի ճտերի պես ընկել ենք չոլ ու դուզ. ո՛չ աչքըներս ա քուն գալիս, ո՛չ սրտըներս՝ դարար, ա՛խ քաշելիս՝ կրակ ա դուս գալիս լերդըներիցս. ո՞ւմ երեսին մտիկ անենք, որ մեր սուգը տեսնի, ո՞ւմ ճտովն ընկնինք, որ մեր արտասունքը սրբի. ո՞ւմ մոտ գնանք, որ մեզ գոզն առնի, մեր սիրտը մխիթարի, մեր դարդն իմանա: Քարերը անկաջ չունին, որ մեր ձենը լսեն, սարերը սիրտ չունին, որ մեզ վրա ցավին, երկինքը՝ հեռու, որ մեզ քաշի, տանի, երկիրը թուր չունի՛ որ մեզ էլ փրթի, կոտորի, ո՞ւմ ասենք մեր դարդը, ա՛խ, ո՞ւմ: Ընչի՞ մեզ աշխարհ բերիք, ընչի՞ մեզ կաթը տվիք, պահեցիք. դուք շուտով պրծաք, երկինքը գնացիք, մեզ՝ որբերիս, էս փո՛ւչ աշխարքի վրա թողիք, որ դիա ավելի տանջվինք, դիա ավելի չարչարվինք. ձեր կարոտը մեկ կողմից քաշենք, մաշվինք, մեր ցավը մյուս կողմից սրտըներս անենք, էրվինք, փոթոթվինք:

Ձեռըներս կապած, գլխըներս բաց, երկնքի տակին, Ապարանու չոլումը՝ ձեզ ենք կանչում, ձեզ ենք ուզում, ձեր անունը տալիս, ձեր խաթեր լալիս, ա՛յ մեր ազիզ ծնողք. երկնքո՞ւմն ա ձեր հոգին, թողե՛ք, մեկ սհաթ գա, վրըներս պտիտ տա. երկրո՞ւմս ա դեռ, մեր աչքին մի երևի, հասրաթներս առնինք ու հետո, ա՛խ, հետո մեր հոգին էլ ձեր հոգուն տանք. ձեզ հետ թռչինք, ձեզ հետ միանանք, դժոխք թե դրախտ, միասին տեսնինք. ուր որ ըլիք, առանց ձեզ չմնանք, ա՛խ, ի՞նչ կըլի, ի՞նչ... Ա՛խ, ի՞նչպես չի մեր սիրտը պատռվում, մեր ջանը էրվում, մեր բերնիցը կրակ դուս գալիս, մեզ խորովում. ի՞նչպես ա մեր լեզուն խոսում, ու չի՛ քրքրվում. մեր աչքը տեսնում ու չի դուս տրաքում, մեր շունչը դուս գալիս ա չի կտրվում, մեր արինը եռում ու չի՛ ցամաքում, մեր անկաջը լսում ու չի քառանում, մեր ոտները փոխվում ու չի մեր տակին փշրվում, խուրդուխաշ ըլում. էս ի՞նչ օր ա, որ մենք քաշում ենք:

Նանի՛ ջան, ա՛խպեր ջան, բա՛բի ջան, վա՜յ, վա՜յ... է՞ս օրվան համար մեզ օրորոց դրիք, է՞ս օրվան համար մեզ սրից, ջրից ազատեցիք, մեր ցավին դարման արիք, մեզ ջան ասելով, մեր աչքը սրբելով, գոգըներդ առնելով, դոշըներիդ կպցընելով, քրտինք թափելով, անքուն մնալով, սար ու ձոր ընկնելով մեզ ապրուստ ճարեցիք, ձեր կյանքը խավարացրիք, մեզ ծաղկացրիք, դուք թառամեցիք, մեզ դալարացրիք, ձեր ումբրը չորացրիք, մեզ տանը քուն դրիք. դուք հանդում, չոլում, արևի, անձրևի տակի ջանըհան էլաք, որ մենք զորանանք, աչքըներիդ լիսը սպիտակացրիք, որ մենք մեծանանք, հասնինք, ձեզ քոմակ ըլինք. է՞ս ա մեր քոմակ ըլիլը, է՞ս էր ձեր մուրազը: Էստո՞ւր համար աստծուն՝ լիսը բաց ըլելիս, մութը մթնելիս, գիշեր-ցերեկ աղոթք էիք անում, որ մեր ոտին քար չդիպչի, մեր մատը փուշ չըլի, մեր գլխին կարկուտ, արև չխփի. մեզ իր աչքի առաջին, իր թևի տակին ցավից, չոռից ազատի, որ մենք բարի զավակ ըլինք. Քրիստոսի խաչի դուլ դառնանք, ավետարանի՝ ծառա, եկեղեցու՝ հող, ազգի պարծանք, աշխարքի՝ շենություն: Ա՜խ, ո՞ւր էս սիաթը աստուծո անկաջը, որ ձեր արդար ձենն մեկ էլա չլսեց, ձեր հազար մուրազի մեկն էլա չկատարեց ու մեզ էսպես քարին տվեց, ու մեր հոգին էլա չի՛ առնում, որ պրծնինք, ա՜խ, կորչինք էս անօրեն աշխարքիցը:

Սրբություն էիք առնում՝ մեզ հետըներդ տալ տալիս, ժամ էիք գնում՝ մեր ձեռը մոմ տալիս. զատիկ էր գալիս, ջրօրհնեք ըլելիս, կիրակու ժամին, սուրբ պատարագին՝ մեզ խտիտ անում կամ ձեռով տանում, քար, ավետարան, սեղանի, բեմի, խաչի, պատկերի առաջին, սրբերի ոտի տակին, գիրքը կարդալիս, սկին դուս գալիս՝ մեզ տերտերի ոտը քցում, խաչի առաջը դնում, մեզ համբուրիլ տալիս, դուք էլ համբուրում, աղաչանք, անում, որ սուրբ ավազանի, մեռոնի շնորհքը մեզ վրա մնա. ջուրն ընկնինք, մեզ պահի, կրակն ընկնինք, մեզ պրծացնի, մեզ զորացնի, որ էսօր է՞ս կրակումը, է՞ս բոցումը էրվինք, տանջվինք, մեր ձենը չիմա՞նաք, մաշվինք, փչանանք, մեր սուզը չանե՞ք, թրով մեզ կտրատեն, մեզ դուք չազատե՞ք:

Ո՜վ արարիչ, մեր հոգու տվող Աստված , ինչպես մեզ ստեղծեցիր, էլետ մեզ սպանի՛ր. ինչպես կյանք տվիր, էլ ետ դու խլի՛ր. հող էինք քեզ մոտ, էլ ետ հող շինի՛ր. շունչ տվիր՝ ապրինք. էլի շունչդ ետ ուզի՛ր: Ի՞նչ ենք անում մենք էլ փառքն ու կյանքը, մեզ ի՞նչ հարկավոր՝ երկիր, աշխարքը: Մեր չունենաս, լա՝ դու լաց ըլելիս, հեր չունենաս, զա՝ դու կսկծալիս, քիրդ մոտիդ չըլի՝ դու սուգ անելիս, ախպերդ ձենդ չլսի՝ սիրտդ պատըռվելիս: Ո՜վ մեր արարիչ, մեր տե՛ր ու մեր հե՛ր. հերնըմերըներս տարար, մեզ էլ տանեիր, քիր, ախպեր առար, մեզ էլ սպանեիր. էլ չենք ուզում քո սերն ու խնամքը, էլ չենք խնդրում, որ պահես մեր կյանքը, հրեղեն սերովբեդ թո՛ղ մեզ սպանի, բոցեղեն քերովբեդ թո՛ղ մեզ էրի, խորովի, մեզ դրախտը մի՛ տանիր, դժոխքը ուղարկի՛ր. հրեշտակի մի՛ տար, սատանեն թո՛ղ զար. մեր ծնողքը մի տեսնեինք, թող դնը մեզ կո՛ւլ տար. նրանց սերն առնեինք, նրանց տեսնեինք. մեր հոգին տայինք, նրանցն ստանայինք ու էս դառն օրը հե՜չ չտեսնեինք, ա՜խ, չտեսնեինք: Էսքան մեծամեծ մարդիկ՝ խաներ, բեկեր, աղեք, ֆառաշ, մոլլա, ախունդ, էս ի՞նչ են էստեղ կանգնել, հավաքվել, չե՞ս ուզում դու էլ մի աչքդ քցես, նայե՞ս: Հայ սարվազները աչք ու բերան կալել, փափախով են անում, որ հեռանանք, մոտ չգնանք: Սաքի մոտ էլ գնացիր, ի՞նչ օգուտ. միսդ ջանումդ կմաշվի, կքրքրվի: Ետ դա՛ռ, ես քեզ կասեմ: Քսան-երեսուն երեխա փարչալամիշ արին: Մոլլի թույնը քյար չարեց, չեն թուրքանում, պտի մատաղ ըլին: Դահիճը մեկը-մեկի ետնիցը շախկա տալով կտտրում ա: Վարդանը՝ էս թագավորածին պատանին, երեսը լուսափայլել, հրեշտակի պես կանգնել ա, ո՛չ Հասան խանի պարգևին ա մտիկ տալիս, ո՛չ ոսկուն, մարգարտին, ո՛չ ալվան-ալվան շորերին, ձիուն, յարաղին, ո՛չ մոլլեքանց խրատին, ո՛չ հայերի աղաչանքին, ո՛չ թշնամու ահ տալուն, ո՛չ թրին, սրին, վառած կրակին, տաքացրած շամփրին, որ պտի միսը կոխեն, ո՛չ քարփչին, որ պտի ոտների արանքը դնեն, ո՛չ քյալփաթնին, որ հենց, էն ա, բարձրացնում են, որ միսը քաղեն, ո՛չ կրակած պղնձին, որ պտի գլխին դնեն, սարի պես դոշը դեմ ա տվել, ո՛չ պատժիցը վախում, ո՛չ պատվիցը խաբվում, իրան կսկիծը մոռացել, ընկերներին էլ ձեն ա տալիս, սիրտ դնում:

— Էս է՛ն անիրավ թուրն ա, սի՛րելիք, որ մեր հորնըմոր սիրտը էսօր մեր առաջին դուս ճղթռեց: Էս է՛ն անԱստված ձեռներն են, որ էսօր մեր մանուկ, ծծկեր քիր ու ախպոր մարմինը թիքա-թիքա արին, կտրատեցին: Էս է՛ն անողորմ ազգն ա, որ մեր նաչար ազգի արինը մինչև էսօր խմել ու խմում ա. էլ ի՞նչ ենք կանգնել սրանց միջին ա սրանց զարշելի երեսին նայում: Ձեր ջանին մեռնիմ, երեխե՛ք ջան. մենք ո՞ւմ որդիքն ենք, որ թրից վախենանք, ո՞ւմ զավակներն ենք, որ կրակը մեզ թուլացնի: Մեր ծնողք ու ախպերները չէի՞ն, որ էրեկ էնպես քաջությամբ մեռան, որ արարած աշխարքը զարմացավ ու հուրն հավիտենական պտի զարմանա:

Մտի՛կ արեք, ձեր երե՛սին դուրբան, էն պայծառ երկնքին. է՛նտեղ, է՛նտեղ են մեր սիրելիքը, մեր ազիզ բարեկամքն ու ազգականքը մեզ սպասում: Մի՛տք արեք՝ թե գլխըներդ ցավի, ո՞վ պետք է ձեզ մեկ ջան ասի. հիվանդ ըլիք, ո՞ւմ կռան վրա պետք է քնիք. լաք, ո՞վ ձեր արտասունքը կսրբի. մեռնիք, ո՞վ ձեզ կթաղի: Մեր սո՛ւրբ լեզուն պետք է հարամ լեզվի հետ փոխե՞նք. մեր սո՛ւրբ պատարագն ու ժամը թողանք, ազանի ձենին անկաջ դնե՛նք, մեր սո՛ւրբ մեռոնը մոռանանք, մեր խաչ, ավետարանը մտքից հանենք, Ալուն, դուռանին հետևի՞նք: Մտի՛կ արեք սրանց էս դժոխք, ժանդ, մրրած, կեղտոտ երեսին, դժոխքը սրանից լավ կըլի՞. սրանց աչքերիցը կրա՞կ չի վեր թափում: Վա՜յ մեր գլխին ու արևին, էնքան պետք է խղճանանք, որ մեր հորնըմորը սպանողներին, մեր ժամն ու աշխարքը քանդողներին նոքար դառնա՞նք: Ա՜խ, թե էս փուչ փառքիցը խաբվինք, էս անպիտան պատժիցը վախենանք ու մեր սուրբ հավատն ուրանանք, որ մեռնինք, ի՞նչ երեսով պետք է գնանք մեր ծնողաց մոտը, ի՞նչ աչքով պետք է նրանց նայենք: Ասենք, թե էս աշխարքումը նրանցից զրկվեցանք, բաս չե՞ք ուզիլ, որ երկնքումն էլա նրանց հետ միանանք, նրանց երեսը տեսնինք, նրանց սերը վայելենք:

Չէ՛, չէ՛, մեռնի՛նք միասին, երթա՛նք միասին, հասնի՛նք մեր ծնողաց փառքին, պսակին: Երկինքն մեզ համար է իր սիրտը բացել հրեշտակք մեր գլխին թևները փռել. նահատակք, կուսանք, սուրբք և մարտիրոսք մեզ ձե՛ն են տալիս, մեզ կանչում ամոք: Նրա՛նց մոտ գնանք, նրանց սիրուն մեռնինք, մեր մարմինը տանք, որ հոգով ծաղկինք: Ձեզ մոտ ենք գալիս, ծնո՛ղք սիրելիք, ձեր տեսուն կարոտ՝ դուք մի՛շտ պաշտելիք. ձեր արդար կաթը, ձեր սուրբ խրատը մենք ե՞րբ կմոռանանք, որ մտնինք կրակը:

Արի՛, երկնային հրեշտա՛կդ լուսեղեն,
Տա՛ր մեր աղաչանքն աստծուն էս կողմեն:
Բարո՛վ մնաք դուք՝ լերի՛նք, հո՛ղ, աշխարհ,
Բարո՛վ կացեք դուք՝ ծառք ու ձո՛րք, անտա՛ռ:
Մենք չէինք արժան ձեր սուրբ երեսին,
Մեր ոտն անիրավ դիպավ ձեր դոշին:
Քանի՞ցս ձեր պտուղն, ձեր համն ու հոտը,
Ձեր շվաքի տակին, ձեր ծաղիկն, խոտը
Մենք հարամ ձեռով քաղեցինք, առանք:
Կոխեցինք ձեր սուրբ երեսն ու դոշը,
Ձեր ղադրն ու խաթրը մենք բնավ չիմացանք:
Աղբրի գլխին, առվի դրաղին,
Սիրելյաց միջին, ծնողաց գոգին
Մեր վայելեցինք, մեր օրն անց կացրինք:
Աստղերն մեր գլխին քաղցր ծիծաղեցին,
Լուսին, արեգակ իրանց լիսը տվ՛ին.
Թռչունք երգելով, ծաղիկք հոտ տալով
Մեզ քնացրին, մեզ զարթեցրին.
Բայց, ա՜խ, անիրավ մեր ձեռն, երեսը
Քնով ծածկեցինք, ձեզ մտիկ չարինք:
Քո սուրբ հողին, մեր քա՛ղցր Հայրենիք,
Ծունր չդրինք, մենք չպաշտեցինք,
Սիրուն վաթանին մենք կյանք չտվինք,
Մեզ մատաղ չարինք, մենք չսիրեցինք:
Թշնամուն հիմիկ մենք եսիր դառանք.
Թե որ ուզենան էլ, որ տան մեզ կյանք,

Էլ չի՛ հարկավոր, դո՛ւ ա՛ռ մեր հոգին,
Ո՛վ բարի հրեշտակ, որ կաս մեր գլխին:
Մնացե՛ք բարով, հողեր ու դաշտեր,
Ա՛խ, թո՛ղ վայելեն ձեր սերն ուրիշներ.
Վարդանի աչքը, էս մանկանց ոտքը
Էլ ձեզ չե՛ն տեսնիլ, ձեր վրեն շրջիլ,
Ձեր հոտովն զմայլիլ, ձեր գրկովն փարվիլ:
Ո՛չ հոր ոտ կգա մեր գերեզմանը,
Ո՛չ մոր արտասունք կթափի մեր տանը.
Ո՛չ ժամ, պատարագ, ո՛չ խունկ կամ բաժակ
Մեր հոգուն տվող կըլի մեկ ժամանակ:
Ո՛չ քիր ու ախպեր կգան մեր քովը,
Ո՛չ մեկ անց կենող կըլի մեր մոտովը.
Մեր ծնողաց մարմինը մեր գեղի չոլումն,
Մեր փուչ ոսկորներն էս օտար հանդումն՝
Չեն միմյանց տեսնիլ, իրար հետ թաղվիլ.
Նրանք գազանի, մենք գիլի, ղշի
Փայ կըլինք, մեզ վրա մեկ ասող չի ըլիլ.
«Աստված ձեր հողին միշտ լուսավորի,
Իր սուրբ երեսին արժանի անի»:
Կըլի, որ դուք մեկ էլ ետ հոտ տալիս,
Գարունքը գալիս, դաշտերն ծաղկելիս՝
Մեր երեսին էլ ծաղկիք, կանաչիք,
Մեր հողիցն էլ դուք դուս գաք, զարդարվիք,
Ձեր ցողն մեզ վրա թափեք, հովացնեք,
Ձեր լավն մեր դոշին փչեք, զովացնեք,
Ձեր պարզ ջրի հետ մեր արինը խառնեք,
Մեր տված շունչը առնիք ու պահեք,
Ձեր քաղցր հոտի հետ երկինքն ուղարկեք;
Ա՛խ, թե մեկ ճամփորդ էս կողմովն անցնի,
Ձեր միջին վեր գա ու էստեղ քնի,
Ձեր հոտն առնելիս, ձեր ջուրը խմելիս,
Բալքի թե հոգին իմանա, ասի,
Միտքը բերի, թե էս է՛ն դաշտերն են,
Որ էսօր մեր չար թշնամու ծառեն
Ուզում ա, որ մեզ խաչին մատաղ տա,

Մեր ջանը խլի, մեզ անի դիմա:
Ի՞նչ կըլեր, ա՜խ, որ մեկ օրհնած հողում,
Մեր ազգուտակի, սիրելյաց միջումն
Մեր հոգին տայինք, նրանց խառնըվեինք:

Ա՜խ, խա՜չ զորավոր, քո հրաշքիդ դուրբան.
Մինչև ե՞րբ մեր ազգն, աշխարհին Հայկական
Էսպես կտանջվի, էսպես կմաշվի,
Էսպես կքանդվի, էսպես կխաշվի:
Խա՜չ, քեզ պաշտողին ընչի՞ չես պահում,
Խա՜չ, քեզ բռնողին ընչի՞ սպանում.
Քեզ անարգողին էսպես դվաթ տալիս,
Քեզ պարսավողի սիրտը ո՜չ խրվիս:
Ա՜խ, տե՜ր իմ Աստված , թե մենք առաջիդ
Մեղավոր էինք, որ պատվիրանիդ
Չհնազանդեցանք, անիրավ էինք,
Մեզ սպանեիր, ընչի՞ մեզ թողիր.
Մեր խեղճ ծնողացը թրի տակ տվիր.
Մեզ կրակ տվին, ընչի՞ չէրեցիր:
Թողիր, որ էսպես տանջվենք չարաչար
Անհեր ու անտեր, անմեր, անհավար
Մնանք էս չոլումն, զազանաց միջումն,
Մեր լաշը թռչնոց, մեր արինը հողին
Մատաղ տանք, մեր ջանն դնենք էս գետին:
Մնացե՜ք բարով, ա՜յ մեր խեղճ ազգ Հայ,
Էյ մի՜ լաք, ողբաք, ցավիք մեզ վրա:
Սրբեցե՜ք աչքներդ, տեսե՜ք մեր հալը,
Էլ ի՞նչ օգուտ մեզ մեզ սուգն ու լալը:
Թուրը գլխներիս, մահն առաջներիս,
Կրակն էրելիս, շամփուրն ծակելիս,
Բոցն խորովելիս, մեր հոգին տալիս.
Մեր կեսն փոթոթված, կեսն անձող դառած,
Մեր ոտներն մոխիր, շնչերս կրակված.
Մեկ ձեռը կտրած, մյուսը քերթած,
Դդինձն գլխըներիս, քարփիչն ոտներումս,
Սրտներումս արին, արտասունքն աչքումս.

Ո՛չ երկինքն փուլ գա, ո՛չ հրեշտակ տեսնի,
Ո՛չ դաhիճն ցավի, ո՛չ երկիրն ճղվի:
Դուք ո՞ւր եք լալիս, որ մենք չենք լալիս.
Դուք ո՞ւր մղկտում, որ մենք չենք խնդրում:
Պահեցե՛ք ձեր սուգն սև օրի համար.
Ձե՛զ վրա լաց էլե՛ք ու տեսե՛ք ձեր ճար:
Մենք մեր ծնողաց հետ կմիանանք,
էսօր նրանց տեսուն մենք կարժանանանք.
Էս դառն աշխարքիցս կհանգստանանք,
Դրախտը կերթանք ու միշտ կխնդանք:

Բայց վա՜յ ձեր օրին, ձեր օղլուշաղին,
Թե դուք կենդանի կանգնիք, ձեր աչքով
Տեսնիք սիրելյաց տանջանքն՝ մղկտալով.
Ձեռներդ խաչած՝ ձեր դոշը ծեծելով,
Հող տաք ձեր գլխին, թաղեք ձեր որդին.
Ձեր սիրտը հանողին, կյանքը քանդողին
Եսիր դառնաք ու էլի չպրծնիք, էլի միշտ տանջվիք
Ու ձեր հողի վրա դուք մատաղ ըլիք,
Ձեր աշխարքումը էսպես դուք մաշվիք
Ու դեռ սիրտ չանեք, դուք չմիաբանիք,
Մեկ օր էս սուր, թուրն, էս կրակն ու բոցը,
էս պղինձն, շամփուրն, էս վառ հոնցը
Դուք ձեր թշնամուն միշտ հազիր չպահեք,
Նրան դուք չէրեք, նրան չկոտորեք,
Ձեր ազգն, աշխարքը դուք ազատ չանեք
Ու էսպես թշվառ, տարաբախտ մնաք:
Մնա՛ք դուք բարով, տարե՛ք ձեր որդոցն
Մեր կարոտ սերը, մեր ազիզ բարովն.
Պատմեցե՛ք նրանց մեր խեղճ օրերը,
Թո՛ղ պահեն նրանք իրանց գլխները.
Է՛ս օրին չհասնին, է՛ս ցավը չտեսնին,
Տա՛ն իրանց կյանքը ու պահեն աշխարքը.
Մնա՛ք բարո՛վ, բարո՛վ...

Վա՜յ... վա՜յ... ա՜խ... նա՛նի ջան... բա՛բի ջան... Աստված ,

քե՛զ դուրբան... ամա՛ն... ամա՛ն... ամա՛ն... Մեռա՛նք... էրվեցի՛նք... խորովվեցի՛նք... ամա՛ն... վա՛յ... Հրես պրծա՛նք, հրես էկա՛նք. Ո՛վ Վարդան նահատակ, սուրբ ծնողք, ձեր զավակք գալիս են, մոտ էկեք. Կյանք տվին, մահ առան, ձեզ չթողին, ձեր հավատն, ձեր սուրբ խաչն չուրացան: Թրի բերնին, վառ կրակին, տանջանքին դիմացան:

«Փշրեցե՛ք, ջարդեցե՛ք, ոտն ու ձեռ կտրեցե՛ք,
Առաջ փորն, հետո գլուխն էրեցե՛ք, շամփրեցե՛ք,
Մատները հաղըհան, ձեռները կաշըհան
Արե՛ք, մեջքն կրակին դեմ արե՛ք, խանձեցե՛ք,
Կտրած ձեռն, ոտն ու մատն եղումը դաղեցե՛ք,
Ով շուտով սպանի, իր գլուխը կթռչի:
Ուսուլով ու յավաշ կամ կաշին հանեցե՛ք,
Կամ գլուխը քերթեցե՛ք, կամ աչքերն փորեցե՛ք:
Թո՛ղ ոտներն էրվելիս՝ աչքը տեսնի, սիրտն էրվի.
Թո՛ղ ձեռներն կտրելիս՝ բալքի թե ահ ընկնի,
Սիրտները ու դարձ գան, մեր հավատն ընդունին,
Խաչը թողան, դուռանին գլուխ տան, մերն ըլին»:
Հասան խանն անիրավ՝ էս հրամանն ասելով,
Կրակին էր տալիս սուրբ մանկանցն՝ տանջելով:
Բայց արդարքն, վաղուց էր, տվել էին սուրբ հոգին,
Սուրբ արյան պատարագն նվիրել երկնքին:
Ողջակեզ, անուշ հոտն բարձրացել առ վերինն.
Սև ամպերն հեռացան, երկնային լիսն իջավ,
Նրանց մարմինն ամփոփեց, պատեց, բարձրացավ:
Ու հանկարծ՝ սոսկալի վերնիցը ձեն էկավ.
«Հասան խա՛ն, դու զազա՛ն, անօրե՛ն, դիվակա՛ն.

Բա՛ց չար սիրտդ, կա՛ց, կանգնի՛ր, որ ինձ տաս պատասխան:

Ո՛չ գետինն քեզ կպահի, ո՛չ անդունդն քեզ կքաշի,
Ո՛չ դժոխք թուլ կտան, ո՛չ գեհյանն սոսկալի.
Կենդանի դու պետք է քրքրվիս ու տանջվիս,
Մինչև էդ անմեղաց սուրբ արինն վճարես:

Թե շանթ քեզ հանդիպի, թե կայծակ քեզ էրի,
Իմացի՛ր, որ ե՛ս եմ, որ քեզ տամ տանջանքի.
Երերյա՛լ մնացես, տատանյա՛լ մաշեցիս,
Փուշ, տատասկ քեզ պա՛տի, թե հողն էլ դու մտնիս»:

Հանգիստ ու խաղաղ մնա՛ք, սիրելի՛ք,
Մինչև օրն վերջին, լիսն գեղեցիկ.
Անմե՛ղ երեխեք, արդա՛ր դուք հոգիք:
Քանի Ապարան տեսնիմ, անց կենամ,
Քանի շունչս առնիմ, ձեր անունը տամ.
Ա՛խ, իմ ազգի դուք հրեշտա՛կ, սո՛ւրբ որդիք,
Որ էդպես կանուխ դուք թառամեցիք:
Երբ երեսս հողին, ծնկներս չոքած,
Աչքս ծով դառած, սիրտս արնով լցված`
Ընկնիմ, ա՛խ, գլուխս բաց ձեր առաջի,
Համբուրեմ ձեր հողն, մնամ վրա գետնի.
Քաղեմ ձեր ծաղիկն, հիշեմ ձեր հոգին.
Ո՛վ սուրբ հոգիք ջան, երկնային բեմին,
Աստուծո ատենին, սրբոց խորանին
Տարե՛ք իմ խնդիրս, տարե՛ք արտասունքս,
Որ մեր խեղճ ազգը, մեր սուրբ աշխարքը,
Որ ձեզ պես մատաղ տվեց աստծուն,
Էլ չի՛ ավերվի, չմնանք գերի,
Սրի մատաղ ու եսիր թշնամուն,
Անտեր ու անճար, անտեղ ու անտուն:

ԳԼՈՒԽ ԵՐՐՈՐԴ

Հայաստան աշխարքը շատ վախտ էր նեղության, ավերման, տակ ընկել, ամա էս ամենիցը անց կացավ: Սար ու ձոր դառել էր գողի, ավազակի բնակարան: Ամեն կողմից պարսիկք է՛նպես ոտը բարձրացրին հանկարծ, որ էլ դեմ կենալու ճար չկար: Բայց է՛ս նեղությունն էր, որ հայոց էլ է՛ն հոգին էր տվել, որ թե մեկ կողմից իրանց ազգին ոտի տակ էին տալիս, մյուս կողմից իրանք էին թշնամու արինը ծծելով ման գալիս: Սաղ Պարսկաստան պոկ էր էկել, սաղ Կավկազ՝ դռնմիշ էլել: Էրակլի որդի Ալեքսանդրեն, որ Վրաստան առնելուցը ետը փախել, պարսից դուռն էր ընկել ու հարիր անգամ գլուխը քարեքար տվել, որ իր աշխարքը էլ ետ ձեռք քցի, էլ սար չէր մնացել, որ անց չկենա, որ բալքի թե իր, սրտի մուրազը կատարի: Լազգի, Չաչան, Չերքեզ, Ղազախ, Բոռչալու, Շամշադին, բոլոր Կասպից գավառները՝ ձեռըները հինա էին դրել, թև առել, որ թռչին ու ռսի իշխանությունը ստանան: Հայ ազգին յա կրակ էին խոստանում, յա սուր. յա կոտորում, յա թալանում: Ինչքան թույն ունեին, մեր ազգի գլխին էին թափում: Յա պատիվ, մեծություն խոստանում, որ խաբեն նրանց, յա պատիժ, պատուհաս տալիս, որ վախենան ռսիցը ձեռք վերցնեն: Շահիցը, սարդարիցը ֆարման ֆարմանի վրա էր գալիս, բայց հայոց արդար սիրտը, ուղիղ սերը, որ ռուսաց հետ ունեին, է՛ն ժամանակն էլ նրանց չթողեց, երբ թուրը գլխըներին խաղում, որդի ու զավակ դոշըներին, առաջըներին սուրն էր քաշվում յա կրակումն էրվում: Ինչ որ Պարսից կռվի ժամանակին հայք արին, աստուծո է հայտնի, ու ամենողորմած կայսրն էլ շնորհակալությունով ու հրովարտակներով, խաչով ու նշանով էս արած լավության տեղը շատ անգամ լցրեց: Թո՛ղ բազի հիմար, անԱստված մարդ հայոց ոտը ձգի. թե մարդ չիմանա, քարերը վկայություն կտան: Հալբաթ որ մեկ օր մեկ արդար, անաչառ մարդ Վրաստանու պատմությունը կգրի, էն ժամանակը կերևի, թե հայք ի՞նչ արին, ի՞նչ հավատարմություն են ցույց տվել տերությանը, ի՞նչ արին են վեր ածել:

Ո՞վ չգիտի, որ էս հաղաղին, ինչ ժամանակ Հասան խանը՝ արևմտից, Աբաս Միրզեն՝ արևելից, ավազակի պես հանկարծ էկան, մեր սահմանը մեր կողմը ամեննին խաբար չունեին: Ընչանք ռուսք իրանց զորքը կհավաքեին, ղզլբաշը կարող էր սաղ Վրաստան ոտի տակ տալ եթե հայք չէին ամեն տեղ նրա ճամփեն կտրել: Միմիայն Ներսես ու Գրիգոր եպիսկոպոսաց, Մատաթովի ու Բեհդուբովի արածը բավական է, որ աշխարք իմանա, թե ի՞նչ հոգի ուներ էն ժամանակը մեր ազգը:

Առաջին՝ խաչը ձեռին, հայոց քարոզում, զորք էր հավաքում, որ գնան, արին վեր ածեն իրանց ազգի համար, երկրորդը՝ Երմալովի խնդրքովը եպիսկոպոսության շորերը փոխած, չերքեզի շոր հաքած, յարաղ — ասպաբ կապած՝ որ Թիֆլիզու, Ղազախ-Բոռչալվի միջովը չէր անց կենում, հենց իմանում էր խալխը, թե իրանց փրկիչն էր գալիս:

Էն ժամանակը, որ Շամշադինի մովրովը հարիր մարդով հենց հասավ Մատուշկի ասած կարմունջը ու սարսափելով էլ ետ է՛տ դառավ, չկարաց առաջ գնալ, էս հսկա եպիսկոպոսը երկու մարդով հազար արինակեր հարամու գլուխ ջարդելով՝ Ղազախ-Բոռչալու անց կացավ, հասավ Շամշադին՝ իր հայրենիքը, իր ընտանյաց մեջը, գրաֆ Սիմոնիչին, որ Գյանջուցը փախած՝ գալիս էր, իր բոլոր զորքովը իրանց տանը երկար պահեց ու Երմալովի թղթովը բոլոր կառավարությունն ստացավ, մինչև Թիֆլիզուցը օգնություն գար: ... Գեղը, որ պարսիկք էկան, քանդեցին, զերի արին, ուր յոթանասուն տանից ավելի էր, երեսուն մարդով հինգ հազար մարդի մեջ մտավ, առյուծի պես իր ժողովուրդն ազատեց, նրանց եսիրը ետ բերեց: Էս միջոցին Երմալովն էլ էկավ, հասավ: Մեկ պաս օր եպիսկոպոսիցը խնդրում ա, որ կռվի ժամանակին էլ պասին մտիկ չանի, բայց նա հսկայաբար պատասխան է տալիս.

— Պարսից միսը թողած՝ ի՞նչ հարկավոր է տավարի միս ուտիլ: Էս միջումը Ալեքսանդր վալին ու Ջոհրաբ խանը էկան, Շամշադինը կոխեցին, ու քիչ էր մնացել, որ բոլորը տակ ու գլուխ անեն, քաջ եպիսկոպոսը իր ընտիր հայերով նրանց քամակը կտրեց, զորքները կոտորեց ու հինգ պարսիկ իր ձեռովը բերեց ու Երմալովին փեշքաշ արեց: Սա էլ ճակատը համբուրեց ու շատ անգամ խնդրեց, որ իրան ասի, թե ի՞նչ պարգև ա ուզում թագավորիցը, բերիլ տա: Անմահ եպիսկոպոսը է՛ն խնդրեց, որ Շամշադինու ու Ղազախ-Բոռչալվի հայ ազգը թուրքի ձեռիցն ազատվի, չունքի մինչև էն ժամանակը նրանց ձեռին շատ նեղություն էին քաշում: Խնդիրքը կատարվեցավ, ու ինքն էլ արքայական պսակին ու թոշակին (պենսիա) արժանացավ:

Ո՞վ չի զարմանալ, որ սրա ախպեր Գալուստը ինչ ժամանակ Հասան խանի ձեռը գերի ընկավ, ու ուզում էին, որ գլուխը տան, Նաղի խանը մեջ ընկավ ու նրան արձակիլ տվեց: Սարդարն էլ էն պայմանով նրան թողեց ու ֆարման տվեց, որ Շամշադնու, Ղազախ-Բոռչլավի մեծությունը որդոց-որդիս նրան կբաշխեր, թե կարողանար հայերի սիրտն առնիլ, նրանց դարձնիլ, որ ղզլբաշին ծառայեն: Հրամանն էնպես էր տված, որ թե չորս օրվա միջի խաբար չբերի, գլուխը հազար կտոր պետք է ըլեր: Բայց նա էս բոլոր արինը աչքի տակն առած՝ էկավ ու թղթերը Մատաթովին տվեց: Հասան խանը հազար ոսկի նրա գլուխը բերողին, երկու հազար՝ նրան սաղ-սաղ բռնողին էր խոստացել: Շամշադնու սարերը, ձորերը գիշեր-ցերեկ զող ու ավազակ ղլվլում էին, որ նրան բռնեն, իրանց պարգևն առնին, բայց շատին ինքը իր թրին պարգև արեց: Է՛սքան անվանի, է՛սքան քաջության տեր էր էս օջախը, բայց էլի ով Գրիգոր եպիսկոպոսին տեսներ, հոգին հետը կերթար. է՛ն զարմանալի սրտի տերն էր, է՛ն քաղցր լեզուն, է՛ն անուշ բնությունն ուներ:

Երեխի պես կնստեր, կպատմեր, ինչ գլխովն անց էր կացել: Բայց ի՞նչ հարկավոր է բանը երկարացնիլ: Քանի Կավկասյան սարը կա, Մատաթովի ու սրանց արածը հավիտյան կիիշվի, կասվի: Միթե Ներսես եպիսկոպոսը չէ՞ր, որ գրաֆ Պասքևիչի հետ մտավ Հայաստան ու հայոց մեծ մասը քարոզելով, հորդորելով, ռսի ձեռի տակը բերեց: Քանի՜, քանի՜ քաղաքներ, գեղեր դարտակվեցան ղզլբաշի ու օսմանցվի երկրումը ու քանի՜սն էր Հայաստան, Վրաստան նրանցով լցվել:

Ո՞ւր թողանք էն մեր հոյակապ իշխանքը՝ Բարսեղ, Մանուկ, Մկրտիչ աղեքն բայազդցի, աշխարհահռչակ տունն Տիգրանյան դարսցի, որ, ինչպես հայր, իրանց բոլոր հարստությունը վատնեցին, փչացրին ու իրանց աղքատ ժողովուրդը պահելով՝ բերին էս կողմը: Էսօր էլ նրանց անուն տալիս՝ բայազդցիք ու դարսցիք ուզում են երեսներին խաչ հանեն, էնքան անթիվ է նրանց հերությունն ու լավությունը ազգի վրա:

Միթե էս բայազդցի՞ք չէին, որ երբ մեր զորքը նրանց քաղաքն առավ, մեկ քանի օրից ետը հանկարծ Վանա փաշեն մեծ ղոնշունով որ էկավ, Բայազդի չորս կողմը բռնեց, էս քաջ հայերը հոգին ատամների տակն առած, է՜ն տղամարդությունը ցույց տվին, որ դեռ Երևան չեկած՝ շատը աստիճան, խաչ ստացավ: Էսօր էլ որ էս ողորմելիքը Թիֆլիզումը, մշակություն անելիս կամ բաղնսներումը ծառայելիս, խոսք ա ընկնում, էն կտրատված շորըներիցը էլի իրանց խաչերը հանում, զոռզությունով ցույց են տալիս իրանց արնի գինը:

Կարելի է, թե պատմությունը, որ հայի համար քոռացել, մեծ-մեծ ազգերի ա դուլուղ անում, էլի մոռանա, բայց աղգասեր հայն ի՞նչպես չպաշտի էն արծաթեցի Մանուկ աղայի գերօրինակ քաջությունը ու հըսկայությունը, որ դեռ Բայազիդ չառած՝ առյուծի պես, քառասուն քաջ հայազգի քամակին, Մասսա սարին նայելով, իր ազգի մեծությունը միտքը բերելով՝ թև էր առել, սար ու ձոր ոտնատակ տալիս, փաշին ու բոլոր Բայազդու գավառը պահում, քրդերին քարեքար տալիս, հալածում: Տասը տարուց ավելի էսպես իր աշխարքին տիրություն էր անում. վաթսուն մարդով շատ անգամ երկու-իրեք հարիր քրդի մեջ մտել, ջախըրբուրդ արել, դուրս էր էկել, ու ինչ ժամանակ Պարսից կռիվը բաց էլավ, արծվի պես ընկել էր Մասսա էս կողմը ու Հասան խանի դոնշունը շատ տեղ կոտորել, ջնջել էր: Էնպես որ, խանը անճարացած՝ գրեց փաշին, որ յա Մանուկին կորցնի, յա թե չէ հազրվի, որ վրեն կռիվ կգնա: Հնկա, բայց տարաբախտ Մանուկ աղեն էն օրը, որ էս խաբարն ընկնում ա քաղաքը, գալիս ա, որ բարութ առնի: Փաշեն, որ նրան աչքի լսի պես էր սիրում, կանչում, աղի արտասընքով խնդրում ա, որ անպատճառ գլուխն առնի, քաշվի, բայց քաջասիրտն Մանուկ իր տղամարդությանն ապավինելով՝ սասծն անկաջըրվեր անում ու գալիս, մեկ դուքանի առաջի զրից տալիս, որ տասը ղզլբաշ հանկարծ վրա չեն թափվում, վեցին էլ սպանում ա ու հետո ա հոգին տալիս ու խաչվում: Էսօր էլ ինչ բայազդցի նրա անունը տալիս ա, ծուխը քթիցը դուս ա գալիս: Լիս կտրի՛ գերեզմանդ ու հողդ, անպարտելի՛ հսկա: Ա՜խ, ե՞րբ կըլի, որ քո հոգին գա, մեր ազգի վրա իջանի, որ մենք էլ մեր ազգին քե՛զ պես տիրություն անենք, քե՛զ պես մեռնինք:

Ո՞ւր թողանք ղարաբաղցոց, երևանցոց ու լոռըցոնց արածները, որ քար ու հող ղզլբաշի արնովը լվացել, արին են թափել: Ղորդ ա, էն վաղուցվան հիանալի մելիքները չկային, ամա նրանց հոգին շա՛տ տեղ էր մնացել: Ղզլբաշի շատ դոնշունի գլուխը սրանք կերան:

Ա՜խ, ո՞ւմ մտքից կերթա է՛ն հսկա կերպարանքը, է՛ն գեղեցիկ պատկերը, էն անոշ լեզուն ու անօրինակ ռաշիդությունն ու սիրտը, որ շուլավերցի Սոսի աղեն ու մելիք Հոհանջանն ունեին: Հրեղեն վիշապի պես ընկել էին Քաշվեթու ու Բոլնիսի սարերը, որ թշնամու առաջը կտրեն, տեղ չտան, ու ինչ ժամանակ խաբարը նրանց է հասնում, թե Նեմեցի Կոլոնիեն տվին, քառասուն կտրիճ տղերք քամակին, իրանց մովրովն էլ մեջընրերումը՝ է՛ն վախտն են վրա հասնում, որ քուրդ Օքյուզ աղեն վաղուց Կոլոնիեն քանդել ու իրեք հազար մարդով եսրների կեսը կոտորել, կեսը առաջն արել, տանում ա:

Արինն աչքներն առած՝ ընկնում են էս մեկ բուռը զորքը էն անթիվ բազմությունի ետնիցը: Քուրդ ու դարափափախ՝ եարները տալիս են մեկ քանի մարդի ձեռք ու իրանք ետ դառնում: Էս միջոցումը մովրովը հայի դոնշունն առնում, փախչում ա, որ իր գլուխը, պրծացնի, միմիայն քաջն Սոսի մեկ քարի տակի, իր կտրիճ ընկեր մելիք Հոհանջանի հետ դայիմանում, ու մեկը մեկին ձեն են տալիս.

— Նամարդությունն ու թուլությունն տղամարդի համար ամոթ ա, քաջությամբ մեռնինք, որ մեր որդիքն էլ իմանան, թե մենք էլ ենք սիրտ, ունեցել ու մեր երկրի թասիբը քաշել, մեր աշխարհի սիրով մեռել: Էս մուռտառ արինն էլ ընչի՞ ա պետքը, որ էսպես օրը չենք թափիլ: Չոլումը մեռնիլը տղամարդություն է:

Ճանանչ թուրքեր ձեն են տալիս.

— Սո՛սի աղա, քո աղ ու հացը շատ ենք կերել, մեր աչքը կբռնի, թե քեզ վրա թուր բարձրացնենք: Մենք քեզ կտանինք, սաղ — սալամաթ ճամփու կքցենք, մի՛ անիր, գլուխդ մահու մի՛ տար, քե՛զ ենք ափսոս գալիս, արի՛, քեզ խնայի՛ր:

Բայց հսկայն Սոսի՝ կասկած ունելով, թե իրանց կբռնեն, եաիր կա՛նեն, նրանց խոսքին չի՛ նայում ու առաջի թվանքը որ չի քցում, Օքյուզ աղի տղեն է աֆթա ձիու շլինքովն ընկնում: Կատաղած հարամին ընչանք վրա կիասներ, մեկ տասնըհինգ մարդ էլ սպանում են էս կտրիճ հսկայքը ու թուրները հանած, երբ բարութները հատնում ա, ընկնում են գազանների մեջը, առյուծի պես: Ընչանք իրանց հողին կտային, մեկ տասը հոգի էլ թրի են մատաղ անում ու իրանք աստծուն մատաղ ըլում:

Հանգի՛ստ ձեր սուրբ ոսկերացը, ո՛վ քաջ նահատակք: Ձեր ջիվան ջանի արինն ա, որ էսպես սիրտս կրակում ա: Ի՞նչ հայ ձեր անունը լսի ու ձեր լիս գերեզմանին ողորմի չասի, ձեր հիշատակը իր սրտումը չգրի: Մի՛ իմանաք, թե ձեր ազիզ արինը նիախ տեղը թափվեցավ. Էդպես պատվական արինն էր, որ աստուծո սիրտը գութ քցեց, մեր աշխարհն ազատեց ու էսօր էլ է՛ն ձեր նախատակության քարի տակիցը ձեն ա տալիս.

— Հա՛յք, մե՛զ պես մեռեք, որ անուն ճարե՛ք:

Էսպես օրինակներ հազարները կան, բայց էլի մենք մեր պատմության տուտն սկսենք: Բարեխնամ կառավարությունը տեսնելով, որ աշխարքն էսպես ոտի տակ ընկավ, հրամայեց, որ Փամբակ, Շորագյալ քոչին, գան Լոռի, որ իրանց պրծացնեն: Աստված հեռու տանի, ինչ խալխի հալն էր: Որի ախպերը չկար, որի հերը, որի որդիքը, որի մերը: Ղարաքիլիսեն, ինչ տեղ որ իշխանն Սավարզամիրզա կենում էր, դառել էր սզատուն, գողադարան: Անօրեն պարսիկքն ու թուրքերը ձորից, սարից, օրը ճաշին, մեր աչքի առաջին, մեկ թվանքի մանզզիլ տեղ, վրա էին տալիս զազանի պես ու տավար, մարդ եսիր անում՝ կամ տանում, կամ գլուխը կտրում: Ո՛չ ցերեկն ունեինք քուն, ո՛չ գիշերը: Մեկ ձիու ոտի կամ թվանքի ձեն մերուցը գալիս՝ աշխարքն աշխարքով էր դիպչում: Հերը որդին ուրանում էր ու աչքը ջուր կտրած, շլինքը ծուռը՝ մտիկ անում, թե հրես, որտեղ որ ա, հարամին կզա, նրան սուրը կքաշի: Մեկ դաստա սալդաթ ու մեկ քանի ղազախ, որ գնացել էին ճամփեն բռնեն, էնպես ջարդված, յարալու-փարալու ետ էկան, որ մարդի գլխին կրակ էր վառվում: Մեկ օր Նաղի խանը էսպես վրա տվեց, Ղշլաղ սսած զեղն էրեց ու Ղարաքիլիսու վրա էկավ: էլած-չէլած ղոնշունը թոփերն առած՝ քաղաքի առաջը կտրեց, խալխն էլ տուն ու տեղ բաց թողին ու իրանց էրեխեքանց ձեռը բռնած՝ գնացին, թոփի տակը մտան: Ռուսաց քաջ հոգին էր, որ մեզ ազատեց: — Վաղուց էինք սրբություն առել ու մեր սև օրին աչքըներս կթել: Խալխը քոչիլ չէր ուզում, չունքի սրի ձեռիցը, սովի ձեռը պետք է ընկնեին, ու չէին ուզում էլ, որ իրանց քաղցր հողիցը բաժանվին: Մըտքիցս չի գնալ էն դառն օրը, որ հրամանն էկավ, թե անպատճառ քոչին: Ո՞վ կուզեր ախր է՛ն տունն էրել, որտեղ որ իր հերնըմերը կացել, իրան կաթը տվել, պահել, մեծացրել, մեռել էին. է՛ն իգին իր ձեռովը քանդիլ, որ դառը քրտնքով բիամ բերել, էն տեղն էր հասցրել: Հաջաթ, զարդ, տան կայենք, ինչ կար չկար, բոլոր կրակ տվին, ինչ ժամանակ ոսի ժամի մուխը տեսան, որը որ մեծավորը ի՛ր ձեռովը կրակ տվեց, ու սկսեցին լալով, սգով իր քաղցր, ազիզ սիրելյաց գերեզմանը համբուրի, բարով մնա ասիլ իրանց հողին, ջրին, թոփի, սալդաթի մեջն ընկնիլ ու Դվալի սարի է՛ն կողմն անցնիլ. Դեռ կիսաճամփի էինք, որ Նաղի խանը իր դոնշունովը էկավ, մտավ Ղարաքիլիսա, ու սարի դոշիցը ամեն մարդ իր տան Կրակի ծուխը տեսնելով՝ քթի ծուխն էլ հետն էր դուս գալիս, ու աչքը խփում էր, որ էս կսկիծն էլա չտեսնի: Քոչվորի մեկ տուտը Ջալալօղլի էր հասել, մեկը դեռ հլա սարի էն կողմն էր: Թուրքերը շամդաքակեր գիլի պես գլխըներիս պտիտ էին գալիս ու սարից, ձորից թվանքները մեզ վրա կրակում: Էն օրը գնա, ո՛չ ետ գա, ինչ մեր հալն էր: Լացի, սգի ձենը երկինքն էր հասել, լողի, տեսնողի սիրտը էրում, փոթոթում: Խալխը սար ու ձոր լցվել, իրար վրա էր թափել. ո՛չ տուն կար, ո՛չ տեղ, ո՛չ հաց, ո՛չ ապրուստ: Ով բարեկամ կամ ծանոթ ուներ Լոռի, գնաց, նրա մոտ վեր էկավ. ով հարուստ էր, գլուխը պահում էր. ով մեկ Աստված ասեր ռաստ էր գալիս, գեղարենքումը իր քյուլֆաթին մեկ տաք գոմ էլա ճարում, նրանց տեղավորում էր, ով չէ՛, սարում, ձորում, էրում, քարափում բուն փորում, մեջը մտնում ու գլուխն ու մեջքը լեռ քարին տալիս: Լոռվա ձորի մեջը, էս գլխիցը էն գլուխը, խալխ էր, որ իրար վրա վեր էր թափել. շատը հողն էր ծակել, մեջը մտել, շատը փետեր իրար վրա տվել տակին կուչ էկել, բայց հաց, շոր, ապրուստ ո՞րդիանց ստանային ողորմելիքը: Հացի կոտը դառավ օխտը-ութ մանեթ, էն էլ չէր ճարվում: Սարերումն՝ էլ բանջար, խոտ չէր մնացել, քաղել, կերել էին: Ձուկը բռնելով, ֆորս անելով ի՞նչպես կարելի էր տուն պահիլ. Քչիցը, ամեն մեկ տան տասը ջան կըլեին: էլ սատկած տավար չմնաց, որ չմորթեն, չուտեն: Շատ հեր, շատ ախպեր իրանց օղլուշաղի, քոռփա էրեխեքանց ձենին չդիմանալով՝ տասնով, քսանով հավաքվում, գլխըները փեշըներին էին դնում, էլ ետ թաքուն Փամբակ գնում, որ հաց բերեն, բայց, ա՛խ, որը եսիր էր ընկնում, որը գլուխը թշնամուն տալիս, իր տունը քանդում:

Ձմեռն էլ էկավ, վրա հասավ: Մարդ, անասուն սովի, ցրտի ձեռիցը ազար ընկավ: Աստված ո՛չ շիանց տա, ի՛նչ էս խեղճերի հալն էր: Քար էր, որ գերեզման էր դառնում, հող էր, որ ջիվան-ջիվան երեխեք, իրեք — չորս օր սոված, թաղաթը կտրած՝ տակովն անում: Մեկ հացի փոտ դուս գալիս, հազար աղքատ՝ շլինքը ծուռը, դուռըդ կտրում, չտայիր, սիրտդ էր էրվում, տայիր, երեխեքդ մնում սոված, կարոտ էինք մնացել, որ ցամաք հացն էլա կուշտ փորով ուտենք: Ով ինչ զարդ, զինքս ու զարդարանք, արծաթեղեն կամ մարգարտեղեն ուներ, որը ծախեց, որը գրավ դրեց: Շատը որդիքը տարան Շուլավեր, Բոռչալու, եսիր տվին: Իմ տան տերը դերձիկ էր: Որ զնում չէր, բանում ու մեկ քանի շաբթից ետը մեզ համար հաց բերում, հենց իմանում էինք, թե երկնքիցը հրեշտակ է գալիս: էսպես՝ հազարավորք մեռան, սովամահ էլան, ու շատ փայն էլ էկավ, ընկավ Վրաստանու հողը ու գլուխը պրծացրեց: էսպես ա հայն իր խեղճ օրը հազար տարի պահել իրան էս տեղ հասցրել, մեկ թշնամի ոտը բարձրացնելիս՝ նրա գլուխը ջարդվել, նրա տունն ու տեղը քանդվել էլ ի՞նչ անօրեն, անգութ մարդ պետք է ըլի, որ հայի միսն ուտի ու նրան չխղճա: Հիմիկ էս թողա՛նք, գնա՛նք էլի մեր սիրելի Աղասու մոտ, տեսնինք ո՞ւր մնաց, ու ի՞նչպես պետքը նրա բանը վերջանա:

Էս խառը, դառը, ալեկոծյալ ժամանակին էր, որ մեր իգիթ Աղասին հինգ տարի սարեսար, քարեքար ընկած, հինգ ընկերիցը իրեքը կորցրած, երկուսը քամակին, մեկի անունը Կարո, մյուսինը՝ Մուսա, մեկ տասըքսան քրդստանցի հայ էլ իր թրի տակը բերել, սար ու ձոր չափելով՝ ման էր գալիս: Մեկ օր Անի ըլում, մեկ օր՝ Ղօշուվանք, ու էստեղ — էնտեղ չափմիշ անելով՝ գլուխը պահում էր, որ յա իր ջիգրը հանի, յա մեկ հազար մարդ էլա սպանի, հետո հողը մտնի, որ սրտումը դարդ չըմնա: Ամէլի Անի էր նրա բնակության տեղը, որտեղ որ հարիրավոր ղզլբաշի գլուխ էր թրին մատաղ արել: Էստեղից էր, որ վրա հասավ ու իր չար թշնամի Հասան խանին ճանկեց, ամա ջահելությունն ու խաչապաշտությունը նրան գլխից հանեցին, նա խաբվեց ու հազիր ձեռն ընկած ֆորսը էլ ետ բաց թողեց:

Մեր կարդացողների լավ մտքին կըլի, որ նա, երբ

Քանաքեռ սարդարի ֆառաշներին սպանեց, ինքն էլ էնպես մնաց ազիզ թագուհու ու իր արածի վրա սառած, կանգնած: Ընկերներն էլ Ժամանակ չկորցրին. գիտեին, որ բոլորի վերջը մահն է, էլ ո՛չ հոր մտիկ արին, ո՛չ մոր, Աղասուն կապեցին ձիու վրա ու ընկան Ապարանու սարը, որ կամ Փամբակ փախչին, կամ Ղարս, կամ Ախլցխա, որ իրանց գլուխը թափեն: Էրկու սհաթից ետը ի՞նչ Քանաքռու հալն էր, Աստված ո՛չ նշանց տա: Սուգ ու շիվանն ընկավ գեղը. տուն էր, որ քանդում էին. մարդ էր, որ փետ ու միս էին արել, փախածներին պտրտում, նրանց հերնըմերը, օղլուշաղը թրի տակ արած՝ մեկ սհաթի միջումն որի շլինքը թոկ քցած, որի ձեռները ետնին կապած՝ ոչխարի պես առաջ արին, որ տանին սարդարի դուռը:

Որդի էր առաջները գալիս, որ հոր ճտովն ընկնի ու իր վերջին բարովն առնի, աղջիկ էր մոր դոշին ընկնում, որ հոգին տա. հարսն էր մեջ ընկնում, փեսա էր ոտնըներովը փաթաթվում, որին թրով էին յարալու անում, որին թվանքի ոռքով ջարդում: Քար էր ընկնում ձեռըները, վրըներն էին քցում, փետ էր պատահում, գլխըներին խփում: Շատին էլ տան սներիցը կապել, էնպես էին չիփ-չիփլախ ոտին, գլխին վեր հատում, որ մեկ ձենը երկինքն էր հասել, մեկը՝ գետինը: Սաղ գեղը պոկ էր էկել. որը գլխաբաց, որը բոպիկ ոտով, որը յարալու, որը կուռը կոտրած՝ արնաթաթախ, երեսը պոճռկելով, գլխին, դոշին տալով, որը ջուրն էր ուզում ընկնի, որը քարափնըվեր: Քեղխուդեքն էլ հո, ձեռ-ձեռի կապած, էնքան ոտի թվանքի տակ էին ընկել, որ ջանըներումն էլ սաղ տեղ չկար:

Էս հալին մտան Երևան, գնացին բերդը: Կնանոնցը քարով, փետով դեն արին, մարդկերանցը ներս քաշեցին, ու անկուշտ Երևանի բերդը ատամները սրեց, որ էս նոր էկած դոնաղներին էլ փորումը լավ տեղ տա, մարսի: Երկար վխիտ դեռ նրանց ձենը բերդիցը, կնանոնցը՝ դրսիցը, իրար էին հասնում, իրար գլուխ լալիս, մինչև քամին բոլորի ձենն էլ կտրեց, — աշխարքը դինջացավ, դահիճքը կատաղեցին: Էս միջոցին խաբար հասավ Սահակ աղին: Էս Երևանու հայերի փրկիչը, որ ազգով, պապով էնքան հոգի, տուն ազատել էին բանտից, մահից, սրից, թրից, որ թիվ ու համար չկա: Ձին թամքած՝ տանը հազիր էր. թռավ ձիու քամակը ու նոքար, բեքար առաջն արած՝ է՛ն սհաթին հասավ բերդի դուռը, որ կնիկ, օղլուշաղ, քար, հող ուզում էին պոկեն, գլխըներին տան, բայց քարն էնքան անիրավ չէր, որքան անԱստված փառաշները: Ձին որ չքշեց մեկի վրա ու դամշով գլխին տրաքացրեց, տասը տեղ զունդ ու կծիկ անելով մնաց քամակի վրա ընկած:

— Հենց է՛ս սհաթին փորդ վեր կածեմ, — ասեց, — սա՛ տկած շուն, քո ի՞նչ հաղդն ա կնիկարմատի ձեռ վրա բերես: Կապեցե՛ք էդ շներին, հենց էս սհաթին դրանց թոզը քամուն տալ տամ, դրանց սոյին նա՛լլաթ:

էս խոսքի վրա նոքարները էլ վախտ չի՛ կորցրին, վրա թափեցին ու հենց, էն ա, էստեղ-էնտեղ շատին բողմիշ արել, ուզում էին ոտ ու ձեռ կապեն, որ բիրդան Սվանդուլի խանը բերդիցը դուս էկավ: Թուրքերի միջին, կարելի է, մեկն էլա էնքան հայի թասիբը չէր քաշում, ինչքան էս օրհնած խանը: Նրան էլ որ էն դիհիցը դուս գալիս չտեսան, թուրք, հայ մնացին փետացած, կանգնած: Բայց ո՞վ էր կարող էս հաղաղին էն նաչար, ջրատար եսըրների օղլուշաղի ձեռ ու ոտ կապիլ: Հարայ տվին ու ընկան ձիու ոտը.

— Խա՛ն, գլխովդ ման տանք, ոտիդ հո՛ղ դառնանք, մեր ձեռն ա, քո՝ փեշը, վերևումն՝ Աստված , ներքևումը՝ դու. մեզ տա՛ր, ջուրնածի՛ր, մեզ էստեղ սպանի՛ր, սուրը քաշի՛ր, ձիուդ ոտի տակին մատաղ արա , մեզ մի ճար արա՛:

Բարեսիրտ խանը ձին ետ քաշեց, փառաշներին դամշելով դեն արեց, որին իսկույն վեր քցիլ, բերանը հող ածիլ տվեց, որի ատամներն ու գլուխը մաշկի նալչով լավ տրորիլ տվեց, մյուսներին էլ բերդն արեց ու ինքը աղլուխը աչքին դրած՝ սկսեց ձեռը մելիք Սհակի գոտիկը քցիլ ու ասիլ.

— Ա՛խ, ճամփեն փուշ ու տատասկ դառնար էս անիծած ղաջարի, որ մեր հողը չմտներ: Աշխարքը քանդեցին, Աստված մեկ քար էլա չի՛ քցում սրանց գլխին, որ սատկին, փչանան: էս ի՞նչ ա էս խեղճ խալխի հալը: Մեկ աղջկա խաթեր էքան տուն քանդիլն Աստված ի՞նչպես ա ղաբուլ անում: Աստված մեր թուրը մեկ օր մեր սիրտը կցցի, էս զուլումին քարը չի՛ դիմանալ, ո՞ւր մնա մարդը: Գնա՛նք, Մա՛լիք, գնա՛նք, կես սհաթ որ ետի վրա հասնինք, էն խեղճ բռնվածների տունը կքանդեն՝ յա աչքերը կհանեն, յա գլխըները կկտրեն: Աֆա՛րիմ, Ա՛ղասի. էս սհաթին էստեղ ըլի, աչքին պաչ կանեմ: Ռաշիդ տղեն էնպես կըլի, ամա ի՞նչ անես, որ անօրենի ձեռի ենք մնացել: Գնա՛նք, վախտ կորցնիլ պետքը չի:

էսպես խոսեց էս արժանահիշատակ թուրքը, որ ամեն սհաթի հայելի համար գլուխը ետ էր դրած: Նոքարներին հրամայեց, որ էն կնանոնցն ու Թագուհուն իր տունը տանին, ընչանք ինքը գա, ու ինքը Սհակ աղի հետ մտավ բերդը: Ղարավուլները սրանց որ տեսան, մնացին փետացած կանգնած: Երևանու բնիկ թուրքերը, որ հայի հետ մեկտեղ մեծացել, ախպոր պես էին վարվում, սարդարին, Հասան խանին անիծելով, թքելով, ղզլբշի վրա ատամներըղրճտացնելով՝ քիչ-քիչ քաշվեցին ու դեմը գնում էին, դեմը ասում.

— Տե՛ր Աստված , ե՞րբ կըլի, որ քո ողորմության դուռը բացվի, ու մենք էս անիծած ղզլբաշի ձեռիցը մեկ օր ազատվինք:

Չունքի սրանք երլու ըլելով՝ չէին ուզում մեկ օր էլա նրանց ծառայեն, ու շատ անգամ հայերի հետ միացել, քշել էին նրանց, ամա թրի զոռով էկել, էլ ետ երկիրը զավթել էին:

— Սարդա՛ր գլխի՛դ դուրբան, — ասացին Սվանդուլի խանն ու Սհակ աղեն ու ձեռ-ձեռի տված՝ ընկան դիվանխանեն հենց է՛ն սհաթին, որ խեղճ հայերի կոներն ու աչքերը կապել, չոքացրել էին, որ գլխըները տան:

Դաhիճները թուրները սրել, գլխներին կանգնել էին: — Սա՛րդար, մեր գլուխն էլ սրանցի հետ տո՛ւր, — ասեցին, չոքեցին ու ուզում էին իրանց ձեռովն իրանց աչքը կապեն: — Տուն, մալ, դովլաթ, օղլուշաղ, դովում, դարդաշ՝ գլխիդ եսիր ըլին: Ձեռըներիցը բռնի՛ր, ջուրն ածի՛ր, մեր հոգին ա՛ռ ու էս անմեղ խալխին սուրը մի՛ քաշիր: Սարը քո առաջին գլուխ չի բարձրացնիլ, ծովը, քեզ տեսնելիս, բերանը կփակի, ոտդ թափ տաս՝ երկիրը թև կառնի, կթռչի. արարած աշխարքը թրիդ առաջին դուլ ա դառել. անունդ երկնքումն ա ձեն տալիս, ոտդ որտեղ դնում ես, ծաղիկ է դուս գալիս, աչքդ որտեղ քցում ես, արեգակ է բաց ըլում. Ի՞նչպես ես մեկ լաչար աղջկա խաթեր, մեկ-երկու նոքարի խոսքով՝ էսքան տուն քանդում. Բաս ո՞ւր մնա քո ռահմն ու քյարամաթը, որ ալամ աշխարք տեսել, զարմացել ա: Ի՞նչպես էս էդ հալալ բերնիդ լայեղ տեսնում, որ սրանց արինը վեր ածիլ տաս: Քո քոշք ու սարեն ողորմության դուռն ա, ընչի՞ ես արնի տեղ շինում: Սրանց ծեր հասակին, սրանց խեղճ եթըմներին խնայի՛ր: Սրանք ի՞նչ են արել, որ մեկ տղի, մեկ թուլի, հարամու գլխին եսիր ես անում: Երկինքն էլ ա քոնը, ի՛նչ թե երկիրս: Արարած աշխարքս քե՛զ ա գլուխ վեր բերում. մեկ աղջիկն ի՞նչ ա, որ նրա խաթեր քո խալխի տունն ուզում ես քանդես: Աղջիկ ես ուզում, հազարը կա: Ո՞ւմ աչքդ առնի, որ քեզ մատաղ չըլի: Մեր ջանն ուզի, որ քեզ տանք, աղջիկն ո՞ւմ շունն ա: Դո՞ւ չես, որ հալալ բերնովդ ամեն օր ասում ես. Հայերը քո աջու թևն են, քո երկիրը շենացնողը, խազինեդ լցնողը. քո թուրը կտրուկ, երեսդ պարզ անողը նրանք են: Ի՞նչ կըլի, որ էս սհաթին քո ցասումդ մեզ վրա թափես, սրանց խեղճ գաս: Ասլանին ի՞նչ փառք՝ զառի գլուխը ջարդի: Չէ՛, սրանք քո չրաղն են, քո ըմբրիդ դվաչին. Ընչի՞ ես նիախ տեղը կորցնում: Անողը պետք է բռնած, սրանք ի՞նչ մեղք ունին: Ում ձեռն արնոտ ա, նրա աչքը պետք է հանած, սրանք ի՞նչ են արել: Սա՛րդար, երկնքի, երկրի տե՛ր, սա՛րդար. Դու չես մեր շլինքը տալ, մե՛նք մեր թուրը մեր սիրտը կխրենք: Թե՛ մեր արինը քեզ համար թանկ ա, սրանց գլուխը մեզ բաշխի՛ր: Քո դռան շունն ենք, մեզ մի՛ կորցնի՛ր:

Էսպես աղաչանք արին ու չոքըչոք, թրները տարան,

սարդարի առաջին դրին, ոտի տակն ու փեշը համբուրեցին, երեսներին քսեցին ու գլխները գետնին կպցրին, որ տեսնին, թե բանն ինչպես ա վերջանում:

— Ձեռներս կապում եք, Խա՛ն, Մալի՛ք, — սկսեց սարդարը բերանը բանալ, — ի՞նչ անեմ. Ի՞նչ կըլեր, մի քիչ ետի էիք էկել: Ինչքան բարկացած էլ որ ըլիմ, ձեզ տեսնելիս՝ թուրը ձեռիս, ձեռս թուլանում ա: Մինչև ե՞րբ էս կրակը մեր երկիրն էրի: Հայ ազգը ո՛չ թրից ա վախենում, ո՛չ թվանքից, ո՛չ թոփից: Կրակն ես քցում, էլի իր հավատն ա պաշտում, ծառին ես կախ անում, միսը պոկում, բերանը տալիս, էլի իր խաչն ա պաշտում, իր Քրիստոսի անունը տալիս: Էս մեկ կտոր փետն ի՞նչ ա ախր, որ սրանք էսպես ապավինել են. որդին ես քշում, ինքն ա հետը կրակն ընկնում, հորն ես բռնում, որդին ա գլուխը մահի տալիս: Սրանց մեկ կնիկ են տալիս, մեր օրենքը՝ քանի որ քեֆդ ուզի: Ռահաթություն, մշակություն են անում, բուրդ հաքնում, ցամաք հացի կարոտ, մենք սրանց խանություն, բեկություն, աշխարք, պատիվ, դովլաթ, մեծություն ենք տալիս, ախր ընչի՞ համար չեն խելքի գալիս, մեր մասսաբին, օրենքին հավանում, մեր հավատը ընդունում, պաշտում: Բոլորը ջնջես՝ աշխարքը կքանդվի, չունքի երկիր շենացնողը, հաց տվողը սրանք են: Արևի, անձրևի, կոռի, բեգյարի տակին չորացել, չոփ են դառել, էլի որ մեկի մազին դիպչում ես, ասլան ա դառնում, մարդի պատռում: Էսքան մեր ազգը սրանց կոտորեց, եսիր տարավ, աշխարքը քանդեց, էլի խելքի չէկան: Շահություն էլ որ խոստանում ես, իրանց գլուխն են դեմ անում, էլ ի՞նչ ասես: Մեկ մարդ փլավի, մսի տեղ խոտ, բանջար ուտի, ամսներով պաս պահի, ցամաք հացի ապով մնա, ախր էն գլխումն էլ ի՞նչ խելք կըլի: Ախր ի՞նչ սատանա է սրանց սիրտը մտել, սրանց ճամփից հանում:

Մեր փեղամբար Մահմադն ասում ա՝ թշնամու աչքը հանի՛ր. սրանց Քրիստոսն հրամայում, որ նրան սիրես, քո աչքդ հանես, նրան տաս, նրան օրհնես, թե քեզ հալածի: Էս խե՞լք ա: Հավն էլ իր ճուտը ուրրուրին չի տալիս, սրանք ո՞նց են իրանց որդիքը իրանց ձեռովը մատաղ անում: Մեկ սիրտ անեն, մեր հավատն ընդունին, տեսնին՝ մեր շահն ի՞նչ փառքի սրանց կհասցնի: Ջաֆար խանին թո՛ղ մտիկ անեն, մեկ ղարաբաղցի հոտաղի տղա էր, որ եսիր արի, հիմիկ աշխարքի տեր ա դառել: Խոսրով խանն ո՞վ էր, ո՞ւմ որդի, էնպես էլ՝ Մանուչար-խանը. հիմիկ սաղ Իրանը զավթել են. շահն էլ են նրանք, Շահզադեն էլ: Շահի հոգին նրանց ձեռին ա. Ասեն՝ նստի, կնստի, վե՛ր կա՛ց, վեր կկենա, ինձ նման հարիր սարդար, խան, շահզադա նրանց ձեռին են մտիկ տալիս: Ստամբոլ են գնում հայի տղերքը՝ վազիր ու փաշա են դառնում. Թեհրան են ընկնում՝ նազիր ու խան. սրանից ավելի էլ ի՞նչ պատիվ կուզի մարդ, որ ստանա, ու սրանք էսպես քարացել, ոչինչ չեն ընդունում: Մեր կուռը բեզարեց՝ սրանց կոտորելով, մեր թուրը գլացավ՝ սրանց սպանելով, սրանք էլի, հենց գիտես, թե խիարի սերմ ըլին. մեկ դրաղիցը կտրում ես, մյուս դրաղիցը դուս են գալիս, էլի հասնում. էլի կտրածի տեղը բռնում:

Մարդ կուզի՝ օր քաշի, կյանք վայելի, սրանք իրանց կյանքը իրանք են մահու տալիս, իրանց օրը իրանք խավարացնում: Մեռնին իրանց հավատովը՝ դժոխքը պետք է գնան, սատանի ձեռքը: Մեկ կտոր պանիր ուտիլն, մեկ ուշունց տալն, մեկ արած մեղքը չասիլն ի՞նչ զատ է, որ սրանք էնպես կարծում են, թե իրանք դնի փայ կըլին, թե որ չպահեն: Մեր հավատովը՝ կե՛ր, քանդի՛ր, խըլի՛ր, սպանի՛ր, քեֆ արա՛, աշխարքի վայելչությունը քաշի՛ր: Կնիկդ փիս ա, դո՛ւս արա, ուրիշն ա՛ռ. Ո՛չ պաս, ո՛չ ծում, աչքդ ի՞նչ սիրի, էն կե՛ր, էն հաքի՛ր, մաշի՛ր. մեկ չոռ ասողի աղիքը վե՛ր ածա, քեզ ծուռը մտիկ անողի աչքը հանի՛ր, էլի որ մեռնիս, գնա՛ էն կյանքը, ի՞նչ դժոխք, ի՞նչ պատիժ, առաջիդ էլի հազար մոյդա ու աղջիկ պար կգան, քեզ քեֆ շհանց կտան, վարդի ջուրն երեսիդ կթափի, ոսկեջուրն տակովդ կերթա, սրանից ավելի փա՛ռք: Էստոնք թողած՝ հոգի ու հավատ կորցրել են էս հիմարները, էս դինումը ջոկ են տանջվում, էն դինումը հո, էլ ի՞նչ ասիլ կուզի, չունքի դրախտի բանալիքը մեր փեղամբարի ձեռին ա: Ո՛չ սրից են վախում, ո՛չ փառքից խաբվում: Ծծկեր երեխեն էլ, թուրքի անունը տալիս, ուզում ա՝ մարդի կտրատի: Էլ ի՞նչպես համբերես, համբերությունը մեկ օր կըլի, երկու օր: Սաղ Իրան հարիր անգամ սրանց գլխին փուլ էկավ, էլի տակիցը դուս էկան, շունչ առան ու տեղն ընկած վախտը մարդի սաղ-սաղ ուտում են, սրանց արածին ո՞վ կդիմանա: Հմիկ էլ մեկ գյադա իմ ղլերին (ծառա) ա սպանել. ախր ի՞նչ անեմ. սիրտս բերնովս դուս ա գալիս, ի՞նչպես չի սրանց դիմա-դիմա անես: Ախր նա էս օձերի ճուտն ա. ընչանք մորը չսպանես ձագը ձե՞ռ կընկնի:

Խա՛ն, Մա՛լիք, էլի ասում եմ՝ սրանց արածը տանելու չի, ամա դո՛ւք եք էկել իմ դուռը, ի՞նչ անեմ, ի՞նչպես ետ դարձնեմ: Որ սիրտս ուզեք գիտեք, որ կհանեմ, ձեզ կտամ: Սրանց գլուխը ձեր արնին սաղաղ. թո՛ղ բխով քցեն դրանց ոտներն ու շլինքը, ու բերդումն ընչանք մնան, մինչև սուչլուն ինքն իրան ետ գա: Հորնըմոր արինը քաղցր ա, վաթանի հողն ու ջուրն՝ անուշ: Թո՛ղ սրանք գրեն իրանց տղերքանցը, խրատեն, որ ետ դառնան, թե չէ բանը փիս կգա: Կուզեմ, որ է՛ն, է՛ն, է՛ն բեղովլաթ Աղասուն մեկ էլ տեսնիմ, մեկ էլ էն սուրահի բոյին նայեմ, հետո միսը բերանը տամ, որ սրտումս դարդ չմնա: Թո՛ղ նա էլ, ուրիշներն էլ լա՛վ իմանան, թե սարդարի հրամանը գետինը չի՛ պետք է քցած, սրբի պես պաշտած, որ մեկն էլա չի՛ համարձակի էսպես բանն անիլ: Թե չէ՝ հայերը գել կդառնան, մեզ կուտեն: Էլ էս երկրումը կենալ չի՛ ըլիլ:

Ասում եմ ձեզ, ա՜յ աղսախկալուք (ծերունիք), դուռանի զորությունը գիտենա, թև առնին ձեր որդիքը, երկինքը թռչին, էլի նրանց վեր բերիլ կտամ, գետնի տակը մտնին յա ծովի, կհանեմ, թիքա-թիքա կանեմ, նրանք որ չգան, սաղ հայ ազգը թոփի բերնին կապիլ, քցիլ կտամ, թե խելք ունին, ձեզ խեղճ գան, ետ դառնան: Հազար ձիավոր նրանց ետնիցն ընկած՝ սար ու ձոր ոտի տակ են տալիս, ղազախ, ղարափափախ՝ նրանց արինը խմում, թե մեկ ձեռս են ընկել, մեծ թիքեն անկաջները կմնա, ձիու պոչից կապիլ, քաշ տալ կտամ, թո՛ղ ձեզ խաթր անեն, ետ գան, թե չէ, որ ես բերիլ տվի, ո՛չ դուք կպրծնիք, ո՛չ նրանք: Քյաբ ու դուռանով, շահի գլխովն օրթում եմ ատում, ասածս ասած ա, դուք գիտեք: Գնացե՛ք, էսօր կգան ազատ եք, էգուց կգան՝ նմանապես: Ձեր ու ձեր խալխի կյանքը նրանցիցն ա կախ. թե ետ գան, բալքի թե սիրտս ռահմ ըլի ընկած, բարկությունս անց կենա, նրանց սպանեմ. Սար ու ձոր առաջիս դողում են, նրա՞նք պետք է ինձ դեմ կենան: Գնացե՛ք, միտք արե՛ք, ձեր գլխի դարդը քաշեցե՛ք:

Էս խոսքի վրա Սվանդուլի խանն ու Միակ աղեն վեր կացան, աթոռի ոտն ու սարդարի փեշը համբուրեցին ու հազար անգամ գլուխ տալով, ողբող անելով դուս գնացին:

Բանտը բաց արին, ու մեր խեղճ քեղխուդեքը մտան ներս, դուռը վրըները փակեցին, նրանք աչքըները բաց արին: Թագուհին էլ էնքան ոտին-գլխին տվել, երեսը չանգռել էր, որ էլ սարդարի երեսը չկարացին բերել: Սվանդուլի խանը տարավ իր տունը, որ նրա հոգսն էլ քաշի, նրան էլ ճար անի:

Բայց ինչ մեր Աղասու հալն էր, Աստված ո՛չ շիանց տա: Ձեռն ու ոտը կապած. դժոխքը փորումը, սադայելյան չար հրեշտակները գլխին պտիտ տալով՝ Զանգվի վրովն անց կացրին, ու, հենց բոնեւ, սար ու ձոր բերանները բաց՝ նրանց ըլին ուզում կուլ տան, էնպես փախցրին նրան նրա քաջ ընկերքը: Շատ տեղ իրանից գնում, քիչ էր մնում ձիուցը վեր ընկնի. էլի ընկերքը հասնում, երեսին ջուր էին ածում, անկաջները տրորում, ետ բերում. էլի նրա սիրտը գնում, ձիու գլխովն էր ուզում ընկնի:

Բազի վախտ որ բիրդանբիր «Թա՛գուհի, նա՛նի, բա՛րի, Նա՛զլու» չէր ձեն տալիս քար ու հող ուզում էին կրակվին:

Հենց մութը գետինն առավ, նրանք նի մտան Ապարանու բանդված եկեղեցին, չունքի օրն էլ կարճ էր. արեգակը քիչ էր մնացել մեր մտնի, որ նրանք գեղիցը դուս էկան: Ձիանքը որ շունչ չէին քաշում, աչքըները արին էր քցում, քիթ ու բերան՝ կրակ: Ամեն մեկ շունչ քաշելիս փոր ու աղիք իրար էին կպչում, էնքան էին քշել: Վաթոն սկսեց ձիանը ման ածիլ, Կարոն՝ սար ու ձոր աչքի տակն առնիլ, դարավուլ քաշիլ Մուսեն՝ Աղասուն ուսին դրած մտավ եկեղեցու խարաբին, գլուխը դրեց գոգն, ձեռը՝ երեսին, ու աչքը երկինքը քցեց, որ իմանա, թե աստղերն ի՞նչ են ասում: Մեկելներն ընկան դես ու դեն, որ ձիանոնց համար մի քիչ եմ (ուտելիք) ճարեն: Բայց էն վախտին չոլումն ի՞նչ կըլեր: Խոտի չոփերն էին մնացել տեղ-տեղ ցից-ցից կանգնած:

Երկինքն աչք ու ունք կիտած՝ իր չարխը պտտում էր հանդարտ. լուսինը ամպերի տակիցն մեկ երեսն հանում, շհանց տալիս, մեկ էլ ծածկում, կորչում էր: Գերեզմանատունն էնքան սարսափելի չէր ըլիլ, ինչպես էս յաբանի չոլը: Ամեն մեկ սարի արանքից կամ քարի տակից դժոխքի ձեն էր գալիս: Գել, չարխալ, արջ՝ մեկ կողմից, դառնաշունչ բորյազը, որ էստեղ, օրը ճաշին, մարդի աչք ու բերան կալնում, խեղդում է՝ մյուս կողմիցը, Սանդարամետը բաց էին արել սար ու ՛ձոր իրար գլխով տալիս: Ամեն մեկ քար, ամեն մեկ թուփ, նրանց աչքին դև էր դառել, ու ձին մեկ ոտը խփելիս կամ փռնչալիս քարերն ուզում էին ճաքին, ձորերը՝ տրաքին: Աղասին՝ նաֆասը փորն ընկած, որ բազի անգամ ա՛խ չէր քաշում ու ոտին-գլխին անում, գետինն ուզում էր պատռվի, ընկերներին խոր տանի: Նրա հավատիրմ շունը գլուխը նրա ոտի տակը դրել, մնացել էր փետացած: Ձին էլ բերին, գլխավերևը կապեցին, որ բալքի նրա շունչն էլա Աղասուն մեկ ճար անի:

— Ջա՛նիդ ղուրբան, Ա՛ղասի, էս ի՞նչ օրն ես ընկել. մեր աչքը պտեր դուս գար, որ քեզ էսպես չտեսնեինք, էս ի՞նչ ա քո հալը, — ասում էր ջիվան Մուսեն ու գլխին տալիս, երեսն երեսին դնում, ձեռը՝ դոշին. դամարի տալն ու քանի տաքությունն էլ որ չէր տեսնում, գլխին կրակ էր վառվում:

Էն մեկել տղերքն էլ ձիանոնցը ջուր տվին, ձեռները քամակներին քսեցին, ու էլ ետ թամքեցին, լգամները բերանները տվին: Թվանքների, փշտովների ոտներն էլ քաշեցին, ազդոթին թազացրին, ու ամեն մարդ, իր ձիու լգամը ձեռին, էկան, Աղասու չորս կողմը կտրեցին: Աչքներիցը արտասունքը գետի պես էր վեր թափում: Հորնըմոր դարդը մեկ կողմից, իրանց սև օրը մյուս կողմից, իրանց սիրելուն էլ է՛ն հալին տեսնելիս՝ ուզում էին քար ա քոլ պոկեն, գլխներին տան: Մեկ սա էր ընկնում Աղասու վրա, մեկ նա: Մինը ձեռն էր դնում բերնին, մինը գլուխը քաշում դոշին:

— Ցարադանիդ դուրբան, Աստված , փառքդ շա՛տ ըլի. հենց է՛ս առավոտ ամեն աչք մե՛զ էր էրնակ տալիս, ի՞նչ արինք, որ մեզ էս պատժին հասցրիր: Վա՛յ մեր խեղճ օրին, ա՛յ ազիզ ծնողք, երաբ սա՞ղ եք, թե՞ թրի տակին մնացիք, երաբ թո՞փ ձեզ գետնին խփեց, թե՞ զընդան ձեզ մեջն առավ, երաբ մե՞ր ցավն եք քաշում, թե՞ ձեր սև օրը լաց ըլում: Տե՛ր Աստված , տե՛ր Աստված , ո՞ւմ մեկ չոռ ասեցինք, որ մեր առաջն էկավ: Ո՞ւմ մեկ ծուռն աչքով մտիկ արինք, որ մեր գլխին էսպես բարկացար: Արյան ծովն էկել, չորս կողմներս բռնել ա, ո՛ր կողմն էլ ձեռն ենք ածում, կրակ է ընկնում ձեռըներս: Էստեղ մեր թագավորներն էին վաղ ժամանակը քեֆ անում, իրանց ամառը անց կացնում, որտեղ որ հիմիկ մենք կրակումն էրվում ենք: Էս ժամումն էին նրանք կանգնում, աղոթք անում, որտեղ որ հիմիկ մենք մեր հոգին ուզում ենք տալ: Ա՛խ ո՞ւր էն ժամանակը, ո՞ւր էն փառքը: Ձեր հողը լիս կտրի, ա՛յ մեր ազգի թագավորք, իշխանք, երա՛բ դուք էլ միտք կանեի՞ք, թե ձեր որդիքը մեկ օր էսպես արին պետք է վեր ածեն ձեր գերեզմանի վրա: Էս ի՞նչ չար լեզու մեզ անիծեց, որ մեր օրն էսպես սևանա, մեր աստղն էսպես թեքվի: Ո՛վ արագահաս սուրբ Սարգիս, ո՛վ զինավոր սուրբ Գեորգ. էլ ո՞ր օրը մեր հավարին պետք է հասնիք: Դժոխքումն էրվում, տապակվում ենք, ախր ի՞նչ կըլի, որ մեզ չարա անեք: Ա՛ղասի ջան, Ա՛ղասի. ի՞նչ կըլեր, որ ամենս էլ քո ուղուրին մատաղ էինք գնացել, ա՛խպեր ջան, մեր հո՛գի, մեր աչքի լի՛ս: Արին կապեցիր խալխի սիրտը, կրակ վառեցիր երկրի գլխին, ա՛յ աշխարքի աչք Աղասի: Մեկ ճանճ էլա նախ տեղը չես սպանել, մեկ սառը խոսք քո բերնիցը չի դուս էկել, ա՛յ աստուծո զառն ախպեր, ախր ընչի՞ պետք է Աստված քեզ էլ, մեզ էլ էստեղը հասցներ: Ո՞ւր գնանք, ո՞ւր, մեր գլուխը ո՞ր քարի առաջին լաց ըլինք: Ո՞ր ջուրն ընկնինք, խեղդվինք, պրծնինք: Տո՛, մեկ բերանդ էլա բաց արա՛, քո ջանին մեռնինք: Ընչի՞ ես էսպես մեզ էրում, փոթոթում: Ի՞նչ կըլի, որ էդ սիրուն աչքդ էլա մի բաց անես, մեզ էսպես չսպանես: Աշխարքն էլ ի՞նչ պետք է մեզ համար, որ քեզ չենք ունենալ: Մեր գլուխը քեզ դուրբան, ամենս էլ, առաջ մե՛ր արինը վեր կածենք: Կաթն ու ծիծ մեկտեղ ենք կերել, որ քեզանից ձե՞ռ քաշենք: Բախտ ու լավ օր մեկտեղ է՛նդուր համար ենք վայելել, որ քեզ նեղ օրը բա՞ց թողանք: Որիս ուզում ես, վեր կա՛ց, քո ձեռովդ մատաղ արա՛. ով երեսը ետ թեքի, շլինքը տո՛ւր, քո ձեռին դուրբան, ախր մեկ խոսա, ի՞նչ կըլի:

Էս խոսքին բիրադի մեկ ձիու ոտի շփլթոց էկավ: Երկինք, գետինք գլխըներին սևացավ: Հենց իմացան՝ մեկ ամպ տրաքեց, մեկ սար գոռաց, փուլ էկավ: Յարաղ-ասպաբ առան ուսըները, ամեն մեկը մեկ բուռը հող սրբությունի տեղակ բերանը քցեց, մեկ քարի առաջի չոքեց, իր մեղքը խոստովանվեց, մեկ քանի ծունր դրեց, երեսին խեչըհանեց, ժամի քարերը պաչելով տեղիցը վեր կացավ, ձիու աչքերը ճմբռեց, մեջքը սղալեց, որ անկաջները սրել, խլշացրել, էն կողմն էին մտիկ անում էնպես խլշկոտալով. որդիանց որ ձենը գալիս էր: Շունը դրադ քաշեցին, մատով-ձեռով արին, որ ձեն չհանի, ու իրանք թուր ու թվանք հազրած, ձիու ջիլավը քցած՝ սկսեցին պատի արանքիցը անսաս անկաջ դնիլ, որ տեսնին՝ էկողներն ո՛վքեր են: Դամարները ուզում էր տրաքի, ոտըների տակին կրակ էր վառվել: Անիծած բուքն ու քամին հյուսսի դիիցն էր գալիս ու ձենը փակում: Ուզում էին իրանց կտրատեն, որ չէր թողում՝ պարզ իմանան, թե ի՞նչ խաբար է:

Էսպես՝ կես սհաթ քիմի մնացին փետացած: էլ չէին ուզում ծպտան: Շատ մտիկ արին, ձեն չէկավ. հենց էն էին ուզում, որ էլ ետ տեղըները նստին ու թվանքները վեր դնեն, ու մեկն էն կողմիցն սկսեց բերանը բաց անիլ.

— Տղե՛րք, ի՞նչ կըլի՝ ըլի, տղամարդությունն էն ա, որ մարդ իր գլուխը դուշմանի ձեռ չտա: Դուք լավ գիտեք, որ մեր մեկ հայը տասը թուրքի բարեբար է: Երևում ա՝ ետևներիցս մարդ են քցել, ման գալիս: Թո՛ղ գան, դրանց փիրն իրանց խռով կենա: Բոլորին յա կջարդենք, յա կջարդվինք: Քամակ — քամակի տանք, նամարդի մուհդաջ չըլինք:

Հենց էս խոսքն էր Կարոյի բերնումը, որ բեղաֆիլ տեղիցը էրկու գազ ծուլ էլավ, թուրը դուս քաշեց ու ուզում էր, որ դուս պրծնի, ընկրները փեշիցը քաշեցին, ձեռնըները բերնըներին դրին որ անսաս տեղը նստի, չունքի ձիանոնց ոտի թրխկոցն ու փռնչոցը էնպես մոտեցավ, որ, հենց բռնես, թե անկաջների տակին ըլի: Բայց նրանք լավ գիտեին, թե գիշերը ձենը շատ թեզ տեղ կիասնի, ու չուզեցան, որ իրանց տեղը իմաց անեն, ու նրանք հազըրված զան: Քիչ-քիչ էկողների խոսակցությունն էլ էին ջոկում, չունքի պարզիկա գիշեր էր, քարերն էլ էին խաբար բերում:

— Լավ հարաքյաթ են արել,— ասեց մեկը, — ա՛ փարիմ, անիծած բորանն էլ իզըները կորցրել ա, գիշեր էլ ա, թե մարդ տեսնի, ամա ո՞ւր կկորչին: Երկնքումն ըլին՝ վեր կբերենք, հլա քշենք, էս չոլումը նրանք չէին մնալ:

— Աչք ա, որ էգուց առավոտ յա կծիծաղի, յա լաց կըլի. սարդարին էլ ընչո՞վ իմ հունարը ցույց տամ, որ նրանց սաղ-սաղ չկալնիմ, չտանիմ, փեշքաշ չանեմ, — ասում էր մյուսը:

— Ախպե՛ր, ինչ առնինք՝ ճոթ անենք: Աղասուն, թե կարանք, սաղ-սաղ բռնենք, ոտ ու ձեռ կապենք ու ձիու առաջն արած, յա կողքիցը կապած տանինք, որ իր լայաղ պատիվն առնի, չունքի ռաշիդ տղամարդ է. մեկելներին սպանենք էլ ի՞նչ հաջաթ:

— Տղամա՞րդ, էս թո՛ւրը էսօր նրան իր տղամարդությունը կուտացնի աստուծով. հլա մի ձեռս ընկնի, մեկ մեյդան դուս գա, հետո կիմանա իր ռաշդությունը:

— Տո՛, բերանդ քեզ արա՛, Մա՛մմադ, մենք գիտենք՝ ինչ պտուղ որ ես. նրան ասլան ըլի, չի հաղթիլ. Քանի՛ մեզ նմանին առաջն է արել տասնով, քսանով ու ջանըները հանել: Բանն արա՛, հետո պարծեցի՛ր: էդպես քամի տալով ֆորս անիլ չի՛ ըլիլ:

էս խոսքը մեր տղերքանց սիրտը տասը թիզ բարձրացրեց։

— Թուր, թվանք հազիր պահեցե՛ք, — ասեց թուրքի մեկն էլ ետ, — սատանին նալլաթ. կըլի, որ հենց էս քարերի տակին տափ ըլին կացել, աաածներս լսեն ու բիրաղի էնպես վրա թափին, որ էլ չկարենանք ձեռըներս գլխըներս տանիլ։ Սրան Ապարան կասեն։ Աղասու պես ասլանը էսպես տեղը քսան ձիավորի մենակ չի ասիլ, թե Աստված է ստեղծել։

— Տո՛, քի՛չ զովիր էդ մուռտառ, անհավատ հային, չէ՛, չէ՛, մեզ սաղ-սաղ կուտի։ Հայն ի՞նչ ա, որ ինչ ջան ունենա։ Մեռնիմ ո՛չ, ընչանք մի աչքս նրան հասնի, կտեսնինք, թե ի՞նչպես ճուտ կդառնա առաջիս։

էս ասեցին թե չէ, մեկը էն դիհիցը ձեն տվեց.

— Ա՛յ աղա, ա՛յ ա՛ղա, ա՛յ աղա. էս ժամիցը հեռու կենանք, լավ կըլի, չունքի ասում են, թե ֆլան թարըղին մեկ խան էկել ա, թե քանդի, բիրաղի միջիցը կանաչ ու կարմիր ձիավորներ էնքան են դուս էկել, որ սար ու ձոր բռնել, խանի դոնշունը կոտորել, փախցրել, իրանք է՛լ ետ զյում են էլել։ Սրա միջումը, ասում են, սուրբ Մողնու մասունքն կա թաղած, ու դուք լավ գիտեք, որ էս գիժ սրբի քյալլա տալ չի՛ ըլիլ։ Մարդի շլինքը ծովում, երեսն ետնն ա ընկնում։ Հազար էսպես բան իմ աչքովն էմ տեսել։ Հայ, թուրք, նասրանի՝ ամենն էլ նրա դուլն են։

— Բերնիցդ հայի հոտ է գալիս, Մա՛շադի, ամոթ էդ մեծ միրքիդ, էլ ո՞ւր ես վրեդ պահում, հինա դնում։ Տղամարդի փափախ չի գլխի՞դ։ Տո՛, հայն ի՞նչ ա, որ իր փիրն ի՞նչ ըլի։ Լեզուդ քեզ քաշի՛ր, էդ փափախիցդ էլա ամաչի՛ր։ Ես քո ջգրու էս գիշեր ընչանք սրա միջումը քյաբաբ չանեմ, չուտեմ, ձիս միջին չկապեմ, չապականեմ, բաս մարդ չեմ։ էլ էս միրուքը վրես չե՛մ պահիլ։ Քանի՛ էդպես ժամի պատ իմ ձեռովս քանդել, քանի՛ սրբերի աչք էս մատովս հանել, դու հիմի պառավի նաղլ ես գլխիս կարդում։ Քյարդ քեզ խռով, էլ նամազ ո՞ւր ես անում, որ էդ սրտի տերն ես: Քշի, քշի՛, գնա՛նք. քյաբաբի կեսն էլ քեզ կուտացնեմ:

Ասիլն, «Յա՛, սուրբ Սարգիս» ձեն տալն ու թվանքների ճռոցը մեկ էլավ:

— Տղե՛րք, ձեր ջանին մեռնիմ, էլ մտիկ մե՛ք անիլ. մեր թուրը նրանց գլուխը, էլ ո՞ր օրվա համար ենք կողքըներիցս կախ անում,— ձեն տվեց աժդահա Կարոն, — իրեքի գլուխը գնաց, սրանց փիրն անիծած:

— Էրկուսիննն էլ ի՛մ թրիս մատաղ արի, ղոչաղ կացե՛ք, — էն դիիցը Վաթոն գոռաց:

— Երկուսին սպանել, մնի գլուխն էլ հրես, ոտիս տակին է,— ասեց Վանին:

— Տղե՛րք, փախան, ձիանը նի՛ էլեք, սրանց էկած ճամփեն քռանա, սովորել են գեղերումը հավի գլուխ թռցնելով ման գան, հայերի արինը խմեն, սրանց տունը քանդվի: Տղե՛րք, երըմիշ էլե՛ք, սուրբ Սարգսի ջանին մեռնիմ, մեյդանը մերն ա:

Ասեցին ու վիշապի պես ընկան հարամու քամակիցը, որին ինչ տեղ հասցրին, էնտեղ փառչալամիշ արին: Քար ու սար աչքներին լիս էր տալիս, կռըներին՝ դվաթ: Հենց իմանաս՝ հայոց մեծ զորապետքը կենդանացել, նրանց սիրտ ըլին տալիս: Էսպես՝ միս ու աղցան անելով ընկան ետևներիցը:

Բայց ա՛խ, արինը աչքըները կոխած՝ հենց քշեցին, գնացին, էլ միտք չարին, թե Աղասին, ի՞նչ նեղ սհաթի միջում, ընկեր ա ձեն տալիս, ընկեր չի կա. Ա՛խ ա քաշում, ձենը լսող, իմանող չկա: Թվանքները որ բիրադի չճռռացին, հենց իմանաս, թե հոգին ետ էկավ տեղը: Վրա թռավ տեղիցը, ընկավ ձիու քամակն ու խելքը կորցրածի պես էլ չիմացավ, թե ո՞ւր ա գնում: Թուրը որ մեկի քյալլին չհասցրեց, գլխի հետ էրկու կտոր էլավ. ընչանք թուրը յա ղամեն կիաներ, պարանն ընկավ ճտովն, ու շատ էլ ուզեց, որ ձին առաջ քշի, չէլավ. ձին տակիցը դուս թռավ, ինքը գետնին դիպավ, ու չորս աժդահա տղամարդ վրա թափեցին: Նրա շանը վաղուց էին ուզում սպանել, որ ձեն չհանի: Բայց շունը, շունը՝ էս տիրասեր, հավատարիմ կենդանին, տեսնելով, որ իր տիրոջն էլ խեր չի՛ անիլ, ընկավ գնացածների ետնիցը: Աղասու ձեռները կապեցին, բերանը բամբակով լցրին, աղլխով դայիմ հուպ տվին, ու աչքդ բարին տեսնի, մյուս օրն էր թոփն, ու Աղասու ջանը:

Շատ ու քիչն Աստված գիտի, թե ո՛ւր հասան, տղերքը բիրաղի որ ետ դառան, գլխներին կրակ վառվեց, երբ Աղասու շունը տեսան ճամփին:

— Վա՜յ, մեր տունը քանդվեց, տղե՛րք, — ձեն տվին, — էս ի՞նչ արինք, մեր ձեռովը մեր աչքը հանեցինք, հասնի՛նք, գնա՛նք. էլ ի՞նչ ենք անում մեր գլուխը, որ նրան կտանին:

Բայց ո՞ւր Աղասին, ո՞ր քարի տակին, ո՞ր չոլումը յա ձորումը: Մեկն է՛ս սարն ընկավ, մեկն էն ձորը, քարը լեզու չուներ, որ ասեր, ձին իմաստուն չէր, որ գտներ. շունն էլ առաջներիցը վաղուց կորել էր: Ո՞ւր գնային, ո՞ւր կորչեին: Գետինն էլ թե պատռվեր, ներս կէրթային, որ նրան հանեն: Լիսնյակ գիշերը շատ որ դես ու դեն ընկան, զատ չգտան, էլ ետ հավաքվեցան մեկ տեղ ու միտք արին: Սուգ ու շիվան անելու վախտը չէր: Նրանք լավ իմանում էին, որ Աղասին էն ձենի վրա պետք էր, որ զարթնած ըլի էլած, փորձանքի մեջ ընկած, որ շունը նրան թողել, էն հայվան տեղովը իրանց ետնիցը վազել, որ գան, նրան ազատեն: էս էլ լավ էին իմանում, որ Աղասու բռնողները առաջ չէին գնալ, պետք էր, որ մեկ տեղ տափ կացած ըլեին, որ ոտը խաղաղվի ու էնպես ճամփա ընկնին: Ի՞նչ անեն, մնացել էին մոլորված:

— Տղե՛րք, մնա՛նք էստեղ. Աղասու շունը, տեսնո՞ւմ եք, որ կորել ա. նա իմաստուն հայվան է, ինչպես որ ըլի, հոտի վրա կարող է գտնիլ. թե ճար կա, նրանից կըլի էս գիշեր մենք ո՛չինչ չենք կարող անիլ:

էսպես՝ խելիմ վախտ տարակուսած նստած՝ միտք էին անում, որ բիրդանբիր խելոք շունը՝ լեզուն հանած, հեթեթալով լիս ընկավ: Շունը վազեց, նրանք՝ ետևիցը: Հենց մեկ խելիմ տեղ անց կացան թե չէ, շունը էտի ոտը վեր քաշեց, կանգնեց: Շատ էլ զոռ արին, որ տեղիցը եռա, չէլավ: Իսկույն իմացան զգույշ հայվանի միտքը, ձիանոնցիցը վեր էկան, մեկին տվին, ու Կարոն առաջները ընկած՝ կամաց-կամաց ոտները փոխեցին: Մեկ թափի մոտացան թե չէ, էլի շունը կանգնեց, հոտոտաց: Թվանքները առան ձեռըները: Աստուծո ողորմությունը հասավ. Նրանք է՛ն կողմիցը գնացին, որ թափի շվաքը մնաց առաջներին: Քարերի տակովը, փորըսող անելով, էնքան գնացին, որ մտան մեկ քանդված փոսի մեջ: Ջուր չկար միջումը, բան չկար, անձրևի ճղած էր: Թափի շվաքը մեկ հինգ գազ էլ էն կողմն էր ընկել նրանց գլխի վրովը: Էս խանդակի միջովն էնքան էսպես ուսուլով գնացին կռացած, որ հարամին մնաց դեմ ու դեմ: Լիսնյակը հենց ընկավ թուրքերի ճակատներին, տեսան, որ Աղասին միջըներումը չի: Սիրտըները ընկան տեղ: Մի քիչ էլ շունչ առան, ու ամէն մեկը մեկի ճակատին նշանիլն, թվանքների տրաքալն ու հարամիքանց բանհոզի ըլիլը մեկ էլավ: Հավի պես դեռ էնպես թրպրտում էին, որ մեր տղերքը վրա հասան: Ա՜խ, ո՞վ է կարող նրանց ուրախությունն ու արտասունքը էս սիաթին պատմիլ. երկնքիցը իրանց հոգին ետ բերին, էլ նրանց բերանն ի՞նչ խոսք կգար: Որ էլ վախտ չկորցնեն, վերցրին իրանց կորցրած զանձը, հանեցին թշնամու յարաղ-ասպաբը, շորերը, բարձեցին թուրքերի ձիանոց վրա ու երըմիշ էլան: Ո՞վ կզարմանա, որ լսի, թե Աղասին, ամեն իր շանը տեսնելիս, ուզում էր կյանքը նրան տա: Վարավուրդով՝ մինչև տասնըհինգ մարդ էն գիշերը սպանել էին: Եկեղեցու մոտ էլ ետ հասան, հանեցին, մեկ քանլի շահի փող դրին սեղանի վրա, չոքեցին, աստծուն փառաբանություն տվին ու ճամփա ընկան:

Լիսաղեմը կարմրին էր տալիս, աղոթարանը քիչ էր մնացել բացվի, որ մեր ճամփորդները մտան Ռսի հողը ու թուշ քշեցին Պարնի զեղի վրա: Աղասին չէր ուզում, որ մարդամեջ մտնի, ուզում էր՝ սարե-սար ման գա, որտեղ իր ճակատին գրած էր, էնտեղ մեռնի: Ինքն էլ ուրախ չէր, որ աչքը լավ օր տեսնի, բայց ձմեռվան ցուրտ եղանակը, դաշտերի սառնությունն ու չորությունը, ողորմելի ձիանոնց սովածությունը ո՛չինչ կերպով չէր կարելի հաղթել:

— Է՛ս վախտին, է՛ս հալին՝ աջա՜բ-աջա՜բ, Ա՛ղասի ջան, խե՛ր ըլի, — ձեն տվեց աղա Ն., որ նրա հետ միասին տարերով հաց էին կերել, ու ուրախ-ուրախ դուռը բաց արեց, ձիանը ներս քաշիլ տվեց ու ղոնաղների ձեռիցը բռնեց, տարավ սաքուն:

Գոմի երկենությունը հարիր գազ կըլեր: Գոմեշ, ձի, եզը, տավար, ոչխար՝ էլ ո՛չ տուտ ուներ, ո՛չ տակ: Իսկույն շոր փռիլ, բուխարին վառիլ տվեց, հարսներն էկան՝ հարգնոր, քիթ ու պռունկ կալած. նրանց ոտները քաշեցին, ջուր բերին, ոտ ու գլուխ լվացին, ու ղոնաղները երկու կարգ սկսեցին նստիլ: Աղա Ն. ամենիցը ներքև էր նստել: Մեկ ութ-ինը մեծ ու պստիկ դոչաղ տղերք էլ, անլվա-անլվա, որը խանչալը կողքին քաշ արած, որը մեկ կտոր հաց ձեռին, կրծելով, որը մեկ փետ չանի տակին դրած, որը գլխաբաց կամ փորաբաց, շապկանց կամ անփոխան, էկան, անկաջները խլշացրած՝ սաքվի չորս կողմը շարվեցին ու աչքները ղոնաղների երեսին կթեցին: Հերը ծեծում էլ էր, դուս չէին գնում: Դեռ բարիկենդանի մազեն՝ սուջուխ (չուչխել) ասես, ալանի, տանձ, խընձոր, փշատ, չիր, ջիբըներումն ունեին մեր տղերքը. հանեցին, երեխեքանցը բաժանեցին, աչքները մնաց բաց, չունքի նրանց երկրումը էնպես արմաղան բաներ չկային:

— Մեր կաղնին ու ֆոնն էլ էս համը չունին, — մեկզմեկու ասում էին ու անոշ անում: — Էնքան մածուն, կարագ, եղ, սեր ու մեղր ենք կերել, որ բերան ու փոր հոտել են. աշխարք, աշխարք է՛ս ոյետքը ըլի, որ էսպես բաներ դուս են գալիս, մեր հավերիցն ու գոմիցն ի՞նչ լազաթ դուս կգա,— ասեցին ու արախ-ուրախ դուս թռան, որ գնան, իրանց հարևանների երեխեքանցն էլ իրանց ճարած նուբարը ցույց տան:

Ընչանք ծիտը ջուր կխմեր, գոմը երեխեքանցով լցվեց. մինը մնին բոթում էր, որ առաջ գնա, միրգ ուզի: Ղոնաղների մեկը որ ձեռը չէր շարժում, հազար տեղ գունդ ու կծիկ էին ըլում: էսպես՝ հլա խելիմ վախտը երեխեքը նրանց պարապցրին:

Տանուտերը քանի ուզեցավ բան հարցնի, նրանք մատըները բերնէրին դրին, սուս արին, էստով իմացան, որ սրանում մեկ բան կա: Մեկ քանի սհաթ անց կացավ թե չէ, սաղ գեղն էկավ, հավաքվեցավ նրանց գլխին: Ով տուն էր մտնում, գդակը գլխին, յափունջին վրեն, չիբուխը բերնին կամ ձեռին, թութունի քիսեն ու խանչալը գոտկիցը քաշ արած, քոբաչի չախեն հաքին, շալվարի ծերը պաճուճումը դայիմացրած, տրխըները կուփ-կուփ հաքած՝ ամեն մեկը մեկ սարի դդար տղամարդ: էլ մեծ ու պստիկ չէին հարցնում: Գլուխ տալը հո, ըսկի՛ ադաթ չի: Որն էկավ, մեկ Բարի՛ լիս կամ Ողորմի՛ Աստված ասեց ու նստեց: Քսան-երեսուն տարեկան ջահել տղերքն էլ որը սնըդուս, որը պատնըդուս շարվեցին ու իրար անկաջում փսփսալով՝ յա ղոնաղներին էին մտիկ անում, յա նրանց յարաղ-ասպաբին, յա մեկ բան ուզելիս՝ ամենն էլ իրար գլխով էին դիպչում, որ իրանց պարոնի պարոնների ասածը կատարեն: Տանու տղերքն էլ էկան. որը գոմն էր սրբում, որը ձիանը թիմարում, որը խոտ ու դարման բերում, որը մալը ջուրը տանում, որը չիբուխի կրակ դնում, ամենն էլ ուրախ էր, որ մեկ բան անի, մեծերի ու ղոնաղների սիրտը շահի: Սրանք էլ յարաղ-ասպաբ հանել, պատիցը քաշ էին արել ու ծալապատիկ, նստած՝ զրից էին տալիս: Չիանոնց համար ամոթ էր հարցնիլ. Նրանք լավ գիտեին, որ իրանց ուլախին շատ պատիվ կտան, քանց իրանց:

Օրը հենց մի քիչ ետ բացվեց, շատն էլ հանդիցն էկավ, ձինն աչքներն առել՝ երկար վախտ չէին իմանում, թե էկողներն ի՞նչ մարդ են: Գոմն էլ հո լիս չուներ, չունքի մեկ պստիկ էրդիկ ուներ: Ով ըլին, չըլին, թաք ըլի՝ ոտըները խերով ըլի, նրանց աչքի, գլխի վրա, տարով կպահեն, պատիվ կտան: Հենց լիսը բացվելիս աչքներն էլ որ բաց էլավ ու տեսան ո՛չ, թե էկողներն ո՞վքեր են, խելքըներն էկավ գլխըները։

— Բարո՛վ, բարո՛վ, մեր Աղասին բարո՛վ, — ձեն տվին ամեն դիից ու վրա թռան, իրար պաչպչորեցին։ — էդպես ա, ձեզ յա ձմեռվան հոսանը մեզ մոտ կբերի, յա ամառվան շոգը։ Խա՛նի խարաբներ, հա՛, մտի՛կ արա, հա՛, մտի՛կ արա. էնքան մտիկ արինք, որ աչքըներս ճամփին ջուր կտրեց։ Մեկ դուշ որ գլխըներովս անց է կենում, հազար անգամ փափախով ենք անում, որ ձեզանից մեկ խաբար իմանանք։ Մեր սարերը խոմ գել չե՞ն, որ ձեզ ուտեն. ի՞նչ կըլի, որ մեկ օր էլ ճամփեն մեր դիի վրա ծռեք։ Բաղ, բաղաթ չունինք, գինի, մազա չենք կարալ թավազա անիլ, մեր եղին, կարագին ու մեղրին էլա խեղճ էկեք։ Փա՛ռք աստուծո, տունըներս՝ լիքը, գոմըներս՝ լիքը, ցամաք հացով ճամփա կքցենք. մարդի սիրտն ա բանը, թե չէ՝ էսօր դաբլու փլավ էլ ուտես, էգուց փորդ էլի իր ուզածը կուզի։ Աղ ու հաց՝ սիրտը բաց։ Տանտիրոջը տեր ողորմյա ասիլ չի՛ ըլիլ։ Քաղաքը գնում եք, սար ու ձոր ոտի տակ եք տալիս, հենց մե՞ր կողմն ա, որ ձեր աչքին փուշ ա դառել։ Ձեր հախը չի՞, որ էս սիաթին ոտըներդ կապենք, մեկ լավ քոթակենք, ինչ ունիք, չունիք՝ խլենք ու ձեզ էլ դարտակ ճամփու քցե՞նք։ էդենց եք անում, որ մենք էլ ձեր դուռը չի գա՞նք, ձեր հացը չուտե՞նք։ Հա՛յ նամարդներ, չե՞ք գիտում, որ մեկ օր էս սարերումը թե ձեզ ճանկենք, էլ հազար տարի որ կուչ ու ձիգ անեք, ձեզ բաց չենք թողա՞լ։ Ի՞նչ ա, ձեր թունդրի ու քուրսու դրաղը կտրել, ձեր կնկա առին նստում եք, էլ միտք չեք անում, թե գնանք, ձեր դոստ ու բարեկամին էլ տեսնինք, հալըներն իմանանք, քանի մեռել չեն մեկ բարով էլա տանք, որ մեզ կարոտ՝ հողը չմտնին։ Քա՛ր է ձեր սիրտը, քա՛ր, ձեզ հո մեր չի՞ բերել։ Բիր գյորանդա՝ յոլդաշ, իքի գյորանդա՝ դարդաշ (Մեկ տեսնելիս՝ ընկեր, երկու տեսնելիս՝ ախպեր)։ Տո՛, ձեր տունը չծակվի. էլա մուսուրման օլուբսազ քի աթանըզ խաչի թանըմըյըսըզ (էնպես թուրք եք դառել, որ ձեր հոր խաչն էլ չեք ճանաչում)։ Քրիստոնեի երկիրը՝ մերը, մենք՝ ձեր ազգը, ձեր արինը, ի՞նչ եք էդ շան հողումը կենում, ձեր օրն ու ումբրը խավարացնում. Ի՞նչ համ եք առնում, որ էդպես ծանր-ծանր նստել, տարենը մի անգամ էլա՝

երեսներդ մեր կուռը չեք շուռ տալիս: Ձմեռը հո բան չունինք, վախի՛լ մեք, ձեզ չենք ուտի՛լ. Ձի չունի՞ք ձի կտա՛նք. Կով չունի՞ք, կով կտա՛նք. Էկե՛ք, տարե՛ք, ո՞վ ա ձեր ձեռը բռնում: Կուզե՛ք, մեր երխեքանց անկաջներիցը բռնեցե՛ք, տարե՛ք, ծախեցե՛ք. ով ձեզ ձեն տա, պարտականը ինքը մնա: Չունքի էսպես ա՛, քյոխվա, սրանց մեկ լավ պատժենք. հազիր բարիկենդան օր էլ ա. էս շաբաթ սրանց էլ չթողանք, աչքները հանենք, էնքան ուտացնենք, խմացնենք, որ էլ ճամփեն չգտնին: Սրանց հախն ա. ով տարենը մի անգամ կգա մեր տունը, բոլոր տարվան պարտքը պետք է վճարի, քնի էլ, զարթնի էլ, պետք է ուտի, խմի, քեֆ անի: Հաց ենք դատում, որ մենակ մե՞նք ուտենք, ու չորս պատերը տեսնին. էսպես հացը հարամ ըլի: Մեկ թիքեղ որ հազար կտոր չանես, հազար դուրդ ու դշի չուտացնես, ի՞նչպես կուլ կերթա, յա կմարսես: Էստուր համար ենք արնի, անձրնի տակին՝ սառում, չոլում ջանըհան ըլում, որ մեզ մի բարի լիս ասող, մեր դուռը բաց անող, մեր ննջեցելոց ողորմաթասը խմող չըլի՞: Ի՞նչ տուն, ի՞նչ օջախ, որ օրը տասը աղքատ ու ճամփորդ չմտնին, չկշտանան: Էլ էն տանը բարաքյա՞թ կըլի: Էլ էն դաշտը պտո՞ւղ կտա: Չէ՛, քյո՛խվա, էսօր ամենս քո դռնաղն ենք, էգուց՝ իմը, էլոր՝ սրանը. էսպես՝ մեկ լավ քեֆ անենք ու մեծ պասին սրանց ճամփա քցենք: Չեն ուզիլ մնան, ոտները կապենք, մինչև զատիկն ու համբարձումը էստեղ դութսաղ անենք, պահենք: Ի՞նչ կասեք:

— Հա՛յ, բերանդ ապրի, հա՛յ, ավետարանի կողքիցն ես խոսում, — ասեցին չորս կողմիցը. — շա՛տ լավ, շա՛տ բարի, էդուր ո՞վ ինչ կասի, մեր սրտի ուզածն էլ հենց է՛դ էր:

— Հա՛յդե, տղե՛րք, գնացե՛ք, աշըղին բերե՛ք, — ասեց քյոխվեն ուրախ-ուրախ ու գդակը մեկ լավ կոտրեց, աջու անկաջի վրա դրեց, — մեծ աչառը մորթեցե՛ք, դավուլմա տվե՛ք, մեկ դոչ էլ հետը, ու կակող տեղերը՝ բդերն ու սուկին, բերե՛ք, որ մենք մեր ձեռովը խորովենք, զուռնաչին էլ թո՛ղ գա, տերտերին էլ համեցեք արե՛ք: Գինին դուքանումն ա, փողը՝ ջիբումս, մեր ջամըհաթն ըլի սաղ. եղն ու կարագը, սերն ու մեղրը ու պանիրն՝ կճճներով տանըս դրած, ամբարս ու հորս՝ լիքը: Շահն էլ մեր քեֆը չունի. ուտե՛նք, խմե՛նք, քեֆ անե՛նք, աստծուն փառք տա՛նք, մեր մեռելները հիշե՛նք, մեր դոնաղների սիրտը շահե՛նք, որ իմանան, թե սարի մարդն էլ սիրտ ունի, քար չի: Աստված ռուս թագավորի թախտը հաստատ պահի, նրա դովլաթիցը՝ ինչ ասես, ունինք. օձի ձու էլ որ ուզենամ, կճարեմ:

Աղասին, էսքան խոսք ու զրից անց էր կացել, ոչինչ չէր իմացել. ինքը ճամփիցը բեզարած ցուրտը մեկ կողմիցն էր թմբրացրել, շոգն էլ իր հարարաթր շիանց տվեց ու ջանն առավ: Գլուխը պատին դեմ տված մնացել էր էնպես ցից քնած: Նստողները բոլորն էլ վարավուրդ էին անում, որ նրա երեսը հեչ ծիծաղ չէկավ, ինչ ասեցին էլ: Աջու կուռը մնացել էր գոգումը, ձախունը՝ էնպես թուլ, գետնի վրա ընկած: Շատն էնպես էին կարծում, թե ճամփի յա ցրտի հարարաթն էր նրան էն տեղը քցել: Շոր չէր հարկավոր, որ ծածկեն, չունքի գոմը առանց էն էլ համամից տաք էր: Ղոնաղները չէին վարավուրդ արել, որ էն գեղի թուրքերիցն էլ մեկ քանիսը խալխի հետ խառնըվել, ներս էին մտել ու շատը հայերեն էլ հասկանում էին, ու էստեղ-էնտեղ, գողի պես նստել, աչքները դոնաղների թուր ու թվանքին էին քցում, ատամները դրճտացնում, թե ընչի՞ չէին մեկ չոլում նրանց ռաստ բերել ու բոլորը թալանել:

Աղասու քափ ու քրտինքն էկել, ամպի պես աչք-ունքի վրա կիտվել էին. երեսի ռանգը ամեն սհաթի փոխվում էր. բազի վախտ իրան-իրան խոսում, բազի վախտ էլ ձեռը բարձրացնում, ջիլ ու դամար քաշում, էլ եւո հանգստանում էր: Ամենից ավելի խալխը նրա վրա էին մնացել զարմացած, որ նրանք վեց հոգի էին, բայց քսան-ավել մարդի յարաղ-ասպաբ ունէին հետըները բերած: էսպես տարակույս, չորս կողմը կանգնած՝ խոսում էին, որ Աղասին բեղաֆիլ ձեն տվեց.

— Թուրդ քե՛զ քաշիր, դժոխքի պահապան, շլինքդ մեկնի՛ր: Ափու ջան, էդ ո՞ւր են տանում քեզ... — էս ասիլն, տեղիցը վեր թռչիլն ու թրին վրա վազիլը մե՛կ էլավ:

Գեղըցիք իրար ջարդելով դուս թափեցին, որը երեսին

խաչ էր հանում, որը Տե՛ր, ողորմյա ասում: Մի քիչ որ դինջացան, էլ ետ դոնիցը անկաջ դրին, տեսան, որ ձենը կտրել ա, ուսուլով ներս էկան ու վախվախելով նստեցին: Էլ ո՞վ կարեր հիմիկ նրանց բերնին փակ դնել: Բոլորն էլ ուզում էին, որ իմանան, թե ի՞նչ ա անց կացել: Աղասու ընկերքն էլ, ճարակտուր, սկսեցին պատմիլ: Քանի գլուխն էր, ո՛չինչ, էնպես բան շատ էին լսել. ինչ ժամանակ խոսքն էն տեղն էկավ, թե ի՞նչպես կոտորեցին, փախան, հարիր բերան ձեն տվեց.

— Ջա՛նմ սան, ջա՛նմ, Աղասի. օջախի որդին, կտրիճ հայն էդպես կըլի: Բարիկենդա՞ն, բարիկենդան է՛ս ա. դե տղե՛րք, էլ մեք մտիկ անիլ: Հացը հազրեցե՛ք, սուփրեն քաշեցե՛ք, հայր Աբրահամի հրեշտակն ա էկել մեր տունը: էսպես իգիթ տղի գլխին դուրբան գնամ. բարաքյալլա, տղե՛րք, դուշմանի աչքն էսպես պետք է հանած: Տեսնո՞ւմ եք, ա՛յ գյադեք (իր տղերքանցն է ասում), ռաշիդ տղեն սրանց նման կըլի. ուտում եք՝ տանը նստում: Ա՛ֆարիմ, տղե՛րք, որ ձեր մեծին էսպես պահել եք, շունն է՞լ էստեղ ա:

Մեծամարդիկը, ջահել տղերքն էս կողմից, էն կողմից վրա թափեցին, որ Աղասու ձեռքն, ճակատին պաչ անեն, քյոխվեն չթողաց, որ քնահարամ չըլի: Մյուսներին ուզում էին սաղ-սաղ ուտեն, էնքան դոշըներին կպցրին նրանց:

— Օրհնվի է՛ն կաթը, որ դուք կերել եք, է՛ն հողը, որ ձեզ ծնել ա. տղեն էդպես կըլի, թե չէ՝ քանի լեզուղ կարճացնես, գլուխդ կախ անես ուսերիդ կնստին, դուղդ կքամեն, աչքդ կհանեն, ջիգյարդ վեր կածեն, — ասում էին ամեն կողմից:

Սազ ու զուռնի ձենը որ վեր չելավ, գեջդանգեջ Աղասին աչքը բաց արեց ու էնպես էր զարմացած դես ու դեն մտիկ տալիս, ինչպես թե նոր ըլի աշխարք էկել: Ուզում էր էլ ետ աչքը խփի, բայց խալխը է՛նպես վրա թափեցին, որ քիչ մնաց նրան ոտնատակ տային, փեշերն էլ էին համբուրում, ո՞ւր մնա երեսը: էսպես՝ նրան էլ մեջ արին ու մինչև իրիկնապահը, ժամերի վախտը, է՛ն քեֆն արին, որ աչք պտեր՝ տեսներ: Ձենն ընկավ գեղըցոնց անկաջը. ով ասես տուն էր ընկնում, որ նրան տեսնի, մուրազն առնի: Հենց իմանաս՝ ուխտ ըլեին գալիս: Տանուտերը Ղարաքիլիսա մարդ ղրկեց կնյազի մոտ ու բանի ահվալն իմացում տվեց: Հրաման էկավ, որ մեկ-քանի օրից ետը՝ Աղասուն վերցնեն, կնյազի մոտ գնան:

Փամբակու թուրքերը տխրել, հայերը թև առել, ուզում էին թռչին: Բարիկենդանն անց կացավ, մեծ պասն էկավ: Աղասին քսան ձիավորով որ Ղարաքիլիսա չմտավ, աշխարք ամեն առաջն էր էկել, որ նրան տես՛նին: Հազար բերան նրան գովում, բարաքյալլա էր ձեն տալիս: Կնյազ Ս. շատ ումուդ, շաֆաղաթ տվեց նրան ու խոստացավ էլ, որ բալքի մեկ կերպով սարդարի սիրտն առնի, չունքի շատ բարեկամ էին իրար հետ: Ինչ հարկավոր էր, հրամայեց, որ նրանց տան ու լավ մուղայիթ կենան, որ նրանց վնաս չհասնի: Բայց Փամբակու հայերը մե՞ռել էին, որ նրանց վնաս հասներ: Էսպես՝ սաղ ձմեռը, քսան-երեսուն ձիավորով, տնետուն, գեղեգեղ էնքան ման էին ածել ու օրով, շաբաթով պահել, որ իրանք էլ էին բեզարել:

Քաջ լոռըցիք էլ որ իմացան, էլ դինջություն չունեին, սրանք էլ էին ուզում նրանց իրանց մեջը բերեն, պատիվ տան: Մեկ ամսաչափ էլ էստեղ մնաց:

Էս պատվական խալխի պարզ սիրտը, նրանց տաք ջիգյարն ու անոշ սերը, տեղի քաղցր հավեն ու ջուրը, կնյազի տված ումուդը՝ Աղասուն մի քիչ ետ բերին, սիրտը բաց արին: Ղորդ ա, ասում, խոսում, լսում էր, ամա տխրությունը նրա երեսի ու աչքերի վրա էնպես էր կիտված, ինչպես սև ամպ: Շատ անգամ որ ա՛խ չէր քաշում, քար ու հող լաց էին ըլում: Ծիծաղելիս՝ բերնի չորս կողմը, էնպես գիտես, թոռոմած վարդի տերև ըլի, որ շաղը տալիս մի քիչ զվարթանում, էլ ետ ճլորում, թուլանում է:

Շատ անգամ մեկ քարի ծերի նստած, կամ մեկ քարափի գլխի թինկը տված, աչքը ձորին, գետին քցած, գլուխը ձեռին, կամ մեկ աղբըրի ղըրաղի՝ կողքի վրա ընկած, թփերի, խոտի, ծաղկի, ջրի հետ խաղալիս, լաց ըլելիս էին նրան ռաստ բերում: Բազի վախտ որ «Նազլը՛ւ» չէր ձէն տալիս յա հորնըմոր անունը հիշում ու ա՛խ քաշում, սար ու ձոր հետը ձէն էին տալիս, մղկտում: Ինքը որ տխուր ու մաշված էր, հենց իմանում էր՝ մարդիկ սիրտ չունին, որ ուրախանում, ծիծաղում էին: Էստուր համար իր ընկերքը սար ու ձորն էր շինել, էսպես էր ծնողաց կարոտը, քիր-ախպոր հասրաթը, դարդը նրա սիրտն առել: Երևանու մեկ ծուխն էլա չէր ընկնում աչքովը, մեկ սար էլա էն կողմիցը չէր տեսնում, որ բալքի սրանով էլա սիրտը մի քիչ հովանա:

Էս ժամանակին էր, որ մեկ օր ընկերներին հավաքեց, գնաց ֆորս, Համզաչիման ու Չբխլու անց կացավ, Ղառնիյարաղ հասավ ու հենց Մասիս աչքովն ընկավ, ընկերներին ձեռով արեց, որ մի քիչ հեռանան, ինքը նստեց մեկ թփի տակի, գլուխը դրեց քարին, աչք ու բերան արտասունքով, ծխով լիքը՝ էս խաղն ասեց:

Սար ու ձոր ընկած՝ մեկ չոր թփի տակի,
Գետին նայելով՝ մնացել եմ նստած.
Ձեռս ծոցումս, գլուխս մեկ լեռ քարի
Տված՝ լալիս եմ, օրս խավարած:
Ամպերն առաջիս, սարերն ետնիս,
Քեզ մտիկ տալով, ա՛յ իմ քա՛ղցր Մասիս,
Աղի արտասունքով էրված, խորոված՝
Երեսիդ նայիմ, մնամ քարացած:
Ծնո՛ղ, ազգակա՛նք հեռու ինձանից.
Լուսնին նայելով, ձեր սերն հիշելով՝
Երաբ, ե՞րբ կըլի, որ ես ձեզանից
Իմ կարոտս առնիմ, ձեզ ջան ասելով:
Երաբ ձեր ճտովն մեկ օր էլ կընկնի՞մ,
Երաբ ձեր երեսն մեկ էլ կտեսնի՞մ,
Երաբ ծունկ-ծնկի տված՝ ձեզ կասե՞մ.
«Ա՛յ, իմ խեղճ ծնողք, ձեր ջանին մեռնիմ»:
Աչքս ծով դարձավ ճամփին նայելով.
Մեկ դուշ որ գլխիս պտիտ ա գալիս,

Թե ե՞րբ մեկ խաբար կհասնի ինձ բարով.
Հոգոց հանելով՝ ասում եմ, լալիս:
Երաբ գետնի վրա դեռ սո՞ւզ եք անում,
Ձեր կորած որդուն կարոտ մնալով,
Թե՞ հողի տակը մտած՝ դինջանում,
Ինձ թողիք, տանջվիմ՝ ա՜խ, ո՜խ քաշելով:
Երաբ ձեր ամակն ինձ հալալ արի՞ք,
Երաբ սուրբ բերնով ձեր ինձ օրհնեցի՞ք,
Ծերունի՜ իմ հայր, տարաբա՜խտ իմ մայր,
Էլ իմ հավարիս ե՞րբ կհասնի աշխարհ:
Էն սուրբ, անարատ կաթնին ես դուրբան,
Ձեր լիս ձեռներին, ձեր անոշ լեզվին.
Մեկ բուռն հողի էլ ե՞րբ կըլիմ արժան,
Որ գամ ձեր հողումն, քնիմ ձեր միջին:
Է՜ն ի՞նչ օր էր, որ ձեր քաղցր ծոցին,
Գլուխս ձեր դոշին, աչքս խուփ կամ բաց,
Ձեր սուրբ ձեռի վրա, երեսս բարձին՝
Կամ խաղում էի, կամ մնում քնած:
Է՜ն ի՞նչ օր էր, որ մեկ ծառի տակի,
Ճոնումն, ձեռներս ձեր ճտովն քցած՝
Ձեր սուրբ երեսին ես համբույր տայի,
Նանիկ ասելով՝ թողեիք քնած:
Ո՞ւր էն շվաքը, էն կանաչ՝ ջրի ափը,
Էն խոտն ու ծաղիկն, էն դաշտն ու տափը,
Որ ձեր առաջին անմեղ խաղայի
Ու ձեր բարի սիրտն խաղով բանայի:
Լալիս՝ դուք լայիք ինձ հետ ցավելով,
Ծիծաղս տեսնելով կամ ձենս լսելով՝
Կանչեիք. «Արի՜, մոտս, Ա՜դասի ջան,
Երեսիդ մեռնիմ, քո ջա՜նին դուրբան»:
Ա՜խ, էս խոսքերը ինձ կրակ են դառել,
Լերդս ու թոքս հիմիկ էրում, խորովում.
Ի՞նչ կըլեր՝ ես է՜ն վախտն էի մեռել,
Ձեր շվաքի տակին, ա՜խ, քնել հողումն:
Մեկ բուռն հողի էլ կարոտ եմ մնացել.
Քարափից թե ցած կամ ջուրը ընկնիմ.

Ձեր սուրբ երեսը դեռ որ չեմ տեսել,
Ի՞նչպես ես հանդարտ էս հողը մտնիմ...
Նազլո՛ւ իմ, Նազլո՛ւ, աննմա՛ն Նազլո՛ւ,
Միրտս խորովի անունդ հիշելով.
Նազլո՛ւ իմ, Նազլո՛ւ, հրաշալի՛ Նազլո՛ւ,
Աղասին քեզ տա իր ետին բարով:
Սարերի դոշին, ձորերի միջին
Վա՜յ գլխին տալով քո խեղճ Աղասին՝
Երեսիցդ զրկված, քո սիրովն մաշված,
Տատրակի նման փշի վրա նստած:
Լիզեմ հող, գետին, այրիմ, մղկտամ,
Կամիմ օր առաջ, ա՜խ, որ հոգիս տամ,
Երբ մահն մոտանա սառը թևերովն,
Հոգիս պահանջե, որ տանի շուտով,
Էս դառն աշխարհիցս մի ինձ ազատի,
Ոսկերքս գազանաց կերակուր անի.
Կամ երբ գետի ափն նստած, շվարած՝
Աչքերս նվաղին՝ թմբրած՝ սասանած,
Գլորիմ կատաղի գետի փրփրի մոտն,
Հոգոց քաշելով պարզեմ ես իմ ոտն.
Կամիմ գերեզմանս որ էս ջուրն ըլի,
Էս սառը պատանն ինձ հողը տանի...
Կամ մեկ քարափի բաշից նայելով,
Աչքս մեր տան ծուխն հանկարծ տեսնելով,
Քո անուշ երեսն ինձ փակ մնալով՝
Նազլո՛ւ իմ, Նազլո՛ւ, անո՛ւշ իմ Նազլո՛ւ.
Թեքիմ, ու հանդարտ գա ինձ քուն մահու.
Երևի աչքիս, թե անդունդը խոր
Մոտ է ինձ զրկել, տանիլ իր լեն ձոր:
Նազլո՛ւ իմ, Նազլո՛ւ, մեկ շունչս ա մնացել,
Ոսկերքս քրքրվել, աչքս խավարել.
Թո՛ղ մեկ շունչդ առնիմ, հետո հողը մտնիմ,
Դժոխքն էլ տանին, ես հանգիստ կըլիմ:
Քե՛զ եմ մնում, քե՛զ, քո ջանին մեռնիմ.
Հող ու գերեզման ես վրես ունիմ.
Քանց իմ սառն մարմինը էլ ի՞նչ գերեզման

Ինձ պետքը կգա, երեսի՛դ դուրբան:
Արի՛, ասածդ արա՛, ինձ թաղի՛ր,
Բե՛ր իմ երեխեքս ու վրես կանգնի՛ր.
Մեկ նրանց տեսնիմ աչքս խփելիս,
Մեկ նրանց ասեմ լեզուս լռվելիս.
«Մնա՛ք բարով, ո՛րդիք, ազի՛զ, սիրեկա՛ն,
Է՛լ չէ՛ք տեսնիլ ինձ, ա՛խ, դուք հավիտյան.
Ձեր անբախտ հորը հոգին հիշեցե՛ք.
Մնա՛ք բարով, իմ քա՛ղցր, սիրո՛ւն երեխեք.
Ձեր հոր տեղակ ձեր խեղճ մորն հիշեցե՛ք
Ու իմ ողորմին, ժամն կատարեցե՛ք»:

Ո՞վ չի գիտի, որ մարդի սիրտը արնով լցվելիս՝ ո՛չ սուր էնքան քյար կանի, ո՛չ դեղ, ո՛չ քուն, ինչքան բառն ու խոսքը ու իլլահիմ խաղը, բայաթին, էստուր համար Աղասու ընկերքն էլ դրաղ քաշվեցին ու հեռըվանց նրան մտիկ էին անում, որ գլխին մեկ փորձանք չգա, չունքի սար ու ձոր նրա արինն էին խմում: Էնքան անկաջ դրին, որ ձենը կտրեց, քունը տարավ, հետո էկան, մեջքներն առան ու էլ ետ Ղարաքիլիսա տարան:

Մեկ օր էլ էսպես, էլի էս հալին, դոանը մեկ քարի վրա նստած էր, որ մեկ ղարիբ մարդ քիչ-քիչ նրան մոտացավ, առաջին կանգնեց, երկար նրան մտիկ արեց, ու հենց էն ա, Աղասին ուզում էր նրանից հեռանա, որ իր դարդն օքմին չտեսնի, ղարիբը դոշը բաց արեց, վրա թռավ, նրան խտտեց ու հենց «Ա՛ղասի ջան» ասեց, ու ձենը փորն ընկավ, լեզուն պապանձվեց ու էսպես մնաց յարալու-փարալու՝ Աղասու դոշին փետացած, ընկած: Աղասին գեջղանգեջ որ խելքի չէկավ ու աչքը բաց արեց, աստվա՛ծ, ո՞վ կարեր նրա արտասունքը բռնիլ, նրա սրտին մեկ ճար անիլ.

— Ա՛մու ջան, Ա՛վետիք ամու ջան, դո՞ւ ես, — ասեց ու իրանից գնաց:

Տեսնողներն էս դիից, էն դիից վրա թափեցին, երկուսին էլ, էնպես մեռած, տուն տարան, ջրով, հոտով ետ բերին: Հենց աչքները բաց էին անում, իրար երես տեսնում, էլ ետ դուբարա ընկնում էին իրար ճտով, իրար անուն տալիս, գնում էին էն դինեն, ետ գալիս: Մոտըներին կանգնողների աչքերիցը արտասունքը գետի պես էր վեր թափում: Ճարըները կտրվեց, տերտեր կանչեցին, ավետարան կարդացին, խաչ ու մասունք գլխըների վրա դրին, որ անջախ մի անջախ ուշըներն էկան:

Էս էկող դարիքը, սի՛րելի կարդացող, Աղասու հորախպերն էր, որ գլուխը փեշն էր դրել, էկել իր ազիզ կորածին գտնի, տեսնի, մուրազն առնի, էնպես մեռնի: Ո՞վ ըլեր՝ էնպես չաներ: Սիրտըները որ մի քիչ դինջացավ, ջանըները հովացավ, Ավետիքը գդակի ծալիցը մեկ թուղթ հանեց, Աղասուն տվեց, ինքը միանով տանիցը դուս գնաց, որ նրա աչքի արտասունքը չտեսնի, չէրվի, չփոթոթվի: Երկու թուղթ էր բերել հետը. Մեկը Աղասու մերն էր գրել, մեկը՝ նշանածը: Երանի՜ էն աչքին, որ էսպես թուղթ իր օրումը ո՛չ տեսել ա, ո՛չ էլ կտեսնի: Էլի Աղասին էր, որ դիմացավ, բայց վա՛յ էն դիմանալուն. հարիր անգամ թուլացավ, նվաղեց, թուղթը դրեց երեսին ու աչքերը խփեց, էլ ետ ջուրածեցին, ետ բերին:

Մոր թղթի խոսքերն էս ա.

«Ա՛ղասի ջան, Ա՛ղասի, գլխովդ փարվան ըլիմ, Աղասի: Ընչի՞ չեմ էս սիաթին կրակ դառնում, ինձ էրում, ընչի՞ չի լեզուս չորանում, աչքս խավարում, ընչի՞ չեմ թոզ դառնում, որ բալքի թե քամին բերի, գամ ոտիդ տակին ցրվիմ, սարեսար ընկնիմ, քարեքար, որ ի՛մ երեսը կոխես, որտեղ որ ման գաս, որ ի՛մ աչքը հանես, որտեղ որ նստիս, որ ի՛նձ վրա գլուխդ դնես, որտեղ որ քուն մտնիս. Նանն ըմբլիդ մեռնի, իմ թագավո՛ր, իմ աղա՛ Աղասի:

Տնկած ծառերդ փուշ են դառել, ինձ սպանում, պահած ծաղկըներդ կրակ են դառել, ինձ էրում, խորովում, ման էկած տեղերդ՝ աչքիս լսումը մզրախի պես ցցվում, սիրտս դուս ճոթռում: Ո՞ր կորչիմ, որ ձենս օքմին չիմանա, ո՞ւր գնամ, որ աչքս քո տեսած բաներն էլ չտեսնի, միտքս քո ասած խոսքերն էլ չիշի՛ ջանս քարանա, որ էլ անունդ չտամ, սիրտս ջուր կտրի, որ էլ քո սերը չզգամ, ումբրս փչանա, օրս խավարի, որ երկընքի տակին էլ չասեմ, թե ե՛ս էլ եմ մեր, ե՛ս էլ որդի բերի, ի՛նձ էլ մեկ օր աչքալիս տվին, ե՛ս էլ մեկ օր որդու, զավակի արնի ձենը պետք է ածեի, ես էլ որ աչքս խփեի, մեկ բուռը հող դո՛ւ պետք է երեսիս քցեիր, դո՛ւ իմ նաշը խտտեիր, դո ւ իմ լաշը հողին տայիր, դո՛ւ վրես սուգ անեիր, գլխիս վրա կանգնեիր ու էդ ազի՛զ, էդ սո՛ւրբ բերնովդ ասեիր. «Հոգիդ լի՛ս դառնա, ա՛յ իմ մեր, ա՛յ իմ մեր. ի՞նչ կըլեր, որ մեկ էլ աչքդ աչքիս, բերանդ բերնիս առներ, ու հետո Աստված հոգիս տաներ»:

Հոգիս խոր է, թե հանեմ, աստծուն տամ. սիրտս ձեռիս չի, որ կրակը քցեմ, էրեմ, երկնքին ձե՛ռս չի հասնում, անկաջդ ձե՛նս չի ընկնում: Ղուշ ա գլխավերևս թռչում, քո անունն եմ տալիս. շունչս ա բերնիցս դուս գալիս, քո հասրաթը ջիգյարս էրում, փոթոթում, աչքիս եմ հուպ տալիս սիրտս ա տրաքում, բերանս եմ կալնում, միտքս ա ցնորվում, տունն եմ մտնում, պատերն են ինձ դժոխք դառել. դուս եմ գալիս, սար ու ձոր սև օրս լաց ըլում. երկնքին եմ նայում, մեկ ձեն չի գալիս. երկրին եմ մտիկ տալիս, մեկ խաբար չիմանում: Բարձին եմ գլուխս դնում, շունչս ա ինձ խեղդում, քնած թե զարթուն՝ դո՛ւ ես աչքիս առաջին պտիտ գալիս: Արտասունքս ծով ա դառել, Ա՛ղասի ջան. Ա՛խ ու ո՛խ քաշելուցը շունչս կտրվել, հոգիս մաշվել, գլխիս էլ մազ չմնացել, որ քամուն տամ, երեսիս էլ տեղ չկա, որ չըլիմ կտրատել, տան ու դռան էլ քար չկա, որ չըլիմ դոշիս խփել: Գլուխս ծեծելուցը ձեռներս բեզարեց, շատ լաց ըլելուցը աչքս խավարեց, բայց ա՛խ... ա՛խ... Հոգիս իմ տված չի, որ ասեմ՝ դուս գնա. Սաղ-սաղ էլ գերեզմանը մտնիմ, ո՞ւմ ձենը լսեմ, ո՞ւմ երեսը տեսնիմ, ո՞ւմ հոգիս տամ, ո՞ւմ ոտի տակին գլուխս դնեմ, ո՞ւմ էս փետացած ձեռներովս խտտեմ, ո՞ւմ էս չորացած լեզվովն ասեմ. «Մեռնիմ էլ, Ա՛ղասի ջան, հոգիս գլխովդ պտիտ կգա. ապրիմ էլ, ո՛րդի ջան, ջանս քո ուղուրին դրած ա: Հոգիս երկնքումն ըլի, մարմինս՝ քո առաջին, փիանդազ. շունչս վրես ըլի՝ դո՛ւ ես իմ սրտի մուրազն: Հող կդառնամ, հողս քե՛զ պտուղ կտա. ջուր կկտրվիմ, քո՛ հանդի, ծաղկի վրա կթափիմ. դրախտումն ըլիմ, քո՛ ծառի ճղքների վրա բլբուլի պես կկանգնիմ, քե՛զ անուշ քուն կդնեմ, աշխարքումս ապրիմ, ջանս քե՛զ դուրբան կտամ, թաք դու ծաղկիս, ծլիս, զորանաս, անումի՛դ մեռնիմ»:

Անումի՛դ մեռնիմ, արևի՛դ մեռնիմ, Ա՛դասի ջան. մոր ազիզ պահած, հոր աչքի լիս ո՛րդի ջան. Ալամ աշխարքի գոված, աստծու՝ սիրեկան, մարդի՝ դիրեկան. Զա՛նս քեզ մատաղ, Ա՛դասի ջան, փուշ էիր տնկում, վա՛րդ էր քեզ դառնում. քարին էիր ձեռը տալիս, քա՛րը հոգի առնում: Մեկ հոգի ունեիր, հազար աղքատի սրտում, մեկ շունչ ունեիր, հազար հիվանդի բերնում, մեկ անուն ունեիր, արարած աշխարքի միջում: Երկու ձեռք ունեիր, մեկը ողորմություն տալիս, մյուսը՝ աչք սրբում: Երաբ, ո՞ւմ մեկ թթու խոսք ասեցիր, որ ինձ անիծեց, ո՞ւմ վրա դուռը հետ արիր, որ ինձ վա՛յ տվեց, ո՞ւմ վեր ընկած տեսար, անց կացար, որ մորդ գլու՛խը լաց էլավ. Ո՞ւմ կաթը կերար, որ քեզ լեղի դառավ. Ո՞ւմ ձեռին մեծացար, որ գիշեր-ցերեկ քեզ չօրհնեց, ո՞ւմ ծնկան վրա քնեցիր, որ երեսիդ քրտինքը տեսնելիս՝ հազար անգամ աչքը երկինքը չքցեց, արատասունքը երեսիդ չթափեց ու իր մեղավոր բերնովը չասեց.

— Փառքդ շա՜տ ըլի, ա՛րարիչ Աստված , դո՛ւ տվիր՝ դո՛ւ պահիր, իմ կյանքս ա՛ռ, սրա վրա դի՛ր, սրան մեկ փորձանք գալիս՝ ի՛մ աչքը հանիր: Թուր պետք է սրան դիպչի՝ ի՛մ սրտումը առաջ ցցվի. կրակ պետք է սրան էրի՝ աֆթա ի՛նձ փոթոթի. սրա աչքը ցավելիս՝ ի՛մ աչքը դուս գա: Ո՛վ երկնային թագավոր Աստված , զորանա՛, մեծանա՛, իր մուրազին հասնի՛: Հաց չունենամ՝ դռնեդուռ կընկնիմ, սրան կպահեմ, գլուխս կծախեմ, եմ թողալ սրան ուրըշի ձեռին մուհդաջ, որ թաք, ես մեռնելիս, սա՛ իմ երեսիս հող քցի, սա՛ իմ աչքս խփի, սա իմ գերեզմանս օրհնի, իմ օջախի սինն ու ճրագը սա՛ դառնա, որ իմ հիշատակը աշխարքի երեսիցը չկտրվի, իմ տան ծուխը չհատնի, չպակսի:

Ա՛դասի ջան, ծուխս հատավ, կտրվեցավ, տունս քանդվեց, հիշատակս քո՛ռ էլավ, հիմքս՝ տակ ու վեր. աստղս խավարեց, իմ փայ արեգակը վաղուց մեր մտավ, իմ փայ երկինքը վաղուց փուլ էկավ: Ինձ համար էլ լիս չի՛ բացվում, ինձ համար էլ աղոթարանը չի ծեգում, օրն ինձ համար՝ գիշեր, գիշերն ինձ համար՝ տարտարո՛ս, դժո՛խք: Վաղուց եմ գերեզմանիս դրաղին կանգնել, հորը փորել, հազար անգամ մեջը մտել, դուս էկել, բայց, ա՛խ, հողն ինձ ի՞նչ տեղ կտա, որ քեզ չեմ տեսել. Աչքս ի՞նչպես կկպչի, որ քեզ չեմ նայել, գերեզմանումը կդինջանա՞մ, որ դեռ բերանս բերնիդ չառել, լեզուս՝ լեզվիդ, աչքս՝ աչքիդ, դոշս՝ դոշիդ, էդ ջիվան ջանիդ դուրբան, Ա՛դասի: Հրեշտակս ի՞նչպես սիրտ անի, որ ինձ մոտանա. էն ձեռը չի՞ չորանալ, որ ինձ լվանա. էն լեզուն չի փետանա, որ իմ սուգն անի. էն բեմը ի՞նչպես տեղը կմնա, որ իմ նաշը տեսնի, էն բաժակը կրա՞կ չի դառնալ, որ հոգուս համար պտի խմեն. էն խունկը բո՞ց չի դառնալ, որ ինձ վրա պտի ծխեն: Որ որդին մոր գլխին կանգնած չըլի, էն մորը ո՞նց պետք է թաղեն, որ որդին ծնողի սուգը չանի, էն ծնողին ո՞նց պետք է հողը դնեն, որ որդին մոր գերեզմանը օրհնիլ չտա, էն քարը ո՞նց պետք է քցեն:

Ա՛դասի ջան, Ա՛դասի. երեսս ոտիդ տակն, Ա՛դասի. Ի՞նչ կըլի՝ մեկ շվաքդ էլա տեսնիմ, հետո հոգիս տամ, մեկ ձենդ էլա լսեմ, հետո աչքս խփեմ, մեկ ձեռդ բերանս առնիմ, հետո շունչս կտրեմ: Էն ի՞նչ օր էր, որ գլուխդ գոգումս, ձեռներդ դոշիս՝ ջուրն էի զնում, քամակիս կապում, հանդն էի զնում, ուսիս քեզ դնում, մեկ ձեռս բերնումս, մյուսովն քեզ խտտում, խոտ էի հնձում, քեզ ճոճումն պահում, հետդ խաղ ասում ու քեզ օրորում. պտուղ հավաքում, քեզ մեջքիս կապում. Հացը բերնիցս հանում, քեզ դեմ անում, ծառիցը պտուղը քաղում, քո խաթրն առնում, հարիր անգամ գիշերը վեր կենում, քեզ ծածկում, ջա՛ն, դուրբա՛ն ասելով հետդ քաշ գալիս, արտասունքդ սրբում, երեսդ համբուրում, վրեդ խաչակնքում ու աղոթք անում, կամ քեզ գիրկս առնում, հետդ քուն մտնում:

Հերդ՝ զրնդանում, ոտները՝ բխովում. Նազլուն՝ կիսաջան, մահի հետ կռվում, հենց ե՛ս եմ մենակ չոր գլուխս պահում, որ մեկ շունչդ քաշեմ ու քո սուրբ գոգումը գլուխս դնեմ ու քեզ բարով մնա՛ ասեմ, բարով մնա՛ ասեմ ու աչքս խփեմ, որ քո արտասունքն հեչ չտեսնիմ, քո սուզը չլսեմ: Ա՛խ, ա՛յ իմ կորած որդի, ըմբրի՛ս լուսատու, բաս քո խեղճ մերդ հեչ միտդ չե՞ս քցում, բաս քո ջրատար հոր հալը հեչ չե՞ս հարցնում, բաս ջիվան Նազլուդ, որ քեզ ա ուզում, անունդ տալիս, թե աչքը բանում, քո սիրովն էրվում, թե քեզ ա հիշում, շունչը բերնումը, հրեշտակն առաջին, ոտը հողումը, խաչը գլխատակին, պատանը ծալած, խունկն ու մոմն հազրած, աչքը խոր գնացած, բերանը փակված, լեզուն չի բռնում որ անունդ տա. «Ա՛խ քաշելու տեղ նա Ա՛դ... Է ասում, ո՛խ ասելու փոխ նա սի՛ ... հանում»: Արտասունք չունի, սիրտը հովացնի. էլ թաղաթ չունի, որ ինձ էլ չէրի: Ոտդ ի՞նչպես ա քարերին բռնում, աչքդ ի՞նչպես ա քուն գալիս, որ մեր մեռնիլը միտդ ա գալիս, գլուխդ էդտեղ լվա՛, էստեղ չորացրու՛. թո՛ղ մեկ սհաթ ըլի. թռի՛, արի՛, հողին տո՛ւր մորդ, որ էլ մեր չունենաս, մերդ քա՛ր դառնա. Նազլուն հետդ տա՛ր, սա էլա ապրի, քեզ մխիթարի, գնա՛, արնի՛դ մեռնիմ, Աղասի, արնիդ ձենն ածի. ինձ թաղի՛ր, բայց Նազլվիդ մի՛ թողար, մի՛ դեն քցիր, քեզանից ավելի սա էլ ո՞վ ունի. քեզ ապավինեց, արի՛, սրան հասիր, քանի շունչ ունի, տա՛ր, չտեսնիմ: Հենց քեզ տեսա թէ չէ, հոգիս ձեզ կտամ, ես հողը կմտնիմ, ձեզ բարով կտամ: Եկե՛ք, թաղեցե՛ք, փախե՛ք, գնացե՛ք, էս դառն աշխարքի՛ցս ոտներդ քաշեցե՛ք ու ձեր անբախտ մոր հոգին հիշեցե՛ք»:

էս թուղթը կարդալիս էլ հարիր անգամ իրանից գնաց ու էլ ետ՝ ետ էկավ ու սկսեց կրկին կարդալ ու ինքն իրան սիրտ դնիլ: Վերջը թուղթը ծալեց, ծոցը դրեց ու մտքի ծովն ընկավ: Իրիկնահովն ընկել էր, որ աչքը բաց արեց, ձեռը ծոցը տարավ, որ մոր գիրը մին էլ կարդա, լր սիրեկանինն ընկավ ձեռը, իր Նազլվինը, ու քիչ էր էրվել, նորեն հազար խանչալ սկսեց սրտումը ցցվիլ շշկլած, շշմած սկսեց կարդալ:

Նրա թղթի միտքն էլ է՛ս էր:

«Երա՛ք, որ սիրտս հանեմ, էս թղթումը դնեմ, երա՛ք, որ բաց անես ու հազար թուր միջումը ցցված տեսնիս, կիմանա՞ս էն ժամանակը, թե Նազլուդ, քո ջրատար Նազլուդ, ի՞նչ ցավ ա քաշում, ի՞նչ օրումն ա, ի՞նչ հալումն, իմ գլխի՛ տեր, իմ ըմբրի՛ թագավոր, Ա՛ղասի: Ո՞ր սարեր են առաջդ կապել, ո՞ր գետեր ճամփեդ կտրում, ո՞ր ձեռն ա թևիցդ բռնում, ետ քաշում, ա՛յ իմ թագ ու պարծանք, որ էսպես ինձ կրակում թողել ես. ինձ դժոխքը դրկում, դու արքայությունը վայելում, ինձ սուրը քաշում, դու ձեռներդ լվանում, ինձ դիվանոնցը տալիս, դու հրեշտակների միջին արևիդ ձենն ածում ու երեսդ էլա չե՛ս ետ դարձնում, որ ինձ հողը դնես: Ա՛ղասի ջան, Ա՛ղասի, երաբ սիրտդ քա՞ր ա դառել, երաբ աչքդ ծաղիկ ու թուփ էլ չի՞ տեսնում, երաբ երեսդ մի երկնքին չե՞ս քցում, որ տեսնիս, թե ի՞նչ մրրած ամպեր են առաջիդ կանգնած, ինչ կրակ է վերևիցը վեր թափում. չե՞ս իմանում, միթե, ա՛նիրավ, ա՛նջիգյար, թե էս Կրակն ու էս բոցը, էս ծուխն ու էս ամպը ի՛մ բերնիցն են դուս գալիս, ի՛մ սիրտս ա քուլա-քուլա իրանից հանում, վերևն աստղերը խավարացնում, բռնում, ներքևը սար ու ձոր պապանձացնում, անձող շինում:

Հարիր անգամ գերեզմանի դուռը հասել, էլ ետ՝ ետ եմ էկել. հարիր անգամ արեգակը, որ մեր մտավ, ես էլ իմ հոգիս հետը ճամու քցեցի ու, ա՛խ, էլի, ծեգը բացվելիս, հենց իմանում էի՝ հողումն եմ, չէի ուզում շունչ քաշեմ, հենց իմանում էի՝ մեռելների կողքին եմ, չէի կամենում գլուխս բարձրացնեմ, ու էլի մորդ, ա՛խ, քո ումբրը խավարած մորդ ձենն որ անկաչս չէր ընկնում, էլ ետ աչքս բաց էի անում, մազերս նրա ոտի տակին փռում, որ կամ ինձ սպանի, կամ թե չէ՝ մահի ձեռիցը չխլի, ինձ սաղ-սաղ էսպես չէրի, չխորովի. ամա էլի, որ նրա է՛ն խավարի աչքերը, է՛ն չորացած, մազ դառած ջանը որ աչքովս էր ընկնում, որ իմանում էի, թե նա էլ քո ցավն ա քաշում, քո դարդովն ա էնպես փոթոթվում, քո՛, քո ջանի՛ն մեռնիմ, միտք էի անում, որ թե ես էլ մեռնիմ, էլ նրան աշխարքումը պահող չի՛ ըլիլ. որ ես կորչիմ, նա էլ կենդանի հետս պետք է հողը մտնի կամ ջուրն ընկնի, խեղդվի, որ միտք էի անում, թե նրա խորոված սիրտը ինձանով ա մի քիչ հովություն գտնում, քո կարոտը, քո հոտն ու համը, քիչ թե շատ, ինձանից ա նա առնում, ինձ որ չունենա կամ սովը պետք է նրան սպանի, կամ քարեքար ընկնի, մեկ բուռը հողի, մեկ օրհնած տեղի էլ հասրաթ մնա: Ի՞նչ պետք է անեի, ո՞ր ջուրն ընկնեի: Հոգիս իմը չէր, որ հանեի, նրան տայի, բալքի նա ապրեր, քեզ տեսներ, քո արդար ձեռքը բռներ, գար գերեզմանս ու գլխիս կանգներ, ասեր.

«Ա՛դասի ջան, էս ա Նազլվիդ հանգստարանը, է՛ս հողին նա իր ջանը դուրբան տվեց: Հետս խոսում չէր, որ դարդն իմանայի, ես էլ չոփ էի դառել, աշխարքն աչքիս փուշ կտրել, որ մեկ մոտին նստեի, քրտինքը սրբեի կամ մեկ սառը ջուր տայի; Ես ի՛մ տեղումն էի կրակի միջումն էրվում, սա՝ իր բարձի վրա. ես ի՛մ գլուխս էի բարձրացնում, որ հոգիս տամ, սրա հրեշտակն էի տեսնում գլխին պտիտ գալիս. ես ա՛խ էի քա՛շում, որ ձենս քո անկաջն ընկնի, սրա անկաջն էր ընկնում, սրան էրում, մաշում: Ա՛խ, հինգ ամիս էսպես տանջվեց, չարչարվեց էս խեղճ ջրատարը. ո՛չ դեղ կարաց սրան ետ բերիլ, ո՛չ դեղապետ. Ո՛չ տերտեր, ո՛չ հըսկումն, ո՛չ աղոթք, ո՛չ սրբություն: Մեկ առավոտ էլ, ա՛խ, էն սհաթը գնա, ո՛չ ետ գա, աչքս բաց արի, որ վեր կենամ կամ երեսը ծածկեմ, կամ տեղը փոխեմ, տունը գլխիս փուլ էկավ. աչքերը երկինքն էր քցել, երեսն աղոթարանը, ձեռ ու դոշ բաց արել, հենց իմանաս էն ետին սհաթին էլ իր հրեշտակին ուզեցել էր խնդրի՝ մի քիչ համբերի, որ բալքի թե էս սհաթին էլա մեկ դուռը բաց էիր արել, մեկ քեզ տեսել էր, մեկ հասրաթդ առել էր ու հետո հոգին տվել:

Ընկի՛ր գերեզմանի վրա, Ա՛դասի ջան. էս գերեզմանը քո արնի գինն ա, քո աչքի լիսն ա էստեղ թաղած, երեսդ հողին տո՛ւր, որ բալքի հողն էլ նրա մուրազը տա, բալքի հողիցն էլա գալդ իմանա ու գերեզմանումն էլա դինջանա: Ա՛խ, ի՞նչ կըլեր, որ էնքան ցավը քաշեց, մեկ օր մեկ ձենն էլա իմանայի, մեկ օր մեկ խոսք էլա ասեր, որ սրտումս դարդ չմնար, ինձ էսպես չէրեր, չխորովեր: Ա՛խ էլ որ քաշում էր, էն կրակված շունչն էր երեսիս դիպչում, լաց էլ որ ըլում էր, էն գետանման արտասունքն էի միայն տեսնում, մեկ աչքն էլա չէր բանում կամ գլուխը բարձրացնում, որ բալքի երեսն երեսիս առներ, աչքը՝ աչքիս, որ մեկ սիրտս հովանար, մեկ լացը դինջանար, աչքս իրան տայի, որ ինչ արտասունք ուներ, ինձ բաշխեր, գետնին վեր չածեր, սիրտս իրան հանեի, բաշխեի, որ բոլոր ցավն ինձ տար, ես էլ անկորուստ էսօր քեզ ամանաթ տայի, որ քանի տեսնիս, իմանաս, թե քո խեղճ, անճար Նազլուդ քո սիրովն մե՛ռավ, քո կարոտովն գետինը մտավ, որ քանի նրա անունը տաս, հրեշտակ էլ որ ըլի, էլ թամահ չանես, էլ է՛ն բարձի վրա ուրիշ գլուխ չդնես, որի վրա որ քո հարազատ Նազլուդ հոգին տվեց, որ է՛դ դոշդ էլ ուրիշի դեմ չանես, որ նազլվի ջանը հանեց, է՛դ լեզուդ ուրիշի ջան չասի, որ Նազլվին կրակ դառավ, էրեց:

Չէ, Ա՛ղասի ջան, թե քո մերն եմ, ասածս արա՛, քանի Նազլվիդ գերեզմանն աչքովդ ընկնի, քանի քնից վեր կենաս, երեսդ երկինքը քցես կամ իգին մտնիս, ծաղկըներդ ջրես կամ պտուղ քաղես, դոշդ բա՛ց արա, նրա անունը տո՛ւր, նրա գլուխը լա՛ց իլ. թուփ չկա, որ նրա արտասունքը տեսած չըլի. քար չկա, որ նրա դոշին չըլի դիպել, ծաղիկ ու թուփ չկա, որ նրա գլուխը չըլի խտտել, սուգը տեսել, հետը սգացել, սրտի ծուխը մեջն առել ու թառամել, չորացել, որ նրա կսկիծը չտեսնի, ձենը չլսի: Թե իմ կաթն ես կերել, Ա՛ղասի ջան, թե իմ ձեռին մեծացել, քանի շունչդ բերնումդ ա, ոտդ՝ վրեդ, արի՛, արի՛, էս սուրբ հողի վրա կանգնի՛ր, ինձ էլ նրա հետ թաղի՛ր, ու հետո, Աստված քեզ հետ: Քանի որ կենդանի եմ, թուր կցցեմ սիրտս, աչքս կհանեմ, ուրիշի էլ հարս չեմ կարող ասիլ, ուրիշի էլ մեր չեմ դառնալ. ինձ էլ աչքալիս չի՛ հարկավոր, չի՛ հարկավոր, իմ աչքիս լիսն էլ էր սա, իմ օր ու ումբրս էլ, որ կորավ, փչացավ, սրա կոխած տեղը թե ուրիշի ոտ ա դիպել, հոգիս կտամ, սրանից ետը աշխարքս ջավահիր էլ դառնա, էլ ո՞ւմ աչքը կգա, ո՞վ թամահ կանի: Մեռնելիս էլ անկաշուումն էն եմ ասել, գնա՛, իմ ջա՛նի հանող, քանի շունչս վրես ա, Աղասին էլ կարմիր չի՛ կապիլ, էլ ձեռները հինա չի՛ դնիլ, նրա հինեն Վաղուց քամուն տվի. մե՛կ բարձի գլուխ դրիք՝ մե՛կ հողում պտի քնիք, ինձ էլ միջըներդ առնեք, որ ձեր սերը գերեզմանումն էլ տեսնիմ, երկընքումն էլ վայելեմ, ձեզ օրհնեմ, ձեզ որդի ասեմ ու աստծուն, ինչպես առա, էնպես ամանաթ տամ»:

Գերեզմանի դրադին կանգնել եմ, քե՛զ եմ կանչում, Ա՛ղասի ջան, ձեռս ու դոշս բաց եմ արել, քե՛զ եմ կարոտ, ջանի՛դ ղուրբան: Հողն իմ ձեռովս եմ առել, որ երեսիս քցեմ, որ մատաղդ գնամ, պատանս է՛ս եմ կարել, որ մեջը մտնիմ, Նազլո՛ւն չարդ տանի, խունկս ու մոմս ու ժամոցս ի՛մ ձեռովս եմ տվել, ա՛նումիդ մեռնիմ. էլ ժամ կամ պատարագ, տերտեր կամ բաժակ ինձ չի՛ հարկավոր, երեսս ոտիդ տակը: Հազար անգամ հրեշտակիս ոտն եմ ընկել, ետ դարձրել, որ մեկ էլ ձենդ լսեմ էս քառացած անկաջովս, մեկ էլ երեսդ տեսնիմ էս խավարած աչքովս, մեկ էլ էդ սուրբ ձեռդ էս քարացած դոշիս կպցնեմ, մեկ էլ էդ ազիզ պատկերը էս հող դառած երեսիս դնեմ ու էս էրված, խորովված, քրքրված հոգիս ու շունչս քեզ տամ, Ա՛ղասի ջան. բաս սիրտդ էնպես մեռել, փետացել ա, որ էլ ինձ չե՛ս սիրում: Ա՛խ, ի՞նչ անեմ, ի՞նչ ասեմ, սիրտս՝ լիքը, ձենս՝ կարճ, տեղդ՝ հեռու. Ո՞վ մեր դարդին ճար կանի»:

Ողորմելի աղջիկն էլ չէր կարացել իրան պահի, կեսուրն էլ էն վախտը վրա հասավ, որ էսպես փետացել, վեր էր ընկել, ձեռիցը բռնեց, դողդողալով տուն տարավ ու տեգորը խնդրեց, որ գնալիս՝ էս բայաթին էլ մեկ Աստված ասերի գրիլ տա, հետը տանի, որ Նազլուն վաղուց իրանից հանել էր ու ամեն օր սգալով ասում.

ՆԱԶԼՎԻ ՍՈՒԳԸ

Գարունքը բացվել ա, դաշտեր կանաչել,
Ծառերը ծաղկել, սարեր զարդարել,
Բլբուլն իր վարդի սիրովն կշտացել,
Հենց է՛ս, ա՛խ, սիրույդ կարոտ մնացել: Ա՛խ, կարոտ...
Ինչ քար տեսնում եմ, դո՛ւ ես առաջիս.
Ինչ խոտ կոխում եմ, դո՛ւ միտս գալիս.
Աղբրի ջուրն էլ քո՛ն համն ա տալիս,
Հանդի ծաղիկն էլ ի՛մ օրը լալիս: Ա՛խ, օրս լալիս...
Աչքիս լիսն էլ, ա՛խ, լալով փչացավ,
Ա՛խ, ո՛խ քաշելով լերդս չորացավ.
Ո՞ւմ սիրտս բանամ, ո՞ւմ ասեմ իմ ցավ,
Ասեմ էլ, երաբ, ում սրտին կտա ցավ: Ա՛խ, կտա...
Չե՛մ ուզում աչքս երկինքը քցեմ,
Լիսնյակն, արեգակն ինձ հավար կանչեմ.

Մի՞րտ ունին նրանք, որ իմ դարդս ասեմ.
Արի՛, արեգա՛կ իմ, քեզ կարոտ եմ: Ա՜խ, քեզ...
Երաբ քո սիրտն էլ հետս ցա՞վում ա,
Երաբ անունս միտդ գա՞լիս ա,
Թե՞ չոր քարերը ձենս ու սուգս լսում,
Ո՛չ հետս խոսում, ո՛չ սիրտս առնում: Ա՜խ, սիրտս...
Է՛դ սուրբ երեսդ մեկ էլ ես տեսնիմ,
Մեկ էլ մոտիդ նստիմ, մեկ ճտովդ ընկնիմ,
Թո՛ղ էն ժամանակն ես տամ իմ հոգին,
Մեռնի՛մ արնիդ, էդ ոտիդ տակին: Ա՜խ, ոտիդ...
Նազլվիդ աչքը ճամփին մի՛ թողար,
Նազլուդ մի՛ սպանիր, Նազլուդ ջրատար
Քեզ դուրբան ըլի. հասի՛ր նրան հավար,
Հասի՛ր, հողը դի՛ր, հոգին հետդ տա՛ր: Ա՜խ, հետդ...

Ա՜խ, ա՛յ իմ Աստված ասեր կարդացող, քար ըլեր էս խոսքերը կպատռեր, ո՞ւր մնա մարդ, էն էլ Աղասին, որ սիրտը բարակել, փոշի էր դառել: Բայց մարդիս հոգին խոր ա, ջիլը՝ կակող. քանի ձգվում ա, բարակում է ու հանկարծ կտրվում: Լեն օրին ա մարդ շատ անգամ իրան մոռանում, թե չէ նեղությունը միայն հոգին մաշում է, բայց շուտով չի հանում: Աղասու էսքան էրվիլն ու տանջանքը որ տեսնում էին փամբակեցի կտրիճ հայի տղերքը, խոսքըմին արին, որ գնան, թաքուն նրա մորն ու կնկանը փախցնեն, բերեն, բայց խելոք մարդիկ խորհուրդ չտեսան, չունքի խեղճ ծերունի հորը բանտումը թիքա-թիքա կանեին: Շատ անգամ վարավուրդ էին անում, որ Աղասին միտը ծոել, ուզում ա գնա հորնումոր հավարին, բուսուն բռնում, ետ էին դարձնում: էսպես տանջվելով էս ձմեռ էլ անց կացրեց, մինչև գարունքն էլի բացվեց, ու թուրք ու հայ յայլաղ դուս էկան: Աղասին էլ հետըները գնաց:

Աղբրների գլխին, ծաղիկների վրա օբերը իրանց չադրները տվին ու մալն արին էն անմահական դրախտը: Առավոտը որ տեղիցդ վեր էիր կենում, հազար սարի ծերից ամպն ու ծուխը, իրար հետ խառը, երկինքն էին վերանում ու շաղն ու ցողը անձրևի հետ նրանց շորերի, երեսների վրա դնում: Կնանիքը կթի տավարի հետ էին ըլում, կաթը հավաքում, եղ ու պանիր շինում, մարդիկը տավարը սարը տանում կամ բուրդ ու եղ բազարը բերում, ծախում, իրանց տան պակասությունը հոգում: Մենակ էս չէր կնանոնց գործը, ցերեկը ջահրա էին մանում, շալ ու խալիչա կամ կարպետ գործում ու իրանց օրը ուրախ, միամիտ անց կացնում: Էլ ի՞նչ ասիլ կուզի, որ տան պես աղջիկ ու հարս էստեղ կուչ ու ձիգ անելով չէին ման գալիս կամ երեսները կալնում: Մեկ տան պես, ում օբեն մտնեիր՝ թուշ էր, որ վարդի պես փայլում էր, աչք էր, որ մարդի խելք տանում էր: Է՛ն օդի ու ջրի, է՛ն ծաղկի ու կանաչի հոտն ու համն առնողի հոգին ու ռանգն ի՞նչ կըլեր բաս: Հայտնի բան է, որ փորսի ու, շատ անգամ, գողի ու հարամու հետ շաբթով էին ման գալիս ջահել տղերքը, ու սպանած կամ բռնած ժամանակը մեկ հարսանիք էր ըլում բոլոր օբեքանց միջին: Ղոնաղ պատահեր՝ էստեղ պատահեր: Շաբթով, ամսով էլ չէին թողա հեռանա. ու աղբրների քչքչոցը, ջրերի խշշոցը, ծառերի սըլսլոցը ղշերի ծլվլոցը, չոբանի թութակը, գառան, ոչխարի ու տավարի ձենն ու բառանչը ամեն մարդի ուզում էին ասեն. «Թե դրախտ ես կամենում, է՛ստեղ կաց, է՛սպես կաց. սիրտդ՝ անմեղ, միտքդ՝ հիստակ»:

Չե՛մ կարող ասիլ, թե էս տեղի փոփոխությունը Աղասու սիրտը բաց չի արեց, քար ըլեր, կկակղեր, կրակ ըլեր, կհանգչեր, ո՞ւր մնա նրա սիրտը: Բայց Աղասու գլխին դեռ չար հրեշտակ էր պտտում, ու ինքը՝ ողորմելին, չէ՛ր իմանում: Շատ անգամ սարից որ օբեն չէր մտնում, հազար աչք մնում էին վրեն հայիլ-մայիլ: Իլահիմ որ իմացան նրա պատմությունը, ամեն աչք ուզում էր նրա համար բացվի, ամեն բերան նրա՛ն իր շունչը տա: Ում որ մեկ ծաղիկ չէր թավազա անում, աչքը արտասնքով լիքը՝ ուզում էր ձեռի տեղակ սիրտը դեմ անի, քթի տեղը հոգումը դնի նրա տված ծաղիկը: Ով մեկ անուշ թիքա ուներ, նրա համար էր պահում, մեկը սե՛ր էր նրա առաջին դնում, մեկը ձվածեղ, մեկը գառան միս, մեկը՝ պախրի խորոված: Շատը նրան ղոնաղ կանչելիս գառն ու ոչխար էին մորթում, որ նրա սիրտն առնին: Նրա տխուր բայաթու ձենը, նրա աղիողորմ սուգը կամ արտասունքը որ չէին տեսնում, մեծ, պստիկ ուզում էին նրան մատաղ գնան: Աղջկերքը որ չէին դաստա-դաստա սարի դոշին ման գալիս, ծաղիկ քաղում, գլուխ ու դոշ զարդարում, սիրտն ուզում էր, թե տրաքի, որ իր Նազլուն էստեղ չէ՛ր:

Բայց Մուսեն, ջիվան Մուսեն, ո՛չ Նազլու ուներ, որ դարդ անի, ո՛չ հեր, որ բանտումը տանջվի, մեկ ջահել մեր ուներ, էն էլ էսօր-էգուց էր ընկել, որ մեկ քիր կամ ախպեր էլ նրա համար բերի: Բոյն էկել, շիշակացել էր, չինարի դառել. բեղերն նոր էր բերնի վրա ծաղկել, թուխ-թուխ ճալվերը շարմաղ երեսին հովին անելիս, հենց իմանաս, հրեշտակ ըլի թևով խփում: Տասնըվեց տարին անց էր կացել, դեռ նա ծուռն աչքով մեկի երեսի չէ՛ր մտիկ արել: Բազի վախտ, մեկ քող կամ սպիտակ լաչակ տեսնելիս, ղորդ ա, խելքը գլխիցը գնում, սիրտը կրակով լցվում, աչքերը արտասունքը կոխում, ուզում էր սար ու ձոր ընկնի, գլուխն առնի, կորչի: Ամա մեկ քանի օր որ անց էր կենում, աչքը էլ որ չէ՛ր տեսնում, սիրտն էլ հովանում էր: Բազի վախտ, էնպես գիտես, թե նրան վեր ըլին քաշում: Հովը տալիս, ծառը ծաղկելիս, ջուրը քչքչալիս, հենց գիտես, թե մեկ աներևույթ ձեն նրան ասում ըլի. «Մո՛ւսա ջան, քնի՛, ես աչքդ կկըպցընեմ, երազումդ հետդ կխոսիմ, որ զարթնիս, գյում կըլիմ, չունքի վախտը չի՛ հասել, որ դու քո նասիբը գտնիս: Ինչ որ ճակատիդ գրած ա, էն պետք է ըլի»: Քնից որ վեր էր կենում, հենց իմանում էր, թե հրեշտակները մոտիցը նոր թռան: Նա չէ՛ր իմանում, թե սերն ա էս, որ քիչ-քիչ նրա սրտումը տեղ էր պատրաստում»;

Մեկ օր էլ էսպես, մեկ ծառի տակի քնած տեղը, երազում մեկ թաս գինի բերին, դեմ արին նրան ու մեկ հրեշտակի պատկեր նրան՝ թևերն երեսին փռած, կամաց ձեն տվեց.

— Մո՛ւսա ջան, յա խմի՛ր էս թասը, յա ինձ սպանի՛ր, իմ կյանքս քո ձեռին ա: Հերնըմեր չունիմ, ընկել եմ մեկ անօրեն տաճկի ճանկ: Ղարսա սարումն ա մեր օբեն, թե սիրտ ունիս, թե Աստված դ սիրում ես, արի՛, ինձ ազատի՛, չե՞ս ազատիլ, քո օրումդ դու կյանք չե՛ս տեսնիլ: Մո՛ւսա ջան, գնում եմ, դու գիտես: Արի՛, թե չէ, էս ա, քան օր ա, ինձ տանջում են, որ թուրքանամ, չեմ թուրքանում, քեզ եմ սպասում: Ինձ երազումս ասացին, թե դու՛ ես իմ ազատողը:

Աչքը որ բաց արեց, հենց իմացավ, թե ծառ, խոտ, ծաղիկ անմահական հոտով լցված ըլին. ու արեգակի շողքը երեսը աղալելով՝ ուսուլով սարի քամակը անցավ: Ուզում էր խոսա, ձենը չէ՛ր դուս գալիս, ուզում էր վեր կենա, ոտն ու ձեռը չէ՛ին զորում: Թութակի ու շվու ձենն էլ որ անկաջը չընկավ, էլ ետ աչրը խփեց: Ա՜խ, ի՞նչ կըլեր, ջահելությունը նրան չէ՛ր էնքան հաղթել սերը չէ՛ր էնքան նրան թմբրացրել:

Մութը գետինն առավ: Մատդ որ կոխեիր մարդի աչք, չէ՛ր տեսնիլ: Ամպերը սարերիցը գլխները բարձրացրին, ոտները կտրեցին, չանկ ու դուման սար ու ձոր բռնեց: Հենց գիտես՝ հազար վիշապ բերանները բաց արած, գալիս են, որ սար ու ձոր կուլ տան: Կայծակը էստեղ-էնտեղ որ չախմախին չտվեց, սարըցիք իմացան, թե ի՞նչ խաբար ա. տավար, ոչխար աղալի մեջն արին, թվանքներն առան, շները բաց թողին, չունքի լավ գիտեին, որ գողի, հարամու, ջանավարի ղզղուն վախտը հենց էս ա: Ամպերը որ թոփ ու թոփխանեն չսարքեցին, ո՛վ ոտ ուներ, փախավ, ո՛վ աչք ուներ, փակեց, օղլուշաղը ալաչուխի տակն արեց, ճրագ, կրակ հանգցրեց, որ աչքը մի քիչ էլա բան տեսնի, ու հենց ոտի վրա՝ ամենը մի կտոր հաց առան, էն էլ գոտիկը դրին, չկերան, որ տեսնին, թե վերջըները ի՞նչ կըլի, ի՞նչպես կլուսանա: Մեկ բարակ կարկուտ, անձրևի հետ խառը, էկավ, վրըներովն անց կացավ: Երկինք, գետինք սկսեց կրակվիլ: Կայծակը որ չէր ղամշում սարերի գլխին, ուզում էին, թե հազար գազ խոր գնան: Ամպը որ չէր թոփի բերանը բաց անում, գետինն ուզում էր հազար կտոր ըլի ու հոգին տա: Ճրագ չկար, որ մարդ տեսնի, ձեն մարդի անկաջ չէր հասնում:

Աղասին պատռեց գոռալով, Մուսի անունը տալով, բայց ջուրը տանի նրա մորը, նա ի՞նչ տեղ էր, որ խոսք իմանա, ի՞նչ նեղ սհաթի, որ գլուխ առնի, փախչի: Աղասու ընկերքը ամեն մեկը մեկ սար ընկավ, գլուխը մահու տվեց. հարիր տեղ թվանք քցեցին, ու ո՞րքան էր նրանց ահն ու երկյուղը, երբ որ իմացան, թե նրա թվանքն էլ վրեն չի՛: Աղասին մահվան դուռը գնաց: Ամպն էլ ետ դառավ, կայծակն էլ, բայց գիշեր էր, ի՞նչ տեղ պետք է նրան քթնեին: Ընչանք ծեգը բացվեց, օձերը ծնեցին, ու ո՞վ նրանց հալը կարա պատմիլ, երբ էկան տեսան, որ ջիվան Մուսեն՝ արնի միջումը շաղախված, չորս կողմի խոտն ու թուփը պոկած, մեկ ահագին քաֆթառ նրա դոշին նստած, Մուսի ձախու ձեռը բերնումը, քի՜չ մնաց, որ թուրն իրանց սիրտը կոխեն. որ ձեն չտվին ու վա՜յ տվին, հսկայն Մուսա աչքը բաց արեց, ընկերներին որ տեսավ, գլուխը ժաժ տվեց ու ժպտելով ասեց.

— Աֆա՛րիմ, Լավ վախտի եք գալիս. էկե՛ք, կուռս հանեցե՛ք. դամեն շատ խորն ա գնացել, ձեռս էլ հետը, ինձանում էլ թաղաթ չկա, որ հանեմ:

Ո՞ւմ աչքը էն ուրախությունը կտեսնի, ինչ նրա ընկերների աչքը տեսավ: Վրա թռան, քաֆթառին դեն քցեցին, ու Մուսեն որ կուռը չհանեց, կեսը, հենց բռնի՛ր, ծամած էր: Մեկ սաղ սհաթ Աղասին նրա դոշիցը չէ՛ր պոկ գալիս: Էնպես գիտում էր, թե է՛ն կյանքիցն ա վեր էկել: Սարըցիք էլ էս ջիվան, իգիթի սիրտը տեսնելով՝ մնացել էին զարմացած, ու սաղ շաբաթը հենց է՛ն էին խոսում:

Բայց Մուսի աչքիցը քունն էր փախել, սրտիցը՝ դարարը: Արեգակն էր դուս գալիս, նրա օրը մեր էր մտնում, օրն էր մեր մտնում, նրա ցավերն էին նոր ի նորո բացվում: Սար ու ձոր նրա համար դժոխք էր դառել: Գիշեր-ցերեկ նրա կերած հացը, նրա խմած ջուրը, նրա տեսած լիսըն ու երազը է՛ն սքանչելի պատկերն էր, որ իրան կանչել էր: Ծառերն էին սլսլում թե ջուրը քչքչում, քամին էր փչում թե հովը հնչում, նա ո՛չինչ ձեն չէր իմանում, ո՛չինչ չէր տեսնում, եթե ո՛չ՝ իր սիրեկանի երկնային դեմքը:

Հսկայն Աղասի, որ իր վերջին օրումն էլ չէ՛ր ուզում, որ իր ընկերների մեկի մազն էլա թեքվի, վաղուց էր վարավուրդ արել սրա էս նեղությունը, վաղուց էր իմացել, որ իր սիրեկանի սիրտը, ուշ ու միտքը թռել ա, էլ վրեն չի՛. Ամա չէ՛ր իմանում, թե պատճառն ի՞նչ ա: Գիտեր, որ նրան աչքի լսի պես էր մինչև էն օրը պահել, բայց թե ի՞նչն էր էսպես նրան էրում, խորովում, չէ՛ր կարում հասկանալ: Նա տեսնում էր, որ ջիվան Մուսին մեկ աղջկա ձեն լսելիս, մեկ աղջկա պատկեր տեսնելիս, իրանից գնում, խելքամաղ էր ըլում, ամա էնպես կարծում էր, թե էս էն առաջին կրակն ա, որ ամեն ջահել մարդի սիրտ վառում, բորբոքում ա, երբ ինքն իրան ճանաչում ա, երբ արինը եռ ա ընկնում, ու սար ու ձոր մարդիս աչքին յա սազ ու քյամանչա են դառնում, ուշ ու միտքը տանում, յա թուր ու դանակ դառնում, սրտումը ցցվում: Շատ օր ճտովն էր ընկնում, լալիս ու աղաչանք անում, որ իր դարդն ասի, արտասունքից ավելի ո՛չինչ չէ՛ր տեսնում, լացից ավելի ո՛չինչ չէ՛ր լսում:

Շատ անգամ սիրտը բերանն էր գալիս, որ իր ցավերն ասի, ամա լեզուն չորանում էր, պապանձում, երեսը կարմրատակում, չէ՛ր գիտում, թե ի՞նչ ջուղաբ տա. դողդողալով սարերն ու ծառերն էր նրան նշանց տալիս: Ընկերքն էլ էին մնացել մաթալ, որ մի փռսանդ էր ճարում, էլ հաց ու ջուր միտքը չէ՛ր բերում, գլուխն առնում, կորչում, ու սար ու ձոր պետք էր ոտնատակ տված, որ նրան մեկ տեղ քնած քթել էին:

Մեկ օր էլ էսպես Մուսին ման էին գալիս, որ մեկ քարափի տակից էնպես մեկ ձեն էկավ, որ մարդ լսելիս՝ ջանը վրեն սրսռում էր: Քամին ձենը ձորն էր քցել, ու քարերն էին խոսքերը ետ ասում:

ԲԱՅԱԹՌԻ ԳՌԻՆՈՎ.

Հրեշտակ էիր, որ ինձ երևեցար, ա՜խ, ինձ երևեցար,
Երկրո՞ւմն ես ծնվել, թե՞ երկնքիցն էկար,
Մեկ ջան ունեի, էն էլ դու տարար,
Ա՛յ իմ սուրբ պատկեր, արի՛, հոգիս ա՛ռ: Ա՛խ, հոգիս ա՛ռ...

Մեռնիմ՝ չե՛ս տեսնիլ, կորչիմ՝ չե՛ս ման գալ,
Սո՛ւր կոխեմ սիրտս, դու չե՛ս իմանալ.
Ո՞ւր կորչեմ, որ էս անողորմ չանգալն
Սիրտս չխրվի, չթողա ինձ լալ: Ա՜խ, չթողա...
Երա՜զ թե քուն ինձ, ա՜խ, մահ են դառել,
Իմ սև օրս՝ գիշեր, կյանքս խավարել.
Ի՞նչ պետք է, անեմ, ո՞ւր եմ ապրում էլ,
Թե ոտիդ տակին մատաղ չե՛մ ըլիլ: Ա՜խ, մատաղ...
Ամպին իմ սրտիս դարդերը պատմում,
Ցրվում, գալիս չի՛ ու քեզ ետ ասում.
Քար ու սար աչքիս աղի արտասունքն
էլ ետ սիրտս աձում, էլ ետ ինձ էրում: Ա՜խ, ինձ էրում...
Քանդեցիր անմեղ իմ հանդարտ հոգին,
Կրակ քցեցիր իմ ջանն ու մարմին.
Թե հրեշտակ էիր, ո՞ւր էն սուրն, էն կրակն.
Խրի՛ր իմ սիրտս, թափի՛ր իմ գլխին: Ա՜խ, թափիր...
Կզա՛մ, հո՛գի ջան, կզա՛մ քո ոտքը,
Քեզ մոտ ա սիրտս, քեզ հետ՝ իմ միտքը.
Բայց ի՞նչ տեղ ես քո աննման դեմքը
Տեսնիմ կատարեմ իմ տված խոսքը: Ա՜խ, իմ խոսքը...
Որ ընկերքս էլ ինձ, ա՜խ, քոմակ չըլին,
Երես դարձնեն ու չըլին խոսքըմին,
Կընկնիմ սարեսար ու քո հավարին
Կըհասնիմ, դարդ չանես, քեզ մատաղ ըլիմ:
Ա՜խ, քեզ մատաղ...
Թո՛ղ մեկ էլ տեսնիմ քո սուրբ պատկերը,
քո սուրբ պատկերը.
Թո՛ղ մեկ էլ տա ինձ բաժակ քո ձեռը,
Մեկ շունչդ առնիմ, ընկնիմ սարերը,
Քեզ մատաղ անեմ իմ գլուխս, իմ օրը:
Ա՜խ, իմ գլուխս...

Ասեց ողորմելի պատանին ու սկսեց գլուխը քարին դնիլ:

Արեգակն ուզում էր մեր մտնի: Աղասին, որ թաքուն ետևիցը դուս էկել մեկ թփի տակից անկաչ էր անում, սիրտը էրվում, չուզեց ողորմելու քունը խառնի, մնաց քարի վրա նստած ու աչքը իր ազիզ ընկերի աչքին քցած՝ սկսեց իր դարդերը միտքը բերիլ, իր ջահելությունը ֆիքր անիլ ու մտքումն ասել. «Ա՜յ ջիվան, ջիվան տղա՛, լավ իմանում եմ՝ ի՞նչ թուր ա էկել, սրտիդ դեմ առել. ի՞նչ կրակ ա ընկել, լերդդ էրում ու ջիգյարդ. Բայց ի՞նչ անեմ, ընչի՞ չես սիրտդ ետ բանում, որ մեկ քո ցավդ իմանամ ու էլած կյանքս էլ քո ուղուրիդ մատաղ անեմ: Ա՜խ, լավ եմ իմանում, ա՛զիզ ջան, որ սիրո թնը երեսիդ քսվել, սիրո նետը քեզ էլ ա դիպել, բայց ընչի՞ չես պարզ ասում, որ գուխս ետ դնեմ, սիրածդ գետնի տակին էլ որ ըլի, հանեմ, ձեզ ձեր մուրազին հասցնեմ ու ես էլ ձեր ոտի տակին հոգիս տամ: Մեր ու նշանած գլխիս կրակ են ածում, սար ու ձոր ինձ, քիչ ա մնում, ուտեն, մեկ քար չունինք, որ գլխըներս վրեն դնենք, էլի դու, ո՜վ սեր, ո՜վ բնություն, ուզում ես ցույց տալ քո զորությունը: Ա՜խ, ո՞ւր կորչի մարդ, որ քո ձեռիցը պրծնի, քո ցավը չտեսնի: Առաջ վառում, բորբոքում ես մեր սիրտը, հետո էրում, խորովում, առաջ վարդի հոտով գալիս, մեր սիրտը մտնում, հետո փուշ ու սուր դառնում, մեզ կտրատում»:

Էս խոսքերը միտք անելիս՝ բիրադի անկաչն ընկավ.

— Հա՛, Հռիփսիմե ջան, քո ջանի՛ն դուրբան, քո սրբի անունը կտամ ու էգուց, էգուց Ղարսա սարերումն ինձ կտեսնիս:

Աղասու էրված սիրտն էլ հենց է՛ս էր ուզում իմանա: Էնքան կացավ, որ սիրելին քնից կշտացավ, ու իրան-իրան որ աչքը չի՛ բաց արեց Մուսեն, վրա թռավ, ճտովն ընկավ, կպցրեց նրան դոշին ու լալով ասեց.

— Ա՜խ, ա՛չքի լիս, որ սրտումդ էդպես դարդ ունիս, հենց իմանում ես՝ քա՞ր եմ, որ ինձանից բան ես թաքցնում: Չէ՛, էնպես ես կարծում, թե էս իմ խորոված ջիգյարը, որ էլ սաղ տեղ չունի, քո դարդի համար էլ տեղ չի՞ քթնիլ, քո ցավը չի՞ քաշիլ, էլած շունչս ու ումբրս քե՞զ չեմ տալ: Հենց իմանում էի՝ Աստված անից դու բան կթաքցնես, ինձանից չե՛ս թաքցնիլ: Է՞ղ ա քո սերդ ու սիրտդ: Հենց իմանում էիր, թե Աղասին էնպես մեռել ա, որ քեզ համար մեկ ա՛խ էլա չի՞ քաշիլ, քեզ համար մեկ կաթ արտասունք էլա չո՞ւնի: Հերնըմերս, դորդ ա, մահվան դուռն են հասել, նշանածս, ո՞վ ա գիտում, հողի տակին ա, թե երեսին, ամա քանի նրանց ձեռս չի՛ հասել, ե՞րբ կթողամ ձեր մեկի աչքը ցավի, ձեր մեկի մազը թեքվի: Մինչև ես մեռնիմ ո՛չ, մինչև ինձ թիքա-թիքա չանե՛ն, ձեզ կթողա՞մ, որ մեկ դուշ անց կենա գլխըներիդ վրա: Վե՛ր կաց, երեսդ սըրբիր, ինձ ուղիղ ասա՝ էդ քո ջանը հանող Հռիփսիմեն, էդ հրեշտակն ո՞վ ա, որ քեզ երևացել ա, քեզ տանջում, մաշում, ու դու մեզ բան չես ասում:

Հազար սար ու ծով մեր մեջն ըլի, էլի կթռչիմ, նրան կհանեմ, կբերեմ, թաք ըլի դու դարդ չանես, երեսիդ մեռնիմ: Ասում ես՝ Ղարս ա: Էդ հո երկու ոտը տեղ ա, դրա համար էդքան պետք է է՞րված: Վե՛ր կաց, դեռ երեխա ես, դեռ գլխիդ բաներ չի անց կացել շատ, որ մարդ ճանաչես: Վե՛ր կաց, էլ ամաչելու, գլուխը կախ անելու վախտը չի՛:

Մուսի աչք ու երեսը կրակ էր դառել ամոթու, չէ՛ր իմանում, թե իր մեծահոգի բարեկամի ո՞տներն ընկնի, թե՞ ձեռը համբուրի: Արտասունքն ու դամարի սաստիկ խփիլը ցույց էին տալիս, որ Մուսին ուզում էր ասի, լեզուն չէ՛ր բռնում, բերանը փակվում էր, պապանձվում, որ ձեն տա. ««Ա՛ղասի ջան, յա մորթի՛ր ինձ, յա սպանի՛ր էստեղ. յա ասածս արա, իմ մուրազին հասցրո՛ւ. Հռիփսիմեն որ չըլի, էլ ինձ ո՛չ կյանք ա հարկավոր, ո՛չ օր. նրա շունչը որ չառնիմ, ես ինքս իմ շունչս բերնիցս կհանեմ, կկտրեմ, նրա աչքը որ աչքիս չառնի, աչքս կփորեմ, դեն կքցեմ: Դո՛ւ ես իմ տերը, իմ Աստված ը. իմ ձեռս քո փեշն եմ քցել, յա ձեռս կտրի՛ր, յա գլուխս, յա իմ մուրազը անկատար պետք է չթողաս, պետք է ինձ սաղ-սաղ չէրես, չփոթթես»:

էսպես՝ որ ձեռք-ձեռքի ետ էին դարձել, գալիս էին, Աղասին իր սիրելու գլուխը դոշին կպցրած քաշում էր նրան, քանց թե բերում, մյուս ընկերքն էլ, որ սաղ գիշերը չէին քնել դարդու, ուրախ-ուրախ վազեցին առաջ, հենց իմացան արեգակը նոր ա բացվում, էկան, էրկուսին էլ մեջ արին ու չադիրը գնացին: Սարըցիք էլ ուզում էին, որ ուրախությունիցը հոգիները տան:

Աղասին մտածման մեջ ընկած, աչք ու ունք կիտած՝ չադիրը մտավ թե չէ, տղերքանցը իշարաթ արեց, որ ձիանը հավաքեն, յարաղ-ասպաբ հազիր անեն, որ էն գիշեր դուս պետք է գնան: Չէ՛ր ուզում, որ մարդ իմանա, վախում էր, թե իրան բռնեն, չթողան: Էն իրիկունը բոլոր սարըցոնցը գլխին հավաքեց, նրանց խոսքով արեց, որ կասկած չտանին, հազար բերնով իր շնորհակալությունը էնպես էր ուզում ցույց տա, որ նրանք ո՛չ նրա միտքը իմանան ու, թե փախած ըլի, չասեն, թե ի՞նչ վատ մարդ էր նա, որ մեկ դարտակ շնորհակալություն էլ նրանց չասեց: Էնքան աղ ու հացըները կերավ, բոլոր ոտի տակ տվեց ու վեր կացավ, փախավ: Շատ էին նրան աղաչել ու լալով ասել, թե նա նրանց միջումը մնա, իրանք իրանց կերթան, կնյազին կխնդրեն, որ իրանց ուզբաշին, իրանց կառավարիչը նա ըլի, ու ասում էին.

— Մենք գիտենք, թե ի՞նչպես հոգի կտանք քեզ, որ արարած աշխարհ իմանա, թե հայի ազգումն էլ սիրտ կա, հայումն էլ ռաշիդ տղամարդին աստծու տեղ պաշտիլ գիտեն:

Էս իրիկուն էլ գլխին ժողոված մեծ ու պստիկ էլի էն էին ասում ու վրա բերում, թե որ նա իրանց միջիցը հեռանա, աշխարք նրանց համար քանդված ա, ու նրանց աչքն էլ արեգակին ուղիղ չի՛ մտիկ տալ, նրանց սիրտն էլ լավ օր չի՛ քաշիլ: Քանի նրա ասած խոսքերը, նրա տեհած բաները տեսնին, կուզեն, որ էրթան, ջուրը թափին, նրանց օրն ու ումբրը կսևանա: Ամեն էսպես խոսք լսելիս՝ ինչ Աղասու բերնիցն էր դուս գալիս, լեզու պետք է ըլի, որ պատմի. սիրտ պետք է ըլի, որ իմանա: Տեսավ, որ անմեղ սարըցիք հենց նրա բերնին են կարոտ, ուզում են, որ սաղ գիշերը նրա կշտիցը չհեռանան, նրա մոտին նստին: Հա՛, շատն էլ էկել, գլուխը նրա գոգին էին դրել ու երեսին մտիկ անում, ասածն իմանում. աղջիկ ու հարս էլ չադրի դուռն ու դրաղն էին կտրել ու ա՛խ քաշում. տղերքանցն իշարաթ արեց, որ ձիանները հազրեն, առավոտը ֆորս պետք էր գնար, գան, մի քիչ քնին, դինջանան, ամեն բան հազիր ունենան, ու ինքն էլ գլուխը թեքեց, որ սաքի թե աչքը կպցնի, խալխը քաշվեցին, բարի գիշեր ասացին, ու ամեն մարդ իր չադիրը գնաց:

Հենց աղոթարանը կարմրատակեց, ու ամպերն սկսեցին գլխըները քիչ — քիչ սարերիցը բարձրացնիլ, տղերքը ձիանը թամքեցին, յարաղ — ասպաբ քցեցին, էկան, չադրի դռանը կանգնեցին: Աղասու ձին ոտին-գլխին էր անում: Սարերի ծաղկըները ու ջուրը նրա միսը անկաջովն էին դուս բերել, էնքան չաղացել էր: Ընչանք սարըցիք վեր կկենեին, որ իրանց կով ու ոչխար կթեն, նրանց դոնաղները մնաք բարով ասացին, ձիանոնց գլուխը ծռեցին ու թռան: Աչք էր, որ ետևներիցը մայիլ էր մնացել, սիրտ էր, որ ասում էր իր միջումն՝ երանի՛ նրան, որ էսպես զավակ, էսպես փեսեք կունենա: Սարը բարձրացան թե չէ, Աղասին, որ ման էկած սարերին ու ձորերին, իր տեսած ծաղկներին ու աղբրներին, իրան սրբի պես պաշտող անմեղ սարըցոնց օրեքանցը մտիկ չարեց, խելքը թռավ, աչքերը լցվեց ու սկսեց բարակ ձենով էս բայաթին ասել:

Բարո՛վ մնաք, բարո՛վ, սարեր ու ձորեր,
Ալվան ծաղկըներ, սիրուն աղբըրներ,
Որ ինձ պահեցիք դուք էքան օրեր,
Ա՛յ անմեղ հայեր, սիրուն աղջըկներ:
Աղասին բալքի ձեզ էլ չտեսնի,
Աղասին ձեր վրա, կըլի, էլ չքնի,
Ձեր հոտը չառնի, ձեր կշտովն չանցնի.
Ձեր ձենը չլսի, ձեզ կարոտ մեռնի:
Հալալ արե՛ք նրան ձեր աղ ու հացը,
Քանի նա ձեզ մոտ կանգնած՝ իր լացը
Ծոցն ա հավաքում, քանի աչքը բաց՝
Ձեզ միտքը բերի, օրհնի ձեր արածը:
Ա՛խ, ի՞նչ կըլեր՝ ոտս կոտրեր, էստեղ չգար,
Ձեր ազիզ երեսն չտեսներ, էսպես չլար.
Ի՞նչ կըլեր՝ Աստված ամեն մարդի տար

Ձեր անմեղությունը, ձեր հալալ պաշարն:
Երաբ, յարալու սրտիս աամծը
Կպահե՞ք ձեր մտքումն, թփե՛ր բաց էլած.
Ձեզ վրա ման գալիս՝ ձեռ-ձեռի տված
Աղջիկ ու հարսներ, ձեր մոտին նստած:
Միրո՛ւն աղբրներ, լաջվա՛րդ ծաղկըներ.
Երա՛բ, որ նրանք ձեզ քաղեն, ծոցերն
Լցնեն, հոտ քաշեն, զարդարեն դոշերն,
Իրար տան, կապեն փունջ ու պսակներ,
Մեկ-մեկու ասեն՝ մեզ չմոռանա՛ք.
Պահի՛ր էս ծաղիկն քեզ մոտ հիշատակ,
Երա՛բ, իմ լացն էլ դուք չե՞ք մոռանալ,
Ու ձեր հոտի հետ իմ սուգս նրանց տալ,
Նրանց իմ օրհնությունն, իմ խնդիրն ասիլ,
Որ ինչքան շունչս կա ու չեմ մեռնիլ,
Նրանց սերը կիշեմ, նրանց կուզեմ պաշտիլ.
Ինձ չի՛ մոռանան, ես նրանց չե՛մ քցիլ
Մտքիցս, ու նրանց սերն սրտումս կպահեմ,
Հետս ման կածեմ, հողը կտանիմ.
Աստված թո՛ղ ձեզ տա, ինչ որ ես կուզեմ,
Մնաք բարո՛վ, սարեր, էլ ձեզ տեսնիլ չե՛մ:

Մեկ տափարակ, դուզ տեղ բաց ա ըլում հանկարծ տեսնողի առաջին մեկ մեծ դաշտ՝ չորս կողմը սարերով պատած, աջ ու ձախ սնին տալիս, ու քանի զնում ա մարդ, ամպ ու դուման քաշվում, պարզում են, ու հենց իմանում ես, թե առաջիդ մեկ էնպես քաղաք ա բաց ըլում, որ հազար-հազար կենող միջումն ունի, ու ցրտի յա շոգի ձեռից բեզարած՝ ուզում ես, որ շտապիս, զնաս, մեկ Աստված աերի դռան վեր գաս, դինջանաս, էլ ետ ճամփեդ բռնես, զնաս: Մեկ տեղից ահագին բերդի պարիսպն ա քեզ խաբում, մեկ տեղից՝ զարմանալի եկեղեցքանց գըմբեթն ու մեծությունը, մյուս տեղից՝ բարձր մինարեթքը, քոշք ու սարայի գլխները: Մտքումդ ասում ես, թե էս տեսածդ մեկ մեծ, զորեղ թագավորի թախտ պետք է ըլի. էստեղ ոսկին ու արծաթն աղբի հետ պետք է խառը ընկած ըլի, էստեղ օրը հարիր քարվան ներս մտնի, հարիրը դուս գա: Հենց իմանում ես, թե ցերեկը թոզն ու դումանն ա աչքդ բռնում, գիշերը մութն ու խավարն ա քեզ խաբում, որ ինս, ջինս, մարդ, անասուն չե՛ս տեսնում, հենց ջամդաքակեր ազռավներն են աչքերիդ սևին տալիս: Մարդ չի՛ կա մոտիդ, որ հարցնես, գիր չե՛ս կարդացել, որ իմանաս. մտքիդ հետ ընկած՝ տեսածդ հրաշք կարծելով յա աչքակապություն, որ հանկարծ գլուխդ չես բարձրացնում, ա՛խ, սի՛րելի իմ հայազգի, ջանդ դող ա ընկնում, կոներդ թուլանում: Հենց իմանում ես, թե մեկ վիշապ յա մեկ հարամի հենց էն սհաթին ա մտել ու բոլոր կենողներին յա կուլ տվել, յա սուրը քաշել, յա գերի արել, ինքն էլ փախել: Ուզում ես, որ աչքդ խփես, ետ դառնաս;

Ա՛խ, չէ՛, չէ՛, ետ մի դառնալ, էստեղանց ծուխը հազար տարուց ավելի ա, որ կտրվել ա. Կա՛ց, մի վախենալ, անշունչ քարերն ու եկեղեցիքը մարդակեր չե՛ն: Աչքդ բա՛ց արա, սիրտդ քե՛զ հավաքիր ու գըլխիդ վա՛յ տուր: Է՛ս սրբատաշ տաճարները, է՛ս սհազին բերդը, է՛ս քարերը քեզ կասեն, թե սա է գոռզն Անի, քո թագավորների հզոր մայրաքաղաքը, որ էնքան էր իր հարստությունովը, իր փառքովը փարթամացել, ճոխացել, մեծամտել, որ չոբանն էլ եկեղեցի էր շինում, ոչխարածն էլ արծաթե նալչով, սաղրի քոշերով ման գալիս, ուզվորն էլ հացի տեղակ՝ փլավ, դանդ ու շաքար, սև փողի տեղակ արծաթ ու ոսկի պահանջում, որ եկեղեցի մտած ժամանակ էլ էնքան էին նրանք Աստված մոռացել, որ կարճ վարդապետ գալիս՝ բարձր գրքակալ էին զնում, բարձր եպիսկոպոս ըլելիս՝ ցած գրքակալ դուս բերում, որ յա ձգվին, յա կռանան, յա չոքին, յա գիրքը չտեսնին, ու իրանք ծիծաղին, աստուծո տաճարումը քեֆ անեն: Բայց սուրբն Հովհան Երզնկացի հանաք չվերցնելով՝ մեկ օր օրհնած բերանը բաց արեց, երկիրը տրաքեցավ, տակըվեր էլավ, խալխը ցրվեցին, փախան՝ որը Ղրիմ, որը Պոլշա. Էս անշունչ քարերը մնացին ցից-ցից, հազար եկեղեցուցը իլինգը մնացին շեն. տաճարք, ապարանք, զանձ, հարստություն անեծքի փայ էլավ, հողը մտավ հայոց ազգի մնացած փառքն էլ, ու մինչև էսօր էլ երկրի ձենը գալիս ա: Գող, ավազակ են միջումը բուն դնում, նրանց բանն Աստված հաջողում ա, նրանք չե՛ն տակով ըլում, ու

Աստված էնքան իր գութը հայերիցը պակասացրեց, որ էնքան անմեղ հոգիքը, էնքան միլիոնավոր մարդիկ մեկ սհաթումը մեկ սևագլխի խոսքով ջնջեց, Հայոց Տունը քանդեց, էլած փառքն էլ ձեռիցը խլեց, որ գնա, էսպես երերյալ, տատանյալ մնա աշխարքիս երեսին:

— Լա՛ց գլուխդ ա՛նցավոր, տե՛ս, թե աստուծո դատաստանն ի՞նչպես արդար է. կարգավոր տեսածին պես ոտները ջուր արա՛, խմի՛ր, որ էսպես քաղաքը անեծքով քանդեցին, ու էսօր էլ քանդողին եկեղեցումը տոնում են: Դու չե՛ս իմանում, որ նրա անունը տաս, սուրբ աղոթքն ու բարեխոսությունն հիշես, որ քեզ էլ չանիծի, քու որդիքը պահի, մեծացնի: Նրա տոնի օրը լավ մտքումդ տպավորի, ի՞նչ կանես Անի քաղաքի անունը: Նա քանդվեց, պրծավ, ամա սուրբը քեզ միշտ օգնական ու բարեխոս կըլի:

Ղրաղին կանգնել ես, ձեռդ ծոցդ դրել,
Խելքդ ցնորվել, լեզուդ պապանձվել.
Ո՞վ էսքան հրաշք տեսավ, վայելեց:
«Երա՞զ եմ տեսնում, քնա՞ծ եմ, ա՞չքս ինձ խաբեց»,
Ասում ես մտքումդ, ուշագնաց ըլում:
Հո նո՞ր են սրանք, բաս սրանց միջումն
Ընչի՞ չկա ձեն, ընչի՞ են լռվել—
Ա՛խ, թշնամյաց սուրն ա նրանց վերջացրել:
Հմիկ հավատո՞ւմ ես, ա՛յ իմ խեղճ ազգ,
Թե քո երկրումն բյուր էսպես քաղաք
Կամ կրակով փչացան, կամ սուրը քաշվեցին,
Ու քեզ չոր քարեր մենակ թողեցին,
Որ տեսնիս ու լաս, տաս քո գլխիդ վա՛յ.
Խելքդ ժողովես, լինիս կտրիճ հայ,
Ռուսաց հզոր, քաջ ձեռի տակին
Փոքր դինջանաս ու քո աշխարքին
Մուղայիթ կենաս, արյունդ թափես,
Քո ազգը պահես, քեզ անուն ճարես:

Հանգստարանի ձեն էր գալիս, որ մեր ճամփորդքը

գիշերվա կեսին էստեղ հասան: Լավ կտրիճ մարդ պետք է ըլի, որ էս ժամանակին էսպես չոլ, յաբանի տեղը սիրտ անի, մտնի: Կարելի է, թե մեր բեզարած ճամփորդքն էլ էստեղ չէին հասել, թե գիշերվան լիսնյակի լիսը, էս տաճարների, բրջերի գլուխը ու իրանց տգիտությունը նրանց չէին խաբել, էս տարտարոսը քցել: Անու քաղաքի անունն էլ չէ՛ին լսել, ո՞ւր մնա իմանային, թե նրա խարաբեքը դեռ աշխարքումս կան: Հեռըվանց որ ցից — ցից տների գլուխը չտեսան, ռսի հողիցը դուս էին էկել, հարամու հողը էլ ետ մտել: Ղորդ ա, աքլորի ձեն չէ՛ր գալիս, ամա սարերի չոբանի շների ձենը լսելով՝ էլ մտիկ չարին, զո՛ւ քաշեցին ու, քու դուշմանի գլխին չի գա, որ չմտան էս լուռ, տխուր պարսպների մեջը, հենց իմացան, թե մեկ մեռլատուն կամ գերեզմանատուն ընկան, ու ամեն մեկ ձիու ոտի շփլթոցը յա իրանց քաշած շունչը սար ու ձոր կատաղացնում ա:

Ամեն մարդ փորձած կըլի, որ մութը ժամանակի մարդ, որ մեկ գերեզմանատան կամ մեկ քանդված եկեղեցու դրաղով էլ ա անց կենում, սիրտը թուլանում ա, ջանը զարզանդում, հազար միտք հոգին կտրատում, քարերն էլ դև համարում ա հարամի, որ իրան կամենում են ուտիլ, շատ անգամ ուշագնա էլ ա ըլում: Սրա պատճառը բոլոր էս ա, որ մարդ սովոր ա, ինչ տեղ տուն ա տեսնում յա շինություն, կարծելով, թե մարդ էլ կըլի, ու ետո, որ ձեն չի լսում, էնպես կարծում ա, թե անպատճառ չար հոգիք են էնտեղ բնակում. թե չէ մեռելի չոր մարմինը յա խարաբա պատերը ի՞նչ զորություն ունին, որ մեզ ի՞նչ անեն: էլ ո՞վ սիրտ կաներ ասպա կամ եկեղեցու մոտանա, յա մեկ բուրջ մտնի, էն էլ է՛ն երկրումը, որ ամեն քարի տակի հարիր գլուխ էր կտրվում, ամեն մեկ ձորում հազար լաշ հոգին զոռով տալիս:

— Տղե՛րք, չար սատանի թուրը գլխներիս խաղում ա, — ձեն տվեց պինդ սրտով քաջն Աղասին: — Տղամարդությունն էսպես տեղը մալում կանի. Յարաղ — ասպաբ հազրեցե՛ք, ձիանոնցը դինջացրե՛ք, որ թե Աստված տա, մինչև առավոտը գլխներս վրըներս ըլի, տեսնինք, թե էս ո՞ր գեղարգյալմազն ընկանք: Նամարդությունը էլ ձեռք չի՛ տալ. Ձիանները ջրեցե՛ք, քաշեցե՛ք մեկ պատի տակ, ես մեկ շունս առնիմ, յավաշ-յավաշ մեկ աչք ածեմ, տեսնիմ, թե տեղըներս ռահա՞թ ա, թե՞ էլի սրով ու արնով պետք է յա գլուխ պահենք, յա գլուխ կտրենք:

Շատ էլ խնդրեցին ընկերքը, որ չանի, անկաջ չարեց, թվանքն ուսին դրեց, փշտոբերը հազրեց, սուրբ Սարգսի անունը տվեց ու ոտը փոխեց:

Գիժ կըլի էն տղամարդը, որ իր գլուխը մահու կտա, ամա Աղասին իր գըլխիցը վաղուց էր, ձեռք վեր առել: Հավատարիմ շունը գլուխը նրա ոտիցը չէր հեռացնում, մեկ հոտ առնելիս յա շփըլթու իմանալիս կանգնում էր, ետի ոտների մինն էլ ցցում, երկար վախտ անկաջ դնում, հետո երըմիշ ըլում:

Հենց մի քիչ հեռացան թե չէ, մեկ եկեղեցու դռնից կրակի լիսն ընկավ Աղասու աչքը. արինն աչքն առած՝ էլ միտք չարեց, թե էսպես տեղը, գողից, հարամուց ավելի ուրիշ օքմին չի՛ ըլիլ, թուշ կրակի վրա զնաց: Աստված հեռու տանի, ինչ նա տեսավ, տասը քուրդ եկեղեցու մեջտեղը կրակ էին արել, չորս կողմը նստել, խորոված էին անում, շամփըրներով բերանները քաշում, ուտում, խնդում ու աչքները օյաղ որսկանի շան պես յա դուռը քցում, յա պուճախը: Հարամին ինչքան զազան էլ ըլի, շատ անգամ իր շվաքիցն էլ կվախենա: Ընչանք նրանք կրակի մոտիցը ձեռները աչքներին կդնեին ու դռան դարալթուն կտեսնեին, Աղասին յավաշ — յավաշ ներս մտավ, ծանր դեմքով, առանց բարով տալու կրակին մոտացավ ու ձեռը մեկնեց, որ մեկ խորովածի շամփուր էլ ինքը քաշի: Նրա դեղնած, մեռելի պատկերը, նրա անահ շարժմունքն ու էնպես անժամանակ վախտը ներս գալը որ չտեսան քրդերը, հենց իմացան, թե նա էն աշխարքիցն ա վեր էկել, լեզվըները չորացան, ձեռըները թուլացավ: Ի՞նչ կկարծեին, թե էն հաղաղին ինսանաորդի մեն մենակ սիրտ կաներ էն ավազականոցը մտներ, որ ցերեկն էլ հարիր մարդ զարզանդում էին՝ մոտովն անց կենան, որ հազար տարուց ավելի՝ էր ինսանաորդի սիրտ չէր անում, որ զա, էն հազիր շինած տներումը կենա: Հենց գիտես, թե մարդիկ չըլին առաջին. աչքը խոժոռած՝ մեկ դես քցեց, մեկ դեն, քրդերեն էլ չգիտեր, որ մեկ բառ էլա խոսի, բայց է՛ս էր, որ նրան պրծացրուց, չունքի թե խոսացել էր, կիմանային, որ մարդ ա, դև չի՛, թիքա-թիքա կանեին, մեկ շամփուր խորովածի որը կերավ, որն էլ ետ կրակը քցեց, տաճարի հիանալի շինվածքին ու գեղեցկությանը մտիկ արեց ու գլուխը ժաժ տվեց. քրդերը փետացած՝ մնացել էին նստած, աչքը որ հանկարծ նրանց վրա չխոժոռեց, ամեն մեկը տեղնուտեղը ուզեցավ, որ հալչի, էնքան էսպես նրանց աչքը մոխիր ածեց, որ ընկերների ոտի շփլթուն իմացավ, ու շունը ուրախ — ուրախ ներս ընկավ, ոտներովը փաթաթվեցավ: Հենց շունը տեսան հարամիքը թե չէ, աչքների փառը վեր ընկավ, ամեն մարդ թրին վրա վազեց, որ նրան փառչալամիշ անի. առաջի թուր վրա բերողի գլուխը կես էլավ. փիշտովների երկուսն էլ իրանց ֆորսը ճարեցին, ու ղամեն ձեռն առած որ գոռաց ո՛չ՝

— Տղե՛րք, ձեր արնին դուրբան, Աստված մեր կողմն ա. դուռը կըտրեցե՛ք, որ սրանց մատաղն էս գիշեր անե՛նք...

Հայի լեզուն որ բաց չէլավ, հենց բռնես, պատերը լեզու առան:

— Ամա՛ն, ձեր էկած հողին դուրբա՛ն, ճար ունի՞ք, տեսե՛ք, մեզ ազատեցե՛ք, տնով — տեղով ձեզ եսիր կդառնա՛նք:

Տասը տասնըհինգ քրդստանցի հայ էլ որ էս կողմից, էն կողմից գլուխ չի՛ բարձրացրին ու քրդերի մնացած թրերն ու մզրախները ձեռք առան, քրդերի աստղը թեքվեցավ. ութը կոտորվել էին, երկուսը մնացել յարալու ընկած: Սրանց էլ կապեցին մեկ ձիու բիրի վրա, ու աչքդ բարին տեսնի. ոչինչ սիաթի մարդի քաջությունը էն բարերարությունը չի՛ արել, ինչպես հիմիկ: Աղջիկ սևև, տղա, հարսը, երեխա, ծծկեր հազար չվանով կապած տուն էին արել, Ղարսա գեղերիցը եսիր բերել, որ տանին յա սարդարին փեշքաշ անեն, յա Ախըլցխա ծախեն: Ո՞ւմ էսպես սիաթին մարդ կյանք տա, որ նրա առաջին ծունր չդնեն, երկրպագություն չանեն: Բայց հսկայն Աղասի ինքն էր ընկնում նրանց ճտովը. ինքը նրանց կապը ետ անում, ինքը երեխին ջոկ, մորը ջոկ սիրում, գուրգուրում, որ աստծուն փառք տան, սուրբ Սարգսին խունկ ու մոմ վառեն, թե չէ էս իր հունարը չէ՛ր: Ոչի՛նչ գիշեր էն լիսը, էն կյանքը չի՛ տեսել, չի՛ քաշել, ինչպես՝ էս: Ազատվողք թե ազատողք, իրար տեսնելիս, հենց իմանում էին, թե երկընքումն են ու ո՛չ երկրումս:

Փոքր-ինչ որ դինջացան, աչքդ բարին տեսնի: Քրդերի շորերն, ասպաբն, ձի ռախտը ու խուրջինները որ բաց չարին, հազար արնի գին կար միջըներումը, ամեն մեկի վրա հարիր թումանի զինքս, արծաթ ու ոսկի, թո՛ղ նաղդ փողը: Աղասին ո՛չ մեկին էլա մտիկ չարեց, դրկեց, ձիանը բերել տվեց, ներս քաշեց ու քրդստանցի հայերին հարցրեց, որ իրան միամտացնեն, թե էն գիշերը կարո՞ղ են էնտեղ ռհաթ մնալ, թե ո՛չ:

— Աղա՛, զլուխդ, արևուդ դուրբան, վալլախա, չընք զինա, թե էս շան լաջերիցն էլ կա՞ն, թե՞ չէ. ամա օյաղությունն աղեկ է: Սրանց չանգիցը շունը չի՛ խլսի, մարդն իմ ա՞լ կխլսի: Մզա աստծուն փառք, խազար էնպես ջանավար մեր առաջը զան, զէնոնց խերն անիծեմ, մեկ թուր տո՛ւր մեր ձեռը, մենք զինանք, թե իմա՞լ քո ճակատը պարզ կէնենք: Մեր ամեն մեկը, սուրբ Կարապետ զինա, էսոնց տասնին խավի պես կծալի, տակը կքաշի: Դու դարտ մի՛ արա: Ռահաթ պարկի, մեր երեսը ողացդ հողն ըլի: էսոնց քոքը կտրվի. քանց շուն շատ են, քանց զել՝ առավել: Թե մեզ կխարցնես, մենք էմլա խեյրաթ կտեսնինք, որ մեր կես պարկի, կես դարավուլ քաշի: Էս ձորեր խանա լիքն են:

Հենց էս մասլըհաթին էին, մեկ էլ էն տեսան, որ ձիավորի ոտի ձեն ա զալիս: Արիասիրտն Աղասի միտք արեց, որ սրանք նրանց ընկերները պետք է ըլին, ական թոթափել, երեխա, օղլուշաղ դրաղ քաշեց, հազար անգամ ձեռն էստուր «էնտուր» բերնին դրեց, որ ձեն չհանեն, երկու քրդին էլ բերան, ձեռ, ոտք դիա ղայիմ կապեց ու մեկ իգիթ քրդստանցու՝ թուրը հանած, վրըները կաղնացրուց, մյուս քրդստանցոնցը կրակի չորս կողմը նստացրուց, որ կարծիք չընկնին, ու ինքը իր ռաշիդ տղերքանցովը եկեղեցու դռան աջ ու ձախ կողմը կտրեցին, թուրները հանած պատնըդուս ցցվեցին ու թշնամուն ճամփա տվին:

«Լո՛, լո՛ ...» ձեն տալով՝ քանից ավելի ձիավոր ժամի դռանը վեր էկան, բալուր տվին մեկ-երկուսի ձեռքը, որ ման ածեն: Հայի երեխեքանց ու կնանոնց սուգ ու շիվանի ձենը որ ժամը չէ՛ր ընկնում, պատերն էլ սուգ էին անում. բայց խեղճերը չէին իմանում, թե ի՞նչ բարի հրեշտակ ա Աստված նրանց համար ուղարկել: Հենց գյուռ արած, որ ղալմաղալ անելով ներս չընկան, էլ չիմացան, թե մարդ ա, որ իրանց գլուխը կոտրում ա, դն կարծեցին կամ սուրբ. էլ թրի, մզրախի յա ղալխանի վախտ չէ՛ր: Քրդստանցի հայերը մաջալ էլ չտվին աջամի հայերին, շատին հենց կրակի շամփուրն կամ թերէրեցն էին բերանը կոխում, գլխին, դոշին քարով, փետով ծեծում, որ շուտ չմեռնին ու տանջվին: Էլի Աղասին էր, որ էս կատաղությանը չափ դրեց, սպանածներին դուս ածիլ տվեց, ու որը սաղ էին յա յարալու, ձեռ ու ոտք կապիլ տվեց ու դրաղ քաշիլ տվեց:

— Աղա՛, մեր տուն քագող էսոնք են, էսոնց խոր տունը քագվի, էսոնք մեր ճիժը ու մանչ խատացրին, թո՛րկ, թո՛րկ, էսոնց սատանի կեր անենք, էսոնց խոր գաղտը գյոռբագյոռ ըլի:

Թո՛ղ կարդացողը ինքը միտք անի, թե էս գիշեր ի՞նչ գիշեր կըլեր էս ջրատար եսրների համար, որ ամեն մեկ ոտք փոխելիս՝ իրանց մահին էին տեսել, իրանց մահին էին սպասում, թե ի՞նչ սրտով նրանք աղոթք կանեին, ի՞նչ հոգով իրար կնայեին ու աստծուն փառք կտային: Հենց էն կոտրելու ժամանակին էր Աղասին դուս թռել, էն դռան երկու քրդի մընին էլ սպանել, մյուսը փախցըրել, ու խեղճ հայի էրեխեքանց աչքերի ու ձեռների լյապը իրան ձեռովն ետ արել, իրան ուսին ներս տարել: Զարմացած, մահի դուռը գնացած ու ետ եկած հայերը որ աչքըները բաց չարին, իրանց ազատողին տեսան, ուզում էին ոտներն արտասնքով լվանան, բայց համեստ պատանին հենց էն էր խնդրում, թե աստծուն փառք տան, սուրբ

Սարգսի անունն հիշեն: Տեսնելով, որ քրդստանցիք սուրբ Կարապետին ավելի են ճանաչում, ասեց.

— Թո՛ղ էդպես ըլի, սուրբ Կարապետին հիշեցե՛ք: Սրբերը չե՛ն խռովիլ յա նախանձ պահիլ: Ո՞վ ըլի՝ նրա զորությունն ու բարեխոսությունն շատ ա:

Աղասու սիրտը վկայում էր, թե էն գիշերը էլ փորձանք չի կա. բոլորին էլ խնդրեց, որ չոքին, աղոթք անեն: Նրանց բախտից՝ եսների միջումը տերտեր էլ կար, տիրացու էլ: Սրանք սկսեցին առավոտվան ժամը, ու Անի քաղաքը, հազար տարուց ավելի, որ ո՛չ ժամ էր տեսել ո՛չ աղոթքի ձեն լսել, էս գիշեր հենց իմացավ, թե իրան երևելի, շքեղ թագավորազունքը կրկին վեր են կացել, իրա հողն օրհնում, իրա ջուրն զովաբանում, որ հայ ազգը էլ չհավատա, թե իրան Աստված էնպես ա անիծել, որ էլ մարդ չի՛ կարող նրա միջումը կենալ: Ո՛չ երկիրը քանդվեցավ, ո՛չ երկինքը փուլ էկավ: Քրդստանցիք իրանք էլ էին մնացել զարմացած, թե էն ի՞նչ անճոռնի ասություն պետք է ըլեր, որ մինչև էն օրը սրտըներումը հաստատ տպավորել էին:

Առավոտը որ լուսացավ, Աղասու աչքը մնացել էր սառած: Չէ՛ր իմանում՝ աչքին հավատա, թե ո՛չ: Եկեղեցի, պարիսպ, բերդ, մինարեթ՝ էնքա՛ն նոր, էնքա՛ն պայծառաշեն ու անբնակ: Կարդալ չէ՛ր գիտում, որ միտքը բերի, թե էս ի՞նչ քաղաք պետք է ըլի. տերտերին որ չի՛ կանչեց ու պատմությունն իմացավ, խելքը գլխիցը թռավ.

— Վա՜յ իմ օրին, արևին, մեր ազգն էսպես քաղաքներ ա ունեցել, էսպես մեծություն ու հմիկ ամենն էլ կորցրել, հարամու ձեռին գերի ա մնացել, — ասեց հսկայն լալով: — Չէ՛, տեր հա՛յր, մեզ Աստված ա բերել էստեղ. Աստված մեր թրին, մեր կռանը ղվաթ տվե՛ց, որ մեկ գիշեր էսքան բաներ արինք, էն Աստված և էլ էնքան կարողություն ունի, որ մեզ միշտ հաջողի. հարամություն հո չե՞նք անում, որ նա բարկանա, հարամու ոտն ենք կտրում, աստուծո ստեղծվածը ազատում: Մնանք էս սուրբ հողումը, մեր սուրբ թագավորաց գերեզմանը, մեր սուրբ եկեղեցիքը ազատենք գողի, ավազակի ոտքից: Հարըրից ավել ենք հիմիկ: Ի՛նչ ձեռք ենք քցել, ձեզ ըլի: Մնա՛նք էստեղ, յա մենք էլ մեր արինը մեր սուրբ թագավորաց հողի վրա թափենք, յա քիչ-քիչ նրանց քաղաքն էլ ետ պայծառացնենք: Տուն կա, ջուրը՝ բոլ, հանդը, դաշտը՝ մեծ, մեկի տեղակ հինգ զարմանալի եկեղեցիք. քարի տակիցը ոզղ կհանեմ, ձեզ կպահեմ:

Բայց՝ թե քարին ասած, թե մեր քրդստանցի հայերին: Կռվում, ղորդ ա, ամեն մեկը մեկ աժդահա, բայց ինչ գրումը գրած ա, նրա շլինքը տու՛ր, նրան ուրիշ բան մի՛ ասիլ: Մեռնիս էլ, նա իր ասածը կանի, էնքան կողքը հաստ ա:

— Իմ ա՞լ կեղնի, անիծած խողում վո՞վ կմնա՛: Հայսմավուրքն սուտ իմա՞լ կխոսի: Մեր վիզը զարկես, մեր ջանը խանես, վալլախա, էս չոլում կեցող հմլա մեկն էլա չեղնի, չեղնի: Խազար տարի խա ասա՛, խա գլուխդ ի քարին զարկի: Մենք չընք կենա, չընք գինա: Ինչ կասես՝ ասա՛: Մենք մեր խողը չընք թողա:

— Չե՛ք թողալ, Աստված ձեզ հետ: Մեր աստղը մեկ անգամ ծովել ա: Մարդ ինքն իր գլուխը որ թրի տակը դնի, էլ ո՞ւմ բանն ա կտրվել նրան քոմակ անի: Էսպես արինք, որ մեր տունը քանդվեց, է՛: Գնացե՛ք Աստված բարի ճանապարհ տա ու ձեր սիրտը մեկ լիս քցի, որ ձեր խերն ու շառն իմանաք: Ես իմ տղերքանցովն էս տեղանից էլ դուս գալու չե՛մ: Թե ձեզանից էլ ուզող կըլի, որ ինձ հետ միանա, իմ ախպերն ա, իմ աչքի լիսը: Մեկ թիքա ունենամ, կեսը նրան կտամ, ինձ համար աշխարքն յա ըլի, յա չըլի:

Ասեց ու հրամայեց, որ ինչ ճարել են, հավասար ճոթ անեն: Ինքը մատն էլա մի բանի վրա չդրեց, բայց թուր ու ասպաբ հրամայեց, որ վերցնեն, բոլոր ընկերներին մեկ-մեկ ձեռք քրդի շոր հաքցրեց, որ շուտով չճանաչեն, ամեն մեկին մեկ ձի էլ բաշխեց: Էս որ տեսան, քանիից ավելի ջահիլ, կտրիճ տղերք կանգնեցին, խնդրեցին, որ իրանց էլ ընկեր շինի, նրանց էլ գլխին հավաքեց, սրբություն առավ ու մյուսներին լալով խելիմ տեղ էլ տարավ, ճամփու քցեց ու ինքը իր ընկերտանցովը ետ դառավ, փոքր հաց կերան, պարիսպ, եկեղեցի բոլոր իսկույն ման էկավ, ու հարավային քարափի գլխի բուրջը իստակել տվեց, մեկ-երկու հոգի Շորագյալ ուղարկեց, որ գնան, հաց առնեն, ու ինքը՝ սիրտն ու թոքն էրված պատանին, ընկավ քաղաքի ամեն ճամփեն ու խոռը, ամեն քունջն ու պուճախն աչքի տակ առավ, տեղի ղայիմությունը ու վտանգավոր կողմը լավ վարավուրդ արեց ու բեզարած, ջարդված էլ ետ վեր էլավ, ձորիցը դուս էկավ, ղրաղ քաշվեց, մեկ բրջի վրա նստեց, Արփաչային ու արեզակի մտնելուն նայեց, աղլուխը ձեռն առավ ու էս բայաթին ասեց.

Ա՜խ, վաթան, վաթան, քու հողին դուրբան,
Քո ծխին դուրբան, քո ջրին դուրբան.
Է՞ս փառքն ունեիր, է՞ս պատիվն առաջ,
Որ հիմիկ ավերվել, մնացել ես անջան:
Ե՞րբ միտք կանեի, թե էս հողերը,
էս դաշտն ու սարեր, էս սուրբ ձորերը
էնպես մեծություն, էնպես լավ օրեր
Քաշել են, մնացել, ա՜խ, հիմիկ անտեր:
Ո՞ւր ձեր տերերը, թագավորները,
Ձեր պահողները, ձեր իշխանները.
Ընչի՞ մեզ թողին իրանց որբերը
Ու ձեռք վերցրին, թողին էս քարերը:
Ձեր գերեզմանը, ա՜խ, ձեր լիս հողը,
Որ հիմիկ չի տեսնում ձեր կորած թոռը,
Կրակ է ընկնում ջանն ու ոսկերքը,
Ուզում ա ձեզ հետ պարզի իր ոտքը:
Ընչի՞ ձեր վախտը աչքս բաց չարի,
Մարմինս հողին, ջանս ձեզ չտվի,
Որ հիմիկ էսպես չթռչեի, չգայի,
Ձեր հողը չտեսնեի, ձեր վրա չլայի:
Հող ունինք՝ խլած, կյանք ունինք՝ մեռած,
Ա՜խ, թրի, կրակի մենք եսիր դառած.
Ո՜չ երկինքն տեսնի մեր սուգն ու լացն,

Ո՛չ երկիրն պատովի, մեզ տանի ցած:
Ի՞նչ կըլի մեկ էլ գլուխ բարձրացնեք,
Ձեր որդիքը տեսնեք, նրանց ցավը քաշեք,
Ձեր արինախառն աշխարին ազատեք,
Յա մեզ էլ ձեզ հետ հողը տանիք, պահեք:
Աչքս բաց արի, խարաբա տեսա.
Ա՛խ, ո՞վ գիտեր, թե մեր ազգի վրա
Սարեր են էլել, հիմիկ բրիշակ,
Մեզ տակով չարել, որ էլ խեղճ չմնանք:
Ա՛խ, մեր սիրտն էսպես ընչի՞ հովացել,
Արինը ցամաքել, մեր կուռը թուլացել,
Երաբ կտեսնի՞մ, ա՛խ, ես մեկ օր էլ,
Մեր սուրբ երկիրը թշնամուցն ազատիլ:
Էն ի՞նչ շունչ կըլի, որ էս նոր հոգին
Փչի՛, վեր կացնի ք՛նից մեր ազգին.
Էն ի՞նչ ձեռք կըլի, որ մեր աշխարքին
Էլ ետ սիրտ տա ու կանգնացնի՛ կրկին:
Ա՛խ, ես էն ձեռին կյանքս ղուրբան կանեմ.
Էն կոխած հալին երեսս կքսեմ.
Ապրիմ, իմ արինս նրան մատաղ կանեմ.
Մեռնիմ, հողիցն էլ ես նրան միշտ կօրհնեմ:
Կանգնել ես էդպես, գլուխդ ամպին խփած՝
Ա՛յ խեղճ հալևոր, երեսդ փակած.
Ի՞նչ կըլեր, Մասի՛ս, ա՛խ, դեռ աչքդ բաց
Մրի չտայիր քո որդիքն էրված:

Արեգակն սկսել էր, որ մեր մտնի: Մութն էն ա գետինը առավ: Էսպես նստած սուգ էր անում մեր տարագիր Աղասին ու իր ու մեր սև օրը լաց ըլում, որ հանկարծ աչքը ձորին ընկավ, աչքը սևացավ: Հինգ հարիր ձիավորից ավելի՝ թարաքյամա, քուրդ, Ղարսա ղզիցը հազարից ավելի քյուլֆաթ, մալ, իլխի, ոչխար առաջ էին արել ու վկր հատելով՝ սարիցը ձորն արին, որ տանեն Երևան՝ յա սպանեն, յա ծախեն, յա թուրքացնեն: Շատին էնքան թակել, հետ էին ածել, որ ջանումն էլ թաղաթ չէ՛ր մնացել: Ամեն մեկ ձիավոր մեկ ջահել տղա կամ աղջիկ գավակն էր առել, ձեռն ու ոտ հազրել, որ էն գիշերը յա նրանց անմեղ հոգին ապականի, յա սրի, կրակի դուրբան անի: Հենց նստած տեղիցը ընկերներին ուսուլով ձեռով արեց, որ տեղըներիցը չշարժին, ինքն էլ քարափնըվեր կուզըկուզ նրանց մոտ հասավ, որ հարամին չտեսնի, իր պատրաստությունը չանի:

Էնքան կացան, որ թշնամիքն էկան, գետի դրաղին վեր էկան, թըրները, երեսները լվացին, նամազները արին ու իրանց Սաղայելի նոքարներին հրամայեցին, որ ինչ բեզարած, հալևոր, պառավ մարդ ու կին կա, աչք ու ձեռք կապեն, բերեն իրանց առաջին, կարգավ չոքացնեն, որ իրիկնահացն ուտեն, պրծնին ու նրանց անմեղ գլուխը իրանց մուռտառ սրտին մատաղ անեն:

Էլ չթողին էլա, որ հեր ու որդի, յա մեր ու աղջիկ, իրանց ետին բարովն ասեն, իրար մի համբուրեն, մի օրհնեն, իրար մի փարվին. թրի ոռքով վեր հատելով՝ հրամանը կատարեցին ու բերին, ողորմելիքը իրար մոտ չոքացրին:

Աստված ո՛չ շհանց տա, ի՞նչ նրանց քոռփա էրեխեքն անում էին. ջուրն էին ուզում ընկնիլ, քարերը պոկում, գլխըներին էին տալիս, բողազները թրին դեմ էին անում, որ մեկ թողան էլա, իրանց հորնըմոր երեսը յա ձեռը համբուրեն, բայց շատի թեից որ չէին վեր քաշում, գետնին խփում, հենց էն սհաթը հոգին հետը յա դուս էր գալիս, յա էնպես բանհոգի մնում վեր ընկած, գետնին կպած: Ողորմելի ծնողքն էն հալին էլի է՛ն ասում, աղաչանք անում, որ որդիքը մեռնին, սրին, կրակին տան իրանց գլուխը ու իրանց հավատը չուրանան: Էսպես՝ հեռըվանց խոսալիս էլ էնպես էին խփում գլխըներին, որ աչքըների լսին կրակ էր տալիս: Ընչանք նրանք մեկ քանի ոչխար կմորթեին, կքերթեին, ու կրակը չաղ կըլեր, սար ու ձոր մութն առավ. մեր քաջ հայեր՛ը թուր ու թվանք հազիր արին, չոքեցին, աղի արտասունքով իրանց աղոթքն արին, վեր կացան, իրար ճտով ընկան, իրար ետին բարովն ասացին, ձիանները թամքած՝ մեկին պահ տվին, ու իրանք աստծու անունը տվին, ճամփու ընկան, ամա էնպես ճամփով, էնպես տեղով, որ դուշը չէր իմանալ: Հինգը մեկ կողմից գնաց, հինգը՝ մյուսից, էն մնացած տասը հոգին էլ էնպես պետք է գային, որ բոլոր մեջ անեին, թրի առաջը ընկածը կոտորեին, սաղ բռնածը եսիր անեին ու, որքան կարելին ա, հայերին արձակեին, որ քոմակ անեն, իրանց թուր ու թվանք տային, չունքի ամեն մեկը ամեն յարաղիցն էլ ջուխտ-ջուխտ ունեին: Չորս քուրդ էլ, որ բռնել էին, Աղասին ինքը վերցրեց, չունքի նրանք օրթում էին կերել մինչև մահը նրա ձեռի տակիցը չհեռանան, ու նրանց միջումը օրթումը սուրբ ա: էսպես բոլորը քսանըչորս մարդ, պետք է հինգ հարիր մարդի հախիցը գային: Լողը չի զարմանա, թե ի՞նչպես կարելի ա: Քաջությունն սրտիցն ա կախված. մեկ էլ որ ինչ. — «քան» կուզե թշնամին շատ ըլի, հանկարծ վրա տալիս, է՛ն էլ գիշերը, ի՞նչ ա իմանում դիմացի կռվողի շատությունն ու քչությունն: Սրանից զյուման, Աղասին պատվեր էր տվել, որ հայերեն յա թուրքերեն հեչ չխոսան, քրդերեն հարայ տան, հավար կանչեն, ու էնքան եսիր արած հայի միջումն ի՞նչպես կըլեր, որ մեկ-երկու հարիր տղամարդ չըլեր, որ սուր չունեին էնդուր համար էին խղճացել: Հենց էն սուփրի ու խորովածի չաղ ժամանակը, էն վախտը, որ ամեն մարդ յարաղ-ասպաբ վեր քցած՝ իր ֆորսի ետևիցն էր ընկել, որ նրան ձեռք քցի, թվանքների տրաքիլը, տասնըհինգ-քսան հարամու հոգին տալը, ձիանոց խառնվիլը ու հարամու փախչիլը մեկ էլավ: Աղասին, իր ընկերների կեսը վրեն, ձորի ճամփեն էր կտրել մյուս կեսը՝ հարիրից ավելի հայ բաց արած, քամակներին քցած, ձորի ետևը: Մեկ քսան-երեսուն մարդ էլ վրա թռան, էն խեղճ չոքածների աչք ու ձեռներ ետ արին, ու էս հալևոր աժդըհնքը, որ կռվումն էր ւմազերն սիպտակել, թուր որ չտեսան ձեռըներին, ասլան դառան. որը միջիցը, որը ձորի քամակիցն ու ետևիցը էն կարկուտն աձեցին թշնամու գլխին, որ Աստված ո՛չ շհանց տա:

Ղարսցի հայերը էս ձորերի քարերն էլ ունեին համարած, ինչ տեղ փշտով, թվանք էր տրաքում յա թուր խաղում, առանց դոշի ու գլխի չէ՛ր անց կենում: Մենակ Նաղի խանը ու Օքյուզ աղեն, ինչպես որ էլավ, գլխըները թափեցին, ձիանները ձեռք քցեցին ու մեկ քանի մարդով դուս փախան: Մնացածը, ինչ կոտորվել էին՝ կոտորվել, ինչ չէ, մնացել ձորի միջումն, ոչխարի պես չոքանը կորցրած, կանգնած: Ընչանք էսպես պահեցին մեր տղերքը, մինչև ծեգը բացվեց, ու աչքդ բարին տեսնի, տասնըհինգ թուրքի մենակ էն չորս քրդերն էին սպանել, տասից ավելի ղուղ մենակ Աղասին էր ցրվել ու փոր վեր ածել:

Լսողը կարելի ա զարմանա, թե ի՞նչպես է՛սքան բաներ մեկ օր ու գիշեր անց կացան: Էնդուր համար, որ ղզլբաշը էս միջոցումը Ղարսա վրա կռիվ էր դուս գնացել, ու ասածս քսան ու մեկ թվին էր, որ սար ու ձոր, մանավանդ Անի, հարամի ու յաղի էր դառել:

Առավոտը լուսացավ. էն առավոտը երանի՜ ամեն խղճի ու տառապելո ռաստ գա: Հինգ հարիր հոգուցը վաթսուն հոգի չէ՛ր մնացել, էն էլ ոչխարի պես մեջ արած, շատը անյարաղ-ասպաբ: Ձիուն, շորին, ասպաբին թիվ ու համար չկար: Լեզու պետք է ըլի, որ պատմի է՛ն փարվիլը, է՛ն ուրախության արտասուքը, որ էսօր Անի տեսավ: Ղարսըցի հայք դեռ չէին հավատում իրանց աչքին, թե ղորդ, թշնամու ձեռից ազատված՝ էլ ետ իրանց աշխարքը պետք է գնային: Էնքան շշկլել էին, որ չէին էլա միտք անում, որ մեկ հարցնեն, թե ո՞վ էր նրանց ազատողը: Գեջղանգեջ որ Աղասու մարդիկը ձիանը չէին վեր բերում բերդիցը, աշխարհին իրարոցով դիպավ. հենց կարծեցին, թե թշնամի են. թվանք վեր առան. բայց Աղասին բոլորին էլ հանդարտացրուց ու հսկայական քայլիվ որ առաջ չի գնաց փոքր ու իր ընկերներին կանչեց, ամենի աչքն էլ մնաց նրա պարթև բոյի, նրա ազնիվ շարժվածքի վրա հիացած: Էլ էնքան նրանից փարվելուն ու օրհնելուն չմտիկ արեց, երբ իմացավ, թե Հասան խանը դոնշունով Ղարսից ետ ա գալիս (ղարսըցիք ասեցին նրան), շուտ ական թոթափել՝ մեկ-երկու ձիավոր Գյումրի ղրկեց, մյուսներին հրաման արեց, որ էլ ժամանակ չկորցընեն, օղլուշաղն տանին, բերդումը յա ձորումը ամրացնեն, մալն ու ոչխարը ձորնըղուս քշեն, Շորագյալու հանդը տանին, ու ինքը, ինչքան թվանք, թուր բռնող տղամարդ կային, գլխին հավաքեց ու սարնըղուս վեր էլավ: Տասը-տասնըհինգ տարեկան տղերքն էլ ասլան էին դառել, ուզում էին իրանց արընի ջիգրը հանեն: Գերի արած թուրք ու քրդերիցն էլ յարաղ-ասպաբ ետ արին, իրար կապեցին ու բերդը տարան: Աղասին չէ՛ր էլել, դարսըցիք ուզում էին նրանց քարով սպանեն յա ջուրն ածեն:

Հուլըսի 23-ին 1821-ին էր, որ հայոց երևելի հին քաղաքն Անի իրեք հարրից ավելի կտրիճ զորք, թողունք ջահել տղերքը, զրահավորված, զարդարված՝ աչքը բաց տեսավ. որ մտան ո՛չ իրանց որբ մայրաքաղաքը, աչքըները ծով դարձավ, մեկ սհաթ քիմի տաճարի միջումն ընկել երեսի վրա, գետնիցը պոկ չէին գալիս:

Բայց գլուխը պահելու ժամանակ էր. Աղասին խնդրեց, որ ինչ սրտներումն ունին, ետո ասեն, ետո անեն, ու զորքը կես արեց, կեսը տվեց Կարոյի ձեռքը, որ էս կովըներումն եփվել, հասել էր, կեսը ինքը ձեռի տակն առավ, ամեն մարդ, ինչ ուտելու էր, ջեբը դրեց, երեսնաչափ մարդ էլ օղլուշաղի հետ դրեց, ինքը բերդումը դայիմացավ, Կարոն՝ արևմտյան ձորումը, Մուսեն՝ օղլուշաղի հետ: Աստուծո ողորմությունիցը՝ բարութ-գյուլլեն էլ լավ վախտին հասավ: Էնպես էին պայման կապել իրար միջում, որ թե Հասան խանը ձորը մտնի, էնքան թողան, որ բոլոր դոնշունի ոռքը կտրվի, ետո շենլիկ անեն, թե թուշ բերդի վրա գա, էնքան դուս չի գան, մինչև բոլորը նրանց գլխին հավաքվին, ետո կեսը ձորի մեկ կողմիցը, կեսը մյուսիցը, կովի չաղ ժամանակը, վրա տան, որ էնպես շըշկըլացնեն թշնամուն, որ փախչելուց գյուման էլ ուրիշ ճար չքթնին, ու թե Աստված էս հաջողությունը կտար, Մուսեն օղլուշաղը թողար մեկ դայիմ տեղ ու ձիանը դուս բերեր իր մարդկերանցովը, որ բալքի թե հնար լինի, բոլորին էլ ջարդեն:

Առավոտյան հովն անց էր կացել, որ ամեն մարդ հեռացավ ու իր տեղը քթավ: Ճաշն էլ եկավ, հասավ: Էնքան շոգը չէ՛ր գետինն էրում, ինչքան քաջ հայերի արինը, իրանց սիրտն ու դամարները, որ իրանց ազգի իշխանաց, թագավորաց հողի վրա արին թափիլն ու քաջությամբ մեռնիլն էլ իրանց համար անմահություն էին համարում: Արեգակը երկնքի միջիցը երկու զազաչափ թեքվել էր, ու բերդիցը մեկ թոզ տեսան. քիչ-քիչ շատացավ ու ամպի պես Անու սաղ դուզը կոխեց: Զորիցն էլ էին տեսել ու իրանց տեղը անսասել: Դամար էր, որ ուզում էր տրաքի, սիրտ էր, որ ուզում էր պատռի, շատն ուզում էին բերդ ու ձոր թողան, մեյդան դուս զան, իրանց տղամարդությունը ցույց տան: Աստուծո ողորմածությունիցը՝ էնպես էր երևում, որ թշնամին բանից խաբար չի, ու հենց էնդուր համար ա էնպես ոտն առել, որ զան էնտեղ, մի քիչ դինջանան ու ետո, իրիկնահովին ճամփու ընկնին: Հետըները ո՛չ թոփ էր երևում, ո՛չ ջաբախանա. հենց սուբահ ձիավորներն էին առաջ ընկել, որ հասնին Երևան, ավետիք տան, թե Ղարս առան, քանդեցին, բոլոր գեղարենքն էլ քոչացրել, թրի առաջ են արել, բերում են: Էնպես՝ մարդաշատ երկրները քանդող Հասան խանն էլ ի՞նչ կասկած կտաներ, թե մեկ խարաբա տեղում, ուր չոբաններն էին անց կենում, ագռավները բուն դնում, գլխին փորձանք պետք է զար:

Թոզ ու դումանի տուտը քաղաքը բռնեց, խարաբա պարիսպն ու բըրջերն էլ, հենց գիտես, իրանց քանդողներին տեսնելով՝ աչքները խփում էին, չէին ուզում թամաշ անիլ: Աստուծո աչքը որ քաղցր լինի, մատաղի զառը իրան ոտովը կզա դուռդ՝ ասած ա: Հենց էս օրինակին բանը պատահեցավ. քաղաքը մտնիլն ու Հասան խանի ձիուց վեր զալը, չաղիր խփիլը մեկ էլավ: Ղզլբաշի սովորությունն ա՝ ձիուց վեր էկավ թե չէ, թվանք, ասպաբ, յափնջի կքցի թամքի դաշը, ձիանը ման ածիլ կտա՝ չորս — հինգ մեկ զյաղի ձեռք տված, ինքը, թե նամազի վախտ ա, նամազը կանի, թե հացի ղայլանը կքաշի ու հացի կնստի ծալապատակ: Էս անգամ երկուսի վախտն էլ էր. ճամփից էկած, ջարդված՝ քսանը մեկ տեղ, հարիրը՝ մեկել, յափունջին փռեցին, կոլոլ քարըները ու սանդրիրը՝ ծոցըներիցը, թրերը բնիցը հանեցին, առաջներին դրին, ու, հենց իմանաս, սև՛ սև հոզիք են, լեզու, բերան փակած բարձր ու ցած անում, երեսները դնում քարի, թրի վրա, փոքր ժամանակ մնում զետնին կպած, էլ ետ գլխըները վեր քաշում, էլ ետ երեսի վրա ընկնում, զդակը գլխըներին. Ետո բարձրանում, կիսով չափ գլխըները կախ քցում, աղոթքները մունջ քնթըների առաջին ենպես ասում, որ իրանց անկաջն էլ չէ՛ր իմանում, ետո ձեռըները ծընկների վրա դնում, քարին, թրին կռացած մտիկ տալիս, էլ ետ չոքում, գլխըները գետնին կպցընում: Մահմեդականին նամազ անելիս որ գլուխը կտրես, ամեն մարդ էլ գիտի, որ երեսը թեքիլ չի, ենքան իր աղոթքի զորությունն զգում ա, բայց մի բառ էլա չի հասկանում, չունքի բոլոր աղոթքները արաբերեն ա:

Հենց առաջին չոքելումը ուզեցան մեր տղերքը, որ վրա տան, բայց քաջն Աղասի մատը բարձրացրեց, որ տեղըներիցը չեռան, թուրքերն ուզում էին իրանց կտրատեն, որ իրանց հավատակցի հավարին չէին կարում հասնիլ: Մեկ — երկուսի փորը տեղնուտեղը վեր ածեցին, որ էս բանը վարավուրդ արին, մյուսներն էլ շուն դառան, ձենըները փորըները քցեցին: Աղասին դզլբաշի միջումն մեծացած՝ գիտեր լավ, որ նամազը ընչանք կես չըլի, վախտը «չի»: Ձորի տղերքն էլ տեսնելով, որ թվանքի ձեն չէկավ. իմացան, որ գելը ինքն իրան ա ականաթի մեջն ընկել, էրերը թողին ու քարափե-քարափ էկան, քաղաքին մոտացան: Շատը դզլբաշի նոքարների աչքըներովն էլ ընկան, ամա ի՞նչ կարծիք կտանեին, իրանց մարդիկն էին կարծում, որ ենպես վախտին ֆորսի են մանգալիս, որ բերեն, խաներին, բեկերին փեշքաշ անեն, խալաթ առնեն: Նրանց շարժմունքը բերդըցիքն էլ էին տեսել ու ջանները դող ընկել. էլ վախտը կորցնիլ չէ՛ր հարկավոր, թե որ իմացել էին թշնամիքը, բանը խարաբ կըլեր: Հեռըվանց էլ Երևանու կողմիցը մեկ-երկու ձիավոր, ձիանոնց անկաջը մտած՝ թռզին, փափախին անելով գալիս էին:

Թշնամին նամազ էր անում, ի՞նչ մտիկ կտար, թե աշխարքն էլ փուլ գար: Հենց մեկ էլ ձեռըներն անկաջներին դրին, չոքեցին ու գետնին կպան, թվանքները բերդիցը ճռռացին, սար ու ձոր թնդացին, եկեղեցիքը գլուխ բարձրացրին, ձիանքը թոկ ու դանթարդա կտրեցին, երկու հազարից ավելի՝ յափունջի, թուր, թվանք, գետնի վրա մնացին, ու դզլբաշի շատը անգդակ, բոբիկ ընկավ ձորնըվեր, չունքի հրաշքից յա քաջքից ավելի ո՛չինչ չէին կարծում: Ղոչաղ հայի տղերքը քար ու ձոր բռնած՝ էլ էնքան թվանքին չէին զոռ տալիս, որքան թրին ու դամին: Գազան Հասան խանի լավ աջալն էկել, հասել էր, ամա նրա բախտն էր, որ էն Երևանից էկած ձիավորները հենց էս սհաթին ձորաբաշը հասան, մինչև փիադա հայի տղերքը նրան կհասնեին, սրանք ներքև էկան, Հասան խանին ձիու վրա դրին ու թռցրին: Ողորմելին ձորի էս կողմիցը որ աչքը չի քցեց ու իր ջրատար օրդուն տեսավ, երեսը կալավ ու ձիուն օրզանզվիլ տվեց: Հազար մարդից ավելի հոգին տվել էին էսօր, մյուսքը՝ որը քարափի, քարերի գլխով վեր ընկել, փառչա-փառչա էլել, որը բանհոզի էլած՝ վերընկած մնացել, որն էլ քարի, քոլի տակի տափ կացել, ճապաղել: Շատին հենց էսպես տեղերից հանեցին, կռները կապեցին ու դարիդուս տարան: Թո՛ղ նրանց ուրախությունը նա զգա, իմանա, ով սիրտ ու երևակայություն ունի: Հարիր ավելի գերի էլ էս օր ձեռք բերին:

Փոքր ժամանակի Անի էն անունը հանեց, որ սաղ Երևան դողում էր: Էն ժամանակը ես ինքս էջմիածին էի, որ Հասան խանը էնպես փախած էկավ, անց կացավ: Առաջուց մարդ էր ուղարկել, որ էջմիածնա միաբանքը առաջը չգնան խաչ ու խաչվառով, ինչպես միշտ անում էին: Բայց ձեն հանեցին, թե քրդերը ճամփին վրա են տվել, ու Ղարս ցավ էր ընկել:

Աչալուրջն Աղասի, երբ բոլոր խալխը էկան, հավաքվեցան, ամեն բանը թողաց, հրամայեց, գնացին եկեղեցին, րիզնաժամն ասեցին, աստծուն իրանց շնորհակալությունն արին, ու ժամը որ դուս էկավ, մարդ քցեց ամեն տեղ, որ ղարավուլ քաշեն, տեսնին, թե հարամու ոտքը կտրվե՞լ ա, թե՞ էլ ահ կա: Գոհություն աստուծո, ոչինչ չտեսան, ետ դառան: Մեռած մարմիննլրը որը քարափնըվեր ձորը շպրտեցին, որը՝ հորերը. մնացած ձի, հարստություն ճոթ արին: Շորին, ձիու, ասպաբի մտիկ անող չկար: Մութը գետինը չառած՝ ամեն տեղ պահապան դրեց ու մնացած խալխը բերդը հավաքեց: Րիզնահացը որ կերան, Աղասին սկսեց խորհուրդ անիլ, թե ի՞նչ ա նրանց միտքը, ո՞ւր են ուզում գնալ: Նրա միտքն էն էր, որ բալքի սրանց էլա ճամփու բերի, մնան Անի՝ իրանց հին աթոռանիստ քաղաքը, ուրտեղ որ նրանց կյանքը ազատվել էր, կրկին շեն քցեն, զրեն Գյումրի, ոսի ռահաթ դառնան ու էստով աշխարքումը հավիտենական անուն ճարեն:

Բայց սնապաշտությունն ու սուրբ Հովհան Երզնկացվո անեծքի սուրը էնպես էին նրանց սրտումը ցցվել, որ հազար քարոզ ու Քյալփաթին ըլեր, չէր կարող հանել: Աստված մի՛ արասցե, որ մարդի գլուխը մեկ անգամ ծռվի, էն ժամանակը հազար կարգավոր ու բժիշկ էլ որ հավաքվին, խեր չի անիլ. քանի դզես, էլի կծռվի, ու վերջը, թե զոռ արիր, իսպառ կկոտրվի: Գիժն, ասած ա, մեկ քար քցեց ծովը, հազար խելոք վրա թափեցին, չկարացին հանիլ: Աղասին տեսավ՝ ասածը չվանի վրա չե՛ն դնիլ զուր տեղն անց կկենա, քաշվեց մեկ դրաղ, աղլուխը դրեց աչքին ու բերանը բաց արավ.

— Փառքդ շատ ըլի, ո՛վ արարիչ Աստված . էլ ո՞ւր ենք ասում, թե մարդ քո սուրբ հոգին ունի, քո պատկերն ա, որ քարից էլ շատ անգամ միտքը պինդ ա, գլուխը հաստ: Գող ու ավազակ էստեղ տարերով բուն են դրել, էլի քո երկիրը նրանց տակով չարել, վրեն պահել ա, հենց մեր ազգին ա քո զուլումը հասել, որ չես թողում իրանց աշխարքը շեն անեն, քո սուրբ անունը փառաբանեն, կյանք ազատեն ու կյանք վայելեն: Չէ՛, ամենակալ Արարիչ, դու քո ստեղծվածը, քո որդին էդքան չե՛ս անարգիլ չե՛ս ոտնահարիլ: Մարդս որ ծնվում ա, մեկ գունդ մսից ավելի էլ ո՛չին չ չենք տեսնում: Տարիք են անց կենում, որ քիչ-քիչ ոտն ա ըլում, քիչ-քիչ լեզու, ուշ ու միտք գալիս, ձեռը բերանը տանիլը ու դարտակ հաց ուտիլն էլ ա, հաց դատիլը չե՛մ ասում, սովորում: Բայց վա՜յ էն երեխին, վա՜յ էն ազգին, որ աչքը էնպես զոզում բաց կանի, որ լսի տեղ խավար կտեսնի: Աչքը բաց՝ դուզ ճամփեն կթողա, քարեքար կընկնի: Վա՜յ էն ազգին, որ բնական օրենքը կթողա, անբնականին կհետնի, որ էնպես խրատ տվող չի՛ ունենալ, որ նրան հոգի տա և ո՛չ՝ հոգին էլ հանի: Երաբ, որ լավ կարդացող էր էլել, երեխեքանց ջոկ, ժողովրդին ջոկ գիշեր-ցերեկ խրատ էր տվել, կարդացրել, լուսավորել էր, հիմիկ մեր ազգը է՞ս հալին կըլեր, է՞ս տեղ կընկներ: Սարի հայվանն էլ մեզանից լավ ապրում, հարամուց, ֆորսկանից յա փախչում, յա վրա թռչում, կտրատում, գլուխը պահում: Ծտի բունն էլ որ քանդում ենք, ղժվժում, թևին-գլխին ա անում: Մենք ծտի ղդար էլա չկա՞նք, որ մեր բունը պահենք: Ի՞նչ օգուտ էն գիրքն ու ավետարանը, էն խաչն ու երկրպագությունը, որ մենք չենք հասկանում: Գետնի տակին էլ շատ գանձ կա, մեզ ի՞նչ: Ա՜խ, մեր կարդացողներ, մեր կարդացողներ. ինչ կըլի, որ ինչքան ժամանակ քնի, քեֆի հետ են անցկացնում, ավելի փողի թամահ անում, էնպես բանի թամահ անեն, մեզ լուսավորեն, իրանք էլ թշնամուց, հարամուց ազատվին, մեզ էլ ազատեն: Մարդս մեկ անգամ է աշխարք գալիս, էնպես պետք է անի, որ դուս գալիս՝ էս դինումը անունը հիշվի, տոնվի, էն դինումը հոգին փառավորվի, լսի փայ ըլի: Բայց ի՞նչ օգուտ, որ սասածս քարերն են իմանում: Ասենք, թե տգետ խալխը էսպես բանը լսել, ասում ա, կարգավորին ի՞նչ ա էլել, որ նա էլ ա հաստատություն տալիս, թե էսպես հրաշալի քաղաքը անեծքով ա կործանվել: Առաջինը՝ սուրբ մարդի բերնից անեծք, դառը խոսք չի պետք է դուս գա, դուս էլ էկավ, Արարի՛չ, երեսս ոտիդ տակը, դու պետք է մեկ մարդի խաթեր միլիոն հոգի կորցընե՞ս: Թե պետք է կորցնեիր, ինչի՞ ստեղծեցիր: Ա՜խ, հազար էսպես ցավեր կա սրտումս, ամա բերանս փակում են, չե՛մ կարում ասիլ:

Էս մտատանջության միջումն էր, որ աչքը հանկարծ որ չի՛ բարձրացրեց, Անու բոլոր դուզը կրակ էր դառել: Նա իմացել էր, որ Ղարսա էլիզը Հասան խանը քոչացրել, ուզում էր, որ բերի, Երևան ածի: Լավ իմանում էր, որ սրանց վրա թե դոնշուն էլ ըլին, էնպես մարդիկ չեն ըլիլ, որ իրան դեմ կենան: Հասան խանին որ կոտրեց, ի՞նչը նրան կդիմանար: Նրա համար կռիվը խաղալիք էր դառել. մինչև առավոտն սպասիլ չէ՛ր ուզում, կասկածում էր, թե նրանց գլխին էլ է՛ն բերեն, ինչպես մյուս հայերի, ծեր ու պառավ սուրը քաշեն: Երկու հարրաչափ ընտիր ձիավոր քամակը քցած ընկավ դուզը: Էն հաղաղին վրա հասավ, որ նոր էկել, վեր էին էկել, ու շունը տեր չէր ճանաչում. Քոչ-քոչ «ի» վրա վեր էին թափել ամեն մարդ իր գլխի ցավն էր քաշում: Թշնամին էնպես ցրվեց, տաղըթմիշ էլավ, որ մեկը չմնաց: Հայերին որ չարձակեցին ու մեկ տեղ հավաքեցին, նրանք իրանց դարդը մոռացած ձեն տվին էկողներին, որ թոփ ու ջարախանեն ձեռք քցեն ու սարվազներին հետ ածեն: Երկու հազարից ավելի սարվազ, որ Հասան խանը թողել էր, որ էլիզը յավաշ բերեն, շատը հայ, ղալմաղալը որ ընկավ, հենց իմացան, թե էկողները ռուս են, բոլորն էլ թոփ-թոփխանա թողին ու ձորը թափեցին: Մեկ քանի երևանցի թոփչի ու սարվազ ձեռըներն ընկավ, էլ ի՞նչ էր պակաս, որ Անի քաղաքին հարամի մոտանա:

Ինչպես որ էր, գիշերն անց կացրին: Առավոտը որ լուսացավ, աստուծո լիսն ընկավ հայերի սիրտը: Էնքան բարութ, թվանք, թոփ էին նրանք ճարել, որ սաղ աշխարքը պոկ գար, նրանց վնաս չէ՛ր ըլիլ: Բայց ինչքան Աղասին խրատեց, ասեց, խնդրեց, չէլավ, չէլավ, հայքը ետ չի՛ դարձան, անիծած տեղը չուզեցան մտնիլ ու շատը երեսները էլ ետ դեպի Ղարս շուռ տվին: Աղասին շատ ուզեց, որ ռսի հողն էլա գնան, չէլավ. որը կամենում էր, որը չէ : Ընչանք էսպես կղռվռային, Ղարսա փաշեն ղոնշուն հավաքած գալիս էր, որ իր ռիաթը ետ դարձնի: Պետք է ասած, որ թե Ղարսա, թե Բայազդու փաշեն հայերին իրանց որդու պես էին սիրում փաշեն մնաց սառած, երազ էր կարծում աչքի տեսածը: Նա էնպես էր կարծում, թե իր զլուխն էլ սաղ չի դուս տանիլ էս ձորերիցը բայց ի՞նչքան զարմացավ, որ երբ կամենում էր վրա տալ, խալխը հազար տեղիցը ձեռըները բարձրաց «ր»ին, անունը տվին ու խնդալով առաջը վազեցին: Հոր պես, որդվոց ազատությունը տեսնելով՝ սկսեց փառք տալ աստուծո, երեսը գետինը քսել ու դեռ բերանը չբաց արած, որ հարցնի, թե ախր էս հրաշքը ի՞նչպես էր պատահել, Աղասուն ձևոըների վրա բռնած՝ առաջին կանգնացրին, ու հազար բերան ձեն տվեց.

— Էսու՛ր, էսու՛ր մեզ, մեր որդիքը դուրբան էրե՛, փաշա, գլխիդ դուրբան: Մեր ազատողը, մեր երկրորդ Աստված ը սա է:

Ազնիվ երիտասարդը, որ ամեն մեկ սրտի ցավը հազար անգամ երեսի գույնը էնքան փոխել, ներկել էին, էնքան աչք ու թուշ կարմրացրել, սպիտակացրել, որ շարմաղի պես, մեկ ձեն անկաջն ընկնելիս, իսկոյն աչքի աղբրները գետ էին դառնում, երեսի գույնը՝ դրմզ, — ձեռը անլեզու երկինքը քցեց ու առանց խոսալու ցույց տվեց, որ նրա հաջողողն ու զորություն տվողը երկինքն էր, և ո՛չ իր ձեռի հունարը:

Ազնիվ փաշեն առաջին անգամ իր կենաց միջումը մեկ հայի տղի ճակատը էնպես համբուրեց, ինչպես իրան նամազի քարը, դոշին քաշեց, էլ ետ գլուխը ձեռն առավ, էլ ետ համբուրեց ու իր քաջության բոլոր ըխտիարը նրան խոստացավ, որ հետը գնա Ղարս ու իր ձեռի տակին մնա. Աղասին ընկավ փաշի ոտը, շնորհակալություն արեց ու ասեց, որ աշխարքի թագավորությունն իրան տան, նա Անուցը ձեռք վերցնողը չի. նրա միտքն էն ա, որ Անի շինություն քցի: Ի՞նչն էր փաշի ձեռին հեշտ քանց էս. միմիայն խնդրեց, որ իմիկ հետը գնա Ղարս, ոտը խաղաղվի. էն ժամանակը նրա բոլոր մուրազը կկատարի, ինչքան տուն, մալ, ապրանք ուզում ա, կտա ու ինքն էլ հետը քոմակ կանի: Արտասունքն աչքերը լիքը՝ կրկին ընկավ Աղասին փաշի ոտը.

— Է՛ս գլուխը, որ ինձ էլ պետք չի, է՛ս դոշը, որ հազար անգամ կրակումն էրվել, խորովվել ա, է՛ս ձեռը, որ հազար անգամ ուզել ա իր թուրն իմ սիրտս խրի, բոլոր, բոլոր քեզ մատաղ, փաշա՛, յա էս սհաթին ինձ սպանի՛ր, յա ասածդ արա՛, որ ես իմ ազգի մայրաքաղաքը էլի շեն տեսնիմ, ետո գետինը մտնիմ:

— Անխավատ աջամ, — քրդստանցիք հազար տեղից ձեն տվին, — ծո՛, ի՞նչ կզրուցե, ծո՛: Գիր չգինա՛, կարդալ չգինա՛. փաշություն կտան, հմլա էլ իր սազ կածե: Ո՞վ է խելք, իման կորցրել, որ էմալ անիծած տեղ դա, բուն դնե: Շիդակ ա՛ջամ, աջամի լաճ: Ի՞նչ կուզես, Լյւն՛, աքլոր — մաքլոր չի խարցնիլ, հմլա կբոռա՝ մեր ճետ խանչեց, մեր ճետ խանչեց (մեր աքլորը կանչեց):

Խնդալով, պար գալով ղարսըցիք էլ ետ իրանց հողը մտան, ա՛խ քաշելով, աչքը սրբելով՝ Աղասին Անի թողեց: Փաշի կողքին, հազար խոսք, գովասանություն անկաջն էր ընկնում, հենց գիտես, քառացել էր: Հազար անգամ շուռ էկավ, էլի որ դեռ

Անու պարիսպքը, եկեղեցիքը աչքին երևում էին, սիրտը մի քիչ հանդարտում էր, դոշին խփում էր, ա՛խ քաշում, կրակ վեր ածում: Հենց սարի գլուխը վեր էլան, որ էն կողմն անցնեն, ու Անին պետք է աներևութանար, էլ չկարաց իրան պահիլ. թուլացավ, ձիուց վեր ընկավ, չոքեց, ձեռները երկինքը քցեց, աչքերը՝ Անու վրա, ու գոռաց.

Յա ա՛ռ իմ սիրտս, յա տո՛ւր ինձ հունար,
Ո՛վ դու երկնային ստեղծող բարերար.
Յա իմ հոգիս էլ հանի՛ր, քեզ մոտ տա՛ր,
Յա քո երկընքիցդ արա՛ ինձ մեկ ճար:
Քանի շունչս վրես ա, քանի ձեռքս գլուխս,
Կրակ էլ որ թափես, խորովես իմ սիրտս,
Էլի իմ հոգիս ուրախ քեզ կտամ,
Թե Անու միջումն իմ մարմինս թողամ:
Աչքե՛ր, քոռացե՛ք, բալքի թե էլ բաց,
Չտեսնիք դուք Անու լուսահողն օրհնած.
Բալքի թե մեռնիմ էս դարդովն էրված,
Հույս էլա հողին չմնա կորած:
Թո՛ղ հոգիս դժոխքը գնա՛, խորովվի՛.
Իմ սուրբ նախնյաց տեղ՝ իմ ազիզ Անի,
Էլի որ մարմինս մեկ քարի տակի
Ըլի, քո ծոցումն, ինձ դրախտ պետքը չի՛:
Թո՛ղ էն անեծքը, որ քեզ են տվել,
Բանան անդունդը, կուլ տան ինձ սաղ էլ.
Քո հողն երեսիս մտնիմ գետնի տակն էլ,
Երկնային լսին էլ ես չե՛մ կարոտիլ:
Սուրբ երզնկացի, սուրբ Երզնկացի,
Պարծեցի՛ր, թե ես չեմ շինիլ Անի.
Անեծքդ էն վախտը թրի, կայծակի
Պես թո՛ղ ինձ էրեն, իմ հոգիս տանջվի:
Ջանս ձեզ ղուրբան, ա՛յ սուրբ քար, հողեր,
Տաճարք, ապարանք, պարիսպք, տապաններ
Թ»ե մուրազս սրտումս պետք է մեռնի, մնա,
Էս չոքած տեղս թող ջանս քարանա:
Քարացած տեղիցս կանգնիմ ու ասեմ,

Ամեն անցնողին ետնից կանչեմ
Քարացած լեզվով վա՛յ տամ, աղաչեմ.

«Ու՞ր եք գնում, թողում, ձեր նախնյաց տեղն եմ»:

Առավոտը, էն ա, լսին էր տալիս, որ իշխանն և քաջահաղթն գեներալ-մայոր Մատաթովն վեր կացավ, Շամքոռա ղզին մտիկ արեց, զորաց ինչ հրաման ուներ, տվեց, ու ինքը՝ արծվի աչքերովը Գրիգոր եպիսկոպոսը ու հայերի իշխանները քամակը քցած, օրդվի չորս կողմովը պտիտ տալով՝ մտիկ էր անում սարերի գլխին, խոռ տեղերին դուրբընով, որ թշնամին հանկարծ վրա չտա, ու իր պատրաստությունը տեսնում էր: Զորքը ղորդ ա, շատ քիչ էր, ամա Մատաթովն էր նրանց գլխին, որ սար ու ձոր դողացնում էր, որ աստուծո տեղ պաշտում էին, որ ղզլբաշի հոգին ջուր էր կտրում անունը լսելիս, ու իր հավատարիմ ազգը՝ արինը աչքումը, շունչը բերնումը, գլուխը փեշումը, հազիր, վառված, քամակին՝ որ տուն, տեղ, որդի, օղլուշաղ, մալ, դովլաթ թշնամուն յա գերի տան, յա ռսի թուրը նրանց աչքը խրիլ տան: Զոռը խփեցին, առավոտյան աղոթքն արին, բայց մեկն էլա դեռ չէր գիտում, թե ո՞ր կողմովը գնան:

Ղզլբաշի զորքն Գյանջա, Ղարաբաղ էս կողմիցն էր առել, ոտնատակ տվել, Փամբակ, Շորագյալ՝ էն: էս կողմիցը՝ Աբաս Միրզեն, էն կողմիցը՝ Հասան խանը, քանդելով, ավերելով էկել, հասել էին, որ գնան Պետերբուրգ: Թիֆլիզ, ինչպես որ տեսանք, սհաթե-սհաթ աչքը կթած ուներ, թե Աղա Մահմադ խանի կրակը, որդիանց որ ա, էլ կրկին իր գլխին կթափի: Երմալովն ինչ հնար, ճարտարություն ուներ, գործ դրեց: Մատաթովը պետք էր Վրաստանու փրկիչը լիներ ու ցույց տար աշխարքի, թե հայոց հոգումը իրանց հին հսկայության կրակը, քաջության բոցը, հավատարմության խունկը դեռ կար ու վաղուց մխում էր, որ մեկ հով դիպչի՝ հոտն աշխարք ընկնի, կրակն իրանց թշնամուն, իրանց աշխարքը քանդողին էրի, փոթոթի:

Պտտելով՝ էլ ետ չաղիրը մտավ զորապետը ու միրզի

մեկին կանչեց, որ ասածը գրի, թուրքերին խաբի, թե ֆլան գեներալը ֆլան տեղիցը, ֆլանը՝ ֆլան, անթիվ զորքով գալիս են, որ թշնամու գլուխը ջնջխեն, հանկարծ զշղրուն ընկավ զորաց մեջը: «Կարաու՜լ ձեն տվին, թվանքները հազար դիից վրա բռնեցին, բայց «Քրիստիան, Արմյան» գոռալով, երեսին խաչակնքելով՝ մեկ աժդահա որ դոնշունի մեջը չընկավ, Մատաթովի չադիրը չտեսավ ու ձիուն ետի դամշին տվեց, Մատաթովը ստոլի վրա մնաց փետացած. ընչանք մարդ կկանչեր, անծանոթի ձին առաջի երկու ոտը չադրի առաջին փռեց, փռնչաց ու հոգին քթովն ու փորովը դուս փչեց: Կտրիճ ձիավորը մզրախը գետնին ցցեց, ղարավուլի, բանի մտիկ չարեց ու Մատաթովի չադիրն ընկավ: Քաջ գեներալը, թե եվրոպացի էր էլել, հուշտ կըլեր յա կզարմանար ու էնպես հանդգնությունը, կարելի ա, պատժեր, բայց նա մեր երկրի մարդի խասիաթը լավ գիտելով՝ տեղը մնաց կանգնած, ու էլ էկողին ժամանակ չտվեց, որ խոսի, ինքը հարցրեց, թե ի՞նչ խաբար ա: Ձին որ էն հալն էր ընկել, նստողինն ի՞նչ կըլեր: Երկար ժամանակ լեզուն խոսք չէ՛ր բռնում: Գեջդանգեջ որ խելքը գլուխն էկավ, ձեն տվեց.

— Կնյա՛զ, թաղարեքդ տե՛ս, որ էսօր ա՝ ձեզ դաղթմիշ կանեն, էս գիշեր ա՝ նմանապես:

Ու պատմեց, թե ինքն ո՞վ ա, Խլղարաքիլիսումն ի՞նչ արել, Անի ի՞նչ, Ապարան, Դիլի՝ ի՞նչ, ու քսան — երեսուն ձիավորով հազար հարամու աչք հանելով, էստեղ-էնտեղ կոտորելով՝ ուզեցել էր հենց ինքը մեկ ֆռսանդ ճարի, ղզլբաշի օրդուն մեկ գիշեր կոխի, ամա բանը տեղը չէ՛ր էկել: Էն օրն էլ Թարթառ գետի դրաղիցն անց կենալիս, թշնամու աչքովն էր ընկել, սաղ օրդուն վրեն պոկ էկել, ընկերների մեկ- երկուսն էլ բռնել, մյուսները սար ու ձոր ընկել, ինքը հազար թվանքի գյուլլից պրծել, նրա անունը լսել, ընկել ռսի հողը, ընկել, որ գա Թիֆլիզ իմաց անի, բեղաֆիլ նրա օրդուն տեսել ու թուշ էնտեղ էկել:

— Ղզլբաշի շատը, որ ինձ հետ էինածում, հենց նոր քամակիցս ռաղ էլան, երբ ձեզ տեսան, փախան, հմիկ ի՛նչ գիտես, էնպես ա՛րա. Գլուխս ետ եմ դրել, որ ռսին դուրբան անեմ: Վաղուց էս մուրազը սրտումս կար, վախտ չէի ճարում: Հույս ունիմ, որ մեկ քանի թշնամի էլ ես իմ թագավորի ուղուրին դուրբան անեմ: էս կողմերի քարերն էլ համարած ունիմ, աչքս խուփ՝ մութը գիշերը ես ճամփեն կքթնիմ: Ի՞նչպես կամենաս, էնպես իմ ծառայությունը թագավորին հասկացրո՛ւ: Փաշություն էլ ինձ տվել են Օսմանլվումը, չեմ ուզել: Քրդերն իրանք էին ուզում ինձ իրանց գլխավոր շինեն, հինգ տարի ա, Բայազդու ու Ղարսու գլխու դուշ չի՛ անց կացել, սար ու ձոր ոտի տակ եմ տվել: Միտքս էն էր, որ Անի քաղաքը շինեի: Հայերը, հայերը, Աստված նրանց խեր տա, ո՛չ ինձ մտիկ արին, ո՛չ փաշի հրամանին. էնքան էսօր-էգուց քցեցին, մահանա արին, որ ղալաբանթլղը ընկավ: Ճարս որ կտրեց, էլ ո՛չ փաշի մտիկ արի, ո՛չ փաշության, ետ էկա էլի, Անուն ապավինեցի: Լավ Աստված Հասան խանին ձեռս քցեց, ես ջահելություն արի, հոգին չհանեցի. ուզում էի նրան թաքուն սպանեմ: Ղզլբաշը որ ետ դառավ Փամբակից, ես էս սարի, էն սարի ծերին էնքան գլուխս պահեցի, որ էլի նրան մի ձեռք քցեմ, չէլավ. Աստված գլխիս բարկացավ ու էս հալիս ինձ քո ոտը բերեց, որ շատ չի՛ հպարտանամ, շատ չի՛ ամբարտավանամ: Որքան բարութ ունեի, հատավ: Ընկերքս էլ չկարացին դեմ կենալ, ամենը մեկ սար ընկան, ես էլ էս հալին առաջիդ կանգնած եմ. ինչ հրաման ունիս, սաս՛. մեկ գլուխ ունիմ, էն էլ ռուս թագավորին դուրբան: Թաք ըլի՝ մեր աշխարքը անօրենի ձեռիցն ազատվի, թո՛ղ մեր կերածը ցամաք հաց ըլի: Երևան բոլոր քոչացրին, խեղճ խալխի տուտը Թավրեզ, Բայազիդ, Ղարս հասավ: Մեկ ծեր հեր ունիմ, բանտումն ա փտում. մեկ պառավ մեր ունեի, ճամփին, քոչելիս ա հոգին տվել. մեկ նշանած ունիմ, հազար կրակից, սրից, թշնամուց սաղ ամառը տանջվեցա ու անչախ մի անջախ բերի, ռուսի հողը քցեցի: էլ ուրիշ բան չե՛մ ուզում, մեկ հորս էլ ազատեի, մեկ մեր ազգը, մեր երկիրը, մեր հավատը ազատ տեսնեի, ետո թո՛ղ Աստված , ինչ իմ ճակատիս գրվածն ա, էն կատարի:

էս խոսքումը էլ սիրտը չդիմացավ: Զիգյարի կրակը բերանը փակեցին, աչքի արտասունքը՝ տեսությունը: Հսկայն

Մատաթով երկար ժամանակ մնացել էր զարմացած ազնիվ երիտասարդի էնպես ճարտար բերնի, էնպես քաջ սրտի վրա, էնպես հիանալի, պարթև բոյի ու փափուկ ջիգյարի վրա: Խնդրեց, որ քիչ-մի հանգստանա, ու ինքը իրան թաղարեքը տեսավ: Ով էն ժամանակը կար, տեսած կամ լսած կլինի, թե Մատաթովն ի՞նչ արեց: Նիախ տեղը չի նրա անունը հայի, թուրքի, ղզլբաշի բերնումը մնացել: Աշխարք տակ ու վեր կըլի, բայց նրա հիշատակը անջնջելի կմնա մեր ազգի միջին ու մեր աշխարքումը: Դեռ վարժատան աշակերտ էի ու, ինչպես էսօր, կենդանի է մտքումս՝ Աղասին ի՞նչպես մտավ Թիֆլիզ: Երևելի իշխանի որդի չէ՛ր, որ նրան մեծ փառքով ներս բերին, բայց ով նրա արածը իմացել էր, ուզում էր ոտները ջուր անի, խմի: Մեկ թղթի միջում ծալած՝ իրան ոսկորները քանի անգամ հենց ինձ ա ցույց տվել, որը որ զանազան տեղ կռվըներումը կոտրել, հանել էին: Մեկ քանի ժամանակից ետո, հայտնի ա ամենին, որ երբ Ղարաբաղու կողմն թշնամուցը ազատվեցավ, Ապարան, Երևան դառան ռուսաց քաջ սրտի մեծագործության ու տղամարդության ասպարեզը: Նիախ տեղը չի Երևանու անունը էնպես անձին պատիվ տվել, որ ռուսաց զենքը Ասիա ու Եվրոպա երկինքը հասցրեց: Ո՞ր հայը իրան պարծանք չի համարիլ, որ օսմանցվի, ղզլբաշի ու Պոլշիո Աստված ը էսօր իր կոմության անունը Երևանու անունովն ա զարդարել: Իշխանն Վարշավի և կոման Երևանի՝ Ասիու միջումը Ալեքսանդրի ու Պոմպեոսի, Չինգիզ խանի ու Թամուրլանգի հիշատակը իսպառ ջնջեց ու ռուսաց քաջության, մեծահոգության, բարեսրտության, մարդասիրության անունը աստղերի հետ դասեց: Քանդելու միայն էին սովոր ասիացիք, շինություն ու խաղաղություն տեսան: Ուրիշ՝ թշնամու առաջ իրանց արինն էին տալիս, ետո իրանց քաղաքն ու օղլուշաղը, ռուսաց, ընդհակառակն, բալանիքն էին ընծայում, ետո իրանց տունն ու ընտանիքը: Գոռոզ կարծիքն պարսից, թե խաչը միշտ պետք էր Ալու փանջին հնազանդեր, ցրվեցավ, ու իրանց անողորմության, անօրենության տեղակ շնորհք, ողորմություն տեսան: Հայոց արտասվալից աղոթքը, որ գիշեր-ցերեկ անում էին, թե ե՞րբ կըլի՝ ռուսաց, իրանց հավատակցի երեսը տեսնին, ետո հողը մտնին, լսեց Աստված ու կատարեց: Խաչի լիսը ու ռուսաց մարդասիրության շնորհքը ապառաժն էլ կակղացրին, ու Հայաստանի չոլ, ամայի դաշտերը էսօր մարդաբնակ են դառել ու ռուսաց ազգի խնամքը վայելում, իրանց սուրբ աշխարքը կրկին շենացնում: Հայոց ազգի կարոտ աչքը վաղուց էլ արտասունք չի՛ տեսնիլ, իրան Հայրենիքը կտեսնի, նրա ծոցումը կմեծանա, նրա սերը կվայելի ու քոռ, նախանձոտ մարդին գործով ցույց կտա, թե Հայ ազգը ո՛չ թե փողի կամ շահի խաթեր ա ռուսի տերության անունը պաշտում, այլ թե իր սրտի ուխտն ա ուզում կատարի, որ իրան հավատն ու ազգը պահողին արինը, կյանքը, որդին չխնայի: Հայ ազգը, որ ո՛չ թե թուլ էր յա քաջություն չուներ, որ իր երկիրը պահել էր, ո՛չ: Երկիրն ինքն էր պարտական: Աշխարքումն ով ոտը բարձրացրեց, Հայաստանու վրովը պետք էր լոք տար, հայոց ազգին պետք էր ոտնատակ տար, ձեռք քցեր, որ իր թշնամու հախիցը կարենար գալ: Ո՛չ ասորիք, ո՛չ պարսիկք, ո՛չ մակեդոնացիք, ո՛չ հռովմայեցիք, ո՛չ պարթևը, ո՛չ մոնղոլք, ո՛չ օսմանցիք չէին կարող էն զորությունն ստանալ, եթե հայոց ազգը մեկի դեհը չէ՛ր պահել: Դեհը պահելով, դորդ ա, իր տունը քանդեց, չունքի իր բարեկամը վեր ընկնելուց ետո իր թշնամին ավելի ևս իր չարությունը գործում, իր ինադը (ջիգրը) հանում էր, բայց էստով հայոց ազգը արարած աշխարքին հավիտյանս հավիտենից կարող է համարձակ ցույց տալ, թե ի՞նչքան հոգի ուներ, ի՞նչքան կամաց զորություն, սրտի հաստատություն որ իրան չորս կողմի էն հզոր ազգերը կորան, փչացան, անուններն չկա, հայոց ազգը անուն էլ ունի ու իրան հավատն ու լեզուն մինչև էսօր իր արնի զնովը պահեց, հասցրեց, որ մեկ ազգ էլա էսպես օրինակ չունի: Երևան թևին տվեց, երբ ռուսաց զորքը իր մեջը մտան: Էջմիածնի խնկի, մմի հոտը ու զանգակների ձենը երկինքը հասավ: Քաջահաղթ հսկայն՝ կոմսն Երևանի, Տոբիթա հրեշտակ Ներսես արքեպիսկոպոսի ձեռիցը բռնած մտավ Վաղարշապատ, որ Եփրեմ կաթուղիկոսի սուրբ աչքին լիս տա ու առողջություն: Էն ժամանակվան խաղերը, որ հանել, ասում էին, հավիտյանս հավիտենից կարող են աշխարքին վկայություն տալ, թե թուրք ու հայ հենց իմացան, թե Աստված վեր էկավ իրանց համար: Հարիր տեսակ խաղ՝ հայերեն, թուրքերեն, Երևանու բաղերն ու ձորերը լսում էին, ու հինգ տարեկան երեխեն էլ էսօր, ուրախ վախտը, ձեռը բերնին ա դնում ու ասում: Որ ասածիս ամեն մարդ հավատա, էն խաղերիցը մեկը թո՛ղ օրինակի խաթեր գրվի էստեղ:

Սար ու ձոր սասանմիշ էլան, զարմացան,
Պասքովիչ սարդարի ոտի տակն ընկան,
Մեր Մասիսն, Ալագյազն փիանդազ էլան.
Անիրա՛վ, էս բաղին բաղմանչի ունի:
Անիրա՛վ, էս բաղին բաղմանչի ունի,
Յարալու սիրտս էդ քարը մի՛ քցի:
Մատաթովն Ղարաբաղ առավ, ազատեց,
Կրասովսկին Ապարան ոտնատակ տվեց:
Սաղ Իրանն Պասքովչին չոքեց, ծունր դրեց,
Ղզլբաշն մուկ դառած՝ գլխին վա՜յ տվեց:
Բեկենդորֆն Սարդարին ջախըբուրդ արեց,
Ասլանի գլուխն արծվին ռուսն մատաղ արեց:
Անիրա՛վ, հայերի արինն մի՛ խմի,
Միտք արա՛, էս բաղին բաղմանչի ունի:
Անիրա՛վ և այլն:
Սրբազան Ներսեսի խաչին դուրբան գնամ,
Եփրեմի՝ հոգևոր տիրոջն դուլ դառնամ:
Սուրբ Գեղարդն, մեռոնի զորքն մալում էլան,
Թշնամին քոռացավ, հայքն ուրախացան:
Հայ ազգի աղոթքը երկինքը հասան:
Անաստվա՛ծ, հայիցը ձեռք քաշի՛, կորի՛:
Անիրա՛վ, հայերի արինն մի՛ խմի:
Միտք արա՛ և այլն:
Մենք քամակ-քամակի կտանք, վեր կկենանք,
Ռսին մեր աշխարքը, կյանքն դուրբան կտանք:
Հասան խանն կատվի պես քարեքար ընկավ,
Շահզադի դոնշունը ցիր ու ցան էլավ:
Մեր խաչին, անհավա՛տ, արի՛, ճանաչի՛:
Անաստվա՛ծ, հայիցը ձեռք քաշի՛, կորի՛:
Անիրա՛վ, հայերի արինն մի՛ խմի:
Միտք արա՛ և այլն:
էջմիածին, Թավրիզ, Աբասաբադ, Սարդարաբադ

ռուսաց օրհնյալ ոտի հողին արժանացան, բայց դեռ Երևան իր անճար գլուխը դեմ էր տվել ու հետին շունչն ընկած՝ ուզում էր, որ դեռ մեկ քանի սհաթ էլ իր ջրատար որդվոց գլուխը լա, նրանց սև երեսը մեկ էլ տեսնի, որ փրկիչն Հայաստանի՝ կոմսն Երևանի, իշխանն Վարշավի, էկավ՝ էնտեղանց բանտում, զընդանում մաշված հայերին էլ մեկ օգնություն անի, ազատի:

... ամսի ... էր, որ երևանու բերդը ծխումը կորավ: Երկնքի կրակը ջոկ էր վեր թափում խեղճ կենողների գլխին, թոփի, թոփխանի գյուլլեն՝ ջոկ: ... օր ... գիշեր սար ու ձոր դրմբում, դմբդմբում էր: Հենց գիտես՝ Սոդոմ-Գոմորի քուքուրթն ու կրակը էսօր ա վեր գալիս: Երևանու բերդը, ձեթը հատած պատրուզի պես, թե մեկ ճրթճրթում էլ էր, մեկ սհաթ քիմի, էլ ետ հանգչում, խավարում էր: Էնքան թոփի գյուլլա էր գլխին ու սրտին դիպել, հոգին բերանը հասցրել: Սարդարը, շահզադեն վաղուց էին իրանց սև օրը լաց ըլելով՝ Երևանու երկրիցը ձեռ քաշել, Իրան փախել: Հասան խանն էր մնացել մենակ թոռումը, որ իր արած չարության պատուհասն առնի, ու էն մարգարեական ձենը կատարվի, որ Ապարանումը նրա անկաջն ընկավ, բայց խելքը գլուխը չեկավ: Նախ, որքան բերնումը լեզու ու ձեռին հունար կար, բանացրեց, որ իր ազգին սիրտ տա՝ իրանց գլուխը ձեռ չքցեն: ... օրվանից հետո խալխը, որ տեսավ՝ ճար չկա, իրան միջի մեծամեծներիցը մեկ քանի մարդ ընտրեց, ու հենց, էն ա, վերջին սհաթն էր մնացել որ բերդը հոգին տա, կենողները իրանց իրանց դուս էկան բրջերի գլուխն ու բալանքերը ձեռըներին բռնած՝ ռայի էկան:

Քանի որ Երևան բինա էր ընկել, կարելի ա, թե է՛ն օրը, է՛ն տեսարանը, է՛ն անունը չէ՛ր սեսել, չէ՛ր ճարել, որ էսօր տեսավ ու իմացավ: Կարելի է աշխարք աշխարքով դիպչի, ազգեր գան ու էլ ետ ո՛չնչանան, բայց քանի որ հայի շունչն ու լեզուն կա, ե՞րբ նրանց մտքիցը կերթա էն ավետալից սհաթը, որ իշխանն Վարշավի, գեներալն Գրասովսկիյ, մեր անմահ Ներսեսին հետըները՝ խաչ, ավետարան ձեռին, մտան բերդը, որ Հայոց աշխարքի ազատության տոնը կատարեն: Պետք է աշխարքումն էլ հայի հոգի չըլի, որ իրանց փրկիչ Պասքովիչի անմահ հիշատակը արտասունքով ու լալով չհիշեն, իրանց աշխարքի հոր ու պահպանողի սուրբ անունը, որ Հյուսիսի բերնիցը սկսած նրանց հոգսը քաշել, նրանց իր թևի տակն էր ուզում բերի, սրբությունի պես չպաշտեն: Կամիլլոս, դորդ ա, Հռովմ ազատեց: Սցիպիոն՝ հռովմայեցվոց թուրը Աֆրիկումը ցցեց՝ Կեսար՝ Գալլիա ու Բրիտանիա ոտի տակն առավ, Նապալեոն՝ Իտալիո, Սպանիո և Եգիպտոսին ազատություն էր խոստանում, բայց ե՞րբ հռովմայեցիք, գալլիացիք, եգիպտացիք է՛ն սրտովը, է՛ն սիրովը իրանց ազատողներին կընդունեին, կպաշտեին, ինչպես հայք, հա՛յք, որ առավոտն էին վեր կենում, է՛ն էին աղաչանք անում Աստված անից, րիգունն էին քնում, է՛ն էր նրանց աչքի արտասունքը: Մեծ էր հիրավի ու անմոռանալի ռուսաց Փարեժ մտնիլը, բայց ե՞րբ գաղղիացիք էն հոգվովը իրանց բախտավորությունը կվայելեին, ինչպես հայք էս արժանահիշատակ օրը:

Սալդաթի տուտը հենց բերդը մտավ թե չէ, հազար տեղից, հազար փանջարից լացն ու արտասունքը էլ չէին թողում, որ մարդի բերան բաց ըլի: Բայց ով սիրտ ուներ, լավ էր տեսնում, որ է՛ն ձեռներն, է՛ն աչքե՛րը, որ քարացել, սառել, երկնքին էին մտիկ տալիս, առանց խոսքի էլ ասում էին, որ դժոխքի քանդվիլը մեղավորների համար էս գինը չէ՛ր ունենալ, ինչպես Երևանու բերդի առնիլը հայերի համար:

Ինչպես բարեկամ, ինչպես երկնային ավետաբեր հրեշտակ, ազատության ու ողորմության պսակը ձեռին՝ մտավ իշխանն Պասքևիչ սարդարի ամարաթը: Նա անց կենալիս հազար տեղ տեսել էր ու արտասունքը բռնել, թե ինչպես էին ծեր, մանուկ, աղջիկ, պառավ՝ չէ՛ թե մենակ իր ոտը համբուրում, այլև շատը ընկնում էին սալդաթների ճտովն ու էնպես նվաղած, հոգին քաղված մնում: Քանի Հայաստան իր փառքը կորցրել էր, քանի հայք իրանց գլուխն էին թրի տեղ թշնամու ձեռք քցել, է՛ս օրը, է՛ս ուրախությունը չէին տեսել, չէին վայելել:

Էջմիածնա եպիսկոպոսունքը, որ բերդումը, հենց

բռնի՛ր, մաշվել, հետին թելն էին ընկել, մեկ կողմից, Շարի ու Կոնդի քահանայք ու դպիրք մյուս կողմիցը որ դուս չէկան՝ երեսները գետինը քսելով, էնպես գիտես, թե քաջն Վարդան նո՛ր ա վեր կացել, Տրդատ նո՛ր ա գալիս Հռովմիցը, որ իրանց հայրենյաց աշխարքը կրկին ազատեն, նո՛ր լիս, նո՛ր կյանք իրանց ազգին տան:

Սցիպիոն Աֆրիկացի Կարթագինեի ծուխն ու էրված, քանդված ամարաթներն էր տեսնում, աչքը բռնել, լալիս, որ հռովմայեցվոց գազան բնությունը նրանց արինը խմեց, կշտացավ, Պասքևիչ Մասիս էր առաջին տեսնում ու ուրախությունիցը աչքը սրբում, Տիգրանա, Վաղարշակի, Անիբալա, Տրդատի, Վարդանի պատմությունն էր մտածում, նրանց պատկերն էր առաջին կանգնել: Նրանց անմահ հոգիքն էին երկնային լուսով նրա աչքի առաջին, նրա գլխովը պտտում, ժպտում, զմայլում, ձեն տալիս, — Տե՛ս Հայկ աստղի կամարը, է՛ն լուսեղեն, է՛ն կապտագույն գըրքումն քո անունը գրվեց, փրկի՛չ որդվոց մերոց: Էնտեղ տարանք քո մեծագործության պատգամը: Հայկի մոտ, Լուսավորչու գրկումն իրար կտեսնինք, այժմ պահի՛ր մեր աշխարքը:

Հայկա որդիքն էին նրան երկրպագություն տալիս, հայոց անմեղ լեզուն էր նրա կյանքը օրհնում, հայոց սուրբ աշխարհին էր իր սիրտը բաց արել, նրան պատվում, պաշտում: Երևանու բերդի անվան կեղտը պետք էր նա սրբեր ու իր անունովը նոր կնքեր, երևանցվոց, հայոց մեծ ազգին հավիտյանս հավիտենից հեր, տեր դառնար: Ի՞նչ սիրտ ըլեր, որ էստոնք մտածելիս չվերանար, չմեծանար: Ի՞նչ աչք ըլեր, որ էս սիաթին իրան բռներ ու էնքան օրհնության, ուրախության ձենը լսելով՝ դինջ մնար, ծով չդառնար: Նա արեգակ էր դառել Հայաստանի, ռուսք մոլորակի պես նրա գլխովը պտտելով՝ նո՛ր կենդանություն էին բերել, ո՞վ կարեր էս մտածել ու լուռ կանգնիլ, որ էնպես քաջ հսկայն կարողանար դիմանալ: Հասան խանն ընկել էր ոտը, իր վերջին սիաթին էր սպասում, նա չէ՛ թե Սցիպիոնի պես իր ազգի կատաղի բնությունն իմանալով՝ ոտնահար արեց, այլ ռուսաց ազնիվ հոգին ճանաչելով՝ էնպես անօրեն ավազակին գրկեց, էլ իր պատվով՝ հրամայեց, որ ճամփա քցեն, գնա, դիա ավելի իմանա, թե ո՛րքան ողորմած է հզոր տերությունն Ռուսաց: Ռուսք էն մութը հոգին չունեին, որ Նապալեոնի պես մարդին, իրանց մեծահոգությանը ապավինելիս, նավ քցեն, որ գնա, իր դառն օրը Օվկիանոսի միջումը վերջացնի, չէ՛: Ռուսք իրանց թշնամուն, էնպես անարգ հոգուն էլ, ցույց տվին էսօր, որ իրանց ոտքը որտեղ որ մտնի, էնտեղ բախտավորություն ու խաղաղություն պետք է ըլի: Հասան խանը գլուխն էր դեմ անում, որ կտրեն, պարսիկը երեսներն էին փռում, որ ոտնակոխ անեն, բայց Պասքևիչ անօրինակ հսկայն, մեկին հանդիսով Թիֆլիս ուղարկեց, մյուսցը շնորհք, ողորմություն ցույց տվեց: Այլ եվրոպացիք Ամերիկա ավերեցին, հողի հավասարեցին, ռուսք Հայաստան կանգնացրին ու ասիացվոց բիրտ, գազան ազգերին մարդասիրություն ու նոր հոգի տվին, Աստված ի՞նչպես չի՛ պետք է նրանց թուրը կտրուկ անի, պատմությունն ի՞նչպես չի պետք Պասքևիչին Աստված ացնի, հայք ե՞րբ կարեն ռուսաց արածը մոռանալ, քանի որ շունչ ունին:

Բայց ա՛խ, սիրելի կարդացող, մի հարցնես, թե ախր էնքան բանը որ անց կացավ, ո՞ւր մնաց մեր ջրատար, սիրտը փորումը մեռած Աղասին, որ չի՛ գալիս՝ իր մուրազն առնի, իր մահվան դուռն ընկած խեղճ հորն ազատի, նրա օրհնությունն առնի, թողություն խնդրի, որ էնքան նեղությունն ու տանջանքը իր խաթեր էր քաշել, հինգ տարի բանտումը չորացել, ցամաքել, հազար անգամ գերեզմանի դուռը գնացել, ետ եկել, որ իր որդուն տեսնի, փափագն առնի, էնպես հողը մտնի, որ սրտումն էլ դարդ չմնա, գերեզմանն իր համար դժոխք չդառնա:

Բերդի մեջն ու չորս կողմը, որ ասեղ քցեիր, գետնին չէ՛ր հասնիլ. աշխարքը իրարոցով էր դիպել: Աչք էր, որ խնդում էր ու լալիս, բերան էր, որ գովում էր ու օրհնություն տալիս, ազգական, բարեկամք էին, որ իրար փաթութված՝ մնացել էին փետացած: Լեզվի տեղակ արտասունքն էին նրանց էրված սիրտը հովացնում: Սար ու ձոր խնդացին, բաղ — բաղաստան ցնծացին, որ իրանց տերերն էլ ետ ճամփու էին ուզում ընկնիլ, որ զնան, նրանց զվարթացնեն: Բերդի դռներն ու քուչեքը դրմբում էին ոտի ու ուրախության ձենիցը: Ռսի ղարավուլները ամեն տեղ բռնեցին, խալխը Քիչ-քիչ սկսել էր, որ քաշվի, բայց որտեղ որ Հասան խանի խերիցը քոռացրած, քոթրոմացրած, ոտից-ձեռից ընկած անղամալույծ կար, էկել, բերդի դուռը բռնել էին, որ իրանը սև օրին մեկ լիս, մեկ ողորմություն. մեկ դինջություն գտնեն:

էս միջոցին էր, որ Ներսես սրբազանը Սահակ աղի ձեռիցը բռնած ընկել էր բրջերի, բաղանների գլուխն ու հենց գիտեր, թե երկնքիցն ա Երևանու դաշտին մտիկ տալիս, նոր ըլի դրախտը նրա աչքի առաջին բաց էլել, նոր ըլի ջրհեղեղը դադարել, նոր ըլի որդին միածին վեր էկել, որ իր արդար, սիրելի հայոց ազգին փրկություն բերի: Անց կացած ժամանակները երազի պես էին նրա աչքի առաջին կանգնել: Չէ՛ր իմանում, թե Երևա՞ն ա տեսածը, թե՞ Թիֆլիզ: Է՛ն պուճախներումը, է՛ն ձորերումն ու բաղերումը, որ սև դզլբաշի երեսի էր նրա աչքը սովորել, ռուս էր տեսնում ցրված, նստած, ո՞վ չէր տեսածը երազ համարիլ յա հրաշք:

էս մտածմանց մեջը խրված՝ էն թանձր ունքերի տակիցը իր հոգելից աչքը Զանգվի վրա էր քցել ու մնացել վերացած, գավազանի վրա թինկը տված, որ մեկ քաղցր ձեն ետևիցը որ «Հա՛յր սուրբ ջան» չասեց ու ձեռն առաջ դոշին, հետո երեսին չկպցրեց, քաջաջան հովվապետը մնաց ուշագնաց:

— Հա՛յր սուրբ ջան, սրբազան տե՛ր, ա՛խ, էս ի՞նչ օր ա, — մեկ ձեն էլ մյուս կողմիցն էկավ ու մյուս ձեռը բերան ընկավ:

— Սմբատով ջան, Երուսալեմսկ ջան, ո՛րդիք. Թաղեցե՛ք ինձ այսուհետև ձեր ձեռովը: Թե որ մեկ քանի օր էլ Աստված ինձ կյանք պետք է տա, թո՛ղ էնդուր համար տա, որ էս էրված սրտիս մուրազը կատարեմ, մեր խեղճ, ցրվյալ ազգը էլ ետ իրանց աշխարհը բերեմ, էս մեկ բանն էլ թո՛ղ էս կարոտ աչքս տեսնի, հետո, ա՛խ, հետո Հայաստանի սուրբ հողի տակը մտնիմ: Խնդրեցե՛ք, խնդացե ք, խնդացե՛ք, խնդրեցե՛ք, ո՛րդիք ջան, որ ձեր ծերունի հոր էս մեկ խնդիրն էլ Աստված լսի, էլ ուրիշ բան չե՛մ ուզում: Հայաստա՛ն, Հայաստա՛ն, տո՛ւր ինձ քո սիրտը, տու՛ր ինձ գերեզման: Էլ որ նոր ազգեր թե գան ու երթան, ա՛խ, չի մոռանաս քո սև, դառն օրվան նեղությունն, տանջանքն, կա՛ց ու զգաստացի՛ր, քո խեղճ որդոցը սիրով պահպանի՛ր, էլ քո զավակը գերի մի՛ քցիր: Սուրբ հողդ իմ երեսս, ընտի՛ր Հայաստան, աթոռ աստուծո, տուն Արշակունյան: Ախր որտեղանց որտեղ թռաք, էկաք, սիրելի ո՛րդիք, որ ձեր Հայրենիքը տեսնիք, — վերջապես հարցրեց սրբազանը զարմացած աչքերը սրբելով ու էս ազնիվ հայկազանց գլուխը դոշին կպցնելով, — ախր մի ասեցե՛ք, որ դինջանամ. ձեր կարոտն էի քաշում, ձե՛զ էի ուզում, ձե՛զ որ էս սհաթին իմ սիրտն իմանաք, իմ ուրախությանը մասնակից ըլիք, ո՛րդիք ջան, հայոց ազգի բարի շառավիղք: Էդ ո՞ր Աստված ը իմ մեղավոր սրտի խոհուրդն իմացավ ու ձեզ ինձ մոտ բերեց:

— Մենք էլ հենց է՛դ մտքովն ու մուրազովը տուն ու տեղ թողինք, իրեք գիշեր ա, չենք քնել, սար ու ձոր ոտնատակ տվինք, որ մի զանք, էս սհաթին ձեզ տեսնինք, քո ուրախությունն ու օրհնությունն առնինք, մեր Հայրենյաց ազատությունը տեսնինք, մեր կարոտ աչքը մի կշտանա, ու էլ հենց էս սհաթին պետք է ետ դառնանք, որ կուսակալը մեր գալը չիման — Հա յ անիրավս ձեզ, էտու՞ր համար եք էդպես չերքեզի շորերում կուչ էկել, որ մարդ ձեզ չճանաչի՞, շատ լա՛վ, հանաքն հո էդպես չե՛ն անիլ. դուք ձեր խաղն եք խաղացել ձեր ջահել տեղովը, ես էլ իմը կխաղամ էս ծեր տեղովս, տեսնինք՝ ո՞րս կհաղթենք: Ձեզ բանտ պետք է քցած, որ մի քիչ քիթըներդ տրորվի, իմանաք, թե Հայրենյաց համար էդքան նեղություն քաշողը, էդքան ճամփա էկողը ու իր դուլլուղից ձեռք վերցնողը՝ թուր էլ որ դեմ անեն սրտին, կրակ էլ որ ածեն գլխին, պետք է երեսը ետ չի՛ թեքի: Դուք էսքան տեղն անահ, աներկյուղ անց եք կացել, ոտի տակ տվել, որ մարդ են ուտում, հիմիկ սիրտ չե՛ք անում, որ կուսակալի առաջը գա՞ք: Տո՛, Հայաստանու փրկիչը որ ձեր էդ ազնվական գործն իմանա, հասկանա, թե դուք ձեր աշխարքի ու ազգի ազատության հանդեսը էկել եք, որ տեսնիք, ձեր ձենն էլ նրանց ձենի հետ խառնեք, ձեր ազնիվ սիրտն էլ նրանց սրտի հետ միացնեք, էն էլ է՛ս հրաշալի, է՛ս արժանահիշատակ ժամանակին, ձեզ սիրելու, ձեզ զրկելու խաթեր ձեզ վրա պետք է բարկանա՞: Էն ի՞նչ սիրտ պետք է ըլի, որ տեսնի մեկ որդի սարեսար ա ընկել, գլուխը մահու տվել, որ իր ծնողին նեղությունից պրծած տեսնի, ինքն էլ ջանը ետ դնի, ինքն էլ հետը ուրախանա ու, մահապարտ էլ որ ըլի որդին, նրան թողություն չտա՞: Ձեզ պես որդիք շա՛տ ունենամ, շա՛տ, էկե՛ք, էկե՛ք, ձեր երեսին մեռնիմ, ձեր էդ ազնիվ աչքերին ղուրբան, իմ սիրուն պահած որդիք, էկե՛ք, ձեր էդ մաքուր ճակատը մեկ էլ համբուրեմ, մեկ էլ ձեր էդ սիրուն երեսը դոշիս կպցնեմ, հետո ձեր շունչն իմ վզին: Կուսակալը թե խոսք ունի, առաջ ինձ ասի: Դուք է՛ն օրինակն եք ցույց տվել, որ մեկ որդի Սիբիրից ոտով գնացել ա Մոսկով, որ իր հորն ազատի, ձեզ ո՞վ կարա ղնամիշ անիլ: Հայոց ղոնշունն էլ, է՛ն ա, հա՛, հազրել եմ. քիչ-քիչ սովորում են կովելու կերպը: Մելի՛ք, էսպես զավակներ որ թագավորն էլ ունենա, չի՞ ուրախանալ: Հայոց ազգը էս՛պես որդոց ա կարոտ, է՛սպես, ի՞նչ կըլի, որ սրանց նման մեկ հարիրն էլ ըլին: Հլա մտիկ տո՛ւր սրանց բոյին, սրանց պատկերին, սրանց լեզվին, սրանց աննման աչքերին, աստծուն հայտնի ա, ուզում եմ, թե էս սիրտը հոգիս հանեմ, սրանց տամ: Օրհնվի՛ էն արգանդը, որ էսպես զավակներ կբերի: Ամեն մեկը, էնպես գիտես, թե թագավորազունք ըլին: Ձեզ ստեղծող աստծուն զո՛հ ըլիմ, զո՛հ, ինձ պետք է թաղեք, որ հետո վրըներովդ դուշ անց կենա: Ձեր հայրենիքն էիք ուզում, էս էլ ձեր հայ՛րենիքը: Ես էլ գիտեմ, որ չոր, հալնոր սևագլխի խաթեր էդքան ինջըմիշ չէիք ըլիլ: Ինձ սիրեք, չսիրեք, ձեր ազգն ու աշխարհը որ էդքան սիրում եք, հենց գիտեմ, թե Գաբրիել ու Միքայել հրեշտակն եք ինձ համար, որ մեր Լուսավորիչ պապին Խոր Վիրապումը մխիթարում էին: Գնա՛նք, իմ հոգու ճրագներ, գնա՛նք, ուշացանք, կուսակալը ինձ կըլի մնում, հլա բերդը նոր ենք առել, ո՞վ ա խաբար, թե ի՞նչ դուս կգա: Խալխի հոգսը պետք է քաշենք, բանտ ու զընդան լիքն են մեր անմեղ զավակներովը, նրանց ախր հանիլ, ազատություն ու տերություն կուզի, ո՞վ ա խաբար, թե դրաղ-պուճախում դեռ ի՞նչ բաներ անց կկենա, չունքի ղզլբաշը, դորդ ա, կոտրվել ա, ամա դեռ ոխն ա քենը սրտումը մխում կըլի, որ էրեկ իրանք էին Երևանու տերը, մեր ազգի գլուխը, էսօր մեր ոտն ա նրանց գլխին, մեր խաչին պտի հնազանդին ու երկրպագություն տան: Գնա՛նք:

Էս խոսքը բերնիցը դուս գալը ա մեկ ողբալի ձեն հենց էն վրեն կանգնած բրջի տակիցը վեր ըլիլը մեկ էլավ.

— Հա՛յր սրբազան, գլխիդ դուրբան, հասի՛ր, մեկ հայ աֆիցերի սպանեցին իր հոր հետ. Ճար ունիս, տե՛ս:

Բրջի դռանը մարդ չէ՛ր երեում, որ մի քիչ կռացան, մտիկ չարին, գլխըներին կրակ վառվեց, բերդը մեկ գազ էլ խոր գնաց, չունքի տեսան, որ էն մարդը փանջարիցն ա գլուխը հանել ու ձեն տալիս:

Ախ, սի՛րելի կարդացող, էլ ի՞նչ երկարացնեմ էս սարսափելի պատմությունը: Կըլի, որ քո սիրտն էլ քեզ ասեց, որ էս հաղաղին ի՞նչ աֆիցեր պետք էր էնպես դժոխք մանիլ, որ գլուխը մահու տա, եթե ո՛չ մեր ջիվա՛ն Աղասին, որ հինգ տարի սար ու ձորի, գազան, հարամու գլուխը չի՛ տվեց, պահե՛ց, էն բաներն արեց, որ աշխարքումը քիչ աղամարդի արած կըլի, վերջը Գրաստվսկիյ գեներալի հետ թռավ իր ցանկալի վաթանը, որ իր ջրատար հոր հետին շնչին հասնի, ու հենց բերդն առան թե չէ, նա, մերը կորցրած գառան պես, էլ չի՛ համբերեց, որ ոտքը մի քիչ խաղաղվի, ընկավ բրջէ-բուրջ ու որ հոր անունը չհարցրեց, մեկ երևանցի հայ առաջն ընկավ, տարավ նրան էն բրջի դուռը, որտեղ որ նրա տարաբախտ, հերը, մեկ քանի հայերի հետ, բռնված էր: Բայց անիրավ պարսիկքը վաղուց էին իմացել նրա դոնշունի հետ գալը, ու նրա սպանածների հեր, ախպեր, ազգական՝ մինչև տասը մարդ, գնացել, էն բրջումը տափ էին կացել: Ախ, էլ ի՞նչ գրեմ, ձեռս թուլանում ա, սիրտս արին կաթում... Ա՛խ, բաս Աղասու սուգն ո՞վ անի, նրա ջիվան ումբրն ու օրը ո՞վ լաց ըլի: Ե՛ս, ես, ողորմելիս, նրա գերեզմանին դուրբան... Ախ, բաս նա, որ ինձ էնքան երեխա ժամանակս իր ծնկա, վրա խաղացրել ու ինձանով մխիթարվել ա, բաս ես քա՞ր պտի ըլիմ, որ նրա սուգը չանեմ: Բաս սիրտս կհամբերի՞, որ էսօր չուզենամ էնպես հսկա, էնպես ազնի՛վ, քաջ երիտասարդի վրա հոգիս տամ: Բայց չէ՛, ես ի՞նչ եմ, որ Աղասու սուգն անեմ, իմ բերանն ի՞նչ ա, որ լսողի սիրտը շարժի, էրի, խորովի: Նրա սուգ անողը հետո կգա, ես իմ դառը պատմությունն անեմ:

Իրեք թուրք ջոկ էին ընկել բրջի մեկ դրադումը, մյուսները փախել. ախ, լե՛զու, լռվիս, ի՞նչ կըլի: Աղասին, իրեշտակ Աղասին. երկու խանչալ սրտումը ցցված, իրեքը քամակումը, ու ոտ ու ձեռ հազար տեղ յարալու-փարալու՝ իր ողորմելի հոր դոշին, արինը ծովի պես չորս կողմը բռնած, որ սրբազանը վրա հասավ: Աջու ձեռը որ չէր տարել, որ հոր գլուխը, էն ձնի պես սպիտակ մազերը, մեկ խտտի, մեկ դոշին կպցնի, որ էնքան տարվան էրված սրտի մուրազն մի առնի, հովանա, հենց տեղնուտեղը ուսըվեր էին բերել, ու կտրած ձեռը մնացել էր հոր գլխատակին, երեսը՝ երեսին, ու ձախու ձեռն՝ էնպես փետացած, դոշի վրա ընկած:

— Վա՛յ, աչքս դուս գա, ա՛յ իմ ազգի ազիզ որդի, վայ, մեր ճամփեն փուշ դառնար, ա՛յ ջիվան, ա՛յ մեր ախպեր, հայի զավակ, վայ մեր օրին ու արևին, Երևանա ճրագ, իմ պահած-մեծացրած, սիրուն Աղասի, քո արինն է՞ստեղ պտի թափե՛ր, — ասացին էս ազգասեր հոգիքն ու աղխներն աչքներին դրած՝ ամեն մեկը մեկ դրադ քաշվեցին, չորացան, թուլացան, երկինքը գնացին, քարացած մնացին, ու էլ որ մեկն ու մեկը հանկարծ աչքը կամ հոր երեսին՝ էն լիս դառած պատկերին, յա տղի կտրատած ջանին՝ էն արնաթաթախ մարմնին, չէ՛ր քցում ու սիրտը բերնովը դուս բերելով՝ բիրդանբիր ձեն տալիս ու գոռում.

— Հլա մի մտիկ արե՛ք, տեսե՛ք, հորն ի՞նչպես ա խտտել: Տո՛, էն ծերին նայեցե՛ք, տեսե՛ք, աչքը ի՞նչպես ա որդու երեսը քցել ու երկու ձեռով ճակատին խփում:

Մի՛րտ, տրաքի՛, սի՛րտ, էլ չեմ կարում տանիլ, ո՛վ ջիգյար ունի, ինքն իմանա, մնացածը էգուց կգրեմ:

Հայոց ազգը էնպես ռաշիդ, էնպես ջիվան որդիք շատ էր կորցրել էս կռվներումը. էլ ո՞ւր կիասներ, էլ ի՞նչ օգուտ շատ սգալն ու մղկտալն, բայց, ախ, Աղասու մեռը քոչի ճամփին էր իր սև օրը վերջացրել, հերը՝ որդու արնովը իր փետացած լաշը լվացել, նշանածը՝ ողորմելի Նազլուն, դեռ Փամբակ էր. միմիայն տես ու ճանաչ էին նրա վրա ցավում, կսկծում, իր ռաշիդ ընկերներ«ից» հո, քանի Մատաթովի մոտ էր գնացել, ո՛չինչ խաբար չէ՛ր իմացել, էկող-գնացող էնպես էին պատմում, թե նրանց եսիր էին արել, Հասան խանի մոտ տարել: Ո՞վ էր խաբար, բալքի թե էն անդամալուծների շատը նրա բարեկամքն էին, բայց մարդ չէ՛ր գիտում: Էն բրջից ձեն տվող երևանցի հայիցը հենց էսքան իմացան, թե երբ քաջն Աղասի՝ ռսի ապելատով, բրջի դռանը երևեցավ, դարավուլ սալդաթը դրաղ կանգնեց, պատիվ տվեց:

— Ինչպես մեկ հրեշտակ, է՛նպես ներս ընկավ իգիթը, — վրա բերեց երևանցի հայն: — Անօրեն թուրքերը մեկ դրաղում, թուր ու խանչալ պլոկած, տափ էին կացել: Բերդի առնիլը դեռ չէինք իմացել: Հենց իմացանք, թե էն թուրքերն էկել են՝ մեզ յա սուրը քաշեն, յա դուրս տանին, կախ տան: Լերդ ու թոք ջուր կտրած՝ մնացել էինք սառած, որ հսկայն Աղասի ներս ընկավ, հենց իմացանք, թե եկել ա, որ էն անիրավներին բռնիլ տա ու մեզ ազատի: Ո՞վ կիմանար, թե ի՞նչ մարդ ա ու ընչի՞ համար ա էկել: Խեղճ հոր հո, շունչն էր մնացել բերնումը. աչքի լիսը վաղուց էր հատել, վաղուց էին ոտ ու ձեռք նրան թողել, չորացել: Փորն էկել էր, ուռել, բերնին դեմ առել, հենց գիտես, թե հոգին ինքը նրանից չէ՛ր ուզում ձեռք վերցնի, չունքի շատ անգամ, էն ուշագնաց վախտը, լավ պարզ լսում էինք, որ ուզում էր գլուխը բարձրացնի ու մեռած ձևնավ մղկտում էր. «Բաս ո՞ւր ա... թո՛ղ, թո՛ղ, մի տեսնիմ... Ա՛ղասի, ո՛րդի, հո՛գի, քա՞նի մի քանի ինձ մաշես, երկնքումը վաղուց եմ տեղս տեսել, ա՛յ իմ ջիվան որդի, քանի՞ մի քանի ինձ մաշես: Արի՛, արի՛, երեսիդ մեռնիմ, արի՛, մեկ շունչդ առնիմ, էլ հո աչք չունի՞մ, որ քեզ տեսնիմ. էլ հո ձեռք չունի՞մ, որ քեզ գրկեմ, լեզուս ա մնացել, անկաջս. Թո՛ղ մեկ էլ ձենդ լսեմ, որ մորդ էլա մեկ խաբար տանիմ: Հո՛փիմե, Նազլու, Կա՛րո, փարիխան, Ա՛ղասի»: Սանզարի ժամանակին ձենը խպառ կարվել էր: Մենք հենց իմանում էինք, թե վաղուց ա հոգին տվել: Թոփի, ղոմբարի ձենը մեզ խլացրել էր: Երբ ոտը խաղաղվեց, էլի առաջվան պես նղղալով՝ խոր հոգոց քաշեց, էլի էս խոսքերը սկսեց ետ ասիլ ու հոգու հետ կռիվ տալ: Վերջին խոսքն էլի էն էր՝ «Արի՛, արի՛, Ա՛ղասի, ո՛րդի, հո՛գի ջան», որ դոները ճռռացին, ու ջիվան որդին հոր ձենը որ չիմացավ, «Ա՛փու ջան, գլխովդ ման տամ, դեռ սա՞ղ ես, երեսիդ ղուրբան, ա՛փու ջան», «Ափու ջան» ասիլը, գժվածի պես հոր վրա ընկնիլն ու թուր ու խանչալ վրա գալը մեկ էլան: Հերը հենց ձենիցը մեռավ. որդուն, ա՛խ, ջրատար որդուն էլ ժամանակ չմնաց, որ յա հորը ետ բերի, յա իրան մեկ չարա անի: Էլի Աստված մեզ էր խեղճ եկել որ սալդաթը էս ձենըձորը որ լսեց, խիշտն առած՝ ասլանի պես ներս ընկավ, իրեքին սպանեց, մյուսները փախան, քոռանա իմ աչքս, որ էսպես բան չէ՛ի տեսել: Հազար անգամ Աղասու հոր հացը կտրել, հետը քեֆ եմ արել: Բարիկենդանին էլ, որ Աղասին փախավ, նրանց տան քեֆ անողների մեկն էլ ես էի: Իմ որդիս, ա՛խ, իմ ջիվան Մոսին էլ էր նրա հետ փախել: Բայց ես լսում եմ, թե նա դեռ սաղ ա: Աստված , դատաստանդ քաղցր ըլի, էսպես զուլում էլ ո՛չ շհանց տաս, էլ ո՛չ տեսնինք, երեսս ոտիդ տակն, — ասեց ողորմելին ու փեշն աչքերին դրեց:

Րիզնաիովն ընկել էր, թոզ ու դուման՝ բերդի չորս կողմը բռնել: Էսպես վախտին դուշն էլ իր բնիցը չի դուս գալիս, բայց սաղ աշխարհն էկել, Երևանու բերդի չորս կողմը բռնել էր, որն ջիվան Աղասու խաթեր, որը նրա մեյդը դուս բերելու, չունքի լսել էին, որ մուզիկով ու դոնշունով պտի թաղեն, ու էսպես բան, էսպես տեսարան, Երևանումը դեռ առաջինն էր: Սալդաթ ու մուզիկանդ բերդի դուռը կտրել էին. ժանդարմեքը ճամփա էին բաց անում: Համամների ու սուրբ Սարգսի դուզը էնպես էր սևին, սպիտակին տալիս ու դես ու դեն ծփում, ինչպես մեկ փրփրած ծով, որ քամու ձեռին յա սպիտակ փրփուրն ա, կիտուկ-կիտուկ, քարին, ապառաժին խփում, յա սև ջուրն ա դրմբալով դես ու դեն քցում: Թոզն էլ հո բոլորը թամամ էր անում:

Տամբուր մայորը թոփուզը պտտեց, սալդաթները կարգ ընկան, մուզիկեն իր կսկծալի ձենն սկսեց, սև ձիանոց զլուխն ու դազաղի ծերն երևեցան, ու գեներալ, աֆիցեր՝ Ներսես սրբազանին մեջ արած, դուս էկան. ոտը շարժիլն ու սզի ձենը մեկ էլավ: Հազար բաշից, հազար կտրից աչք էր, որ մրմնջում էր. սիրտ էր, որ էրվում, մղկտում էր. բերան էր, որ ա՜խ քաշելիս՝ քարերն էլ հետը ա՜խ էին քաշում, սզլթում:

Մեծ ա Անապատի հայաթը, բայց ռուս, հայ, թուրք, մեծ, պստիկ է՛նպես էին լցվել, որ շունչ չէր դուս գալիս: Տերտերներն եկեղեցու դուռը վաղուց էին բաց արել, ճրագները վառել, շուրջառները քցել, բուրվառ, խաչ, խաչվառ ձեռըներին՝ մտիկ տալիս, որ մեիդը ժամը տանին: Խալխին դեն անելուցը զվիրն էին էկել. շատը պատերովն էին ներս թափում, որ շուտով մեկ տեղ ճարեն: էս հադաղումն էր, որ իրար ոտնատակ էին տալիս, մեկ անդամալույծ էլ սուրութմիշ ըլելով, քանի որ ոտը խաղաղ էր, գլխին-դոշին վեր հատելով, մազերը պոկելով, «Սուրբ Սարգիս» ձեն տալով՝ հասավ, ընկավ մեկ տերտերի ոտ, որ թողա, ժամի դռանը վեր ընկնի: Աստված ասեր քահանեն՝ Տեր Մարուքը՝ Հովսեփ եպիսկոպոսի հերը, հենց իմացավ, թե յա ուխտ ա էկել ողորմելին, յա ուզում ա մեկ ողորմություն խնդրի, սիրտը մրմնջաց, հանեց, մեկ-երկու զռոշ էլ առաջը քցեց ու տիրացվերին ասեց, որ նրան ձեռ չի՛ տան:

— Ա՜խ, քոռանա քո քոռացնողի աչքը, մեկ բուռը հողի հասրաթ մնա, որ քեզ էդ տեղն ա քցել, ա՜յ խեղճ տղա. էդ պատվական սուրաթը, էդ զյովդեն ու սիրուն բոյը, որ քոնն ա, ընչի՞ պետք է էդպես չուռումիշ ըլեր, չուռումիշ ըլի քո էդպես անողի կյանքը,— ասեց աչքը տրորելով ազնիվ քահանեն ու երեսը շուռ տվեց:

Հենց պատվական մարմինը տեղ հասավ, հենց մուզիկի ու շարականի ձենը կտրեցին, մեիդը վեր բերին, որ հոգոց ասեն, հենց Ներսես սրբազանը էն սուրբ բերանը բաց արեց, ա՛ստված, ո՞վ ունի էն լեզուն, պատմի, ինչ որ էստեղ պատահեցավ: Սար ու ձոր կրակ ընկավ, խալխի գլխին ջուր մաղվեցավ, էլ բերան չէ՛ր բաց ըլում. աչքն էր իր կրակը վեր ածում, սիրտն էր իր խանչալները փոխում, շունչն էր իր ծուխն ու բոցը քթիցը քուլա-քուլա դուս փչում: Ալամ-աշխարք մնաց քարացած, կանգնած: Երազ չէ՛ր, որ աչքները բաց անեին, պրծնեին, կրակ չէ՛ր, որ փախչեին, դինջանային. ջիգյար էր, որ էրվում էր, սիրտ էր, որ պատռվում էր:

— Ա՛ղասի ջան, Ա՛ղասի, աչքիս լիսը վաղուց ա խավարել որ մեկ էրեսդ էլա տեսնիմ,— մեկ ձեն գոռաց,— ոտներիս ջլերը վաղուց են փետացել, որ վրեդ էլա մի կանգնիմ, սուզ անեմ, ձեռներս քոթուկի պես դոշիս են կպել, որ մեկ նաշդ էլա խտտեմ, որ մեկ նաշդ էլա դոշիս կպցնեմ, որ մեկ էրեսիդ վրա ընկնիմ, էրեսդ էրեսիս տամ, հոգիս հոգուդ հետ ճամփու քցեմ, էդ լիս էրեսիդ դուրբան, Ա՛ղասի, էդ ջիվան ջանիդ մեռնիմ, թա՛զավոր Ա՛ղասի: Է՞դպես էիր ուզում քո խեղճ հոր հավարին հասնիս, է՞դպես էիր ուզում քո դոստ — բարեկամի սիրտն առնիս, է՞դպես էիր ուզում Անի շինես, ումբրդ ու արևդ խավարացնես, որ բալքի քո ազգին ու աշխարքին մեկ ճար անես, ա՛յ քո հրեշտակ ջանին դուրբան: Ա՛խ, մկամ երկիրը քեզ պես ծնունդ ո՞ւնի, քեզ պես զավակ բե՞րել ա, որ էդպես անջիգյար քեզ տանում ա. մկամ երկինքը քեզ պես հողեղեն տեսել, ստեղծե՞լ ա, որ քեզ խլում ա. մկամ հայոց ազգը քեզ պես որդի, քեզ պես ճրագ էլ ո՞ւնի, որ քեզ բերել ա, հողը դնի, քեզանից ձեռք վերցնի, քո ջիվան ջանը գետնին, գերեզմանին պահ տա, էդ երկնքի՛ նման լուսեղեն պատկերիդ մեռնիմ, Ա՛ղասի:

Լոռվա սարերը քեզ պահեցին, քեզ սիրեցին. Անու խարաբեքը քեզ ղվաթ տվին, հարամուց ազատեցին, բաս հենց վա՞թանն էր քոռացել, վա՞թանն էր խարաբ էլել, որ խորթ մոր պես իրան գլուխը պրծացրեց, քեզ մահու տվեց, քե՛զ, որ հազար տարի անց կենա, էլ քեզ նման զավակ Ո՛չ ունեցել ա, ո՛չ կունենա: Հինգ տարի բոլոր դո՛ւ էիր մեր դաշտերի, սարերի

Աստված ը, հազար գերի ու անճար քո՛ ձեռիցը իրանց կյանքը նորեն ստացան, բաս է՞նքան սիրտ էլա չուներ քո աշխարքը, որ մեկ սիաթ էլա քեզ պահեր, քո արևը էդպես շուտով չթո՞ղար մեր մտնի: Աչքերս Հասան խանը հանիլ տվեց. ոտ ու ձեռ նրան ղուրբան էլան, Ա՛ղասի ջան. երկինք ու երկիր ինձ համար հավիտյան խավարեցան, ջան ու զորություն վաղուց ինձանից ձեռք վերցրին, արեգակ ու լուսին վաղուց ինձ համար մեր մտան, ծնող, ազգական դեռ չե՛մ տեսել, որ սիրտս չէրվեր, բայց էլած շունչս էլ քե՛զ համար էի պահում, քառացած անկաջներս քո՛ ձենին էին հասրաթ մնացել, խավարած սիրտս քո՛ անունովն էր պայծառանում, մխիթարվում, քո անուշ ձենին էի մնում, որ մեկ լսեմ, հետո հոգիս տամ. քո լուսեղեն պատկերին էի կարոտ, որ մեկ գայիր, էն խավա՛ր գնդանին լիս տայիր, որտեղ ինձ պտի դնեին, էն սա՛ռը գերեզմանին շունչ տայիր, որ ինձ պտի ծածկեր, էն տեսնող- լողին էրեիր, որ իմանային, թե դո՛ւ, դո՛ւ ես ինձ վրա սուգ անում, քո արևին մատաղ, հիմկ, ա՛խ, ի՞նչ կըլի, երկնքիցը մեկ կրակ ընկնի գլխիս, ինձ էրի, փոթոթի, կամ երկիրը պատռվի, ինձ նեքսև տանի, ա՛խ, ե՞ս պետք է քո սուգն անեմ, որ աչք էլ չունիմ. Ե՞ս պետք է քո վրեդ գամ, որ չե՛մ էլ տեսնում, հո՞ղը պտի ըլի քո գերեզմանը, թե՞ սիրտս, մարդիկ են մենակ վրեդ լալի՞ս, թե՞ սար ու ձոր էլ. գիշե՞ր ա, որ քեզ թաղում են, թե ցերեկ. արեգա՞կն ա աչքը բռնել, խավարել, թե՞ լուսինը, հրեշտա՞կք են քեզ շրջապատել, քեզ ողբում, թե՞ մարդիկ, երկընքո՞ւմն եմ քեզ հետ, թե՞ երկրումս, էդ սիրուն ջանիդ մեռնիմ, Աղասի՛:

Հերնումերդ առաջիս կանգնել, խնդում են, հրճվում են, քե՛զ են կանչում, թագ ու պսակ, լիս ու ծաղիկ քե՛զ վրա են վեր գալիս, քե՛զ պետք է զարդարեն, թագավոր ու նահատակ քո առաջն են եկել, բոլորը տեսնում եմ, բոլորի միջումն դո՛ւ ես արեգակի պես փայլում, բաս էս ի՞նչ տխուր ձեն ա, որ անկաջս ա ընկնում, բաս էս ի՞նչ կոծ, կսկիծ ա, որ վեր ա ըլում. բաս ո՞ւր ա Նազլուդ, ո՞ւր քո ջիվան երեխեքդ, որ թողել գնում ես, չե՛ս հարցնում, բաս էս ի՞նչ քարեր են, որ չոքած տեղս ծնկերս ջարդում, մաշում են. չէ՛, վա՛յ իմ գլխիս, արևիս. դո՛ւ ես երկնքումը, ե՛ս, ե՛ս, ողորմելիս միայն երկրումը, էս փուչ աշխարքումը, էս խավար տարտարոսումը, էս փշալից ձորումը, է՛ս՝ առանց քեզ. Մոսին, ու ո՛չ Աղասին, մարմինն, ու ոչ հոգին, լաշը դարտակ, բայց ո՞ւր հրեշտակն: Քե՛զ հետ կյանք քաշեցի, առանց քեզ թո՛ղ չըլի. քո կողքին արևս բայց էլավ, առաջին՝ քոնը մեր մտավ, էս շունչը կրակ կդառնա, ինձ կէրի, էս հողը դժոխք կդառնա, ինձ կմաշի, էս մարմինը, որ ինձ պետքը չի՛, քե՛զ, թո՛ղ քեզ ղուրբան ըլի, քե՛զ, ինձ ո՞ւր ես թողում, դու գնում, ինձ ո՞ւր ես թաղում, դու թռչում, երկիրն մեկտեղ վայելեցինք, օրորոցում, չոլում դու էիր իմ կենաց ընկերը, դու՝ իմ սրտիս սիրեկանը, ես՝ քո ազիզ բարեկամը: Մկամ հերնըմեր, որ քեզ լաց չըլին, ազգական, սիրելի՝ վրեդ չկանգնին, բաս քո ջրատար Մոսին՝ քո պահած որդին, քեզ կուղարկի, ինքը կմխիթարվի՞, քեզ հոգին կտա, որ հետդ չի՛ գա՞, չէ՛ չէ՛, էդ սուրբ երեսիդ մեռնիմ, որ էլ չեմ տեսնիլ. դու գնա արքայությունը, ինձ տա՛ր դժոխքը, տա՛ր, էս աշխարքն էլ չի՛ կարող ինձ պահիլ. մարմնիս աչքը քեզ չի տեսնում, հոգուս աչքը հո բա՞ց կըլի, քո ջանին մեռնիմ, թե երկնքումն էլ քեզ չկարենամ խտտիլ, գրկիլ, հետդ խոսալ, մոտդ նստիլ, հրեշտակ տեսնելիս, գլխովդ շրջելիս, դրախտումը նայելիս, լիսն վրեդ գալիս, որ քեզ տեսնիմ, քե՛զ, Ա՛ղասի ջան. սուր խրեն սիրտս, էլի կխնդամ, կրակ վառեն գլխիս, էլի կցնծամ, տա՛ր, տա՛ր քո բարեկամն, թե չէ ես կգամ, որ ետ չմնամ... Ա՛խ...

— Ա՛խ, էս ո՞ւմ ձենն էր, որ լսեցի, քար առե՛ք, ա՛յ ջամըհաթ, ինձ սպանեցեք, սուր առե՛ք, ինձ թիքա-թիքա արե՛ք, — մեկ ձեն էլ Խալխի միջիցն վեր էլավ ու, հենց իմանաս, մեկ ամպ տրաքեց: — Մոսի՛, ո՛րդի, առաջ ի՛նձ սպանի, ի՛նձ թաղի, ա՛յ իմ կորած որդի, որ իմ ջանը հանեցիր, իմ սիրտը մաշեցիր, քո հալևոր հորը խեղճ արի՛, էս սպիտակ մազևրը քեզ ղուրբան, բա՛լա ջան: Թո՛ղ մեկ շունչդ էլա առնիմ, է՛. վա՛յ իմ գլխիս, արևիս: Մո՛սի, Ա՛ղասի, երկի՛նք, քանդվեցե՛ք, աշխարք, հիմքըդ կործանվի՛: Հա՛սան խան, դժո՛խք, դժո՛խք, ինձ տարե՛ք, ինձ կերե՛ք: Մո՛սի ջան, բալա՛ ջան, դու ինձ թողիր, դե՛, կշտացի՛ր, ե՞ս պետք է քո հողը բուռն անեմ, էս չորացած ձե՞ռները պետք է քեզ թաղե՞ն, ընչանք ես զետինը չմտնիմ, քեզ երկնքումը տե՞ղ կանեն: Գնա՛ք բարով, ազիզ ո՛րդիք ջան, գնա՛ք բարով, սիրով ինձ էրեցիք, ես էլ էս սրով հոգիս ձեզ կտամ, մարմինս՝ հողին, որ ձեր առաջին, աստուծո բեմին, իրար հետ խնդանք, իրար հետ ցնծանք, իրար հետ տանջվինք, իրար հետ մաշվինք. գնա՛ք բարով՝ հերնըմերով, — ասաց ողորմելին:

Թուրը պսպղաց, արինը շռռաց, ամպը գոռաց, օրը խավարեց, թվանքները ճռռացին, դազաղները բարձրացրին, շարական ու երգ վերջացրին, ու Քանաքռու Վերի եկեղեցին էրկու հեր, էրկու որդի մեկ օրում, մեկ տեղում մինչև էսօրը առել՝ պահել ա իր սուրբ ծոցումը, որ դատաստանի օրը լիս քցի, իրանց փառքին հասցնի:

Գերեզմանն կորած, հողումը թաղված,
Աչքից հեռացած, մտքից մոռացած,
Իրանք անլեզու, աշխարհին անիրավ,
Որ հայոց ազգիցն անթիվ ու անբավ
Էսպես քաջ որդիք խլեց, չկշտացավ.
Ո՛չ մատուռ նրանց գլխին կանգնեցավ,
Ո՛չ արձան նրանց անունը թողեց,
Ո՛չ ազգի միջումն հիշատակն լսվեց:
Դո՛ւ, քնքուշ Մուսա՛, որ ինձ շարժեցիր,
Իմ էրված սրտին զորություն տվիր,
Ա՜խ, էնքան չառնիս հոգիս, չմեռնիմ,
Որ իմ ազգի սուգն անեմ, հետո մտնիմ
Քո թևի տակը, նազելի՛ Մուսա:
Քեզ թո՛ղ Աղասին, իմ սիրուն Մուսա,
Էնքան ամանաթ մնա, որ սրտիս
Մուրազն, ա՜խ, առնիմ, հետո ես գալիս՝
Իմ ազգի հսկայքն ինձ որ ճանաչեն,
Ինձ իրանց կշտիցն չզրկեն, չասեն.
«Անիրա՛վ որդի, մեր հողի վրա
Էնքան կանգնեցիր, կացար համեշա,
Մեր արի՞նը չէիր, որ չի՛ ցավեցիր,
Մեր արինը տեսած՝ դու մեզ չհիշեցիր»:
Ո՛չ, քեզ՝ Ա՛ղասի, սիրուն իմ Մուսա,
Որքան շունչս, արինս դեռ իմ վրես ա,

Ինձ քուն ու հանգիստ, ինձ փառք ու պարծանք
Ես էն կհամարեմ, որ իմ բոլոր կյանքն
Զոհ տամ իմ ազգին, որ ձեր առաջին
Ես, ա՜խ, պարզերես լինիմ, երևիմ,
Ձեր գերեզմանին, սուրբ հողին մեռնիմ:

«ԵՐՐՈՐԴ ԳԼԽԻ ՎԵՐՋԸ» ՋԱՆԳԻ

Ինչպես մեկ կատաղած վիշապ՝ երկնքիցը թռած, գլխիվեր ձոլոլակ, մեկ տուտը Սևանի հանդարտ ծովումը, մեկ տուտը Արազի քրքրված դրադումը, սար ու ձոր կխշոր տալով, քանդելով, տապալելով, քափ ու քրտինքը բերանը կոխած, զզզված, մազերը քյալլին ցցած, կապը կտրած, գժված, ռեխն ավազով, քարով, զիբիլով լիքը, էս կողմն, էն կողմն փընչացնելով, ճոթռելով, ջարդելով, տակ ու դրաղ ծամելով, բրդելով՝ մեկ թևն իր ծոցի, էն սև՛, մութն ու չանգը կոխած, խնանդ-խնանդ կտրատած փորն ու դոշը բաց արած, ծառով, թփով զարդարած ձորի գլխովը քցած, մեկ թևն էն նե՛ղ, չո՛ր, տխո՛ւր կաքավասարի տակիցը որ ական թոթափել դուս չի՛ պրծնում, վազում, — ու հրո՛վ, սրո՛վ, բոցո՛վ, բրո՛վ, փռնչալով, մռնչալով, խռնչալով, քարի, քարափի գլուխ վե՛ր հատելով, իր փորը խցկելով, վեմ, ապառաժ իրար ծեծելով, կայծակին տալով, ճչալով, ճռնչալով, թնդալով, դղրդալով, — ցած ափները, սասանահար գետինը պոկելով, պռճոլելով, քրքրելով, քրքրվելով, կենդանի, անկենդան, իսան, հայվան գետնին զարկելով բամբաչելով, խլացնելով, քառացնելով, սրսրթացնելով, վրվրթացնելով՝ վառված, կրակված աչքերը արնով լիքը, յալը ցցած, ատամները դրճտացնելով, կրճտացնելով, դաշտ ու տափ դրմբացնելով, դրնգացնելով, դմբդմբացնելով, դնգդնգացնելով, ու կայծակի թուրը բերնին բռնած, վրա պրծած որ չի՛ գալիս ամեհի Զանգին ու Ձորագեղ մտնում, որ Հայաստանի սուրբ գետինը ոտնատակ տվողին, մեր նախնյաց մաքուր գերեզմանները քանդողին, կործանողին, մեր նախատակաց սուրբ, անմեղ, արդար արինը թափողին, կխչորողին, մեր Աստված աբնակ տաճարները, եկեղեցիքը ավերողին, ապականողին, մեր հոյակապ թախտերը, քաղաքները խլողին, փչացնողին, մեր անճար, օրվան հացին կարոտ, եթիմ, ցրված, սասանած, գերի ընկած, հարամու, թշնամու ձեռին կոտորված, երկրե-երկիր կորած, փչացած, խեղճ, անտեր ազգի տունը քանդողին, հողի հետ հավասարողին՝ ու մեր չար հարամու բունը, անօրեն թշնամու տունը, մեր արինը խմողի թախտը, մեր աշխարքը քանդողի ամարաթը, նրա արինաշաղախ բերդը, նրա ոսկորաշեն բուրջը, նրա գողաբնակ տեղը, նրա գազանաբնակ հողը՝ քանդի՛, տապալի՛ Փշրի՛, ավերի՛, տակ ու գլուխ, գլուխ ու տակ անի՛, քարեքար, պատեպատ տա՛, հիմնատակ, բրիշակ անի՛, կլանի ու՝ նրանց միջի ըլողներին, դրսի, թաղածներին, գլխումը բուն դնողներին, տակումը քուն մտնողներին՝ քշի՛, տանի՛, սրբի՛, ողողի՛, թիքա-թիքա, փառչա-փառչա անի՛ ու մեր խեղճ աշխարքի, մեր ողորմելի ազգի աղի արտասունքը սրբի՛, էրված, խորովված սիրտը հովացնի՛, զովացնի՛, մեր հազար տարվան թունալից, անբժշկելի յարեն կտրի՛, վերջացնի՛, որ հազարների, բյուրավորների ցավամաշ հոգին ուտում, կեղեքում, մաշում, տոչորում, սաղ-սաղ, դալար ու զվարթ՝ էս անգո՛ւթ ազգին, անողո՛րմ գազանին շատ տարի, շատ դար դուրբան էր տալիս, վերջացնում:

Գիշերվան մութը գետինն առած ժամանակին, որ մարդ իր շվաքիցն էլ սասանում, սարսափում ա, ու բազի դիվահալած, մահատազնապ անցավոր՝ երեսին խաչ հանելով, Հայվատով խոստովանիմն ասելով, սրբոց, մարգարեից անունը տալով որ Զանգվի կարմնջի վրովը անց չի կենում ու Կռնդի չոր դարդուսը նի ըլում, սարսափը ջանն առած, լեզուն բերնումը սառած, աջու կողմն՝ Երևանու զարհուրելի բերդն ու թուրքի գյոռխաները (գերեզմանատուն), ձախու կողմն՝ զնդերը, ջաղացները, որ չեն ձորումը թխթխկացնում, չխչխկացնում, ու փոքր ինչ հեռու չանգը կոխած, կամարակապ համամները ու տխուր Զորագեղը՝ փոսումն ընկած, ձենըները փորըները քցած, առաջին՝ Երևանու Շհարը, տրտում, դառնավարամ սգի քողն երեսին փռած, — որ չե՛ն երևում, հենց իմանաս, բոլորն անդունդն ա գնում, բաթմիշ ըլում, քանի մարդ բարձրանում ա, վեր ըլում, — ու հեռըվանց որ արթուն շները տների կտրներիցը չեն վնգվնգում, օռնում, հաչում, ղշղրու տալիս, էլի ձեները փորըները քցում, բարակ ձգում, զլում ու քթերիցը իրանց տխուր, սարսափելի կոնգոռնալը դուս թողում, նվում, -որ սուր — սուր սարերի, թափեքանց գլխներիցը, տակըներիցը սովամահ գիլանը ֆորսի հոտն առած, փրփրած, անկուշտ բողազներն ու ոխըները չե՛ն բան քցում, ոռնում, շան պես կոնձկոնձում, որ նրանց խաբեն, մոտ գան, ներս մտնին՝ կամ իրանց զզզեն, պատառեն, խեղդեն, դաղըթմիշ անեն, կամ մեկ անմեղ գառն, մեկ կաթնակեր, ճամփեն մոլորած, տունը կորցրած ֆորթ, կամ մեկ նախրիցը ետ ընկած, քուչում կամ քարի տակի կուչ էկած արդար կով, կամ առըխ յաբու, կամ ծնած ղսրաղ, կամ մեկ բեզարած, իրան համար հանգիստ, խաթրջամ նստած արոճող ոչխար գտնեն ու լափեն, կամ մեկ շատ բանացրած, հալից խսպառ ընկած, տիրոջիցը խռոված, տանից դուս արած, էստեղ-էնտեղ չոր-չոփ, ծերը սուր փուշ կրծելով, ծամելով, ղոթուր անկաջները թափեթավ, տալով, իր սև օրիցը բեզարած, ձեռք վերցրած, անատամ, անպոչ, անլեզու, հայվան՝ մեկ խղճալի է՛շ, պարապ ռաստ բերեն, հետը խաղան, ծլունգ-ծլունգ ըլին, ջահելությունը միտքը քցեն, որ մեկ քեֆը բացվի, սազը քոքի, ու հետո իրանք իրանց բանը տեսնին, մաքրազարդեն: Սրանց սոսկալի ձենի հետ էլ որ ձորերի միջիցը, քարափների արանքներիցը, ապառաժների գլխներիցը, բաշերիցը, թփերի, քոլերի տակերիցը, ղզերիցը, չոլերիցը, բներիցը մեկ կատաղած արջ կամ խորամանկ աղվես, կամ վախլուկ չախկալ, կամ մեկ ամեհի քաֆթառ, կամ գլխիցը ձեռք վերցրած ալապաստրակ իրանց սոսկալի, զարզանդելի ձեներն իրար չեն խառնում, գոռում, մոռում, բըռռում, մնկմնկում, ճնկճնկում, ճչում, խառանչում, բառանչում, բղղում, ճղղում, — կամ անքուն աքլորները իրանց տիրոջը կամենալով արթուն պահպանիլ լեղապատառ, սասանահար վախտ-բեվախտ որ չեն թրպըրտում, թևները թափեթափ տալիս ու ճղլանի ձեները նեղ բողազներիցը՝ մեկ խոր ձորից, մեկ փոսից, մեկ բաշից յա կտրից հանում, կանչում, անկաջ դնում, էլ ետ ծըրտալով կանչում, — կամ հիմիկ ոսի սալդաթը, էն ժամանակը թուրքի ղարավուլ սարվազը, ինչպես գերեզմանիցը նոր դուս էկած, դիվանոնց ճանկն ընկած, ոտ ու ձեռը կապած, սարն առաջին հանած, մահապարտ մեղավորի պես որ ուզում ըլին՝ հոգին հանեն, թե բերանը բաց անի յա ծպտա, սևամորթ փափախը խոր, քիթը քցած, աչք ու ունքը կալած, ծանր, կամաց, սուս, փուս ոտները փոխելով, աչքերը տրորելով, քնահարամ արշտոտալով մեկ մութը պուճախից կամ մեկ բուղկի տակից որ գլուխը չի՛ հանում ու խուլ, խոր, զարհուրելի, փորն ընկած ձենով «Ալո՛ւ-շա՛յ» կամ «խաբա՛ր-դա՛ր, սա՛ր-հե՛-սա՛ք» գոռում, կանչում, որ քամին մեկ կողմից, բուքն ու բորյազը մյուս դեհից, ինչպես կատաղած դաիճ, սրարձակ դամշով, մաթրախով, թոփով, մզրախով՝ սարերի գլխըներիցը, ձորերի միջիցն թո՛զ, ա՛վազ, հո՛ղ, ա՛ղբ, զի՛բիլ առաջն արած՝ փոսերիցը հանում, պատեպատ չի՛ տալիս, գետնիցը պոկում, քարափին խփում ու՝ ծառերը ջարդելով, խոտերը ճոթռելով, գետինը ճղելով, մեկ ճուղք մյուս ճղքի, մեկ պատ մյուս պատի, մեկ տախտակ մյուսին չի՛ սաստիկ կպցնում, թրխկթրխկացնում, զրխկզրխկացնում, մեկ էս քարափին քարով բոնցքում, մեկ էն սարի գլխին դմբզում, բամբաչում, զրխկացնում, թրխկացնում ու մեկ կիտուկ հող, ավազ՝ շունչդ քաշելիս կամ աչքդ բանալիս, երկու ձեռով բերանդ ու բաց քիթդ չի՛ խցկում, լցնում, շունչդ կտրում, քիթդ կալնում, փակում, աչքերդ խավարացնում ու անկաջիդ տակին թոփի գյուլլի պես կամ սուր նետի նման վզվզալով, դզդզալով ետ դառնում շուտով, երեսիդ էնպես խփում, որ աչքերդ մթնած՝ կեծակին են տալիս, ու դու տեղնուտեղդ չե՛ս շշմում, շշկլում, թմբըրում, սասանում, քար կտրած մնում ու սառած կանգնում, ու աներևույթ թշնամիդ էլ ետ ձին չափ քցած, էլ եւ իրեղեն բոցով որ չի՛ սարերի, ձորերի ջանին դաստ անում, հասնում, թակում, մեյդանը բաց անում ու՝ թնդում, դղրդում, շաչում, շառաչում, ճայթում, կատաղում, փրփրում, խռնչում, դռնչում, գլուխը թափեթափ տալիս, նայում, ձենը կտրում, որ աչքդ կիրացած, ջանդ սասանահար, խելքդ թռած՝ հանկարծ, ինչպես մեկ խոր քնից, գլուխդ ահիվ, սասանմամբ չե՛ս բարձրացնում, առաջըդ քցում ու՝ ամեն մեկ խորից, փոսից, ամեն մեկ ճեղքից, մութը արանքից էս կողմն, էն կողմն՝ հեռու տեղերից, ծառերի տակից, քաղերի միջից, սարերի գլխից, զանգվի դրաղներիցը ծիրանի փետի չաղ ալավը, կրակի վառ բոցը հրեղեն ձողու պես վռռալով, խավար գիշերը թրի պես ճղելով, սև մութը, թանձրամած ծուխը, պեծն ու վառ կայծակը վերըվեր չե՛ն խփում, ձորերն ու երկինքը կրակում ու՝ խավարը կոխած սև խոռոչների, բերանները բաց էրերի, օձի պես ոլորված ճեղքերի, քաջքի պես ճոլոլակ էլած, չանգըները դես ու դեն քցած, մազերը խճճված, ծամերը կախ ընկած, դոշ ու ծիծետ ճոթռած՝ բարձր ծառերի, դիվի պես երեսը դեմ տված կանգնած, անահ, անվախ, սուր, ցից, իրար վրա թինկը տված, երես-երեսի դրած, բերան-բերնի խփած, խավարադեմ ծոցըները բաց արած, ատամները սրած զարհուրելի քարափների սոսկալի սֆաթները չե՛ն բաց անում ու էլ ետ խփում, ու էլի՝ խելքը ցնդած, ընկնավորի (թուլացկոտ) պես շատ թրպրտալուց, ծեծվելուց, դես ու դեն գլորվելուց, դրճտացնելուց, դնջռտացնելուց հետո իրանց-իրանց էլ ետ աչքըները չեն խփում, տազ անում, անշունչ, անսաս մնում, դադարում:

Ու է՛ս հաղաղին, է՛ս սարսափելի սհաթին, որ բազի վախտ էլ երկինքը իր ալեկոծությունը չի՛ սկսում, սարերը ջարդում, ամպերը տրաքացնում, կեծակի լախտին աշխարքի չորս կողմի գլխին վեր հատում, փշուր-փշուր անում, ու Զանգին, սարսափելի Զանգին էլ որ մեկ կողմից չի՛ գոռում, մռնչում ու թուլ ձեռները, անկազմ ոտները քարեքար տալիս՛ թոզ, դուման անում, բառանչում, ու քամու վզվզոցը, երկնքի տրաքոցը, քարափի ճռճռոցը, սարերի դրմբդրմբոցը, ձորերի դրնգդրնգոցը, ծառերի խշխշոցը, էրերի խռնչոցը, դնգերի, ջաղացների թրխկթրխկոցը, գետնի զրզնդալը, տների թնդալը, պատերի տրաքտրաքոցը, շների, գիլանոնց, արջերի, դարավուլների, աքլորների ծղրտալը, ճչալը, ծվալը, բառանչիլը, խառանչիլը, վնգվնգոցը, կոնձկոնձալը, ճնկճնկալը իր ահագին ձենի հետ չի՛ խառնում, ոլորում, փորը քաշում, էլ ետ, մեկ րոպեից հետո, հազար կողմերով դուս փչում, ցանում ու սարերի, ձորերի, քարափների բերանը էլ ետ լեզու դնում, էլ ետ շունչ տալիս, որ իր քաղցր ձենը քաշեն, դամ անեն, իրանց դժոխային քեֆն արամիշ անեն, պար գան, ծափ, ծիկա տան, ծղրտան, դիժինա քցեն, քեֆ անեն, խնդան, ցնծան, էս հաղաղին, որ Աստված ո՛չ շիանց տա, մեկ անծանոթ անցավոր որ Կոնդի դուզը չի՛ նի ըլում յա Ապրանքափոսիցը վեր գալիս, որ Ջանգվի վրովն անց կենա, աչքը շաղվում ա, գլուխը շվարում, ու հենց իմանում ա, թե մեկ ահագին սար վրեն փուլ էկավ: Էլ ո՛չ առաջն ա տեսնում, ո՛չ ետնը: Քարացած, փետացած՝ մնում ա տեղնուտեղը սառած, ցցված: Ինչպես երազում՝ մեկ հեռու, խոր տեղից մեկ խուլ ղրրդոց անկաջդ ընկնի, ու հենց իմանաս, թե երկինք, արեգակ, լուսին, աստղեր իրարոցով դիպան, փշրեցին, փշրվեցին, կոտրեցին, կոտրվեցին ու գոգռալով, գոռոգոռալով, պատռելով, պատռվելով վեր թափեցին, ու՝ անդո՛ւնդ, դժոխք, արքայություն, տարտարոս, հրեշտակք, դիվանք, սերովբեք, քերովբեք, Սաղայել, Սաղանայել, սասանած, սփրթնած՝ հրեղեն սրով, բոցեղեն թրով, ամպով, կայծակով թոթափում են, վեր ընկնում, որ աշխարհս վերջացնեն ու հետին դատաստանի տեղը պատրաստեն, որ Աթոռ Աստված ության իջանի, բազմի ու անիրավ մարդիցը հեսաբ պահանջի, որ հենց իմանում ա, թե աշխարքն իրն ա, ինչ ուզենա, է՛ն պետք է անի,— էսպես ա ողորմելի անցավորի հոգին ու սիրտը խառնվում, երկրից երկինքը գնում, իր վախճանը տեսնում ու արյան քրտինքը երեսիցը՝ մեղա, ասելով, իր մեղքն հիշելով սրբում, երբ աչքի առաջին կամ Քանաքեռ ա բացվում, կամ Նորագեղի դուզը:

Էսպես մեկ սարսափելի գիշեր էր, որ Ապովենց Հարությունը՝ Քանաքռու ազնվական անձանց մեկը, Ապրանքափոսիցը դուս էկավ, մտավ իրանց մենծ իգին, տեսավ կատեպանները (բուղմանչի) բոլոր քնած են, էլ դիմիշ չարավ, որ նրանց վեր կացնի, ինքը, քյահլան ձին տակին, ասեց՝ մեկ Գորգոչանը դիպչի յա բանդը գնա, տեսնի, թե ջուրն ընչի՞ չի՛ գալիս: Մութն էնպես էր գետինն առել, որ մատդ կոխեիր մարդի աչքը, չէ՛ր իմանալ: Բայց բոլոր քարերն էլ, որ բերանները բաց անեին, նրան չէ՛ին կարող վախացնիլ, է՛ն աներկյուղ սիրտն ուներ մեր քաջ հայազգին: Թուրք ու հայ էսօր էլ կասեն, թե նրա ո՛չ սրտին, ո՛չ լեզվին սարն էլ չի՛ դիմանալ: Բաղերի գլխովը տվեց մեր սրտոտ իգիթն ու հասավ Գորգոչանի գլուխը, ջրի բաժանվելու տեղն էս էր: Տեսավ, որ էստեղ էլ ա ջուրը պակաս: Հենց Վերի եկեղեցու գլխովը պտտեց, որ մեկ բանդին հասնի, ջուրը կապի, աչքը որ ետևը չքցեց, մնաց տեղնուտեղը սառած: Չէ՛ր գիտում, թե ի՞նչ տեղ ա: Ուզում էր ետ դառնա, սիրտը չէ՛ր տալիս, ամոթ էր համարում իր գլխին. ձիուն էր զոռ անում, ձին անկաջները խլշացնում, փռնչացնում էր, ետ վազում: Չորս կողմը բոլոր մութն ու խավարը կոխել էր, բայց եկեղեցու գլուխը արեգակի պես փայլում, ճաճանչում էր:

— Սո՛ւրբ Մարիամ Աստված ածին, քեզ եմ կանչել, — ասեց բարեպաշտ հայազգին, ձիուցը վեր էկավ, մեկ դրաղ տեղ կապեց, ու երեսին խաչակնքելով՝ մտավ գերեզմանատունը: — Աստված ձեր հոգին լուսավորի, ա՛յ արդար ննջեցյալք, — ասեց ու մտավ ժամի հայաթը:

Քանի Քանաքռու աստղը ծովել, հազար հարուստ տանիցը քառասուն տուն էին մնացել ու էն էլ աղքատ, ողորմելի, օրեն հացին կարոտ, էս սուրբ եկեղեցին էլ մնացել էր ամայի: Տարենը մի անգամ էին էնտեղ ժամ ասում, էն էլ սուրբ Աստվածածնի տոնին: էստուր համար դուռ ու հայաթ բաց էր մնացել: Հենց մեկ քանի ծունր դրեց, էրեսին խաչ հանեց ու ուզում էր, որ սեղանն էլ համբուրի, գնա իր բանը, էնպես գիտես, թե թևիցը քաշեցին: էնպես որ սառած, կանգնած մնաց ո՛չ, հանկարծ մեկ երեխի ձեն ընկավ անկաջովը: Կարծում էր, թե երազ ա տեսածը, յա միտքն ա իրան խաբում: Մի քիչ էլ որ անկաջ դրեց, մեկ ուրիշ ձեն էլ ընկավ անկաջը, ու պարզ լսում էր, որ մեկ երեխա՝ ձենը փորն ընկած, հեկեկում էր:

— Նա՛նի ջան, նա՛նի. ա՛խր մի աչքդ էլա բա՛ց, ա՛յ քո չարը տանիմ: Մեզ ո՞ւր բերիր էստեղ, էս մեռելները հո մեզ կուտեն, մեր ճարն ո՞վ կըլի, որ դու էլ քնում ես, աչքդ չե՛ս բաց անում: Վե՛ր կաց, գնա՛նք տուն, քանի՞ լաց ըլիս, քանի՞, մեր ափուն հո կորել չի՞, էլ ետ կգա, ի՞նչ էս էդքան սուգ անում: Մեզ թաղի՛ր, նա՛նի ջան, մեզ մորթի՛ր, ջուրն ածի՛ր. մեզ հարամին կգա, կտանի, մեզ ի՞նչ կանես էս չոլումը: Նա՛նի ջան, նա՛նի. էդ սի՛րուն երեսիդ դուրբան, ընչի՞ չես մեկ խոսք էլա ասում, ախր քո երեխեքը չե՞նք, ի՞նչ արինք, որ էդպես մեզանից նեղացար: էլ քո սիրտը չե՛նք կոտրիլ, քո հոգուն մատաղ, թաք ըլի մեզ սիրես, մեզ պահես, մեզանից էլ չխռովիս:

Ա՛խ, էնպես զարհուրելի սհաթին ո՞ւմ անկաջն էս ձենն ընկնի, որ սիրտը չտրորվի, չխորովվի: Նազլուն էր, ա՛յ իմ սիրելի կարդացող, էս մերը, որ երեխեքը սուգ էին անում: Թե դու էլ սիրտ ունիս, չե՛ս ասիլ, թե շինովի ա էս պատմությունը:

Սե՛րը, սուրբ սե՛րը, որ բալասանի պես կենդանացնում ա մարդի սիրտը, ու թրի պես կտրատում, սե՛րը, ի՞նչ ասես, որ չանի: Ի՞նչ կրակ կարա անսեր սիրտը տաքացնիլ. Ի՞նչ ջուր կարա սիրով վառված հոգին դինջացնիլ, հանգցնիլ: Սիրով վիրավորված սիրտը ո՛չ հողից կվախենա, ո՛չ գողից, ո՛չ ահ գիտե, ո՛չ վախ. ո՛չ սրից երեսը կդարձնի, ո՛չ ջրից: Քանի շատ ա սերը, էնքան քաղցր ա տանջանքը: Սերին ի՞նչ կդիմանա, որ մահից վախենա: Սիրելուցդ զրկված վախտը հողն էլ ա բերան առնում, քեզ ուտում, քարերն էլ են աչքումդ մզրախի պես ցցվում, քաշած շունչդ էլ ա քեզ կրակ դառնում, էրում, փոթոթում, քո մարմինը քեզ գերեզման դառնում, քո սիրտը՝ քեզ դժոխք, քո աչքը՝ քեզ արյան ծով, քո ձենը՝ քեզ ամպ ու որոտումն, մրրիկ, փոթորիկ, բաս Նազլուն կարո՞ղ էր առանց Աղասուն կենալ, ասած խոսքը, նրա հետ կապած ուխտը չկատարի՞լ: Ճշմարիտ, սիրողի մեծ մուրազն հենց էն ա, որ իր սիրելու խաթեր մեռնի. Նազլվի սիրելին էր հողումը, է՛ն թագավոր տերը, է՛ն աշխարքի աչքի լիսը, բաս նա կարո՞ղ էր, առանց նրան, աչքը բաց ու խուփ անի՞լ կամ մեռած, զնացած շունչը երկար քաշի՞լ: — Գլուխը դրել էր գերեզմանի վրա, երեխեքն առել դոշի տակը, լիսն էկել էր, չորս կողմը բռնել, բայց ողորմած երկինքը դեռ չէ՛ր կամեցել նրա սուրբ հոգին առնի, ընչանք էն անմեղ երեխեքանցը մեկ տեր լիս կընկներ: Նա էլ հո գլխըներին կանգնած էր: Մեկ ա՛խից ավելի էլ ո՛չինչ չիմացավ էս էկողը: Երանի՛ էն գերեզմանին, որ էսպես կսիրեն: Երանի՛ էն հողին, որ երկու սիրելու մարմինը էսպես իստակ, անարատ կտանի, կպահի, որ աստուծո առաջին պարզերես դուս գան, մեր երկիրն էլ, որ երկնքի քիրն ա, մեր հոգին էլ, որ աստուծո սուրբ պատկերը:

Նազլուն էլ գնաց, Աղասին էլ, նրանց էրեխեքանց տերն էլ Աստված հասցրեց, Աստված կթողա՞, որ իր որդիքը կորչի՞ն: Մենք էլ մեկ օր կերթանք, մե՛նք էլ, ա՛յ իմ սիրելի հայրենակիցք. Ասա՛, որ Աղասու գերեզմանն էսօր քո աչքիդ առաջին էլ ըլի, դու չե՞ս ա՛խ քաշիլ, ողորմի տալ ու մտքումդ ասիլ. «Ի՞նչ կըլեր, ես էլ քո ընկերների մեկն էի էլել, իմ Հայրենիքը սիրել, իմ ազգին լավություն արել, որ ինձ էլ էսպես սիրեին, իմ անունն էլ էսպես աշխարքի միջումը փայլեր»:

Գանձ ու հարստություն, պատիվ ու նշան, իշխանություն ու մեծություն մինչև գերեզմանի դրաղն են մեզ հետ ընկեր և ո՛չ բարեկամ: Սառը պատանը երբ որ աչքդ փակեց, էդ հոգելից աչքին դուրբան, ա՛յ իմ Հայկա ազնիվ զավակ, տխուր զանգակը երբ որ քեզ ժամը տարավ, քո պայծառ երեսը երբ որ մահվան դեղնությունն առավ, քո անուշ լեզուն երբ որ փետացավ, սիրուն արևդ երբ որ մեր մտավ, գազազդ՝ գերեզմանը, մարմինդ՝ հողը, հոգիդ երկինքը գնացին, դինջացան, էն սզավորքն էլ կդինջանան, որ քո խաթեր իրանց սպանում էին, ու նրանք էլ որ մեռնին, խունկն ու մոմն էլ վրիցդ կպակսի, ժամ-պատարագն էլ: Կարելի ա, որ էն քո վրա անսիրտ, անջիգյար ման էկողների, խնդացողների շատը նրանք են, որ հացդ ուտելիս, բարությունդ վայելելիս քո սաղ վախտը ուզում էին՝ ոտդ համբուրեն: Աշխարքն էսպես ա: Քո գո՛րծքը, քո գո՛րծքը միայն քո անունը կպահեն: Հայրենասիրությունը միայն քո հիշատակը կտոնի, ազգասիրությունը՝ քո արածը կենդանի կպահի, քեզ սրբի տեղ պաշտիլ կտա: Հայրենյաց հողը քո անգին ոսկերքը, քո սուրբ գերեզմանը ամեն անց կենողի առաջին կկանգնացնի ու մատով ցույց կտա.

— Թե ուզում ես քեզ էլ էսպես սիրեմ, զգվեմ, դու էլ ինձ սիրի, ինձ պայծառացրու՝ ի՛մ սիրելի որդյակ:

Աղասու սուգն արինք, պրծանք, ա՛խ, նրա պես հայազգի

հիշատակը, նրա պես աննման հսկայի պատմությունը ե՞ս չպետք է գրեի: Երանի՜ էն սիաթին, որ մեկ ազնիվ հայի ծնունդ իմ անպիտան լեզվի վրա բարկանա, իմ անպիտան գրությունը դեն քցի ու ինքը նորեն էնպես գրի մեր քաջ հայերի պատմությունը, որ լսող-կարդացող վառվի, բորբոքի, զարմանա, հիանա ու էն գրողի ղալամն ու գիրքը, ինչպես Պետրարքինը, մասունքի տեղ պաշտի, ծոցումը պահի: Մերն էր, որ ինձ համարձակություն տվեց, որ գրեցի, թո՛ղ կարդացողը պակասությունս երեսովս չտա:

Գնա՛նք մեկ Զանգվի դրաղն էլ, մեկ մեր սուրբ Զանգին էլ տեսնի՛նք, մեկ նրա ձորն էլ օրով տեսնի՛նք, չունքի գիշեր էր, որ վրովն անց կացանք, գիշերվան տեսածն ու ցերեկվանը մեկ չի՛ ըլիլ. մեկ էլ մեր սուրբ Հայրենյաց Հողը մտնինք, հետո ձեռ-ձեռի տա՛նք, սիրտ-սրտի, իրար գրկե՛նք, դոշ-դոշի տա՛նք, ու որ արտասունքը մեր աչքը կալնի, ցավն ու կսկիծը մեր բերանը փակի, սար ու ձոր մեր ձենը խլեն, ու թե մեկսումեկս երկնքումն ըլի, մյուսը՝ գետնքումը, ո՛ր լուսնի տակին որ կանգնի, ո՛ր աստղին որ նայի, ո՛ր ծովի դրաղին նստի, ո՛ր սարի գլխով անց կենա, աչքը երկինքը քցի, ձենը՝ փորը, ու առաջին ա՜խը, առաջին կաթը, որ թափի կամ բերնիցը դուս գա, է՛ն ըլի, որ ասի.

— Բա՛րեկամ, բա՛րեկամ, դու գնացիր, ես մնացի, ասած խոսքդ գետինը չի՛ քցեցի, Հայրենյաց սերը միշտ սրտումս ունիմ, Հայրենյաց ուղուրին կյանքս ետ եմ դրել: Չի՛ դարդ անես, չի՛ ցավիս, ինձ հիշես, կարողություն խնդրես:

Զանգի՛, Զանգի՛, գեղեցի՛կդ իմ Զանգի՛: Քո երկնանման երեսը տեսնելիս, քո տխուր ձենը լսելիս, քո սուրբ ջուրը բերան առնելիս, քո ծաղկազարդ ձորերի միջումն, քո զորավար ափների դրաղին, քո սիպտակ, լուսաթաթախ փրփրի տակին, քո պարկեշտ Մամբռու ափին, քո խնկահոտ ծառերի տակին, քո անմահական ծաղկների միջին, քո էդ տրտում, դառնավարան լացի, բոթի, սգի ձենն առնելիս, քո սիրուն աչքերի աղի արտասունքը տեսնելիս բաս ի՞նչ կըլեր, որ քո բախտավոր, վաղուց հեռացած, մեր գլխիցը պակսած մեծազն, քաջազոր, աշխարհասասան, անհաղթելի, անպարտելի իշխանաց, աշխարհակառույց թագավորաց, մեծազոր, քաջաբազուկ հըսկայից, տարաբախտ, վատաբախտ, թշվառացյալ, գերեվարյալ. տատանյալ, տարտամյալ, զուրկ, թափուր, սրախողխող, քարակոշկոճ, հայրենամերկ, կենսակորույս, տնանկ, սգավոր, աղքատ, չքավոր որդիքը ու թոռունքը մեկ միտք անեին, գլխըներին վա՜յ տայի, իրանց սև օրը լաց ըլեին, թե ո՞վ քեզ առաջ՝ ուրախ ձայնիվ, բարձրադիր ճակատով, երկնանման պատկերով, արծվահայաց աչոք, հսկայական դիմոք, քաղցրամոք ժպտիվ ողջույն տվեց, քո համն առավ, «քո լեզուդ ծծեց, քո ջուրը խմեց,» քո ծաղկըներիցը խնդալով, ցնծալով հոտ քաշեց, որ քաղցրահամ պտղըները ախորժանոք ճաշակեց, քո հով, զովարար դրադին էկավ, բազմեց, քո սուրբ, անարատ գիրկը համբուրեց, քո անուշահոտ վարդը, քո պարկեշտ մանիշակը ողջագուրելով, խանդազատելով քաղեց, «ծոցը դրեց,» ու պերճ դիմոք, վսեմ ծանրությամբ իր քաջ բազուկը վրեդ մեկնելով, տարածելով ու՝ իշխանական զորությամբ, խորհրդածու ուշիմությամբ էդ սուրբ ափներիդ, էդ ազնիվ ձորերիդ, էդ անդրդվելի քարափներիդ սուր նայելով, էդ անահ, քաջ սրտիդ, էդ փրփրուն, ամեհի, սարսափելի այյացդ երկա՜ր հիացյալ, ապշյալ մնալով՝ խրոխտ ձայնիվ, հզոր շրթամբք, վճռահատ, ազդու բարբառով, երկնալից բերանով, քերովբեական լեզվով գոչյաց.

— Հրազդա՛ն, դո՛ւ ես իմ այսուհետև նազելի՛ բնակարան:

Այս քա՛ջ բազուկ, այս լայնալի՛ճ աղեղն, այս նետ երեքթևեա՛ն, այս կուրծ քաջակո՛ւռ, ամո՛ւր, այս աշխարհասասա՛ն, անընկճելի՛, անվանելի՛ հսկայից սիրազումա՛ր դասք, քե՛զ լիցին յայսմհետէ պահապա՛ն, պաշտպա՛ն՝ սիրալի՛դ իմ Հրազդան: Ցնծա՛, զուարճացի՛ր, բերկրեա՛ց, փարթամացի՛ր, հրճուեա՛ց, զուարթացի՛ր, գեղեցի՛կդ իմ Հրազդան: Թո՛ղ ծոց քո ցնծալից, թո՛ղ դաշտ քո զուարճալից ուռճասցի՛ն, ծաղկասցի՛ն. Ընձխղեսցե՛ն, բողբոջեսցե՛ն պտուղս հազարավորս, սերմանիս բիւրաւորս՝ ի կերակուր իմ սերընդոց, ի ցնծութիւն իմ զավակաց, ի վայելչութիուն իմ ազանց դիւցազանց: Իմ տո՛հմք ժառանգեցե՛ն յայսմհետէ զայս դաշտ երկնատիպ, իմ շառավի՛ղք եղիցի՛ն քեզ թշնամայա՛ղթ խնդակիցք: Այս լերի՛նք երկնամբարձք եղիցի՛ն իմ պատուարք մշտահաստատք. այս դաշտավա՛յր չքնաղաղեմ՝ իմ քաղցր օթևան: Քո ձո՛ր ծաղկածին՝ իմ նազելի զբօսարա՛ն: Իմ անուն կնքեցէ՛, դրոշմեցէ՛ զայս մաքուր, վայելչազեղ սահման, զի ո՛չ զտի երբէք ի բոլոր ուղիս, յերկարատև չուս իմ բացական՝ սմա հանգունատիպ տեղի յարանման, սա՛ կոչեցի՛ այժմ և յայսմհետէ, մինչև, ցօրն յավիտենակա՛ն՝ Հայաստա՛ն...

Զանգի՛, Զանգի՛, անողոքելի՛ իմ Զանգի՛. սի՛րտ իմ մորմոքի, աղի՛ք իմ զալարին, ոսկե՛րք իմ քստմնին, ո՛ւշ իմ աղմկի, հոգի՛ իմ բորբոքի. Տուայտի՛մ ի ցավս, վարանիմ ի ծուփս, հառաչե՛մ լալով, հայցե՛մ ողբալով, ա՛ռ զիմ արտասուս, տո՛ւր ինձ սփոփ, յոյս: — Քանի՛ցս, քանի՛ցս կանգնեալ ի վերայ ահեղատեսիլ քարաժայռից քոց, խայտալով ի ծաղկանկար, երփներանգ ծոց քո հրաշազեղ, մինչ տղայն էի, խնդայի, խաղայի, ցնծայի՝ զմայլեալ, ապշեալ, մերթ ևս զարհուրեալ, սասանեալ յահեղ-գեղեցիկ դէմս քո զայրագին, ահիւ, սարսափմամբ, կամ ի զիրկս ծնողաց վազէի, կամ խնդութեամբ, ցնծութեամբ յալիս քո կայտռէի, — այժմ թանձր հառաչք և թախիծք «հոզետանջք՝» կուտակեալք ի մրրկայոյզ, վարանեալ սրտէս, առ քե՛զ համբառնան, առ քե՛զ զոչեն, ի քե՛զ մեռանին, ի քե՛զ կարկամին:

Զանգի՛, Երա՛սխ, Հրազդա՛ն, Արա՛զ, կաթնահա՛մ ստինք մօր իմոյ սիրելւոյ և զորովագութ ծնողի՝ Մեծինն Հայաստանի: Ո՞ւր ձեր տիեզերատուն անո՛ւն, ո՞ւր այն ոսկեղէն դա՛րք, ո՞ւր դիւցազանց բո՛յլք, ո՞ւր հսկայից կաճա՛ռք, ո՞ւր աթոռանի՛ստք, ո՞ւր քաղաքք, ամբարտա՛կք, «ուր» բրգունք, ապարանք, կրկէսք երկնահրոսք, տաճարք պանծալի՛ք, շէնք զուարճալիք՝ որք զձեօքն պնդազոյն զօդիւ, հզոր ձեռամբք, ամուր բազկօք, քնքուշ սրտիւ, խանդակաթ սիրով, զորովաժպիտ դիմօք պաշարեալ, պատեալ՝ խանդաղատէի՛նն, փարէի՛նն, ողջագուրէի՛նն, փաղաքշեի՛նն և զիրկս արկեալ զանուշահամ, երկնատի՛պ ձերովք լանջօք՝ համբուրէի՛նն զնոսա ի համբոյր սրբութեան, ի նշան սիրո՛յ մշտական, ի ջերմեռանդն ուխտ մտերմութեան, հարազատութեան:

Զանգի՛ իմ, Երա՛սխ, Մասի՛ս, Ալագեա՛զ.
Դեռ կանգնիք անմռո՛ւնչ,
Դեռ հայիք անշշո՛ւնջ:
Գնայք միամիտ, հոսէք ի մեր հովի՛տ,
Սպառնայք ամպո՛ց, խիզախէք ձորո՛ց,
Վարսազեղ ալեօ՛ք, կատաղի դիմօ՛ք,
Ոմն ձիւնափա՛յլ, ոմն արծաթափա՛յլ,
Ոմն ի փողփողիւն, ոմն ի փրփրիւն,
Ոմն վանէ զերկին, ոմն ճնշէ զգետին,
Ոմն ի ձիւնեայ պսակ, ոմն ի ծաղկանց թագ՝
Ցարշալուսին տես, լուսնին ի պայծառ, հեզ
Ողջունէք միմեա՛նց, համբոյր տայք շրթանց
Ձեր սուրբ ստորոտաց՝ խնկածին դաշտաց
Հայկազա՛նց վայրեաց, «սուրբ անդաստանաց: »
Երկիր՝ աւերա՛կ, դաշտք մեր՝ անբնա՛կ,
Անսի՛րտք, անողո՛րմք՝ հի՞մ եղէք վկայք
Կորստեան ազգի՛, աւերման դաշտի՛
Չքնա՛ղ քաղաքաց, հզօ՛ր իշխանաց,
Որոց զարմ և ճիո ի ձեռս թշնամեաց,
Ի բանտ, դառն յոճիր, անօրէն ազգաց
Զոհ եղէն ի սուր, մտին ի բոց, հուր,
Թողին զմեզ ի սուգ, յարեան արտասուք,
Վտարիլ յայլ աշխարհ, զսուրբ Հայրենեաց վայր,
Սգալ, ողբերգել, կոծել, հեծեծել
Ի հեռուստ աչօք՝ արտասուօք մաշեալ,
Աղէկէզ սրտիւ, կարօտով մեռեալ:
Զանգի՛, Զանգի՛, քա՛ղցր իմ Զանգի՛.
Ի քոյդ հայեցեալ անյողդողդ ճակա՛տ,
Վառէինն ի զէնս հսկայք քաջամարտ.
Հայկազեան տոհմի ընտիր պատանեակք
Զքո ալիս տեսեալ ահեղ-աղուորակ,

Մղէին ի մարտ, վանել քաջայաղթ,
Զինակո՛ւռ բազկաւ, տիգօք, ասպարաւ,
Ապեղա՛մբք վառեալք, զրահի՛ւք զարդարեալք՝
Զբելայն գունդ ահեղ սրոյ մատնեալ ի զոհ.
Ելին յասպարէզ, թշնամեաց ետուն գրոհ.
Ոսկեթել վարսիւք, դաբնեայ պսակօք,
Պսակեալ զիւրեանց գլուխ անվախճան փառօք,
Ճեմեալ յերկնից խումբս՝ զվերինն վայելեն
Զկեանս անտրտում, յերկրի կանգնելով
Զանմահից անուն «զրաւեալ անձանց՝»
Ի դարըս անանց, անհոլով ամաց:
Զանգի՛, Զանգի՛, հրաշազե՛ղդ «իմ» Զանգի.
Դու զքոյդ սուրբ նախանձ տակաւին տածես,
Դու ահե՛ղ թնդմամբ տակաւին հերքես,
Դղրդաս յարձակմամբ, մեծաձայն գոչես.
«Ելէ՛ք, Հայկազեան սերո՛ւնդք քաջազունք,
Առէ՛ք զէն, զասպա՛ր՝ զաւա՛կք բարեսնո՛ւնդք.
Հարէ՛ք, փշրեցէ՛ք զթշնամեաց ձեր գունդ,
Տո՛ւր հոգի հոգւոյ, թիկն ընդ թիկուն,
Զախջախեսցի՛ թող զազա՛նն նկուն.
Ռուսիա՛ հզօ՛ր բազուկ եղիցի՛ ձեզ նիզն,
Նմա՛ զոհ լինիլ լիցի՛ ձեր միշտ ճիգն:
Վօլգա՛յ՝ իմ մեծ քեռ, ես՛եւ իմ քոյր Երասխ
Համբո՛յր մատուսցուք ի Կասպեան կոհակ:
Նա զի՛ւր բարութիւն, ես զի՛մ խեռութիւն
Ի մի մեր մօր ծոց ընդ միմեանս խառնեսցուք:
Ես զի՛մ Սեւանայ օրհնութեան մաղթանս,
Ես զի՛մ սուրբ Մասսայ ողջոյն հայրական
Տարա՛յց, մատուցից սիրելւոյն իմ քեռ,
Բերի՛ց ձեզ զողջոյն նորա աւետաբեր:
Ո՛չ ես խղճալի օրիօրդս էի պարտ,
Զի չար թշնամին եմուտ ի մեր դաշտ,
Այլ քոյրս զառամեալ՝ հին աւուրցն Արազ,
Թո՛յլ ետ նոցա զալ՝ բռնի, ինքնահաս:
Տեսեա՛լ զծերունի սկեսրայր իմ Մասիս՝
Ծածկեմ զիմ գլուխ, փակեմ զիմ երես,

Զի մի՛ ալնորն աղու, ձիւնահեր,
Յալիս հաաակի լիցի՛ դառնավէր:
Թէ քոյր իմ Երասխ անհաշտ բնութեամբ
Ո՛չ տայ խղճալւոյն հանգիստ և դադար.
Ճեղքէ, պատառէ զոտս նորա ցայտմամբ,
Ե՛ս պարտիմ զայս վէրս փարատել իսպառ:
Իմ չե՛ն բայց այդ շնորհք, զի դաշտք, անդաստանք
Ետուն զիս կոչել՝ Զանգի ոսկեհանք,
Այլ սուրբ Սևանայ, հօր Լուսաւորչի՝
Որոյ արդար նշխարք աստ իմ առաջի
Կան և պահպանեն, օրհնեն, խնամեն
Զիմ անզօր ձեռաց զարդիւնս, որք աստ են:
Բացէ՛ք զճակատ ձեր, ցնծացէ՛ք յամայր,
Իմ քաղցր Վօլգայ քոյր հօզայ միշտ զծեր ճար:
Ես զի՛մ մտերմութիւն ցուցից նմա համակ,
Նա զի՛ւր քաղցրութիւն տացէ՛ ձեզ, ո՛րդեակք:
Այս կա՛պ անխզուն, այս սէ՛ր սրբազան
Մնացէ՛ ի մէջ մեր ի կեանս յաւիտեան:
Դո՛ւք զօրացարո՛ւք, որդի՛ք Արամեան,
Եղերո՛ւք ընդ միմեանս սիրով միաբան.
Մէր, խաղաղութիւ էն պահեն զամենայն
Զազգս և զազինս ի բարօրութեան:

ԲՈՎԱՆԴԱԿՈՒԹՅՈՒՆ

www.ingramcontent.com/pod-product-compliance
Lightning Source LLC
Chambersburg PA
CBHW030344020726
47493CB00003B/680
9781604447644